태평천하

태평천하

채만식 대표작품집

애플북스

한국문학을
권하다 06

홀로 걸어가다 문득 돌아서서 이곳을 바라보는 사람

김 이 윤

1. 그를 만났다, 강가에서

누군가를 좋아해본 사람은 압니다. 짝사랑을 해본 사람은 알아요. 그 사람 뒤를 따라가 보고 싶고, 그의 모든 것을 알고 싶지요. 꼭 이성 간의 만남이 아니어도, 뒤따라가 보고 싶은 사람이 있습니다. 일제강점기, 투철한 사회의식을 가진 사실주의 작가 채만식도 그렇습니다. 양복을 단정하게 차려입고 중산모를 쓴 멋쟁이 채만식, 그는 멀리서 많은 것을 바라본 사람이었거든요. 그는 제가 추구하는 눈을 가졌습니다. 하니 저를 따라 그의 뒤를 좇아 보실까요?

사람이 세상을 만나는 방법은 저마다 달라서, 어떤 이는 세상이라는 물에 풍덩 몸을 담급니다. 활개를 치고 물장구를 치고 발차기를 거듭하며 자맥질을 겁 없이 잘도 합니다. 어떤 이는, 세상이라는 물가에서 손가락 하나를 물에 대보았다가, 파도가 백사장을 핥듯 세파가 넘실거리며 다가오면 얼른 손을 움츠리고 몸을 뒤로 내뺍니다. 용기를 내어 발을 담갔다가도 얼른 뒷걸음질칩니다.

제가 만난 채만식은, 세상이라는 물에 풍덩 뛰어든 이는 아니었어요. 그는 조금 떨어져 세상을 바라보는 사람이었어요. 이를테면 외로이 홀로 오솔길을 걸어가다가 문득 돌아서서 멀리 보이는 도시를 굽어보다가, 다시 고개를 돌려 고향을 휘도는 금강을 바라보는 사람입니다. 짓밟는 이와 무너지는 이, 내일을 꿈꾸는 이와 회의하는 이, 현실에 휩쓸려 가는 이와 자신의 발자국을 뚜렷하게 찍는 이 등 온갖 군상을 바라보다 그는 오솔길 너머로 조용히 사라지지요. 그가 사라진 오솔길 너머에서 비쳐오는 저녁 햇살에 눈을 가늘게 떠봅니다. 그의 모습을 더 자세히 보고 싶어서 눈에 힘을 줍니다.

2. 그 남자가 있는 풍경

누군가를 흠모하게 되면, 그의 어린 시절이 궁금해집니다. 사람의 성장 과정은 때로 삶의 태도를 결정하니, 그는 어떤 눈과 어떤 마음을 가진 이였을까, 그를 둘러싼 풍경 속에서 그려보시렵니까?

군산에서 부잣집 아들로 태어난 그는, 집안에 만든 서당에서 글공부를 하고 신식 초등학교에 다녔다고 합니다. 책이 귀했던 1910년대와 1920년대에 동서양의 온갖 동화책, 이야기책을 섭렵했다는데, 그런 호사를 누리다니 보통 행운이 아니지요?

청소년기에는 서울로 와서 중앙고보를 졸업하고 일본 와세다 대학에 유학했는데 축구부에서는 센터포워드를 맡아 뛰었다고 합니다. 축구팀 유니폼을 입고 우승컵을 옆에 두고 활짝 웃으며 찍은 사진도 남겼습니다. 사진 분위기로 보건대, 그는 요즘 대학생들처럼 밝고 활기찬 젊은이였음이 틀림없습니다. 그런데 관동대지진이 일어났고 부친이 미두도박米豆賭博을 하는 바람에 그만 가세가 기울어 학업을 중단하고 돌아올 수밖에 없었답니다. 그러나 그러한 시련은 우리 문학사에는 행운이었는지도 모르겠습니다. 지금 우리가 읽는 그의 소설은 그 고난 덕에 가능했으니까요.

귀국한 그는 기자생활을 하면서 우리 사회의 모순을 날카롭게 직시했습니다. 직업이란 그 직업만의 시각을 제공하는 법, 부친이 했던 미두도박조차 그는 소설과 희곡 속에서 당시 사회상을 고발하는 장치로 사용했습니다.

유복하게 사랑 많이 받으며 자란 사람을 놓고, 두 가지 모습으로 유형화하곤 합니다. 넉넉하게 자란 환경이 너그러운 에너지가 되어 주변 사람들에게 관대하며 난관이 닥쳐도 낙천적으로 잘 견디는 경우, 반대로 온실 속 화초로 유약하게 자랐기 때문에 작은 역경에도 넘어지는 경우. 두 경우 모두 자존심은 몹시 강하게 묘사되지요. 오늘 우리가 만날 이 남자, 채만식은 어느 쪽에 가까웠을까요?

그는 감색 양복저고리에 회색 바지, 중절모까지 단정하게 쓰고 다녀서 '불란서 백작'이라는 별명을 얻습니다. 하도 깔끔해서 남의 집에서 식사할 때는 수저를 깨끗이 씻어 사용했다는 얘기도 전합니다. 내성적이며 "나 가거든 상여는 쓰지 말고, 널에 뉘여 들국화, 산국화로 덮어 달라" 했다는 유언도 전합니다.

그는 1930년대에 매우 왕성하게 작품 활동을 했고, 27년 동안 여러 필명으로 소설, 평론, 희곡, 시나리오, 수필 등 다양한 장르를 넘나들며 300여 편의 글을 썼습니다. 다재다능한 그였지만, 생애는 길지 않아 쉰이 채 되지 않은 나이에, 한국전쟁이 일어나기 꼭 두 주 전에 폐결핵으로 세상과 이별했습니다.

그가 남긴 생의 오점으로는 친일 행적을 듭니다. 일본 제국주의가 이 땅에 심은 부조리와 모순을 고발하던 그가 돌연 '일제가 일으킨 전장에 나가라'고 조선의 젊은이들을 독려하는 글을 쓰다니, 그 변절은 어인 일일까요? 연루된 독서회 사건 때문에 핍박을 받자 지쳤을까요, 일제의 식민통치가 길어지자 독립의 꿈을 포기했을까요? 그에게 묻고 싶으나 그는 해방 후 〈민족의 죄인〉이라는 작품으로 사죄하고 더는 말이 없습니다.

달에게 밝은 쪽과 어두운 쪽이 있듯, 하루 안에도 밤낮이 있듯, 그에게도 어두운 면이 있었노라 여길까요? 그러기엔 그의 과오가 너무 클까요? 씻거나 잊을 수 없는 그의 어둠을 우리는 그저 보면 될 듯합니다. 역사의 잣대는 그의 공과 과를 구분하여 평가하고 있고, 누구나 자신의 행로에 책임을 져야 하며, 두고두고 사후까지 책임이 이어진다고, 신중하라고, 어려운 상황이 와도 신념을 함부로 거두지는 말라고 그이가 일러줍니다.

3. 그의 마음결을 만지고 싶다

공무원이나 엔지니어, 영화감독, 요리사, 또는 어떤 일이라도 좋아요.

일을 하고 있는 사람에게 물어보세요, 왜 그 일을 택했는지. 돈을 잘 버니까, 출세하고 싶어서, 명예를 얻고 싶어서, 안정된 생활이 보장되니까, 그 방면으로 재주가 있어서, 어쩌다 보니까, 부모님이 바라시니까, 갖가지 이유가 있을 수 있는데, '그냥 그것이 하고 싶어서'만큼 큰 이유가 있을까요?

채만식, 그이가 그랬답니다. 그냥 소설을 쓰고 싶고 글을 쓰고 싶어서 썼다는군요.

식민통치 아래라 표현상의 자유가 없어서였을까요, 그만의 문학적 시도였을까요, 그는 몇몇 작품에서 두드러지게 비꼬고 뒤집으며 우회로를 보여줍니다. 그리하여 정면으로 치받는 것보다 더 큰 펀치를 날리지요. 펀치를 날리자면 당연히 한 발 거리가 확보되어야 합니다.

이렇게 한 발 떨어져 관찰하는 그의 시선은, 사회의 부조리를 보여준다는 면에서 좌익문단에서 동반자 작가로 받아들여지지만, 그는 그들 가까이 가지는 않습니다. 계속 거리를 유지합니다. 채만식은 그런 사람이었습니다.

4. 시간을 접어 그가 데려온 사람들

한 발 떨어져 멀리서 바라보았기에, 더 넓게 더 많이 관찰할 수 있었던 그의 눈을 통해, 당신은 1930년대와 오늘이 만나는 꽤 넓은 영역을 보실 수 있을 겁니다. 동시에 놀라실 거예요. 팔구십 년이라는 시차가 별로 느껴지지 않아서요.

그의 작품 속 주인공들은 1930년대를 누비는 사람들이라, 지금 우리로서는 상상하기 어려운 시절 언저리를 살아내건만, 오늘 우리 옆에 그들을 세운다 해도 하나도 이상하지 않습니다. 옷차림은 다른 시대에서 왔음을 말해줄지언정 그들의 생각이며 행동은 낯설지 않거든요.

채만식, 그가 소개해준 몇 사람, 만나보시겠습니까?

— 여기 아리따운 여인이 있습니다. 여인은 집안의 맏딸로, 투기꾼인 아버지와 몰락한 집안을 위해 돈 많은 남자와 결혼합니다. 그런데 남편이 바람을 피우다가 세상을 떠나면서 여인은 그이를 탐내는 남자들 품을 전전하게 됩니다. 그이에게 중요한 것은 딸 하나를 잘 키우는 환경일 뿐. "죽자구 해도 죽을 수두 없구…… 살자구 해도 살 수두 없구……" 하고 눈물지으며, 첫사랑 앞에 다시 서고 싶은 그 여인이 낯설지 않습니다. 우리가 이 땅에서 오래도록 보아온, '여자의 일생'입니다.

— 그저 돈과 여인에 몰두하는 한 남자가 있습니다. "아 글씨, 누가 즈더러 부자루 못 살래서 그리여?" 하며 그는 고리대금으로

재산을 불리며 부조리한 식민지 상황이 자신을 지켜주니 '제 것 지니고 앉아서 편안허게 살 태평 세상'이라 여깁니다. 강자에 약하고 약자에 강한 그는 손주들을 군수와 경찰서장으로 만들어 더 많은 것을 누리고자 하며, 손자가 사귈 만한 어린 소녀를 탐하기도 합니다. 그의 모습은 돈과 자녀의 출세와 몸의 환락에 연연하는 오늘날 일부 사람들과 놀랍도록 닮았습니다. 낯설지 않습니다.

— 일본인들에 빌붙지 못하는 고모부를 비웃으며 자신은 일본인 주인에게 잘 보이고 일본 여자와 결혼해서 잘 먹고 잘살아보려는 청년도 있습니다. "아저씨는 아직두 세상물정을 모르시요. 시방이 어느 세상인데 그러시우?" 하는 청년의 말과 돈이 최고의 가치인 혼란스러운 풍경이 새롭지 않습니다.

— 미모의 일본인 여인과 만나 방황을 하는 남자도 있습니다. 나는 결혼한 남자인데, 마음이 통하는 그 여인과 미래를 같이 하기로 약속하고 사랑의 도피여행을 꿈꿉니다. 그러나 그 여인은 편지만을 남기고 떠나고, "냉동어冷凍魚의 향수鄕愁는 바다에 있을 테지!" 하며 나는 가정으로 돌아옵니다. 요즘 아침 연속극의 한 장면이 따로 없습니다. 먼 시대로 느껴지지 않아요.

— 식민지 상황에서 가진 땅을 모두 잃고, 해방이 되자 그 땅을 찾을 수 있을까 이리저리 눈치를 보는 한 남자의 모습도 안쓰럽고, 요즘과 다르지 않게 취업이 몹시 어려운 그 시절에, 많이 배운다는 것에 회의하는 식민지 지식인도 있습니다. "내가 학교 공부

를 해본 나머지 그게 못쓰겠으니까 자식은 딴 공부를 시키겠다는 것이지요" 하며, 그는 아들을 학교 대신 인쇄공장에 보냅니다. 그의 좌절도 어디선가 본 듯합니다.

5. 영화를 좋아하는 귀하께 그가 건네는 확대경

어떻습니까, 그가 소개해준 인물들이 지금 우리 주변에도 있을 듯하지요?

주위를 두리번거리면 이렇게 채만식이 창조한 인물을 만날 수 있을 것 같고, 과거의 이야기지만 지금도 충분히 재현되는 상황이라는 것은 그가 모순을 발견하는 데 탁월했다는 뜻입니다. 우리가 채만식, 그이를 우러르게 되는 지점이 바로 그곳입니다.

그는 작품을 통해 식민지 조선에서 자본주의가 왜곡되게 뿌리내리는 과정을 보여주었습니다. 그 속에는 몰락하고 좌절하는 서민과 농민과 여성과 지식인이 있습니다. 그가 보여주는 인물과 그가 묘사하는 세상이 낯설지 않음은 그 모순의 어느 지점이 아직도 연장되고 있다는 뜻이지요. 그와 우리가 보는 세상이 겹쳐 교집합을 만들고, 그 안에서 거의 한 세기를 건너 마주 잡는 우리의 악수. 그가 보여준 모순에 눈 맞추면, 모순을 타파하는 길도 짚어갈 수 있지 않을까요?

우리는 좋은 사람이 웃는 세상을 꿈꿉니다. 거짓의 힘이 줄어들고, 선의 세력이 커지는 세상이죠. 그도 우리와 같은 마음, 탁한 흐름이 지나가기를 바랐습니다. 탁류를 걷어내고 맑은 물이 흐르게 하고 싶은 열망이 있었고, 옛 선비들처럼 체면을 존중하며 고고한 신사로 살고자 했습니다. 그도 우리와 마찬가지였던 거예요.

그는 자기 앞에 강을 보았습니다. 그 강이 눈물을 싣고 흐르는 것을 보았습니다. 우리도 우리 앞에 흐르는 강을 봅니다. 강에 뛰어들든, 강변에서 바라보든, 강물을 떠다가 현미경으로 들여다보든, 강물 안에 있는 누군가의 짠 눈물을 발견해야 한다고, 그것이 우리의 과제라고 그가 일러줍니다. 누군가의 눈물이 바로 나의 눈물임을 깨닫고 공감할 때, 채만식과 우리의 악수는 뜨거워집니다. 그 순간 채만식, 그는 시대를 훌쩍 건너뛰어 우리 옆에 서 있습니다.

살면서 불공정과 부조리, 계층격차, 불평등을 느끼셨나요? "세상이 왜 이런가" 하고 가끔 한숨을 쉬셨습니까? 오늘 우리 사회가 가진 모순이 어떻게 잉태되었는지 헤아려 보고 싶은가요? 개인이 대적하기 어려운 시대의 억압을 여성은, 지식인은, 농민은, 도시 빈민은 어떻게 감당했는지 살펴보며 '쉽지 않은 세상을 어떻게 살 것인가' 교훈을 얻고 싶은가요? 그렇다면 채만식이 건네는 확대경을 들여다보십시오. 당신이 드라마와 영화를 좋아하신다면 대사가 많은 그의 작품이 더욱 맘에 드실 거예요. 중고등학교에 다니는 학생이라면 이렇게 적을지도 모르죠. "채만식쌤, ♥ 완전강추! ♥"

김이윤 | 2012년 장편소설《두려움에게 인사하는 법》으로 제5회 창비청소년문학상 당선. 나이 들수록 고마운 사람이 많아지고, 좋아하는 작가와 작품이 늘어난다는 그녀는 현재 MBC 라디오 여성시대 방송 작가로 활동 중이다.

차례

일러두기

1. 이 책에 수록된 작품은 채만식의 주요작품을 모은 선집으로 작품 배열은 발표 연대순으로 했다.
2. 맞춤법, 띄어쓰기는 현대어 표기로 고쳤으나 작가가 의도적으로 표현한 것은 잘못되었더라도 그대로 두었다. 띄어쓰기와 맞춤법은 국립국어원의 《표준국어대사전》을 기준으로 삼았다.
3. 한글로 표기된 외래어는 외래어맞춤법에 맞게 고쳤으나 시대적 상황을 드러내주는 용어는 원문을 그대로 살렸다.
4. 한자는 한글로 표기하고 의미상 필요한 경우에만 한글 옆에 병기하였다.
5. 생소한 어휘는 독자들의 이해를 돕기 위하여 각주로 설명을 달아두었다.
6. 대화에서의 속어, 방언 등은 최대한 살렸으나 지문은 현대어로 고쳤다.
7. 대화 표시는 " "로 바꾸었고, 대화가 아닌 혼잣말이나 강조의 경우에는 ' '로 바꾸었다. 또한 말줄임표는 모두 '……'로 통일하였다.

태평천하

1. 윤 직원 영감 귀택지도歸宅之圖

추석을 지나 이윽고, 짙어가는 가을 해가 저물기 쉬운 어느 날 석양.

저 계동의 이름난 장자(부자) 윤 직원 영감이 마침 어디 출입을 했다가 방금 인력거를 처억 잡숫고 돌아와, 마악 댁의 대문 앞에서 내리는 참입니다.

간밤에 꿈을 잘못 꾸었던지, 오늘 아침에 마누라하고 다툼질을 하고 나왔던지, 아무튼 엔간히 일수 좋지 못한 인력거꾼입니다.

여느 평탄한 길로 끌고 오기도 무던히 힘이 들었는데 골목쟁이로 들어서서는 빗밋이[1] 경사가 진 이십여 칸을 끌어 올리기야, 엄살이 아니라 정말 혀가 나올 뻔했습니다.

이십팔 관, 하고도 육백 몬메[2]……!

윤 직원 영감의 이 체중은, 그저께 춘심이 년을 데리고 진고개로 산보를 갔다가 경성우편국 바로 뒷문 맞은편, 아따 무어라더냐 그 양약국 앞에 놓아둔 앉은뱅이저울에 올라서 본 결과, 춘심이 년이 발견을 했던 것입니다.

이 이십팔 관 육백 몬메를, 그런데, 좁쌀 계급인 인력거꾼은 그래도 직업적 단련이란 위대한 것이어서, 젖 먹던 힘까지 아끼잖고 겨우겨우 끌어 올려 마침내 남대문보다 조금만 작은 솟을 대문 앞에 채장을 내려놓곤, 무릎에 드렸던 담요를 걷기까지에 성공을 했습니다.

윤 직원 영감은 옹색한 좌판에서 가까스로 뒤를 쳐들고, 자칫하면 넘어 박힐 듯싶게 휘뚝휘뚝하는 인력거에서 내려오자니 여간만 옹색하고 조심이 되는 게 아닙니다.

"야, 이 사람아……!"

윤 직원 영감은 혼자서 내리다 못해 필경 인력거꾼더러 걱정을 합니다.

"……좀 부축을 히여줄 것이지 그냥 그러구 뻐언허니 섰어야 옳담 말잉가?"

실상인즉 뻔히 섰던 것이 아니라, 가쁜 숨을 돌리면서 땀을 씻고 있었던 것이나, 인력거꾼은 책망을 듣고 보니 미상불 일이 좀 죄송하게 되어, 그래 얼핏 팔을 붙들어 부축을 해드립니다.

1 비스듬히.
2 관은 3.75킬로그램. 일본어인 '몬메'는 그 1천 분의 1인 3.75그램이다. 따라서 모두 합하면 107.25킬로그램이 된다.

내려선 것을 보니, 진실로 거판진[3] 체집입니다.

허리를 안아본다면, 아마 모르면 몰라도 한 아름하고도 반은 실히 될까 봅니다. 그런데다가 키도 알맞게 다섯 자 아홉 치는 넉넉합니다. 얼핏 알아듣기 쉽게 빗대면, 지금 그가 타고 온 인력거가 장난감 같고, 그 큰 대문간이 들어서기도 전에 사뭇 그들먹합니다.

얼굴도 좋습니다.

거금 삼십여 년 전에 몇 해를 두고 부안 변산을 드나들면서 많이 먹은 용이며 저혈[4] 장혈[5]이며, 또 요새도 장복을 하는 인삼 등속의 약효로 해서 얼굴은 불콰하니 동안이요, 게다가 많지도 적지도 않게 꼬옥 알맞은 수염은 눈같이 희어, 과시 홍안백발의 좋은 풍신입니다.

초리가 길게 째져 올라간 봉의 눈, 준수하니 복이 들어 보이는 코, 부리가 추욱 처진 귀와 큼직한 입모, 다아 수부귀다남자壽富貴多男子[6]의 상입니다.

나이? …… 올해 일흔두 살입니다. 그러나 시뻐 여기진 마시오. 심장비대증으로 천식기가 좀 있어 망정이지, 정정한 품이 서른 살 먹은 장정 여대친답니다.[7] 무얼 가지고 겨루든지 말이지요.

그 차림새가 또한 혼란스럽습니다. 옷은 안팎으로 윤이 지르르 흐르는 모시 진솔[8] 것이요, 머리에는 탕건에 받쳐 죽영竹纓 달린 통

3 '허우대가 큼직하며 행동이 점잖고 무게가 있음'을 뜻하는 '거방지다'의 방언.
4 돼지의 피.
5 노루의 피.
6 '장수하고 잘살고 아들이 많음'을 뜻함.
7 능력이나 수준 등에서 훨씬 넘어서다.
8 옷, 버선 등을 한 번도 빨지 않은 새것 그대로인 것을 말함.

영갓(통영립)이 날아갈 듯 올라앉았습니다.

발에는 크막하니 솜을 한 근씩은 두었음 직한 흰 버선에, 운두 새까만 마른신을 조그맣게 신고, 바른손에는 은으로 개대가리를 만들어 붙인 화류 개화장이요, 왼손에는 서른네 살배기 묵직한 합죽선입니다.

이 풍신이야말로 아까울사, 옛날 세상이었더면 일도一道 방백方伯[9]일시 분명합니다. 그런 것을 간혹 입이 비뚤어진 친구는 광대로 인식 착오를 일으키고 동경, 대판의 사탕 장수들은 캐러멜 대장감으로 침을 삼키니 통탄할 일입니다.

인력거에서 내려선 윤 직원 영감은, 저절로 떠억 벌어지는 두루마기 앞섶을 여미려고 하다가 도로 걷어 젖히고서, 간드러지게 허리띠에 가 매달린 새파란 염낭 끈을 풉니다.

"인력거 쌕이(삯이) 몇 푼이당가?"

이 이야기를 쓰고 있는 당자 역시 전라도 태생이기는 하지만, 그 전라도 말이라는 게 좀 경망스럽습니다.

"그저 처분해줍사요!"

인력거꾼은 담요로 팔짱 낀 허리를 굽실합니다. 좀 점잖다는 손님한테는 항투로 쓰는 말이지만, 이 풍신 좋은 어른께는 진심으로 하는 소립니다. 후히 생각해달란 뜻이지요.

"으응! 그리여잉? 그럼, 그냥 가소!"

윤 직원 영감은 인력거꾼을 짯짯이 바라다보다가 고개를 돌리더니, 풀었던 염낭 끈을 도로 비끄러맵니다.

9 '도지사'를 예스럽게 이르는 말.

인력거꾼은 어쩐 영문인지를 몰라 뚜렛뚜렛하다가, 혹시 외상인가 하고 뒤통수를 긁적긁적하면서

"그럼, 내일 오랍쇼니까?"

"내일? 내일 무엇하러 올랑가?"

윤 직원 영감은 지금 심정이 약간 좋지 못한 일이 있는데, 가뜩이나 긴찮이 잔말을 씹힌대서 적이 안색이 변합니다.

그러나 이편 인력거꾼으로 당하고 보면, 무엇하러 오다니, 외상 준 인력거 삯 받으러 오지요라는 것이지만, 어디 무엄스럽게 그런 말을 똑바로 대고 하는 수야 있나요. 그러니 말은 바른대로 하지 못하고, 그래 자못 난처한 판인데, 남의 그런 속도 몰라주고 윤 직원 영감은 인제는 내 할 말 다아 했다는 듯이 천천히 돌아서 버리자고 합니다.

인력거꾼은, 이러다가는 여느 때도 아니요, 허파가 터질 뻔한 오늘 벌이가 눈 멀뚱멀뚱 뜨고 그만 허사가 되지 싶어, 대체 이 어른이 어째서 이러는지는 모르겠어도, 그건 어찌 되었든지 간에 좌우간 이렇게 병신스럽게 우물쭈물하고만 있을 일이 아니라고 크게 과단을 내지 않을 수가 없습니다.

"저어, 삯 말씀이올습니다. 헤……."

크게 과단을 낸다는 게 결국은 크게 조심을 하는 것뿐입니다.

"싹?"

"네에!"

"아—니 여보소, 이 사람……."

윤 직원 영감은 더러 역정을 내어 하마 삿대질이라도 할 듯이 한 걸음 나섭니다.

"……자네가 아까 날더러 처분대루 허라구 허잖있넝가?"

"네에!"

"그렇지? …… 그런디 거, 처분대루 허람 말은 맘대루 허람 말이 아닝가?"

인력거꾼은 비로소 속을 알았습니다.

알고 보니 참 기가 막힙니다. 농도 할 사람이 따로 있지요. 웬만하면, 허허! 하고 한바탕 웃어젖힐 노릇이겠지만 점잖은 어른 앞에서 그럴 수는 없고, 그래 히죽이 웃기만 합니다.

"……그리서 나넌 그렇기 처분대루, 응? …… 맘대루 말이네. 맘대루 허라구 허길래, 아 인력거 삯 안 주어도 갱기찮헌 종 알구서, 그냥 가라구 히였지!"

인력거꾼은 이 어른이 끝끝내 농을 하느라고 이러는가 했지만, 윤 직원 영감의 안색이며 말씨며 조금도 그런 내색이 보이지 않습니다.

"……거참! …… 나는 벨 신통헌 인력거꾼도 다아 있다구, 퍽 얌전허게 부았지! 늙은 사람이 욕본다구, 공으루 인력거 태다 주구 허넝 게 쟁히 기특허다구. 이 사람아, 사내대장부가 그렇기 그 짓말을 식은 죽 먹듯 헌담 말잉가? 일구이언一口二言은 이부지자二父之子라네. 암만히여두 자네 어매(어머니)가 행실이 좀 궂었덩개비네!"

인력거꾼쯤이니 일구이언은 이부지자라는 공자님 식의 욕이야 알아듣지 못했겠지만, 자네 어매가 행실이 궂었덩개비네 하는 데는 슬며시 비위가 상하지 않을 수가 없습니다. 실상 그렇지 않아도 인력거 삯을 주지 않으려고 농인지 진정인지는 모르겠으되,

쓸데없는 승강을 하려 드는 게 심정이 좋지 않은 참인데 게다가 한술 더 떠서, 이건 한다는 소리가 거짓말을 한다는 둥, 또 죽은 부모를 편사 놈이 널 머리 들먹거리듯[10] 들먹거리는 데야 누군들 좋아할 이치가 있다구요.

사실 웬만한 내기가 인력거를 타고 와설랑, 납작한 초가집 앞에서 그따위 수작을 했다가는 인력거꾼한테 되잡혀가지곤 빰따구니나 한 대 넙죽하니 얻어맞기가 십상이지요.

"점잖은 어른께서 괜히 쇤네 같은 걸 데리구 그러십니다! …… 어서 돈짱이나 주어 보냅사요! 헤……."

인력거꾼은 상하는 심정을 눅이고 종시 공순합니다. 그러나 그 돈짱이란 말이 윤 직원 영감한테는 저 히틀러라든지 하는 덕국 파락호의 폭탄선언이라는 것만큼이나 놀라운 말입니다.

"머어? 돈짱? …… 돈짱이 무어당가? 대체……."

"일 환 한 장 말씀입죠! 헤……."

남은 기가 막혀서 하는 말을, 속없는 인력거꾼은 고지식하게 언해를 달고 있습니다.

"헤헤, 나 참, 세상으 났다가 벨일 다아 보겄네! …… 아—니 글씨, 안 받어두 졸드키 처분대루 허라던 사람이, 인제넌 마구 그냥 일 원을 달래여? 참 기가 맥히서 죽겄네…… 그만두소. 용천배기[11] 콧구녕으서 마널씨를 뽑아 먹구 말지, 내가 칙살시럽게[12] 인력거 공짜루 타겄넝가! …… 을메(얼마) 받을랑가? 바른대루 말허소!"

10 활쏘기를 겨루는 사람이 전혀 상관없는 널에 대하여 이러쿵저러쿵한다는 뜻으로, 당치 않은 것을 들추어내어 말썽을 부림을 비유적으로 이르는 말.

11 '문둥이'의 방언.

12 하는 짓이나 말이 잘고도 더러운 데가 있다.

인력거꾼은 괜히 돈 몇십 전 더 얻어먹으려다가 짜장 얻어먹지도 못하고 다른 데 벌이까지 놓치지 싫어, 할 수 없이 오십 전을 불렀습니다. 그러나, 윤 직원 영감은 여전합니다.

"아—니, 이 사람이 시방, 나허구 실갱이(승강이)를 허자구 이러넝가? 권연시리(괜스레) 자꾸 쓸디읎넌 소리를 허구 있어! ……아, 이 사람아, 돈 오십 전이 뉘 애기 이름인 종 아넝가?"

"많이 여쭙잖습니다. 부민관서 예꺼정 모시구 왔는뎁쇼!"

"그러닝개 말이네. 고까짓 것 엎어지면 코 달 년의 디를 태다 주구서 오십 전씩이나 달라구 허닝개 말이여!"

"과하게 여쭙잖었습니다. 그리구 점잖은 어른께서 막걸리 값이나 나우 주서야 허잖겠사와요?"

윤 직원 영감은 못 들은 체하고 모로 비스듬히 돌아서서 아까 풀렀다가 도로 비끄러맨 염낭 끈을 다시 풀더니, 이윽고 십 전박이 두 푼을 꺼내가지고 그것을 손톱으로 싸악싹 갓을 긁어봅니다. 노상 사람이란 실수를 하지 말란 법이 없는 법이라, 좀 일은 되더라도 이렇게 다시 한 번 손질을 해보면, 가사 십 전짜린 줄 알고 오십 전짜리를 잘못 꺼냈더라도, 톱날이 있고 없는 것으로 아주 적실하게 분별을 할 수가 있는 것이니까요.

"옜네…… 꼭 십오 전만 줄 것이지만, 자네가 하두 그리싸닝개 이십 전을 주넝 것이니, 오 전을랑 자네 말대루 막걸리를 받어 먹든지, 탁배기를 사 먹든지 맘대루 허소. 나넌 모르네!"

"건 너무 적습니다!"

"즉다니? 돈 이십 전이 즉담 말인가? 이 사람아 촌으 가면 땅이 열 평이네, 땅이 열 평이여!"

인력거꾼은, 그렇거들랑 그거 이십 전 가지고 촌으로 가서 땅 열 평 사놓고서 삼대 사대 빌어먹으라고 쏘아 던지고서 홱 돌아서고 싶은 것을, 그러나 겨우 참습니다.

"십 전 한 푼만 더 줍사요. 그리구 체두 퍽 무거우시구 허셨으니깐, 헤……."

"아—니, 이 사람이 인제넌 벨 트집을 다아 잡을라구 허네! 이 사람아, 그럴 티면 나넌 이 큰 몸집으루 자네 그 쬐외깐헌 인력거 타니라구 더 욕을 부았다네. 자동차나 기차나, 몸 무겁다구 돈 더 받넌 디 부았넝가?"

"헤헤, 그렇지만……."

"어쩔 티여? 이것 받어 갈랑가? 안 받어갈랑가? 안 받어간다면 나 이놈으루 괴기 사다가 야긋야긋 다져서 저녁 반찬이나 히여 먹을라네."

"거저 십 전 한 푼만 더 쓰시면 허실 걸 점잖어신 터에 그러십니다!"

"즘잔? 이 사람아, 그렇기 즘잖얼라다가넌 논 팔어먹겄네! …… 에잉 그거 참! 그런 인력거꾼 두 번만 만났다가넌 마구 감수減壽허겄다……!"

이 말에 인력거꾼이 바른대로 대답을 하자면, 그런 손님 두 번만 만났다가는 기절하겠다고 하겠지요.

윤 직원 영감은 맸던 염낭 끈을 또 도로 풀더니, 오 전박이 한 푼을 더 꺼냅니다. 이 오 전은 무단스레 더 주는 것이거니 생각하면 다시금 역정이 나고 돈이 아까웠지만, 인력거꾼이 부둥부둥 떼를 쓰는 데는 배겨낼 수가 없다고, 진실로 단념을 한 것입니다.

"……거참! …… 옜네! 도통 이십오 전이네. 이제넌 자네가 내 허리띠에다가 목을 매달어두 쇠천 한 푼 막무가낼세!"

인력거꾼은 윤 직원 영감이 말도 다 하기 전에 딸그랑하는 대소 백통화 서 푼을 그 육중한 손바닥에다가 받아 쥐고는 고맙다고 하는지 무어라고 하는지 분명찮게 입안의 소리로 두런거리면서, 놓았던 인력거 채장을 집어들고 씽하니 가버립니다.

"에잉! 권연시리 그년의 디를 갔다가 그놈의 인력거꾼을 잘못 만나서 실갱이를 허구, 애맨 돈 오 전을 더 쓰구 히였구나! 고년 춘심이 년이 방정맞게 와서넌 명창대횐지 급살인지 헌다구, 쏘사악쏘삭허기 때미 그년의 디를 갔다가……."

윤 직원 영감은 역정 끝에 춘심이더러 귀먹은 욕을 하던 것이나, 그렇지만 그건 애먼 탓입니다. 왜, 부민관의 명창대회를 무슨 춘심이가 가자고 해서 갔나요? 춘심이는 그저 부민관에서 명창대회를 하는데, 제 형 운심이도 연주에 나간다고 자랑삼아 재잘거리는 것을, 윤 직원 영감 자기가 깜짝 반겨선, 되레 춘심이더러 가자가자 해서 꾀어가지고 갔으면서…….

사실 말이지, 춘심이가 그런 귀띔을 안 해주었으면 윤 직원 영감은 오늘 명창대회는 영영 못 가고 말았을 것이고, 그래서 다음날이라도 그걸 알았으면 냅다 발을 굴렀을 것입니다.

2. 무임승차 기술

윤 직원 영감은 명창대회를 무척 좋아합니다. 아마 이 세상에 돈만 빼놓고는 둘째가게 그 명창대회란 것을 좋아할 것입니다.

윤 직원 영감은 본이 전라도 태생인 관계도 있겠지만, 그는 워낙 남도소리며 음률 같은 것을 이만저만찮게 좋아합니다.

그렇게 좋아하는 깐으로는, 일 년 삼백예순날을 밤낮으로라도 기생이며 광대며를 사랑으로 불러다가 듣고 놀고 하고는 싶지만, 그렇게 하자면 일왈 돈이 여간만 많이 드나요!

아마 일 년을 붙박이로 그렇게 하기로 하고, 어느 권번이나 조선음악연구회 같은 데 교섭을 해서 특별할인을 한다더라도 하루에 소불하[13] 십 원쯤은 쳐주어야 할 테니, 하루에 십 원이면 한 달이면 삼백 원이라, 그리고 일 년이면 삼천…… 아유! 그건 윤 직원 영감으로 앉아서는 도무지 생각할 수도 없게시리 큰돈입니다. 천문학적 숫자란 건 아마 이런 경우에 써야 할 문잘걸요.

한즉, 도저히 그건 아주 생심도 못 할 일입니다.

그런데 그거야말로 사람 살 곳은 골골마다 있다든지, 윤 직원 영감의 그다지도 뜻 두고 이루지 못하는 대원을 적으나마 풀어주는 게 있으니, 라디오와 명창대회가 바로 그것입니다. 이완李浣이 대장으로 치면 군산群山을 죄꼼은 깎고, 계수를 몇 가지 벤 만큼이나 하다 할는지요. 윤 직원 영감은 그래서 바로 머리맡 연상硯床 위에 삼 구짜리 라디오 한 세트를 매두고, 그걸 금이야 옥이야 하면서 방송국의 마이크를 통해 오는 남도소리며 음률 가사 같은 것을 듣고는 합니다.

장죽을 기다랗게 물고는 보료 위에 편안히 드러누워 좋다! 소

13 적게 잡아도.

리를 연해 쳐가면서 즐거운 그 음악 소리를 듣노라면, 고년들의 예쁘게 생긴 얼굴이나 광대들의 거동이 눈에 보이지 않아서 유감은 유감이지만, 그래도 좋기야 참 좋습니다.

라디오를 프로그램대로 음악을 조종하는 소임은 윤 직원 영감의 차인 겸 비서 겸 무엇 겸 직함이 수두룩한 대복大福이가 맡아 합니다.

혹시 남도소리나 음률 가사 같은 것이 없는 날일라치면 대복이가 생으로 벼락을 맞아야 합니다.

"게, 밥은 남같이 하루에 시 그릇씩 먹으면서, 그래, 어떻기 사람이 멍청허면, 날마당 나오던 소리를 느닷없이 못 나오게 헌담 말잉가?"

이러한 무정지책에 대복이는 유구무언, 머리만 긁적긁적합니다. 하기야 대복이도 처음 몇 번은 방송국에서 프로그램을 그렇게 정했으니까, 집에 앉아서야 라디오를 아무리 주물러도 남도소리는 나오지 않는 법이라고 변명을 했더랍니다.

한다 치면, 윤 직원 영감은 더럭

"법이라께? 그런 개× 같은 놈의 법이 어딨당가? …… 권연시리 시방 멍청허다구 그러닝개, 그 말은 그리두 고까워서 남한티다가 둘러씨니라구? …… 글씨 어떤 놈의 소리가 금방 엊저녁까지 들리던 소리가 오널사 말구 시급스럽게 안 들리닝고? 지상(기생)이랑 재인 광대가 다아 급살 맞어 죽었다덩가?"

이렇게 반찬 먹은 고양이 잡도리하듯 지청구를 하니, 실로 죽어나는 건 대복입니다. 방송국에서 한동안, 꼭 같은 글씨로, 남도소리를 매일 빼지 말고 방송해달라는 투서를 수십 장 받은 일이 있습니다.

그게 뉘 짓인고 하니, 대복이가 윤 직원네 영감한테 지청구를 먹고는 홧김에 써보고, 핀잔을 듣고는 폭폭하여 써 보내고 하던, 그야말로 눈물의 투서였던 것입니다.

윤 직원 영감의 불평은 그러나 비단 그뿐이 아닙니다. 소리를 기왕 할 테거든 두어 시간이고 서너 시간이고 붙박이로 하지를 않고서, 고까짓 것 삼십분, 눈 깜짝할 새 감질만 내다가 그만둔다고, 그래서 또 성환니다.

물론 투정이요, 실상인즉 혼자 속으로는, 그놈의 것 돈 십칠원 들여서 사놓고 한 달에 일 원씩 내면서 그 재미를 다 보니, 미상불 헐키는 헐타고 은근히 좋아하지 않는 것은 아닙니다.

그렇지만 또 막상 청취료 일 원야라를 현금으로 내주는 마당에 당해서는 라디오에 대한 불평 겸 돈 일 원이 못내 아까워서

"그까짓 놈의 것이 무엇이라구 다달이 돈을 일 원씩이나 또박또박 받어간다냐?"

"그럴 티거든 새달버텀은 그만두래라!"

이렇게 강짜를 하기를 마지않습니다.

라디오는 그리하여, 아무튼 그러하고, 그다음이 명창대횝니다.

기생이며 광대가 가지각색이요, 그래서 노래도 여러 가지려니와 직접 눈으로 보면서 오래오래 들을 수가 있기 때문에, 감질나는 라디오보다는 그것이 늘 있는 게 아니어서 흠은 흠이지만, 그때그때만은 퍽 생광스럽습니다.[14] 딱히 윤 직원 영감의 소원 같아

14 아쉬운 때에 요긴하게 쓰게 되어 보람이 있다.

서는, 그런즉슨 명창대회를 일 년 두고 삼백예순날 날마다 했으면 좋을 판입니다.

이렇듯 천하에 달가운 명창대횐지라, 서울 장안에서 언제고 명창대회를 하게 되면 윤 직원 영감은 세상없어도 참례를 합니다. 만일 어느 명창대회에 윤 직원 영감이 참례를 못 한 적이 있다면 그것은 대복이의 태만입니다.

대복이는 멀리 타관에를 심부름 가고 있지 않는 이상 매일같이 골목 밖 이발소에 나가서 라디오의 프로그램과 명창대회나 조선음악연구회 주최의 공연이 있는지를 신문에서 찾아내야 합니다.

대복이가 만일 실수를 해서 윤 직원 영감한테 그것을 알려드리지 못한 결과, 혹시 한 번이라도 그 끔찍한 굿(구경)에 참례를 못 하고서 궐을 했다는 사실을 윤 직원 영감이 추후라도 알게 되는 날이면, 그때에는 대복이가 집안 가용을 지출하는 데 있어서 (가령 두 모만 사야 할 두부를 세 모를 사기 때문에) 돈을 오 전가량 요외로 더 지출했을 때만큼이나 벼락같은 꾸중을 듣게 됩니다.

아무튼 그만큼이나 좋아하는 명창대회요, 그래 오늘만 하더라도 낮에는 한시부터 시작을 한다는 걸, 윤 직원 영감이 춘심이를 앞세우고 댁에서 나선 것이 열한시 반이 채 못 되어섭니다.

"글쎄 이렇게 일찍 가서 무얼 해요? 구경터에 일찍 가서 우두커니 앉었는 것두 꼴불견인데……."

앞서 가던 춘심이가 일껏 잘 가다가 말고 히뜩 돌아서더니, 한참 까부느라고 이렇게 쫑알거리던 것입니다.

윤 직원 영감은 허—연 수염을 한번 쓰다듬으면서 헤벌쭉 웃습니다.

"저년이 또 초라니치름 까분다! …… 그러지 말구, 어서 가자, 가아!"

윤 직원 영감이 살살 달래니까 춘심이는 다시 돌아서서 아장아장 걸어갑니다.

아이가 얼굴이 남방 태생답잖게 갸로옴한 게, 또 토끼 화상이 아니라도 두 눈은 또렷, 코는 오뚝, 입술은 오뭇, 다 이렇게 생겨놔서 대단히 야무집니다. 그렇게 야무지게 생긴 제값을 하느라고 아이가 착실히 좀 까불구요.

나이가 아직 열다섯 살이라, 얼굴이 피지는 않았어도 보고 듣는 게 그런 탓으로, 몸매하며 제법 계집애 꼴이 박혔습니다.

머리를 늘쩡늘쩡 땋아 내려 자주 댕기를 드린 머리채가 방둥이에서 유난히 치렁치렁합니다. 그러나 이 머리는 알고 보면 중동을 몽땅 자른 단발머리에다가 다래[15]를 드린 거랍니다.

앞머리는 좀 자르기도 하고 지져서 오그려 붙이기도 하고 군데군데 핀을 꽂았습니다.

빨아서 분홍 물을 들인 흘게 빠진 생소生素[16] 깨끼적삼에, 얼쑹덜쑹한 주릿대 치마를 휘건어 넥타이로 질끈 동인 게 또한 제격입니다.

살결보다는 버짐이 더 많이 피고, 배내털이 숭얼숭얼해서 분을 발랐다는 게 고루 먹지를 않고 어루러기가 진 것 같습니다.

이만하면 어디다가 내놓아도, 대광교 천변가로 숱해 많이 지

15 '다리'의 방언. 예전에 여자들이 머리숱 많아 보이라고 덧넣었던 딴머리.
16 생소갑사. 천을 짠 후에 삶아서 뽀얗게 처리하지 아니한 갑사.

나다니는 그런 모습의 동기童妓지, 갈데없습니다. (그러나 그렇다고 깔보지는 마십시오. 그래 보여도 그 애가 요새 그 연애를 한답니다.)

춘심이는 윤 직원 영감이 달래는 대로 한동안 앞을 서서 찰래찰래 가고 있다가, 무슨 생각이 났는지 또 해뜩 돌려다 보면서

"영감님!"

하고 뱅글뱅글 웃습니다. 이 애는 잠시라도 까불지 못하면 정말 좀이 쑤십니다.

"무어라구 또 촐랑거리구 싶어서 그러냐?"

"이렇게 일찍 가는 대신 자동차나 타고 갑시다, 네?"

"자—동차?"

"예에."

"그래라, 젠장맞일……."

춘심이는 윤 직원 영감이 섬뻑 그러라고 하는 게 되레 못 미더워서, 짯짯이 얼굴을 올려다봅니다. 아닌 게 아니라, 히물히물 웃는 게 장히 미심쩍습니다.

"정말 타구 가세요?"

"그리어! 이년아."

"그럼, 전화 빌려서 자동차 불러예죠?"

"일부러 안 불러두 죄꼼만 더 가면 저기 있단다."

"어디가 있어요! 안국동 네거리까지 가야 있는걸."

"게까지 안 가두 있어!"

"없어요!"

"있다! …… 뻔쩍뻔쩍허게 은칠 헌 놈, 크—다란 자동차……."

"어이구 참! 누가 빠스 말인가, 뭐……."

춘심이는 고만 속은 것이 분해서 뾰롱해가지고 쫑알댑니다.

"빠쓸 가지구, 아—주 자동차래요!"

"자동차라두 그놈이 여니 자동차보담 더 비싸다, 이년아!"

"오 전씩인데 비싸요!"

"타는 차 값 말이간디? 그놈 사 올 때 값 말이지……."

윤 직원 영감은 재동 네거리 버스정류장에서 춘심이와 같이 버스를 기다립니다. 때가 아침저녁의 러시아워도 아닌데 웬일인지 만원 된 차가 두 대나 그냥 지나가 버립니다. 그러더니 세 대째 만에, 그것도 여간 붐비지 않는 걸, 들이 떠밀고 올라타니까 버스걸이 마구 울상을 합니다.

윤 직원 영감은 자기 혼자서 탔으면 꼬옥 알맞을 버스 한 채를 만원 이상의 승객과 같이 탔으니 남이야 어찌 되었든 간에 윤 직원 영감 당자도 무척 고생입니다. 그럴 뿐 아니라, 갓을 버스 천장에다가 치받치지 않으려고 허리를 꾸부정하고 섰자니, 공간을 더 많이 차지해야 됩니다. 그 대신 춘심이는 윤 직원 영감의 겨드랑 밑에 가 박혀 있어 만약 두루마기 자락으로 가리기만 하면 찻삯은 안 물어도 될 성싶습니다.

겨우겨우 총독부 앞 종점에 당도하여 다들 내리는 데 섞여 윤 직원 영감도 춘심이로 더불어 내리는데, 버스에 탔던 사람들은 기념이라도 하고 싶은 듯이 제가끔 한 번씩 쳐다보고 갑니다.

윤 직원 영감은 버스에서 내려서 대견하게 숨을 돌린 뒤에, 비로소 염낭 끈을 풀어 천천히 돈을 꺼낸다는 것이 십 원짜리 지전입니다.

"그걸 어떡허라구 내놓으세요? 거스를 돈 없어요!"

여차장은 고만 소갈찌가 나서 보풀떨이[17]를 합니다.

"그럼 어떡허넝가? 이것두 돈은 돈인디……."

"누가 돈 아니래요? 잔돈 내세요!"

"잔돈 읎어!"

"지끔 주머니 속에서 잘랑잘랑 소리가 나든데 그리세요? 괜히……."

"으응, 이거?"

윤 직원 영감은 염낭을 흔들어 그 잘랑잘랑 소리를 들려주면서

"……이건 못 쓰넌 돈이여, 사전이여…… 정, 그렇다면 못 쓰넌 돈이라두 그냥 받을 티여?"

하고 방금 끈을 풀려고 하는 것을, 여차장은 오만상을 찡그리고는

"몰라요! 속상해 죽겠네! …… 어디꺼정 가세요?"

하면서 참으로 구박이 자심합니다.

"정거장."

"그럼, 전차에 가서 바꾸세요!"

"그러까?"

잔돈을 두어두고도 십 원짜리를 낸 것이며, 부청 앞에서 내릴 테면서 정거장까지 간다고 한 것이며가 모두 요량이 있어서 한 짓입니다.

무사히 공차를 탄 윤 직원 영감은 총독부 앞에서부터는 춘심이를 앞세우고 부민관까지 천천히 걸어서 갑니다.

17 제힘에 겨운 일이 있을 때 모질게 악을 쓰고 덤비는 짓.

"좁은 뽀수 타니라구 고생헌 값을 이렇기 도루 찾는 법이다."

그는 이윽고 공차 타는 기술을 춘심이한테도 깨우쳐주던 것인데, 그런 걸 보면 아마 청기와 장수[18]는 아닌 모양입니다.

3. 서양국 명창대회

중로에서 그렇듯 많이 충그리고[19] 길이 터지고 했어도, 회장에 당도했을 때에는 부민관 꼭대기의 큰 시계가 열두시밖에는 더 되지 않았습니다.

입장권을 사기 전에 윤 직원 영감과 춘심이 사이에는 또 한바탕 상지相持[20]가 생겼습니다.

윤 직원 영감은 춘심이더러, 네 형이 출연을 한다면서 무대 뒷문으로 제 형을 찾아 들어가 공짜로 구경을 하라고 시키던 것입니다. 그러나 춘심이는, 암만 그렇더라도 저도 윤 직원 영감을 따라왔고, 그래서 버젓한 손님이니까 버젓하게 표를 사가지고 들어가야 말이지, 누가 치사하게 공구경을 하느냐고 우깁니다.

그래 한참이나 서로 고집을 세우고 양보를 않던 끝에, 윤 직원 영감은 슬며시 십 전박이 두 푼을 꺼내서 춘심이 손에 쥐여주면서 살살 달랩니다.

"옜다. 이놈으루 군밤이나 사 먹구, 귀경(구경)은 공으루 들여

18 어떤 기술을 혼자만 알고 남에게는 알려 주지 않는 사람을 이르는 말.
19 움직이다 말고 꾸물거리거나 머뭇거리다.
20 서로 자기의 의견만을 고집하고 양보하지 아니함.

달라구 히여, 응? …… 그렇게 허면 너두 좋구 나두 좋구 허지?"

한여름에도 아이들한테 돈을 주려면 군밤값이라는 게 윤 직원 영감의 보캐뷸러리입니다.

춘심이는 군밤값 이십 전에 할 수 없이 매수가 되어 마침내 타협을 하고, 먼저 무대 뒤로 해서 들어갔습니다.

윤 직원 영감은 넌지시 오십 전을 내고 하등표를 달라고 해서, 홍권紅券을 한 장 샀습니다. 그래가지고는 아래층 맨 앞자리의 맨 앞줄에 가서 처억 앉으니까, 미상불 아무도 아직 들어오지 않았고, 갈데없이 첫쨉니다.

조금 앉았노라니까, 아마 윤 직원 영감의 다음은 가게 날쌘 사람이었던지, 한 사십이나 되어 보이는 양복 신사 하나가 비로소 들어오더니, 역시 맨 앞줄을 골라 앉습니다.

그 양복 신사는 웬일인지 처음 들어오면서부터 윤 직원 영감을 연해 흥미 있게 보고 또 보고 해쌓더니, 차차로 호기심이 더하는 모양, 필경은 자리를 옮아 옆으로 바싹 와서 앉습니다. 그러고는 잠시 앉아서 윤 직원 영감에게 말없는 경의를 표한다고 할까, 아무튼 몹시 이야기를 붙여보고 싶어 하는 눈치더니 마침내

"이번에 인기가 굉장헌 모양이지요?"

하고 은근 공손히 말을 청합니다. 그러나 윤 직원 영감으로 보면 인기란 말이 무슨 뜻인지도 모르거니와, 또 낮모를 사람과 쓰잘데 없이 이야기를 할 맛도 또한 없는 것이라 그저

"예에!"

하고 건성으로 대답을 할 뿐입니다.

양복 신사 씨는 좀 싱거웠던지 잠깐 덤덤하더니 한참 만에 또

"거 소릴 얼마나 공불 허면 그렇게 명창이 되시나요?"

하고 묻는 것입니다. 윤 직원 영감은 별 쑥스러운 사람도 다 보겠다고 귀찮게 여기며 아무렇게나

"글씨…… 나두 몰루."

"헤헤엣다, 괜히 그리십니다!"

"무얼 궈녀언이 그런다구 그러우? …… 나넌 소리를 좋아넌 히여두 소리를 헐 종은 모르넌 사램이오!"

"괘애니 그러세요! 명창 이동백李東伯 씨가 노래헐 줄 모르신다면 누가 압니까?"

원 이럴 데가 있습니까! 어쩌면 윤 직원 영감더러 광대 이동백이라고 하다니요!

윤 직원 영감은 단박 분하고 괘씸하고 창피하고 뭐, 도무지 어떻다고 형언할 수가 없습니다. 아무리 예법이 없어진 오늘이라 하더라도, 만일 그 자리가 그 자리가 아니고 계동 자기네 댁만 같았어도 이놈 당장 잡아 내리라고 호령을 한바탕 했을 겝니다.

그러나 산전수전 다아 겪고 칼날 밑에서와 총부리 앞에서 목숨을 내걸어보기 수없던 윤 직원 영감입니다. 또 시속이 어떻다는 것이며, 그래 아무 데서고 함부로 잘못 호령깨나 하는 체하다가는 괜히 되잡혀서 망신을 하는 수가 있다는 것도 잘 알고 있습니다.

윤 직원 영감은 속을 폭신 삭여가지고 자기 손에 쥔 표를 내보이면서 나도 이렇게 구경을 왔노라고 점잖이 깨우쳐주었습니다. 그랬더니 양복 신사 씨는 윤 직원 영감이 생각한 바와는 딴판으로 백배사죄도 않고 그저 아 그러냐고, 실례했다고, 고개만 한 번

까닥합니다. 윤 직원 영감은 그게 다시 괘씸했으나 참은 길이라 그냥 눌러 참았습니다.

그럴 때에 마침 또 다른 양복쟁이 하나가 나타났습니다. 윤 직원 영감한테는 갖추 불길한 날입니다.

그 양복쟁이는 옷깃에다가 가화假花를 꽂은 양이, 오늘 여기서 일 서두리[21]를 하는 사람인가 본데, 우연히 지나가다가 윤 직원 영감이 홍권을 사가지고 어엿하게 백권석에 앉아 있는 것을 발견했던 것입니다. 그는 그 붉은 입장권을 보지 못했었다면 설마 이 풍신 좋은 양반이 홍권을 가지고 백권석에 들어앉았으랴는 의심이야 내지도 않았겠지요.

“저어, 여긴 백권석입니다. 저 위칭으루 가시지요!”

양복쟁이는 좋은 말로 이렇게 간섭을 합니다. 그러나 윤 직원 영감은 백권석이란 신식 문자는 모르되 이층으로 가라는 데는 자못 의외였습니다.

“왜 날더러 그리 가라구 허우?”

“여긴 백권석인데요, 노인은 홍권을 사셨으니깐 저 위칭 홍권석으루 가셔야 합니다.”

“아—니…… 이건 하등표요! 나넌 돈 오십 전 주구 하등표 이놈 샀어! 자, 보시오!”

“그러니깐 말씀입니다. 노인 말씀대루 하면 여긴 상등이거든요. 그런데 노인께선 하등표 사가지구 이 상등에 앉었으니깐, 저 하등석으루 올라가시란 말씀입니다.”

21 일을 거들어주는 사람.

"예가 상등이라? 그러구 저 높은 디 이칭이 하등이라?"

"네에."

"아—니, 여보? 그래, 그런 법이 어디가 있담 말이오? 높은 디가 하등이구 나찬 디가 상등이라니! 나넌 칠십 평생으 그런 말은 츰 듣겠소!"

"그래두 그렇잖습니다. 여기선 예가 상등이구 저 이칭이 하등입니다."

"거참! 그럼, 예는 우리 죄선(조선) 아니구, 저어 서양국이오? 그렇길래 이렇기 모다 꺼꾸루 되지?"

"허허허허, 그렇지만 신식은 다아 그렇답니다. 그러니 정녕 이 자리에서 구경을 허시겠거던 돈을 일 원 더 내시구 백권을 사시지요?"

"나넌 그럴 수 없소! 암만 그래두, 나넌 예가 하등이닝개루, 예서 귀경헐라우!"

우람스러운 몸집과 신선 같은 차림을 하고서 애기처럼 응석을 부리는 데는, 서두리꾼도 어리광을 받아주는 양 짐짓 지고 말아, 윤 직원 영감은 마침내 홍권으로 백권석에서 구경을 했습니다.

실상 윤 직원 영감은 위정 그런 억지를 쓴 것은 아닙니다. 꼭 극장만 여겨서 아래층이 하등인 줄 알았던 것입니다.

윤 직원 영감의 처음 몇 번의 경험에 의하면, 명창대회는 아래층(그러니까 하등이지요) 맨 앞자리의 맨 앞줄이 제일 좋은 자리였습니다. 기생과 광대들의 일동일정이 바로 앞에서 잘 보이고, 노래가 가까이 들리고, 그리고 하등이라 값이 헐하고.

이러한 묘리를 터득한 윤 직원 영감이라, 오늘도 하등표를 산다고 사가지고 하등을 간다고 간 것이 삼 곱이나 더 하는 백권석이었던 것입니다.

그러나 뱃심이라고 할지 생억지라고 할지, 아무튼 서두리꾼을 이겨내고 필경은 그대로 백권석에서 구경을 했습니다.

더욱 좋은 것은, 여느 극장 같으면 하등인 맨 앞자리는 고놈 깍쟁이 같은 조무래기 패가 옴닥옴닥 들어박혀 윤 직원 영감의 육중한 체구가 처억 그 틈에 끼여 있을라치면, 들이 놀림감이 되고, 그래 좀 창피했는데, 오늘은 이 상등스러운 하등이 모두 점잖은 어른들이나 이쁜 기생들뿐이요, 그따위 조무래기 떼가 없어서 실로 금상첨화라 할 수 있었습니다.

구경을 아주 원만히 마치고 난 윤 직원 영감은, 춘심이는 제집이 청진동이니까 걸어가라고 보내고, 자기 혼자만 전차 정류장까지 나왔습니다. 그러나 숱해 몰려나온 구경꾼들과 같이서 전차를 탈 일이며, 또 버스를 탈 일이며, 그뿐 아니라 재동서 내려 경사진 계동 길을 걸어 올라가자면 숨이 찰 일이며 모두 생각만 해도 대견했습니다. 십 원짜리를 가지고 하면 또 공차를 탈 수도 있을 테지만, 에라 내가 돈을 아껴서는 무얼 하겠느냐고 실로 하늘이 알까 무서운 변심을 먹고, 마침 지나가는 인력거를 불러 탔던 것이고, 결과는 돈 오 전을 가외에 더 뺏겼고, 해서 정히 역정이 났었고, 그리고 또 대문이 말입니다.

대문은 언제든지 꽉 잠가두거니와, 옆으로 난 쪽문도 안으로 잠겼어야 할 것이거늘 그것이 훤하게 열려 있었던 것입니다.

윤 직원 영감은 큰대문을 열어놓고 있노라면 어쩐지 집안엣 것이 형적 없이 자꾸만 대문으로 해서 빠져나가는 것만 같고, 그 대신 상서롭지 못한 것이 자꾸만 술술 들어오는 것만 같고 하여, 간혹 장작바리나 큰 짐이 들어올 때가 아니면 큰대문은 결단코 열어놓는 법이 없습니다. 이것은 아주 이 집의 엄한 가헌家憲(?)[22]입니다.

큰대문은 그래서 항상 봉해두고, 출입은 어른 아이 상전 하인 할 것 없이 한옆으로 뚫어놓은 쪽문으로 드나듭니다. 그거나마 꼭꼭 지쳐두어야지, 만일 오늘처럼 이렇게 열어놓곤 하면 거지 등속의 반갑잖은 손님이 들어올 위험이 다분히 있습니다.

물론 아무리 밑질긴[23] 거지가 들어와서 목을 매고 늘어진댔자 동전 한푼 동냥을 주는 법은 없지만, 그러자니 졸리고 악다구니를 하고 하기가 성가신 노릇이니까요. 그러므로 만일 쪽문을 열어놓는 것이 윤 직원 영감의 눈에 뜨이고 보면, 기어코 한바탕 성화가 나고라야 마는데, 대체 식구 중에 누가 갈충머리없이[24] 이런 해망을 부렸는지 참말 딱한 노릇입니다.

역정이 난 윤 직원 영감이, 낙타가 바늘구멍으로 나가는 만큼이나 애를 써서 좁다란 그 쪽문으로 겨우겨우 비비 뚫고 들어서면서 꽝, 소리가 나게 문을 닫는데, 마침 상노 아이놈 삼남이가 그제야 뽀르르 달려 나옵니다.

이놈이 썩 묘하게 생겼습니다. 우선 부룩송아지 대가리같이 머리가 곱슬곱슬하고 노랗기까지 한 게 장관이요, 그런 대가리가 어쩌면 그렇게도 큰지 남의 것 같습니다. 눈은 사팔이어서 얼굴을 모로 돌려야 똑바로 보이고, 코는 비가 오면 고개를 숙여야 합니다.

22 한집안의 법도 또는 규율.
23 한번 앉으면 좀체 일어날 줄 모르는.
24 진득함이 없이 촐랑거리다.

나이는 스무 살인데 그것은 이 애한테만 세월이 특별히 빨리 갔는지, 열 살은 에누리 없이 모자랍니다.

그러나 이 애야말로 윤 직원 영감한테는 대단히 보배스러운 도구입니다. 윤 직원 영감은 상노 아이놈을, 똑똑한 놈을 두는 법이 없습니다. 똑똑한 놈이면 으레껏 훔치훔치, 즉 태을도太乙道(도적질)를 한대서 그러는 것입니다.

실상 전에 시골서 살 때에는 똑똑한 상노 놈을 더러 두어본 적도 있었으나, 했다가 번번이 그 태을도를 하는 바람에 뜨거운 영금[25]을 보았었습니다.

이 삼남이는 시골 있는 산지기 자식으로, 못난 이름이 근동에 널리 떨친 것을 시험 삼아 데려다가 두고 보았더니 미상불 천하일품이었습니다.

너무 멍청해서 데리고 부리기가 매우 갑갑한 때도 있기는 하지만, 그 대신 일 년 삼백예순날을 가도 동전 한푼은커녕 성냥 한 개비, 몰래 축내는 법이 없습니다. 또 산지기의 자식이니, 시속 아이놈들처럼 월급이니 무엇이니 하는 그런 아니꼬운 것도 달라고 않습니다. 해서 참말 둘도 구하기 어려운 보물인 것입니다.

그런지라 윤 직원 영감은 여느 때 같으면 삼남이가 나와서 그렇게 허리를 굽실하면, 그저 오—냐 하고 좋게 대답을 했을 것이지만, 오늘은 그래저래 역정이 난 판이라 누구든지 맨 처음에 눈에 띄는 대로 소리를 우선 버럭 질러주어야 할 판입니다.

"야 이놈아! 어떤 손모가지가 문은 그렇기 훠어언허게 열어누

25 따끔하게 당하는 곤욕.

왔냐? 응?"

"저는 안 그랬어라우! 아마 중마내님이 금방 들오싰넌디, 그렇게 열어누왔넝개비라우?"

중마내님이라는 건 윤 직원 영감의 며느리로 지금 이 집의 형식상 주부입니다.

"그랬으리라! 짝 찢을 년!"

윤 직원 영감은 며느리더러 이렇게 욕을 하던 것입니다. 그는 며느리뿐만 아니라, 딸이고 손자며느리고, 또 지금은 죽고 없지만 자기 부인이고, 전에 데리고 살던 첩이고, 누구한테든지 욕을 하려면 우선 그 '짝 찢을 년'이라는 서양말의 관사 같은 것을 붙입니다. 남잘 것 같으면 '잡어 뽑을 놈'을 붙이고…….

"짝 찢을 년! …… 아, 그년은 글씨 무엇허러 밤낮 그렇기 싸댕긴다냐?"

"모올라우!"

"옳다, 내가 모르넌디 늬가 알 것이냐…… 짝 찢을 년! 그년이 서방이 안 돌아부아 주닝개 오두[26]가 나서 그러지, 오두가 나서 그리여!"

"아마 그렁개비라우!"

관중이 없어서 웃어주질 않으니 좀 섭섭한 장면입니다.

윤 직원 영감이 그렇게 쌍소리로 며느리며 누구 할 것 없이 아무한테고 욕을 하는 것은, 그의 입이 험한 탓도 있겠지만 그의 근지根地가 인조견이나 도금 비녀처럼 허울뿐이라 그렇다고도 하겠

26 매우 방정맞게 날뛰는 짓을 뜻하는 '오두발광'의 준말.

습니다.

윤 직원 영감의 근지야 참 보잘 게 벼랑[27] 없습니다.

4. 우리만 빼놓고 어서 망해라!

얼굴이 말(마면馬面)처럼 길대서 말대가리라는 별명을 듣던 윤 직원 영감의 선친 윤용규는 본이 시골 토반이더냐 하면 그렇지도 못하고, 그렇다고 아전이더냐 하면 실상은 아전질도 제법 해먹지 못했습니다.

아전질을 못 해먹은 것이 시방 와서는 되레 자랑거리가 되었지만, 그때 당년에야 흔한 도서원道書院이나마 한자리 얻어 하고 싶은 생각이 꿀안 같았어도,[28] 도시에 그만한 밑천이며 문필이며가 없었더랍니다.

말대가리 윤용규 그는, 삼십이 넘도록 탈망 바람으로 삿갓 하나를 의관삼아 촌 노름방으로 어슬어슬 돌아다니면서 개평푼이나 뜯으면 그걸로 되돌아 앉아 투전장이나 뽑기, 방퉁이질이나 하기, 또 그도 저도 못 하면 가난한 아내가 주린 배를 틀어쥐고서 바느질품을 팔아 어린 자식과(이 어린 자식이라는 게 그러니까 지금의 윤 직원 영감입니다) 입에 풀칠을 하는 것을 얻어먹고는, 밤이나 낮이나 질편히 드러누워 소대성[29]이 여대치게 낮잠이나 자기…… 이 지

27 '별로'의 경기 방언.
28 꿀안 같다. 속으로는 하고 싶은 생각이 간절하다.
29 고전 소설《소대성전》의 주인공 이름으로, 잠이 몹시 많은 사람을 비유적으로 이르는 말.

경으로 반생을 살았습니다. 좀 호협한 구석이 있고 담보가 클 뿐, 물론 판무식꾼이구요.

그런데, 그런 게 다 운수라고 하는 건지, 어느 해 연분인가는 난데없는 돈 이백 냥이 생겼더랍니다. 시골 돈 이백 냥이면 서울 돈으로 이천 냥이요, 그때만 해도 웬만한 새끼 부자 하나가 왔다 갔다 할 큰돈입니다.

노름을 해서 딴 돈이라고 하기도 하고, 혹은 그 아내가 친정의 머언 일갓집 백부한테 분재를 타온 돈이라고 하기도 하고, 또 누구는 도깨비가 져다 준 돈이라고 하기도 하고 하여 자못 출처가 모호했습니다.

시방이야 가난하던 사람이 불시로 큰돈이 생기면 경찰서 양반들이 우선 그 내력을 밝히려 들지만, 그때만 해도 육십 년 저짝 일이니 누가 지날말로라도 시비 한마딘들 하나요. 그저 그야말로 도깨비가 져다 주었나 보다 하고 한갓 부러워하기나 했지요.

아무튼 그래 말대가리 윤용규는 그날부터 칼로 벤 듯 노름방 발을 끊고, 그 돈 이백 냥을 들여 논을 산다, 대푼변[30] 돈놀이를 한다, 곱장리[31]를 놓는다 해가면서 일조에 착실한 살림꾼이 되었습니다. 그러노라니까, 정말 인도깨비를 사귄 것처럼 살림이 불 일듯 늘어서, 마침내 그의 당대에 삼천 석을 넘겨받게 되었던 것입니다.

윤 직원 영감(그때 당시는 두꺼비같이 생겼대서 윤두꺼비로 불리어지던 윤두섭) 그는 어려서부터 취리에 눈이 밝았고, 약관에는 벌써 그의 선친을 도와가며 그 큰살림을 곧잘 휘어나갔습니다. 그

30 100분의 1이 되는 이자.
31 곱으로 받는 이자.

리고 일천구백삼년 계묘년부터는 고스란히 물려받은 삼천 석거리를 가지고, 이래 삼십여 년 동안 착실히 가산을 늘려왔습니다.

그래서 지금으로부터 십여 년 전, 가권을 거느리고 서울로 이사를 해 오던 그때의 집계를 보면, 벼를 실 만 석을 받았고, 요즘 와서는 현금이 십만 원 가까이 은행에 예금되어 있었습니다.

이런 걸 미루어 보면, 그는 과시 승어부勝於父[32]라 할 것입니다.

하기야 그 양대가, 그 어둔 시절에 그처럼 치산을 하느라고[시절이 어두우니까 체계변이며 장리변의 이문이 숫지고, 또 공문서空文書(공토지)가 수두룩해서 가산 늘리기가 좋았던 한편으로 말입니다] 욕심 사나운 수령한테 걸려들어 명색 없이 잡혀 갇혀서는, 형장을 맞아가며 토색질[33]을 당한 것도 한두 번이 아니요, 화적의 총부리 앞에 목숨을 내걸고 서서 재물을 약탈당하기도 부지기수요, 그러다가 말대가리 윤용규는 마침내 한 패의 화적의 손에 비명의 죽음까지 한 것인즉슨, 일변 생각하면 피로 낙관을 친 치산이지, 녹록한 재물이라고 할 수는 없을 것입니다.

윤 직원 영감은 그때 일을 생각하면 시방도 가슴이 뭉클하고, 그의 선친이 무참히 죽어 넘어진 시체하며, 곡식이 들이 쌓인 노적露積과 곡간이 불에 활활 타던 광경이 눈앞에 선연히 밟히곤 합니다.

잊히지도 않는 계묘년 삼월 보름날입니다. 이 삼월 보름날이 말대가리 윤용규의 바로 제삿날이니까요.

온종일 체곗돈 받고 내주고 하기야, 춘궁에 모여드는 작인(소

32 아버지보다 나음.
33 돈이나 물건 따위를 억지로 달라고 하는 짓.

작인)들한테 장릿벼 내주기야, 몸져누운 부친 윤용규의 병시중 들기야 하느라고 큰살림을 맡아 처리하는 사람의 일례로, 두꺼비 윤두섭, 즉 젊은 날의 윤 직원 영감은 밤늦게야 혼곤히 들었던 잠이 옆에서 아내의 흔들며 깨우는 촉급한 속삭임 소리에 놀라 후닥닥 몸을 일으켰습니다.

한두 번도 아니요, 화적을 치르기 이미 수십 차라, 그는 잠결에도 정신이 들기 전에 육체가 먼저 위급함을 직각했던 것입니다. 장수가 전장에 나가면, 진중에서는 정신은 잠을 자도 몸은 깨서 있다는 것이나 마찬가지 이치라고 할는지요.

실로 그때 당시 윤씨네 집안은 자나깨나 전전긍긍, 불안과 긴장과 경계 속에서 일시라도 몸과 마음을 늦추지 못하고, 마치 살얼음을 건너가는 것처럼 위태위태 지내던 판입니다.

젊은 윤두꺼비는 깜깜 어둔 방 안이라도, 바깥의 달빛이 희유끄름한 옆문을 향해 뛰쳐나갈 자세로 고의춤을 걷어잡으면서 몸을 엉거주춤 일으켰습니다. 보이지는 않으나 아내의 황급한 숨길이 바투 들리고, 더듬어 들어오는 손끝이 바르르 떨리면서 팔에 닿습니다.

"어서! 얼른!"

아내의 쥐어짜는 재촉 소리는, 마침 대문을 총개머린지 몽둥인지로 들이 쾅쾅 찧는 소리에 삼켜져버립니다.

"아버님은?"

윤두꺼비는 뛰쳐나가려고 꼬느었던 자세와 호흡을 잠깐 멈추고서 아내더러 물어보던 것입니다.

"몰라요…… 그렇지만…… 아이구 어서, 얼른!"

아내가 기색할 듯이 초초한 소리로 팔을 잡아 훑는 힘이 아니라도, 윤두꺼비는 벌써 몸을 날려 옆문을 박차고 나갑니다.

신발 여부도 없고 버선도 없는 맨발로, 과녁 반 바탕은 될 타작마당을 단숨에 달려, 두 길이나 높은 울타리를 문턱 넘듯 뛰어넘어, 길같이 솟은 보리밭 고랑으로 몸을 착 엎드리고 꿩 기듯 기기 시작하는 그동안이, 아내가 흔들어 깨울 때부터 쳐서 겨우 오분도 못 되는 순간입니다.

이렇게 윤두꺼비가 울타리를 넘어, 그러느라고 허리띠를 매지 않은 고의를 건사하지 못해서 홀라당 벗어 떨어뜨린 알몸뚱이로 보리밭 고랑에서 엎드려 기기 시작을 하자, 그제야 방금 저편 모퉁이로부터 두 그림자가 하나는 담총[34]을 하고 하나는 몽둥이를 끌고 마침 돌아 나왔습니다.

뒤 울타리로 해서 도망가는 사람을 잡으려는 파순데, 윤두꺼비한테는 아슬아슬한 순간의 찰나라 하겠습니다.

그들도 도망가는 윤두꺼비를 못 보았거니와 윤두꺼비도 물론 그러한 위경[35]이던 줄은 모르고 기기만 하던 것입니다.

만약 그들의 눈에 띄기만 했더라면 처음에는 쫓아갈 것이고, 그러다가 못 잡으면 대고 불질을 했을 겝니다. 부지깽이 같은 그 화승총을 가지고, 더구나 호미와 쇠스랑을 다루던 솜씨로, 으심치무레한 달밤에 보리밭 사이로 죽자살자 내빼는 사람을 쏜다고 쏘았댔자 제법 똑바로 가서 맞을 이치도 없기도 하지만.

그래 아무튼, 발가벗은 윤두꺼비는 무사히 보리밭을 서넛이나

34 어깨에 총을 멤.
35 위태로운 처지.

지나, 다시 솔숲을 빠져나와 나직한 비탈에 왜송이 둘러선 산허리에까지 단숨에 달려와서야 비로소 안심과 숨찬 걸 못 견디어 펄썬 주저앉았습니다.

화적이 드는 눈치를 채면, 여느 일 젖혀놓고 집안 돌아볼 것 없이 몸을 빼쳐 피하는 게 제일 상책입니다.

화적이 인가를 쳐들어와서, 잡아 족치는 건 그 집 대주(호주)와 셈든 남자들입니다. 그래서 그들의 손에 붙잡히기만 하고 보면 우선 (원문 1행 반 삭제) 반죽음은 되게 매를 맞아야 합니다.

그렇게 얻어맞고도, 마침내는 재물은 재물대로 뺏겨야 하고, 그 서슬에 자칫 잘못하면 목숨이 왔다 갔다 합니다. 둘이 잡히면 둘이 다, 셋이 잡히면 셋이 다 그 지경을 당합니다.

그러므로 제가끔 먼저 기수를 채는 당장으로, 아비를 염려해서 주춤거리거나 자식을 생각하여 머뭇거리거나 할 것이 없이, 그저 먼저 몸을 피해놓고 보는 게 당연한 일로 되어 있었습니다. 그럴 것이, 가령 자식이 아비의 위태로움을 알고 그냥 버틴다거나 덤벼든다거나 했자, 저편은 수효가 많은 데다가 병장기를 가진, 그리고 사람의 목숨쯤 파리 한 마리만큼도 여기잖는 패들이니까요.

이날 밤 윤두꺼비도 그리하여 일변 몸져누운 부친이 마음에 걸려, 선뜻 망설이기는 하면서도 사리가 그러했기 때문에, 이내 제 몸을 우선 피해놓고 보던 것입니다.

말대가리 윤용규는 나이 이미 육십에, 또 어제까지 등이며 볼기며에 모진 매를 맞다가 겨우 옥에서 놓여나온 몸이라 도저히 피할 생각은 내지도 못하고, 그 대신 침착하게 일어나 앉아 등잔에 불까지 켰습니다.

기위 당하는 일이라서, 또 있는 담보겠다, 악으로 한바탕 싸워 보자는 것입니다.

화적패들은 이윽고 하나가 울타리를 넘어 들어와 빗장을 벗기는 대문으로 우— 몰려들었습니다.

"개미 새끼 하나라도 놓치지 말렷다!"

그중 두목이, 대문 지키는 두 자와 옆으로 비어져 가는 파수 둘더러 호령을 하는 것입니다.

"영 놓치겠거던 대구 쏘아라!"

재우쳐 이른 뒤에 두목이 앞장을 서서 사랑채로 가고, 한 패는 안으로 갈려 들어갑니다. 그렇게도 사납고 짖기를 극성으로 하는 이 집 개들이 처음부터 끽소리도 못 내고 낑낑거리면서 도리어 주인네의 보호를 청하는 걸 보면, 당시 화적들의 기세가 얼마나 기승스러웠음을 족히 알 수가 있는 것입니다.

"기집이나 어린것들은 손대지 말렷다!"

두목이 잠깐 돌아다보면서 신칙을 하는 데 응하여 안으로 들어가던 패가 몇이

"예—이!"

하고 한꺼번에 대답을 합니다.

이것은 참으로 이상스러운 그네들의 엄한 풍도입니다. 이 밤에 이 집을 쳐들어온 이 패들만 보아도, 패랭이 쓴 놈, 테머리 한 놈, 머리 땋은 총각, 늙은이 해서 차림새나 생김새가 가지각색이듯이, 모두 무질서하고 무지한 잡색 인물들이기는 하나, 일반으로 그들은 어느 때 어디를 쳐서 갖은 참상을 다 저지르곤 할 값에, 좀처럼

부녀와 어린아이들한테만은 손을 대는 법이 없습니다.

만일 그걸 범했다가는, 그는 당장에 두목 앞에서 목이 달아나고라야 맙니다.

사랑채로 들어간 두목이 한 수하를 시켜 윗미닫이를 열어젖히고서 성큼 마루로 올라설 때에, 그는 뜻밖에도 이편을 앙연히 노려보고 있는 말대가리 윤용규와 눈이 딱 마주쳤습니다.

두목은 주춤하지 않지 못했습니다. 그는 윤용규가 이 위급한 판에 한 발자국이라도 도망질을 치려고 서둘렀지, 이다지도 대담하게, 오냐 어서 오란 듯이 버티고 있을 줄은 천만 생각 밖이었던 것입니다.

더욱, 핏기 없이 수척한 얼굴에 병색을 띠고서도, 일변 악이 잔뜩 올라 이편을 무섭게 노려보는 그 머리 센 늙은이의 살기스러운 양자가 희미한 쇠기름 불에 어른거리는 양이라니, 무슨 원귀와도 같았습니다.

두목은 만약 제 등 뒤에 수하들이 겨누고 있는 십여 대의 총부리와 녹슬었으나마 칼들과 몽둥이들과 도끼들이 없었으면, 그는 가슴이 서늘한 대로 물심물심 뒤로 물러섰을는지도 모릅니다.

"으응, 너 잘 기대리구 있다!"

두목은 하마 꺾이려던 기운을 돋우어 한마디 으릅니다. 실상 이 두목(그러니까 오늘 밤의 이 패들)과 말대가리 윤용규와는 처음 만나는 게 아니고 바로 구면입니다. 달포 전에 쳐들어와서 돈 삼백 냥을 빼앗고, 그 밖에 소 한 마리와 패물과 어음 몇 쪽을 털어간 그 패들입니다. 그래서 화적패들도 주인을 잘 알려니와 주인 되는 윤용규도 두목의 얼굴만은 익히 알고 있고, 그러고도 또 달리 뼈에 사무치는 원혐怨嫌[36]이 한 가지 있는 터라, 윤용규는 무서운 것보다도(이미 피치 못할 살판인지라) 차차로 옳게 뱃속으로부터 분노와 악이 치받쳐 올랐습니다.

"이놈 윤가야, 네 들어보아라!"

두목은 종시 말이 없이 앙연히 앉아 있는 윤용규를 마주 노려보면서, 그 역시 분이 찬 음성으로 꾸짖는 것입니다.

"……네가 이놈 관가에다가 찔러서 내 수하를 잡히게 했단 말이지? …… 이놈, 그러구두 네가 성할 줄 알었드냐? …… 이놈 네가 분명코 찔렀지?"

"오냐, 내가 관가에 들어가서 내 입으루 찔렀다, 그래……?"

퀄퀄하게 대답을 하면서 도사리고 앉은 윤용규의 눈에서는 불이 이는 듯합니다.

"……내가 찔렀으니 어쩔 테란 말이냐? …… 흥! 이놈들, 멀쩡하게 도당 모아갖구 댕기면서 양민들 노략질이나 히여먹구, 네가 그러구두 성할 줄 알았더냐? 이놈아……!"

치받치는 악에 소리를 버럭 높이면서 다시

"……괴수 놈, 너두 오래 안 가서 잽힐 테니 두구 보아라! 네 모가지에 작두날이 내릴 때가 머잖었느니라, 이노옴!"

하고는 부드득 이를 갈아붙입니다.

목전의 절박한 사실에 대한 일종의 발악임은 틀림이 없을 것입니다. 그러나 그것은 일변 깊이 생각을 하면 하나의 웅장한 선언일 것입니다.

36 못마땅하게 여겨 싫어하고 미워함.

핍박하는 자에게 대한, 일후의 보복과 승리를 보류하는 자신 있는 선언…….

사실로 윤용규는, 무식하고 소박하나마 시대가 차차로 금권金權이 유세해감을 막연히 인식을 했던 것입니다.

그것은 그러므로, 비단 화적패들에게만 대한 선언인 것이 아니라, 그 야속하고 토색질을 방자히 하는 수령까지도 넣어, 전 압박자에게 대고 부르짖는 선전의 포고이었을 것입니다. 가령 그 자신이 그것을 의식하고 못하고는 고만두고라도…… 말입니다.

"……이놈들! 밤이 어둡다구, 백년 가두 날이 안 샐 줄 아느냐? 두구 보자, 이놈들!"

윤용규는 연하여 이렇게 살기등등하니 악을 쓰는 것입니다.

"하, 이놈, 희떠운 소리 헌다! 허!"

두목은 서글퍼서 이렇게 헛웃음을 치는데, 마침 윗목에서 이제껏 자고 있던 차인꾼이, 그제야 잠이 깨어 푸스스 일어나다가 한참 두릿거리더니, 겨우 정신이 나는지 별안간 버얼벌 떨면서 방구석으로 꽁무니 걸음을 해 들어갑니다.

그러자 또 안으로 들어갔던 패 중에 하나가 총 끝에 흰 무명 고의 하나를 꿰 들고 두목 앞으로 나옵니다.

"두령, 자식 놈은 풍겼습니다!"

"풍겼다? 그럼, 그건 무어란 말이냐?"

"그놈이 울타리를 뛰어넘어가다가 벗어버린 껍데기올시다. 자다가 허리띠두 못 매구서 달아나느라구, 울타리 밑에서 홀라당 벗어졌나 봅니다."

발가벗고 도망질을 치는 광경을 연상함인지 몇이 킥킥하고 소리를 죽여 웃습니다.

"으젓잖은 놈들! 어쩌다가 놓친단 말이냐!"

두목은 혀를 차다가 방 윗목에서 떨고 있는 차인꾼을 턱으로 가리킵니다.

"……아니 그런 게 아니라 혹시 저놈이 자식 놈이 아니냐?"

윤두꺼비는 전번에도 잡히지 않았기 때문에 두목은 그의 얼굴을 몰랐던 것입니다.

두목의 말을 받아 수하 하나가 기웃이 들여다보더니

"아니올시다, 저놈은 차인꾼이올시다."

"쯧! 그렇다면 헐 수 없고…… 잘 지키기나 해라. 그리고, 아직 몽당 순갈 한 매라도 손대지 말렷다!"

"에—이…… 그런데 술이 좋은 놈 한 독 있습니다, 두목…… 닭허구, 돼지두 마침 먹을 감이구요……."

전전해 신축년의 큰 흉년이 아니라도, 화적 된 자치고 민가를 털 제 술이며 고기를 눈여겨보지 않는 법은 없는 법입니다.

"이놈 윤가야, 말 들어라…… 오늘 저녁에 우리가 네 집에를 온 것은……."

두목은 다시 윤용규에게로 얼굴을 돌리고 을러댑니다.

"……네놈의 재물보담두 너를 쓸 디가 있어서 온 것이…… 허니, 어쩔 테냐? 내 말을 순순히 들을 테냐? 안 들을 테냐?"

윤용규는 두목을 마주 거들떠보고 있다가, 말이 끝나자 고개를 홱 돌려버립니다.

"어쩔 테냐? 말을 못 듣겠단 말이지?"

"불한당 놈의 말 들을 수 없다! …… 내가, 생각허면 네놈들을 갈아 먹구 싶은디, 게다가 청을 들어? 흥!"

윤용규는 그새 여러 해 두고 화적을 치러내던 경험에 비추어 보면, 그들 앞에서 서얼설 기고 네―네 살려줍시사고 굽실거리거나, 마주 대고 네놈 내놈 하면서 악다구니를 하거나, 필경 매를 맞고 재물을 뺏기기는 일반이던 것을 잘 알고 있습니다.

그러니 어차피 당하는 마당에, 그처럼 굽실거릴 생각은 애초부터 없었을 뿐 아니라, 일변 그, 이 패에게 대하여 그야말로 갈아 먹고 싶은 원혐입니다.

달포 전인데 이 패에게 노략질을 당하던 날 밤, 그중에 한 놈, 잘 알 수 있는 자가 섞여 있는 것을 윤용규는 보아두었습니다. 그 자는 박가라고, 멀지 않은 근동에서 사는 바로 그의 작인이었습니다.

"오! 이놈 네가!"

윤용규는 제 자신, 작인에게 어떠한 원한받을 짓을 해왔다는 것은 경위에 칠 줄은 모릅니다. 다만 내 땅을 부쳐 먹고사는 놈이 이 도당에 참예를 하여 내 집을 털러 들어오다니, 눈에서 불이 나고 가슴이 터질 듯 분한 노릇이었습니다.

이튿날 새벽같이 윤용규는 몸소 읍으로 달려 들어가서, 당시 그 고을 원(수령)이요, 수차 토색질을 당한 덕에 안면(!)은 있는 백영규白永圭더러, 사분[37]이 이만저만하고 이러저러한데, 그중에 박아무개라는 놈도 섞여 있었다고, 그러니 그놈만 잡아다가 족치거드면 그 일당을 다 잡을 수가 있으리라고 아뢰어 바쳤습니다.

37 개인의 일로 일어나는 사사로운 분노.

백영규는 그러나 말대가리 윤용규보다 수가 한 길 윗수였습니다.

그는 자초지종 이야기를 다 듣더니, 아 그러냐고, 그러면 박가라는지 그놈을 잡아오기는 올 것이로되, 그러나 화적패에 투신한 놈을 그처럼 잘 알진댄 윤용규 너도 미심쩍어, 그러니 같이 문초를 해야 하겠은즉 그리 알라고, 우선 윤용규부터 때려 가두었습니다.

약은 수령이 백성의 재물을 먹자고 트집을 잡는데 무슨 사리와 경우가 있나요? 루이 십사센지 하는 서양 임금은 짐이 바로 국가라고 호통을 했고, 조선서도 어느 종실宗室 세도勢道 한 분은 반대파의 죄수를 국문하는데, 참새가 찍한다고 해도 죽이고, 짹한다고 해도 죽이고, 필경은 찍짹합니다 해도 죽였다고 하지 않습니까.

당시 일읍一邑의 수령이면 그 고장에서는 왕이요, 그의 덮어놓고 하는 공사는 바로 법과 다를 바 없던 것입니다. 항차 그는 화적을 잡기보다는 부자를 토색하기가 더 긴하고 재미가 있는 데야.

말대가리 윤용규는 혹을 또 한 개 덜렁 붙이고서 옥에 갇히고, 박가도 그날로 잡혀 들어왔습니다.

문초는 그러나 각각 달랐습니다. 박가더러는 그들 일당의 성명과 구혈과 두목을 대라고 족쳤습니다.

박가는 제가 그 도당에 참예한 것은 불었어도, 그 외 것은 입을 꽉 다물고서 실토를 안 했습니다. 주리를 틀려 앞정강이의 살이 문드러지고 허연 뼈가 비어져도 그는 불지를 않았습니다.

일변 윤용규더러는, 네가 그 도당과 기맥을 통하고 있고 그 패들에게 재물과 주식을 대접했다는 걸 자백하라고 문초를 합니다. 박가의 실토를 들으면 과시 네가 적당과 연맥이 있다고 하니, 정자백을 안 하면 않는 대로 그냥 감영으로 넘겨 목을 베게 하겠다는 것이었습니다.

이것이, 좀 먹자는 트집인 것은 두말할 것도 없는 속이었고, 그래 누가 이래라저래라 시킬 것도 없이 벌써 줄 맞은 병정이 되어서, 젊은 윤두꺼비는 뒷줄로 뇌물을 쓰느라고 침식을 잊고 분주했습니다.

오백 냥씩 두 번 해서 천 냥은 수령 백영규가 고스란히 먹고, 또 천 냥은 가지고 이방 이하 호장이야, 형방이야, 옥사정이야, 사령이야, 심지어 통인 급창이까지 고루 풀어 먹였습니다.

이천 냥 돈을 그렇게 들이고서야, 어제 아침 달포 만에 말대가리 윤용규는 장독杖毒으로 꼼짝 못하는 몸을 보교에 실려 옥으로부터 집으로 놓여나왔던 것입니다.

사맥事脈[38]이 이쯤 되었으니, 윤용규로 앉아서 본다면 수령 백영규한테와 화적패에게 원한이 자못 깊습니다. 그러나 아무리 원한이 깊었자 저편은 감히 건드리지도 못할 수령이라 그 만만하달까, 화적패에게 잔뜩 보복을 벼르고 있었고, 그런 참인데, 마침 그 도당이 또다시 달려들어서는 이러니저러니 하니 그야말로 갈아 먹고 싶을 것은 인간의 옹색한 속이 아니라도 당연한 근경이라 하겠지요.

일은 그런데 피장파장이어서 화적패도 또한 말대가리 윤용규에게 원한이 있습니다. 동료 박가를 찔러서 잡히게 했다는 것입니다.

38 일의 내력과 갈피.

박가가 잡혀가서 그 모진 혹형을 당하면서도 구혈이나 두목이나 도당의 성명을 불지 않는 것은 불행 중 다행입니다. 그러니 그런 만큼 의리가 가슴에 사무치지 않을 수가 없었던 것입니다.

윤용규한테 대한 원한은 우선 접어놓고, 어디 일을 좀 무사히 펴이게 하도록 해볼까 하는 것이 그들의 첫 꾀였습니다. 만약 그런 꾀가 아니라면야 들어서던 길로 지딱지딱해버리고 돌아섰을 것이지요.

두목은 윤용규가 전번과는 달라 악이 바싹 올라가지고 처음부터 발딱거리면서 뻣뻣이 말을 못 듣겠노라고 버티는 데는 물큰 화가 치밀어 오르지 않을 수가 없었습니다.

"진정이냐?"

그는 눈을 부라리면서 딱 을러댑니다. 그러나 윤용규는 종시 까닥 않고 대답입니다.

"다시 더 물을 것 읎너니라!"

"너, 그리 고집 세지 마라……!"

두목은 잠깐 식식거리면서 윤용규를 노리고 보다가, 이윽고 음성을 눅여 타이르듯 합니다.

"……그러다가는 네게 이로울 게 없다. 잔말 말구, 네가 뒤로 나서서 삼천 냥만 뇌물을 써라. 너두 뇌물을 쓰구서 뇌여나왔지? 그럴 테면 네가 옭아넣은 내 수하도 풀어놓아 주어야 옳을 게 아니야? …… 허기야 너를 시키느니 내가 내 손으로 함직한 일이기는 하지만, 나는 당장 삼천 냥이 없고, 그걸 장만하자면 너 같은 놈 열 놈의 집은 더 털어야 하니 시급스럽게 안 될 말이고, 또오 내가 나서서 뇌물을 쓰다가는 됩다 위태할 것이고 허니 불가불

일은 네가 할 수밖에 없다. 허되 급히 서둘러야지 며칠 안 있으면 감영으로 넹긴다드구나?"

두목은 끝에 가서는 거진 사정하듯 목마른 소리로 말을 맺고서 윤용규의 대답을 기다립니다.

윤용규는 그러나 싸늘하게 외면을 하고 앉아서 두목이 하는 소리는 들리지도 않는 체합니다.

"……어쩔 테냐? 한다든 못 한다든, 대답을……."

두목은 맥이 풀리는 대신 다시 울화가 치받쳐 버럭 소리를 지르다 말고 입술을 부르르 떱니다.

"못 한다!"

윤용규도 지지 않고 소리를 지릅니다.

"……네놈들이 죄다 잽혀가서 목이 쓸리기를 축원허구 있는 내가, 됩다 한 놈이라두 뇌여나오라구, 내 재물을 들여서 뇌물을 써? 흥! 하늘이 무너져두 못헌다!"

"진정이냐?"

"오―냐!"

윤용규는 아주 각오를 했습니다. 행악은 어차피 당해둔 것, 또 재물도 약간 뺏겨는 둔 것, 그렇다고 저희가 내 땅에다가 네 귀퉁이에 말뚝을 박고 전답을 떠가지는 못할 것, 그러니 저희의 청을 들어 삼천 냥을 들여서 박가를 빼놓아 주느니보다는 월등 낫겠다고, 이렇게 이해까지 따진 끝의 각오이던 것입니다.

"진정?"

두목은 한 번 더 힘을 주어 다집니다.

"오―냐, 날 죽이기밖으 더 헐 테야?"

"저놈 잡아내랏!"

윤용규의 말이 미처 떨어지기 전에 두목이 뒤를 돌아다보면서 호령을 합니다.

등 뒤에 모여 섰던 수하 중에 서넛이나가 우르르 방으로 몰려 들어가더니 왁진왁진 윤용규를 잡아끕니다. 그러자 마침 안채로 난 뒷문이 와락 열리더니, 흰 머리채를 풀어 헤뜨린 윤용규의 노처가, 아이구머니 이 일을 어쩌느냐고 울어 외치면서 달려들어 뒤엎으러져 매달립니다.

화적패들은 윤용규를 앞뒤에서 끌고 떠밀고 하고, 윤용규는 안 나가려고 버둥대면서도 그래도 할 수 없이 문께로 밀려 나옵니다. 그러다가 어찌어찌 부스대는 윤용규의 손에 총대 하나가 잡혔습니다.

총을 홀트려 쥔 그는 장독으로 고롱거리는 육십객답지 않게 불끈 기운을 내어, 총대를 가로, 빗장 대듯 문지방에다가 밀어대면서 발로 문턱을 디디고는 꽉 버팅깁니다. 그러고 나니까는 아무리 상투를 잡아끌고 몽둥이로 직신거리고 해도 으응 소리만 치지, 꿈쩍 않고 그대로 버팁니다. 수령이 그걸 보다 못해 옆에 섰는 수하의 몽둥이를 채어가지고 윤용규가 총대에다가 버틴 바른편 팔을 겨누어 으끄러지라고 한번 내리칩니다. 한 것이 상거는 발고[39] 또 문지방이며 수하의 어깨하며 거치적거리는 것이 많아 겨냥은 삐뚜로 나가고 말았습니다.

"따악!"

39 길이가 매우 짧다.

빗나간 겨냥이 옆으로 비껴 이마를 바스러지게 얻어맞은 윤용규는

"어이쿠우!"

소리와 한가지로 피를 좌르르 흘리며 털씬 주저앉았습니다.

동시에 윤용규의 노처가 그만 눈이 뒤집혀

"아이구우! 인제는 사람까지 죽이는구나아! 나두 죽여라아! 이놈들아!"

하고 외치면서 죽을 둥 살 둥 어느 겨를에 달려들었는지 두목의 팔을 덥썬 물고 늘어집니다. 윤용규는 주저앉은 채 정신이 아찔하다가 번쩍 깨났습니다. 그는 화적패들이 무슨 내평[40]으로 밖으로 끌어내려고 하는지 그건 몰라도, 아무려나 이롭지 못할 것 같아 되나 안 되나 버텅겨보았던 것인데, 한번 얻어맞고 정신이 오리소리한[41] 판에 마침 그의 아내가 별안간

"……인제는 사람까지 죽이는구나!"

하고 왜장치는[42] 이 소리에 정말로 죽음이 박두한 줄로만 알았습니다.

그러면 인제는 옳게 이놈들의 손에 죽는구나, 그렇다면 죽어도 그냥은 안 죽는다. 이렇게 악이 복받치자, 그는 벌떡 일어서면서 눈앞에 보이는 대로 칼 하나를 채어가지고는 마구 대고 휘저었습니다.

더욱이 눈이 뒤집히기는, 아무리 화적이라도 결단코 하지 않던

40 속내.
41 뜻밖의 일이나 어려운 일로 인해 정신이 없다.
42 쓸데없이 큰 소리로 마구 떠들다.

짓인데 여인을, 하물며 늙은 여인을 치는 걸 본 것입니다. 그는 그의 아내가 두목의 팔을 물고 늘어진 줄은 몰랐고, 다만 두목이 아내의 머리끄덩일 잡아 동댕이를 쳐서 물린 팔을 놓치게 하는 그 광경만 보았던 것입니다.

아무리 죽자 살자 악이 받쳐 칼을 휘두른다지만 죽어가는 늙은인 걸, 십여 개나 덤비는 총개머리야 몽둥이야 칼이야 도끼야를 당해낼 수가 없던 것입니다.

윤용규가 마지막, 목덜미에 도끼를 맞고 엎드러지자, 피를 본 두목은 두 눈이 불덩이같이 벌컥 뒤집어졌습니다. 그는 실상 윤용규를 죽일 생각은 없었습니다.

그렇다고 윤용규 하나쯤 죽이기를 차마 못 해서 그런 것은 아니고, 제 구혈로 잡아가잿던 것입니다. 한때 만주에서 마적들이 하던 그 짓이지요. 볼모로 잡아다 두고서 가족들로 하여금 이편의 요구를 듣게 하잿던 것입니다.

"노적허구 곡간에다가 불 질러랏!"

두목은 뒤집힌 눈으로 피투성이가 되어 쓰러진 윤용규를 노려보다가 수하를 사납게 호통하던 것입니다.

이윽고 노적과 곡간에서 하늘을 찌를 듯 불길이 솟아오르고, 동네 사람들이 그제야 여남은 모여들어 부질없이 물을 끼얹고 하는 판에, 발가벗은 윤두꺼비가 비로소 돌아왔습니다. 화적은 물론 벌써 물러갔고요.

윤두꺼비는 피에 물들어 참혹히 죽어 넘어진 부친의 시체를 안고 땅을 치면서

"이놈의 세상이 어느 날에 망하려느냐!"

고 통곡을 했습니다.

그리고 울음을 진정하고는, 불끈 일어서 이를 부드득 갈면서

"오—냐, 우리만 빼놓고 어서 망해라!"

고 부르짖었습니다. 이 또한 웅장한 절규이었습니다. 아울러, 위대한 선언이었고요.

윤 직원 영감이 젊은 윤두꺼비 적에 겪던 격난의 한 토막이 대개 그러했습니다.

그러니, 그러한 고난과 풍파 속에서 모아 마침내는 피까지 적신 재물이니, 그런 일을 생각해서라도 오늘날 윤 직원 영감이 단 한 푼을 쓰재도 벌벌 떠는 것도 일변 무리가 아닐 것입니다.

돈을 모으는데 무얼 어떻게 해서 모았다는 거야 윤 직원 영감으로는 상관할 바 아닙니다. 사실 착취라는 문자를 가져다가 붙이려고 하면, 윤 직원 영감은 거 웬 소리냐고 훌훌 뛸 겝니다.

다아 참, 내가 부지런하고 또 시운이 뻗쳐서 부자가 되었지, 작인이며 체곗돈 쓴 사람이며 장릿벼 얻어다 먹은 사람이며가 무슨 관계가 있느냐서 말입니다.

바스티유 함락과는 항렬이 스스로 다르기는 하지만, 아무튼 윤 직원 영감은 그처럼 육친의 피로써 물들인 재산 더미 위에 올라앉아 옛날 그다지도 수난 많던 시절과는 딴판이요, 도무지 태평한 이 시절을 생각하면 안심되고 만족한 웃음이 절로 솟아날 때가 많습니다.

하나, 말을 타면 경마도 잡히고 싶은 게 인정이라고 합니다.

시대가 바뀌면서 소란한 세상이 지나가고 재산과 몸이 안전한

세태를 당하자, 윤두꺼비는 돈으로는 남부러울 게 없어도, 문벌이 변변찮은 게 섭섭한 걸 비로소 느끼게 되었습니다.

하기야 중년에 또다시 양복 청년, 혹은 권총 청년이라는 것 때문에 가끔 혼뗌[43]이 나곤 하지 않은 것은 아니더랍니다.

이런 일이 있었습니다.

기미己未 경신庚申, 바로 경신년 섣달입니다. 논이 마침 욕심나는 게 한 오천 평 수중에 들어오게 되어서, 그 땅값을 치르려고 사천 원을 집에다가 두어두고 땅 팔 사람이 오기를 기다리던 날입니다.

그런데 그게 귀신이 곡을 할 일이라고, 윤두꺼비는 두고두고 기막혀하였지마는, 그걸 어떻게 염탐했는지 벌건 대낮에 쏙 빠진 양복쟁이 둘이 들어 덤벼가지고는 그 돈 사천 원을 몽땅 뺏어가던 것입니다.

뭐, 꿀꺽 소리 못 하고 고스란히 내다가 바쳤지요. 고 싸―늘한 쇠끝에 새까만 구멍이 똑바로 가슴패기를 겨누고서 코앞에다가 들이댄 걸, 그러니 염라대왕이 지켜 선 맥이었지요.

옛날 화적들은 밤중에나 들어와서 대문이나 짓부수고 하지요. 그 덕에 잘하면 도망이나 할 수 있지요.

한데 이건, 바로 대낮에 귀한 손님 행차하듯이 어엿이 찾아와서는, 한다는 짓이 그 짓이니 꼼짝인들 할 수가 있었나요.

그래, 사천 원을 도무지 허망하게 내주고는, 윤두꺼비는 망연자실해서 우두커니 한 식경이나 앉았다가, 비로소 방바닥에 떨

43 단단히 혼냄. 또는 그런 일.

어진 종잇장으로 눈이 갔습니다. 돈을 받았다는 영수증을 써놓고 갔던 것입니다.

"허! 세상이 개명을 허닝개루 불한당 놈들두 개명을 히여서 영수징 써주구 돈 뺏어간다?"

윤두꺼비는 빼앗긴 돈 사천 원이 아까워서 꼬박 이틀 동안, 그리고 세상이 또다시 옛날 화적이 횡행하던 그런 시절이나 되고 보면, 그 일을 장차 어찌하나 하는 걱정으로 꼬박 나흘 동안, 도합 엿새를 두고 밥맛과 단잠을 잃었습니다.

그런 뒤로도 다시 두어 번이나 그런 긴찮은 손님네를 치렀습니다. 돈은 그러나 한푼도 뺏기지 않았습니다. 처음 겪은 일로 미루어 그 뒤로는 단돈 십 원도 집에다가 두어두지를 않았으니까요.

시골서 돈을 많이 가지고 살면, 여러 가지 공과금이야, 기부금이야, 또 가난한 일가 푸네기들한테 뜯기는 것이야, 그런 것 때문에 성가시기도 하고, 또 제일 왈, 그 양복 입은 그런 나그네가 종시 마음 놓이지 않기도 하고 해서, 윤두꺼비는 마침내 가권을 거느리고 서울로 이사를 했던 것입니다.

윤두꺼비가 이윽고 세상이 평안한 뒤엔 집안의 문벌 없음을 섭섭히 여겨 가문을 빛나게 할 필생의 사업으로 네 가지 방책을 추렸습니다.

맨 처음은 족보에다가 도금을 했습니다. 그럼직한 일가들을 추겨가지고 보소譜所를 내놓고는, 윤두섭의 제 몇 대 윤 아무개는 무슨 정승이요, 제 몇 대 윤 아무개는 무슨 판서요, 제 몇 대 아무는 효자요, 제 몇 대 아무 부인은 열녀요, 이렇게 그럴싸하니 족보를 새로 꾸몄습니다. 땅 짚고 헤엄치기지요.

그러노라고 한 이천 원 돈이 들었습니다. 그렇지만 일이 수나로운[44] 만큼, 그러한 족보 도금이야 조상치레나 되었지, 그리 신통할 건 없었습니다.

아무 데 내놓아도 말대가리 윤용규 자식 윤두꺼비요, 노름꾼 윤용규의 자식 윤두섭인걸요. 자연, 허천들린[45] 배 속처럼 항상 뒤가 헛헛하던 것입니다.

신 씨 성 가진 친구를 잔나비라고 육장[46] 놀려주면, 그래 그러던 끝에 그 신 씨가 동물원엘 가서 잔나비를 보면 어찌 생각이 이상하고, 내가 정말 잔나비거니 여겨지는 수가 있답니다.

그 푼수로, 누구 사음舍音[47]이나 한자리 얻어 할 양으로 보비위[48]나 해주려는 사람이, 윤두꺼비네의 그 신편新篇 족보를 외어가지고 다니면서 매일 몇 번씩 윤 정승 아무개 씨의 제 몇 대손 윤두섭 씨, 윤 판서 아무개 씨의 제 몇 대손 윤두섭 씨, 이렇게 대고 불러주었으면, 가족보假族譜나마 적이 실감이 나서, 듣는 당자도 좋아하고 하겠지만, 어디 그런 영리하고도 실없는 사람이야 있나요. 혹은 작곡을 해가지고 그것을 시체 유행가수를 시켜 소리판에다가 넣어서 육장 틀어놓고 듣는다면 모르지요마는.

족보는 아무튼 그래서 득실이 상반이었고, 그다음은 윤두꺼비 자신이 처억 벼슬을 한자리했습니다.

시골은 향교라는 게 있어서, 공자님 맹자님을 비롯하여 옛날

44 무엇을 하는 데 어려움이 없이 순조롭다.
45 '걸신들리다'의 방언.
46 한 번도 빼지 않고 늘.
47 마름.
48 남의 비위를 잘 맞추어 줌.

여러 성현을 모시는 공청이 있습니다.

춘추로 소를 잡고 돼지를 잡고 해서 제사를 지내고 하지요. 들이껴서는 그게 바로 학교더랍니다.

이 향교의 맨 우두머리 가는 어른을 직원直員이라고 합니다.

직원을 옛날에는, 그 골에서 학문과 덕망이 높은 선비가 여러 사람의 촉망으로 뽑혀서 지내곤 했는데, 근년 향교의 재정이며 모든 범백을 군청에서 맡아보게 된 뒤로부터는 전과는 기맥이 좀 달라졌는지, 장의掌議라고 바로 직원의 아랫길 가는 역원들이 있는데 그 사람들한테 사음이며 농토 같은 것을 줄 수 있는 다액 납세자라면 직원 하나쯤 수월한 모양입니다.

윤두꺼비로서야 과거를 보아 벼슬을 해서 양반이 되겠습니까, 능참봉을 하겠습니까. 아쉬운 대로 향교의 직원이 만만했겠지요.

그래 그는 직원이 되었습니다. 그래서 윤두섭이란 석 자 위에 무어나 직함이 붙기를 자타가 갈망하던 끝이라 윤두꺼비는 넙죽 뛰어 윤 직원 영감이 되었던 것입니다.

그 뒤로 삼 년 동안, 윤두꺼비(가 아니라) 윤 직원 영감은 직원으로 지내면서 춘추 두 차례씩 향교에 올라가

"홍—."

"바이—."

소리에 맞추어 누가 기운이 더 세었던지 모르는 공자님과 맹자님을 비롯하여 여러 성현께 절을 하는 양반이요, 선비 노릇을 착실히 했습니다.

공자님과 맹자님이 누가 기운이 더 세었던지 모르겠다는 말은, 윤 직원 영감이 창조해낸 억만고의 수수께끼랍니다.

다른 게 아니라, 어느 해 여름인데 윤 직원 영감이 향교엘 처억 올라오더니 마침 풍월을 하느라고 흥얼흥얼하고 앉았는 여러 장의와 선비들더러 밑도 끝도 없이

"대체 거, 공자님허구 맹자님허구 팔씨름을 히였으면 누가 이겼으꼬?"

하고 물었더랍니다.

장의와 선비들은 웃어야 할지 울어야 할지 분간 못 해서 입만 떠억 벌렸고, 아무도 윤 직원 영감의 궁금증은 풀어주지는 못했답니다.

삼 년 동안 직원을 지내다가, 서울로 이사를 해 오는 계제에 그 직책을 내놓았습니다. 그러나 직원이라는 영광스러운 직함은, 공자님과 맹자님이 팔씨름을 했으면 누가 이겼을까? 하는 수수께끼로 더불어 영원히 쳐졌던 것입니다.

그다음, 윤 직원 영감이 집안 문벌을 닦는 데 또 한 가지의 방책은 무어냐 하면, 양반 혼인이라는 좀 더 빛나는 사업이었습니다.

외아들(서자 하나가 있기는 하니까 외아들이랄 수는 없지만 아무튼) 창식은 나이 근 오십 세요, 벌써 옛날에 시골서 아전 집과 혼인을 했던 터이라 치지도외置之度外[49]하고, 딸은 서울 어느 양반집으로 시집을 보냈습니다. 오막살이에 가랑이가 찢어지게 가난한 집인데, 그나마 방정맞게시리 혼인한 지 일 년 만에 사위가 전차에 치여 죽고, 딸은 새파란 과부가 되어 지금은 친정살이를 하지만, 아무려나 양반 혼인은 양반 혼인이었습니다.

49 마음에 두지 아니함.

또 맏손자며느리는 충청도의 박 씨네 문중에서 얻어왔습니다. 역시 친정이 가난은 해도 패를 찬 양반의 씹니다.

둘째 손자며느리는 서울 태생인데, 시구문 밖 조 씨네 집안이나, 그렇다고 배추 장수네 딸은 아니고, 파계를 따지면 조 대비趙大妃와 서른일곱 촌인지 아홉 촌인지 된다고 합니다.

이렇게 해서 버젓하게 양반 사돈을 세 집이나 두게 된 것은 윤 직원 영감으로 가히 한바탕 큰기침을 할 만도 합니다.

그다음 마지막 또 한 가지가 무엇이냐 하면, 이게 가장 요긴하고 값나가는 품목입니다.

집안에서 정말 권세 있고 실속 있는 양반을 내놓자는 것입니다.

군수 하나와 경찰서장 하나…….

게다가 마침맞게 손자가 둘이지요.

하기야 군수보다는 도장관(도지사)이 좋겠고, 경찰서장보다는 경찰부장이 좋기는 하겠지만, 그건 너무 첫술에 배불러지라는 욕심이라 해서, 알맞게 우선 군수와 경찰서장을 양성하던 것입니다.

5. 마음의 빈민굴

윤 직원 영감은 그처럼 부민관의 명창대회로부터 돌아와서, 대문 안에 들어서던 길로 이 분풀이, 저 화풀이를 한데 얹어 그 알뜰한 삼남이 녀석을 데리고 며느리 고 씨더러, 짝 찢을 년이니 오두가 나서 그러느니 한바탕 귀먹은 욕을 걸쭉하게 해주고 나서야 적이 직성이 풀려, 마침 또 시장도 한 판이라 의관을 벗고 안방으로 들어갔습니다.

아랫목으로 펴놓은 돗자리 위에, 방 안이 온통 그들먹하게시리 발을 개키고 앉아 있는 윤 직원 영감 앞에다가, 올망졸망 사기 반상기가 그득 박힌 저녁상을 조심스레 가져다 놓는 게 둘째 손자며느리 조 씹니다. 방금, 경찰서장감으로 동경 가서 어느 사립대학의 법과에 다니는 종학鍾學의 아낙입니다.

서울 태생이요 조 대비의 서른일곱 촌인지 아홉 촌인지 되는 양반집 규수요, 시구문 밖이 친정이기는 하지만 배추 장수 딸은 아니라도 학교라곤 근처에도 못 가보았고 얼굴은 얇디얇은 납작 바탕에 주근깨가 다닥다닥 박혀서, 그닥 출 수는 없는 인물입니다.

그런 중에도 더욱 안된 건 잡아 뽑아놓은 듯이 뚜하니 나온 위 아랫입술입니다. 이 쑤욱 나온 입술로, 그 값을 하느라고 그러는지 새수빠진[50] 소리를 그는 퍽도 잘합니다. 새서방 종학이한테 눈의 밖에 나서 소박을 맞는 것도, 죄의 절반은 그 입술과 새수빠진 소리 잘하는 것일 겝니다.

종학은 동경으로 유학을 가면서부터는 아주 털어 내놓고서 이혼을 해달라고 줄창치듯 편지로 집안 어른들을 졸라대지만, 윤 직원 영감으로 앉아서 본다면 천하 불측한 놈의 소리지요.

아무튼 그래서 생과부가 하나…….

밥상 뒤를 따라 쟁반에다가 양은주전자에 술잔을 받쳐 들고 들어서는 게 맏손자며느리 박 씹니다.

이 집안의 업덩어립니다. 얌전하고 바지런해서, 그 크나큰 안

50 줏대가 없고 이치에 맞지 않다.

살림을 곧잘 휘어나가고, 게다가 시할아버지의 보비위까지 잘하니 더할 나위 없습니다.

인물도 얼굴이 동그름하고 눈이 시원스럽게 생겨서, 올해 나이 서른이로되 도리어 스물다섯 살 먹은 동서보다도 젊어 보입니다.

다만 한 가지, 맏아들 경손慶孫이가 금년 열다섯 살인 걸, 아직도 아우를 못 보는 게 흠이라면 흠이라고 하겠지만, 하기야 손이 귀한 건 이 집안의 내림이니까요.

한데, 이 여인 역시 신세가 고단한 편입니다. 무슨 소박이니 공방이니 하는 문자까지 가져다 붙일 것은 없어도, 남편이요 이 집안의 장손인 종수鍾秀가 시골로 내려가서 첩살림을 하기 때문에, 할 수 없이 생과부 축에 끼지 않을 수가 없던 것입니다.

종수는 윤 직원 영감의 가문 빛내기 위한 네 가지 사업 가운데 군수와 경찰서장을 만들어내려는 품목 중에 편입된, 그 군수 재목입니다. 그래 오륙 년 전부터 고향의 군에서 군서기 노릇을 하느라고, 서울서 따들인 기생첩을 데리고 치가를 하는 참이랍니다.

이래서 생과부가 둘…….

맏손자며느리 박 씨가 들고 들어오는 술반을 받아가지고 윗목 화로 옆으로 다가앉아 술을 데우는 게, 윤 직원 영감의 딸 서울아씨라는 진짜 과붑니다. 양반 혼인을 하느라고, 서울 어느 가랑이가 찢어지게 가난한 집으로 시집을 갔다가, 새서방이 일 년 만에 전차에 치여 죽어서 과부가 된 그 여인입니다.

이마가 좁고 양미간이 넓고 콧잔등은 폭신 가라앉고, 온 얼굴에 검은 깨를 끼얹어 놓았고 목이 옴츠러지고, 이런 생김새가 아닌 게 아니라 청승맞게는 생겼습니다.

"네가 소갈머리가 고따우루 생겼으닝개루, 저 나이에 서방을 잡어먹었지!"

윤 직원 영감은 딸더러 이렇게 미운 소리를 곧잘 하곤 합니다. 그러나 그런 말을 할 때면, 소갈머리뿐 아니라, 생김새도 그렇게 생겨먹었느니라고 으레껏 생각을 합니다.

젊은 과부다운 오뇌懊惱[51]는 없지 않지만, 자라기를 호강으로 자랐고, 또 이내 포태胞胎도 해보지 못했기 때문에, 스물여덟이라는 제 나이보다 훨씬 앳되기는 합니다.

이래서 생과부, 통과부 등 합하여 과부가 셋…….

그러나 과부가 셋뿐인 건 아닙니다.

시방 건넌방에서 잔뜩 도사리고 앉아, 무어라고 트집거리가 생기기만 하면 시아버지 되는 윤 직원 영감과 한바탕 맞다대기를 할 양으로 벼르고 있는 이 집의 맏며느리 고 씨, 이 여인 또한 생과붑니다.

그리고 또 아까 안중문께로 나갔다가 마침 윤 직원 영감이 삼남이 녀석을 데리고 서서 며느리 고 씨더러 군욕질을 하는 걸 듣고 들어와서는, 그 말을 댓 발이나 더 잡아 늘여 고 씨한테 일러바친 침모 전주댁, 이 여인이 또 진짜 과붑니다.

이래서 이 집안에 과부가 도합 다섯입니다. 도합이고 무엇이고 명색 여인네치고는 행랑어멈과 시비 사월이만 빼놓고는 죄다 과부니 계산이야 순편합니다.

이렇게 생과부, 통과부, 떼과부로 과부 모를 부어놓았으니 꽃

51 뉘우쳐 한탄하고 번뇌함.

모종이나 같았으면 춘삼월 제철을 기다려 이웃집에 갈라 주기나 하지요. 이건 모는 부어놓고도 모종으로 갈라 줄 수도 없는 인간 모종이니 딱한 노릇입니다.

밥상을 받은 윤 직원 영감은 방 안을 한 바퀴 휘휘 둘러보더니

"태식이는 어디 갔느냐?"

하고 누구한테라 없이 띄워놓고 묻습니다. 윤 직원 영감이 인간 생긴 것치고 이 세상에서 제일 귀애하는 게 누구냐 하면, 시방 어디 갔느냐고 찾는 태식입니다.

지금 열다섯 살이고 나이로는 증손자 경손이와 동갑이지만, 아들은 아들입니다. 그러나 본실 소생은 아니고, 시골서 술에미[酒女]를 상관한 것이 그걸 하나 보았던 것입니다.

배야 뉘 배를 빌려 생겨났든 간에 환갑이 가까워서 본 막내둥이니, 아버지로 앉아서야 예뻐할 건 당연한 노릇이겠지요. 하물며 낳은 지 삼칠일 만에 어미한테서 데려다가 유모를 두고 집안의 뭇 눈치 속에서 길러낸 천덕꾸러기니, 여느 자식보다 불쌍히 여겨서라도 한결 귀애할 게 아니겠다구요.

윤 직원 영감은 밥을 먹어도 꼭 태식이를 데리고 같이 먹곤 하는데, 오늘 저녁에는 마침 눈에 뜨이지 않으니까 숟갈을 들려고 않고서 그 애를 먼저 찾던 것입니다.

윗목께로 공순히 서서 있던 두 손자며느리는, 이거 또 걱정을 한바탕 단단히 들어두었나 보다고 송구해하는 기색만 얼굴에 드러내고 있고, 그러나 딸 서울아씨는 친정아버지의 성화쯤 그다지 겁나지 않는 터라

"방금 마당에서 놀았는걸!"

하고 심상히 대답을 하면서 술주전자를 들고 밥상 옆으로 내려옵니다.

"방금 있었넌디 어디루 갔담 말이냐? 눈에 안 뵈거덜랑 늬가 잘 동촉히여서 찾어보구 좀 그리야지……."

아니나 다를까, 윤 직원 영감은 딸더러 하는 소리는 소리지만, 온 집안 식구들한테다 대고 나무람을 하던 것입니다.

"동촉이구 무엇이구, 제멋대루 나가 돌아다니는 걸 어떻게 일일이 참견허라구 그리시우? …… 인전 나이 열다섯 살이나 먹었으니 아버니두 제발 얼뚱애기 거천허드끼[52] 그리시지 좀 마시우!"

"흥! 내가 그렇게라두 안 돌아부아 부아라? …… 늬들이 작히 그걸 불쌍히 여겨서 조석이라두 제때 챙겨 멕이구 헐 듯싶으냐?"

"아버니가 너무 역성이나 두시구, 떠받아 주시구 그리시니깐 집안 식구는 다아 믿거라구 모른 체헌다우!"

"말은 잘현다만, 인제 나 하나 발 뻗어부아라? 그것이 박적(바가지) 들구 고샅 담박질헐 티닝개."

"제 몫으루 천 석거리나 전장해주실 테믄서 그리시우? 천석꾼이 거지가 되믄 오백 석거리밖엔 못 탄 년은 금시루 기절을 해 죽겠수!"

서자요 병신인 태식이한테는 천 석거리를 몫 지어놓고, 서울아씨 저한테는 오백 석거리밖엔 주지 않았대서, 그걸 물고 뜯는 수작입니다. 서울아씨로는 육장 계제만 있으면 내놓는 불평이지요.

이렇게 부녀가 태각태각하려고 하는 판인데, 방 윗미닫이가

52 어떤 일이나 사람에 관계하기 시작하다.

사르르 열리더니 문제의 장본인 태식이가 가만히 고개를 들이밀고는 방 안을 휘휘 둘러봅니다. 그러다가 윤 직원 영감의 눈에 띄니까는 들이 천동한 것처럼 우당퉁탕 뛰어들어 윤 직원 영감의 커다란 무릎 위에 펄썬 주저앉습니다.

그 서슬에 서울아씨는 손에 들고 있던 술주전자를 채고서 이맛살을 찌푸리고, 윤 직원 영감은 턱을 치받쳤으나 헤벌심 웃으면서

"허허어 이 자식아, 원!"

하고 귀엽다고 정수리를 만져줍니다.

아이가 사랑에 있는 상노 아이놈 삼남이와 동기간이랬으면 꼭 맞게 생겼습니다.

열다섯 살이라면서, 몸뚱이는 네댓 살배기만큼도 발육이 안되고, 그렇게 가냘픈 몸 위에 가서 깜짝 놀라게 큰 머리가 올라앉은 게 하릴없이 콩나물 형국입니다.

"이 자식아, 좀 죄용죄용허지 못허구, 그게 무슨 놈의 수선이냐? 응? …… 이 코! 이 코 좀 보아라……."

엿가래 같은 누—런 콧줄기가 들어가지고는, 숨을 쉴 때마다 이건 바로 피스톤처럼 바쁘게 들락날락합니다.

"……코가 나오거덜랑 횅 풀던지, 좀 씻어 달라구 허던지 않구서, 이게 무어란 말이냐? 응? 태식아……."

윤 직원 영감은 힐끔, 딸과 손자며느리들을 건너다보면서, 손수 두 손가락으로 태식의 콧가래를 잡아 뽑아냅니다. 맏손자며느리가 재치 있게 걸레를 집어 들고 옆으로 대령을 합니다.

"앱배!"

태식은 코를 풀리고 나서 고개를 되들고 앱배를 부릅니다.

"오—냐?"

"나, 된……."

돈이란 말인데, 어리광으로 입을 가래비쌔고[53] 말을 하니까 된이 됩니다.

"돈? 돈은 또 무엇허게? 아까 즘심때두 주었지? 그놈은 갖다가 무엇 히였간디?"

"아탕 사 먹었저."

"밤낮 그렇게 사탕만 사 먹어?"

"나, 된 주엉!"

"그리라…… 그렇지만 이놈은 잘 두었다가 내일 사 먹어라? 응?"

"응."

윤 직원 영감이 염낭에서 십 전박이 한 푼을 꺼내 주니까, 아이는 히히 하고 그의 독특한 기성을 지르면서 무릎으로부터 밥상 앞으로 내려앉습니다.

윤 직원 영감은 이렇게 한바탕 막내둥이의 재롱을 보고 나서야, 서울아씨가 부어주는 석 잔 반주를 받아 마십니다. 그동안에 태식은 씨근버근 넘성거리면서[54] 밥상에 있는 반찬들을 들이 손가락으로 거덤거덤 집어다 먹느라고 정신이 없습니다. 집어다 먹고는 옷에다가 손을 쓱쓱 씻고 집어오다가 질질 흘리고 해도 서울아씨는 아버지 앞에서라 지청구는 차마 못 하고 혼자 이맛살만 찌푸립니다.

반주 석 잔이 끝난 뒤에 윤 직원 영감은 비로소 금으로 봉을 박

53 가로 방향으로 벌리다.
54 자꾸 넘어다보다.

은 은숟갈을 뽑아 들고 마악 밥을 뜨려다가 문득 고개를 쳐들더니 심상찮게 두 손자며느리를 건너다봅니다.

"아—니, 야덜아……."

내는 말조가 과연 졸연찮습니다.

"……늬들, 왜 내가 시키넌 대루 않냐? 응?"

두 손자며느리는 벌써 거니[55]를 채고서 고개를 떨어뜨립니다.

윤 직원 영감은 밥이 새하얀 쌀밥인 걸 보고서, 보리를 두지 않았다고 그걸 탄하던 것입니다.

"……보리, 벌써 다아 먹었냐?"

"안직 있어요!"

맏손자며느리가 겨우 대답을 합니다.

"워너니 아직 있을 티지…… 그런디, 그러면 왜 이렇기 맨 쌀만 히여 먹냐? 응?"

조져도 아무도 대답이 없습니다.

"……그래, 내가 허넌 말은 동네 개 짖넌 소리만두 못 예기넝구나? 어찌서 보리넌 조깨씩 누아 먹으라닝개 쥑여라구 안 듣구서, 이렇게 허—연 쌀만 삶어 먹으러 드냐?"

"그 궁상스런 소리 작작 허시우, 아버니두……."

서울아씨가 듣다못해 아버지를 핀잔을 주는 것입니다.

"쌀밥 좀 먹기루서니 만석꾼이 집안이 당장 망헐까 바서 그리시우? 마침 보리쌀을 삶은 게 없어서 그랬대요…… 고만두시구, 어여 진지나 잡수시우!"

55 어떤 일이나 사태의 미묘한 상황이 진행되어가는 과정.

"아—니, 보리쌀은 삶잖구 그냥 누아두먼, 머 제절루 삶어진다더냐? 삶은 놈이 읎거던 다아 요량을 히여서, 미리미리 조깨씩 삶어두구 끄니때먼 누아 먹어야지! …… 그게 늬덜이 모다 호강스러서 보리밥이 멕기 싫으닝개루 핑계 대넌 소리다, 핑계 대넌 소리여. 공동묏지를 가부아라? 핑계 읎넌 무덤 하나나 있데야?"

윤 직원 영감은 아까운 듯이 밥을 한술 떠 넣고 씹으면서, 씹으면서 생각하니 더욱 아깝던지, 또다시 뇌사립니다. 자기 자신이 부연 쌀밥만 먹기가 아깝거든, 이 아까운 쌀밥을 온 집안 식구와 심지어 종년이며 행랑것들까지 다들 먹을 것이고, 솥글겅이[56]와 밥티가 쌀밥인 채로 수챗구멍으로 흘러 나갈 일을 생각하면, 그야 소중하고 아깝기도 했을 겝니다.

"……글씨 야덜아, 그 보리밥이랑 게, 사람으 몸에 무척 좋단다. 또오, 먹기루 말허더래두 볼깡볼깡 씹히넝 게 맨 쌀밥만 먹기보다는 훨씬 입맛이 나구…… 그런디 늬덜은 왜 그걸 안 먹으러드냐?"

태식이가 밥을 먹느라고 쨰금쨰금 씨근버근 요란을 떨 뿐이지, 아무도 대답이 없고, 두 손자며느리는 그저 지당하신 말씀이십니다고 순종하겠다는 빛을 얼굴에 드러내기에 애가 쓰입니다.

"……그러나마 늬덜더러 구찮언 보리방애를 찌여 먹으랬을세말이지, 아 시골서 작인덜 시키서 대끼서,[57] 그리서 올려온 것이니, 흔헌 물으다가 북북 씻어서 있는 나무에 푹신 삶어두구 조깨씩 누아 먹기가 그리 심이 들 게 무어람 말이냐? …… 허어, 참 딱헌

56 솥 바닥에 눌어붙은 밥찌끼에 물을 부어 불려서 긁은 밥.
57 애벌 찧은 수수나 보리 따위를 물을 조금 쳐가면서 마지막으로 깨끗이 찧다.

노릇이다……!"

말을 잠깐 멈추더니, 그다음엔 아주 썩 구수하게 음성도 부드럽게

"……야덜아, 그러구 말이다, 거 보리밥이 그런 성 불러두, 그걸 노—상 먹느라면 글씨, 애기 못 낳던 여인네가 포태를 헌단다! 포태를 헌대여! 응?"

과부나 생과부가 남편이 없이 공규[58]는 지켜도 보리밥만 노상 먹노라면 아기를 밴단 말이겠다요.

그러나, 그 말의 반응은 실로 효과 역력했습니다. 한 것이, 맏손자며느리는, 그렇다면 내일 아침부터 꼭꼭 보리밥을 먹어야 하겠다고 좋아했고, 둘째 손자며느리는 아무려나 나도 먹어는 보겠다고 유념을 했고, 서울아씨는 나도 먹었으면 좋겠는데, 하는 생각을 했으니 말입니다.

다만, 이편 건넌방에서 시방 싸움을 잔뜩 벼르고 앉아 있는 며느리 고 씨만은, 저 영감태기가 또 능청맞게 애들을 속여먹는다고 안방으로 대고 눈을 흘깁니다.

참말이지, 조금만 무엇했으면, 우르르 쫓아와서 그 허연 수염을 움켜쥐고 쌀쌀 들이잡아 동댕이를 쳐주고 싶게, 하는 짓이 일일이 밉광머리스럽습니다.

이 고 씨는, 말하자면 이 세상 며느리의 썩 좋은 견본이라고 하겠습니다.

—암캐 같은 시어머니, 여우나 꽁꽁 물어 가면 안방 차지도 내

58 오랫동안 남편이 없이 아내 혼자 거처하는 방.

차지, 곰방조대[59]도 내 차지.

대체 그 시어머니라는 종족이 며느리라는 종족한테 얼마나 야속스러운 생물이거드면, 이다지 박절할 속담까지 생겼습니다.

열여섯 살에 시집을 온 고 씨는 올해 마흔일곱이니, 작년 정월 시어머니 오 씨가 죽는 날까지 꼬박 삼십일 년 동안 단단히 그 시집살이라는 걸 해왔습니다.

사납대서 살쾡이라는 별명을 듣고, 인색하대서 진지리꼽재기[60]라는 별명을 듣고, 잔말이 많대서 담배씨라는 별명을 듣고 하던 시어머니 오 씨(그러니까 바로 윤 직원 영감의 부인이지요), 그 손 밑에서 삼십일 년 동안 설운 눈물 많이 흘리고 고 씨는 시집살이를 해오다가, 작년 정월에야 비로소 그 압제 밑에서 해방이 되었습니다. 남의 집 종으로 치면 속량이나 된 셈이지요. 그러나 막상 이 고 씨라는 여인이 하 그리 현부였더냐 하면 그런 것도 아닙니다. 하기야 아무리 흠잡을 데 없이 얌전스럽고 덕이 있고 한 며느리라도, 야속한 시어머니한테 걸리고 보면 반찬 먹은 개요, 고양이 앞에 쥐요 하지 별수가 없는 것이지만, 고 씨로 말하면 사람이 몸집 생김새와 같이 둥실둥실한 게 후덕하기는 하나, 대단히 이퉁[61]이 세어 한번 코를 휘어붙이면 지렛대로 떠곤질러도 꿈쩍을 않고, 또 몹시 거만진 성품까지 없지 않습니다. 사상의더러 보라면 태음인이라고 하겠지요.

그래 아무튼 고 씨는, 그 말썽 많은 시집살이 삼십일 년을 유난히 큰 가대를 휘어잡아가면서 그래도 쫓겨난다는 큰 파탈은

59 대나무나 진흙 따위로 담배통을 만든 짧은 담뱃대.
60 진저리가 날 정도로 성질이 꼿꼿하고, 자잘한 것까지 따지는 사람.
61 제 생각만 굳게 내세우며 버티는.

없이 오늘날까지 살아왔습니다. 그러는 동안에 종수와 종학 두 아들을 낳아서 윤 직원 영감으로 하여금 군수와 경찰서장을 양성할 동량도 제공했고, 그리고 이제는 나이 마흔일곱에 근 오십이요, 머리가 반백에 손자 경손이가 중학교 이년급을 다니게까지 되었던 것입니다.

그러자 계제에, 작년 정월에는 암캐 같은 시어머니였든지 테리어 같은 시어머니였든지 간에 좌우간, 그 시어머니 오 씨가 여우가 꽁꽁 물어 간 것은 아니나 당뇨병으로 세상을 떠났고, 그러므로 주부의 자리가 비었은즉 제일 첫째로 며느리인 고 씨가 곰방조대야 피종을 피우는 터이니 차지를 안 해도 상관없겠지만, 안방 차지는 응당히 했어야 할 게 아니겠다구요?

장모는 사위가 곰보라도 예뻐하고, 시아버지는 며느리가 빼드렁이에 애꾸눈이라도 예뻐는 하는 법인데, 윤 직원 영감은 어떻게 된 셈인지 며느리 고 씨를 미워하기를 그의 부인 오 씨 못잖게 미워했습니다. 노마나님 오 씨의 초종범절[62]을 치르고 나서, 서울아씨가 올케 되는 고 씨한테 안방을 (섭섭하나마) 내줘야 하게 된 차인데 윤 직원 영감이 처억 간섭을 한다는 말이

"야ㅡ야! 너두 아다시피 내가 조석을 꼭꼭 안방으 들와서 먹넌디, 아 늬가 안방을 네 방이라구 이름 지어 각구 있으 량이면 내가 편찬히여서 어디 쓰겄냐? 그러니 나 죽넌 날까지나 그냥저냥 웃방(건넌방)을 쓰구 지내라."

핑계야 물론 그럴듯합니다. 그래서 안방은 노마나님 오 씨의

62 초상이 난 뒤부터 졸곡까지 치르는 모든 절차.

시체만 나갔을 뿐이지 전대로 서울아씨가 태식을 데리고 거처를 하고, 고 씨는 건넌방에 눌러 있게 되었던 것입니다.

"흥! 만만한 년은 제 서방 굿도 못 본다더니, 나는 두 다리 뻗는 날까지 접방살이(곁방살이, 행랑살이) 못 면헐걸!"

고 씨는 방 때문에 비위가 상할 때면 으레껏 이런 구느름[63]을 잊지 않고 하곤 합니다. 그러나 고 씨의 억울한 건 약간 안방 차지를 못 하는 것 따위만이 아닙니다.

시어머니 오 씨는 마지막 숨이 지는 그 시각까지도 며느리 고 씨를 못 먹어했습니다.

"오—냐, 인제넌 지긋지긋허던 내가 급살 맞어 죽으닝개, 시언허구 좋아서 춤출 사람 있을 것이다!"

이건 물론 며느리 고 씨를 물고 뜯는 말이요, 이제 자기가 죽고 나면 며느리 고 씨가 집안의 안어른이 되어가지고 마음대로 휘둘러가면서 지낼 테라서, 그 일을 생각하면 안타깝고 밉고 하여 숨이 넘어가는 마당에서까지 그대도록 야속한 소리를 했던 것입니다.

미상불 고 씨는 어머니의 거상을 입으면서부터 기를 탁 폈습니다. 예를 들자면 드리없지만,[64] 가령 밤늦게까지 건넌방에서 아무리 성냥 긋는 소리가 나도, 이튿날 새벽같이

"밤새두룩 댐배질만 허니라구 성냥 열일곱 번 그신(그은) 년이 어떤 년이냐?"

하고 야단을 치는 사람이 없어, 잠 못 이루는 밤을 담배로 동무 삼

63 못마땅하여 혼자 하는 군소리.
64 경우에 따라 변하여 일정하지 않다.

아 밝히기도 무척 임의로웠습니다.

또, 나들이를 한 사이에 건넌방 문에다가 못질을 해서 철갑을 하는 꼴을 안 당하게 된 것도 다 좋은 일입니다.

그러나 그렇게 기만 조금 펴고 지내게 되었을 뿐이지, 실상 아무 실속도 없고 말았습니다. 시아버지 윤 직원 영감이 처결하기를, 집안의 살림살이 전권을 마땅히 물려받아야 할 주부 고 씨는 젖혀 놓고서, 한 대를 껑충 건너뛰어 손자 대로 내려가게 했던 것입니다. 고 씨의 며느리 되는 종수의 아낙인 박 씨, 즉 윤 직원 영감의 맏손자며느리가 시할머니의 뒤를 바로 이어서 집안의 안살림을 도맡아 하게 되었던 것입니다.

그러고 보니, 묻지 않아도 내가 주부로 들어앉아 며느리를 거느리고 집안 살림을 해가는 어른이 되겠거니 했던 고 씨는 고만 개밥의 도토리가 되어버리고, 도리어 시어머니 오 씨 대신에 며느리 박 씨한테 또다시 시집살이(?)를 하게쯤 된 셈평이었습니다. 선왕의 뒤를 이어 즉위는 했으나 권력은 왕자가 쥐게 된 그런 판국과 같다고 할는지요.

그런 데다가 시아버지 윤 직원 영감은, 죽고 없는 마누라 몫까지 해서 갈수록 더 못 먹어서 으릉으릉 뜯지요. 시뉘 되는 서울아씨는, 내가 주장입네 하는 듯이 안방을 차지하고 누워서 사사이 할퀴려 들지요. 그런데, 또 더 큰 불평과 심홧거리가 있으니…….

고 씨는 시방 동경엘 가서 경찰서장감으로 공부를 하고 있는 둘째아들 종학을 낳은 뒤로부터 스물네 해 이짝, 남편 윤 주사 창식과 금실이 뚝 끊겨 생과부로 좋은 청춘을 늙혀버렸습니다.

윤 주사는 시골서부터 첩장가를 들어 딴살림을 했었고, 서울로 올라올 때도 그 첩을 데리고 와서 지금 동대문 밖에다가 치가를 하고 있습니다.

그리고 요새는, 그새까지는 별로 않던 짓인데 새 채비로 기생첩 하나를 더 얻어서 관철동에다 살림을 차려놓고는, 이 집으로 가서 놀다가 저 집으로 가서 누웠다 하며 지냅니다.

그러고는 본집에는 돈이나 쓸 일이 있든지, 또 부친 윤 직원 영감이 두 번 세 번 불러야만 마지못해 오곤 하는데, 오기는 와도 사랑방에서 부친이나 만나보고 그대로 휭나케 돌아가지, 안에는 도무지 발걸음도 않습니다.

이 윤 주사라는 사람은 성미가 그의 부친 윤 직원 영감과는 딴판이요, 좀 호협한 푼수로는 그의 조부 말대가리 윤용규를 닮았다고나 할는지, 그리고 살쾡이요 진지리꼽재기요 담배씨라던 그의 모친 오 씨와는 더욱 딴 세상 사람입니다.

도무지 철을 안 이후로 나이 마흔여섯이 되는 이날 이때까지 남과 언성을 높여 시비 한 번인들 해본 적이 없습니다.

남이 아무리 낮게 해야, 그저 그런가 보다고 모른 체할 따름이지, 마주 대고 궂은소리라도 하는 법이 없습니다. 본시 사람이 이렇게 용하기 때문에 그를 낮아하는 사람도 별반 없지만…….

가산이고 살림 같은 것은 전혀 남의 일같이 불고하고, 또 거두잡아서 제법 살림살이를 할 줄도 모릅니다.

부친 윤 직원 영감의 말대로 하면, 위인이 농판이요, 오십이 되도록 철이 들지를 않아서 세상일이 죽이 끓는지 밥이 넘는지 통히 모르고 지내는 사람입니다.

미워서 꼬집자면 그렇게 말도 할 수가 없는 건 아니겠지요. 그러나, 또 좋게 보자면 세상 물욕을 초탈한 사람이라고도 하겠지요.

누가 어려운 친척이나 친구가 찾아와서 아쉬운 소리를 할라치면, 차마 잡아떼지를 못하고서 있는 대로 털어 줍니다.

남이 빚 얻어 쓰는 데 뒷도장 눌러주고는 그것이 뒤집혀 집행을 맞기가 일쑵니다.

윤 직원 영감은 몇 번 그런 억울한 연대채무란 것에 몇만 원 돈 손을 보던 끝에 이래서는 못쓰겠다고 윤 주사를 처억 준금치산 선고를 시켜버렸습니다.

그렇지만, 그랬다고 쓸 돈 못 쓸 리는 없는 것이어서, 윤 주사는 준금치산 선고를 받은 다음부터는 윤두섭이라는 부친의 도장을 새겨서 쓰곤 합니다.

윤두섭의 아들 윤창식이가 찍은 도장이면 그것이 위조 도장인 줄 알고서도 몇천 원 몇만 원의 수형을 받아주는 사람이 수두룩하고, 차용 증서도 그 도장으로 통용이 되니까요.

나중에 가서 일이 뒤집어지면 윤 직원 영감은 그래도 자식을 인장 위조죄로 징역은 보낼 수가 없으니까, 그런 걸 울며 겨자 먹기라든지, 할 수 없이 그 수형이면 수형, 차용 증서면 차용 증서를 물어주곤 합니다.

윤 주사 창식 그는 아무튼 그러한 사람으로서, 밤이고 낮이고 하는 일이라고는 쌍스럽지 않은 친구 사귀어두고 술 먹으러 다니기, 활쏘기, 제철 따라 승지勝地로 유람 다니기, 옛 한서漢書 모아놓고 뒤지기, 한시 지어서 신문사에 투고하기, 이 첩의 집에서 술 먹다가 심심하면 저 첩의 집으로 가서 마작 하기, 도무지 유유자적한 게 어떻게 보면 신선인 것처럼이나 탈속이 되어 보입니다.

물론 첩질이나 하고, 마작이나 하고, 요정으로 밤을 도와 드나드는 걸 보면 갈데없는 불량자고요.

사람마다 이상한 괴벽은 다 한 가지씩 있게 마련인지, 윤 주사 창식도 야릇한 편성이 하나 있습니다.

그가 마음이 그렇듯 활협하고 남의 청을 거절 못 하는 인정 있는 구석이 있다는 소문을 듣고서, 어느 교육계의 명망 유지 한 사람이 그의 문을 두드린 일이 있었습니다.

소간[65]은 그 명망 유지 씨가 후원을 하고 있는 사학 하나가 있는데, 근자 재정이 어렵게 되어 계제에 돈을 한 이십만 원 내는 특지가가 있으면 그 나머지는 달리 수합을 해서 재단의 기초를 완성시키겠다는 것이고, 그러니 윤 주사더러 다 좋은 사업인즉 십만 원이고 이십만 원이고 내는 게 어떠냐고, 참 여러 가지 말과 구변을 다해 일장 설파를 했습니다.

윤 주사는 자초지종 그러냐고, 아 그러다 뿐이겠느냐고, 연해 맞장구를 쳐주어 가면서 듣고 있다가 급기야 대답할 차례에 가서는 한단 소리가

"학교가 없어서 공부를 못 하기보다는 돈이 없어서 있는 학교도 못 다니는 사람이 많지 않습니까?"

하고 엉뚱한 반문을 하더라나요. 그래 명망 유지 씨는 신명이 풀려 두어 마디 더 이야기를 하다가 돌아갔습니다.

아닌 게 아니라, 윤 주사는 남의 사정을 쑬쑬히 보아주는 사람이면서도 공공사업이나 자선사업 같은 데는 죽어라고 일전 한

65 볼일.

푼 쓰지를 않습니다.

부친 윤 직원 영감은 그래도 곧잘 기부는 하는 셈이지요. 시골서 살 때엔 경찰서의 무도장을 독담으로 지어놓았고, 소방대에다가 백 원씩 오십 원씩 두어 번이나 기부를 했고, 보통학교 학급 증설 비용으로 이백 원 내논 일이 있었고, 또 연전 경남 수재 때에는 벙어리를 새로 사다가 동전으로 일 원 칠십이 전을 넣어서 태식이를 주어서 신문사로 보내서 사진까지 신문에 난 일이 있는걸요. 그 위대한 사진 말입니다.

그러나 윤 주사 창식은 도무지 그런 법이 없습니다. 영 졸리다 졸리다 못하면, 온 사람을 부친 윤 직원 영감한테로 슬그머니 따 보내 버릴망정 기부 같은 건 막무가내로 하지를 않습니다.

속담에, 부자라는 건 한정이 있다고 합니다. 가령 천석꾼이 부자면 천 석까지 멱이 찬 뒤엔, 또 만석꾼이 부자면 만 석까지 멱이 찬 뒤엔, 그런 뒤에는 항상 그 근처에서 오르고 내리고 하지, 껑충 뛰어넘어서 한정 없이 불어나가지는 못한다는 그 뜻입니다.

미상불 그렇습니다. 가령 윤 직원 영감만 놓고 보더라도, 일 년에 벼로다가 꼭 만 석을 받은 지가 벌써 십 년이 넘습니다. 그러니 그게 매년 십만 원씩 아닙니까?

또 현금을 가지고 수형 장수(수형 할인업)를 해서, 일 년이면 이삼만 원씩 새끼를 칩니다.

그래서 매년 수입이 십수만 원이니 그게 어딥니까? 가령, 세납이야 무엇이야 해서 일반 공과금과 가용을 다 쳐도 그 절반 오륙만 원이 다 못 될 겝니다.

그렇다면 그 나머지 오륙만은 해마다 처져서, 십 년 전에 만석을 받은 백만 원짜리 부자랄 것 같으면, 십 년 후 시방은 일백오십만 원의 일만 오천 석짜리 부자가 되었어야 할 게 아니겠습니까?

그런데 글쎄, 그다지도 가산 늘리기에 이골이 난 윤 직원 영감이건만 십 년 전에도 만석 십 년 후 시방도 만석…… 그렇습니다그려.

그렇다고 윤 직원 영감이 무슨 취리에 범연해서 그랬겠습니까? 결국 아들 창식이 그런 낭비를 하고, 또 맏손자 종수가 난봉을 부리고, 군수를 목표한 관등의 승차에 관한 운동비를 쓰고 그러는 통에 재산이 그 만석에서 더 붇지를 못하고 답보로— 웃을 한 거랍니다.

윤 직원 영감은 가끔 창식의 그런 빚을 물어주느라고 사뭇 날뛰면서, 단박 물고라도 낼 듯이 호령호령, 그를 잡으러 보냅니다. 그러나 창식은 부친이 한 번쯤 불러서는 냉큼 와보는 법이 없고, 세 번 네 번 만에야 겨우 대령을 합니다.

"야, 이 수언 잡어 뽑을 놈아, 이놈아!"

윤 직원 영감은 혼자서 실컷 속을 볶다가 아들이 처억 들어와서 시침을 뚜욱 따고 앉는 양을 보면, 마구 속이 지레 터질 것 같아 냅다 욕이 먼저 쏟아져 나옵니다.

그럴라치면 창식은 아주 점잖게

"아버니두 무슨 말씀을 그렇게 허십니까!"

하고 되레 부친을 나무랍(?)니다.

"……아, 손자 놈들이 다아 장성을 허구, 경손이 놈두 전 같으면 벌써 가속을 볼 나인데, 그것들이 번연히 듣구 보구 하는 걸, 아버니는 노오 말씀을 그렇게……."

"아—니, 무엇이 어찌여?"

윤 직원 영감은 그만 더 말을 못 합니다. 노상 아들한테 입 더럽게 놀린다고 핀잔을 먹은 그것을 부끄러워할 윤 직원 영감이 아니건만, 어쩐 일인지 그는 아들 창식이한테만은 기를 펴지를 못합니다.

혼자서야, 이놈이 오거든 인제 어쩌구저쩌구 단단히 닦달을 하려니 하고 굉장히 벼르지요. 그렇지만 딱 마주쳐서는 첫마디에 기가 죽어버리고 되레 꼼짝을 못합니다.

"그놈이 호랭이나 화적보담두 더 무선 놈이라닝개! 천하 무선 놈이여!"

윤 직원 영감은 늘 이렇게 아들을 무서운 놈으로 칩니다. 그러니 세상에 겁날 것이 없이 지내는 윤 직원 영감을 힘으로도 아니요, 아귀심도 아니요, 총으로도 아니면서 다만 압기壓氣[66]로다가, 그러나마 극히 유순한 것인데, 그것 하나로다가 그저 꼼짝 못하게 할 수 있는 창식은 미상불 호랑이나 화적보다 더 무서운 사람일밖에 없는 것입니다.

번번이 그렇게 윤 직원 영감은 꼼짝도 못하고서는 할 수 없이 한단 소리가

"돈 내누아라, 이놈아! …… 네 빚 물어준 돈 내누아!"

"제게 분재시켜주실 데서 잡아 까시지요!"

창식은 종시 시치미를 떼고 앉아서 이렇게 대답을 합니다.

윤 직원 영감은 그제는 아주 기가 탁 막혀서 씨근버근하다가

66 기세를 누름.

"뵈기 싫다, 이 잡어 뽑을 놈아!"
하고 고함을 치고는 돌아앉아 버립니다.

이래서 결국 윤 직원 영감이 지고 마는 싸움은 싸움이라도, 한 달에 많으면 두세 번 적어서 한 번쯤은 으레 싸움을 해야 합니다.

이런 빚 조건으로 생긴 싸움이, 아들 창식하고만이 아니라 맏손자 종수하고도 종종 해야 하니, 엔간히 성가실 노릇이긴 합니다.

또 그런 빚을 물어주는 싸움은 아니라도, 윤 직원 영감은 가끔 딸 서울아씨와도 싸움을 해야 합니다. 작은손자며느리와도 싸움을 해야 하고, 방학에 돌아오는 작은손자 종학과도 싸움을 해야 합니다.

며느리 고 씨하고는 말할 것도 없고, 사랑방에 있는 대복이나 삼남이와도 싸움을 해야 합니다.

맨 웃어른 되는 윤 직원 영감이 그렇게 싸움을 줄창치듯 하는가 하면, 일변 경손이는 태식이와 싸움을 합니다.

서울아씨는 올케 고 씨와 싸움을 하고, 친정 조카며느리들과 싸움을 하고, 경손이와 싸움을 하고, 태식이와 싸움을 하고, 친정 아버지와 싸움을 합니다.

고 씨는 시아버지와 싸움을 하고, 며느리들과 싸움을 하고, 시누이와 싸움을 하고, 다니러 오는 아들과 싸움을 하고, 동대문 밖과 관철동의 시앗집엘 가끔 쫓아가서는 들부수고 싸움을 합니다.

그래서, 싸움, 싸움, 싸움, 사뭇 이 집안은 싸움을 근저당해놓고 씁니다. 그리고 그런 숱한 여러 싸움 가운데 오늘은 시아버지 윤 직원 영감과 며느리 고 씨와의 싸움이 방금 벌어질 켯속[67]입니다.

6. 관전기

고 씨는 그리하여, 그처럼 오랫동안 생수절을 하고 살아오다가 마침내 단산할 나이에 이르렀습니다. 여자 아닌 여자로 변하는 때지요.

이때를 당하면 항용 의좋은 부부생활을 해오던 여자라도 히스테리라든지 하는 이상야릇한 병증이 생기는 수가 많답니다. 그런걸 고 씨로 말하면, 이십오 년 청춘을 홀로 늙히다가, 이제 바야흐로 여자로서의 인생을 오늘내일이면 작별하게 되었은즉, 가령 히스테리를 제쳐놓고 보더라도 마음이 안존할 리가 없을 건 당연한 노릇이겠지요. 윤 직원 영감의 걸쭉한 입잣[68]대로 하면, 오두가 나는 것도 그러므로 무리가 아닐 겝니다.

그러한데다가, 자아, 집안 살림을 맡아서 하니 그 재미를 봅니까. 자식들이래야 다 장성해서 뿔뿔이 흩어져 살고 어미는 생각도 않지요.

손자 경손이 놈은 귀엽기는커녕 까불고 앙뚱해서 알밉지요. 남편이래야 남이 아니면 원수지요. 시아버지라는 영감은 괜히 못먹어서 으르렁으르렁하고, 걸핏하면 짝 찢을 년이네, 오두가 나서 그러네 하고 군욕질이지요.

그러니 고 씨로 앉아서 당하고 보면 심술에다가 악밖에 날 게 더 있겠습니까.

그래도 작년 정월 시어머니 오 씨가 살아 있을 때까지는 삼십

67 일이 되어가는 속사정.
68 듣는 사람의 마음이 언짢아지는 말을 자꾸 하는 짓.

년 눌려서 살아온 타성으로, 고양이 앞에 쥐같이 찍소리도 못 하고 마음으로만 앓고 살았지만, 이제는 그 폭군이 하루아침에 없고 보매 기는 탁 펴지는데, 그러나 세상은 여전히 뜻과 같지 않으니, 불평은 할 수 없이 악으로 변해버리게만 되었던 것입니다.

시어머니가 죽고 없은 뒤로는 집안에서 어른이라면 시아버지 윤 직원 영감 하나뿐이요, 그 밖에는 죄다 재하자[69]들입니다.

한데, 그는 윤 직원 영감쯤 망령 난 동네 영감태기 푼수로나 보이지, 결단코 시아버지요, 위하고 어려워할 생각은 털끝만큼도 없습니다.

그러니까 그는 집안의 어른이고 아이고 간에 트집거리만 있으면 상관없이 들이대고 싸웁니다.

시방 오늘 저녁만 하더라도, 아까 쪽대문을 열어놓았다고 윤 직원 영감이 군욕질을 했대서 그 원혐으로다가 기어코 한바탕 화용도華容道[70]를 내고라야 말 작정으로 그렇게 벼르고 있는 참입니다.

하기야 쪽대문을 열어놓은 것도 실상 알고 보면, 우정 그런 것이지요. 윤 직원 영감이 보고서 속 좀 상하라고. 그리고 그 끝에 무어라고 욕이나 하게 되면 싸움거리나 장만할 양으로…… 용 못된 이무기 심술만 남더라고, 앉아서 심술이나 부려야 속이나 시원하지요.

어쨌든, 그러니 속이 후련하도록 싸움을 대판거리로 한바탕 해대야만 할 텐데, 이건 암만 도사리고 앉아 들어야 영감태기가 음

69 손아랫사람.
70 적벽전에서 관우가 길을 터주어 조조가 화용도까지 달아난 데서 온 말로, 여기서는 '싸움'을 뜻함.

충맞게시리 어린 손자며느리들더러 보리밥을 먹으면 애기 밴다는 소리나 하고 있지, 종시 이리로 대고는 무어라고 그 더러운 구습口習을 놀리는 것 같지가 않습니다.

그렇다고 그냥 참고 말잔즉 더 부아가 나기도 할뿐더러, 대체 무엇이 대끼며 뉘 코 무서운 사람이 있다고, 그 부아를 참거나 조심을 할 머리도 없는 것이고 해서, 시방 두 볼이 아무튼 상말로 오뉴월 무엇처럼 추욱 처져가지고는 숨길이 씨근버근, 코가 벌씸벌씸, 입이 삐쭉삐쭉, 깍짓손으로 무르팍을 안았다 놓았다, 담배를 비벼 껐다 도로 붙였다, 사뭇 부지를 못합니다. 미상불 사람이란 건 싸우고 싶은 때 못 싸우면 더 부아가 나는 법이니까요.

집 안은 안방에서 윤 직원 영감이 태식을 데리고 앉아서 저녁을 먹으면서 잔소리를 씹느라고 웅얼거리는 소리, 태식이 딸그락딸그락 째금째금 하는 소리, 그 외에는 누구 하나 기침 한번 크게 하는 사람 없고, 모두 조심을 하느라 죽은 듯 조용합니다.

바깥은 황혼이 또한 소리 없이 짙어가고, 으슴푸레하던 방 안에는 깜박 생각이 난 듯이 전등이 반짝 켜집니다.

마침 이 전등불을 신호 삼듯, 집 안의 조심스러운 침정을 깨뜨리고 별안간 투덕투덕 구둣발 소리가 안중문께서 요란하더니, 경손이가 안마당으로 들어섭니다.

교복 정모에 책가방을 걸멘 것이 학교로부터 지금에야 돌아오는 길인가 본데, 이 애가 섬뻑 그렇게 들어서다 말고 대뜰에 저의 증조부의 신발이 놓인 걸 힐끔 넘겨다보더니, 고개를 움칠 혓바닥을 날름하면서 발길을 돌려 살금살금 뒤채께로 피해가고 있습니다.

눈에 띄었자 상 탈 일 없고, 잘못하면 사날 전에 태식을 골탕 먹여 울린 죄상으로 욕이나 먹기 십상일 테라, 아예 몸조심을 하던 것입니다.

저는 아무도 안 보거니 했는데, 그러나 조모 고 씨가 빤히 내다보고 있었습니다. 실상 고 씨가 본댔자 영감태기한테야 혓바닥을 내미는 것 말고 그보다 더한 주먹질을 해도 상관할 바 아니지만, 그러니까 그걸 가려 어쩌자는 게 아닙니다. 그 애를 통해 생트집을 잡자는 모양이지요.

"네 이놈, 경손아!"

유리쪽으로 내다보고 있던 미닫이를 냅다 벼락 치듯 와르르 따악 열어젖히면서, 집 안이 온통 떠나가게 왜장을 칩니다. 온 집 안이 모두 놀란 건 물론이지만, 경손은 그만 잘겁을 했습니다. 그 애는, 증조부 윤 직원 영감이 아니고 아무 상관도 없는 조모가 그렇게 내닫는 게 뜻밖이어서 더욱 놀랐습니다.

그러나 놀란 것은 순간이요 이내 침착하여 천천히 돌아서면서

"네에?"

하고 의젓이 마주 올려다봅니다.

이편은 살기가 사뭇 뚝뚝 떴는데, 저는 아무렇지도 않은 듯이 시침을 뚜욱 따고 서서 도무지 눈도 한 번 깜짝 않는 양이라니, 앙뚱하기 아닐 말로 까 죽이고 싶게 밉살머리스럽습니다.

고 씨는 영영 시아버지와 싸움거리가 생기지를 않으니까, 아무고 걸리는 대로 붙잡고 큰소리를 내서 시아버지의 비위를 건드려서, 그래서 욕이 나오면 어더고야 트집을 잡아가지고 싸움을 하잴던 것인데, 고놈 경손이 놈이 하는 양이 우선 비위에 거슬리고 본

즉, 가뜩이나 부아가 더 치밀고, 그렇지만 이 판에 부아를 돋우어 주는 거리면 차라리 해롭잖을 판속입니다.

이편, 경손더러 그러나 바른대로 말을 하라면, 집안이 제한테는 모두 어른이건만 하나도 사람 같은 건 없고, 그래서 누가 무어라고 하건 죄꼼도 무섭지가 않습니다.

증조부 윤 직원 영감이 그렇고, 대고모 서울아씨가 그렇고, 대부 태식이는 문제도 안 되고, 제 부친 종수나 숙모 조 씨가 그렇고, 조부 윤 주사의 첩들이 그렇고, 해서 열이면 아홉은 다 시쁘고 깔보이기만 합니다.

그래 시방도 속으로는

'흥! 누구 말마따나 오두가 났나? 왜 저 모양인구? …… 암만 그래보지? 내가 애먼 화풀이를 받아주나…….'

하면서 제 염량 다 수습하고 있습니다.

고 씨는 당장 무슨 거조를 낼 듯이 연하여 높은 소리로

"네 이놈!"

하고 한 번 더 을러댑니다. 그러나 이놈 이놈, 두 번이나 고함만 쳤지, 그다음은 무어라고 나무랄 건덕지가 없습니다.

하기야 시아버지가 진짓상을 받고 계신데, 며느리 된 자 어디라고 무엄스럽시리 문소리 목소리를 크게 내서 어른을 불안케 했은즉, 응당 영감태기로부터, 어허 그 며느리 대단 괘씸쿠나! 하여 필연 응전 포고가 올 것이고, 그 응전 포고만 오고 보면 목적한 바는 올바로 들어맞는 켯속이니 고만일 텝니다. 그러나 지금 당장은 저기 저놈 경손이 놈이 사람 여남은 집어삼킨 능청맞은 얼굴을 얄밉살스럽게시리 되들고 서서, 그래 무엇이 어쨌다고 소리나 꽥꽥 지

르고 저 모양인고! 할 말 있거든 해보아요? 내 참 별꼴 다 보겠네! …… 이렇게 속으로 빈정대는 게 아주 번연하니, 썩 발칙스럽기도 하려니와 일변 어째 그랬든 한번 개두를 한 이상 뒷갈무리를 못해서야 어른의 위신과 체모가 아니던 것입니다.

"이놈, 너넌 어디 가서 무얼 허니라구 인자사 이러구 오냐?"

고 씨는 겨우 꾸짖는다는 게 이겝니다.

거상[71]에 손자 놈이 학교를 잘 다니건 말건, 공부를 착실히 하건 말건, 통히 알은 체도 안 해오던 터에, 오늘 밤이야 말고서 갑작스레 그런 소리를 하는 게 다 속 앗길 짓이기는 하지만, 다급한 판이니 옹색한 대로 둘러댈 수밖에 없던 것입니다.

"전람회 준비했어요! 그러느라구 학교서 늦었어요!"

경손은 고 씨의 말이 떨어지기가 무섭게, 다뿍 시뻐하는 소리로 대답을 해줍니다. 그때 마침 그 애의 모친 박 씨가 당황히 안방에서 나오더니 조용조용

"너는 학교서 파하거던 일찍일찍 오지는 않구서 무슨 해망[72]을 허느라구 이렇게 저물구…… 할머니 걱정허시게 허구그래!"

하고 며느리답게 시어머니를 대접하느라 아들놈을 나무랍니다.

"어머닌 또 무얼 안다구 그래요?"

경손은 버럭, 미어다 부딪듯 제 모친을 지천[73]을 하는데, 그야 물론 조모 고 씨더러 배채이란[74] 속이지요.

"……전람회 준비 때문에 학교서 늦었단밖에 어쩌라구 그래

71 일상생활에서의 보통 때.
72 행동이 해괴하고 요망스러움.
73 '지청구'의 방언.
74 '약 올리다'는 뜻의 방언.

요? 왜 속두 몰라가지구들 그래요?"

"아, 저놈이!"

"가만있어요, 어머닐랑…… 대체 집에 들앉은 부인네들이 무얼 안다구 그래요? …… 내가 이 집에선 제일 어리니깐 만만헌 줄 알구, 그저 속상헌 일만 있으면 내게다가 화풀일 허려 들어! 왜 그래요? 왜? …… 괜히 나인 어려두 인제 이 집안에선 매앤 어룬 될 사람이라우, 나두…… 왜 걸핏하면 날 잡두리우? 잡두리가…… 어림없이!"

한마디 거칠 것 없이, 굽힐 것 없이, 퀄퀄히 멋스려댑니다.[75]

"아, 이 녀석이!"

저의 모친 박 씨가 목소리를 짓눌러가면서 나무라다 못해 때려라도 주려고 달려 내려올 듯이 벼르는 것을, 그러나 경손은 본체만체 쾅당쾅당 요란스럽게 발을 구르면서 뒤꼍으로 들어갑니다.

"흥! 잘은 되야먹는다, 이놈의 집구석……."

고 씨는 차라리 어처구니가 없다고 혀를 끌끈을 차다가, 미닫이를 도로 타악 닫으면서 구느름이 나오기 시작합니다.

"……잘되야먹어! 이마빡으 피두 안 마른 것두 으런이 무어라구 나무래면 천장만장 떠받구 나서기버틈 허구! …… 흥! 뉘 놈의 집구석 씨알머리라구, 워너니 사람 같은 종자가 생길라더냐!"

이 쓸어 넣고 들먹거려 하는 욕이 고 씨의 입으로부터 떨어지자마자, 마침내 농성籠城코 나지 않던 적은, 드디어 성문을 좌우로 크게 열고(가 아니라) 안방 미닫이를 벼락 치듯 열어젖히고, 일원

75 말이나 행동을 아무렇게나 하고 싶은 대로 하다.

대장이 투구철갑에 장창을 비껴들고(가 아니라) 성이 치달은 윤 직원 영감이, 필경 싸움을 걸어 맡고 나서는 것입니다.

실상 윤 직원 영감은 저편이 싸움을 돋우는 줄을 몰랐던 건 아닙니다. 다 알고서도, 어디 얼마나 하나 보자고 넌지시 늦추 잡도리를 하느라, 고 씨가 처음 꽥 소리를 칠 때도 손자며느리와 딸을 건너다보면서

"저, 짝 찢을 년은 왜 또 지랄이 나서 저런다냐!"

하고 입만 삐죽거렸습니다.

서울아씨는 친정아버지를 따라 입을 삐죽거리고, 두 손자며느리는 고개를 숙이고 있다가 박 씨만 조심조심 경손을 나무라느라고 마루로 나오고, 경손이가 온 줄 안 태식은 미닫이의 유리로 밖을 내다보다가 도로 오더니

"아빠 아빠, 저 경존이 잉? 깍쟁이 자직야, 잉? 아주 옘병헐 자직이야!"

하고 떠듬떠듬 말재주를 부리고 했습니다.

"아서라! 어디서 그런……."

"잉? 아빠, 경존이 깍쟁이 자직야. 도족놈의 자직야, 잉? 아빠, 그치?"

"아서어! 그런 욕 허면 못쓴다!"

윤 직원 영감은 이 육중한 막내둥이를 나무란다고 하기보다도, 말재주가 늘어가는 게 신통하대서 빙그레 웃고 있었습니다.

두 번째 건넌방에서 고 씨의 큰소리가 들렸을 때도 윤 직원 영감은 딸과 작은 손자며느리를 번갈아 건너다보면서 혼잣말을 하듯이, 저년이 또 오두가 나서 저러느니, 서방한테 소박을 맞고 지

랄이 나서 저러느니, 원체 쌍놈 아전의 자식이요, 보고 배운 데가 없어 저러느니 하고, 고 씨더러 노상 두고 하는 욕을 강하듯 내씹고 있었습니다.

하다가 필경 전기戰機는 익어, 마침내 고 씨의 입으로부터 집안이 어떻다는 둥, 뉘 놈의 씨알머리가 어떻다는 둥, 가로로는 온 집안을, 세로로는 신주 밑구멍까지 들먹거리면서 군욕질이 쏟아져 나왔고, 그리하여 윤 직원 영감은 기왕 받아주는 싸움에 이런 고패를 그대로 넘길 며리가 없는 것이라, 드디어 결전을 각오했던 것입니다.

"아—니, 야—야?"

미닫이를 타앙 열어젖히고 다가앉는 윤 직원 영감은, 그러기 전에 벌써 밥 먹던 순갈은 밥상 귀퉁이에다가 내동댕이를 쳤고요.

"……너, 잘허넝 건 무엇이냐? 너, 잘허넝 건 대체 무엇이여? 어디 입이 꽝지리(꽝우리) 구녁 같거던, 말 좀 히여부아라? 말 좀 히여부아?"

집안이 떠나가게 소리가 큽니다. 몸집이 크니까 소리도 클 거야 당연하지요.

이렇게 되고 보면 고 씨야 기다리고 있던 판이니 어련하겠습니까.

"나넌 아무껏두 잘못헌 것 읎어라우! 파리 족통만치두 잘못헌 것 읎어라우! 팔자가 기구히여서 이런 징글징글헌 집으루 시집온 죄백으넌 아무 죄두 읎어라우! 왜, 결신허먼 날 못 잡어먹어서 웅을거리여? 삼십 년 두구 종질히여준 보갚음으루 그런대여? 머 내가 살이 이렇게 쪘으닝개루, 소찡(소증)이 나서 괴기라두 뜯어 먹을라구? 에이! 지긋지긋허라! 에이 숭악허라."

신사(또는 숙녀)적으로 하는 파인 플레이라 그런지 어쩐지 몰라도, 하나가 말을 하는 동안 하나가 나서서 가로막는 법이 없고, 한바탕 끝이 난 뒤라야 하나가 나서곤 합니다.

"옳다! 참 잘헌다! 참 잘히여. 워너니 그게 명색 며누리 쳇것이 시애비더러 허넌 소리구만? 저두 그래, 메누리 자식을 둘썩이나 은어다 놓고, 손자 자식이 쉬옘이 나게 생으먼서, 그래, 그게 잘허넌 짓이여?"

"그러닝개루 징손주까지 본 이가 그래, 손자까지 본 메누리 년더러 육장 짝 찢을 년이네, 오두가 나서 싸돌아댕기네 허구, 구십을 놀리너만? 그건 잘허넌 짓이구만? 똥 묻은 개가 저(겨) 묻는 개 나무래지!"

"쌍년이라 헐 수 읎어! 천하 쌍놈, 우리게 판백이 아전 고준평이 딸자식이, 워너니 그렇지 별수 있겄냐!"

"아이구! 그, 드럽구 칙살스런 양반! 그런 알량헌 양반허구넌 안 바꾸어…… 양반, 흥! …… 양반이 어디 가서 모다 급살 맞어 죽구 읎덩갑만…… 대체 은제 적버텀 그렇게 도도헌 양반인고? 읍내 아전덜한티 잽혀가서 볼기 맞이먼서 소인 살려줍시사 허던 건 누군고? 그게 양반이여? 그 밑구녁 들칠수룩 구린내만 나너만?"

아무리 아귓심이 세다 해도 본시 남자란 여자의 입심을 못 당하는 법인데, 가뜩이나 이렇게 맹렬한 육탄(아닌 언탄)을 맞고 보니, 윤 직원 영감으로는 총퇴각이 아니면, 달리 기습이나 게릴라 전술을 쓸 수밖엔 별도리가 없습니다.

사실 오늘의 이 싸움에 있어선, 자기 딴은 입이 광주리 구멍

같아도 고 씨가 그쯤들이 폭로를 시키는 데야 꼼짝 못하고 되잡히게만 경우가 되어먹었습니다.

그러니 가장 좋은 도리는, 전자에 그의 부인 오 씨가 하던 법식으로 냅다 달려들어 며느리의 머리끄덩이를 잡아 엎지르고, 방치[76] 같은 걸로 능장질을 했으면야 효과가 훌륭하겠지요.

그러나 그 시어머니라는 머 자와 시아버니라는 버 자가 획 하나 덜하고 더하고 한 걸로, 시아버니는 시어머니처럼 며느리를 때려주지는 못하게 마련이니, 그 법을 그다지 야속스럽게 구별해 논 자, 삼대를 빌어먹을지라고, 윤 직원 영감으로는 저주하지 않을 수가 없습니다.

"야, 이놈 경손아!"

육집이 큰 보람도 없이 뾰족하니 몰린 윤 직원 영감은 마침내 마루로 쿵 하고 나서면서 뒤채로 대고 소리를 지릅니다.

경손은 제 방에서 감감하게 대답을 하나, 윤 직원 영감은 들었는지 못 들었는지 연해 소리소리 외칩니다.

한참 만에야 경손이가 양복 고의 바람으로 가만가만 나와서 한옆으로 비껴 섭니다.

"너 이놈, 시방 당장 가서 네 할애비 불러오니라. 당장 불러와!"

"네에."

"요새 시체넌 거, 이혼이란 것 잘덜 헌다더라, 이혼…… 이놈, 오널 저녁으루 담박 제 지집을 이혼을 안 히였다 부아라! 이놈을 내가……."

76 '다듬잇방망이'의 방언.

과부댁 종놈은 왕방울로 행세한다더니, 윤 직원 영감은 며느리 고 씨와 싸우다가 몰리면 이혼하라고 할 테라고, 아들 창식을 불러오라는 게 유세통입니다.

그러나 부르러 간 놈한테 미리 소식 다 듣는 윤 주사는, 따고 안 오기가 일쑤요, 몇 번 만에 한 번 불려와선, 네에 내일 수속하지요 하고 시원히 대답은 해도, 그 자리만 일어서면 죄다 잊어버려 버립니다. 그래도 좋게시리 윤 직원 영감은 그 이튿날이고 이혼 수속 재촉을 하는 법이 없으니까요.

"아 이놈, 냉큼 가서 불러오던 않구, 무얼 뻐언허구 섰어?"

윤 직원 영감은 주춤거리고 섰는 경손이더러 호통을 합니다.

경손은 그제야 대답을 하고 옷을 입으러 가는 체 뒤꼍으로 들어갑니다. 눈치 보아가면서 밖으로 나갔다가 들어오든지, 무엇하면 그냥 잠자코 있다가 넌지시 입을 씻고 말든지, 없어서 못 데리고 왔다고 하든지 할 요량만 대고 있으니까 별로 힘드잘 것도 없는 노릇입니다.

"두구 보자!"

윤 직원 영감은 마루가 꺼져라고 굴러 디디면서 대뜰로 내려섭니다.

"……두구 부아, 어디…… 내가 그새까지넌 말루만 그랬지만, 인지 두구 부아라. 저허구 나허구 애비 자식 천륜을 끊든지, 지집을 이혼을 허든지 좌우양단간 오널 저녁 안으루 요정을 내구래야 말 티닝개루…… 두구 부아!"

윤 직원 영감은 으르면서 구르면서 사랑으로 나가고, 고 씨는 그 뒤꼭지에다 대고 제—발 좀 그럽시사고, 이혼을 한다면 누가 무서워서 서얼설 기고 어엉엉 울 줄 아느냐고 퀼퀼스럽게 받아넘깁니다.

이래서 시초 없는 싸움은 또한 끝도 없이 휴전이 되고, 각기 장수가 진지로부터 퇴각을 하자, 집안은 다시 평화가 회복되었습니다.

모두들 태평합니다.

계집종인 삼월이는 부엌에서 행랑어멈과 같이서 얼추 설거지를 하고 있고, 행랑아범은 안팎 아궁이를 찾아다니면서 군불을 조금씩 지피고, 그 나머지 식구들은 고 씨만 빼놓고 다 안방으로 모여 저녁밥을 시작합니다.

서울아씨, 두 동서, 경손이, 태식이, 전주댁 이렇습니다. 그들은 아무도 방금 일어났던 풍파를 심려한다든가 윤 직원 영감이 저녁밥을 중판맨[77] 것을 걱정한다든가, 고 씨가 밥상을 도로 쫓은 걸 민망히 여긴다든가 할 사람은 하나도 없고, 따라서 아무도 입맛이 없어 밥 생각이 안 날 사람도 없습니다.

다만, 먼저의 싸움의 입가심같이 그다음엔 조그마한 싸움 하나가 벌어집니다.

태식이가 구경에 세마리[78]가 팔렸다가 싸움이 끝이 나니까 다시 밥 시작을 하는데, 마침 경손이가 툭 튀어 들더니, 윤 직원 영감이 앉았던 자리에 털썩 주저앉아서는, 두말 않고 그 숟갈로 그 밥을 퍼먹습니다.

태식은, 이 깍쟁이요 도적놈인 경손이가 아빠의 숟갈로 아빠의 밥을 먹어대는 게 밉기도 하려니와, 또 맛있는 반찬을 뺏길 테

77 하던 일을 도중에 그만두다.
78 '넋'의 방언.

니, 그래저래 심술이 나지 않을 수가 없습니다.

"히잉, 우리 아빠 밥야!"

태식은 밥숟갈을 둘러메는 것이나, 경손은 거듭떠보지도 않고서

"왜 이 모양야! 밥그릇에다가 문패 써 붙였나?"

하고 놀려줍니다.

"히잉, 깍쟁이!"

"무어 어째? …… 잠자꾸 있어, 괜—히……."

"히잉, 도족놈!"

"아, 요게! 병신이 지랄해요! 대갈쟁이가……."

"깍쟁이! 도족놈!"

"가만둬 두니깐! …… 저거 봐요! 숟갈을 둘러메믄, 제가 누굴 때릴 텐가? 요것 하나 먹구퍼? 요것……."

"저 애가! …… 경손아!"

경손이가 주먹을 쥐어 밥상 너머로 을러대는 걸, 마침 저의 모친 박 씨가 들어서다가 보고 깜짝 놀라던 것입니다.

"병신이 괜히 지랄허니깐, 나두 그리지! …… 내 이름이 깍쟁이구 도독놈이구, 그런가? 머……."

"아따, 그런 소리 좀 들으믄 어떠냐? 잠자꾸 밥이나 먹으려무나."

"이 병신, 다시 그따위 소릴 해봐? 죽여놀 테니깐……."

"저 녀석이 말래두, 아니 듣구서! …… 너 그리다간 큰사랑 할아버지께 또 꾸중 듣는다?"

"피이! 무섭잖아."

"허는 소리마다. 너 그렇게 버릇없이 굴믄 귀양 간다! 귀양……."

"곤충 채집허구, 수영허구, 등산허구 실컨 놀다가 도루 오지, 무슨 걱정이우?"

서울아씨가 손을 씻으면서 방으로 들어오다가 태식이가 여태 밥상을 차고 앉아, 그러나마 먹지도 않고 이짐[79]이 나서 엿가래 같은 코를 훌쩍거리고 있는 것을 보고는 상을 잔뜩 찌푸립니다.

"누—나!"

"왜 그래?"

역성이나 들어줄 줄 알고 불러본 것이, 대고 쏘아버리니, 이제는 울기라도 해서 아빠를 불러대는 수밖에 없습니다.

과연 태식은 입이 비죽비죽, 얼굴이 움질움질하는 게 방금 아앙 하고 울음이 터질 시초를 잡습니다.

만약 태식을 울려놓고 보면 큰일입니다. 약간 아까, 고 씨와 싸우던 그따위 풍파가 아니고, 온통 집이 한 귀퉁이 무너나게시리[80] 벼락이 내릴 판이니까요. 윤 직원 영감은 다른 잘못도 잘 용서를 않지만, 그중에도 누구든지 태식을 울린다든가 하는 죄는 단연 용서를 하지 않던 것입니다.

"어서 밥 먹어라. 밥 먹다가 이짐 쓰구 그러면 못써요!"

서울아씨가 할 수 없이 목소리를 눅여 살살 달랩니다. 박 씨도 코를 씻어주면서 경손이더러 눈을 끔적끔적합니다.

"대부 할아버지?"

경손은 눈치를 채고서, 빈들빈들, 버엉떼엥, 엎어삶느라고

"……어서 진지 잡수! 그리구 대부 덕분에 손자두 이런 존 반

79 고집이나 떼.
80 쌓이거나 짜인 것이 헐려 떨어져 나가다.

찬 좀 얻어먹어예지, 응? 할아버지…… 우리 대부가 참 착해, 그렇지 대부…….”

파계를 따지자면, 열다섯 살 먹은 경손은 같은 열다섯 살 먹은 태식의 손자요, 태식은 경손의 할아버지가 갈데없습니다. 일가 망한 건 항렬만 높단 말로 눙치고 넘기자니, 차라리 이 조손 관계는 비극이라 함이 옳겠습니다.

7. 쇠가 쇠를 낳고

사랑방에는 언제 왔는지 올챙이 석 서방이, 과시 올챙이같이 토옹통한 배를 안고 윗목께로 오도카니 앉아 있습니다.

시쳇말로는 브로커요, 윤 직원 영감 밑에서 거간을 해먹는 사람입니다.

돈도 잡기 전에 배 먼저 나왔으니 갈데없이 근천스러운 ×배요, 납작한 체격에 형적도 없는 모가지에, 다 올챙이 별명 타자고 나온 배지 별 게 아닐 겝니다.

“진지 잡수셨습니까?”

올챙이는 오꼼 일어서면서 공순히, 그러나 친숙히 인사를 합니다.

윤 직원 영감은 속으로야, 이 사람이 저녁에 다시 온 것이 반가울 일이 있어서 느긋하기는 해도, 짐짓

“안 먹었으면 자네가 설넝탱이라두 한 뚝배기 사줄라간디, 밥 먹었냐구 묻넝가?”

하면서 탐탁잖아하는 낯꽃으로 전접스러운 소리를 합니다.

"아, 잡수시기만 하신다면야 사드리다 뿐이겠습니까?"

생김새야 아무리 못생겼다 하기로서니, 남의 그런 낯꽃 하나 여새겨볼[81] 줄 모르며, 그런 보비위 하나 할 줄 모르고서, 몇천 원 더러는 몇만 원 거간을 서먹노라 할 위인은 아닙니다.

옳지, 방금 큰소리가 들리더니, 정녕 안에서 무슨 일로 역정이 난 끝에 밥도 안 먹고 나오다가, 그 화풀이를 걸리는 대로 나한테 하는 속이로구나, 이렇게 단박 눈치를 채고는 선뜻 흠선欽羨[82]을 피우면서, 마침 윤 직원 영감이 발이나 넘는 장죽에 담배를 재어 무니까, 냉큼 성냥을 그어 댑니다.

"……그렇지만 어디 지가 설마한들 설렁탕이야 사드리겠어요! 참 하다못해 식교자라두 한 상……."

"체에! 시에미가 오래 살면 구정물통으(개숫물통에) 빠져 죽넌다더니, 내가 오래 사닝개루 벨일 다아 많얼랑개비네! 인제넌 오래간만으 목구녁의 때 좀 벳기닝개비다!"

윤 직원 영감 입에서는 담배 연기가 피어올라 자옥하니 연막을 치고, 올챙이는 팽팽한 양복 가랑이를 펴면서, 도사렸던 다리를 펴근히[83] 하고 저도 마코를 꺼내서 붙입니다.

"온 영감두! …… 지가 영감 식교자 한 상 채려드리기루서니 그게 그리 대단하다구, 그런 말씀을……."

"글씨 이 사람아, 말만 그렇기, 어따 저어 상말루, 줄 듯 줄 듯

81 남이 모르게 가만히 살피다.
82 우러러 공경하고 부러워함.
83 다리를 뻗어 느긋하고 편안하게. 푸근히.

허면서 안 주더라구, 말만 그렇기 허지 말구서 한 상 처억 좀 시기다 주어보소? 늙은이 괄세넌 히여두 아덜 괄세넌 않넌다데마넌, 늙은이 대접두 더러 히여야 젊은 사람이 복을 받고 허넌 벱이네. 그렇잖엉가? 이 사람…….”

윤 직원 영감은 히죽이 웃기까지 하는 것이, 방금, 그다지 등등하던 기승은 그새 죄다 잊어버린 모양으로 아주 태평입니다. 워너니 그도 그래야 할 것이, 만약 그 숱해 많은 싸움을, 싸움하는 족족 오래 두고 화가 풀리지 않으려서야 사람이 지레 늙을 노릇이지요.

“아—니 머, 빈말씀이 아니라…….”

올챙이는 금세 일어서서 밖으로 나갈 듯이 뒤를 들먹들먹합니다.

“……시방이라두 나가서, 무어 약주 안주나 될 걸루 좀 시켜가지구 오지요. 전화루 시키면 곧 될 테니깐두루…… 정녕 저녁 진질 아니 잡수셨어요? 그러시다면 그 요량을 해서…….”

“헤헤엣다! 참, 엎질러 절 받기라더니, 야 이 사람, 그런 허넌 첼랑 구만히여두소. 자네가 암만히여두 딴 요량쨍이 있어각구서 시방 그러넌 속 나두 다아 알구 있네!”

“네? 딴 요량요? 온, 천만에!”

“아까 아참나잘으 와서 이애기허던 그 조간 때미 그러지? 응?”

“아니올시다, 온! …… 그건 그거구 이건 이거지, 어쩌면 절 그런 놈으루만 치질 하십니까! 허허허.”

“그러구저러구 간으, 그건 아침에 말헌 대루 이화리[二割引] 아니구넌 안 되니 그렇게 알소잉?”

윤 직원 영감은 정색을 하느라고 담뱃대를 입에서 뽑고, 올챙이도 다가앉을 듯이 앉음매를 도사립니다.

"그리잖어두 허긴 그 사람 강 씰 방금 또 만나구 오는 길인데요…… 그래 그 말씀두 요정을 내구 허기는 해야겠습니다마는……."

"그럼, 이화리 히여서라두 쓴다구 그러덩가?"

"그런데 거, 이번 일은 제 얼굴을 보시구서라두 좀 생각해주서야 하겠습니다!"

"생각이라께 별것 있넝가? 돈 취히여주넝 것이지."

"물론 주시긴 주시는데, 일 할만 해주세요!"

"건, 안 될 말이래두!"

"온, 자꾸만 그러십니다. 칠천 원짜리 삼십 일 수형에 일 할이라두, 자아, 보십시오. 선변을 제하시니깐 육천삼백 원 주시구서 한 달 만에 칠백 원을 얹어서 칠천 원으루 받으시니 그만해두 그게 어딥니까? …… 아무리 급한 돈이래두, 쓰는 사람이 생각하면 하늘이 내려볼까 무섭잖겠어요? …… 그런 걸 글쎄, 이 할이나 허자시니!"

"허! 사람두! …… 이 사람아, 돈이 급허면 급헐수룩 다아 요긴허구, 그만침 갭이 나갈 게 아닝가? 그러닝개루 변두 더 내구서 써야지?"

"그렇더래두 영감 말씀대루 허자면 칠천 원 액면에 오천육백 원을 쓰구서 한 달 만에 일천사백 원 이자를 갚게 되니, 돈 쓰는 사람이 억울하잖겠습니까?"

"억울허거던 안 쓰면 구만이지? …… 머, 내가 쓰시요오 쓰시요 허구 쫓아댕김서 억지루 처맽긴다덩가? 그 사람 참!"

윤 직원 영감은 이렇게 배부른 흥정으로 비스듬히 드러누우려고는 하지만, 올챙이의 말이 아니라도, 육천삼백 원에 한 달 이자 칠백 원이 어디라고, 이 거리를 놓치고 싶지는 않습니다.

에누리를 하는 셈이지요. 해서 이 할을 뗄 수 있으면 더할 나위 없고, 눈치 보아서 일 할 오 부로 해주어도 괜찮고, 또 저엉 무엇하면 일 할이라도 그리 해롭지는 않고…… 그게 그러나마 달리 융통을 시켜야 할 자본일세 말이지, 은행의 예금장에서 녹이 슬고 있는 돈인 걸, 두고 놀리느니보다야 이문이 아니냔 말입니다.

"영감이 무가내루 이 할만 떼신다면, 아마 그 사람두 안 쓰기 쉽습니다……."

올챙이는 역시 윤 직원 영감의 배짱을 아는 터라, 마침내 이렇게 슬그머니 한번 덜미를 눌러놓습니다. 그러고는 한참 있다가 다시

"……그러니 자아 영감, 그러구저러구 하실 것 없이, 일 할 오 부만 하시지요…… 일 할 오 부라두 일칠은 칠, 오칠 삼십오허구, 일천오십 원입니다!"

"아—니 이 사람, 자네넌 내 밑으서 거간 서구, 내 덕으 사넌 사람이, 육장 그저 내게다가 해만 뵐라구 드넝가?"

"온 참! 그게 손해 끼쳐디리는 게 아닙니다! 일을 다아 되두룩 마련하자니깐 그리지요. 상말루, 싸움은 말리구 흥정은 붙이라구 않습니까? 그런데 그게 남의 일이라두 모를 텐데 항차 영감의 일인 걸……."

"아따, 시방 허넌 소리가! …… 야 이 사람아, 구문이 안 생겨두 자네가 시방 이러구 댕길 팅가?"

"허허, 그야…… 허허허허, 그런데 참 구문이라니 말씀이지,

저두 구문만 많이 먹기루 들자면 할이가 많은 게 좋답니다. 그렇지만 세상일을 어디 그렇게 제 욕심대루만 할래서야 됩니까?"

"이 사람아, 그런 소리 말소. 욕심 읎이 세상 살라다가넌 제 창사구(창자) 뽑아서 남 주어야 허네!"

"것두 옳은 말씀은 옳은 말씀입니다…… 그런데 자아, 어떡허실렵니까? 제 말씀대루 일 할 오 부만 해서 주시지요? 네?"

"아이, 모르겄네! 자네 쇠견대루 허소!"

"허허허허, 진즉 그리실 걸 가지구…… 그럼 내일 당자 강 씰 데리구 올 텐데, 어느만 때가 좋을는지? …… 내일 은행 시간까진 돈을 써야 할 테니깐요."

"글씨…… 대복이가 와야 헐 틴디. 오날 저녁으 온댔으닝개 오기넌 올 것이구, 오머넌 내일 아무 때라두 돈이사 주겄지만…… 자리넌 실수 읎을 자리겄다?"

"그야 지가 범연하겠습니까? 아따, 만창상점이라구, 바루 저 철물교 다리 옆입니다. 머 그 사람이 부랑자루 주색잡기하느라구 쓰는 돈이 아니구, 내일 해전으루다가 은행에 입금을 시켜야만 부도가 아니 나게 됐다는군요! …… 글쎄 은행에서들 돈을 딱 가두어놓군 돌려주질 않기 때문에, 너나 할 것 없이 모두 죽는 소립니다! …… 그러나저러나 간에 이 사람 강 씬 아무 염려 없구요. 다 조사해보시면 아시겠지만……."

"내가 무얼 알겄넝가마는……."

윤 직원 영감은 담뱃대를 놓고 일어서더니, 벽장 속에서 조선 백지로 맨 술 두꺼운 장부(?) 한 권을 찾아냅니다.

이것이 대복이의 주변으로, 종로 일대와 창안 배오개 등지와,

그 밖에 서울 장안의 들뭇들뭇한 상고들을 뽑아 신용 정도를 조사해둔 블랙리스트입니다.

신용이라도 우리네가 보통 말하는 신용이 아니라, 가산은 통 얼마나 되는데, 갚을 빚은 얼마나 되느냐는 그 신용입니다.

이걸 만들어놓고, 대복이는 날마다 신문이며 흥신내보興信內報며 또는 소식 같은 걸 참고해가면서, 그들의 신용의 변동에 잔주(주해)를 달아놓습니다.

그러니까 생기기는 아무렇게나 백지로 맨 한 권의 문서책이지만, 척 한번 떠들어만 보면, 어디서 무슨 장사를 하는 아무개는 암만까지는 돈을 주어도 좋다는 것을 훵하니 알 수가 있는 것입니다.

윤 직원 영감은 시골 사람, 그중에도 부랑자가 돈을 쓴다면 으레껏 매도 계약까지 첨부한 부동산을 저당 잡고라야 돈을 주지만, 시내에서 장사하는 사람들한테는 대개 수형을 받고서 거래를 합니다. 그는 수형의 효험과 위력을 잘 알고 있으니까, 안심을 합니다.

세상에 수형처럼 빚 쓴 사람한테는 무섭고, 빚 준 사람한테는 편리한 것이 없답니다. 기한이 지나기만 하면 그저 불문곡직하고 수형 액면에 쓰인 만큼 차압을 해서 집행 딱지를 붙여놓고는 경매를 한다나요.

가령 그게 사기에 걸린 돈이라고 하더라도, 수형이고 보면 안 갚고는 못 배긴다니, 무섭지 않고 어쩌겠습니까.

윤 직원 영감은 이 편리하고도 만능한 수형 장사를 해서 매삭 이삼만 원씩 융통을 시키고, 그 이문이 적어도 삼천 원으로부터 사천 원은 됩니다.

일 할 이상 이 할까지나 새끼를 치는 셈이지요.

송도 말년에는 쇠가 쇠를 먹었다고 합니다. 그러던 게 지금은 다 세태가 바뀌고, 을축갑자로 되는 세상이라서 그런 것도 아니겠지만, 쇠가 쇠를 낳기로 마련이니 그건 무슨 징조일는지요.

아무튼 그놈 돈이란 물건이 저희끼리 목족睦族[84]은 무섭게 잘하는 놈인 모양입니다. 그렇기에 자꾸만 있는 데로만 모이지요?

윤 직원 영감은 허리에 찬 풍안집에서 풍안을 꺼내더니, 그걸 코허리에다가 처억 걸치고는 그 육중한 자가용 홍신록을 뒤적거립니다.

올챙이는 이제 일이 거진 성사가 되었대서 엔간히 마음이 놔는지 담배를 피워 물고 앉아서는 하회를 기다립니다.

윤 직원 영감은 만창상회의 강 무엇이를 찾아내어 대강 입구구를 따져본 결과, 빚이 더러 있기는 해도 아직 칠팔천 원은 말고 이삼만 원쯤은 돌려주어도 한 달 기간에 낭패가 생기지는 않을 만큼 정정한 걸 알았습니다.

"거 원, 우선 내가 뵈기는 괜찮얼 상부르네마는……."

윤 직원 영감은 이쯤 반승낙을 하고는, 장부를 도로 벽장에다가 건사하고, 풍안을 코끝에서 떼어내고, 그러고서 담뱃대를 집어 물면서 자리에 앉습니다. 아까 먼젓번에 한 승낙은, 말은 없어도 신용 조사에 낙방이 안 돼야만 돈을 준다는 얼승낙이요, 이번 것이 진짜 승낙한 보람이 날 승낙이던 것입니다.

그러나 이러이러하네마는 하고, 그 '마는'이 붙었으니 온승낙이 아니고 반승낙인 것입니다. 대복이가 없으니까 그와 다시 한

84 동족 또는 친족끼리 화목하게 지냄.

번 상의를 할 요량이지요. 그래서 혹시 대복이가 불가하다고 한다든지 하면, 말로만 반승낙을 했지 무슨 계약서라도 쓴 게 아니고 한즉, 이편 마음대로 자빠져버리면 고만일 테니까요.

"그러면……."

올챙이는 윤 직원 영감의 그 마는이라는 말끝을 덮어씌우노라고, 다시금 다지려 듭니다.

"……내일 은행 시간 안으루는 실수 없겠죠?"

"글씨, 우선은 그러기루 히여두지."

"그래서야 어디 저편이 안심을 하나요? 영감이 주장이시니깐, 영감이 아주 귀정을 지어서 말씀을 해주셔야 저 사람두 맘 놓구 있지요!"

"그렇기두 허지만, 실상 이 사람아, 자네두 늘 두구 보지만, 내사 무얼 아넝가? …… 대복이가 다아 알어서 이러라구 허면 이러구, 저러라구 허면 저러구 허지. 괜시리 속두 잘 모르구서 돈 그까짓 것 천오십 원 은어먹을라다가, 웬걸, 천오십 원이나마 나 혼자 죄다 먹간디? 자네 구문 백오 원 주구 나면, 천 원두 채 못 되넝 것, 그것 먹자구, 잘못허다가 내 생돈 육천 원 업어다 난장 맞히게?"

"글쎄 영감! 자리가 부실한 자리면 지가 애초에 새에 들질 않는답니다. 그새 사오 년지간이나 두구 보시구서두 그리십니까? 언제 머 지가 천거한 자리루 동전 한푼 허실한 일이 있습니까?"

"아는 질두 물어서 가랬다네. 눈 뜨구서 남의 눈 빼먹넌 세상인 종 자네두 알면서 그러넝가?"

"허허허허, 영감은 참 만년 가두 실수라구는 없으시겠습니다! 다아 그렇게 전후를 꼭꼭 재가면서 일을 하셔야 실수가 없긴 하지요…… 그럼 아무튼지 대복이가 오늘루 오긴 오죠?"

"늦더래두 올 것이네."

"그럼, 대복이만 가한 양으루 말씀하면 돈은 내일루 실수 없으시죠?"

"그럴 티지."

"그러면 아무려나 내일 오정 때쯤 해서 당자 강 씰 데리구 오지요…… 좌우간 그만해두 한시름 놓았습니다, 허허……."

"자네넌 시언헌가 부네마넌, 나넌 돈 천이나 더 먹을 걸 못 먹은 것 같이서 섭섭허네!"

"허허허허, 그럼 이댐에나 들무웃한 걸 한자리 해 오지요…… 가만히 계십시오. 수두룩합니다. 은행에서 돈을 아니 내주기 때문에 거얼걸들 합니다. 제일 죽어나는 게 은행돈 빚 얻어다가는 땅 장수니 집 장수니 하던 치들인데, 머 일보 사오십 전이라두 못 써서 쩔맵니다!"

"이 판으 누가 일보 오십 전 받구 빚을 준다덩가? 소불하 일 원은 받어야지…… 주넌 놈이 아순가? 쓰넌 놈이 아수닝개로 그거라두 걷어 쓰지……."

윤 직원 영감은 요새 새로 발령된 폭리 취체 속을 도무지 모릅니다. 그러나 안다고 하더라도 이미 십 년 전부터 벌써 법이 금하는 고패를 넘어서 해먹는 돈놀이니까, 시방 새삼스럽게 폭리 취체쯤 무서울 것도 없으려니와, 좀 까다롭겠으면 다 달리 이러쿵저러쿵하는 수가 얼마든지 있은즉 만날 떵그렁입니다.

"그러면 그 일은 그렇게 허기루 허구……."

올챙이는 볼일 다 보았으니 선뜻 일어설 것이로되, 그러나 두

고두고 뒷일을 좋도록 하자면, 이런 기회에 듬씬 보비위를 해야 하는 것인 줄을 자알 알고 있습니다

"……그런데, 정녕 저녁 진질 아니 잡수셨습니까?"

"먹다가 말었네! 속상히여서……."

윤 직원 영감은 그새 잊었던 화가 그 시장기로 해서 새 채비로 비어지던 것이고, 그래 재떨이에 담배 터는 소리도 절로 모집니다.

"거 온, 그래서 어떡허십니까! 더구나 연만하신 노인이!"

"그러닝개 그게 다아 팔자라네!"

또 역정을 낼 줄 알았더니, 그런 게 아니고 방금, 아무 근심기 없던 얼굴이 졸지에 해 질 무렵같이 흐려들면서 음성은 풀기 없이 가라앉습니다.

"……내가 이 사람아, 나락으루 해마닥 만석을 추수를 받구, 돈으루두 몇만 원씩을 차구 앉었넌 사람인디, 아 그런 부자루 앉어서 글씨, 가끔 이렇기 끄니를 굶네그려! 으응?"

과연 일 년 추수하는 쌀만 가지고도 밥을 해 먹자면 백 년 천 년을 배불리 먹고도 남을 테면서, 그러나 이렇게 배고픈 때가 있으니, 곰곰이 생각을 하면 한심하여 팔자 탄식이 나오기도 할 겝니다.

"……여보게 이 사람아! …… 아 자네버텀두 날더러 팔자 좋다구 그러지? 그렇지만 이 사람아, 팔자가 존 게 다아 무엇잉가! 속 모르구서 괜시리 허넌 소리지…… 그저 날 같언 사람은 말이네, 그저 도둑놈이 노적가리 짊어져 가까버서, 밤새두룩 짖구 댕기는 개, 개 신세여! 허릴없이 개 신세여!"

윤 직원 영감은 잠잠히 말을 그치고, 담배 연기째 후르르 한숨

을 내쉬면서, 어디라 없이 한눈을 팝니다.

거상에 짜증난 얼굴이 아니면, 불쾌하니 마음 편안한 얼굴, 호리를 다투는 뜩뜩한[85] 얼굴이 아니면, 남을 꼬집어 뜯는 전접스러운 얼굴, 그러한 낮꽃만 하고 지내는 이 영감한테 이렇듯 추렷하니 침통한 기색이 드러날 적이 있다는 것은 자못 심외라 않을 수 없습니다.

돈을 흥정하는 저자에서 오고 가고 하는 속한일 뿐이지, 올챙이로서야 어디 그러한 방면으로 들어서야 제법 깊은 인정의 기미를 통찰할 재목이 되나요. 그저 백만금의 재물을 쌓아놓고 자손 번창하겠다, 수명장수, 아직도 젊은 놈 여대치게 저엉정하겠다, 이런 천하에 드문 호팔자를 누리면서도, 근천이 질질 흐르게 시리 밥을 굶네, 속이 상하네, 개 신세네, 하고 풀 죽은 기색으로 탄식을 하는 게, 이놈의 영감이 그만큼 살고 쉬이 죽으려고 청승을 떠는가 싶어 얼굴이 다시금 치어다보일 따름이었습니다.

8. 상평통보 서 푼과……

올챙이는, 윤 직원 영감이 자기가 자청해서 자기 입으로 개라고 하니, 차라리 그렇거들랑 어디 컹컹 한바탕 짖어보라고 놀리기나 하고 싶습니다. 그렇지만 그런 버릇없는 농담을 할 법이야 있습니까. 속은 어디로 갔든 좋은 말로다 자손이 번창하고 가운이

85 바탕이 두껍고 두툼하다. 특특하다.

융성하게 되면, 집안 어른 된 이로는 그런 근심 저런 걱정 노상 아니할 수도 없는 것인즉, 그걸 가지고 과히 상심할 게 없느니라고 위로를 해줍니다.

"아, 여보소?"

윤 직원 영감은 남이 애써 위로해주는 소리는 귀로 듣는지 코로 맡는지 종시 우두커니 한눈을 팔고 앉았다가, 갑자기 긴한 낯으로 고개를 내밀면서

"……자네, 사람 죽었을 때 염허넝 것 더러 부았넝가?"

하고 묻습니다. 자기 딴에는 따로이 속내평이 있어서 하는 소리겠지만, 이건 느닷없이 송장 일곱 매 묶는 이야기가 불쑥 나오는 데는, 등이 서늘하고 그다지 긴치 않기도 했을 것입니다.

"더러 부았으리…… 그런데 말이네……."

윤 직원 영감은 올챙이가 이렇다 저렇다 얼른 대답을 못 하고 우물우물하는 것을 상관 않고 자기가 그 뒤를 잇습니다.

"……아, 우리 마니래(마누라)가 작년 정월이 죽잖있넝가?"

"네에! 아 참, 벌써 그게 작년 정월입니다그려! 세월이 빠르긴 허군!"

"게, 그때, 수험을 헌다구 날더러두 들오라구 허기에, 시쳇방으를 들어가잖있덩가. 들어가서 가만히 보구 섰으닝개, 수의를 죄다 갈어입히구 나서넌 일곱 매를 묶기 전에, 어따 그놈의 것을 무어라구 허데마는…… 쌀 한 숟가락을 떠서 맹인 입으다가 놓는 체허면서 천 석이요오 허구, 두 숟가락 떠 느면서 이천 석이요오 허구, 세 숟가락 떠 느면서 삼천 석이요오 허구, 아 이런담 말이네! …… 그러구 또, 시방은 쓰지두 않넌 옛날 돈 생평통보(상평통보)

한 푼을 느주면서 천 냥이요오, 두 푼 느주면서 이천 냥이요오, 스 푼 느주면서 삼천 냥이요오, 이러데그려!"

"그렇지요! 그게 다아……."

올챙이는 비로소 윤 직원 영감의 말하고자 하는 속을 알아차렸대서 고개를 까댁까댁 맞장구를 칩니다.

"……그게 맹인이 저승길 가면서 노수두 쓰구, 또 저승에 가서 두 부자루 잘 지내라구 그리잖습니까?"

"응 그리여. 글씨 그런 줄 나두 알기넌 알어. 또, 우리 어머니 아버지 때두 다아 보구 그리서, 츰으루 보덩 건 아니지. 그러닝개 츰 귀경히였다닝 게 아니라, 내 말은 그런 말이 아니구…… 아니 글씨 여보소, 우리 마니래만 히여두 명색이 만석꾼이 집 예편네가 아닝가? 만석꾼이…… 그런디 필경 두 다리 쭈욱 뻗구 죽으닝개넌 저승으루 갈라면서, 쌀 게우 세 숟가락허구, 돈 엽전 스 푼허구, 게우 고걸 각구 간담 말이네그려, 응? 만석꾼이가 죽어 저승으로 가면서넌 쌀 세 숟가락에 엽전 스 푼을 달랑 얻어각구 간담 말이여!"

올챙이는 자못 엄숙해하는 낯으로 고즈넉이 앉아 듣고 있고, 윤 직원 영감은 빼금빼금 한참이나 담배를 빨더니 후우 한숨을 한 번 내쉬고는 말끝을 다시 잇댑니다.

"게, 그걸 보구서 고옴곰 생각을 허닝개루, 나두 한번 눈을 감구 죽어지면 벨수 읎이 저렇기 쌀 세 숟가락허구 엽전 스 픈허구, 달랑 고걸 읃어각구 저승으루 가겄거니! …… 그럴 것 아닝가? 머, 나라구 무덤을 죄선만 허게 파구서, 그 속으다가 나락을 수천 석 쟁여주며, 돈을 수만 냥 디륏딜여 주겄넝가? 또오, 그런대두 아무 소용 읎넌 짓이구…… 그렇잖엉가?"

"허허, 다아 그런 게지요!"

"그렇지? 그러니 말이네. 아, 내 손으루 만석을 받구, 수만 원을 주물르던 나두, 죽어만 지면 별수 읎이 쌀 세 숟가락허구 엽전 달랑 스 픈 얻어각구 저승으루 갈 테먼서 말이네…… 글씨 그럴라면서 왜 내가 시방 이 재산을 지키니라구 이대두룩 악을 쓰구, 남안티 실인심허구, 자식 손자 놈덜안티 미움받구, 나 쓰구 싶은 대루, 나 지내구 싶은 대루 못 지내구 이러넝고! 응? 그 말뜻 알어들어?"

"네—네…… 허허, 참 거……."

"그러나마, 그러나마 말이네…… 내가 앞으루 백 년을 더 살 것잉가? 오십 년을 더 살 것잉가? 잘히여야 한 십 년 더 살다가 두 다리 뻗을 티먼서. 그러니, 나 한번 급살 맞어 죽어빼리면 아무것두 모르구 다아 잊어빼릴 년의 세상…… 그런디 글씨, 어쩌자구 내가 이렇기 아그려쥐구 앉아서, 돈 한푼에 버얼벌 떨구, 뭇 놈년덜 눈치코치 다아 먹구, 늙발에 호의호식, 평안히 못 지내구…… 그것뿐잉가? 게다가 한푼이라두 더 못 뫼야서 아등아등허구…… 허니, 원 내가 이게 무슨 놈의 청승이며, 무슨 놈의 지랄 짓잉고오? 이런 생객이 가끔, 그 뒤버틈은 들더람 말이네그려!"

윤 직원 영감으로 앉아, 그런 마음을 먹고 이런 소리를 함부로 하다께, 올챙이의 소견이 아니라도, 이건 정말 죽으려고 마음이 변했나 봅니다.

주객이 잠시 말이 없고 잠잠합니다. 올챙이는 무어라고 위로를 해야겠어서 말긋말긋 윤 직원 영감의 눈치를 살핍니다.

아무래도 노망이 아니면 환장한 소린 것 같은데, 혹시 그게 정말이어서, 이놈의 영감태기가, 자아 여보소, 나는 인제는 재산이고 무엇이고 죄다 소용없네…… 없으니, 자아 이걸 가지고 자네가 족히 평생을 하소…… 이렇게 선뜻 몇만 원 집어 주지 말랄 법도 노상 없진 않으려니 싶어(싶다기보다도) 그렇게 횡재를 했으면 좋겠다고 다뿍 허욕이 받쳐서, 올챙이는 시방 궁상으로 부른 헛배가 가뜩이나 더 부르려고 하는 판입니다. 눈에 답신 고이도록 보비위를 해줄 필요가 그래서 더욱 간절했던 것입니다.

"영감님?"

"어— 이?"

부르는 소리도 은근했거니와 대답 소리도 다정합니다.

"지가 꼬옥 영감님께 한 가지 권면해드릴 게 있습니다!"

"권면?"

"네에, 다름이 아니라……."

"아—니, 자네가 시방 또, 은제치름 날더러 저 무엇이냐, 핵교 허넌 디다가 돈 기부허라구, 그런 권면 헐라구 그러잖넝가? 그런 소리거덜랑, 이 사람아, 애여 말두 내지두 말소!"

이렇게 황망히 방색을 하는 것이, 윤 직원 영감은 어느덧 꿈이 깨고 생시의 옳은 정신이 들었던 모양입니다.

미상불 여태까지 그 가라앉은 침통한 목소리나 암담한 안색은 씻은 듯이 어디로 가고 없고, 활기 있는 여느 때의 그의 얼굴을 도로 지니고 앉았습니다.

"아니올시다! 온……."

올챙이는 고만 속으로 떡심이 풀리고 입이 헤먹으나,[86] 그럴수

86 일이나 행동이 기대나 상황과 맞지 않아 어색하다.

록이 더욱 잘 건사를 물어야 할 판이어서 흔감스럽게 말을 받아 넘깁니다.

"천만에 말씀이지, 그때 한번 영감이 안 되겠다구 하신 걸 또 말을 낼 리가 있습니까? 그게 무슨 그대지 유익하신 일이라구…… 실상 그때 그 말씀을 한 것두 달리 그런 게 아니랍니다. 다아 학교라두 하나 만드시면 신문에두 추앙이 자자할 것이구, 또오 동상두 서구 할 테니깐, 영감님 송덕이 후세에 남을 게 아니겠다구요? 그래서 저두 머, 지낼말루다가 한번 말씀을 비쳐본 거지요…… 사실 또 생각하면, 괜히 돈 낭비나 되지, 그게 그리 신통한 소일두 아니구말구요!"

"신통이구 지랄이구 이 사람아, 왜 글씨 제 돈 디려가면서 학교를 설시허네 무얼 허네, 모두 남 존 일을 헌담 말잉가? 천하 시러베개아덜 놈덜이지…… 인제 보소마넌, 그런 놈덜은 손복을 히여서, 오래잔히여 박적을 차구 빌어먹으러 댕길 티닝개루, 두구 보소!"

과연 윤 직원 영감은 환장한 것도 아니요, 노망이 난 것도 아니요, 정신이 초랑초랑합니다. 아마 아까 하던 소리는 잠꼬댈시 분명합니다. 따라서 올챙이에게는 미안하나 어쩔 수 없는 노릇입니다.

올챙이는 윤 직원 영감의 비위를 맞추자던 것이 되레 건드려논 셈이 되었고 본즉, 땀이 빠지도록 언변을 부려가면서 공공사업에 돈을 내는 게 불가한 소치를 한바탕 늘어놓습니다. 그러고 나서 비로소 처음 초를 잡다가 만 이야기를 다시금 꺼내던 것입니다.

"참 지가 하루 이틀 영감님을 뫼시구 지내는 배가 아니구, 그래 참 저렇게 상심이나 하시구, 그런 끝에 노인이 궐식이나 하시구, 그리시는 걸 뵙기가 여간만 민망스런 게 아니에요. 저두 늙은 부모가 있는 놈인데, 남의 댁 어룬이라구 그런 근경 못 살피겠습니까? …… 그래 제 깐에는 두루 유념을 하구 지내지요. 이건 참 입에 붙은 말씀이 아니올시다!"

"그렁개루 설렁탕 사준다구 허넝가?"

"온! 영감두! …… 이거 보세요, 영감님?"

"왜 그러넝가?"

"지가 꼬옥 맘을 두구서 권면하는 말씀이니, 저어 마나님 한 분 얻으시는 게 어떠세요?"

윤 직원 영감은 대답 대신 히물쭉 웃으면서 눈을 흘깁니다. 네 이놈 괘씸은 하다마는 그럴듯하기는 그럴듯하구나…… 이 뜻이지요.

올챙이도 히죽히죽 웃으면서 없는 모가지를 늘여가지고 조촘 한무릎 다가앉습니다.

"거, 아직 기운두 좋시구 허니, 불편허신 때 조석 마련이며, 몸시중이며, 살뜰히 들어주실 여인네루, 나이나 좀 진득헌 이를 하나 구허셔서, 이 근처 가까운 데다가 치가나 시키시구 허시면, 아조옴 좋아요? 허기야 따님까지 와서 기시구 허니깐 머어 범연하겠습니까마는, 그래두 잘하나 못 하나 마나님이라구 이름 지어두구 지내시면, 시중드는 것두 훨씬 맘에 드실 것이구, 또오 아직 저 엉정하시겠다 밤저녁으루 적적하시면 내려가서 위로두 더러 받으시구, 헤헤!"

"네라끼 사람!"

올챙이의 말조가 매우 근경속[87]이 있고, 더욱이 그 끝에 한 대문은 썩 실감적이고 보매, 윤 직원 영감은 눈을 흘기고 히물쭉 웃는 것만으로는 못 견디겠던지, 담뱃대를 뽑는 입에서 지르르 침이 흘러내립니다.

"헤헤…… 거, 좋잖습니까? …… 그러니 여러 말씀 마시구, 마나님 구허실 도리를 하십시오, 네?"

"허기사 이 사람아!"

윤 직원 영감은 마침내 까놓고 흉중을 설파합니다.

"……자네가 다아 참, 내 근경을 알어채구서 기왕 말을 냈으니 말이지, 낸들 왜 그 데수기[88]에 서캐 실은 예편네라두 하나 있으면 졸 생각이 읎겄넝가? …… 아, 그렇지만, 그렇다구 내가 이 나이에 어디 가서 즘잔찮게 여편네 읃어달라구 말을 낼 수야 없잖넝가? 그렇잖엉가?"

"아, 그야 그러시다 뿐이겠습니까! 그러신 줄 저두 아니깐……."

"글씨, 그러니 말이네…… 그런 것두 다아 내가 인복이 읎어서 그럴 티지만, 거 창식이허며 또 종수허며 그놈덜이 천하에 불효막심헌 놈덜이니! 마구 잡어 뽑을 놈덜이여. 왜 그렁고 허면, 아 글씨, 즈덜은 네—기, 첩년을 모두 둘씩 셋씩 읃어서 데리구 살면서, 나넌 그냥 그저 모르쇠이네그려! …… 아, 그놈덜이 작히나 사람 된 놈덜이머넌 허다못히서 눈 찌그러진 예편네라두…… 흔헌 게 예편네 아닝가? 허니 눈 찌그러지구 코 삐틀어진 예편네라두 하나 줏어다가 날 주었으면, 자네 말대루 내가 몸시중두 들게 허구, 심심파적두 허구 그럴 게 아닝가? 그런디 그놈덜이, 내가 뫼야준 돈은 각구서 즈덜만 밤낮 그 지랄을 허지, 나넌 통히 모른 체를 허네

87 심지가 굳고 실한 감이 있음.
88 '어깨'의 방언.

그려! 그러니 그놈덜이 잡어 뽑을 놈덜 아니구 무엇이람 말잉가?"

속이 본시 의뭉하고, 또 전접스러운 소리를 하느라고 그러지, 실상 알고 보면 혼자 지내는 게 작년 가을 이짝 일 년지간이고, 그 전까지야 첩이 끊일 새가 없었더랍니다.

시골서 살 때에 첩을 둘씩 얻어 치가를 시키고, 동네 술어미가 은근하게 있으면 붙박이로 상관을 하고 지내고, 또 촌에서 계집애가 북실북실한 놈이 눈에 뜨이면 다리 치인다는 핑계로 데려다가 두고서 재미를 보고, 두루 이러던 것은 고만두고라도, 서울로 올라와서 지난 십 년 동안 첩을 갈아세운 것만 해도 무려 십여 명은 될 것입니다.

기생첩이야, 가짜 여학생첩이야, 명색 숫처녀첩이야, 가지각색이었지요. 모두 일 년 아니면 두서너 달씩 살다가 갈아세우고 하던 것들입니다.

그래오던 끝에, 재작년인가는 좀 그럴듯한 과부 하나를 얻어 바로 집 옆집을 사가지고 치가를 시키면서 쏠쏠히 탈 없이 일 년 넘겨 이태 가까이 재미를 본 일이 있었습니다.

나이는 서른댓이나 되었고, 인물도 그리 추물은 아니고, 신식 계집들처럼 되바라지지도 않고, 그리고 근경속 있고 솜씨 얌전하고 해서, 참 마침감이었습니다.

윤 직원 영감은, 제가 그대로 병통 없이 말치 없이[89] 자기 종신토록 자알 살아만 주면 마지막 임종에 가서, 그 집하고 또 땅이나 벼 백 석거리하고 떼어 주어 뒷고생 않게시리 해주려니, 이쯤 속

89 이러니저러니 하는 뒷말이나 군말이 없이.

치부를 잘해두었습니다.

아 그랬는데 글쎄, 그 여편네만은 결코 그러지 않으려니 했던 게, 웬걸, 제 버릇 개 못 준다더니, 남의 첩데기 짓을 하느라고 끝내는 요게 샛밥을 날름날름 집어먹다가, 필경은 이웃집에 기식하고 있는 젊은 보험회사 외교원 양반과 찰떡같이 배가 맞아가지고는 어느 날 밤엔가 패물이야 옷 나부랭이를 말끔 쓸어가지고 야간도주를 해버렸습니다.

늙은 영감한테 매달려, 얼마 아니 남은 인생을 멋없이 흐지부지 늙혀야 하느냐, 혹은 내일은 삼수갑산을 갈 값에 셰퍼드 같은 젊은 놈과 붙어서 지내야 하느냐 하는 그 우열과 이해의 타산은 제각기 제 나름이겠지만, 윤 직원 영감은 그걸 보고서, 그년이 제 복을 제가 털어버렸다고, 그년이 인제 논두덕 죽음 하지야고, 두고두고 욕을 했습니다.

그 여편네의 신세를 가긍히 여겨 그랬다느니보다, 보물은 아니라도 썩 마음에 들던 손그릇이나 하나 잃어버린 것같이 신변이 허전하고, 그래 오기가 나서 욕으로 화풀이를 했던 것이지요.

아무튼 한번 그렇게, 알뜰한 첩에 맛을 들인 뒤로는 여느 기생첩이나 가짜 여학생첩이나 그런 것은 다시 얻을 생각이 없고, 꼭 고런 놈만 마침 골라서 전대로 재미를 보고 싶습니다.

그러잖았으면야 그게 작년 가을인데 버얼써 그동안 둘은 들고 나고 했지, 그대로 지냈을 리가 있나요.

첩을 얻어 들이는 소임으로, 몇 해 단골 된 곰보딱지 방물장수가, 그 운덤에 허파에서 바람이 날 지경이지요. 일껏 골라다가는 선을 뵐라치면 트집을 잡아가지굴랑 탁탁 퇴짜를 놓고, 그러면서 속히 서둘지 않는다고 성화를 대곤 해서요.

윤 직원 영감으로야 일 년짝이나 혼자 지내고 보니, 급한 성미에 중매가 더디다고 야단을 치는 게 무리도 아니요, 그러니 자연 늙은이다운 농엄[90]이나 심술로다가, 첩 아니 얻어주는 맏아들 창식이 윤 주사나 큰손자 종수가 밉고, 미우니까 전접스러운 소리며 욕이 나올밖에요.

저희들은 마음대로 골라잡아 마음대로 데리고 살면서, 그러니까 마음만 있게 되면 썩 좋은 놈을 뽑아다가 부친(또는 조부의) 봉친거리로 바칠 수가 있을 테련만, 잡아 뽑을 놈들이라 범연하여 그래주지를 않는대서요.

윤 직원 영감은 혹시 무슨 다른 일로라도, 아들 윤 주사나 큰손자 종수를 잡아다가 앉혀놓고 욕을 하던 끝이면 으레

"야, 이 수언 불효막심헌 놈덜아! 그래, 느놈덜은 이놈덜, 밤낮 지집 둘셋 은어놓구…… 그러면서 이 늙은 나넌 이렇기…… 죽으라구 내뻬려 두어야 옳담 말이냐. 이 수언 잡아 뽑을 놈덜아!"

이렇게, 충분히 노골적으로 공박을 하곤 합니다. 그러니까 시방 올챙이를 데리고 앉아서 그쯤 꼬집어 뜯는 것은 오히려 점잖은 편이라 하겠습니다.

올챙이는 보비위 삼아 생색을 내자던 노릇이라, 구하다 못하면 썩은 나무토막이라도 짊어져다 들이안길 값에, 기왕 낸 말이니 입맛 당기게시리 뒷갈망을 해두어야만 할 판입니다.

"지가 불일성지不日成之[91]루, 썩 그럴듯한 놈, 아니 참 저 마나님

90 실없이 하는 웃음엣소리.
91 며칠 안 걸려서 이룸.

하나를 방구어보지요[92]…… 실상은 말씀이야 오늘 저녁에 첨으루 냈지만, 그새두 늘 그런 유념을 하구설랑 눈여겨보기두 허구, 그럴만한 자리에 연통두 해보구 그래왔더랍니다!"

"뜻이나마 고맙네만, 구만두소, 원……."

말은 그렇게 나왔어도, 실눈으로 갠소름하니[93] 웃는 눈웃음하며, 헤벌어지는 입하며, 다뿍 느긋해하는 게 갈데없습니다. 너 같으면 발이 넓어 먹는 골도 여러 갈래고, 또 게다가 주변도 있고 하니까, 쉽사리 성사를 하리라, 이렇게 미더운 생각이 들었던 것입니다.

"괜히 그리십니다! 저 하는 대루 가만두고 보십시오, 인제……."

"더군다나 거 지상(기생)이니 여학생이니, 그런 것이나 어디 가서 줏어올라구? 돈이나 뜯어낼라구 허구, 검방지기나 허구, 밤낮 샛밥이나 처먹구…… 그것덜은 쓰겄덩가, 어디……."

"못쓰구말구요! 전 그런 것들은 애여 천거두 않습니다. 인제 보십시오마는, 나이 어쨌든 진드윽허니 한 오십 먹은 과부루다가……."

"네라끼 사람! 쉰 살 먹은 늙은이를 데리다가 무엇이다 쓴다덩가!"

"허허허허…… 네네, 그건 지가 영감님 속을 떠보느라구 짐짓 그랬답니다, 허허허허……."

"허! 그 사람 참……."

"허허허허…… 헌데, 그러면 한 서른댓 살이나, 그렇잖으면 사십이 갓 넘었던지……."

92 어떤 일에 쓸 사람을 널리 찾아 구하다.
93 넓이가 좁고 가느다랗다.

"허기사 너머 젊어두 못쓰겄데마는……."

"네에, 알겠습니다. 다아 제게 맽겨두구 보십시오. 나이두 듬지익허구, 생김새두 숫두루움허구,[94] 다아 얌전스럽구 까리적구 살림 잘허구 근경속 있구…… 어쨌든지……."

마침 골목 밖에서 신문배달부의 요란스러운 방울 소리가 울려와서 두 사람의 이야기를 막고 문득 긴장을 시켜놓습니다. 호외가 돌던 것입니다.

사변(중일전쟁)은 국지 해결이 와해가 되고 북지사변으로부터 전단이 차차 중남지로 퍼지면서 지나사변에로 확대가 되어가고, 그에 따라 신문의 호외도 잦은 판입니다.

물론 호외 그것의 방울 소리가 아무리 잦더라도, 여느 수재나 그런 것이라면 흥미가 오히려 무디어지는 수가 있지만, 이건 전쟁이라는 커다란 사변인지라, 호외가 잦으면 잦을수록 사건의 확대와 진전을 의미하는 게 되어서, 사람의 신경은 더욱더욱 날이 서던 것입니다.

호외 방울 소리에 말은 끊기고 주객은 다 잠잠합니다. 제가끔 사변 현실에 대한 저네의 인식 능력을 토대 삼아, 그 발전을 호외 방울 소리에 의해서 제 마음대로 상상을 하고 있던 것입니다.

"어디 또 한 군디 함락시킸넝개비네, 잉?"

이윽고 방울 소리가 멀리 사라지자 윤 직원 영감이 비로소 침묵을 깨뜨리던 것입니다.

"글쎄요…… 아마 그랬는 게지요."

94 행동이 약삭빠르지 못하고 순진하고 어수룩한 데가 있다.

"거 머, 청국이 여지 읎넝개비데? 워너니 즈까짓 놈덜이 어디라구, 세계서두 첫찌간다넌 일본허구 쌈을 헐라구 들 것잉가?"

"그렇구말구요! …… 지나 병정이라껀 허잘것없습니다. 앞에서 총소리가 나면 총칼 내던지구서 도망 빨 궁리버텀 하구요…… 그래서 지나는 병정이 두 가지가 있답니다. 앞에서 전쟁하는 병정이 있구, 또 그놈들이 못 도망가게 하느라구 뒤에서 총을 대구 지키는 병정이 있구…… 도망을 가는 놈이 있으면 그대루 대구 쏘아 죽인다니깐요!"

"원, 저런 놈덜이! …… 아—니 그 지랄을 히여가면서 무슨 짓이라구 쌈은 헌다넝가? 응? 들으닝개루, 이번으두 즈가 먼점 찝적거리서 쌈이 되얐다네그려?"

"그렇죠. 그놈들이 다아 어리석어서 그래요!"

"아—니 글씨, 좋게 호떡 장수나 히여먹구 인죄견 장수나 히여먹을 일이지, 어디라구 글씨 덤비냔 말이여!"

"즈이는 별조[95] 없어두, 따루 믿는 구석이 있어서 그랬다나 바요?"

"믿다니?"

"아라사[96]를 찜 믿구서 그랬다구요!"

"아라사를?"

"네에…… 그것두 달리 그랬으꼬마는, 아라사가 쏘삭쏘삭해서, 지나의 장개석일 충동일 시켰대요. 이 애 너 일본하구 싸움 않니? 아니 해? 어 병신 바보 녀석아, 그래 그렇게 꿈쩍 못해? …… 싸움해라, 싸움해. 하기만 하면 내가 뒤에서 한몫 거달아줄 테니, 응?

95 별나거나 별다른 방법.
96 '러시아'의 음역어.

아무 걱정 말구서 덤벼들어라. 덤벼서 싸움만 하란 말이다. 하면 다아 좋은 수가 있으니…… 이렇게 충동일 놀았대요!"

"오옳지, 아라사가 그랬다! …… 그런디 아라사가 왜? ……저 거시기 그때 일아전쟁에 진 그 원혐으루? 그 분풀이루……."

"아니지요. 그런 게 아니구, 아라사가 지나를 집어삼킬 뱃심으루 그랬지요!"

"청국을 집어먹을 뱃심이라? …… 아니, 그거야 집어먹자구 들라면, 차라리 청국허구 맞붙어서 헌다넝 건 몰라두……."

"그건 모르시는 말씀입니다…… 아라사루 말허면 아따 저 무엇이냐, 사회주의를 하는 종족이거든요!"

"거 참 아라사 놈덜은 그렇다데그려…… 그놈의 나라으서넌 부자 사람의 것을 말끔 뺏어다가 멋이냐 농군 놈덜허구 노동꾼 놈덜허구 나눠 주었다지?"

"그렇지요!"

"허! 세상 참……."

"그런데, 아라사는 즈이만 그걸 할 뿐 아니라, 지나두 즈이허구 한판속을 만들려구 들거든요!"

"청국을? …… 청국두 그놈의 사회주의라냐, 그 부랑당 속을 맨들어? …… 그게 무어니 무어니 하여두 이 사람아, 알구 보닝개루 바루 부랑당 속이지 별것이 아니데그려? …… 자네는 모르리마넌 옛날 죄선두 활빈당이라넝 게 있었너니. 그런디 그게 시체 그놈의 것 무엇이냐 사회주의허구 한속이더니……."

"저두 더러 이야긴 들었습니다."

"거 보소. 그런디 활빈당이라께 별것 아니구, 그냥 부랑당이더니, 부랑당…… 그러닝개루 그놈의 것두 부랑당 속이지 무어여? 그렇잖엉가?"

"그렇죠! 가난헌 놈들이, 있는 사람의 것을 뜯어먹자는 속으루 들어선 일반이니까요!"

"그렇구말구. 그게 모다 환장 속이여. 그런 놈덜이, 즈가 못사닝개루 환장 속으루 오기가 나서 그러거던…… 그런디 무엇이냐, 그 아라사 놈덜이 청국두 즈치름 그런 부랑당 속을 꿔미러 들었담 말이지?"

"그렇죠…… 허기야 지나뿐이 아니라, 온 세계를 그리자구 든다니까요!"

"뭐이? 그러면, 우리 죄선두? …… 아―니, 죄선서야 그놈덜이 사회주의 허다가 말끔 잽히가서 전중이[97] 살구서, 시방은 다아 너끔허잖덩가?"[98]

"그렇지만, 만약 지나가 그 속이 되구 보면 재미가 없죠. 머, 죄선뿐이 아니라 동양 천지가 모두 재미없습니다!"

"참 그렇기두 허겠네! 청국지어죄선이라, 바루 가까우닝개루…… 거참 그렇겠네! 그렇다면 못쓰지! 못쓰구말구…… 아, 이 사람아, 다런 사람두 다런 사람이지만, 나버텀두 어떻게 헌담 말잉가? 큰일 나지, 큰일 나…… 재전[99]에 그놈의 부랑당패를 디리 읎이 치르던 일을 생각허면 시방두 몸서리가 치이구, 머어 치가 떨리구 허넌디, 아―니 그 격난을 날더러 또 저끄람 말이여? …… 안 될 말이지!

97 징역을 사는 일이나 그 사람을 속되게 이르는 말.
98 누꿈하다. 전염병이나 해충 따위의 퍼지는 기세가 매우 심하다가 조금 누그러지다.
99 일찍이 지나간 그때.

천하 읎어두 안 될 말이지! …… 어—디를! 이놈덜…… 죽일 놈덜!"

눈앞에 실지로 원수를 대하는 듯 윤 직원 영감은 마구 흥분하여 냅다 호통을 하던 것입니다.

"아—니 그러니깐……."

"아 글씨, 누가 즈더러 부자루 못 살래서 그리여? 누가 즈 것을 뺏었길래 그리여? 어찌서 그놈덜이 그 지랄이여? …… 아, 사람 사람이 다아 제가끔 지가 타구난 복대루, 부자루두 살구, 가난허게두 살구, 그러기루 다아 하눌이 마련헌 노릇이구, 타구난 팔잔디…… 그래, 남은 잘살구 즈덜은 못산다구, 생판 남의 것을 뺏어다가 즈덜 창사구(창자)를 채러 들어? 응? …… 그게 될 말이여? …… 그런 놈덜은 말끔 잡어다가 목을 숭덩숭덩 쓸어 죽여야지! …… 아이 사람아, 만약에 세상이 도루 그 지경이 되구 보면 그 노릇을 어쩐담 말잉가? 응?"

"허허, 그런 걱정은 아니 허셔두 좋습니다!"

"안 히여두 좋다?"

"그럼요!"

"그렇다면 다행이네마넌……."

"시방 지나를 치는 것두 다아 그것 때문이랍니다. 장개석이가, 즈이 망할 장본인 줄은 모르구서, 사회주의 하는 아라사의 꼬임수에 넘어가지굴랑…… 꼭 망할 장본이지요…… 영감님 말씀대루 온통 부랑당 속이 될 테니깐두루……."

"그렇지! 망허다 뿐잉가? …… 허릴 읎이 옛날으 부랑당패 한참 드세던 죄선 뽄새가 되구 말 티닝개루……."

"그러니깐 말하자면, 시방 지나가 아라사의 꼬임에 빠져서 정신을 못 채리구는 함부루 납뛰는 셈이죠. 그래서 그걸 가만둬 둬선, 청국 즈이두 망하려니와 동양이 통으루 불안하겠으니깐, 이건 이래서 안 되겠다구 말씀이지요, 안 되겠다구, 일본이 따들구 나서가 지굴랑 지나를 정신을 채리게 하느라구, 이를테면 따구깨나 붙여 가면서 훈계를 하는 게 이번 전쟁이랍니다!"

"하하하! 오옳지, 옳여! 인제 보닝개루 사맥[100]이 그렇게 된 사맥이네그려! 거참 그럴듯허구만! 거, 잘허넌 노릇이여! 아무렴, 그리야 허구말구…… 여부가 있을 것잉가! …… 그렇거들랑 그 녀석들을 머, 약간 뺌사대기만 때릴 게 아니라, 반죽음을 시켜서, 다실랑 그런 못된 본을 못 보게시리 늑신 두들겨주어야지, 늑신…… 다리 뻭다구를 하나 부질어주어두 한무내하지,[101] 머…… 어, 거참 장헌 노릇이다…… 그러닝개루 이번 일은 여늬, 치구 뺏구 허넌 그런 전쟁허구두 내평이 달르네그려?"

"그야 다르죠!"

"참 장헌 노릇이여! …… 아 이 사람아 글씨, 시방 세상으 누가 무엇이 그리 답답히여서 그 노릇을 허구 있겄넝가? …… 자아 보소. 관리허며 순사를 우리 죄선으루 많이 내보내서, 그 숭악헌 부랑당 놈들을 말끔 소탕시켜주구, 그리서 양민덜이 그 덕에 편히 살지를 않넝가? 그러구 또, 이번에 그런 전쟁을 히여서 그 못된 놈의 사회주의를 막어내 주니, 원 그렇게 고맙구 그렇게 장헐 디가 어디 있담 말잉가…… 어 참, 끔찍이두 고맙구 장헌 노릇이네! …… 게 여보소, 이번 쌈에 일본은 갈디 읎이 이기기넌 이기렷대잉?"

100 일의 내력과 갈피.
101 별로 걱정할만한 것이 없다.

"그야 여부없죠! 일본이 이기구말구요!"

"그럴 것이네. 워너니 일본이 부국갱병허기루 천하제일이라넌디…… 어—참, 속이 다 후련허다."

이야기에 세마리가 팔렸던 올챙이가 정신이 들어 시계를 꺼내 보더니, 볼일이 더디었다고 총총히 물러갔습니다. 그는 물러가면서, 잘 유념을 하여 쉬이 그 마나님감을 골라다가 현신시키겠다고, 자청 다짐을 두기를 잊지 않았습니다.

9. 절약의 도락 정신

올챙이를 보내고 나서 윤 직원 영감은 퇴침을 도두베고, 보료 위에 가 편안히 드러눕습니다.

침침한 십삼 와트 전등불에 담배 연기만 자욱하니, 텅 빈 삼칸 장방 아랫목에 가서 허연 영감 하나만 그들먹하게 달랑 드러눈 것이, 어떻게 보면 징그럽기도 하고, 다시 어떻게 보면 폐허같이 호젓하기도 합니다.

윤 직원 영감은 멀거니 드러누웠자매 심심해서 못 견디겠습니다. 춘심이 년이나 어서 왔으면 하겠는데, 저녁 먹고 곧 오마고 했으니까 오기는 올 테지만, 고년이 이내 뽀로로 오는 게 아니라 까불고 초라니 짓을 하느라고 이렇게 더디거니 싶어 얄밉습니다.

대복이도 까맣게 기다려집니다. 간 일이 궁금도 하거니와, 여덟 신데 오래잖아 라디오를 들어야 하겠으니, 그 안으로 돌아와야 하겠습니다.

저녁을 몇 술 뜨다가 말아서 속도 출출합니다. 이런 때에 딸이고 손자며느리고 누가 하나 밥상이라도 들려가지고 나와서, 진지 잡수시라고 권을 했으면, 못 이기는 체하고 달게 먹을 텐데, 그런 재치 하나 부릴 줄 모르는 것들이거니 하면 다시금 화가 나기도 합니다.

시장한 깐으로는 삼남이라도 내보내서 우동이라도 한 그릇 불러다가 후루룩 쭉쭉 먹었으면 좋겠지만, 그렇게 생각하니까는 어금니 밑에서 사뭇 신 침이 괴어 나오고 가슴이 쓰리기는 하지만, 집안 애들이 볼까 보아 체수[102]에 차마 못합니다.

누가 먼저 오나 했더니 대복이가 첫찌(?)를 했습니다.

운동화에 국방색 당꾸바지에, 검정 저고리에, 오그라붙은 칼라에, 배애배 꼬인 검정 넥타이에, 사 년 된 맥고자에, 볕에 탄 얼굴에, 툭 불거진 광대뼈에, 근천스럽게 말라붙은 안면 근육에, 깡마른 눈정기에…… 이 행색과 모습은 백만장자의 지배인 겸 서기 겸 비서 겸, 이러한 인물이라기는 매우 섭섭해 보입니다.

차라리 살림살이에 노상 시달리는 촌의 면서기가, 그날 출장을 나갔다가 다뿍 시장해가지고 허위단심 집엘 마침 당도한 포즈랬으면 꼬옥 맞겠습니다. 실상 또 면서기 출신이 아닌 것도 아니구요.

대복이가 방으로 들어만 섰지 미처 무어라고 인사도 하기 전에 윤 직원 영감은 벌떡 일어나 앉으면서

"히였넝가?"

102 체면.

하고 묻습니다. 가차압을 나가는 집달리를 따라갔으니 물어보나 마나 알 일이지마는 성미가 급해놔서 진득이 저편의 보고를 기다리고 있지를 못합니다.

"예에, 다아 잘……."

대복이는 늘 치어난[103] 훈련으로, 제가 복명을 하기보다 주인이 묻는 대로 대답을 하기 위하여 넌지시 꿇어앉아 다음을 기다립니다.

"무엇으다가 붙있넝가?"

"마침 광으가 나락이 한 오십 석이나 있어서요……."

"나락? 거 참 마침이구만! …… 그래서 그놈으다가 붙있넝가?"

"예에."

"잘힜네! 인제 경매헐 때 그놈을 우리가 사머넌 거 갠찮얼 것이네! 나락이닝개루……."

"그렇잖히여두 그럴라구 다아 그렇게 저렇게 마련을……."

워너니 대복이가 누구라고, 그걸 범연히 했을 리가 없던 것입니다.

꿩 먹고 알 먹고 하는 속인데, 윤 직원 영감은 채무자의 재산을 가차압을 해놓고, 기한이 지난 뒤에 경매를 하게 되면, 속살로 그것을 사가지고 그것에서 다시 이문을 봅니다. 그 맛이 하도 고소해서 언제든지 기회만 있으면 놓치지를 않습니다.

"에— 거, 일 십상 잘되네! …… 그래서, 그분네, 술대접이나 좀 힜넝가?"

103 똑똑하고 뛰어나다.

"돈 십 원어치나 술을 멕있더니, 아마 그 값이 넉넉 빠질라닝개비라우!"

"것두 잘앴네! 무엇이구, 멕이면 되는 세상잉개루…… 그럼 어서 건너가서 저녁 먹소. 시장컸네…… 저— 거시기…… 아—니 그만두구, 어서 건너가서 저녁 먹소. 이따가 이얘기허지!"

윤 직원 영감은 아까 올챙이와 말이 얼린 만창상점의 수형 조건을 상의하려다가, 그거야 이따고 내일이고 천천히 해도 급하지 않대서, 대복이의 시장하고 피곤할 것을 여겨 그만두던 것입니다.

윤 직원 영감으로는 이문 속으로 탈이나 없고 할 경우면, 실상은 탈을 내는 일도 없기는 하지만, 더러 대복이를 위해줄 만도 합니다. 대복이는 참으로 보뱁니다. 차라리 윤 직원 영감의 한쪽이라고 하는 게 옳겠지요.

성명은 전대복全大福인데, 장차에는 어떻게 될는지 기약하기 어렵다 하더라도, 반평생을 넘겨 산 오늘날까지, 이름대로 복이 온전코 크고 하지는 못했습니다. 오히려 박복했지요.

윤 직원 영감과 한고향입니다. 면서기를 오 년 다녔고 그중 사년이나 회계원으로 있었습니다.

꼽꼽하고[104] 착실하고 고정하고[105] 그러고도 사람이 재치가 있고, 이래서 윤 직원 영감의 눈에 들었습니다. 그런 결과 윤 직원 영감네가 서울로 이사해 올 때에, 자가용 회계원 겸, 서무서기 겸, 심부름꾼 겸, 만능잡이로다가 이삿짐과 한가지로 묻혀가지고 왔습니다.

104 '인색하다'의 방언.
105 마음이 외곬으로 곧다.

이래 십 년, 대복이는 까딱없이 지내왔습니다. 참말로 윤 직원 영감한테는 깎아 맞췄어도 그렇게 손에 맞기는 어려울 만큼 성능이 두루딱딱이로 만점이었습니다.

약삭빠르고 고정하고 민첩하고, 잇속이라면 휑하니 밝고…… 이러니 무슨 여부가 있을 리가 있나요.

가령 두부를 오늘 저녁에는 세 모만 사들여 보낼 예정이라면, 사는 마당에서는 두 모하고 반만 사고 싶습니다. 그러나 두부 반 모는 서울 장안을 온통 매고 다녀야 파는 데가 없으니까, 더 줄여서 두 모를 삽니다. 결국 이 전 오 리를 아끼려던 것이, 그 갑절 오 전을 득했으니, 치부꾼으로 그런 규모가 어디 있겠습니까. 대복이라는 사람이 돈을 아끼는 그 솜씨가 무릇 이렇다는 일렙니다. 진실로 얼마나 충실한 사람입니까.

그러나 그렇대서 사람이 잘다고만 하면, 그건 무릇 인간성을 몰각한 혐의가 없지 않습니다.

대복이가 가령 주인네 반찬거리를 세 모를 사들여 보낼 두부를 두 모하고 반 모만 사고 싶다가, 반 모는 팔질 아니하니까 두 모를 사는 그 조화가 단지 돈 그것을 아끼자는, 즉 순전한 목적의식만으로만 그러던 건 아닙니다.

그는 돈이야 뉘 돈이 되었든, 살림이야 뉘 살림이 되었든, 그 돈을 졸략히 쓰는 방법, 거기에 우선 깊은 취미를 가지는 사람입니다.

그러한 때문에, 두부를 세 모를 살 텐데 두 모 반을 못 사서 두 모만 산 때라든지, 윤 직원 영감의 심부름으로 동대문 밖을 나가는데 갈 제는 걸어서 가고 올 제만 타고 와서 전찻삯 오 전을 덜

쓴 때라든지, 이러한 날은 아껴 쓰고 남긴 그 돈 오 전을 연신 들여다보고 들여다보고 하면서, 무한히 유쾌해합니다. 그 돈 오 전을 그렇다고 제 낭탁에다가 넌지시 집어넣느냐 하면, 물론 절대로 없습니다.

대복이는 그러므로, 가령 한 사람의 훌륭한 도락가로 천거하더라도 결단코 자격에 손색이 없을 겝니다.

어떤 사람은, 가지각색 고서를 모으기에 재미를 붙입니다. 별 얄망궂은 책들을 다 모으지요.

어떤 사람은 화분 가꾸기에 재미를 들입니다. 올망졸망 화초들을 분에다가 심어놓고 그것을 가축하느라, 심지어 모필로다가 잎사귀에 앉은 먼지를 털기까지 합니다.

이러한 도락이 남이 보기에는 곰상스럽기나 했지 아무 소용도 없는 것 같지만, 그걸 하고 있는 당자들은 천하에도 없이 끔찍스레 재미가 있습니다.

마찬가지로, 돈을 쓰는 데 요모조모로 아끼고 졸이고 깎고 해가면서, 군것은 먼지 한 낱도 안 붙게시리 씻고 털고 한 샛말간 알맹이 돈을 만들어 쓰곤 하는 대복이의 그 극치에 다다른 규모도, 그러니까 뻐젓한 도락이 아닐 수가 없습니다.

윤 직원 영감과 대복이 사이에는 네 것 내 것이 없습니다. 죄다 윤 직원 영감의 것이요 대복이 것은 하나도 없어서 말입니다.

하기야 윤 직원 영감은 대복이를 탁 믿고 월급이니 그런 것은 작정도 없이, 네 용돈은 네가 알아서 쓰라고 내맡겼은즉, 한 백만 원 집어쓸 수도 있기는 합니다.

그러나 대복이에게 매삭 든다는 것이란 게 극히 적고도 겸하여 일정한 것이어서, 담배 단풍표 서른 곽과(만약 큰달일라치면 삼십일일 날 하루는 모아둔 꽁초를 피웁니다) 박박 깎는 이발삯 이십오 전과, 목간삯 칠 전과 이런 것이 경상비요, 임시비로는 가장 핫길의 피복대와 십 전 미만의 통신비가 있을 따름입니다.

그는 그러한 중에서도 주인 윤 직원 영감의 살림이나 사업에 드는 비용은 물론이거니와, 그대도록 바닥이 맑아 빠안히 들여다 보이는 제 비용도 가다간 용하게 재주를 부려서 빼젓하니 절약을 해내곤 합니다.

가령 쉬운 예를 들자면, 이런 것도 있습니다.

대복이는 한 달에 한 번씩 반드시(!) 목간을 하는데, 그 비용은 물론 칠 전입니다. 비누를 쓰지 않으니까 꼭 칠 전 외에는 수건이나 해지면 해졌지, 다른 것은 더 들 게 없습니다.

그런데 언젠가는 그 한 달에 한 번씩 하던 그 목간을 약간 늦추어 한 달 하고 닷새, 즉 삼십오 일 만에 한 번씩 해보았습니다. 그렇게 하기를 여섯 번을 한 결과로는 매번 닷새씩 아낀 것으로 해서 일곱 달 동안에 여섯 번의 목간을 했고, 동시에 한 달 목간삯 칠 전을 절약하는 데 성공을 했습니다.

이 성과를 거둔 날의 대복이는 대단히 유쾌했습니다. 진실로 입신의 묘기로 추앙해도 아깝지 않습니다.

고향에서는 그의 과히 늙지는 않은 양친이 윤 직원 영감네 땅을 부쳐 먹고 지내면서 그다지 고생은 않습니다.

아내가 고향에서 시부모를 섬기고 있었는데 연전에 죽었고, 그래 대복이는 시방 홀아비입니다.

죽은 아내가 불쌍하고, 시골 살림이 각다분하고,[106] 홀아비 신세가 초라하고 하기는 하지만, 그런 걸 전화위복이라고, 과연 복이 될는지 무엇이 될는지 아직은 몰라도, 복이려니 하는 대망을 아무튼 홀아비가 된 그걸로 해서 품을 수만은 있게 되었던 것입니다.

대복이 그가 임자 없는 사내인 것과 일반으로 안에는 시방 임자 없는 여편네 서울아씨가 있어서, 우선 임자 없는 계집 사내가 주객이 되었다는 것이 가히 원칙적으로는 그 둘은 합쳐줄 조건이 되던 것입니다.

물론 실제란 놈은 언제고 원칙을 생색내주려 들지 않으니까, 그래서 대복이의 대망도 장차 어떻게 될는지 모르기는 합니다.

첫째, 둘이서(아니 저쪽에서) 뜻이 있어야 하고, 윤 직원 영감이 죽어버리거나, 그러잖으면 묵인을 해주거나 해야 하겠으니, 그것이 모두 미지수가 아니면 억지로다가 뛰어넘을 수는 없는 난관입니다.

가령 윤 직원 영감이 막고 못하게 하는 것을 저희 둘이서만 배가 맞아서 살잔즉 서울아씨의 분재받은 오백 석거리가 따라오지 않을 테니, 그건 대복이로 앉아서 보면 목적을 전연 무시한 결과라, 아무 의의도 없을 노릇입니다.

대복이라는 사람이 본시 계집에게 반하고 어쩌고 할 활량도 아니요, 반할 필요도 없기는 하지만, 그러니 더구나 목움츠리에, 주근깨 바탕에, 납작코에, 그런 빈대 상호의 서울아씨가 계집으로 하 그리 탐탁하다고 욕심이 날 이치는 없습니다.

다만 홀아비라는 밑천이 있으니까, 오백 석거리로 도금한 과

106 일을 해나가기 힘들고 고되다.

부라는 데에 오직 친화성이 발견될 따름이고, 그게 대망의 초점이지요.

그러니까 시방 대복이는 제일단의 문제로, 서울아씨가 저에게 뜻이 있으면 하고 바랍니다. 만약 그렇기만 하다면 일이 한 조각은 성공이니까, 매우 기뻐할 현상이겠습니다.

그러나 아무리 그렇더라도, 가령 서울아씨가 쫓아 나와서 제 허리띠에 목을 매고 늘어지더라도, 제이단의 난관인 윤 직원 영감의 묵인이나 승낙이 없고 볼 것 같으면 알짜 오백 석거리의 도금이 벗어져버린 서울아씨일 터인즉, 그는 단연코 그 정을 물리칠 것입니다.

몽글게 먹고 가늘게 싸더라도, 윤 직원 영감이 인제 죽을 때는 단돈 몇천 원이라도 끼쳐줄 눈치요, 그것만은 외수가 없는 구멍인 것을, 잘못하다가 그 구멍마저 놓쳐서는 큰 낭패이겠으니 말입니다.

"전 서방님 오넌디 저녁 진지상 주어기라우……."

삼남이가 안방 대뜰로 올라서면서 띄워놓고 하는 소립니다.

"전 서방 오셨니?"

안방에서 경손이와 태식이를 데리고, 무슨 이야긴지 이야기를 하고 있던 서울아씨가, 와락 반가운 소리로 대답을 하면서 마루로 나오더니 이어 부엌으로 내려갑니다.

전 서방이고 반 서방이고 간에, 그의 밥상을 알은체할 머리도 없고, 또 계제가 그렇게 되었더라도 삼월이를 불러대서 시키든지 조카며느리들한테 밀든지 할 것이지, 여느 때는 부엌이라고 들여다보지도 않는 서울아씨로, 느닷없이 이리 서두는 것은 적실코 한 개의 이변이 아닐 수가 없습니다.

경손이가 그 이변을 직각하고서 서울아씨가 나간 뒤에다 대고 고개를 끄덱끄덱, 혓바닥을 날름날름합니다.

서울아씨는 물론 그런 눈치를 보인 줄은 모를 뿐 아니라, 자신의 그러한 행동이 이변스러운 것조차 미처 깨닫지를 못합니다.

하나, 그렇다고 또 서울아씨가 대복이한테 깊수룸한 향의가 있는 것이냐 하면, 실상인즉 그게 매우 모호해서 섬빽 이렇다고 장담코 대답하기는 난감합니다.

혓바닥은 짧아도 침은 멀리 뱉는다고 합니다. 서울아씨는, 다아 참, 양반의 집 자녀요 양반의 집 며느리였고, 친정이 만석꾼이요, 내 몫으로 오백 석거리가 돌아올 테고, 이러한 신분을 가져다가 사랑방 서사 대복이와 견줄 생각은 일찍이 해본 적이 없습니다.

그러니까 가령 어떻게 어떻게 되어서, 이러쿵저러쿵 말이 얼려가지고 대복이한테로 팔자를 고친다 치더라도, 그거나마 마다고 물리치지는 않을지언정, 대복이라는 인물이 하 그리 솔깃하거나 그래서 그러는 것은 아닐 텝니다. 하고, 오로지 그가 치마를 두른 계집이 아니고 남자라는 것, 단연 그것 하나 때문일 것입니다.

그렇기로 들면, 같은 남자일 바에야 대복이보다는 어느 모로 따지든지 취함직한 남자가 허구많을 텐데 하필 그처럼 눈에도 안 차는 대복이냐고 하겠지요.

그러나 서울아씨는 시집을 갈 수 있는 숫처녀인 것도 아니요, 신풍조를 마신 새로운 여인도 아닙니다.

그는 단지 하나의 낡은 세상의 과부입니다. 이 세상에 사람이 있는 줄은 알아도, 남자가 있는 줄은 의식적으로 모릅니다.

그것은 또, 결단코 절개가 송죽 같아서가 아니라, 눈 가린 마차 말이 마차를 메고 달리는 것과 일반으로, 훈련된 본능일 따름입니다.

과부라는 것은, 그 이유는 몰라도 그냥 그저 두 번째 남편을 맞지 않는 것이라고만 알고 있기 때문입니다.

그리하여 서울아씨도 장차 어떠한 고패에 딱 다들려서는[107] 그 훈련된 본능을 과연 보존할지가 의문이나, 아직까지는 털고 나서서 개가를 하겠다는 의사는 감히 없고, 역시 재혼이라는 것은 못하는 걸로 여기고만 있습니다.

하기야 더러 그 문제를 가지고 빈약한 소견으로 두루두루 생각을 해보지 않는 것은 아니나, 아무리 둘러대 보아야 그것은 힘에 벅찬 거역이어서, 도저히 가망수가 없으리라 싶기만 하던 것입니다.

'그러하다면서 대복이한테 그가 심상찮은 마음의 포즈를 보인다고 한 것은 역시 공연한 떼마가 아니냐?'

그러나 그것은 막상 그렇지 않은 소치가 있습니다.

과부라고, 중성이 아닌 바에야 생리적으로 꼼짝 못할 명령자가 있는 것을, 그러니 이성이 그립지 않을 이치가 없습니다. 서울아씨도 이성이 그립습니다. 지금 스물아홉인데 십이 년 전에 일 년 동안 겨우 남편과 지내고서 이내 홀몸입니다.

107 정면으로 마주치거나 직접 부딪친다는 '맞다들다'의 피동형.

삼십이 되어오니 그 이성 그리움이 차차로 더합니다. 그가 성자다운 수련을 쌓지 않은 이상, 단지 과부라는 형식만이 있어가지고는 호르몬 분비의 명령인, 한 개의 커다란 필연을 도저히 막아낼 수는 없던 것입니다.

그러므로 그는 극히 자연스러운, 그러나 일종 근육적인 반사작용으로서 이성을 그리워하고, 무의식한 가운데 이성을 반겨하고 하지 않을 수가 없는 여자 서울아씨던 것이요, 그런데 일변 그의 세계란 것은 겨우 일백마흔 평이라는 이 집 울안으로 제한이 되어 있고, 그 제한된 세계에는 오직 대복이가 남자로 존재해 있을 따름이던 것입니다.

그러니까 서울아씨는, 대복이라면 그와 같이 의식보다도 제풀 근육이 반사적으로 날뛰어 몸이 먼저 반가워하고, 그것이 날이 갈수록 남의 눈에 뜨이게 차차로 현저해가던 것입니다.

그렇지만 서울아씨의 근육이 풍겨 내놓은 이변은, 그러나 저 혼자서는 도저히 발전을 할 능력이 없을 뿐 아니라 아직은 한낱 재료일 따름이요, 겸하여 의사의 판단과 상량을 치르지 않은 것인즉, 미리서 대복이를 위하여 축배를 들 거리는 못 되는 것입니다.

그건 그렇다고 하더라도 삼남이가 웬만큼 눈치가 있었더라면, 밥상을 들고 나가서 대복이더러 넌지시, 아 서울아씨가 펄쩍 뛰어 나오더니 평생 않던 짓을, 밥상을 차린다, 이것저것 반찬을 골라 놓는다, 또 숭늉을 데운다, 뭐 야단이더라고, 이쯤 귀띔이라도 해 주었을 것입니다.

그랬으면야 대복이도 속이 대단 굴저했을[108] 것이고, 어떻게 적극적으로 무슨 모션을 건네보려고 궁리도 할 것이고 그랬을 텐데,

삼남이란 본시 제 눈치도 모르는 아인 걸 남의 눈치를 알아챌 한인閒人은 아니었으니까요.

그래, 대복이는 전에 없던 밥상인 것만 이상히 여기고 말았습니다.

그러나 경손이 그 애가 능청맞은 애라, 제 대고모의 그러한 이변을 발견했은즉 혹시 무슨 장난이라도 할 듯싶고, 그 끝엔 어떤 일이 생길 듯도 하고 하기는 합니다마는 물론 꼭이 그러리라고 단언은 할 수 없는 일이고요.

10. 실제록失題錄

대복이가 윤 직원 영감의 머리맡 연상에 놓인 세트의 스위치를 누르는 대로 JODK[109]의 풍류가 마침 기다렸던 듯 좌악 흘러져 나옵니다.

"따앙 찌—찌— 즈응 증지 따앙 증응 다앙……."

〈잔영산〉입니다.

청승스러운 단소의 동근 청과, 의뭉한 거문고의 콧소리가 서로 얽혔다 풀렸다 하는 사이를, 가냘파도 양금이 야물치게 메기고 나갑니다.

"다앙 당 동, 다앙 동 다앙당, 증찌, 다앙 당동당, 다앙 따앙."

이윽고 초장이, 끝을 흥 있이 몰아치는 바람에 담뱃대를 물고

108 마음이 느긋하고 만족스럽다.
109 경성중앙방송국.

모로 따악 드러누워 듣고 있던 윤 직원 영감은

"좋다아!"

하면서 큼직한 엉덩판을 한번 칩니다.

무릇 풍류란 건 점잖대서, 잡가나 그런 것과 달라, 그 좋다! 를 않는 법이랍니다. 그러나 그까짓 법이 무슨 상관이 있나요. 윤 직원 영감은 좋으니까 좋다고 하면 고만입니다.

이렇게 무식은 해도, 그거나마 음악적 취미의 교양이 윤 직원 영감한테 지녀져 있다는 것이 일변 거짓말 같기는 하지만, 돌이켜 직원 구실을 지낼 무렵에 선비들과 추축追逐[110]한 그 덕이라 하면 그리 이상튼 않겠습니다.

라디오를 만져놓고 마악 제 방으로 물러가는 대복이와 엇갈려, 춘심이 년이 배시시 웃으면서 들어섭니다.

"어서 오니라. 이년, 왜 이렇게 늦게 오냐?"

윤 직원 영감은 반가워하면서 욕을 하고, 춘심이는 욕을 먹어도 타지는 않습니다.

"일찍 올 일은 또 무엇 있나요? 오구 싶으믄 오구, 말구 싶으믄 말구 하지요. 시방 세상은 자유 세상인데!"

춘심이가 단숨에 이렇게 쌔와리면서[111] 얼굴 앞에 바투 주저앉는 것을, 윤 직원 영감은 멀거니 웃고 바라다봅니다.

"대체, 네년 주둥아리다가넌 도롱태를 달었넝개비다? 어찌 그리 말허넌 주둥이가 때르르허니 방정맞냐?"

"도롱태가 무어에요?"

110 친구끼리 서로 오가며 사귐.
111 실없는 말을 함부로 자꾸 지껄이다.

"떠들지 말구, 이년아…… 나 풍류 소리 들을라닝개 발치루 가서 다리나 좀 쳐라, 응?"

"싫여요! 밤낮 다리만 치라구 허구……."

불평을 댈 만도 하지요. 비록 반푼 값에 영업장을 가졌고, 세납을 물고 하는 기생더러 육장 다리를 치라니요.

춘심이는 금년 봄부터 시작하여 윤 직원 영감의 다섯 번이나 내리 실연을 한 여섯 번째의 애인입니다.

작년 가을, 그 살뜰한 첩이 도망을 간 뒤로 윤 직원 영감은 객회(?)[112]가 대단히 심했고, 그뿐 아니라 밤저녁으로 말동무가 없게 되어 여간만 심심치가 않았습니다.

사랑은 쓰고 있으되, 놀러 올 영감 친구 하나 없습니다. 저엉 무엇하면 객초 몇 대씩 허실하면서라도 바둑 친구나 청해 오겠지만, 윤 직원 영감은 바둑이니 장기니 그런 것은 자고 이후로 통히 손을 대본 적이 없습니다. 웬만한 노인들은 대개 만질 줄은 아는 골패도 모르고 이날 이때까지 살아왔습니다. 그런 기국이나 잡기에 손을 대지 않은 것은, 소싯적에 남들이 노름꾼 말대가리 자식 놈이라고 뒷손가락질과 귀먹은 욕을 하는 데 절치부심을 한 소치라고 합니다.

말동무 하나 없이 밤이나 낮이나 텅 빈 삼칸 장방에 담뱃대를 물고 혼자 달랑 누웠다 앉았다 하자니, 어떤 때에는 마구 다리가 비비 꼬이게시리 심심해 살 수가 없습니다.

그러자 마침 올 삼월인데, 윤 직원 영감이 작년 추석에 성묘

112 객지에서 느끼게 되는 울적하고 쓸쓸한 느낌.

겸 고향을 내려갔을 제 술자리에서 수삼 차 불러 논 기생 하나가 그 뒤 서울로 올라왔다고, 그래 고향 어른을 뵈러 온다고 위정 이계동 구석까지 찾아온 일이 있었습니다.

그때에 그 기생이 제 동생이라고, 머리 땋은 동기 아이 하나를 데리고 와서 같이 인사를 드렸고, 윤 직원 영감은 고놈 동기 아이가 매우 귀여웠습니다.

"너, 가끔 놀러 오니라. 와서 날 이애기책두 읽어주구, 더러 다리두 쳐주구 허머넌, 내 군밤 사 먹으라구 돈 주지……."

덜머리진 총각[113] 녀석이 꼬마둥이더러, 엿 사주께시니…… 달라는 법수와 별반 다를 게 없는 행티겠지요. 깊이 캐고 보면 말입니다.

설마 그런 눈치야 몰랐겠지만, 동기 아이는 웃기만 하지 대답을 않는 것을, 형 되는 큰 기생이 제 동생더러 그래라 올라와서 모시고 놀아드려라. 노인은 애들이 동무란다고 타이르던 것입니다. 역시 무슨 딴 의사가 있을 줄은 몰랐을 것이고, 다만 제 생색을 내어 놀음발이라도 틀까 하는 요량이던 게지요.

윤 직원 영감은 하기야 큰 기생이 종종 와주었으면 해롭진 않을 판입니다. 더러 와서는 조용히 시조장이나 부르고, 긋노래 섞어 잡가 토막도 부르고, 이런 이야기 저런 이야기 이야기나 하고…….

물론 그것뿐입니다. 윤 직원 영감은 큰 기생 그한테 뜻이 있을 필요는 전연 없습니다. 털어놓고 오입을 한다든지 하자면야 서울 장안의 기생만 하더라도 얼굴이 천하일색이 수두룩하고, 또 가령

113 장가갈 나이가 지나도록 머리를 길게 땋아 늘인 '떠꺼머리총각'의 방언.

얼굴은 안 본다 칠 값에 노래가 명창으로 멋이 쿡 든 기생이 또한 하고많은데, 그런 놈 죄다 제쳐놓고 하필 인물도 노래도 다 시원찮은 이 기생을, 같은 돈 들여가면서 그러잘 머리가 없는 게니까요.

그러나 일변, 기생으로 보면 새파란 젊은 년이 무슨 그리 살뜰한 정분이며 알뜰한 정성이 있다고 제 벌이 제 볼일 제쳐놓고서, 육장 이 구석을 찾아와서는 노름채 못 받는 개평 놀음을 논다, 아무 멋대가리도 없는 늙은이 시중을 든다 하고 싶을 이치가 없을 게 아니겠습니까.

경위가 이러하고 본즉 윤 직원 영감은 단지 눈앞의 화초로만 데리고 놀재도 이편에서 오라고 일러야 할 것이요, 오라고 해서 오고 보면 그게 한두 번일세 말이지, 세 번에 한 번쯤은 소불하 십 원 한 장은 집어 주어야 인사가 아니겠다구요.

그러나 돈이 십 원, 파랑 딱지 한 장이면 일 원짜리로 열 장이요, 십 전짜리로 일백 닢이요, 일 전짜리로 일천 닢이요, 옛날 세상이라면 엽전으로는 오천 닢이요, 오천 닢이면 만석꾼이 부자라도 무려 일천칠백 번이나 저승을 갈 수 있는 노수요, 한 걸 생판 어디라고 윤 직원 영감이 그렇게 함부로 쓸 법은 없던 것입니다.

그런데 그게 옹근 기생이 아니요 동기고 볼 양이면, 이런 체면 저런 대접 여부없이 가끔가다가 돈짱이나 집어 주곤 하면 제야 군밤을 사 먹거나 봉지쌀을 사 들고 가거나 이편의 아랑곳이 아니요, 내가 할 도리는 넉넉 차리게 될 테니까 두루 좋습니다.

그런 고로 해서, 동기를 데리고 노는 것이 돈 덜 드는 규모 있는 소일일 뿐만 아니라, 또 윤 직원 영감은 기왕 소일거리로 데리고 놀 바에야 계집애가 더 귀엽고 재미가 있습니다. 오히려 그 소일거리 이상의 경우를 고려해서, 역시 돈은 적게 들고 비공식이요, 그러고도 취미는 더 있을 게 계집애입니다.

사람이 나이 늙으면 늙을수록 어린 계집애가 귀여운 법이라구요. 그거야 귀여워하는 법식 나름이겠지만, 윤 직원 영감의 방법은 의미심장합니다.

그리하여, 계제가 마침 좋은지라 윤 직원 영감은 기생 형제가 하직 인사를 하고 일어설 때에 큰 기생더러

"그럼 자네가 더러 좀 올려보내소. 내가 거 원, 이렇게 혼자 있으닝개 제일 말동무가 읎어서 심심히여 못허겄네...... 그러니 부디 가끔가끔......."

하고 근천스러운 부탁을 했습니다.

큰 기생은 종시 선선히 응답을 하고 돌아갔고, 그런 지 사흘 만인가 윤 직원 영감이 혼자 누워서 심심하다 못해, 고년이 어쩌면 올 성도 부른데 이런 때 좀 왔으면 작히나 좋아! 몰라 또, 말은 그렇게 흔연히 하고 갔어도 보내기는 웬걸 보낼라구? 아—니 그래도 혹시 어쩌면...... 이리 궁금해하면서 기다리노라니까, 아닌 게 아니라, 훨씬 낮이 겨운 뒤에 그 애 동기 아이가 찰래찰래 오지를 않겠습니까.

젊은것들끼리 제 애인을 고대고대하다가 겨우 와주어서 만날 때도 아마 그렇게 반갑겠지요. 윤 직원 영감도 대단 반갑고 일변 신통스럽습니다.

윤 직원 영감은 그 살뜰한 애기 손님을 옆에 중소히 앉히고는 머리도 쓰다듬어주고, 종알종알 이야기하는 입도 들여다보고, 꼬챙이로 찌르듯 빼악빽하는 노래도 시켜보고 하면서 끔찍한 재미

를 보았습니다.

그럭저럭 날이 저무니까 간다고 일어서는 것을 달래서, 전에 없이 겸상을 내다가 같이 저녁을 먹었고, 저녁을 마친 뒤에는 시급히《춘향전》을 사들여 그 애더러 읽으라고 하고는 자기는 버얼떡 드러누워서 이야기책 읽는 입을 바라다보고 하느라고 그야말로 천금 같은 봄밤의 한 식경을 또한 즐겁게 보낼 수가 있었습니다.

초저녁부터 몇 번 붙잡아 앉힌 것은 물론이고, 마침내 열시가 되자 할 수 없이 놓아 보내는데, 윤 직원 영감은 크게 생색을 내어 인력거를 불러다가 선금을 주어서 태워 보내는 외에, 일 원 한 장을 따로 손에 쥐여주기까지 했습니다. 대단한 적공이지요.

보내면서, 내일도 오너라 했더니 과연 이튿날 저녁에, 저녁을 일찌감치 먹곤 올라왔습니다.

윤 직원 영감은 어제저녁처럼 옆에다가 앉혀놓고는, 이야기도 시키고 이야기책도 읽히고, 내시가 이 앓는 소리 같은 노래도 듣고, 오늘 저녁 개시로 다리도 치라 하고, 그러면서 삼남이를 시켜 말눈깔사탕 십 전어치도 사다가 먹이고, 머리는 물론 여러 번 쓰다듬어주었고, 그러구러 밤이 이슥한 뒤에 돌려보냈습니다.

대접상으로는 역시 인력거를 태워주었어야 할 것이지만, 인제 앞으로 자주 다닐 텐데 그렇게 번번이 탈 수야 있느냐고, 그러니 오늘 저녁부터는 이 애더러 바래다 달래라고, 그 알뜰한 삼남이를 안동해 보냈습니다.

인력거를 안 태웠으니 돈이라도 일 원을 다 주기가 아깝거든 오십 전이나마 주었어야 할 것이지마는 그것 역시 자꾸만 그래 쌓다가는 아주 버릇이 되어서, 오기만 오면 으레 돈을 탈 것으로 알게시리 길을 들여서는 안 되겠다 하여, 짐짓 입을 씻어버렸던 것입니다. 그러고서 그저 세 번이나 네 번에 한 번씩 일 원 한 장이고 쥐여줄 요량을 했습니다.

그 뒤로부터 그 애는 윤 직원 영감의 뜻을 곧잘 받아, 이틀에 한 번, 또 어느 때는 매일같이 올라와선 놀곤 했고, 그렇게 하기를 한 이십여 일 해오던 어느 날 밤이었습니다.

밤은 아직 초저녁이었고, 그들먹하게 뻗고 누웠는 다리를 조막만한 계집애가 밤만한 주먹으로 토닥토닥 무심히 치고 있는데, 문득 윤 직원 영감이

"너 몇 살 먹었지?"

하고 새삼스럽게 나이를 묻던 것입니다.

"열늬 살이라우."

동기 아이는 아직도 고향 사투리가 가시지 않았습니다. 하기야 윤 직원 영감 같은 사람은 십 년이 되었어도 종시 '그러닝개루'를 못 놓지만요.

"으응! 열늬 살이여!"

윤 직원 영감은 또 한참 있다가

"다리 구만 치구, 이리 온?"

하면서 턱을 까붑니다.

아이는 발딱 일어서더니 발치께로 돌아 윤 직원 영감의 가슴 앞에 바투 앉고, 윤 직원 영감은 물었던 담뱃대를 비껴 놓고는 아이의 머리를 싸악싹 쓸어줍니다.

"응…… 열늬 살이먼 퍽 숙성히여!"

"……."

"야?"

"얘?"

"으음…… 저어 거기서, 저어……."

"……."

"야?"

"얘?"

"저어, 너……."

"얘애."

"너 내 말 들을래?"

"얘?"

아이는 무슨 뜻인지 못 알아듣고는 눈을 깜작깜작합니다. 윤 직원 영감은 히죽 웃으면서 머리 쓸던 팔로 슬며시 아이의 목을 끌어안습니다.

"내 말 들어라, 응?"

"아이구머니!"

아이는 마치 불에 덴 것처럼 화닥닥 놀라면서 뛰어 일어나더니, 그냥 문을 박차고 그냥 꽁무니가 빠지게 달아나버립니다.

가뜩이나 덩지 큰 영감이 좀 모양 창피했지요. 그러나 뭘, 아무도 본 사람은 없었고, 또 보았기로서니 게, 양반이 파립 쓰고 한번 대변보기가 예사지 그걸 그다지 문벌 깎일 망신으로 칠 것은 없습니다.

윤 직원 영감은, 에— 거 아예 어린 계집애 년들 예뻐하고 데리고 놀고 할 게 아니라고, 얼마 동안을 다시 전대로 소일거리 없이 심심한 밤과 낮을 보냈습니다.

그러나 한번 걸음을 내친 게 불찰이지, 일 당하던 당장에 창피하던 기억은 차차로 잊혀지고, 일변 심심찮이 놀던 일만 아쉬워집니다. 뿐 아니라, 맛을 보려다가 회만 동해논, 그놈 식욕이 아예 가시지를 않습니다.

윤 직원 영감의 이 계집애에 대한 흥미는 일찍이 고향에 있을 때부터 촌 계집애들을 주무른 솜씨라, 오늘날에 비로소 시작된 것이 아니라면 아니기도 하겠지만, 그래도 그때의 계집애들은 십칠팔 세가 아니면 기껏 어려야 십육칠 세이었지, 열네 살배기의 정말 젖비린내 나는 계집애에까지는 이르질 않았습니다.

그러니까 만약 그 식욕을 엄밀히 구별한다면 시골 있을 무렵에 계집애(어리기는 해도 계집으로서의 기능을 갖춘) 그놈을 잡아먹던 식성과 시방 열네 살 고 또래의 계집 이전인 계집애에게 대해서 우러나는 구미와는 계통이 다르다 할 것입니다. 더욱이 방물장수 아씨더러, 첩 더디 얻어 들인다고 성화를 대는 그런 순수한 생리와도 파계가 다릅니다.

윤 직원 영감의 이 새로운 식욕은 그런데 매우 강렬하기까지 해서 도저히 그대로 참지를 못할 지경이었습니다.

드디어 대복이가 나섰습니다.

경지영지境地英智하시니[114] 불일성지라더니, 뉘 일일새 범연했겠습니까. 대복이는 골목 밖 이발소의 긴상한테 청을 지르고, 긴상은 계제 좋게 안국동 저의 이웃에 사는 동기 아이 하나가 있어, 쉽사리 지수祗受[115]를 했습니다. 사실 별반 힘들 게 없는 것이, 그런 조무래기야

114 영민한 슬기를 지닌 지경에 있다.
115 임금이 내려주는 물건을 공경하여 받음.

장안에 푹 꼈고, 그런데 이편으로 말하면 이러저러한 곳에 사는 재산 있고 칠십 먹은 점잖은 아무 댁 영감님인바, 노인이 심심소일 삼아 옆에 앉혀놓고서 말동무도 하고 이야기책도 읽히고 노래도 시키고 다리도 치이고, 이렇게 데리고 논다는 조건이고 본즉, 만약에 춘향이가 인도환생[116]을 한 에미애비라 하더라도 감히 거기에 어떠한 위험을 느끼진 않을 게니까요.

하물며 계집애 자식을 논다니 판에다 내놓아 목구멍을 도모하자는 에미애비들이거든 딱히 그 흉헌 속내를 알았기로서니, 오히려 반가워할 것이지 조금치나 저어를 할 며리는 없는 것입니다. 이발소 긴상의 서두리로, 사흘 만에 한 놈이 대비가 되었는데, 나이는 이편에서 십오 세 이내로 절대 지정한 소치도 있겠지만 마침 열네 살이요, 생긴 거란 역시 별수 없고 까칠한 게 갓 나는 고양이 새끼 여대치게 어설펐습니다.

그러나 윤 직원 영감은 계집애면 만족이니까 별 여부 없었고, 흔연히 맞아들여 노래도 우선 시켜보고, 머리도 쓸어주고, 이야기책도 읽히고, 다리도 치게 하고, 눈깔사탕도 사 먹이고, 이렇게 며칠 두고서 적공을 들였습니다.

그러다가 이슥고 낯을 안 가릴 만하니까 비로소, 너 몇 살이냐? …… 응, 숙성하구나! 너 내 말 들을늬? 하면서 머리 쓸던 팔로 허리를 그러안았습니다.

그랬더니, 이번 아이는 서울 태생이라 그런지 좀 더 영악스럽게

"이 영감이 왜 이 모양야? 미쳤나!"

116 사람이 죽어 저승에 갔다가 이승에 다시 사람으로 태어남.

하면서 욕을 냅다 갈기고 통통 나가버렸습니다.

이래서 두 번째의 무렴無廉[117]을 보았습니다. 그러나 암만 무렴은 보았어도 윤 직원 영감은 본시 얼굴이 붉으니까 새 채비로 홍안은 당하지 않았지만

"헤에! 그거 참!"

하면서 헤벌심 웃지 않진 못했습니다.

윤 직원 영감은 그 뒤로도 처음 뜻을 굽히지 않았습니다. 그리하여 세 번 네 번 다섯 번 이렇게 대거리를 구해 들였고, 그러나 그러는 족족 실연의 쓴 술잔이 아니라 핀잔을 거듭거듭 마셔왔습니다.

대단히 비참한 노릇입니다. 고, 아무렇게나 생긴 동기 계집애 년 하나를 뜻대로 다루지 못하고서, 늦은 봄부터 초가을까지 무려 다섯 차례나 낭패를 보다니, 윤 직원 영감으로는 일대의 치욕이 아닐 수가 없습니다.

사실이지, 백만의 거부를 누리는데도 그대도록 힘이 들지는 않았고, 평생을 돌아보아야 한 개의 목적을 놓고 앉아, 내내 다섯 번씩 실패를 해본 적이라고는 찾고 싶어도 일찍이 없었습니다.

하기야 전연 딴 방도가 없었던 건 아닙니다. 시골 있는 사음한테로 기별만 할 양이면, 더는 몰라도 조그마한 소녀 유치원 하나는 꾸밈직하게 열서너 살짜리 계집애를 한 때 쓸어올 수가 있으니까요.

작인들이야 저네가 싫고 싫지 않고는 문제가 아니요, 어린 딸

117 염치가 없음을 느껴 마음이 부끄럽고 거북함.

은 말고서 아닐 말로 늙어 쪼그라진 어미라도 가져다가 바치라는 영이고 보면, 여일히 거행하기는 해야 하게끔 다 되질 않았습니까.

진실로 그네는 큰 기쁨으로든지, 혹은 그 반대로 땅이 꺼지는 한숨을 쉬면서든지 어느 편이 되었든지 간에, 표면은 씨암탉 한 마리쯤 설이나 추석에 선사 삼아 안고 오는 것과 진배없이 간단하게, 그네의 어린 딸 혹은 누이를 산 제수로 바치지 않질 못합니다.

윤 직원 영감은 그러므로, 가령 세 번째의 허탕을 치고 나서부터는 시골 계집애를 잡아올까 하는 궁리를 해보지 않은 것은 아니었습니다.

과연, 당장 편지를 해서 그 머리 검은 병아리를 구해 보내라고 할 생각을 몇 번이고 했었습니다.

그러나 생각을 그렇게 하기는 했어도, 한편으로는 보는 데가 없지 않아 아직 주저를 했던 것입니다.

만약 시골서 계집애를 데려오고 보면, 그때는 동기를 불러다가 말동무를 삼는다는 형식이 아니요, 단박 첩을 얻어 들인 게 되겠으니, 원 아무리 뭣한들 칠십 먹은 늙은이가 열세 살이나 네 살배기 첩을 얻다니, 체면도 아닐 뿐 아니라, 또 체면 문제보다는 시골 계집애는 노래를 못 하니까 서울 동기보다 쓸모는 적으면서, 오며 가며 찻삯이야 몸수발이야 뒷갈망이야 해서 돈은 훨씬 더 듭니다.

이러한 불편이 있는 고로 해서, 그래 시골 계집애를 섬뻑 데려오지 못하던 것인데, 그러나 이번 춘심이한테까지 낭패를 보고서도 종시 그런 주저를 하겠느냐 하면, 그건 도저히 보장하기가 어렵습니다. 그러니 일변 생각하면 춘심이의 소임이 매우 중대하고도 미묘한 의의를 가졌다고 할 수 있겠습니다.

이렇듯 조건이 붙었다면 붙었달 수 있는 춘심이요, 한데 다니기 시작한 지도 벌써 보름이 넘었습니다.

이제는 그만하면 낯가림은 안 할 만큼 되었고, 또 공력도 그새 다른 아이들한테보다는 특별히 더 들이느라고 들였습니다.

윤 직원 영감은 시방, 그런 것 저런 것 속으로 가늠을 해보면서, 손치에 퍼근히 주저앉아 다리를 안 치겠다고 대가리를 쌀쌀 흔들며 암상떨이를 하는 춘심이를 히죽히죽 올려다보고 누웠습니다.

옆으로 앉아서 고개를 내두르는 대로, 뒤통수의 몽창한 단발이 까불까불합니다. 치렁치렁하던 머리채가 다래를 뽑아버리면 이렇게 여학생이 됩니다. 흰 저고리 통치마에 양말이 모두 여학생 차림입니다. 춘심이는 이런 여학생 차림새를 좋아해서, 권번[118]에 갈 제와 또 권번 사람의 눈에 뜨일 자리 말고는, 대개 긴 치마에 긴 머리를 늘이고 가지를 않습니다. 그러니까 윤 직원 영감한테 오는 때도 권번에서 바로 가는 길이 아니면 언제고 여학생 차림입니다.

그 주제를 하고 앉아서

"사안이이로구나—아 헤."

하는 꼴이, 대체 무어라고 빗댔으면 좋을지 모르겠어도, 저는 이상이요, 간혹 윤 직원 영감이, 야 이년아! 여학생이 잡가도 한다더냐고 더러 조롱을 하지만, 역시 그만한 입살[119]은 탈 아이가 아닙니다.

118 일제 강점기에 기생들의 조합을 이르던 말.
119 악다구니가 세거나 센 입심.

마침 라디오는 풍류가 끝나고, 조금 있더니 지랄 같은 깡깽이 소리(양악)가 들려 나옵니다. 윤 직원 영감은 이맛살을 찌푸리면서 스위치를 젖혀버립니다.

"너 이년, 다리넌 안 치기루 혔냐?"

"싫여요! 누가 암마야상인가, 머!"

"허! 그년 참! …… 그럼 다리 안 치넌 대신, 노래나 한마디 불러라!"

"노랜 하죠! 풍류 끝엔 텁텁한 걸루다 잡가를 들어야 하신다죠?"

"그런 걸 다아 알구, 제법이다!"

"어이구, 참! 나구는 샌님만 업신여긴다구! …… 자아, 노래하게 영감님 장단 치시오?"

"장단은 이년아, 장구가 있어야 치지?"

"애개개! 장구가 있으믄 영감님이 장단을 칠 줄은 아시구요?"

"헤헤, 그년이. 이년아 늬가 꼭 여수 같다!"

"네에. 난 여우 같구요, 영감님은 하마 같구요? 해해해!"

"네리끼넌! 허허허허…… 그년이 꼭 어디서 초라니같이 까분당개루?"

"초라니? 초라니가 무어예요?"

"초라니패라구 있더니라. 홍동지 박첨지가 탈바가지 쓴 대가리를 내놓구서, 서루 찧구 까불구, 꼭 너치름 방정맞게 촐랑거리구, 지랄을 허구 그러더니라…… 떼—루 떼—루 박첨지야— 이런 노래를 불러가면서……."

"해해해해, 어디 그 소리 또 한 번 해보세요? 아이 참, 혼자 보기 아깝네! 해해해…….”

“허! 그년이!”

이렇게, 그야말로 찧고 까불고 하는 소리를, 누가 속은 모르고 밖에서 듣기만 한다면 꼬옥 손맞은 애들이 지껄이고 노는 줄 알겝니다.

방 안을 들여다보면? …… 그런다면 저네들 말마따나, 동물원의 하마와 여우가 한 울안에서 재미있게 노는 양으로 보이겠지요.

“춘심아?”

“네에?”

“너어…….”

“네에!”

“저어, 무어냐…….”

윤 직원 영감은 다리를 비비 꼬면서 말끝을 어름어름합니다.

못 견디겠어서 인제 웬만큼, 너 몇 살이지? 응, 숙성하다. 너 내 말 들을늬…… 이, 이를테면 사랑의 고백을 해야만 하겠는데, 그놈이 목구멍까지 올라왔다가는 도로 넘어가곤 하던 것입니다. 역시 다섯 번이나 창피를 본 나머지라, 어쩔까 싶어 뒤를 내는 것도 그럴듯한 근경입니다.

그게 젊은것들 사이라면, 나는 당신을 사랑합니다! 그 소릴 텐데, 그 소리 한마디 나오기가 어렵기란, 아마도 만고를 두고 노소 없이, 또 사정과 예외를 통틀어 넣고 일반인가 봅니다.

“인제 구만 까불구, 어서 노래나 시작히여라.”

윤 직원 영감은 드디어 망설이다 못해 기회를 뒤로 미뤘습니다.

“네—네, 무얼 하까요? 아까 낮에 명창대회서 영감님이 연신 조오타! 조오타! 하시던 〈적벽가〉 새타령 하까요?"

"하아따! 고년이 섯바닥은 짤뤄두 침은 멀리 비얕넌다더니, 이년아, 늬가 〈적벽가〉 새타령을 허머넌 나는 하눌서 빌을 따 오겄다!"

"애개개! 아—니 내 그럼 내일이라두 권번에 가서 그거 한마디만 배워가지구 영감님 듣는 데 할 테니깐 정말 하눌 가서 별 따 오실 테야요?"

"누가 인자사 배각구 말이냐? 시방 이 당장으서 말이지……."

"피— 아무렇게 해두 하기만 하면 고만이지, 머……."

"그년이 노래허라닝개루 또 잔사살을 내놓너만!"

"네—네 헴…… 자아 합니다. 헴…… 망구강사안 유람헐제……."

단가로는 맹자 견 양혜왕짜리요, 한데 망구강산의 망구는 오식이 아닙니다.

고저가 옳게 맞을 리도 없고, 장단이 제대로 갈 리도 없는 데다가, 소리 선생 앞에서 배울 때에 쓰던 그 목을 그대로, 고래고래 내시처럼 되게 지르고 앉았으니, 윤 직원 영감의 취미 아니고는 듣기에 장히 고생이 되지 않을 수 없는 음악입니다. 게다가 윤 직원 영감의, 역시 장단을 유린하는, 좋다! 소리가 오히려 제격이요, 겨우 노래가 끝나니까는, 에 수고했네! 에 이르러서는 진실로 근천의 절창이라 하겠습니다.

"너, 배 안 고푸냐?"

윤 직원 영감은 쿨럭 갈앉은 큰 배를 슬슬 만집니다. 춘심이는 그 속을 모르니까 뚜렛뚜렛합니다.

"아뇨, 왜요?"

"배고푸다머넌 우동 한 그릇 사줄라구 그런다."

"아이구머니! 영감 죽구서 무엇 맛보기 첨이라더니!"

"저런 년 주둥아리 좀 부아!"

"아니, 이를테믄 말이에요! …… 사주신다믄야 밴 불러두 달게 먹죠!"

"그리라. 두 그릇만 시키다가 너허구 한 그릇씩 먹자!"

"우동만, 요?"

"그러먼?"

"나, 탕수육 하나만……."

"저 배때기루 우동 한 그릇허구, 또 무엇이 더 들어가?"

"들어가구말구요! 없어 못 먹는답니다!"

"허! 그년이 생부랑당이네! 탕수육인지 그건 한 그릇에 을매씩 허냐?"

"아마 이십오 전인가, 그렇죠?"

윤 직원 영감의 말이 아니라도 계집애가 여우가 다 되어서, 탕수육 한 접시에 사십 전인 줄 모르고 하는 소리가 아닙니다.

우동 두 그릇, 탕수육 한 그릇 얼른 빨리…… 우동 두 그릇, 탕수육 한 그릇 얼른 빨리…… 삼남이는 이 소리를 마치 중이 염불하듯 외우면서 나갑니다. 사실 삼남이한테는 그걸 잊어버리지 않는 것이, 하루 세 끼 중에 한 끼를 잊어버리지 않음과 일반으로 중요한 일이어서, 그만큼 긴장과 노력이 필요하던 것입니다.

무슨 그림자가 지나간 것처럼 방 안이 잠깐 교교했습니다. 이 침정의 순간이 윤 직원 영감에게 선뜻 좋은 의사를 한 가지 얻어

내게 했습니다.

전에 아이들한테 하듯, 단박에 왁진왁진 그러지를 말고서, 가만가만 제 눈치를 먼저 떠보아 보는 것이 수다…… 이런 말하자면 점진안입니다.

동티가 나지 않게, 또 창피를 안 당하게 가만히 슬쩍 제 속을 뽑아보고, 그래보아서 싹수가 있는 성부르면 그담에는 바싹 다그쳐보고…… 미상불 그럴 법하거니 싶어 우선 혼자 만족을 해 싱그레 웃습니다.

"춘심아?"

머리를 싸악싹 쓸어주면서 부르는 음성도 은근합니다.

"네에?"

"너, 몇 살이지?"

"그건 새삼스럽게 왜 물으세요?"

"아—니, 그저 말이다!"

"열다섯 살이지 머, 그새 먹어서 없어졌을라구요?"

"응 참, 그렇지…… 퍽 숙성히여, 우리 춘심이가……."

"키는 커두 몸은 이렇게 가늘어요! 아이 참, 영감님은 몇 살이세요?"

"나? …… 글씨 원, 하두 많이 먹어서 인제넌 나이 먹은 것두 다아 잊어삐맀넝가 부다!"

"애개개, 암만 나일 많이 잡수셨다구, 잊어버리는 사람이 어디가 있어요? …… 이렇게 머리랑 수염이랑 시었으니깐 나이두 퍽 많으실 거야!"

춘심이는 백마 꼬리같이 탐스러운 수염을 쓰다듬습니다. 윤 직원 영감은 다른 한 손으로 춘심이의 나머지 한 손을 조물조물 주무릅니다.

"춘심아!"

"네에?"

"너, 내가 나이 많언 게 싫으냐?"

"싫은 건 무엇 있나요? …… 몇 살이세요? 정말……."

"그렇게 알구 싶으냐?"

"몸 달을 건 없지만……."

"일러주래?"

"네에."

"예순…… 으응…… 다섯 살이다!"

"아이구머니!"

춘심이는 입이 떡 벌어지고, 윤 직원 영감은 윤 직원 영감대로 또 속이 있어서, 입이 벌심 벌어집니다.

윤 직원 영감의 나이 꼬박 일흔둘인 줄은 천하가 다 아는 사실입니다. 그런 것을, 글쎄 애인한테라서 그중 일곱 살만 줄여 예순다섯으로 대다니, 그것을 단작스럽다[120]고 웃어버리기보다 오히려 옷깃을 바로잡고 엄숙히 한번 생각해보아야 할 것입니다. 일흔두 살 먹은 영감이 열다섯 살 먹은 애인 앞에서 나이를 일곱 살을 줄여 예순다섯 살로 대던 것입니다.

기생들이 손님에게다가 나이를 속이는 것은 예삽니다. 또 젊은 계집애들이 제 나이를 리베[121] 씨한테다가 줄여서 대답하는 수

120 하는 짓이 보기에 치사하고 더러운 데가 있다.
121 '사랑', '연애'를 뜻하는 독일어.

도 더러 있습니다. 속을 알고 보면 그야 근경이 그럴듯하기도 하지요.

그러나 여기, 일흔두 살 먹은 허—연 영감태기가, 열다섯 살배기 동기 계집애를 아탕발림시키느라고, 나이를 일곱 살을 야바위쳐서, 예순다섯 살로 속이던 것이랍니다.

그도, 곧이야 듣건 말건 한 이십 살 꼬아먹고 쉰 살쯤 댔다면 또 몰라요. 고작 일곱 살. 늙은이의 나이 예순다섯에서 일흔두 살까지 거리가 그리 육중스럽게 클까마는, 그래도 열다섯 살배기 애인한테 고거나마 젊게 보이고 싶어, 그 일곱 살을 덜 불렀더랍니다, 예순다섯 살이다, 고.

그 우람스러운 체집에 어디를 눌렀는데, 그런 간드러진 소리가 나왔을까요.

저어 공자님 말씀에

"소인이 한가히 지낼 것 같으면 아름답지 못한 꿍꿍이를 꾸미나니라."

하신 대문이 있겠다요.

그 대문을 윤 직원 영감한테 그대로 적용을 말고서 죄꼼 고쳐 가지고

"소작인이 바쁘게 지낼 것 같으면 지주 영감은 약시약시하느니라."[122]

이랬으면 어떨까요.

인간이 색의 기능을 타고나는 것은 생물로서 운명적 필연이

122 이러이러하다.

요, 그러니까 결단코 그걸 나무랄 일은 못 됩니다. 또 누가 나무라고 시비를 한다고 그게 없어지는 것도 아니고요. 해서 비판이나 간섭의 피안에 있는 것입니다.

하지만 윤 직원 영감처럼 나이 칠십여 세에, 연령의 한계를 마구 무시하는 그의 야만스러운 정력은, 부질없이 생물로서의 선천적인 운명이라고만 처분은 안 됩니다.

본시 체질을 좋게 타고났다고 주장을 하겠지요.

그러나 아무리 신돈이 같은 체질을 타고났다고 하더라도, 윤 직원 영감이 윤 직원 영감다운 팔자를 얼러서 타고나지 못했으면 그 체질은 성명性命[123]이 없고 말 것입니다.

몇백 명이나 되는 윤 직원 영감의 소작인 중엔 윤 직원 영감만 한 체질을 타고난 사람이 몇은 없을 리가 있다구요.

그렇건만 그 사람네는 온전히 도조를 해다가 바치기에 정력이 죄다 말라 시들고, 보약 한 첩 구경도 못 했기 때문에 자연의 섭리 이하로 오히려 떨어지고 만 것이 아니겠습니까.

또 가령 특별한 예외나 기적으로, 윤 직원 영감네 소작인 가운데 윤 직원 영감처럼 칠십이로되 능히 계집을 다룰 정력을 지탱하고 있는 자 있다 치더라도, 그가 감히 첩질과 계집질을 할 팔자며, 그럴 생심인들 하겠습니까.

그러니 결국 그것은 늙은이한테는 생물적 필연이라는 관용도 안 될 말이요, 타고난 선천이니 체질이니 하는 것도 다 여벌이고, 주장은 한갓 팔자(시쳇말로는 환경) 그놈이 모두 농간을 부리는

123 인성人性과 천명天命을 아울러 이르는 말.

놈입니다.

소작인이 바빠 벼가 만석이 그득 쌓이기 때문에, 그의 생리와 건강과 행동과 이 모든 것이 화합되어(혼합이 아니라 화합이 되어) 오늘날의 싱싱한 윤 직원 영감을 창조한 것이니라…… 이런 해석도 그러므로 고집은 해볼 만합니다.

춘심이는 윤 직원 영감이 예순다섯 살이란 말에, 계집애가 까부느라고 아이구! 예순다섯 살이라니, 퍽도 많이 자시기는 했네! 그러면 가만있자, 나보다 몇 살 더한고? 응, 가만있자, 예순다섯이라, 열다섯을 빼면 응…… 쉰, 아이구 어찌나! 쉰 살이나 더 잡수셨구려! 이러고 허겁떨이[124]를 해쌉니다.

윤 직원 영감은, 제가 하는 대로 빙그레 웃으면서 보고만 있습니다. 춘심이야 아무 생각 없이 그저 제 나이와 빗대보던 것인데, 윤 직원 영감은 그게 무슨 뜻을 두기는 두었던 표적이려니 하고 혼자 느긋해하는 판입니다.

뜻은 있는데, 나이 하도 많으니까 놀라는 것이고, 그러나 뜻이 있었던 것만은 불행 중 다행인즉, 옳지 그렇다면 어디 좀…… 이런 요량짱입니다.

연애는 환장이니라(Love is Blind)란다더니 옛말이 미상불 옳아, 이다지도 야속스레 윤 직원 영감 같은 노인에게까지 들어맞기를 하는군요. 그나마 골고루 골고루…….

"내가 나이 많언개루 싫으냐?"

인제는 제이단으로 들어가서, 나이 많은 게 나쁘지 않다는 변

124 야무지고 담차지 못하여 매우 겁을 내거나 가볍고 방정맞게 행동하는 일.

명, 혹은 나이 많아도 많지 않다는 주장을 해야 할 차렙니다.

"싫긴 뭐어가 싫여요? 나이 많은 이가 좋죠, 허물없구……."

"그렇구말구…… 그러구 나넌 예순다섯 살이라두 기운은 무척 시단다…… 든든허지!"

"참, 영감님은 늙었어두 몸집이 이렇게 크니깐, 기운두 무척 셀 거야. 그렇죠?"

"호랭이라두 잡을라면 잡넌다!"

"하하하, 그렇거들랑 인제 동물원에 가서 호랭이허구 씨름을 한번 해보시죠? …… 아이 참, 하마허구 호랭이허구 씨름을 붙이믄 누가 이기꼬? 하하하, 아하하하……."

"허허, 그년이 또 까불구 있네!"

윤 직원 영감은 어느 결에 다시 집어 문 담뱃대 빨부리로 침이 지르르 흘러내리는 것도 모르고 흐물흐물, 춘심이를 올려다봅니다. 몸이 자꾸만 뒤틀립니다.

"춘심아?"

"네에?"

"너어…… 저어…… 내 말, 들을래?"

"무슨 말을, 요?"

묻기는 물으면서도 생글생글 웃는 게 벌써 눈치는 챈 모양입니다. 윤 직원 영감은, 오냐 인제야 옳게 되었느니라고 일단의 자신이 생겼습니다.

"내 말, 들을 티여?"

"아, 무슨 말이세요?"

윤 직원 영감은 히죽 한 번 더 웃고는 슬며시 팔을 꼬느면서

"요녀언! 이루 와!"
하고 덥석 허리를 안아 들입니다. 마음 터억 놓고서 그러지요, 시방…….

아, 그랬는데 웬걸, 고년이 별안간

"아이 망칙해라!"
하고 소리를 빽 지르면서 그만 빠져 달아나질 않는다구요.

여섯 번!

윤 직원 영감은 진실로 기가 막힙니다. 여섯 번이라니, 하마 성미 급한 젊은 놈이었다면 그새 목이라도 몇 번 매고 늘어졌을 것입니다.

글쎄 요년은, 눈치가 으수하기에[125] 믿은 구석으로 안심을 했던 참인데, 대체 웬일인가 싶어, 무색한 중에도 좀 건너다보려니까, 이게 또 이상합니다.

그동안에 다섯 계집애들은 울기 아니면 욕을 하면서 영락없이 꽁무니가 빠지게 도망을 했는데, 요년은 보아야 그렇게 소리를 바락 지르고 미꾸리 새끼처럼 빠져나가기는 했어도, 그저 저기만치 물러앉았을 따름이지, 울거나 골딱지를 냈거나 도망을 가거나 하기는새레, 날 잡아보라는 듯이 밴들밴들 웃고 있지를 않겠습니까. 마구 간을 녹입니다.

아무려나, 그렇다면 다시 어떻게 사알살 달래볼 여망이 없지도 않습니다.

"저런— 넌 부았넝가! 헤헤, 그거 참! …… 이년아, 그러지 말

125 의수하다. 거짓으로 꾸민 것이 그럴듯하다.

구, 이리 오니라, 이리 와, 응? 춘심아!"

"싫여요!"

"왜?"

"왠 뭘 왜!"

"너 이년, 내 말 안 듣기냐?"

"인제 보니깐 영감님이 퍽 음충맞어!"

"아, 저런 년! 허, 그거 참! …… 너, 그러기냐!"

"어때요, 머!"

"그러지 말구 이만치 오니라. 내, 이얘기허마."

"여기서두 들려요!"

"그리두 이만치, 가까이 와!"

"피— 또 붙잡을 영으루?"

"너, 내 말 들으면 내가 좋은 것 사주지?"

"존 거, 무엇?"

"참, 좋은 것 사줄 티여!"

"글쎄, 존 게 무어냐니깐?"

용천뱅이가 보리밭에 숨어 앉아서, 어린애들이 지나갈라치면, 구슬 줄게 이리 온, 사탕 줄게 이리 온, 한답니다. 그와 근리하다 할는지 어떨는지 모르겠군요.

윤 직원 영감은 미처 무얼 사주겠다는 생각도 없이, 당장 아쉬운 대로 어르느라고 낸다는 게 섬뻑 그 소리가 나와졌습니다. 그랬기 때문에 자꾸만 물어도 이내 대답을 못 하던 것입니다.

"늬가 각구 싶다넌 것 사주마!"

"내가 가지구 싶다는 걸 사주세요?"

"오—냐!"

"정말?"

"그리여!"

"가—지뿌렁!"

"아니다, 참말이다!"

"그럼, 나 반지 사주믄?"

"반? 지? …… 에라끼년! 누가 그런 비싼 것 말이간디야!"

"피— 그게 무어 비싼가? …… 저기 본정 가믄 칠 원 오십 전이믄 빠알간 루비 박은 거 사는데…… 십팔금으루 가느다랗게 맨든 거……."

"을매? 칠 원 오십 전?"

"네에."

"참말이냐?"

"가보시믄 알걸 뭐!"

"그리라, 그럼 사주마…… 사줄 티닝개루, 인제 이리 오니라!"

"애개개! 먼점 사주어예지, 머."

"먼점 사주구? 그건 나두 싫다!"

"나두 싫다우!"

"고년이 똑 어디서 미꾸람지 새끼 같다! 에엥, 고년이…… 그러지 말구, 이년 춘심아!"

"네에?"

"그러지 말구, 이리 오니라, 응? 그럼 내가 인제 내일이구 모리구, 진고개 데리구 가서 반지 사주께!"

"일없어요! …… 시방 가서 사주시믄?"

"시방이사 밤으 어떻게 갈 수 있냐? 내일 낮에 가서 사주마. 그러지 말구, 이리 오니라!"

"싫여요!"

윤 직원 영감은 칠 원 오십 전이면 산다는 그 반지를 사주기는 사줄 요량입니다. 하기야 돈 칠 원 오십 전만 놓고서 생각하면 아깝지 않은 것은 아니나, 그래도 명색이 동기 첫것인데, 칠 원 오십 전짜리 반지 한 개로 아탕발림을 시키다니, 도리어 헐한 셈입니다. 제 법식대로 머리를 얹히자면 이삼백 원 오륙백 원이 들곤 할 테니까요.

그래, 잘라먹지 않고 내일이고 모레고 사주기는 사줄 텐데, 춘심이 년이 못 미더워서 그러는지 까부느라고 그러는지, 밴돌밴돌 말을 안 듣고는 애를 태워줍니다. 생각하면 밉기도 하고 미운 깐으로는 볼퉁이라도 칵 쥐어질러 주고 싶습니다.

그러나 괜히 함부로 잡도리를 했다가는, 단박 소갈찌가 나서 뽀르르 달아나버리고는 다시는 안 올 테니, 그렇게 되고 보면 여섯 번 만에 겨우 반성공을 한 것이 도로 아미타불이 될 게 아니겠다구요.

에라, 그러면 기왕이니 내일 제 소원대로 반지를 사주고 나서…… 이렇게, 할 수 없이 순연順延을 하기로 요량을 했습니다.

"그럼, 내일 진고개 데리구 가서 반지 사주께, 그담버텀은 내 말 잘 들어야 헌다?"

"네에, 듣구말구요!"

아까부터 이내, 죄꼼도 부끄러워하는 내색이라고는 없고, 그저 처억척입니다. 사실 맨 처음에 윤 직원 영감이 쓸어안으려고 했을 때도 소리나 지르고 빠져나가기나 하고 했지, 귀밑때긴들 붉히질 않았으니까요.

"꼬옥 그러기다?"

"염려 마세요!"

"오널치름 까불구 말 안 들으면 반지 사준 것 도로 뺏넌다?"

"뺏기 전에 얼른 뽑아서 바치죠!"

"어디 두구 보자. 그럼 내일 즘심 먹구서 올라오니라. 같이 가서 사주께."

"더 일찍 와두 좋습니다!"

드디어 흥정은 다 되었습니다. 마침맞게 마당에서 청요리 궤짝이 딸그락거리더니 삼남이가 처억

"우동 두 그릇, 탕수육 한 그릇 어서 빨리 시켜 왔어라우."

하고 복명을 합니다.

춘심이는 대그르르 웃고, 윤 직원 영감은 끙! 저 잡것 좀 부아! 하면서 혀를 찹니다.

연애를 하면 밥이 쉬 삭는다구요. 윤 직원 영감은 그런데, 저녁밥을 설치기까지 한 판이라 속이 다뿍 허출해서 우동 한 그릇을 탕수육으로 반찬 삼아 걸게 먹었습니다.

이렇게 성사가 되고 마음이 느긋할 줄을 알았더면, 기왕이니 따끈하게 배갈을 한 병 데워오라고 할 것을…… 하는 후회도 없지 않았습니다.

춘심이는 또 춘심이대로 반지를 끼고 권번이며 제 동무들한테며 자랑을 할 일이 좋아서, 연신 쌔왈대왈, 우동이야 탕수육이야 볼이 미어지게 쓸어 넣었습니다.

"너, 그렇지만 춘심아?"

윤 직원 영감은 우동 한 그릇을 물린 뒤에, 트림을 끄르르, 새끼손 손톱으로 잇살을 우벼서 밀창문에다가 토옥, 담뱃대를 땅따앙 치면서 하는 소립니다.

"……늬 집에 가서 이런 이얘기 허머넌 못쓴다! 응?"

"무슨 얘기요?"

"내가 반지 사주구서 말이다, 저어 거시기, 응? 그 말 말이여?"

"네에 네…… 않습니다!"

"허머넌 못써!"

"글쎄 않는대두 그리세요!"

"나, 욕 은어먹지. 너, 매 은어맞지. 그리서사 쓰겄냐? …… 그리닝개루 암말두 허지 말어, 응?"

"염려 마세요, 글쎄…… 저렇게 커다란 영감님이 겁은 무척 내시네!"

"늬가 이년아, 주둥이가 하두 방정맞이닝개루 맴이 안 뇐다!"

윤 직원 영감은 슬며시 뒤가 나던 것입니다. 호사에 마가 붙기 쉬운 법인걸, 만약 제 부모가 알고 보면 약간 칠 원 오십 전짜리 반지 한 개 사준 걸로는 셈도 안 닿고, 그것들이 마구 언덕이야 비비려 덤빌 테니 그 성화가 어디며, 필경 돈 백 원이라도 부서지고 말 테니까요.

춘심이는 그런데, 우선 반지 한 개 언어 가질 일이 좋아, 온갖 정신이 거기만 쏠려서, 제 부모한테 발설을 하지 말라는 신칙도 그저 건성으로 대답을 하다가, 윤 직원 영감이 뒤를 내는 눈치니까는, 되레 제가 지천을 해준 것이고, 그런 것을 윤 직원 영감은 지천이 되었건 코 묻은 밥이 되었건, 그런 체모는 잃은 지 오래고, 애인의 맹세를 믿고서 적이 안심을 했습니다. 자고로 노소 없이 사랑하는 이의 말은 무엇이고 곧이가 들린다구요.

11. 인간 체화滯貨와 동시에 품부족品不足 문제, 기타

시방 사랑에서는 일흔두 살 먹은(가칭 예순다섯 살 먹은) 증조할아버지가, 열다섯 살 먹은 애인과 더불어 그처럼 구수우하니 연애 흥정이 얼려가고 있겠다요. 그리고 안에서는…….

경손이가 아까 안방에서 열다섯 살 동갑짜리 대부 태식이와 같이 싸우며 놀리며 저녁을 먹고 나서는 아랫목에 가 버얼떡 드러누워 뒹굴고 있었습니다.

다른 식구는 죄다 물러가고, 야속히 배짱 안 맞는 대고모 서울아씨와 지지리 보기 싫은 대부 태식이와 그 둘이만 본전꾼으로 달랑 남아 있는 안방에, 가뜩이나 서울아씨는 《추월색》으로 아닌 이를 앓고, 태식은 《조선어독본》 권지일로 귀신이 씻나락을 까먹고, 이런 부동조不同調의 소음 속에서 그 애 경손이가 고 소갈찌에 천연스레 섭슬려 있다니 매우 희귀한 현상입니다. 고양이와 개와 원숭이와가, 싸우지 않고 같은 울안에서 노는 격이랄까요.

경손이는 실상 어떤 궁리에 골몰해서 깜빡 잊어버리고 그대로 처져 있는 것입니다.

골몰한 궁리란 건 다른 게 아닙니다. 〈모로코〉의 재상연이 있고, 또 중일전쟁의 뉴스 영화가 좋은 게 오고 해서 꼭 구경은 가야만 하겠는데, 정작 군자금이 한푼도 없어, 일왈 누구를, 이왈 어떻게 얽어삶았으면 돈을 좀 발라낼 수가 있을꼬, 이 궁리를 하던 것입니다.

뚱뚱보 영감님? …… 안 돼!

건넌방 겡까도리?[126] …… 안 돼!

제 조모 고 씨가 집안사람 아무하고나 싸움을 하자고 대든대서 진 별명입니다.

서울아씨? …… 안 돼!

숙모? …… 안 돼!

대복이? …… 글쎄? 에이, 고 재리 깍쟁이! 제가 왜 제 돈도 아니면서 그렇게 치를 떨꼬!

어머니? …… 글쎄.

하니 그중에 가능성이 있자면 아무래도 대복이와 제 모친입니다. 대복이는 대장 대신이요, 제 모친은 모친이니까요.

종차 삼십 년이나 사십 년 후에 가서야 백만 원을 상속받을 장손일값에, 시방은 단돈 이십 전이나 삼십 전이 없어 이다지 머리를, 그 연한 머리를 썩입니다그려.

경손이는 두루 두통을 앓는데, 서울아씨는 이를 생으로 앓느라 퇴침을 도두베고 청을 높여

"각설이라 이때에……."

하고 양금채 같은 목에다가 멋이 시큰둥하게

"……하징 아니헤야……."

126 '쌈닭'을 뜻하는 일본어.

하면서 콧소리를 양념 쳐 흥을 냅니다.

그건 바로 음악입니다. 얼마큼이나 음악적이냐 하는 것은 보장키 어려워도, 음악은 분명 음악입니다.

인간은 번뇌가 있으면 노래를 하고 싶어진다고요. 번뇌까지 안 가고라도 마음이 싱숭생숭하거드면 콧노래가 절로 나옵니다.

물론 슬퍼도 노래를 부르고 기뻐도 노래를 부르고, 또 춤을 추기도 하고 하기는 하지만, 그중의 한 가지 마음 싱숭거릴 때에 부르는 노래는 새짐승이 자웅을 찾느라고 묘한 소리로 우는 것과 가장 공통된, 동물의 한 본능이라고 합니다.

그런데, 그러나 인간은 그 동물적인 본능을 보다 맹목적으로 이용을 하는 제이의 본능이 있답니다.

철들어가기 시작한 총각이 봄날 산나무를 하러 가면서 지게목발을 장단 삼아

"저 건너 갈미봉에 비가 묻어 들어를 온다……."

하고 멋등그러지게 넘깁니다.

또 궂은비 축축이 내리는 가을날, 노랫장이나 부를 줄 아는 기생이 제 방 아랫목에 오도카니 꼬부리고 누워 손가락 장단을 토옥톡

"약사 몽혼으로 향유적이면……."

하면서, 다뿍 시름겨워 콧노래를 흥얼흥얼 흥얼거립니다.

무릇 그 총각이면 총각, 기생이면 기생이, 깊숙한 산중이나 또는 아무도 없는 제집의 제 방구석에서, 대체 누구더러 들으라고 노래를 부르겠습니까.

그게 가로되, 흥이라구요. 새짐승이 자웅을 후리려고 우는 것

과 마찬가지로, 총각은 거기 어디 촌 처녀 색시더러 들으란 노래고, 기생은 또 저대로 제 정랑더러 들으란 노래고.

이렇듯 본능에서 우러나서 노래를 부르기는 짐승이나 인간이나 매일반이지만, 그다음이 다르답니다.

인간은 제가 부르는 제 노래에, 남은 상관 않고 우선 제가 먼저 좋아하기 때문입니다.

어느 촌 계집애가 들어를 주는지 않는지, 어느 놈팽이가 들어를 주는지 않는지, 그런 것은 생각도 않는답니다.

그런 타산은 도시에 의식 가운데 떠오르지도 않고, 괜히 그저 마음이 싱숭생숭하기에 아무렇게나 아무거나 괜히 그저 불러지는 대로 한마디 부르고 보니까는 어떻게 속이 더 이상해지는 것 같기도 하고, 기뻐지는 것 같기도 하고, 후련해지는 것 같기도 하고 해서, 일언이폐지하면 소위 흥이라는 게 나는 거랍니다.

그와 마찬가지로, 시방 서울아씨와 이야기책《추월색》도 꼬옥 그렇습니다.

공자님은 가죽 책가위[127]가 세 번이나 해지도록 책 한 권을 가지고 오래 읽었다더니만, 서울아씨는《추월색》한 권을 무려 천독은 했습니다. 그러고서도 아직도 놓지를 않는 터이니까 앞으로 만독을 할 작정인지 십만독 백만독을 할 작정인지 아마도 무작정이기 쉽습니다.

그뿐만 아니라, 서울아씨는 책 없이, 눈 따악 감고 누워서도《추월색》한 권을 처음부터 끝까지 따르르 내리외울 수가 있습니다.

127 책의 겉장이 상하지 아니하게 종이, 비닐, 헝겊 따위로 덧씌우는 일. 또는 그런 물건.

그러니 그게 천하 명작의 시집도 아니요, 성경책이나 논어 맹자나 육법전서도 아닌 걸, 글쎄 어쩌자고 그리 야속스럽게 파고들고, 잡고 늘고 할까마는, 실상인즉 서울아씨는《추월색》이라는 이야기책 그것 한 권을 죄다 외우는 만큼 술술 읽기가 수나롭다는[128] 것 이외에는 달리 취하는 점이 없습니다.

그는 무시로 마음이 싱숭생숭할라치면 얼른《추월색》을 들고 눕습니다. 누워서는 처억 청을 높여 읽는데

"각설이라 이때에……."

하고 양금채 같은 목으로 휘청휘청 멋들어지게 고저와 장단을 맞춰가면서 (다리와 몸을 틀기도 하면서) 가끔 시큰둥한

"……하징 아니헤야……."

조의 콧소리로 양념까지 치곤 합니다. 이렇게 멋지게 청을 돋워 읽고 있노라면, 싱숭거리던 속이 어떻게 더 이상해지는 것 같기도 하고, 기뻐지는 것 같기도 하고, 후련해지는 것 같기도 하고 해서, 일언이폐지하면 그 소위 흥이라는 게 나던 것입니다.

따라서 그건 촌 나무꾼 총각이 〈육자배기〉를 부른다든가, 또는 기생이 궂은비 오는 날 제 방 아랫목에 누워 콧노래로 〈수심가〉를 흥얼거린다든가 하는 근경과 조금도 다를 것이 없지 않다구요.

그러므로 노래가 아무것이라도 제게 익은 것이면 익을수록 좋듯이, 서울아씨의《추월색》도 휑하니 외우게시리 눈과 입에 익어, 서슴지 않고 내려 읽을 수가 있으니까, 그래 좋다는 것입니다. 결단코《추월색》이라는 이야기책의 이야기 내용에 탐탁하는

128 무엇을 하는 데 어려움이 없이 순조롭다.

게 아닙니다.

그럴 바이면 차라리 책을 걷어치우고 맨으로 누워서 외우는 게 좋지 않느냐고 하겠지만, 그건 또 재미가 없는 것이, 인력거꾼이 인력거를 안 끌고는 뛰기가 싱겁고, 광대가 동지섣달이라고 부채를 들지 않고는 노래가 헤먹고 하듯이, 서울아씨도 다 외우기야 할망정 그래도 그 손때 묻고 낯익은《추월색》을 펴 들어야만 제대로 옳게 노래하는 흥이 납니다.

진실로 곡절이 그러하고, 그렇기 때문에 남이야 이를 앓는다고 흉을 보거나 말거나 또 오뉴월에도 이야기책을 차고 누웠다고 비웃음을 하거나 말거나 아무것도 상관할 바 없고 사시장철 밤낮없이 손에서《추월색》을 놓지 않는 서울아씨요, 그래 오늘 저녁에도 일찌감치 시작을 했던 것입니다.

"……그리헤야 드디여 돌아오징 아니……."

이렇듯 서울아씨의《추월색》오페라가 적이 가경에 들어가고 있는데, 이짝 한편으로부터서는 도무지 발성학상 계통을 알 수 없는 바스[129] 음악 하나가 대단히 왁살스럽게 진행이 되고 있습니다.

"비—, 비—가, 오—오…… 모—, 모—가, 모—가, 모—가……."

태식이가 방 한가운데 배를 깔고 엎디어,《조선어독본》권지일, 비가 오오, 모가 자라오를 읽던 것입니다.

좀 민망한 비유겠지만 발음이 분명치 못한 것까지도 흡사 왕머구리(큰 개구리) 우는 소리 같습니다.

129 베이스.

그러나 열심은 무서운 열심입니다. 재작년 봄에 산《조선어독본》권지일 그것을 오로지 이 년하고도 반년 동안 배워온 것이 이 대문인데, 물론 그 전엣치는 다 잊어버렸습니다. 한편으로 잊어버려 가면서도 끄은히 읽기는 읽으니까 그게 열심이던 것입니다.

"비—, 비—가, 오—오. 비—가 오—오. 모—, 모—가, 모—가…… 이잉, 잊어버렸저! …… 경손아."

"왜 그래?"

"잊어버렸저!"

"잊어버렸으니 어쩌란 말야?"

"……."

"고만둬요! 제—발…… 그거 한 권 가지구 도통할 텐가? 대학까지 졸업할 작정인가……!"

"누—나?"

"……."

"누—나?"

"……."

"누—나—?"

"왜 그래?"

"잊어버렸저!"

"비가오오 모가자라오."

"잉?"

"참 너두 딱하다! …… 비가 오오—, 모가 자라오—, 그래두 몰라?"

"히히…… 비—가 오—오, 모—가 자—자—라 자—라오, 히히…… 비—가 오—오, 모—가 자—라 자—라오.”

“에이 귀 따가워!”

경손이는 비로소 제가 어디 와서 있던 줄을 깨닫고는 벌떡 일어나더니, 마루의 뒷문에 연한 툇마루를 타고 뒤채의 큰방인 제 모친의 방으로 들어갑니다.

그 방에는 경손의 숙모 조 씨까지 건너와서 동서가 바느질을 하고 앉아 소곤소곤 무슨 이야기를 하다가, 경손이가 달려드는 설레에 뚝 그칩니다.

“넌 네 방에서 공부나 하던 않구, 무엇 하느라구 앞뒤루 드나들구 이래?”

경손의 모친 박 씨가 지날말로 나무람 겸 하는 소립니다.

“놀구 싶을 땐 책 덮어놓구서 맘대루 유쾌하게 놀아야 합니다요!”

경손이는 떠벌거리면서 바느질판 한가운데로 펄씬 주저앉습니다. 바느질감이 모두 날리고 밀리고 야단이 납니다.

“아, 이 애가 웬 수선을 이리 피워…… 공분 밤낮 꼴찌만 하는 녀석이, 놀 속은 남보담 더 바치구…….”

“어머니두! …… 내가 공부 못한다구 우리 집 재산이 딴 데루 갈까? …… 태식이 천치는, 비가 오오 모가 자라오, 그거 두 줄 가지구 한 달을 배워두 천석꾼인데…… 아 그런데 이 경손 씨가 만석 상속을 못 받어요?”

“넌 어디서 중동이만 생겼나 보더라! …… 쓸데없는 소리 말구, 공부 잘해!”

“낙제만 않구 올라가믄 돼요…… 학교 성적 좋은 녀석 죄다 바보야…… 아 참, 우리 작은아버진 말구서…… 그렇죠? 아즈머니…….”

무슨 일인지, 경손이는 이 집안의 그 많은 인간 가운데 유독 그의 숙부 종학 하나만은 존경을 합니다.

“말두 마라!”

조 씨가 그러잖아도 뚜— 나온 입술을 좀 더 내밀고 쭝긋거리면서, 경손의 말을 탓을 하던 것입니다.

“……세상, 그런 못난 사람두 있다더냐?”

“우리 작은아버지가 못나요? 난 보니깐, 우리 집에선 제일 잘나구 똑똑합디다. 단, 경손이 대감만 빼놓구서, 하하하…… 나두 우리 작은아버지 닮아서 이렇게 똑똑해! …… 그렇죠, 어머니? 내가 똑똑하죠?”

“옜다, 이 녀석! 까불기만 하는 녀석이, 어디서…….”

“하하하하…….”

“사내가 오족 못나믄 첩 하날 못 얻어 살구서…….”

조 씨는 혼자 말하듯 구느름을 내다가, 바늘귀를 꿰느라고 고개를 쳐듭니다. 새초옴한 게 벌써 새서방 종학이한테 귀먹은 푸념깨나 쏟아져 나올 상입니다.

“첩 얻으믄 못써요! 태식이 같은 오징어(연체동물) 생겨나요, 시들부들…… 그렇죠? 아즈머니!”

“말두 말래두! …… 첩을 백은 못 얻어서, 새장가 든다구 조강지처 이혼하려 들어? 그게 못난 사내 아니구 무어라더냐? …… 그리구서두 머? 경찰서장? …… 흥, 경찰서장 똥이나 빨아 먹지!”

“흥! 작은아버지가 경찰서장 할 사람인 줄 아시우? 참 어림없

수!"

"그래두 그럴 영으루 법률 공부 배운다믄서?"

"말두 마시우. 큰사랑 뚱뚱 할아버지, 헛다방[130]이지! …… 아주, 작은손자가 경찰서장 될라치믄 영감님이 척 뽐낼 영으루! 흥!"

"너 이 녀석, 어디 가서 그런 소리 지망지망 해라?"

경손의 모친은 경계하는 소립니다. 그 소리가 시할아버지 귀에라도 들어가고 보면 생벼락이 내릴 테요, 따라서 말을 낸 경손이도 한바탕 무슨 거조[131]든지 당할 터이니까 말입니다.

그러나 조 씨는 연방 더 전접스럽게

"워너니 재갸가 진작 맘 돌리기 잘했지야…… 주제에 무슨 경찰서장은……."

"아즈머니두! …… 아즈머니두 경찰서장 등 대구 있었수? 그랬거덜랑 얼른 이혼하시우. 경찰서장 오백 리 갔수!"

"아, 저놈이 못 할 소리가 없어!"

경손의 모친이 눈을 흘기면서 나무랍니다.

"어머니두! 이혼하는 게 왜 나뿐가? 내가 여자라믄 백 번만 결혼하구 백 번만 이혼해보겠던걸…… 헤헤…… 그런데 참, 어머니!"

"듣기 싫여!"

"아냐, 저 거시키…… 서울아씨 시집 안 보내우!"

"매친 녀석!"

"뭘 그래! 시집보내예지. 난 꼴 보기 싫여!"

"이 녀석이 시방 맞구 싶어서……."

130 헛일.
131 어떤 일을 꾸미거나 처리하기 위한 조치.

"내버려두시오! 그 애야 다아 옳은 말만 하는걸…… 난 그리잖어두 맘 없는 집살이에, 덮친 디 엎친다구, 시고모 등쌀에 생병이 나겠습디다…… 난 그 아씨 꼴 아니 봤으면 살이 담박 지겠어!"

"오—라잇! 우리 아즈머니 부라보! …… 아 그렇구말구요. 서울아씬 시집보내구, 아즈머니두 이혼하구서 새루 결혼하구, 응? 아즈머니!"

"네 요놈, 경손아!"

"네에?"

"너, 정녕 그렇게 까불구 그럴 테냐?"

"하하하…… 그럼 다신 안 그리께요…… 그 대신 오십 전만……."

"망할 녀석?"

경손의 모친은 일껏 정색을 했던 것이, 경손이가 더펄대는 바람에 그만 실소를 해버립니다.

"응? 어머니…… 오십 전만……."

"돈은 무엇에 쓸 영으루 그래?"

"하, 사내대장부가 돈 쓸 데 없어요? 당당한 백만장자 윤 직원 윤두섭 씨의 맏증손자 윤경손 씨가!"

"난 돈 없으니, 그렇거들랑 큰사랑 할아버지께 가서 타 쓰려무나?"

"피— 무척 내가 이뻐서 돈 주겠수…… 어머니 히잉— 오십 전 마아안……."

"없어!"

"이 애야, 그럴라 말구……."

조 씨가 옆에서 꼬드기는 소립니다.

"……서울아씨더러 좀 달래려무나? …… 넌 그 아씨 시집보내줄 걱정까지 해주는데, 그까짓 돈 오십 전 아니 주겠니? 오십 전은 말구 오 원, 오십 원두 주겠다!"

물론 서울아씨가 미워라고 시방 그 쑥 나온 입술로 비꼬는 솜씨지요. 그런데 경손이는 거기 귀가 반짝하는지 눈을 깜작깜작 고개를 깨웃깨웃

"서울아씰? …… 시집보내준다구? …… 하하, 오옳지, 옳아!"
하면서 무릎을 탁 치고 일어서더니

"됐어, 됐어! …… 왜 아까 그때 바루 그 생각을 못 했을까? …… 어쩐 말이냐!"
하고 거드럭거리고 나갑니다.

박 씨는 아들놈 등 뒤를 걱정스럽게 바라다보면서 무슨 말을 할 듯 말 듯하다가 그만둡니다.

분배를 놓던 경손이가 나가고 방 안이 갑자기 조용하자, 두 동서는 제각기 제 생각에 잠겨 한동안 바느질손만 바쁩니다.

"때그르르."

마침 박 씨가 굴리는 실패 소리에 정신이 들어, 조 씨는 자지러지듯 한숨을 내쉽니다.

"형님은 그래도 좋시겠수……."

"……."

"아즈바님이 따루 계시긴 하세두, 다아 마음은 아니 변허시구…… 다아 저렇게 똑똑한 아들두 두시구…… 난 전생에 무슨 업원이 그대지두 중했는지, 팔자가 이 지경이니! …… 차라리 죽은 목숨만두 못한 인생! …… 그래두 우리 어머니 아버진, 날 이 집으

루 시집보내믄서, 만석꾼이 집 지차 손주며느리래서, 호강에 팔자에, 모두 늘어질 줄 알았을 테지!"

"그런 소리 하지 말소!"

박 씨가 위로의 말대답을 합니다. 그러나 박 씨는 이 동서를 위로해줄 말이 딱합니다.

번번이 마주 앉으면 노래 부르듯 육장 두고서 하는 꼭 같은 푸념이요 팔자 탄식인걸, 그러니 인제는 듣기도 헤먹거니와 이편의 위로엣 말도 밤낮 되풀이하던 그 소리라, 말하는 나부터가 헤먹습니다.

"……난들 무슨 팔자가 그리 우나게 좋다던가? …… 남편이 저럭허구 다닐 테믄 맘 변하나 안 변하나 매일반이지…… 자식은 하나 두었다는 게 벌써 에미 품안에서 빠져나간걸…… 그러니 동세나 내나 고단하긴 매양 같지, 별수 있는가? …… 다 같이 부잣집 이름 좋은 종이요 하인이지…… 대체 이 집은……."

안존하던 박 씨의 음성은 더럭 보풀스러워지면서,[132] 아직 고운 때가 안 가신 눈이 샐룩 까라집니다.

"……무얼루, 무엇이 만석꾼이 부잔고? …… 이 옷주제허며 손이 이게 만석꾼이 집 며누리들이람? 끌끌……."

미상불 동서가 다 영양이 좋지 못한 얼굴입니다. 손은 작년 겨울에 터진 자국이 여름 내 원상회복이 못 된 채 북두갈고리 같습니다.

박 씨는 여태도 인조항라 고의를 입고 있고, 조 씨는 역시 배사 먹으러 가게 설렁한 검정 목 보이루[133] 치마를 휘감고 있습니다.

132 모질고 날카로운 데가 있다.
133 '평직으로 짠 얇은 천'을 뜻하는 일본어.

박 씨는 저네들의 주제를 들여다보다가, 고개를 돌려 방 안 짐을 둘러봅니다.

화류 의걸이에 이불장에 삼층장에 머릿장에 베갯장에 양복장에, 이칸 장방이 그득, 모두 으리으리합니다.

"……저런 게 다아 무슨 소용인구! …… 넣어두구 입을 옷이 있어야 저런 것두 생색이 나지…… 저런 걸 백 개 들여놓니, 얼명주 단속곳 한 벌만 한가! 아무짝에두 쓸디없는 치레뻰…… 난 여름부터 고기가 좀 먹구 싶은 걸 못 얻어먹었더니……."

동서의 위로가 아니고 어쩌다가 제 자신의 구느름이 쏟아져 나와서 마악 거기까지 말이 갔는데, 헴 하는 연한 밭은기침 소리에 연달아 미닫이가 사르르 열립니다.

옥화가 왔던 것입니다. 창식이 윤 주사가 올봄에 새로 얻은 기생첩, 그 옥화랍니다.

기생으론 그다지 세월도 없었으나 어느 여학교를 이 년인가 다녔고, 그런데 어디서 배웠는지 묵화를 좀 칠 줄 아는 것으로, 그 소위 아담한 교양이 윤 주사의 눈에 들었던 것입니다.

하나 생김새는 도저히 아담함과는 간격이 뜹니다.

도직한[134] 얼굴이면서 어딘지 새침한 바람이 돌고, 그런가 하고 보면 생긋 웃는데 눈초리가 먼저 웃습니다.

이 새침새가 남의 조강지처로는 아무래도 팔자가 세겠는데, 마침 고놈 눈웃음이 화류계 계집으로 꼭 맞았습니다. 다시 그의 흐뭇하니 육감적으로 두꺼운 입술은 그 이상의 것을 암시하구요.

134 도리암직하다의 준말. 동글납작한 얼굴에 키가 자그마하고 몸매가 얌전하다.

옥화는 이 큰댁엘 자주 드나들어, 시아버지 윤 직원 영감의 귀염을 일쑤 받고, 외동서 고 씨의 성미를 맞추기에 노력을 하고, 서울아씨나 이 두 (남편의) 며느리와도 사이가 좋습니다. 능한 외교수완을 지니고 있는 게 분명한데, 그러고서도 기생으로 세월이 없었다니 좀 이상은 합니다마는, 실상인즉 그러니까 윤 주사 같은 봉을 잡았지요.

옥화는 언제고 여학생 차림을 합니다. 기생의 여학생 차림이란 어딘지 좀 빤지르르한 게 암만해도 프로 취(직업취)가 흐르기는 하는 것이지만, 당자들은 그걸 교정할 용기가 없어, 옥화도 그 본에 그 본입니다. 그래도 옥화 저더러 말하라면 기생은 일시 액운이었고, 인제 다시 예대로 여학생 저를 찾은 것이랍니다.

"두 동세분이 바누질을 하시는군?"

옥화는 영락없이 눈으로 웃으면서, 깍듯이 며느리들더러 허우를 하여, 어서 오시라고 일어서는 인사를 맞대답합니다.

"……그새 다아 안녕허시구?"

옥화는 손에 사 들고 온 과자 꾸러미를 내놓으면서 주객 셋이 둘러앉습니다.

"무얼 오실 때마다 늘 이렇게…… 허긴 잘 먹습니다마는!"

박 씨가 치하를 합니다. 미상불 옥화는 언제고 빈손으로 오는 법은 없습니다.

"잘 자시니 좋잖우? 호호…… 그런데 저어, 새서방 소식이나 들었수?"

이건 조 씨더러 가엾어하는 기색으로 묻는 말!

"내가 그이 소식을 알다간 서쪽에서 해가 뜨라구요?"

"원 저를 어째! …… 부부간에 의초가 그렇게 아니 좋아서 어떡허우!"

"어떡허긴 무얼 어떡해요! …… 날, 잡아먹기밖에 더 허까!"

"아이, 숭헌 소릴……."

옥화는 박 씨가 풀어놓는 비스킷을 저도 하나 집어넣으면서

"……그 얌전한 서방님이, 어째 색신 마댄담? …… 그 아우형제가 둘이 다아 얌전하기야 조옴 얌전한가! …… 아이 참, 어디 나갔수?"

"누가, 요?"

박 씨는 무슨 소린지 몰라 뚜렛뚜렛합니다.

"누구라니 새서방 …… 경손 아버지 말이지……."

"그이가 오기나 했나요?"

"오기나 하다께? …… 아, 온 줄 몰루?"

"네에."

"어쩌나!"

"왔어요?"

"오기만! …… 아까 저어, 아따 우미관 앞에서 만난걸…… 그리구 언제 왔느냐니깐 아침 차루 왔다구, 그 말꺼정 했는데!"

"그래두 집엔 아니 왔어요!"

"어쩌나! …… 저거 야단났군! 호호."

"야단날 일이나 있나요! …… 아마 볼일이 바빠서 미처 집엔 들를 틈이 아니 난 게죠."

속은 어떠했던지 박 씨는 그래도 이만큼 사람이 둥글고 덕이

있습니다.

세 여자는 잠깐 말이 없이 잠잠합니다. 시방 박 씨는 남편 종수가 분명 어디 가서 난봉을 피우고 있으려니, 그래도 올라는 왔으니까 얼굴이라도 뵈기는 하겠지, 이런 생각을 혼자 하고 있고, 옥화는 옥화대로 긴한 사무가 있어, 인제는 이만해도 마을 나온 증거는 만들어놓았으니까 조금만 더 있다가 정작 가볼 데를 가보아야 하겠다는 생각을 하고 있고.

그리고 조 씨는, 옥화의 백금반지야 금반지야 다이아반지가 요란한 고운 손길이며 진짜 비단으로 휘감은 옷이며를 골고루 여새겨 보면서, 논다니요 첩데기란 아무래도 이렇게 제 티를 내는 법이니라고, 에이 더럽다고 속으로 비웃고 있습니다.

그러나 진실로 그 속의 속을 캐고 볼 양이면 조 씨는, 옥화가 그렇듯 좋은 패물이며 값진 옷을 입고 예쁘게 단장을 하고서 한가로이 마음 편히 놀러 다니는 팔자가 부러워 못 견딥니다.

부러웠고, 부러우니까는 오기가 나고, 그래 앙앙한 오기가 바싹 마른 교만을 부리던 것입니다.

이편, 경손이는 다뿍 불평스러운 얼굴을 위정 만들어가지고 안방으로 들어옵니다.

서울아씨와 태식이의 두 가수는 여전히

"……헤야, 하징 아니하고오!"

의 《추월색》 오페라와

"비—, 비—가 오—오. 모—모—가 모—가 자—자—라 자—라오."

의 맹꽁이 음악을 끈기 있게 쌍주하고 있습니다.

경손이는 심상찮이 불평스러운 얼굴은 얼굴이라도, 일변 매우 조심성 있게 서울아씨가 누웠는 옆에 가 앉습니다.

"그게 무슨 책이죠?"

"《추월색》이란다."

서울아씨는 긴치 않다고 이맛살을 약간 찌푸립니다.

그러나 경손이는 더욱 은근합니다.

"퍽 재밌죠?"

"그렇단다!"

"그럼 나두 한번 봐예지!"

경손이는 혼자 중얼거리고는, 한참 있다가 또!

"……전 서방, 저녁 다아 먹었나? …… 대고모가 아까 차려 내보낸 게 전 서방 밥상이죠?"

서울아씨는 속이 뜨끔했으나, 겉만은 아무렇지도 않게 경손을 바라봅니다.

"그렇단다…… 왜 그러니?"

"아뇨, 밥 다 먹었으믄 나가서 돈 좀 달라구 하게요."

"……."

서울아씨는 아까 대복이의 저녁 밥상을 차리러 나서느라고 저도 모르게 일으킨 이변을 비로소 깨달았으나, 그래서 속이 뜨끔했던 것이나, 경손이가 막상 눈치를 채지는 못한 것 같아서 적이 마음이 놓였습니다.

그러나 아직 완전히 안심은 할 수가 없어 좀 더 속을 떠보아야 하겠어서, 슬며시 오페라를 중지하고 짐짓 제 말 나오는 거동을 살피려 드는데, 경손이는 연해 혼잣말로 두런두런

"에이! 고 재—리, 깍쟁이!"

"……."

"고거, 죽어버렸으믄 좋겠어!"

"……."

"그중에 그따위가 병신이 지랄하더라구, 내 참!"

"……."

"아, 글쎄 대고모!"

"왜?"

"아, 대복이 녀석이, 말이우……."

"그래서?"

"내 참! …… 내 인제, 마구 죽여놀 테야!"

"아—니, 왜 그래? 무어라구 욕을 하든?"

"욕은 아니라두, 욕보다 더한 소리지 머!"

"무어랬길래 그래?"

"아, 고 병신이, 밤낮 절더러, 대고모 말을 하겠지! 망할 자식 같으니라고!"

서울아씨는 얼굴이 화끈 다는 것을 어찌하지 못했습니다.

"무어라구 내 말을 한단 말이냐?"

"머, 별소리가 많아요! 느이 대고모님은 참 얌전한 부인네라구, 그런 소리두 하구…… 또오……."

"또오?"

"퍽 불쌍하다구…… 소생이 무언지, 소생이라두 하나 있었더라믄 그래두 맘이나 고난치 않았을걸, 어쩌구 그런 소리두 하구……."

"주제넘은 사람두 다아 보겠다! 제가 무엇이 대껴서 날 가지구 그러네 저러네 해?"

말의 뜻에 비해서는 악센트가 그다지 강경하진 않습니다. 대복이를 꾸짖자기보다, 경손이한테 발명이기가 쉽지요.

"그러게 말이에요…… 내 인제, 다시 그따위 소릴 하거던 마구 그냥 죽여놀 테에요!"

"……."

"큰사랑 할아버지께 고해서, 아주 밥통을 떼어놓던지…… 망할 자식! 상놈의 자식이!"

"경손아?"

서울아씨는 긴장한 태를 아니 보이느라고 내려놓았던 《추월색》을 도로 집어 들면서 경손이를 부르는 음성도 대고모답게 상냥하고도 위의가 있습니다.

경손이의 대답 소리도 거기 알맞게 대단히 삼가롭습니다.

"너, 애여 남허구 시비할세라?"

"네에."

"대복이가 했단 소리가, 다아 주저넘구 하긴 하지만, 넌 아직 어린애니깐 남하구 시빌 하구 그래선 못써요! …… 좀 귀에 거실리는 소릴 하더래두 거저 들은 숭 만 숭하는 것이지, 응?"

"네에."

"그리구, 그런 되잖은 소리 들었다구, 이 사람 저 사람한테 옮기지두 말구…… 그따위 소린 한 귀루 듣구 한 귀루 흘려버릴 소리 아냐?"

"네에, 아무더러두 얘기 아니 허께요!"

경손이는 푸시시 일어서고, 서울아씨는 도로 오페라를 계속하려고 합니다.

"밥이나 다아 먹었나? 작자가!"

경손이는 혼자 중얼거리면서 미닫이를 열다가 짐짓 머뭇머뭇하는 체하더니

"대고모?"

하고 어렵사리 부릅니다.

"왜?"

"저어, 저녁이라 말하기가 안돼서 그러는데요!"

"그래?"

"내일 대복이한테 타서 도루 가져다 드리께, 저어, 돈 이 원만!"

"돈은 이 원씩이나 무엇에 쓰니?"

"좀 살 게 있어서 그래요!"

서울아씨는 더 묻지도 않고 일어서더니 의걸이를 열쇠로 열고는 속서랍에서 일 원짜리 두 장을 꺼내다가 줍니다.

대체 서울아씨가 다른 사람도 아니요, 경손이한테 돈을 이 원씩이나 주다니, 그것 또한 이변이 아닐 수 없습니다. 오늘 저녁처럼 경손이가 서울아씨를 존경(?)하고 서울아씨는 경손이한테 상냥하게 굴고 한 적도 물론 전고에 없는 일이고요.

"내일 대복이한테 타서 드리께요?"

경손이는 두 손 받쳐 돈을 받고, 서울아씨는 그 소리를 도리어 나무람 하되

"내가 네게다가 돈 취해줄 사람이더냐? …… 그런 소리 말구, 가지구 가서 써요!"

다 이렇습니다.

가령 받고 싶더라도 아니 받을 생각을 해야지요. 살쾡이가 닭 물어다 먹고서 값는 법 있나요.

경손이는, 네에 그러겠습니다고, 더욱 공손히 대고모 안녕히 주무세요란 인사까지 한 후에 마루로 나오더니 안방에다 대고 혓바닥을 날름, 코를 실룩, 눈을 깨끗, 오만 양냥이 짓을 다 합니다.

구두를 신노라니까 등 뒤에서 마루의 괘종이 아홉시를 칩니다.

아홉시면 지금 가더라도 〈모로코〉밖에 못 볼 텐데 어쩔꼬 싶어 작정을 못 한 대로 나가기는 나갑니다. 아무튼 나가보아서 영화를 보든지, 영화는 내일 밤으로 미루고 동무를 불러내어 그 돈이 원을 유흥을 하든지 하자는 것입니다.

안대문은 잠겼고, 그래 사랑 중문으로 가는데 큰사랑에 춘심이가 와서 있는 것이 미닫이의 유리쪽으로 얼핏 들여다보였습니다.

경손이는 잠깐 서서 무엇을 생각하다가, 잠자코 대문 밖으로 나가더니 조금만에 되짚어 들어오면서

"삼남아?"

하고 커다랗게 부릅니다. 삼남이는 벌써 십오분 전에 잠이 들었으니까 대답이 없고, 대복이가 건넌방 앞문을 열고 내다봅니다.

"여기 춘심이라구 왔수? 어떤 여편네가 대문 밖에서 좀 불러 달래우!"

경손이는 대단히 성가신 심부름을 하는 듯이 볼멘소리로 투덜거려놓고는, 이내 돌아서서 씽씽 나가버립니다.

대복이가 전갈을 하기 전에 춘심이는 제 귀로 알아듣고 뛰어나와서 납작 구두를 신는 둥 마는 둥 대문 밖으로 달려 나옵니다.

대복이나 윤 직원 영감은 경손이가 하던 소리를 곧이를 들은

건 물론이요, 춘심이도 깜빡 속아 제집에서 누가 부르러 온 줄만 알았습니다.

춘심이는 대문 밖으로 나가서 문등이 환히 비치는 골목을 둘레둘레, 왔으면 어머니가 왔을 텐데 어디로 갔는고, 하고 밟아 나옵니다.

마침 옆으로 빠진 실골목 앞까지 오느라니까, 경손이가 그 안에서 기침을 합니다.

춘심이는 비로소 경손한테 속은 줄을 알고는 골딱지가 나려다가 생각하니 반가워, 해뜩해뜩 웃으면서 쫓아갑니다. 경손이도 말없이 웃고 섰습니다.

"울 어머니 어딨어?"

"느이 집에 있지, 어딨어?"

"난 몰라! …… 들어가서 영감님더러 일를걸?"

"머야? …… 흥! 연앨 톡톡히 하시는 모양이군? …… 오래잖아 우리 큰사랑 할머니 한 분 생길 모양이지?"

"몰라이! 깍쟁이……."

춘심이는 마구 보풀을 내떱니다. 속이 저린 탓으로, 경손이가 혹시 아까 윤 직원 영감과 반지 조건을 가지고 연애 계약을 하던 경과를 죄다 듣고서 저러는 게 아닌가 싶어, 젖내야 날값에 그래도 계집애라고 그런 연극을 할 줄 알던 것입니다. 게나 가재는, 나면서부터 꼬집을 줄 알 듯이요.

"……머, 내가 누구 때문에 밤낮 여길 오는데 그래…… 늙어빠지구 귀인성 없는 영감님이 그리 좋아서? …… 남 괜히 속두 몰라주구, 머……."

춘심이는 제가 지금 푸념을 해대는 말대로, 늙어빠지고 귀인성 없는 윤 직원 영감이 결단코 좋아서 오는 게 아니라, 윤 직원 영감한테 오는 체하고서 실상은 경손이를 만나러 온다는 게, 그게 정말인지 아닌지는 춘심이 저도 모르는 소립니다. 아마 보나 안 보나 윤 직원 영감과 경손이를 다 같이 만나러 오는 것이기 십상일 테지요.

그러나 시방 이 경우 이 자리에서는 단연코 경손이 때문에 온다는 것으로, 팔팔 뛰지 않지 못할 만큼 춘심이도 본시, 그리고 벌써, 계집이던 것입니다. 천하의 계집치고서, 멍텅구리 외에는 남자를 속이지 않는 계집은 아마 없나 보지요?

춘심이는 윤 직원 영감한테 다니기 시작한 지 세 번째 만에 경손이를 알았습니다.

석양쯤 해선데, 춘심이가 윤 직원 영감이 있으려니만 여겨 무심코 방으로 쑥 들어서니까, 커—다란 윤 직원 영감은 간데없고, 웬 까까중이의 죄꼬만 도련님이 연상 앞에서 라디오를 만지고 있었습니다.

좀 무색했으나, 고 도련님 예쁘게도 생겼다고, 함께 동무해서 놀았으면 좋겠다고 생각했습니다.

경손이는 뚱뚱보 영감한테 들켰나 해서 깜짝 놀랐으나, 이어 아닌 걸 알고, 한데 요건 또 웬 계집앤고 싶어 춘심이를 마주 짯짯이 쳐다보았습니다.

전에 이 큰사랑에 오던 계집애는 이 계집애가 아닌데…… 그것들은 모두 빌어먹게 보기 싫었는데…… 요건 어디서 깜찍하니 고거 예쁘게는 생겼다…… 동무해서 놀았으면 좋겠다…… 경손이 역시 이렇게 생각했습니다.

연애에는 소위 퍼스트 임프레션이라는 게 제일이라구요. 과연 둘이 다 같이 첫인상이 만점이었습니다.

그래, 하나는 문지방을 잡고 서서, 하나는 라디오의 스위치를 잡고 앉은 채 한참이나 서로 쳐다보았습니다. 그러다가 경손이가 먼저

"너, 누구냐?"

하면서 눈에 나타난 호의와는 다르게 텃세하듯 따지고 일어섭니다.

"넌, 누구냐?"

춘심이 역시 말소리는 강경합니다. 적어도 이 댁에서 제일 어른이요 제일 크고 뚱뚱한 영감님, 그 어른한테 다니는 낸데, 제까짓 것 까까중이 도련님이면 소용 있느냔 속이겠다요.

경손이는 장히 시쁘다고, 바짝 다가와 춘심이를 들여다봅니다.

"그래, 난 이 댁 되련님이다!"

"피이…… 되련님이 아니구 영감님이믄 사람 하나 굿힐[135] 뻔했네!"

"요 계집애 검방지다!"

"아니믄? …… 병아리 새끼처럼 텃셀 해요!"

"요것 보게…… 너 요것, 주먹 하나 먹구퍼?"

"때리믄 제법이게?"

"정말?"

"그래!"

135 죽게 하다.

"요—걸!"

경손이가 번쩍 들이대는 주먹이 코끝으로 육박을 해도 춘심이는 꼼짝 않고 서서 웃습니다. 웃음도 나름이지만, 이건 호의가 가득한 웃음입니다.

"하하, 고거 야!"

경손이는 주먹을 도로 내리면서 좋게 웃습니다. 역시 춘심이처럼 호의가 가득한 웃음입니다.

"왜 안 때려?"

"울리믄 쓰나!"

"내가 울어?"

"네 이름이 무어지?"

"알면서 물어요!"

"내가, 알아?"

"그—럼!"

"내가?"

"너—너— 하는 건 무언데?"

"오옳지! 너라구 했다구! 하하하…… 그럼, 아가씨 존함이 누구시오?"

"누가 아가씨랬나? 해해해……."

"하하하…… 무어냐? 이름이……."

"춘, 심……."

"응, 춘심이…… 그리구, 나인?"

"열다섯 살……."

"하! 나허구 동갑이다!"

"정말?"

"응!"

"이름은?"

"경손 씨."

"경손 씨? …… 활동사진 배우 이름 매니야……."

"안돼! 되련님 이름을 그런 데다가 빗대다니……."

"피이!"

"그래두!"

"어쩔 테야?"

"한 대 먹구 싶어?"

경손이는 또 주먹을 들이댑니다. 그러나 그게 아까 먼저보다는 도리어 무름하건만, 무름할 뿐더러 정말 때릴 의사가 아닌 줄을 빠안히 알면서도 춘심이는 허겁스럽게 엄살 엄살, 다시 안 그런다고 항복을 합니다.

"다신 안 그러기다?"

"응!"

"응…… 그리구……."

"무어?"

"아—니…… 참, 너두 기생이냐?"

"응!"

"요릿집이두 댕기구? 응, 인력거 타구?"

"응!"

"그리구서?"

"무얼?"

"인력거 타구, 요릿집이 가서?"

"손님 앞에서 소리두 하구, 술두 치구……."

"그리구?"

"다— 놀믄 인력거 타구 집으로 오구……."

"그거뿐?"

"뿐!"

"돈은? 아니 받구?"

"왜 안 받아!"

"얼마?"

"한 시간에 일 원 오십 전……."

"꽤다! …… 몇 시간이나?"

"대중없어……."

"갈 땐 이렇게 입구 가니?"

"야단나게? …… 쪽 찌구 긴치마에 보선 신구 그리구……."

"하하하."

"해해해."

이때 마침 대문간에서 윤 직원 영감의 기침 소리가 들려, 이 장면은 그대로 커트가 됩니다. 그러나 경손이는 총총히

"저—기, 뒤채 내 방으루 놀러 오너라, 응? 꼭……."

하고, 부탁하기를 잊지 않았습니다.

그 뒤로부터 두 아이의 연애는 급속도로 발전을 해갔습니다. 무대는 이 집의 뒤채 경손이의 방과, 영화 상설관과 안국동에 묘한 뒷문이 있는 청요릿집과, 등이구요.

그사이에 경손이는 춘심이한테 코티의 콤팩트와 향수 같은 것

을 선사했고, 춘심이는 하부다이[136] 손수건에다가 그다지 출 수는 없으나 제 솜씨로 경손이와 제 이름을 수놓아서 선사했습니다. 두 아이의 대강 이야기가 그러했습니다. 그리고 다시, 오늘 밤으로 돌아와서 실골목의 장면인데…….

경손이는 춘심이가 너무 억울해하니까, 그를 믿고(믿고 안 믿고가 아니라 도시에 의심을 했던 게 아니었으니까요) 아무려나 농담이 과했음을 속으로 뉘우쳤습니다.

아마 인간이라고 생긴 것이면, 사내치고서 계집한테 속지 않는 녀석은 없나 보지요.

"극장 가자……."

경손이는 이내 잠자코 섰다가 불쑥 하는 소립니다.

이 기교 없는 기교에, 정말 아닌 노염이 났던 춘심이는 단박 해해합니다. 가령 정말로 성이 났었더라도 그러했겠지마는요.

"늦었는데?"

"괜찮아."

"영감님?"

"그걸 핑곌 못 해?"

춘심이는 좋아라고 연신 생글뱅글, 사랑으로 들어가더니, 대뜰에 올라서서

"영감님? 나, 집이 가봐야겠어요!"

합니다.

"오—냐!"

136 부드럽고 윤이 나는 순백색 비단이란 뜻의 일본어.

윤 직원 영감의 허—연 수염이 미닫이의 유리쪽을 방 안에 가리며 내다봅니다.

"……누가 불르러 왔더냐?"

"네…… 우리 아버지가 아푸다구, 어머니가 왔어요!"

"그렇거들랑 어서 가보아라…… 거, 무슨 병이 났단 말이냐?"

"모르겠어요. 갑자기 그냥……."

"그럼 무엇 먹은 게 체히여서 곽란이 났넝가 부구나?"

"글쎄, 잘 모르겠어요!"

"어서 가부아라…… 그리구, 곽란이거던 와서 약 가져가거라…… 사향소합환 주께."

"네."

"어서 가부아라…… 그리구 내일 낮에 올라냐? 반지 사러 가게……."

"네."

"꼭 올 티여?"

"네, 꼭 와요!"

"지대리마? …… 반지 꼭 사주마?"

"네…… 안녕히 주무세요?"

"오—냐…… 너 혼자 가겄냐?"

"아이! 괜찮아요!"

"무섭거던 삼남이 데리구 가구!"

"무섭긴 무엇이 무서요!"

"그럼 어서 가보구, 내일 오정 때쯤 히여서 꼭 오니랭? 반지 사러 진고개 가게, 응?"

"네."

"잘 가거라, 응!"

"네, 안녕히 주무세요!"

"오—냐, 어서 가거라…… 그리구, 내일 반지 사러 가자?"

반지 소리가 들이 수없이 나오나 봅니다.

걱정도 되겠지요. 제 아범이 병이 났다니, 그게 중해서 내일 혹시 오기가 어렵게 되면 또다시 연애를 연기해야 할 테니까요.

그 육중스러운 임시 첩 장인을 위해, 중값 나가는 사향소합환을 주마는 것도 과연 근경속이 그럴듯하기는 합니다.

아무려나 이래서 조손간에 계집애 하나를 가지고 동락을 하니 노소동락일시 분명하고, 겸하여 규모 집안다운 계집 소비 절약이랄 수도 있겠습니다.

그렇지만, 소비 절약은 좋을지 어떨지 몰라도, 안에서는 여자의 인구가 남아돌아가고 (그래 한숨과 불평인데) 밖에서는 계집이 모자라서 소비 절약을 하고 (그래 칠십 노옹이 예순다섯 살로 나이를 야바위도 치고, 열다섯 살 먹은 애가 강짜도 하려고 하고) 아무래도 시체의 용어를 빌려 오면, 통제가 서지를 않아 물자 배급에 체화와 품부족이라는 슬픈 정상을 나타낸 게 아니랄 수 없겠습니다.

12. 세계 사업 반절기半折記

역시 같은 날 밤이요, 아홉시가 한 오분가량 지나섭니다. 그러니까 방금 창식이 윤 주사의 둘째 첩 옥화가 계동 큰댁에를 들렀다가 며느리뻘 되는 뒤채의 두 새댁들과 말말끝에, 집에는 얼굴도 들여놓지 않은 종수를, 아까 낮에 우미관 앞에서 만났다는 그 이야기를 하고 있는 그 시각과 거진 같은 시각입니다.

과연, 그리고 공교롭게도, 그 시각에 종수는 그의 병정인 키다리 병호의 인도로 동관 어떤 뚜쟁이 집을 찾아왔습니다.

종수는 새삼스럽게 소개할 것도 없이, 만석꾼 윤 직원 영감의 맏손자요, 창식이 윤 주사의 맏아들이요, 경손이의 아범이요, 윤씨네 가문 빛내는 큰 사업의 제일선 용사 중 한 사람으로서 군수 운동을 하느라고 고향에 내려가 군 고원[137]을 다니는 사람이요, 그리고 장차 경찰서장이 될 동경 어느 대학 법학과 학생 종학의 형이요, 이러한 그 종숩니다. 주욱 꿰어놓구 보니 기구가 대단하군요. 뭐, 옛날 지나 땅의 주공周公이라던지 하는 사람은, 문왕의 아들[文王之子]이요, 무왕의 동생[武王之弟]이요, 시방 임금의 삼촌[今王之叔父]이요, 이렇대서 근본 좋고 팔자 좋고 권세 좋고 하기로 세상 우두머리를 쳤다지만, 종수의 기구도 그 양반 주공을 능멸하기에 족할지언정 못하지는 않겠습니다. 이렇듯 몸 지중한 종수가 어디를 가서 오입을 하면 못 해, 하필 구접스레한 동관의 뚜쟁이 집을 찾아왔을까 마는 거기에는 사소한 내력과 곡절이 있던 것입니다.

종수는 시방 나이 스물아홉, 생김생김은 이 집안의 혈통인 만큼 헤멀끔하니, 어디 한군데 야무지게 맺힌 데가 없고, 좋게 보아야 포류의 질[138]입니다. 혹시 눈먼 관상쟁이한테나 보인다면, 널찍

137 관청에서 사무를 돕기 위하여 두는 임시 직원.
138 잎이 일찍 떨어지는 연약한 나무라는 뜻으로, 갯버들처럼 약한 체질을 이르는 말.

한 그의 얼굴과 훤하니 트인 이마에 만석이 들었다고 할는지 모르지요. 하기야 또 시체는 상학相學도 노망이 나서, 꼭 빌어먹게 생긴 얼굴만 돈이 붙곤 하니까 종작할 수가 없지마는요.

열일곱에 서울로 공부를 올라와서 입학시험을 친다는 것이 단박 낙제를 했습니다. 그대로 주저앉아 강습소 나부랭이를 다니면서 준비를 하는 체하다가 이듬해 다시 시험을 치렀으나 또 낙제…….

열아홉 살에 세 번째 낙제, 그리고 다시 그 이듬해 스무 살에는, 스무 살이나 먹어가지고 열서너 살짜리 조무래기들과 섭슬려 입학시험을 칠 비위도 없거니와 치자고 해도 지원부터 받아주질 않았습니다.

그해 그러니까 기사년에 종수의 아우 종학이 삼 년 동안 줄곧 낙제를 한 형의 분풀이나 하는 듯이 우등 성적이요 겸하여 첫째로 ××고보에 입학이 되었습니다.

이때는 벌써 온 집안이 서울로 반이[139]를 해 왔고, 한데 종수는 일이 그 지경이고 보니 어디로 얼굴을 두르나 부끄러운 것뿐, 일변 또 공부 따위는 애초에 하기가 싫던 것이라 아주 작파를 해버렸습니다.

명색이나마 공부를 작파하고 나서는 돈냥이나 있는 집 자식이겠다, 할 노릇이란 빠안한 것, 그동안 조금씩 익혀온 술 먹기와 계집질에 아주 털어놓고 투신을 했습니다.

윤 직원 영감은 어린 손자 자식이, 그야말로 이마빽에 피도 안

139 짐을 날라 이사함.

마른 것이 주색에 빠졌으니 사람 버릴 것이 걱정도 걱정이려니와, 그보다는 소중한 돈을 물 쓰듯 해서 더욱 심화요, 그런데 그보다도 또 속이 상한 건, 크게 바라던 군수가 장마의 개울물에 맹꽁이 떠내려가듯 동동 떠내려가는 것이었습니다.

그러나 윤 직원 영감은 한 번 실패로 큰 목적을 단념할 사람이 아니었습니다. 그는 두루두루 남의 의견도 듣고 궁리도 해보고 한 끝에, 공부를 잘 시켜 고등관으로 군수가 되는 길은 글렀은즉, 이번에는 군 고원으로부터 시작하여 본관을 거쳐 서무주임으로, 서무주임에서 군수로, 이렇게 밟아 올라가는 길을 취하기로 했습니다.

고향의 군수와는 매우 임의로운 사이요, 또 도지사와도 자별히 가깝고 하니까, 종수를 군 고원으로 우선 앉혀놓고서 운동만 뒷줄로 잘하게 되면, 자아 본관이요, 네에 서무주임이요, 옜소 군수요, 이렇게 수울술 올라가진다는 것입니다.

과연 고향의 군수는 윤 직원 영감의 청대로 선뜻 고원 자리 하나를 종수에게 제공했을 뿐 아니라, 뒷일도 보장을 했습니다.

종수는 제가 군수가 되고 싶다기보다도, 일일이 감독이 엄한 조부 윤 직원 영감 밑에서 조심스럽게 노느니, 고향으로 내려가서 마음 탁 놓고 지낼 것이 좋아, 매삭 이백 원씩 가용을 타 쓰기로 하고, 월급 이십육 원짜리 군 고원이 되었던 것입니다. 그것이 꼬박 삼 년 전…….

그 삼 년 동안 윤 직원 영감이 자기 손으로 쓴 운동비가 꽁꽁 일만 원하고 삼천 원입니다. 그리고 종수가 운동비라는 명목으로 가져간 것이 이만 원 돈이 가깝습니다. 해서 도합 삼만 원이 넘습니다. 하기야 종수가 가져간 이만 원 돈은 그것이 옳게 제 구멍으로 들어갔는지 딴 구멍으로 샜는지, 알 사람이 드물지요마는…….

그러나 실상은 돈이 삼만여 원만 든 건 아닙니다.

종수가 가용으로 매삭 이백 원씩 가져갔으니 그것이 삼 년 동안 칠천여 원.

종수가 윤 직원 영감의 도장을 새겨가지고 토지를 잡혀 쓴 것이 두 번에 이만여 원이요, 그것을 윤 직원 영감이 일보日步[140] 팔 전씩 쳐서 도로 찾느라고 이만 오천여 원.

윤 직원 영감의 명의로(도장은 물론 가짜지요) 수형 뒷보증(우라가키)을 해 쓴 것을 여섯 번에 사만 원을 물어주고.

이 두 가지만 해도 칠만 원 돈인데, 그 칠만 원 가운데 종수가 제 손에 넣고 쓴 것은 다 쳐야 단돈 만 원도 못 됩니다. 윤 직원 영감으로 보면 결국 손자 종수에게 사기를 당한 셈인데, 그러므로 물어주지 않고 버틸 수도 없는 것은 아닙니다.

그러나 버티고 볼 양이면 종수가 징역을 가야 하니, 이면상 차마 못 할 노릇일 뿐만 아니라, 더욱이 바라고 바라던 군수가 영영 떠내려가겠은즉, 목마른 놈이 우물 파더라고, 짜나따나[141] 그 뒤치다꺼리를 다 하곤 했던 것입니다.

그래, 이것저것을 모두 합치면 돈이 십만 원하고도 훨씬 넘습니다.

윤 직원 영감은 하도 화가 나고 기가 막혀서, 이 잡아 뽑을 놈아 이놈아, 돈은 무엇에다가 그렇게 물 쓰듯 하느냐고, 번번이 불

140 날로 계산하여 일정하게 무는 이자.
141 잘 때나 깨어 있을 때나 언제든지.

러올려다가는 도둑놈 닭달하듯 조져댑니다.

그럴라치면 종수는 군수 운동비와 교제비로 쓴다고 합니다.

그렇거들랑 왜 나더러 달래다가 쓸 것이지, 비싼 고리대금업자의 변전을 내느냐고 한다 치면, 할아버지가 언제 돈 달라는 족족 주었느냐고 되레 떠받고 일어섭니다.

물론 윤 직원 영감은 곧이를 듣지는 않지만, 종수의 구실거리는 그만큼 유리했습니다.

해서 윤 직원 영감의 무서운 규모로 삼 년 동안에 십여만 원을 그 밑구멍에다가 들이민 것으로 보아 군수, 즉 양반이라는 것의 매력이 위대함을 알겠는데, 그러나 종수는 아직도 한낱 고원으로 있지, 그 이상 더 올라가지는 못했습니다. 월급만은 한 차례 삼 원이 승급되어, 이십구 원을 받지만요.

하니, 일이 매우 장황스러, 성미 급한 윤 직원 영감으로는 조바심이 나리라 하겠지만, 실상은 고원에서 본관까지 사 년, 본관에서 서무주임까지 삼 년, 서무주임에서 군수까지 다시 삼 년, 도합 십개년 계획이었기 때문에, 아직 유유히 운동을 계속하는 중입니다.

그 덕에 거드럭거리는 건 좋습니다. 군에 다니는 건 명색뿐이요, 매일 술타령에 계집질, 게다가 한 달이면 사오 차씩 서울로 올라와서는 뚜드려 먹고 놉니다. 돈은 물론 제집엣 돈을 사기해먹고, 또 그 밖에 중이 망건 사러 가는 돈이라도 걸리기만 하면 잡아써놓고 봅니다. 그랬다가 다급하면 그 짓, 제집 돈 사기를 해서 물어주든지, 직접 윤 직원 영감한테 운동비랍시고 빼젓이 돈을 타든지 합니다. 이번에 올라온 것도 그러한 일 소간입니다.

얼마 전에 군의 같은 동료가 맡아보는 돈 천 원을 돌려쓴 일이 있는데, 그 돈 채워놓아야 할 날짜가 이삼 일로 박두했고, 일변 술도 날씨 선선해진 판에 한바탕 먹어젖히고 싶고, 이참저참 올라왔던 것인데, 방위가 나빴던지 일수가 사나웠던지, 첫새벽 정거장에서 내리던 길로 일이 모두 꿀리기만 했습니다.

첫째, 어제 시골서 떠나기 전에 전보를 쳐두었는데 키다리 병호가 마중을 나오지 않았습니다. 돈을 얻재도, 술을 먹재도, 오입을 하재도, 종수는 그의 병정인 키다리 병호가 아니고는 꼼짝을 못합니다. 수형을 현금으로 바꾸어 오고, 요릿집과 기생을 분변을 시키고, 더러는 외상 요리의 교섭을 하고, 계집을 중매 서고, 이래서 종수가 서울서 노는 데는 돈보다도 더, 그리고 먼저 필요한 게 병호 그 사람입니다.

그렇기 때문에 미리서 전보까지 쳐두었던 것인데, 정거장으로 나오지를 않았습니다. 이건 병이 났거나 타관에를 갔거나 한 것이라고 낙심을 한 종수는, 그래도 막상 몰라 애오개 산비탈에 박혀 있는 병호의 집까지 찾아갔습니다.

역시 병호는 집에 없고 그의 아낙의 말이, 어제 낮에 잠깐 다녀온다고 나간 채 여태 안 들어왔다는 것입니다. 그렇다면 먼 타관에는 가지 않은 듯싶고, 그것이 적이 다행해서, 들어오는 대로 곧 만나게 하라는 말을 이른 뒤에, 언제고 서울을 올라오면 집보다도 먼저 찾아드는 ××여관에다가 우선 자리를 잡았습니다.

××여관에서 종수는 조반을 먹고 드러누워 늘어지게 한잠을 잤습니다. 간밤에 침대차가 만원이 되어 잠을 못 잔 것이 피곤도 하거니와, 이따가 저녁에 한바탕 놀자면 정력을 길러두는 것도 해롭진 않았습니다. 또 그러한 필요가 아니라도 병호가 없는 이

상, 막대를 잃어버린 장님 같아 저 혼자서는 옴낫[142]을 못 하니까, 낮잠이 제일 만만합니다.

한잠을 푹신 자고 나니까 오정이 지났는데, 병호는 그때까지도 오지 않았습니다. 종수는 또 한 번 애오개를 나갔다가 그만 허탕을 치고는 답답한 나머지 여기저기 그를 찾아다녀 보았습니다. 그러다가 우미관 앞에서 재수 없이 옥화를 만났던 것입니다.

종수가 도로 여관으로 돌아와서 네시까지 기다리다가 그만 질증이 나서, 다 작파하고 조부 윤 직원 영감한테 급한 돈 천 원이나 옭아내어가지고 내려가 버릴까, 내일 하루 더 기다려볼까 망설이는 판에, 키다리 병호가 터덜터덜 달려들었습니다.

"허! 미안허이!"

병호는 말처럼 긴 얼굴을 소처럼 웃으면서 방으로 들어섭니다.

"무얼 핥어먹느라구 밤새두룩 주둥일 끌구 다녔수?"

종수는 일어나지도 않고 버얼떡 누운 채, 전봇대 꼭대기같이 한참이나 올려다보이는 병호의 얼굴을 눈 흘겨주다가 한마디 비꼬던 것입니다. 남더러 전접스러운 소리를 잘하는 것도 아마 윤 직원 영감의 대부터 내림인가 봅니다.

그러나 그보다도 종수는 갈데없는 후레자식입니다.

한 것이, 병호와는 같은 고향인데, 나이 십오 년이나 층이 집니다. 십오 년이면 부집父執[143]이 아닙니까. 종수 제 부친 창식이 윤 주사가 마흔여섯이요 해서, 사실로 병호와는 네롱내롱하는[144] 사이니

142 '옴나위'의 북한어. 꼼짝할 만큼의 작은 움직임.
143 아버지의 친구로 아버지와 나이가 비슷한 어른을 높여 이르는 말.
144 서로 너나 하면서 터놓고 지내다.

까요.

그런 것을 글쎄, 절하고 뵙진 못할망정 버얼떡 자빠져서는 한단 소리가 무얼 핥아먹느라고 주둥이를 끌고 다녔느냐는 게 첫 인사니, 놈이 후레자식이 아니라구요.

하나 병호는 아주 이상입니다.

"머, 그저 모처럼 봉을 하나 잡았더니, 그놈을 뚜디려 먹느라구."

"그래서? …… 문밖 별장으루 나갔던 속이구면?"

"응."

"각시 맛두 봤수?"

"미친 녀석! 늙은 사람두 그런 것 바친다드냐?"

"아—무렴! 개가 똥을 마대지?"

둘이는 걸쭉하게 농지거리로 주거니 받거니 합니다. 그러니 결국 종수로 하여금 버르장머리가 없게 하는 것은 이편 병호가 속이 없고 농판스러운 탓이요, 그걸 받아주는 때문입니다.

그러나 남의 병정을 잘 서먹자면 그만큼이나 구—수하지 않고는 붙일상이 없겠으니 또한 직업인지라 어쩔 수 없다는 게 병호의 변명입니다.

"돈을 좀 마련해야 할 텐데?"

종수는 그제야 일어나더니 잔뜩 쪼글트리고 앉으면서 담배를 붙여 뭅니다.

"해보지…… 얼마나?"

병호의 대답은 언제나 선선합니다.

"꼭 천 원허구 또, 한 오백 원……."

"오늘루 써야 허나?"

"천 원은 내일 해전으루 되면 좋구, 오늘은 오백 원가량만……."

"해보지! …… 그렇지만 은행 시간이 지나서, 좀……."

"그러니까 진작 오정 때만 왔어두 좋았지! 핥어먹으러 싸아다니느라구……."

"허! 참, 잡놈이네! 비 올 줄 알면 어느 개잡년이 빨래질 간다냐? 네가 몇 시간만 더 일찍 전볼 치지?"

"긴소리 잔소리 인전 고만해두구, 어서, 어떻게 서둘러봐요!"

"날더러만 재촉을 하지 말구, 어서 한 장 쓰게그려!"

"그런데 이번은 말이죠……."

종수는 손가방에서 수형 용지를 꺼내가지고, 일변 쓰면서 이야깁니다.

"……이번은 와리[145]를 좀 더 주더래두 내 도장만 찍어야 할 텐데?"

"건 어려울걸! …… 그런데 왜?"

"아, 지난번에 논을 그렇게 해 쓴 거 일만 오천 원이 새달 그믐 아니오?"

"참, 그렇지…… 그런데?"

"그런데 그거가 뒤집어지기 전에 이거가 퉁겨서 나오구, 그리구서 얼마 아니 있다가 또 그거가 나오구, 그래노면 글쎄 한 가지씩 졸경을 치루기두 땀이 나는데, 거퍼 두 가지씩!"

종수는 쓰던 만년필을 멈추고 혀를 날름날름하면서 고개를 내두릅니다. 졸경을 치른다는 것은 빚쟁이한테 직접 단련이 아니

145 '할당'을 뜻하는 일본어.

라, 조부 윤 직원 영감한테 말입니다.

"그렇잖우? 드뿍 큰 목아치는 크게 해먹은 맛으루나 당한다구, 요것 이천 원짜리 때문에 경은 곱쟁일 치긴 억울해!"

"그두 그렇긴 허이마는……."

병호는 깜작깜작 생각을 하다가는 종수가 도장까지 찍어 내놓는 이천 원 액면의 수형을 집어 듭니다. 아무리 가짜 도장일 값에 윤두섭이의 뒷보증이 없는, 단부랑지자 윤종수의 수형을 가지고 돈을 얻다께 하늘서 별 따깁니다.

"좀 어렵겠는데에……."

병호는 수형을 만지작만지작, 그 기다란 윗도리를 앞뒤로 끄덕끄덕 연신 입맛을 다십니다.

"쉬울 테면 왜 온종일 당신 기대리구 있겠소? 잔소리 말구 어여 갔다가 와요!"

"글쎄, 가보긴 가보지만……."

병호는 수형을, 빛 낡은 회색 포라 양복 속주머니에다가 건사하고 일어섭니다.

"……가보아서 되면 좋구, 안 되면 달리 또 무슨 방도를 채리더래두…… 아무려나 기대리게……."

"꼭 돼야 해요! 더구나 한 사오백 원은 오늘 우선……."

"흥, 이거 말이지?"

병호는 씨익 웃으며 손으로 술잔 기울이는 흉내를 냅니다. 종수도 따라 웃습니다.

"참새가 방앗간을 그대루 지내우?"

"염려 말게…… 돈이 못 되면 외상은 못 먹나?"

"싫소, 외상은…… 그리고, 요릿집 간죠뿐이우?"

"각시두 외상 얻어줌세, 끙……."

"어느 놈이 치사하게 외상 오입을 하구 다니우?"

"난 없어 못 하겠더라!"

"양반허구 상놈허구 같은가?"

"양반은 별수 있다더냐?"

한 시간 안에 다녀오마고 나간 병호는, 두 시간 세 시간 눈이 빠지게 기다려놓고서 일곱시 반에야 휘적휘적, 그나마 맨손으로 돌아왔습니다.

윤 직원 영감의 뒷보증이 없어도 종수의 도장만 보고서 돈을 줄 사람이 꼭 한 사람 있기는 있고, 또 그 사람이면 소절수小切手[146]를 받아다가 현금과 진배없이 풀어 쓸 수가 있는 자린데, 세상 기고 매고 아무리 찾아다녀야 만날 수가 없다는 것입니다.

이것이, 따로이 슬그머니 욕심이 생겨가지고는, 짐짓 꾸며대는 농간인 것을 종수는 알 턱이 없습니다.

윤종수의 도장 하나를 보고서 수형을 바꾸어줄 실없는 돈장사라고는 이 천지에 생겨나지도 않았습니다. 병호는 그것을 잘 알고 있고, 그러면서도 어쩌면 될 듯한 눈치를 보이는 것은, 우선 수형을 쓰게 하자는 제일단의 공작이었습니다.

그 세 시간 동안 병호는 누구를 찾아다니기는커녕 제집으로 가서 편안히 누웠다가 온 것도, 그러니까 종수는 알 턱이 또한 없습니다.

146 수표.

"빌어먹을! …… 에이 속상해!"

종수는 슬며시 짜증이 나서 피우던 담배를 재떨이에 북북 비벼 던지고는 나가 드러누우면서 두런거립니다.

"……이럴 줄 알았으면 진작 아까 저물기 전에 집으루나 가서 할아버지께라두 말씀을 했지! 에이, 빌어먹을……."

은연중 병호가 늦게 온 칭원까지 하는 소립니다. 그러나 병호는 그 소리가 귀에 거슬리기보다는 일이 묘하게 얼려간대서 속으로 기뻐합니다.

"여보게?"

"……."

"여기다가 자네 조부님 도장 찍어서 우라가끼[147]하게."

"싫소! …… 다아 고만두고, 내일 할아버지께 돈 천 원이나 타서 쓰구 말겠소!"

"웬걸 주실라구?"

"안 주시면 고만두, 머…… 에잇, 속상해!"

"그렇게 있어두 고만, 없어두 고만일 돈이면 애여 왜 쓸려구를 들어?"

"남 속상하는 소리 말아요! 시방 돈 천 원에 여러 집 초상나게 된 걸 가지구……."

"허어! 그 장단에 어디 춤추겠나!"

"아—니, 할아버지 도장 찍구 우라가끼할 테니, 당장 돈 만들어 올 테요?"

147 '이서'를 뜻하는 일본어.

"열에 일곱은 될 듯하네마는…… 그러구저러구 간에, 여보게?"

"말 던지우!"

"만일 자네 조부님께 말씀을 해서 돈이 안 되면은 낭패가 생길 돈이라면서? 응?"

"낭패뿐이 아니우…… 내 온, 돈 고까짓 천 원 때문에 이렇게 속상하기라군 생전 츰이요!"

"그러니 말일세. 여그다가 우라가낄 해주면, 시방 나가서 주선을 해보구…… 하다가 안 되면 내일 해보구 할 테니깐, 자넬라커던 이놈은 꼭일랑 믿지 말구서, 내일 자네 조부님을 조르구. 그렇게 해서 두 군데 중에 되면은 좋잖은가?"

"아, 글쎄 이 당신아!"

종수는 답답하다고 벌떡 일어나 앉으면서 삿대질을 합니다.

"맨 츰에 내가 하던 소린, 한 귀루 듣구 한 귀루 흘렸단 말이요?"

"온 참! …… 저놈 논 잽혀 쓴 놈 일만 오천 원짜리허구 연거퍼 튕겨질 테니 안됐단 말이지?"

"이번 치가 먼점 뒤집어질 테니깐 더 걱정이란 말이랍니다요!"

"그러니깐 말이야. 이번 칠랑 이자나 주구서 두어 번 가끼가엘[148]하면 될 게 아닌가?"

"가끼가에? 누가 가끼가엘 해준대나?"

"아니 해줄 게 어딨나? 이자를 주는데 왜 아니 해주나?"

"그럼 그래보까? 히히."

종수는 별안간 싱겁게 웃으면서, 언제고 준비해가지고 다니는

148 '고쳐 쓰다'라는 뜻의 일본어.

윤 직원 영감의 도장으로 아까 그 수형에다가 뒷보증을 해놓습니다.

"되두룩 단돈 백 원이라두 현금을 좀 가지구 오시우?"

구두를 신고 있는 병호더러 부탁을 합니다.

"글쎄, 그렇게 해보지만……."

병호는 돌아서려다가 싱글싱글 웃습니다.

"……자네 거 기생 고만두고서 오늘 저녁일라컨 여학생 오입 하나 해볼려나?"

"여학생? …… 그 희떠운 소리 작작 허슈!"

"아냐! 내 장담허구 대령시킬 테니……."

"진짤?"

"아무렴!"

"정말?"

"허어!"

"아니면 어쩔 테요?"

"내 목을 비여 바치지!"

"그럼, 내기요?"

"내기하세! …… 그런데 진짜가 아니면 나는 목을 비여놓구…… 또오, 진짜면?"

"백 원 상급 주지!"

"그래, 내 오는 길에 다아 주문해놓구 오문세."

한 시간이 좀 못 되어서 돌아온 병호는 이번도 허탕이었습니다. 단골로 그새 거래를 하던 세 군데를 찾아갔는데, 하나는 타관에 가고 없고, 하나는 놀러 나갔고, 또 하나는 은행에 예금한 게 없어서 내일이나 입금시키는 형편을 보아야만 소절수라도 발행하겠다고 한다는 것입니다.

이것도 물론 꾸며대는 소리요, 동관의 뚜쟁이 집에 가서 노닥거리다가 오는 길입니다.

"그러면 내일 될 상두 부르군요?"

종수는 생각하던 바와 달라, 소갈찌도 내지 않습니다.

"글쎄?"

"안 될 것 같아?"

"그럴 게 아니라, 이 수형일랑 내게 두었다가, 내가 한 번 더 돌아다녀 볼 테니, 그렇지만 꼭 믿진 말구서, 자네 조부님한테 타내두룩 하게…… 그래야만 망정이지, 꼭 되려니 했다가 아니 되는 날이면 낭패가 아닌가? 지금두 오면서두 고옴곰 생각했지만, 그 남의 수중에 있는 돈을 얻어 쓴다는 게 무척 힘이 들구, 자칫하면 큰일을 잡치기가 쉬운 걸세그려! 아 오늘 저녁 일만 두구 생각해보게? 남의 돈을 믿었다가 이렇게 누차 낭패가 아닌가?"

근경 있이 타이르듯 하는 말에, 종수는 그렇겠다고 고개를 끄덕거립니다. 종수가 다소곳하니 곧이듣는 것을 보고 병호는 일이 열에 아홉은 성사라서 속으로 좋아 못 견딥니다.

병호는 그 이천 원짜리 수형을 제 주머니 속에 넣어두고 내놓지 않을 참입니다.

종수가 저의 조부 윤 직원 영감한테 돈을 타서 쓰면 이 수형은 소용이 없으니까, 대개는 잊어버리고 시골로 내려가기가 십상입니다. 또, 혹시 생각이 나서 찾더라도 포켓을 부스럭부스럭하다가

"아뿔싸! 간밤에 변소에 가서 휴지가 없어서 고만!"

이렇게 둘러댑니다.

만일 윤 직원 영감한테 돈을 타지 못하고, 불가불 수형을 이용해야 할 경우라도 역시 뒤지를 해 없앤 줄로 둘러대고서, 새로 수형을 쓰게 합니다.

그래 좌우간 그 수형은 제가 훌트려 쥐고 있다가, 일 할 오 부 할이를 뗀 일천칠백 원을 찾아서 집어삼킵니다.

삼켜도 아무 뒤탈이 없습니다. 우선 법적으로 따져서, 하나도 죄가 될 것이 없습니다. 그러나 도시 문제가 그렇게 커지질 않습니다.

그 수형이 나중에 윤 직원 영감의 수중으로 들어가서 필경 종수가 닦달을 당하기는 당하는데, 종수는 그것이 병호의 야바윈 줄 단박 알아내기야 하겠지만, 그의 사람 된 품이 저만 알고서 제가 일을 뒤집어쓰지 결코 그 속을 들춰내도록 박절하진 못한 사람입니다.

뿐만 아니라 그는, 의붓자식 옷 해 입힌 셈만 대지야고, 버릇없는 소리나 해가면서 역시 전과 다름없이 병호를 심복의 병정으로 부릴 것이요, 그것은 사람이 뒤가 없는 소치도 있겠지만 일변 아쉽기도 한 때문입니다.

더구나 일이 뒤집어지기 전에 병호가 미리서, 아 이 사람 종수, 다른 게 아니라 내가 목이 달아나게 급한 사정이 있어서 약시이만저만하고 이만저만했네. 그러니 어떡허려나? 날 죽여주게. 이렇게 빌기라도 한다면 종수는 그것을 순정인 줄 여겨 오히려 양복이라도 한 벌 해 입힐 것입니다. (옛날의 주공도 사람이 종수처럼 이렇게 어질었다구요?)

"자아, 어서 옷 입구 나서게!"

병호는 일천칠백 원을 먹어둔 바람에 속이 달떠서는 연신 싱글벙글, 종수를 재촉합니다.

"……내일 일은 내일 일이구…… 자아, 오늘 저녁일라컨 위선 산뜻한 여학생 오입을 속짜[149]루 한바탕 한 뒤에, 어디 별장으루 나가서 밤새두룩, 응?"

"돈두 없으면서 무얼!"

"걱정 말래두! 요릿집은 내가 다아 그읏두룩 할 테니깐 염려 없구, 여학생 오입은 십 원이면 쨌다 벗었다 하네!"

"십 원?"

"아무렴! …… 잔돈 얼마나 있나?"

"한 삼십 원 있지만!"

"됐어! 십 원은 여학생 오입채루 쓰구 이십 원은 요릿집 뽀이 행하루 쓰구, 머어 넉넉허이!"

"그 여학생이라는 게 밀가루나 아니우?"

"천만에! …… 글쎄, 목을 비여 바친대두 그러나?"

"더구나, 십 원이면 된다니, 유곽만두 못하잖아?"

"글쎄, 예서 우길 게 아니라, 좌우간 가보면 알 걸 가지구!"

"어디, 한번 속는 셈 대구!"

사맥이 다 이렇게쯤 되어서, 당대의 주공 종수가 이 동관의 뚜쟁이 집엘 온 것입니다.

폐병 앓는 갈빗대 여대치게 툭툭 불거진 연목[150]을 반자지도 아

149 여러 가지 물건 가운데 가장 긴요하고 알찬 물건.
150 서까래.

니요 거무튀튀한 신문지로 처덕처덕 처바른 얃디얃은 천장 한가운데 가서, 십삼 와트 전등이 목을 잔뜩 매고 높다랗게 달려 있습니다.

도배는 몇 해나 되었는지 하—얬을 양지가 노—랗게 퇴색이 된 바람벽인데, 그나마 이리저리 쓸려서 제멋대로 울퉁불퉁 떠이고 있습니다. 거기다가 빈대 피로 댓잎(죽엽)을 쳐놓았어야 제격일 텐데, 그 자국이 없는 것을 보면 사람이 붙박이로 거처를 않고, 임시 임시 그 소용에만 쓰는 게 분명합니다.

윗목으로 몇 해를 뜯이 맛을 못 보았는지, 차악 눌린 이부자리가 달랑 한 채, 소용이 소용인지라 잇만은 깨끗해 보입니다.

방 안에서는 눅눅한 습기와 곰팡냄새가 금시로 몸이 끈끈하게 시리 가득 풍깁니다.

이지러진 사기 재떨이 하나가 방 안의 유일한 가구요, 그것을 사이에 놓고 병호와 종수는 위아랫목으로 갈라 앉아 입맛 없이 담배를 피웁니다.

"멀쩡한 뚜쟁이 집이구면, 무엇이 달라요? 까치 뱃바닥 같은 소릴……."

종수는 이윽고 방 안을 한 바퀴 아까 처음 들어설 때처럼 콧등을 찡그리며 둘러보면서, 목소리 소곤소곤, 병호를 구박을 주던 것입니다.

"글쎄 뚜쟁이 집은 뚜쟁이 집이라두, 시방은 다르다니깐 그래!"

"다를 게 무어람! …… 여보, 나두 열여덟 살부터 다녀본 다아 구로오도[151] 야!"

"그땐 말끔 은근짜들뿐이지만, 시방은 이 사람아, 오는 기집들이 모두 상당허네! …… 여학생을 주문하면 꼭꼭 여학생을 대령시키구, 과불 찾으면 과불 내놓구, 남의 첩, 옘집 여편네, 빠스걸, 여배우, 백화점 기집애, 머어 무어든지 처억척 잡아 오지!"

"또 희떠운 소리를! …… 아니 그래, 과부면 과부라는 걸 무얼루다가 증명허우? 민적 등본을 짊어지구 오우? 여학생은 재학 증명설 넣구 오구, 빠스걸은 가방을 차구 오우?"

"허허허…… 그거야 그렇잖지만…… 아냐, 대개 맞긴 맞느니…… 그렇게 널리 한대서 요샌 뚜쟁이 집이라구 아녀구, 세계사업사라구 하잖나?"

"당찮은 소릴! 여보, 세계사업사란 내력이나 알구서 그리우?"

연전에 관훈동에 있는 어떤 뚜쟁이의 구혈을 경찰서에서 엄습한 일이 있었습니다. 연루자가 수십 명 잡혔는데, 차차 취조를 해 들어가니까, 그 조직이 맹랑할 뿐 아니라, 이름을 세계사업사라고 지은 데는 모두 깜짝 놀랐습니다. 물론 별 의미는 없고, 아마 취체[152]를 기이느라고 그런 엉뚱한 명칭을 붙였던 것이겠지요.

아무튼 그때부터 뚜쟁이 집을 어디고 세계사업사라고 불렀고, 시방은 한 개의 공공연한 은어가 되어버렸습니다.

종수가 그러한 내력을 설명하는 것을 듣고 앉았던 병호는

"허허, 날보담 선생이군!"

하면서 웃고 일어섭니다.

"……자아, 난 먼점 가서……."

151 '전문가'를 뜻하는 일본어.
152 규칙, 법령, 명령 따위를 지키도록 통제함.

"어디루?"

"××원 별장으루 먼점 나가서 이것저것 모두 분별을 해놓구 기대릴 테니, 자넬라컨 처억 재미 볼 대루 보구……."

"그럴 것 무엇 있소? 이왕이니 하나 더 불러오래서, 둘이 같이, 응? 하하하하?"

"허허허허…… 늙은 사람 놀리지 말구…… 그리구 참, 돈은 음식값 무엇 할 것 없이 십 원 한 장만 노파 손에다가 쥐여주구 나오게!"

"그러구저러구 간에, 진짜 여학생이 아니면 당신 죽을 줄 알아요! 괜히!"

"염려 말래두!"

병호는 마루로 나가더니 안방의 노파를 불러내어 무어라고 두어 마디 소곤소곤 이야기를 하고 나서 밖으로 나갑니다.

종수가 시계를 꺼내어 마침 아홉시 이십분이 된 것을 보고 있노라니까, 샛문을 배깃이 열고 노파가 담뱃대 문 곰보딱지 얼굴을 들이밉니다.

"한 분이 먼점 가세서 심심하시겠군!"

노파는 병호가 앉았던 자리로 가서 팔짱을 끼고 도사려 앉습니다.

"……아이! 그 새서방님 얼굴두 좋게두 생겼다! 오래잖아 색시가 올 테지만, 보구서 색시가 더 반하겠수, 호호오……."

언변이 벌써 뚜쟁이로 되어먹었고, 게다가 겉목을 질러 웃는 소리가 징그러울 만큼 능청스럽습니다.

"시방 온다는 게 정말 여학생은 여학생입니까?"

종수는 하는 양을 보느라고 말을 시켜놓습니다.

"온! 정말 아니구요! 아주 버젓한 고등학교 다니는 색시랍니다. 머, 밀가룰 가져다가 복색만 여학생으루 채려서 들여밀 줄 알구들 그리시지만, 아 시방이 어느 세상이라구 그렇게 속힐래서야 되나요! 정말 여학생이구말구요, 온!"

"버젓한 여학생이 어째 하라는 공분 아니허구서……."

"오온! 여학생은 멋 모르나요? 다아, 응? 멋이 들어서, 다아 심심소일루 다니는 색시두 있구, 또오 더러는 돈맛을 알구서 다니기두 허구…… 그렇지만 지끔 오는 색신 노상히 돈만 바라거나, 또 심심소일루 다니는 이가 아니랍니다! 그건 참, 잘 알아두시구, 너무 함부루 다루질라컨 마시우! 괜히……."

"그럼 무엇하러 다니는데요?"

"신랑! 신랑을 고르느라구 그래요. 꼬옥 맘에 드는 신랑을!"

"네에! 그래요오! 으응, 신랑을 고른다!"

"참, 인물인들 오죽 잘났어요. 머, 똑떨어졌죠."

"네에! 그렇게 잘났어요?"

"말두 마시우! 괜히, 담박 반해가지굴랑, 내일이래두 신식 결혼하자구 치마끈에 매달리리다! 호호호……."

"피차에 맘에 들면야 그래두 좋죠. 마침 장가두 좀 가구푸구 하던 참이니깐……."

"그렇게 뒷심을 보실 테거들랑 돈을 애끼지 말구서, 우선 오늘 저녁버틈이라두 척 돈을 좀 몇십 환 듬뿍 쓰세야죠! 그래야 다아 색시두!"

"지끔 오는 인 돈을 바라구 오는 게 아니라면서요?"

"온! 시방야 돈을 아니 바라지만서두, 신랑 양반이 다아 돈이 많구 호협허신 그런 인 줄은 알아야, 다아 맘이 당기죠!"

"옳아! 그두 그렇겠군요! …… 나인 몇이라죠?"

"온 어쩌나! 아, 말 탄 서방이 그리 급하랴구, 시방 곧 올 텐데, 호호, 미리서 반하셨구려! 호호호…… 올해 갓 스물이랍니다. 나이두 꼬옥 좋죠!"

마침 대문 소리가 삐그덕 나더니 자박자박

"기세요?"

하고 삼가로운 목소리가 들립니다.

"왔군!"

어느 결에 일어서서 샛문으로 나가려던 노파가 종수를 돌려다보고 눈을 찌긋째긋합니다.

종수는 저도 모르게 약간 긴장이 되어 바깥의 동정에 귀를 기울입니다. 그는 아까부터 노파의 하는 수작이 속이 빠안히 들여다보여, 역시 여학생이란 공연한 소리요, 탈을 쓴 밀가루기 십상이려니 하는 속치부는 하고 있으면서도, 급기야 긴장이 되는 것은 화류계 계집은 많이 다뤘어도 명색이 여학생은 접해보지 못한 그인지라, 얼마간 최면에 걸리지 않질 못한 탓이겠습니다.

노파는 밖으로 나가서 한참 소곤소곤하다가 이윽고 샛문이 열립니다.

"자아, 내가 정말을 했는지, 거짓말을 했는지 보십시오! 이렇게 빼젓한 여학생을 모셔 왔으니, 자아."

노파가 가려 서서 한바탕 장담을 치고 나더니

"……자아…… 어여 들어와요! 온 부꾸럽긴 무에 그리 부꾸럽담! 다아 신식 물 자신 양반들이, 자아……."

하고 또 한바탕 너스레를 떨면서 모로 비켜섭니다.

십여 년 화류계에서 놀며 치어난 종수도, 어쩐지 압기가 되는 듯, 이 장면에서만은 단박 얼굴을 들고 쳐다볼 담이 나질 않고, 마침 문턱 안으로 한 발 들여놓는 비단 양말을 신은 다리로부터 천천히 씻어 올라갑니다.

놀면한[153] 비단 양말 속으로 통통하니 살진 두 다리, 그 중간께를 치렁거리는 엷은 보이루의 검정 통치마, 연하게 물결치는 치마주름을 사풋 누른 손길, 곱게 끓긴 흰 저고리의 앞섶 끝, 볼록한 젖가슴에 맺어진 단정한 고름, 이렇게 보아 올라가는 종수는 어느덧 저를 잊어버리고, 과연 시방 순결을 의미하는 여학생을 맞느니라 싶은 일종의 엄숙한 기분에 잠겨갑니다.

필경 종수의 시선이 여자의 동그스름한 턱으로부터 얼굴 전체로 퍼지려고 하는데, 마침 저편에서도 외면했던 고개를 이편으로 돌리고, 돌려서 얼굴과 얼굴이 딱 마주치는 순간! 그 순간입니다.

"어엇!"

"아이머닛!"

소리는 실상 지르지도 못하고, 남녀는 동시에 숨이 막히게 놀랍니다. 종수는 앉은 자리에서 뒤로 벌떡 자빠질 뻔하다가 겨우 몸을 가누어 고개를 푹 숙이고, 계집은 홱 몸을 날려 마루를 쿵쿵, 구두는 신었는지 어쨌는지 대문을 왈카닥 삐그덕, 그다음에는 이내 조용하고 맙니다.

153 보기 좋을 만큼 알맞게 노르스름하다.

계집이 달아나자 종수는 정신을 차려 쫓기듯 세계사업사를 도망해 나왔습니다.

계집은 바로 창식이 윤 주사의(그러니까 즉 종수의 부친의) 둘째 첩 옥화였습니다.

종수는 사람이 밤에 불(광선)을 가진 것이 참으로 고맙고 다행스럽다는 것을 절절히 느끼면서, 자동차를 몰아 동소문 밖 ××원 별장으로 나왔습니다.

병호는 아직 기생도 나오기 전이라 혼자 달랑하니 앉았다가, 종수가 뜻밖에 일찍 온 것이 의아해 자꾸만 캐고 묻습니다.

종수는 부르댈 데 없는 울화가 나는 깐으로는, 아무튼 여학생은 아니었으니 목을 베어내라고 병호나마 잡도리를 해주고 싶었으나 그것도 객쩍은 짓이라서, 그저 온다는 그 여학생이 갑자기 병이 나서 못 온다는 기별이 왔기에, 또 마침 내키지도 않던 참이라 차라리 다행스러워 얼핏 일어섰노라고, 역시 종수 그 사람답게 쓸어 덮고 말았습니다.

13. 도끼 자루는 썩어도……

—즉 당세 신선놀음의 일척一齒句

동대문 밖 창식이 윤 주사의 큰 첩네 집 사랑, 여기도 역시 같은 그날 밤 같은 시각, 아홉시가량 해섭니다.

큰대문, 안대문, 사랑 중문을 모조리 닫아걸고는 감때사납게 생긴 권투할 줄 안다는 행랑아범의 조카 놈이 행랑방에 버티고 앉아 드나드는 사람을 일일이 단속합니다.

큼직하게 내기 마작판이 벌어졌던 것입니다. 벌어진 게 아니라 어젯밤부터 시작한 것을 시방까지 계속하고 있습니다.

십 전 내기로 오백 원 짱이니 큰 노름판이요, 대문을 단속하는 것도 괴이찮습니다. 그러나 암만해도 괄시할 수 없는 개평꾼은 역시 괄시를 못 하는 법이라, 한 육칠 인이나 그중 서넛은 판 뒤에서 넘겨다보고 있고, 서넛은 밤새도록 온종일 지키느라 지쳤는지, 머릿방[154]인 서사의 방에 가서 곯아떨어졌습니다.

삼칸 마루에는 빙 둘린 선반 위에 낡은 한서가 길길이 쌓였습니다. 한편 구석으로 고려자기를 넣어둔 유리장에다가는 가야금을 기대 세운 게 더욱 운치가 있습니다.

추사의 글씨를 검정 판자에다가 각해서 흰 뼁키로 획을 낸 주련이 군데군데 걸리고, 기둥에는 전통과 활…….

다시 그 한편 구석으로 지저분한 청요리 접시와 정종병들이 섭슬려 놓인 것은 이 집 차인꾼이 좀 게으른 풍경이겠습니다.

방은 양지 위에 백지를 덮어 발라 분을 먹인, 그야말로 분벽, 벽에는 미산美山의 사군자와 ××의 주련이 알맞게 벌려 붙어 있고, 눈에 뜨이는 것은 연상 머리로 걸려 있는 소치小痴의 모란 족자, 그리고 연상 위에는 한서가 서너 권.

소치의 모란을 걸어놓고 볼 만하니, 이 방 주인의 교양이 그다지 상스럽지 않을 것 같으면서, 방금 노름에 골몰을 해 있으니 속한이라 하겠으나, 이 짓도 하고 저 짓도 하고, 맘 내키는 대로 무

154 안방 뒤에 딸린 작은 방.

엇이든지 하는 게 이 사람 창식이 윤 주사의 취미랍니다. 심심한 세상살이의 취미…….

마작판에는 주인 윤 주사와, 그의 손위에 가서 부자요 마작 잘하기로 이름난 박뚱뚱이, 그리고 손아래에는 노름꾼 째보 이렇게 세 마작입니다.

모두들 얼굴에 개기름이 번질번질하고 눈곱 낀 눈이 벌겋게 충혈이 되었습니다.

윤 주사는 남풍 말에 시방 장가인데, 춘자 쓰거휘를 떠놓고, 통스 청 일색입니다.

팔통이 마작두요 일이삼 육칠팔 해서 두 패가 맞고, 사오와 칠팔 두 멘스에 구만이 딴 짝입니다. 하니 통스는 웬만한 것이면 무얼 뜨든지 방이요, 만일 육통을 뜨면 삼육구통 석자 방인데, 게다가 구통으로 올라가면 일기통관까지 해서 만지만관입니다.

윤 주사는 불가불 만관을 해야 할 형편인 것이, 오천을 다 잃고 백짜리가 한 개비 달랑 남았는데, 요행 이 패로 올라가면 사천이 들어와서 거진 본을 추겠지만, 만약 딴 집에서 예순 일백 스물로만 올라가도 바가지를 쓸 판입니다.

하기야 윤 주사는 그새 많이 져서 삼천 원 넘겨 폈고 하니, 한 바가지 더 쓴댔자 오백 원이요, 그게 아까운 게 아니라, 청 일색으로 만관, 고놈이 놓치기가 싫어 이 패를 기어코 올리고 싶은 것입니다.

패는 모두 익었나 본데, 손 위에서 박뚱뚱이가 씨근씨근 쓰모를 하더니

"헤헤, 뱀짝이루구나! 창식이 자네 요거 먹으면 방이지?"

하면서 쓰모한 육통을 보여주고 놀립니다.

내려오기만 하면 단박 사오륙으로 치를 하고서 육구통 방인데, 귀신이 다 된 박뚱뚱이는 그 육통을 가져다가 꽂고 오팔만으로 방이 선 패를 헐어 칠만을 던집니다.

"안 주면 쓰모하지!"

윤 주사가 쓰모를 해다가 훑으니까 팔만입니다. 이게 어떨까 하고 만지작만지작하는데, 뒤에서 넘겨다보고 있던 개평꾼이 꾹꾹 찌릅니다. 그것은 육칠팔통을 헐어 사오륙으로 맞추고 칠통 두 장으로 작두를 세우고 팔통 넉 장을 앙깡으로 몰고, 팔구만에 칠만변 짱 방을 달고서 팔통 앙깡을 개깡하라는 뜻인 줄 윤 주사도 모르는 게 아닙니다.

그러나 그렇게 한다면 가령 올라간다고 하더라도 청 일색도 아니요 핑호도 아니요, 겨우 멘젱 한 판, 쓰거훠 한 판, 장가 한 판, 도합 세 판이니, 물론 백짜리 한 개비밖에 안 남은 터에 급한 화망은 면하겠지만, 윤 주사의 성미로 볼 때엔 그것은 치사한 짓이요 마작의 도도 취미도 아니던 것입니다.

윤 주사가 팔만을 아낌없이 내치니까, 손위의 박뚱뚱이가 펄쩍 뜁니다. 육칠만을 헐지 않았으면 그 팔만으로 올라갔을 테니까요.

"내가 먹지!"

손아래서 노름꾼 째보가 육칠팔로 팔만을 치하는 걸, 등 뒤에서 감독을 하는 그의 전주가, 아무렴 먹고 어서 올라가야지 하고 맞장구를 칩니다. 째보는 윤 주사가 만관을 겯는 줄 알기 때문에 부리나케 예순 일백 스물로 가고 있던 것입니다.

박뚱뚱이가 넉 장째 나오는 녹팔을 쓰모해 던지면서

"옜네, 창식이……."

"그걸 아까워선 어떻게 내나?"

윤 주사는 그러면서 쓰모를 해다가 쓰윽 훑는데, 이번이야말로! 하고 벼른 보람이던지 과연 똥그라미 세 개가 비스듬히 나간 삼통입니다.

삼사오통이 맞고, 인제는 육구통 방입니다.

윤 주사는 느긋해서 구만을 마악 내치려고 하는데, 마침 머릿방에 있던 서사 민 서방이 당황한 얼굴로 전보 한 장을 접어 들고 건너옵니다. 마작판에서는들 몰랐지만 조금 아까 대문지기가 들여온 것을 민 서방이 받아 펴보고서, 일변 놀라, 한문자를 섞어 번역을 해가지고 왔던 것입니다.

"전보 왔습니다!"

"……."

윤 주사는 시방 아무 정신도 없어 알아듣지 못하고, 구만을 따패합니다.

노름꾼 째보가 날쌔게

"펑!"

서사 민 서방이 연거푸

"전보 왔어요!"

그러나 창식은 그저 겨우

"응? 전보? …… 구만 펑허구 무슨 자야? 어디 어디……?"

"동경서 전보 왔어요!"

"동경서? 으응!"

윤 주사는 손만 내밀어서 전보를 받아 아무렇게나 조끼 호주머니에 넣고 박뚱뚱이의 따패가 더디다는 듯이 쓰모를 하려고 합니다.

"전보 보세요!"

"응, 보지. 번역했나?"

"네에."

윤 주사는 쓰모를 해다가 만지면서 전보는 또 잊어버립니다. 사만인데 어려운 짝입니다. 손위의 박뚱뚱이는 패를 헐었지만 손아래 째보는 분명 일사만인 듯합니다.

"전보 긴한 전본데요!"

민 서방이 초조히 재촉을 하는 것이나, 창식은 여전히

"응? …… 응…… 이게 못 내는 짝이야! …… 전보 무어라구 왔지?"

"펴보세요, 저어."

"응, 보지…… 이걸 내면은 아랫집이 오르는데…… 왜? 종학이가 앓는다구?"

"아녜요!"

"그럼? …… 가마안있자, 요놈의 짝을 어떡헌다? …… 나, 전보 좀 보구서! …… 이게 뱀짝이야! 뱀짝……."

전보를 보기 위해서가 아니라 쓰모해 온 사만을 따패하면 손아랫집이 올라가고, 올라가면 이 좋은 만관이 허사요, 그러니까 사만을 낼 수가 없고, 그래 전보라도 보는 동안에 좀 더 생각을 하자는 것입니다.

윤 주사는 종시 정신은 마작판의 바닥에다가 두고, 손만 꿈지

럭꿈지럭 조끼 호주머니에서 전보를 꺼냅니다.

"……이거 사만이 분명 일을 낼 테란 말이야, 으응!"

"이 사람아, 마작판에 몬지 앉겠네!"

"가만있자…… 내, 이 전보 좀 보구우……."

윤 주사는 왼손에 든 전보를 손가락으로 만지작만지작, 접은 것을 펴가지고는 또 한참이나 딴전을 하다가 겨우 눈을 돌립니다. 번역해논 열석 자를 읽기에 그다지 시간과 수고가 들 건 없었습니다.

"빌어먹을 놈……."

잔뜩 이맛살을 찌푸리면서 전보를 아무렇게나 도로 우그려 넣고는

"……에라, 모른다!"

하고 여태 어려워하던 사만을 집어 따악 소리가 나게 내쳐버립니다.

"옳아! 바루 고자야!"

아니나 다를까, 손아래 째보가 일사만 방이던 것입니다. 끝수래야 일흔 일백 서른!

"빌어먹을 놈!"

윤 주사는 아들 종학이더러, 전보 조건으로 또 한 번 욕을 합니다. 그러나 먼저 치는 옳게 그 전보 내용에다가 욕을 한 것이지만, 이번 치는 만관을 놓친 화풀이로다가 절로 나와진 욕입니다.

"큰댁에 기별을 해야지요?"

드디어 바가지를 쓰고, 그래서 필경 오백 원 하나가 또 날아갔고, 다시 새판을 시작하느라 마작을 쌓고 있는 윤 주사더러, 민

서방이 걱정 삼아 묻는 소립니다.

"큰댁에? 글쎄……."

윤 주사는 주사위를 쳐놓고 들여다보느라고 건성입니다.

"제가 가까요?"

"자네가? …… 몇이야? 넷이면 내가 장이군…… 자네가 가본다?"

"네에."

"칠 잣구…… 그래두 괜찮지…… 아홉이라, 칠구 열여섯……."

윤 주사는 패를 뚜욱뚝 떼어다가 골라 세웁니다.

"그럼, 다녀오까요?"

"글쎄…… 이건 첨부터 패가 엉망이루구나! …… 인제는 일곱 바가지나 쓴 본전 생각이 간절한걸…… 가긴 내가 가보아야겠네마는…… 자네가 가더래두 내가 뒤미처 불려가구 말 테니깐……녹발 나가거라……그놈이 어쩐지 눈치가 다르더라니! …… 빌어먹을 놈!"

"차 부르까요?"

"응!"

"마작 시작해놓구 어딜 가?"

박뚱뚱이가 핀잔을 줍니다.

"참, 그렇군…… 그럼 어떡헌다? …… 남풍 나갑니다!"

"네에, 여기 동풍 나가니, 펑 하십시오!"

"없습니다!"

윤 주사는 또다시 마작에 정신이 푹 파묻히고 맙니다.

민 서방은 질증[155]이 나서 제 방으로 가버립니다.

이렇게 해서 윤 직원 영감한테나, 그 며느리 고 씨한테나, 서울 아씨며 태식이한테나, 창식이 윤 주사며 옥화한테나, 누구한테나 제각기 크고 작은 생활을 준 이 정축년 구월 열×× 날인 오늘 하루는 마침내 깊은 밤으로 더불어 물러갑니다.

오래지 않아 새로운 날이 밝고, 밝은 그 새날은 그네들에게 다시 어떠한 생활을 주려는지, 더욱이 윤 주사가 조끼 호주머니 속에 우그려 넣고 만 동경서 온 전보가 매우 궁금합니다. 하나 밝는 날이면 그것도 자연 속을 알게 되겠지요.

14. 해 저무는 만리장성

만일 오늘이 우리한테 새것을 가져다주지 않고 어제와 꼬옥 같은 것만 되풀이를 한다면, 참으로 우리는 숨이 막히고 모두 불행할 것입니다.

그러나 오늘은 어제와 같으면서도 (어제 치면서도 더 자라난) 한 다른 오늘 치를 우리한테 가져다주고, 그러하기 때문에 그리하는 동안 인간은 늙어 백발로, 백발은 마침내 무덤으로…… 이렇게 하염없어도 인류는 하루하루 더 재미있어간답니다.

그렇듯 반가운 새날이 시방 시작되느라고 먼동이 휘엿이 밝아 옵니다.

날이 밝으면서 뚜우 여섯 점 고동이 웁니다. 이 여섯 점 고동

155 지루함이나 시달림으로 생긴 몹시 싫어하는 생각.

에 맞추어 우리 낡은 윤 직원 영감도 새날을 맞느라고 기침을 했습니다.

대단 부지런하고, 이 첫새벽(여섯 점)에 일어나는 부지런은 춘하추동 구별이 없이, 오십 년 이짝 지켜오는 절대의 습관입니다.

윤 직원 영감은 잠이 깨자 맨 먼저 머리맡의 놋요강을 집어 들고, 밤사이 피에서 걸러놓은 독소를 뽑습니다. 신진대사라니, 새날이 새것을 들여다가 새 생명을 떨치기 위하여 묵은 것을 버리는 것입니다. 묵은 것의 배설! 그것은 참으로 좋은 일입니다.

절절 절절, 쏟아져 나오는 액체를 윤 직원 영감은 연방 손바닥으로 받아 올려다가는 눈을 씻고, 받아 올려다가는 눈을 씻고 합니다. 매일 아침 소변으로 눈을 씻으면 안력이 쇠하지 않는다는 것은 전부터 일러오던 말인데, 윤 직원 영감은 시방 그 보안법保眼法을 행하고 있는 것입니다.

삼십 년을 두고 해 내려오는 것인데, 만일 꼬노리야[156]라도 앓았다면 장님이 되었기 십상이겠지만, 요행 그렇진 않았고, 소변 보안법의 덕인지 어떤지는 모르겠으나, 미상불 안력이 아직도 좋아서 원체 잔글씨만 아니면 그대로 처억척 보는 건 사실입니다.

누구, 의학박사의 학위 논문거리에 궁한 이가 있거들랑 이걸 연구해서 〈뇨尿에 의한 시신경의 노쇠 방지와 및 그 원리에 관하여〉라는 것을 한번 완성시킨다면 박사 하나는 받아논 밥상일 겝니다.

윤 직원 영감은 이윽고 안약 장수를 울릴 그 보안법을 행하고 나서는, 자리옷을 여느 옷으로 갈아입은 뒤에, 담뱃대에 담배를

156 gonorrhea, 임질.

붙여 뭅니다.

푸욱푹 피어오르는 담배 연기가 아직도 한밤중인 듯 전등불이 환히 켜져 있는 방 안으로 자욱이 찹니다. 말도 없고 소리도 없고, 인간이란 단 하나뿐, 사람이 심심하다기보다도 전등과 방 안의 정물들이 도리어 무료할 지경입니다.

담배가 반 대나 탔음 직해서는 삼남이가 부룩송아지 같은 대가리를 모로 둘러, 사팔눈의 시점을 맞추면서 방으로 들어섭니다. 손에는 빨병을 조심조심 들고…….

아침마다 하는 일과라, 삼남이는 들고 들어온 빨병을 말없이 내바치고, 윤 직원 영감 또한 말없이 그걸 받아놓더니, 물었던 담뱃대를 뽑고 연상 서랍에서 소라 껍데기로 만든 잔을 꺼냅니다.

졸졸 졸졸, 놀면한 게, 또 김이 모락모락 오르는 게, 어쩌면 마침 데운 정종 비슷한 것을 잔에다가 그득 따릅니다.

이것이 역시 오줌입니다. 하나, 여느 오줌은 아니고 동변童便이라고, 음양을 알기 전의 어린애들의 오줌입니다.

동변을 받아 먹으면 몸에 좋다는 것도, 오줌으로 보안을 하는 것과 한가지로 옛날부터 일러 내려오던 말입니다. 그걸 보면 요새 그, 오줌에서 호르몬이라든지 무어라든지 하는 약을 뽑는다는 것도 노상 허황한 소리는 아닌 듯싶고, 만일 그게 사실이라고 하면 오줌에 들어 있는 호르몬을 발견해낸 명예는 아무리 해도 우리네 조선 사람의 조상이 차지를 해야 하겠습니다.

윤 직원 영감은 오줌을 그처럼 두루 이용하는데, 일찍이 삼십 년 전 오줌 보안법으로 더불어 이 오줌 장복도 시작했던 것입니다.

시골서는 동변쯤 받아 먹기가 매우 편리했지만, 서울로 오니까는 그것도 대처(도시)의 인심이라, 윤 직원 영감 말따나, 오줌도 사 먹어야 하게 되었습니다.

이웃의 가난한 집으로 어린애가 있는 데를 물색해서 그 어린애들의 아침 자고 일어난 오줌을 받아 오기로 특약을 해두었습니다. 그 대금이 매삭 이십 전…… 저편에서는 삼십 전은 주어야 한다는 것을, 대복이가 십 전만 받으라고 낙가를 시키다 못해, 이십 전에 절충이 되었던 것입니다.

그렇게 오줌 특약을 해두고는, 새벽이면 삼남이가 빨병을 둘러메고서 오줌을 걷어오는 것이고, 시방도 바로 그 오줌입니다.

윤 직원 영감은 빨병에서 오줌을 따르는 동안, 삼남이는 마침 생[157]을 한 뿌리 껍질을 벗깁니다.

이건 바로 쩍쩍 들러붙는 약주술로 해장이나 하는 듯이, 쭉 소리가 나게 오줌 한 잔을 마시고, 이어서 두 잔, 다시 석 잔, 석 잔을 마시자 삼남이가 생 벗긴 것을 두 손으로 가져다 바칩니다.

"그년의 자식이 엊저녁으 짜게 처먹었넝개비다! 오줌이 이렇게 짠 걸 보닝개……."

윤 직원 영감은 상을 찌푸리면서 생을 씹습니다.

오줌이란 본시 찝찔한 것이지만 사람의 신경의 세련이란 무서운 것이어서, 삼십 년이나 두고 매일 아침 먹어온 윤 직원 영감은 그것이 조금 더 짜고, 덜 짜고 한 것까지도 알아맞힙니다.

"……빌어먹을 년의 자식이 아마 간장을 한 종재기나 처먹었넝가 부다!"

157 생강.

"오늘버텀은 간장 한 종재기씩 멕이지 말라구, 가서 말히라우?"

과연 간장을 한 종지씩 먹어서 오줌이 짜고, 그래서 영감님으로 하여금 더 짠 오줌을 자시게 한다는 것은, 삼남이로 앉아 볼 때에 그대로 묵인할 수가 없는 사건이었던 것입니다.

"야—야, 구성읎넌 소리 내지두 마라! 누가 너더러 그런 참견 허라냐?"

"그럼, 구성읎넌 소리 안 히라우!"

"참, 너두 딱허다!"

"예."

삼남이는 물에 헹구어다 두려고 빨병과 소라잔을 집어 듭니다.

"약 대리냐!"

"예."

"약, 잘 부아서 대려! 어제 아침 치는 약이 너머 졸았더라!"

"예."

삼남이가 나간 뒤에 윤 직원 영감은, 이번에는 보건체조를 시작합니다.

두 다리를 쭈욱 뻗고, 두 팔을 위로 꼿꼿 뻗쳐 올리는 게 준비 동작.

그다음에 발부리를 목표로, 그것을 붙잡으려는 듯이 허리 이상의 상체와 뻗쳐 올린 두 팔을 앞으로 와락 숙입니다. 그러나 이내 도로 폅니다. 그러고는 또 숙였다가, 도로 또 펴고…….

이렇게 계속해 숙였다가는 펴고 폈다가는 숙이고, 몸이 비대한데 배가 또한 커서 좀 힘이 드는 노릇이긴 하나, 하나, 둘, 셋 연해 세어가면서 쉰 번을 채웁니다. 쉰 번을 채우니까, 아니나 다를까 맨 처음에는 어림도 없던 것이, 뻗은 발부리와 숙이는 손끝이 마침내 맞닿고라야 맙니다.

간단한 ××강장술 비슷하다고 할는지, 하니 그럴 바이면 라디오 체조를 하는 게 좋지 않으냐고 하겠지만, 그거야 젊은 애들이나 할 것이지, 노인이 어디 점잖지 않게시리…….

후줄근하게 땀이 배고 약간 숨이 가쁜 것을, 앞 미닫이를 열어놓고 앉아서 서늑서늑한 아침 바람을 쏘입니다.

날은 훨씬 밝았고, 바람 끝이 소스라치게 싸늘합니다.

"허— 날이 이렇기!"

혼자 걱정을 하는데, 마침 대복이가 아침 문안 삼아, 오늘 하루의 일을 협의할 겸 건너왔습니다.

"이, 날이 이렇기 냉히여서 큰일 안 났넝가?"

"글씨올시다!"

대복이는 문안 인사도 할 사이가 없고, 공순히 꿇어앉습니다.

"……이러다가 되내기(된서리)나 오는 날이면 큰일 나겄는디요."

"나두 허느니 말이네! …… 하누님두 원, 무슨 심청이람 말이여. 서리두 서리지만, 우선 늦베(만종도)가 영글(결실)이 들 수가 있어야지! 그러잖이두 그놈의 수햇지 급살인지 때민에 도지(도조)를 감히여달라고 생지랄덜을 허넌디!"

가을로 접어들면서, 윤 직원 영감과 대복이가 노상 걱정을 하게 된 것이 금년 추숩니다. 농형이 대체로 풍년은 풍년이지만, 전라도에 수해가 약간 있었고, 윤 직원 영감네 논도 얼마간 해를 입었습니다. 어느 것은 겨우 반타작이나 되겠고, 어느 것은 사태와 물에 말끔하게 씻겨 내려가서, 벼 한 톨 추수는커녕 그 논을 다시 파 일구는 데 되레 물역[158]이 먹게 생겼습니다.

이것은 지난 백중 무렵에 대복이가 실지로 내려가서 보고 온 것이니까, 노상 소작인들의 엄살로만 돌릴 수는 없는 것입니다.

허기야 그렇다고 해도 윤 직원 영감은 내밀 배짱이 없는 것은 아닙니다.

'우리 논으로 말하면 죄다 도조를 선세로 정했으니까 상관이 없다. 소작 계약에도 씌어 있지만, 흉년이 들어서 추수가 더얼 났다거나 또 아주 없다거나 하더라도, 선세인 만큼 소작인은 정한 대로 도조를 물어야 경우가 옳지 않으냐.

만약 흉년이라고 도조를 감해주기로 든다면, 그러면 그 반대로 풍년이 들어서 벼가 월등 많이 나는 해는 도조를 처음 정한 석수石數[159]보다 더 받아도 된단 말이냐? 그때에 가서 도조를 더 물라면 물 테냐? 물론 싫다고 할 것이다. 거 보아라. 그러니까 흉년 핑계를 대고서 도조를 감해달라고 하는 것은 공연한 떼다.'

매우 지당한 주장입니다. 그러나 경위는 빠질 게 없는데, 윤 직원 영감의 말대로 하면

'세상이 다 개명을 해서 좋기는 좋아도, 그놈 개명이 지나치니까는 되레 나쁘다. 무언고 하니, 그 소위 농지령이야, 소작조정령이야 하는, 천하에 긴찮은 법이 마련되어가지고서, 소작인 놈들이 건방지게 굴게 하기, 그래 흉년이 들든지 하면 도조를 감해내라 어쩌라 하기, 도조를 올리지 못하게 하기, 소작을 떼어 옮기지

158 집을 짓는 데에 쓰는 벽돌, 기와, 모래, 흙 따위를 통틀어 이르는 말.
159 곡식을 섬으로 센 수효.

못하게 하기…….'

이래서 모두가 성가시고 뇌꼴스러워[160] 볼 수가 없다는 것입니다.

'내 땅 가지고 내 맘대로 도조를 받고, 내 맘대로 소작을 옮기고 하는데, 어째서 도며 군이며 경찰이 간섭을 하느냐?'

이게 도무지 속을 알 수 없고, 해서 불평도 불평이려니와 윤 직원 영감한테는 커다란 수수께끼가 아닐 수 없던 것입니다.

아무튼 싹수가, 줄잡아야 천 석은 두웅둥 뜨게 되었고(물론 배짱대로야 버티어는 보겠지만 도나 군이나 경찰의 권유며 간섭에는 항거를 해서는 못쓰니까 말입니다) 그러자니 생으로 배가 아파 요새 며칠 대복이와 주종이 맞대고 앉으면 걱정이 그 걱정이요, 공론이 어떻게 하면 묘한 꾀를 써서 소작인들을 꼼짝 못하게 하여 옹근 도조를 받을까 하는 그 공론입니다.

그런데 우환 중에 날이 이렇게 조랭早冷을 해서, 벼의 결실을 부실하게까지 하려 드니 더욱 걱정이 안 될 수가 없습니다.

대복이와 이런 이야기 저런 이야기 하는 참에, 삼남이가 약을 달여 짜가지고 들여다 놓습니다. 삼과 용을 주재로 한 보약입니다.

오줌도 먹고 보건체조도 하고, 좋은 보약도 먹고 해서 어떻게든지 몸을 충실히 하여 오래오래 살고 싶은 게 윤 직원 영감의 크고 큰 소원입니다.

만석의 부를 그대로 누리면서(아니, 자꾸자꾸 더 늘려가면서) 오래오래 백 살 이백 살, 백 살 이백 살이라니, 천 살 만 살(아니 천지가 무궁할 테니, 그 천지로 더불어 무궁토록) 영원히 살고 싶습

160 보기에 아니꼽고 얄미우며 못마땅한 데가 있다.

니다. 이 가산을 남겨두고, 이 좋은 세상을 백 살을 못 살고서 죽어버리다니, 그건 도저히 원통하고 섭섭해 못할 노릇입니다.

옛날의 진시황은 영생불사를 하고 싶어, 동남동녀 오천 명을 동해의 선경으로 보내어 불사약을 구하려고 했다지만, 우리 윤 직원 영감도 진실로 그만 못지않게 영생의 수명을 누리고 싶습니다.

허기야 걸핏하면 머, 내가 앞으로 오십 년을 더 살겠느냐, 백 년을 더 살겠느냐, 다직[161] 한 십 년 더 살다가 죽을걸…… 어쩌구 육장 이런 소리를 하곤 하기는 합니다.

물론 그것이 천지의 공도요 하니까 사실도 사실이겠지만, 윤 직원 영감은 비록 말은 그렇게 할값에, 마음은 결단코 앞으로 한 십 년 고거나 더 살고서 죽고 싶진 않습니다.

절대로 영생불사…… 진시황과 같이 간절하게 영생불사를 하고 싶습니다.

윤 직원 영감이 재산을 고이고이 지키면서 더욱더욱 늘리고, 일변 양반을 만들어내고자 군수와 경찰서장을 양성하고 하는 것은, 진시황으로 치면 오랑캐를 막아 진나라를 보전하기 위해 만리장성을 쌓던 역사적이요 세계적인 그 토목 사업과 다름없는 역사적인 정신적 토목 사업입니다.

만 리의 장성을 높이 쌓아, 나라를 천지로 더불어 길이길이 지키고, 나는 불사약을 먹어 이 나라의 주재자로 이 영광을 무궁토록 누리고…… 하자던 진시황과, 만석꾼의 가산을 더욱 늘려가면서 천지로 더불어 길이길이 지키고, 양반을 만들어 가문을 빛내

161 '기껏'의 뜻을 나타내는 말.

되, 나는 오줌을 먹고 보건체조를 하고 보약을 먹고 하여, 이 집안의 가장으로 이 영광을 무궁토록 누리고…… 하자는 윤 직원 영감과, 그 둘은 조금도 서로 다를 바가 없는 것입니다.

그럭저럭 여덟시가 되자, 윤 직원 영감은 안으로 들어가서 조반을 자시고 나와, 다시 그럭저럭 아홉시가 되었습니다.

하늘은 씻은 듯이 맑고 햇볕은 양기롭습니다. 정히 좋은 날이요, 윤 직원 영감한테는 그새와 마찬가지나, 새로이 행복된 오늘입니다. 오후쯤 해서는 올챙이와 말이 얼린 수형 조건으로 오천구백오십 원을 주고서 칠천 원짜리 수형을 받아, 일천오십 원의 이익을 볼 테니, 그중 일백오 원은 구문으로 올챙이를 주더라도 일천일백오십오 원이고 본즉, 오늘도 벌이가 쏠쏠하여 기쁘고.

그런데 오늘은 또 춘심이와 다아 이러쿵저러쿵하게 될 날이어서, 이를테면 특집 호화판입니다.

행복과 만족까지는 모르겠어도, 윤 직원 영감 이외의 다른 식구들도 죄다 평온무사한 것만은 적실합니다.

태식이는 골목 구멍가게에 나가서 맘껏 오마케[162]를 뽑고 사 먹고 하니, 무사태평을 지나 오히려 행복이고.

경손이는 간밤에 춘심이로 더불어 랑데부를 하면서, 이 원 돈을 유흥하던 추억에 싸여 시방 학과에도 여념이 없는 중이고.

서울아씨는 《추월색》을 일찌감치 들고 누웠으니, 오만 시름 다 잊었고…….

162 '경품'을 뜻하는 일본어.

뒤채의 두 동서는 바느질에 여념이 없는 중, 박 씨는 남편 종수가 오늘은 집에를 들어오겠지야고 안심코 기다리고…….

고 씨는 새벽 세시가 지나 술이 얼큰해 들어오더니 여태 태평몽이고…….

동소문 밖 ××원 별장에서는 종수가 배반[163]이 낭자한 요리상 앞에 기생들과 병호로 더불어 역시 태평몽이고…….

옥화는 간밤의 일이 좀 걸리기는 하지만, 뭘 집 한 채와 패물과 또 현금으로 이삼천 원 몽똥그렸으니, 발설이 되어 윤 주사와 떨어져도 그다지 섭섭할 건 없다고 안심이고.

윤 주사도 도합 사천오백 원을 마작으로 펐으나 오천 원도 채 못 되는 것, 술 사 먹은 폭만 대면 고만이라고 새벽녘에야 든 잠이 시방 한밤중이요, 자고 있으니까 동경서 온 그 전보의 사단도 걱정을 잊었고…….

다아 이렇습니다아. 그렇고 다시 윤 직원 영감은…….

윤 직원 영감은 오정 때에 오라고 한 춘심이를 어째 다뿍 늘어지게 오정 때에 오라고 했던고. 또, 제 아범이 앓는다고 불려갔으니 혹시 못 오기나 하면 어찌하노 해서, 바야흐로 등이 다는 참인데 웬걸, 아홉시 치는 소리가 때앵땡 나자 고년이 씨이근버어근 해뜩빤뜩 달려들지를 않는다구요!

어떻게도 반가운지! 윤 직원 영감은 앞 미닫이를 더럭 열면서 뛰어나오기라도 할 듯이 엉덩이를 떠들써억, 커다란 얼굴에다가 하나 가득 웃음을 흩트립니다.

163 술상에 차려 놓은 그릇 또는 거기에 담긴 음식.

"어서 오니라…… 아범은 앓넌다더니 인제 갱기찮어냐?"

"네에, 인저 다 나았어요……."

춘심이는 (속으로 요옹용 하면서) 토방에 가 선 채 방으로 들어가려고도 않습니다.

"……어서 나오세요, 반지 사러 가게요……."

"헤헤헤! 그년이 잊어빼리지두 안 힜네! …… 그리라, 가자! 제엔장맞일……."

"내가 그걸 잊어버려요? 밤새두룩 잠두 아니 잔걸! 아, 오정 때 오라구 허신 걸 아홉 점에 왔다면 고만이지 머어…… 어서 옷 입으세요!"

"오—냐, 끙……."

윤 직원 영감은 뒤뚱거리고 일어서서 의관을 차립니다.

"……반지 파넌 가게서 쬐깐헌 여학생이 반지 찐다구 숭보면 어쩔래?"

"남이 숭보는 게 무슨 상관 있나요? 나만 좋았으면 고만이지……."

"으응, 그리여잉! 그렇다면 갱기찮지!"

"갠찮기만 해요? 머……."

"오냐 오냐!"

괜히 속이 굴져서 말이 하고 싶으니까 입을 놀리겠다요.

어제 오후 부민관의 명창대회에 가던 때처럼, 탕건 받쳐 통영갓에, 윤이 치르르 흐르는 안팎 모시 진솔 것에, 하얀 큰 버선에다가 운두 새까마니 간드러진 가죽신에, 은으로 개대가리를 한 개화장에, 합죽선에, 이렇게 차리고 처억 나섭니다.

덜씬[164] 큰 윤선 옆에 거룻배 하나가 붙어서 가는 격이라고나 할는지, 아무튼 이 애인네 한 쌍은 이윽고 진고개 어귀에 나타났습니다.

사람마다 모두들 윤 직원 영감을 한 번씩 짯짯이 보면서 지나갑니다. 더구나 때 묻은 무명 고의적삼에 지게를 짊어지고 붉은 다리를 추어올린 요보[165]가 아니면, 뒷짐 지고 흰 두루마기에, 어둔 얼굴에, 힘없이 벌린 입에, 어릿거리는 눈으로 가게를 끼웃끼웃, 가만히 들어와서는 물건마다 한참씩 뒤적뒤적하다가 슬며시 나가버리는 센징들만이 조선 사람인 줄 알기를 십상으로 하던 본정통本町通 주민들은, 시방 이 윤 직원 영감의 진고개 좁은 골목이 뿌드읏하게시리 우람스러운 몸집이며 위의 있고 점잖은 얼굴이며 신선 같은 차림새하며가 풍기는 양반상의 위풍에 그만 압기라도 되는 듯, 제각기 눈을 홉뜨고서 하— 입을 벌립니다.

좀 심한 천착인 것 같으나, 윤 직원 영감으로 해서 조선 사람에도 요보나 센징 말고 조센노 양반상이 있다는 것을 그야말로 재인식했다고 할 수가 있겠고, 따라서 윤 직원 영감 자신은 그 필요는커녕 도리어 긴찮은 일로 여기는 것이지만 (그렇기 때문에 애꿎이) 조선 사람을 위해 무언의 만장기염을 토한 셈이 되어버렸습니다.

앞을 서서 가던 춘심이가 초입을 조금 지나 어떤 귀금속 상점 앞에 머무르더니, 진열창 속을 파고 들여다봅니다. 제가 눈 익혀 두었던 그 칠 원 오십 전짜리 반지를 찾는 속인데, 그러나 아무리

164 어떤 것에 비하여 그 정도가 썩 더하게.
165 일제 때 일본인들이 한국인을 멸시해 이르던 말.

들여다보아야 보이질 않습니다.

낙심이 되어, 어쩔꼬 하다가 무슨 생각을 했는지 윤 직원 영감을 데리고 그대로 가게 안으로 들어섭니다.

"이랏샤이마세."

구경도 할 겸, 점원들이 있는 대로 대여섯 일제히 합창을 하고 나섭니다.

춘심이는 점원 하나를 상대로, 권번에서 배운 토막 일어를 이용하여, 문제의 칠 원 오십 전짜리 반지를 찾습니다.

"네에! 그건입쇼……!"

답답히 듣고 있던 점원은 척 조선말로 대응을 합니다.

"……그건 마침 다 팔렸습니다마는, 그거 비슷하구두……."

점원은 부지런히 진열장을 안에서 열고, 빨갱이 파랭이 노랭이 깜쟁이, 모두 올망졸망 알롱달롱, 반지가 들어박힌 곽을 꺼내다 놓더니, 그중 빨갱이 한 놈을 뽑아 춘심이를 줍니다.

"이것이 썩 좋습니다. 아까 말씀하시던 거보다는 훨씬 낫습니다. 뽄두 이뿌구, 돌두 빛깔이 곱구…… 네헤."

춘심이가 받아 들고 보니, 아닌 게 아니라 요전 치보다 더 예쁘고 좋아 보입니다. 다시 왼쪽 무명지에다가 끼어보니까는, 아주 맞춤으로 꼭 맞습니다.

"이거 사주세요."

춘심이는 정가표가 실 끝에서 아른거리는 반지를 손에 낀 채, 윤 직원 영감의 코밑에다가 들이댑니다.

"그게 칠 원 오십 전이라냐? 체—참, 손복허겄다!"[166]

윤 직원 영감은 두루마기 자락을 젖히고 염낭 끈을 풀려다가 점원을 돌아봅니다.

"……이게 칠 원 오십 전이라먼 너머 과허니 조깨 깎읍시다?"

"아니올시다! 이건 십 원입니다, 네헤."

"엉? 이게 십 원이여? …… 아—니, 너 머시냐, 칠 원 오십 전짜리 산다더니, 십 원짜리를 골르냐?"

"그래두 그건 죄다 팔리구 없다는걸요, 머……."

"그럼 못 사겄다! 다런 디루 가던지, 이담 날 오던지 그러자!"

"난 싫어요! 이거가 꼬옥 맘에 드니깐 이거 사주세야지, 머……."

"에이! 안 될 말!"

윤 직원 영감은 조그마한 걸상에서 커—다란 엉덩이를 쳐듭니다.

"머, 이 원 오십 전 상관이올시다! 네헤……."

점원이 알심[167] 있게 만류를 하던 것입니다.

"……앉으십쇼. 이게 십 원이라두 칠 원 오십 전짜리보다 갑절이나 물건이 낫습니다. 몸두 훨씬 더 굵구요, 네헤."

"그리두 여보, 원……."

"아 그리구, 할아버지께서 손녀 애기 반질 사주시자면 좀 쓸 만한 걸루, 네헤."

죽일 놈입니다. 아무리 모르고 한 소리라지만, 글쎄 애인끼리를 할아버지요 손녀 애기라고 해놓았으니, 욕치고는 이런 욕이 어디 있겠습니까?

윤 직원 영감은 그렇다고, 너 이놈! 그건 무슨 고연 소린고! 이렇게 나무랄 수도 없는 노릇, 속으로만 창피해 죽겠는데, 그러나

166 복을 일부 또는 전부 잃다.
167 은근히 동정하는 마음.

춘심이는 되레 재미가 있다고 생글생글 웃습니다.

"난 머, 이거 꼭 사주어예지 머, 난 싫여요!"

싫다고 하니 다아 의미심장한 말입니다.

"허! 거참…… 으음! 거참!"

윤 직원 영감은 마지못해 도로 앉습니다. 그 두 마디의 탄성이 역시 의미가 심장합니다. 첫마디는 춘심이의 위협에 대한 항복이요, 다음 치는 할아버지와 손녀 애기가 다시금 창피하다는 소리구요.

"그리서? 꼭 그놈만 사야 헌담 말이냐?"

"네에, 헤헤……."

"여보, 쥔 양반?"

"네에, 헤."

"사기넌 삽시다. 헌디, 좀 과허니 조깨만 드을 냅시다."

"에누린 없습니다. 네헤. 머, 십 원이라두 비싼 값이 아니올시다. 네."

"머얼 안 비싸다구 그리여! 잔말 말구서 팔 원만 받우!"

"하아, 건 안 되겠습니다. 이건 꼭 정가대루 받아두 이문이 별루 없습니다, 네…… 에 또 저어 기왕 점잖어신 어른께서 말씀하신 거니, 이십 전만 덜해서 구 원 팔십 전에 드리지요, 네헤."

"귀년시리 시방 우넌소리 허니라구! 팔 원만 받어요, 팔 원."

"아, 이런 데 와선 그렇게 에누릴 않는 법이에요! 생선 장순 줄 아시나 봐!"

춘심이가 핀잔을 주는 소립니다. 그러고 보니 윤 직원 영감도, 이년아 너는 잠자코 있지 않고서 무얼 초라니처럼 나서느냐고 한바탕 욕을 해야 할 텐데 억지 춘향이가 아니라 애먼 할아버지가 되었으니, 어떻게 손녀 애기더러 쌍스러운 입잣을 놀립니까.

"야—야, 그런 소리 마라! 세상으 에누리 읎넌 흥정이 어디 있다데야? 나넌 나라에 바치넌 세전(세납)두 에누리를 허넌 사람이다!"

점원은, 농담을 잘하는 재미있는 할아버지라고 빈들빈들 웃고만 있습니다.

윤 직원 영감은 꿈싯꿈싯, 염낭에서 돈을 암만큼 꺼내어 조심해서 세어보고 만져보고 또 들여다보고 하더니 별안간 남 깜짝 놀라게시리

"옜소! 팔 원 오십 전이오. 나넌 인제넌 몰루……."

하고 말과 돈을 한꺼번에 내던지고는 몸집까지 벌떡 일어섭니다.

"……가자, 인제넌 다아 되았다. 어서 가자!"

점원은 기가 막혀서 엉거주춤, 사뭇 붙들 듯 안 된다고 날뜁니다.

다시 한 시간은 넘겨 승강을 했을 겝니다. 마구 싸우다시피 구 원 십 전에 그 반지를 뺏어가지고 가게를 나오니까 열한시가 훨씬 넘었습니다.

진고개를 빠져나와 전차 정류장으로 광장을 건너가면서, 춘심이는 손에 낀 반지를 깨웃깨웃 못 견디게 좋아합니다.

"춘심아?"

"네에?"

해뜩 돌려다보고 웃으면서 또 반지를 들여다봅니다.

"반지 사서 찌닝개 좋냐?"

"거저 그렇죠, 머……."

"저런 년 부았넝가! 이년아, 나넌 네 때민에 돈 쓰구 망신당허구 그렀다!"

"망신은 왜요?"

"아, 그 녀석이 할아버지가 머? 손녀 애기를 어쩌구 않더냐?"

"해해, 해해해해."

"아무턴지 인제넌 내 말 듣지?"

"네에."

"흐음, 아무렴 그래야지. 저어 이따가 저녁에— 에……."

"네에."

"일찌감치 오니라, 응?"

"네에!"

"날 돌르면 안 되야?"

"네에."

"꼬옥?"

"글쎄, 걱정 마세요!"

"으음."

"저어 참, 영감님?"

"왜야?"

"우리 저기 미쓰꼬시 가서, 난찌 먹구 가요?"

"난찌? 난찌란 건 또 무어다냐."

"난찌라구, 서양 즘심 말이에요."

"서양 즘심?"

"네에, 퍽 맛이 있어요!"

"아서라! 그놈의 서양밥, 말두 내지 마라!"

"왜요?"

"내가 그년의 것이 좋다구 히여서, 그놈의 디 무어라더냐 허넌

디를 가서, 한번 사 먹다가 돈만 내버리구 죽을 뻔히였다!"

"하하하, 어떡허다가?"

"아, 그놈의 것 꼭 소시랑을 피여논 것치름 생긴 것을 주먼서 밥을 먹으라넌구나! 허 참……."

윤 직원 영감이 만약 전감[168]이 없었다면 춘심이한테 끌려가서 그 서양 점심을 먹느라고 한바탕 진고개에 있어서의 조선 정조를 착실히 나타냈을 것이지만, 요행 그 소위 쇠스랑 펴놓은 것—포옥[169]에 대한 반감의 덕으로 작파가 되었습니다.

종로 네거리에서 춘심이를 일단 작별하면서, 또다시 두 번 세 번 다진 뒤에 계동 자택으로 돌아오니까, 마침 뒤를 좇듯 올챙이가 수형 할인을 해 쓴다는 철물교 다리의 강 씨를 데리고 왔습니다. 대복이도 가타고 했고, 당장 칠천 원 수형을 받고 오천구백오십 원 소절수를 떼어주었습니다. 따로 일백오 원짜리를 구문으로 올챙이한테 떼어준 것은 물론이구요.

강 씨와 올챙이를 돌려보내고 나니까, 드디어 오늘도 구백사십오 원을 벌었다는 만족에 배는 불룩 일어섭니다.

간밤에 창식이 윤 주사가 마작으로 사천오백 원을 펐고, 종수가 이천 원짜리 수형을 병호한테 야바위당했고, 이백여 원어치 요리를 먹었고, 그러고도 오래잖아 돈 이천 원을 뺏으러 올 테고 하니, 윤 직원 영감이 벌었다고 좋아하는 구백여 원의 열 곱절 가까운 구천여 원이 날아갔고 한즉, 그것은 결국 옴팡 장사[170]요, 이를

168 거울로 삼을만한 지난날의 경험이나 사실.
169 포크.
170 이익을 못 보고 크게 밑지는 장사.

테면 만리장성의 한 귀퉁이가 좀이 먹는 것이겠는데, 그러나 윤 직원 영감이야 시방 그것을 알 턱이 없던 것입니다.

다시 그리고, 이따가 저녁에 춘심이를 사랑하게 될 행복에 이르러서는 침이 홍건히 괴어 방금 뚜—우 오정 소리를 듣고도 이어 점심을 먹으러 들어갈 여념이 없이, 술에 취하듯 폭신 취해버렸습니다.

마침 그땝니다. 마당에서 별안간 뚜벅뚜벅 들리는 구두 소리에 무심코 미닫이의 유리쪽으로 내다보노라니까, 웬 양복 가랑이가 펄쩍거리고 달려들지를 않는다구요!

어떻게도 놀랐는지, 벌떡 일어서서 안으로 피해 들어갈 체세를 가집니다.

요마적[171] 양복쟁이라고는 좀처럼 찾아오는 법이 없지만, 어찌하다가 더러 찾아온다 치면 세상 그거같이 싫고 겁나는 것은 없습니다.

사람은 누구 없이 뱀을 섬뻑 만나면 대개는 깜작 놀라 몸이 오싹해지고, 반사적으로 적의와 경계의 자세를 취합니다.

이것은 우리의 오래오랜 조상, 즉 사전史前 인류가 파충류의 전성시대에 그들의 위협 밑에서 수백만 년을 항상 공포와 투쟁과 경계를 하고 살아오는 동안, 그것이 어언간 한 개의 본능이 되어졌고, 그러한 조상의 피가 시방도 우리 인류의 몸에 흐르고 있는 때문이라고 말하는 학자가 있습니다.

그럴듯한 해석이고 한데, 윤 직원 영감이 양복쟁이가 찾아오게 되면 우선 먼저 놀라 우선 먼저 피하려 드는 것도 그와 비슷

171 지나간 얼마 동안의 아주 가까운 때.

한 것이라고 하겠습니다.

기미년 이후 한동안, 소위 양복 청년이라는 별명을 듣는 사람들한테 그놈 새애까만 육혈포 부리 앞에 가슴패기를 겨냥 대고 앉아 혼비백산, 돈을 뺏기던 일…… 그 렇게 돈 뺏기고 혼이 나고 하고서도, 다시 경찰서의 사람들한테 이실고실 참고 심문을 당하느라고 땀을 뻘뻘 흘리던 일…….

지방의 유수한 명망가라고 해서 그네들과 무슨 연락이 있을 혐의는 아니었고, 범인 수사에 필요한 심문을 하던 것인데, 일 당하던 당장 혼백이 나갔던 윤 직원 영감이라 대답이 자꾸만 외착外錯[172]이 나곤 해서 피차에 수고로웠습니다.

치가 떨리고 이가 갈리는 게, 언제고 섬뻑 찾아드는 양복쟁이던 것입니다.

그러한 위험객 말고도, 다시 생명보험회사의 외교원…….

누구나 돈냥 있는 사람은 다 겪어본 시달림이지만, 윤 직원 영감도 많이 당했습니다.

하기야 윤 직원 영감 당자는 나이 많으니까 가입할 자격이 없기 때문에, 가로되 자제 몫으로, 가로되 손자 몫으로, 가로되 무슨 몫으로, 이렇게 조릅니다.

윤 직원 영감의 대답은 매우 신랄해서

"게 여보! 원 아무런들 날더러 자식 손자 보험 걸어놓구서, 그것 타 돈 먹자구 그것덜 죽기 배래구 앉었으람 말이오?"

이렇습니다. 그러나 그만 소리에 퇴각할 사람들이 아니요, 찰

172 착오가 생기어 서로 어그러짐.

거머리처럼 붙어 앉아서는 쫀드윽쫀득 졸라댑니다.

이처럼 파기증을 생으로 내주는 게 역시, 불쑥 찾아오는 양복쟁이던 것입니다. 그리고 그다음이 기부를 받으러 오는 패…….

대개 민간의 교육 사업이나 또는 임시 임시의 빈민 혹은 이재민의 구제 사업인데, 그들이 찾아와서는 사연을 주욱 이야기한 후, 그러니 영감께서도…… 이렇게 청을 합니다.

윤 직원 영감은 다 듣고 나서는, 시침 뚜욱 따고 대답입니다.

"예에! 거 다아 존 일이지요. 히여야 허구말구요…… 그런디 나넌 시방 나대루 수십 년지간 해마다 수수백 명을 구제허구 있으닝개루, 그런 기부나 구제에넌 참예를 안 히여두 죄루 가던 않얼 티닝개루 구만둘라우!"

"네에! 거 참 매우 장하십니다! 사업은 무슨 사업이신지요?"

객은 듣던 바와는 다르다고 탄복해서, 아무튼 그 사업 내용을 수인사로라도 물어볼밖에요.

"예에…… 내가 시방 한 만석가량 추수를 허우. 그러구 작인이 천 명 가까이 되지요. 그러닝개 천 명 가까운 작인덜한티다가 논을 주어서, 농사를 히여 먹구살게 허닝 게 구제허구넌 큰 구제 아니오?"

이 말에 웬만한 사람은 속으로 웃고 진작 말머리를 돌리겠지만, 좀 귀가 무딘 패는 더욱 탄복을 하여 묻습니다.

"네에! 그러면 근 천 명 되는 소작인들한테 소작료를 받지 않으시구, 논을 무료루 내주시는군요? 네에! 허어!"

"아—니, 안 받으면 나넌 어떻게 허구? …… 원 참…… 여보 글씨, 제 논 각구 앉어서 도지(소작료)두 안 받구 그냥 지여먹으라구 내주넌 그런 빙신 천치두 있다우?"

윤 직원 영감은 이렇게 당당히 나무랍니다.

듣는 사람은 분반噴飯[173]할 난센스나 또는 농담으로 돌리겠지만, 윤 직원 영감 당자는 절대로 엄숙합니다.

지주가 소작인에게 토지를 소작으로 주는 것은 큰 선심이요, 따라서 그들을 구제하는 적선이라는 것이 윤 직원 영감의 지론이던 것입니다. 윤 직원 영감의 신경으로는 결코 무리가 아닙니다. 논이 나의 소유라는 결정적 주장도 크지만 소작 경쟁이 언제고 심하여, 논 한 자리를 두고서 김 서방 최 서방 이 서방 채 서방 이렇게 여럿이, 제각기 서로 얻어 부치려고 청을 대다가는 필경 그 중의 한 사람에게로 권리가 떨어지고 마는데, 김 서방이나 혹은 이 서방이나 또는 채 서방이나에게로 줄 수 있는 논을 최 서방 너를 준 것은 지주 된 내 뜻이니까, 더욱이나 내가 네게 적선을 한 것이 아니냐? …… 이것이 윤 직원 영감의 소작권에 의한 자선사업의 방법론입니다.

윤 직원 영감은 그리하여 자기가 찬미하는, 가령 경찰행정 같은 그런 방면의 사업에다가 자진하여 무도장 건축비를 기부한다든지 하는 외에는 소위 민간 측의 사업이나 구제에는 절대로 피천[174] 한푼 내놓질 않는 주의요, 안 할 사람인데, 번번이들 찾아와서는 졸라대고 성가시게 하고 하는 게 누군고 하면, 역시 양복쟁이던 것입니다.

이와 같이, 시골서 이래로 근 이십 년 각종 양복쟁이에게 위협

173 입속에 있는 밥을 내뿜는다는 뜻으로, 참을 수가 없어서 웃음이 터져 나옴을 이르는 말.
174 매우 적은 액수의 돈.

과 폐해와 졸경을 치르던 윤 직원 영감인지라, 인류의 조상이 수백만 년 동안 파충류와 싸우고 사느라 그들을 대적하고 경계하고 하는 본능이 생겨 그 피가 시방 우리의 몸에까지 흐르고 있듯이, 윤 직원 영감도 양복쟁이라면 덮어놓고 적의가 솟고, 덮어놓고 싫어하는 제이의 본능이 생겨졌습니다.

윤 직원 영감은 그래서 방금 뚜벅거리고 달려드는 양복가래쟁이를 보자마자, 엣 뜨거라고 벌떡 일어서서 뒷문을 열고 안으로 피신을 하려는 참인데, 그러나 시기는 이미 늦어 양복쟁이가 앞미닫이를 연 것이 더 빨랐습니다.

화가 나서 홱 돌려다보니까, 요행으로 낯선 양복쟁이가 아닌게 안심은 되었지만, 속아 놀란 것이 그담에는 속이 상합니다.

"야, 이 잡어 뽑을 놈아, 지침이나 좀 허구 댕기라!"

방금 동소문 밖 ××원 별장의, 그야말로 주지육림으로부터 돌아오는 종숩니다.

욕은 담배 한 대 피우는 정도로 언제나 먹어두는 것, 아무렇지도 않아하고 조부에게 절을 한자리 꾸벅, 무릎을 꿇고 앉습니다.

"무엇허러 또 올라왔냐?"

"볼일두 좀 있구, 그래서……."

"볼일이랑 게 별것 있간디? 매양 돈이나 뺏으러 쫓아왔지? …… 권연시리 돈 소리 헐라거던 아예 내 눈앞으 뵈지두 말구 가빼리라!"

이렇게 발등걸이를 당하고 보니, 종수는 마치 샘고누[175]의 첫

175 고누의 하나. '十'의 네 귀를 둥근 원으로 막고 한쪽 귀를 터놓은 판에 각각 말 두 개씩을 서로 먼저 가두면 이긴다. 먼저 두는 사람이 첫수에 가두지는 못한다.

구멍을 막힌 격이라 말문이 어디로 열릴 바를 몰라 잠시 고개만 숙이고 대답이 없습니다.

"대체 너넌 그년의 군순지 막걸린지넌 어떻게 되넌 심이냐? 심이!"

화가 아니 났더라도 짐짓 난 체해야 할 판, 이윽고 재떨이에 담뱃대를 땅따앙, 음성도 역정스럽던 그대로 딴 조목을 들어 지천을 합니다.

"……응? 그놈의 군수 하나 바래다가 고손자 × 패겄다, 네엔장 맞일!"

십 년 계획이라 속은 말짱하면서도, 주마가편이라니 재촉을 해, 십 년보다 더 속히 되면 속히 될수록 좋은 노릇이니까요. 그러나 이 말에서 종수는 언뜻 돈 발라낼 꾀가 생각이 났습니다.

"그건 염려 없어요. 그리잖어두 이번에 그 일 때문에 겸사겸사 해서……."

"응? 거 듣너니 반간 소리다! …… 그리서? 다 되았냐?"

단박 풀어져서 좋아합니다. 참으로, 애기같이 천진난만한 할아버집니다.

"오라잖어서 본관 사령은 나올려나 봐요!"

"그리여? 참말이냐?"

"네에."

"그렇다면 작히나 좋겄냐! 그런디 그담에, 참말루 군수는 은제 되냐?"

"그건 본관이 된 댐엔, 다아 쉬어요!"

"그렇더래두 멫 해 있어야 될 것인디?"

“한 사오 년이! …… 그런데 저어…….”

“응?”

“이번에 계제에 한 이천 원 좀 들여야 일이 수나롭겠어요!”

“그러먼 그렇지! 그러먼 그리여!”

윤 직원 영감은 펄쩍 뜁니다. 마침 옛날의 그 혼란스럽던 판임관, 그리고 그 윗길 주임관, 그들의 금테 두른 양복, 금장식한 칼, 이런 것을 손자 종수에게 입혀놓고 양반의 위풍을 떨치는 장면을 연상하면서, 비록 시방은 그러한 제복이 없어는 졌을망정 판임관이면 금테가 한 줄, 다시 주임관으로 군수가 되면 금테가 두 줄, 이렇대서 한참 좋아하는 판인데 밉살머리스럽게 돈 소리를 내놓고 앉았으니, 고만 정이 떨어지고, 또다시 부아가 버럭 나던 것입니다.

“……잡어 뽑을 놈! 권연시리 돈이나 협잡질헐라닝개루, 시방 쫓아 올라와서넌, 씩둑꺽둑, 날 돌라먹을라구 그러지야? 누가 네 속 모를 줄 아냐? 글씨 일 다아 되았다면서 무슨 돈이 이천 원이나 드냐? 들기를…….”

“지가 쓸려구 그리는 게 아니에요!”

“늬가 안 쓰구, 그러먼 여산 중놈이 쓴다냐?”

“선삿감으루 금강석 반질 하나 살려구 그래요!”

“뭐어? …… 아—니 세상에 이천 원짜리 반지가 어디 있으며, 또오 있다구 치더래두, 그 사람은 그걸 손꾸락으다 찌구 베락을 맞이라구, 이천 원짜리 반지를 사다가 슨사를 헌담 말이냐? 죽으머넌 썩을 놈의 손꾸락으다가, 아무리 귀골이기루서니 이천 원짜리를 찌다께, 베락 맞일 짓이 아니여! 나넌 보닝개루 구 원 십 전짜리두 버젓허니 좋기만 허더라…… 대체 누가 조작이냐. 네 소견이냐? 누가 시켜서 그러냐?"

"군수 영감이 그리세요. 저 거시키, 요전번 올라왔을 때 마침 지전 씰 만났었는데, 할아버지두 잘 아시잖어요? 왜 저 총독부 내무국에 있는 그 지전 씨!"

"그래서?"

"구경을 나온 길인지, 부인허구 아이들을 모두 데리구 미쓰꼬시루 들어오는 걸 만났더래요. 퍽 반가워하면서, 제 말두 묻구, 잊어버리던 아니했노라구...... 그러면서 같이 산볼 하자구 해서 미쓰꼬시 안을 여기저기 둘러보는데, 마침 귀금속부에 갔다가 지전 씨 부인이 이천 원짜리 금강석 반지를 내논 것을 보더니, 퍽 가지구퍼 하더래나요? 그러니깐 지전 씨가 웃으면서, 나두 사주구는 싶어두 어디 돈이 있느냐구. 그러니깐 부인이 여간 섭섭해하는 기색이 아니더래요. 그런 때 군수 영감은 재갸가 돈만 있었으면 단박 사서 선살 했으면, 다른 때 만 원을 들인 것보다두 생색이 더 나겠는데, 원체 재갸한테는 지닌 게 없기두 했지만 큰돈이라 생심을 못 했다구......"

"그러닝개루 그걸 너더러 사서 지전 씨네 집으다가 슨사를 허라더람 말이여?"

"네에, 마침 또 꼭지가 물러가는 눈치구 하니깐, 이 계제에 그래뒀으면 유리할 것 같다구요......"

윤 직원 영감은 말없이 담배만 빽빽 빨고 있습니다. 어떻게 생각하면 정말 같기도 합니다. 또 어떻게 생각하면 종수의 야바위 같기도 합니다. 그러나 거짓말이 아닌 것을 거짓말로 잘못 넘겨짚고서 그 벼락 맞을 선사를 않고 보면 일을 낭패시키는 것이 될 테니, 차라리 속는 셈 잡고 돈을 내느니만 같지 못하겠다는 생각이 마침내 들고 말았습니다.

"모르겄다! 나는 시방 돈이래야 톡톡 털어서 천 원밖으 읎으닝개, 그놈만 갖다가 무얼 사주던지 말던지, 네 소견대루 헐라면 히여라. 나는 모른다!"

자기 말대로 나라에 바치는 세납도 에누리를 하거든, 종수가 청구하는 운동비를 어찌 깎지 않겠습니까.

그러나 종수는 조부의 그러한 성미를 잘 알기 때문에 한 자국 더 뛰어, 천 원 소용을 이천 원으로 불렀으니 종수가 선숩니다.

윤 직원 영감은 대복이를 불러, 천 원 소절수를 씌어 도장을 찍어 아주 현금으로 찾아다가 종수를 주라고 시킵니다. 그러면서 속으로, 오늘 구백사십오 원 번 것이 오십오 원 새끼까지 치어가지고 도로 나가는구나 생각하니, 매우 섭섭하고 허망했습니다.

15. 망진자亡秦者는 호야胡也니라

일찍이 윤 직원 영감은 그의 소싯적 윤두꺼비 시절에, 자기 부친 말대가리 윤용규가 화적의 손에 무참히 맞아 죽은 시체 옆에 서서, 노적이 불타느라고 화광이 충천한 하늘을 우러러

"이놈의 세상, 언제나 망하려느냐?"

"우리만 빼놓고 어서 망해라!"

하고 부르짖은 적이 있겠다요.

이미 반세기 전, 그리고 그것은 당시의 나한테 불리한 세상에 대한 격분된 저주요, 겸하여 웅장한 투쟁의 선언이었습니다.

해서 윤 직원 영감은 과연 승리를 했겠다요. 그런데…….

식구들은 시아버지 윤 직원 영감이 보기가 싫은 건넌방 고 씨만 빼놓고, 서울아씨, 태식이, 뒤채의 두 동서, 모두 안방에 모여 종수를 맞이하는 예를 표하고, 그들의 옹위 아래 윤 직원 영감과 종수는 각기 아랫목과 뒷벽 앞으로 갈라 앉았습니다. 방금 점심 밥상을 받을 참입니다.

"너 경손 애비, 부디 정신 채리라……!"

윤 직원 영감이 종수더러 곰곰이 훈계를 하던 것입니다. 안식구가 있는 데라 점잖게 경손 애비지요.

"……정신을 채리야 헐 것이 늬가 암만히여두 네 아우 종학이만 못히여! 종학이는 그놈이 재주두 있고, 착실히여서, 너치름 허랑허지두 않고 그럴뿐더러 내년 내후년이머넌 대학교를 졸업허잖냐? 내후년이지?"

"네."

"그렇지? 응, 그래, 내후년이면 대학교 졸업을 허구 나와서, 삼 년이나 다직 사 년만 찌들어 나머넌 그놈은 지가 목적헌, 요새 그 목적이란 소리 잘 쓰더구나, 응? 목적…… 목적헌 경부가 되야각구서, 경찰서장이 된담 말이다! 응? 알겄어."

"네."

"그러닝개루 너두 정신을 바싹 채리각구서, 어서어서 군수가 되야야 않겄냐? …… 아, 동생 놈은 버젓한 경찰서장인디, 형 놈은 게우 군서기를 댕기구 있담! 남부끄러서 어쩰 티여? 응? …… 아 글씨, 군수 되구 경찰서장 되구 허머넌, 느덜 좋구 느덜 호강이지 머, 그 호강 날 주냐? 내가 이렇기 아등아등 잔소리를 허넌 것두 다 느덜 위히여서 그러지, 나는 파리 족통만치두 상관읎어야! 알어듣냐?"

"네—."

"그놈 종학이는 참말루 쓰겄어! 그놈이 어려서버텀두 워너니 나를 자별허게 따르구, 재주두 있구 착실허구, 커서두 내 말을 잘 듣구…… 내가 그놈 하나넌 꼭 믿넌다, 꼭 믿어. 작년 올루 들어서 그놈이 돈을 어찌 좀 히피 쓰기는 허넝가 부더라마는, 그것두 허기사 네게다 대머는 안 쓰는 심이지. 사내자식이 너처럼 허랑허지만 말구서, 제 줏대만 실헐 양이면 돈을 좀 써두 괜찮언 법이여…… 그리서 지난달에두 오백 원 꼭 쓸디가 있다구 펀지히였길래, 두말 않고 보내주었다!"

마침 이때, 마당에서 헴헴, 점잖은 밭은기침 소리가 납니다. 창식이 윤 주사가 조금 아까야 일어나서, 간밤에 동경서 온 전보 때문에 억지로 억지로 큰댁 행보를 하던 것입니다.

윤 주사는 토방으로 내려서는 아들 종수더러 언제 왔느냐고 심상히 알은체를 하면서, 역시 토방으로 내려서는 두 며느리의 삼가로운 무언의 인사와, 마루까지만 나선 이복 누이동생 서울아씨의 입인사를 받으면서, 방으로 들어가서는 부친 윤 직원 영감한테 절을 한자리 꾸부리고서, 아들 종수한테 한자리 절과, 이복동생 태식이한테 경례를 받은 후, 비로소 한옆으로 꿇어앉습니다.

"해가 서쪽으서 뜨겄구나?"

윤 직원 영감은 아들의 이렇듯 부르지도 않은 걸음을, 더욱이나 안방에까지 들어온 것을 이상타고 꼬집는 소립니다.

"……멋허러 오냐? 돈 달라러 오지?"

"동경서 전보가 왔는데요……."

지체를 바꾸어 윤 주사를 점잖고 너그러운 아버지로, 윤 직원 영감을 속 사납고 경망스러운 어린 아들로 둘러놓았으면 꼬옥 맞겠습니다.

"동경서? 전보?"

"종학이 놈이 경시청에 붙잡혔다구요!"

"으엉?"

외치는 소리도 컸거니와 엉덩이를 꿍— 찧는 바람에, 하마 방구들이 내려앉을 뻔했습니다. 모여 선 온 식구가 제가끔 정도에 따라 제각기 놀란 것은 물론이구요.

윤 직원 영감은 마치 묵직한 몽치로 뒤통수를 얻어맞은 양, 정신이 멍—해서 입을 벌리고 눈만 휘둥그랬지, 한동안 말을 못 하고 꼼짝도 않습니다.

그러다가 이윽고 으르렁거리면서 잔뜩 쪼글트리고 앉습니다.

"거, 웬 소리냐? 으응? 으응? …… 거 웬 소리여? 으응? 으응?"

"그놈 동무가 친 전본가 본데, 전보가 돼서 자세는 모르겠습니다."

윤 주사는 조끼 호주머니에서 간밤의 그 전보를 꺼내어 부친한테 올립니다. 윤 직원 영감은 채듯 전보를 받아 쓰윽 들여다보더니 커다랗게 읽습니다. 물론 원문은 일문이니까 몰라보고, 윤 주사네 서사 민 서방이 번역한 그대로지요.

"종학, 사상 관계로, 경시청에 피검…… 이라니? 이게 무슨 소리다냐?"

"종학이가 사상 관계로 경시청에 붙잡혔다는 뜻일 테지요!"

"사상 관계라니?"

"그놈이 사회주의에 참예를……."

"으엉?"

아까보다 더 크게 외치면서 벌떡 뒤로 나동그라질 뻔하다가 겨우 몸을 가눕니다.

윤 직원 영감은 먼저에는 몽치로 뒤통수를 얻어맞은 것같이 멍했지만, 이번에는 앉아 있는 땅이 지함을 해서 수천 길 밑으로 꺼져 내려가는 듯 정신이 아찔했습니다.

그러나 그것은 결단코 자기가 믿고 사랑하고 하는 종학이의 신상을 여겨서가 아닙니다.

윤 직원 영감은 시방 종학이가 사회주의를 한다는 그 한 가지 사실이 진실로 옛날의 드세던 부랑당패가 백 길 천 길로 침노하는 그것보다도 더 분하고, 물론 무서웠던 것입니다.

진나라를 망할 자 호胡(오랑캐)라는 예언을 듣고서 변방을 막으려 만리장성을 쌓던 진시황 그는, 진나라를 망한 자 호胡가 아니요, 그의 자식 호해胡亥임을 눈으로 보지 못하고 죽었으니, 오히려 행복이라 하겠습니다.

"사회주의라니? 으응? 으응?"

윤 직원 영감은 사뭇 사람을 아무나 하나 잡아먹을 듯, 집이 떠나게 큰 소리로 포효를 합니다.

"……으응? 그놈이 사회주의를 허다니! 으응? 그게, 참말이냐? 참말이여?"

"허긴 그놈이 작년 여름 방학에 나왔을 때버틈 그런 기미가 좀 뵈긴 했어요!"

"그러머넌 참말이구나! 그러머넌 참말이여, 으응!"

윤 직원 영감은 이마로, 얼굴로 땀이 방울방울 배어 오릅니다.

"……그런 쳐 죽일 놈이, 깎어 죽여두 아깝잖을 놈이! 그놈이 경찰서장 허라닝개루, 생판 사회주의 허다가 뎁다 경찰서에 잽혀? 으응? …… 오—사육시를 헐 놈이, 그놈이 그게 어디 당헌 것이라구 지가 사회주의를 히여? 부잣놈의 자식이 무엇이 대껴서 부랑당패에 들어?"

아무도 숨도 크게 쉬지 못하고, 고개를 떨어뜨리고 섰기 아니면 앉았을 뿐, 윤 직원 영감이 잠깐 말을 그치자 방 안은 물을 친 듯이 조용합니다.

"……오죽이나 좋은 세상이여? 오죽이나……."

윤 직원 영감은 팔을 부르걷은 주먹으로 방바닥을 땅— 치면서 성난 황소가 영각[176]을 하듯 고함을 지릅니다.

"화적패가 있너냐아? 부랑당 같은 수령들이 있너냐? …… 재산이 있대야 도적놈의 것이요, 목숨은 파리 목숨 같던 말세넌 다 지내가고오…… 자 부아라, 거리거리 순사요, 골골마다 공명헌 정사政事, 오죽이나 좋은 세상이여…… 남은 수십만 명 동병動兵을 히여서, 우리 조선 놈 보호히여주니, 오죽이나 고마운 세상이여? 으응? …… 제 것 지니고 앉어서 편안허게 살 태평 세상, 이걸 태평천하라구 허는 것이여, 태평천하! …… 그런디 이런 태평천하에 태어난 부잣놈의 자식이, 더군다나 왜 지가 떵떵거리구 편안허게 살 것이지, 어찌서 지가 세상 망쳐놀 부랑당패에 참섭[177]을 헌담 말이여, 으응?"

땅— 방바닥을 치면서 벌떡 일어섭니다. 그 몸짓이 어떻게도

176 소가 길게 우는 소리.
177 어떤 일에 끼어들어 간섭함.

요란스럽고 괄괄한지, 방금 발광이 되는가 싶습니다. 아닌 게 아니라 모여 선 가권들은 방바닥 치는 소리에도 놀랐지만, 이 어른이 혹시 상성喪性[178]이 되지나 않는가 하는 의구의 빛이 눈에 나타남을 가리지 못합니다.

"……착착 깎어 죽일 놈! …… 그놈을 내가 핀지히여서, 백 년 지녁을 살리라구 헐걸! 백 년 지녁 살리라구 헐 테여…… 오냐, 그놈을 삼천 석거리는 직분(분재)히여줄라구 히였더니, 오—냐, 그놈 삼천 석거리를 톡톡 팔어서, 경찰서으다가, 사회주의 허는 놈 잡어 가두는 경찰서으다가 주어버릴걸! 으응, 죽일 놈!"

마지막의 으응 죽일 놈 소리는 차라리 울음소리에 가깝습니다.

"……이 태평천하에! 이 태평천하에……."

쿵쿵 발을 구르면서 마루로 나가고, 꿇어앉았던 윤 주사와 종수도 따라 일어섭니다.

"……그놈이, 만석꾼의 집 자식이, 세상 망쳐놀 사회주의 부랑당패에 참섭을 히여. 으응, 죽일 놈! 죽일 놈!"

연해 부르짖는 죽일 놈 소리가 차차로 사랑께로 멀리 사라집니다. 그러나 몹시 사나운 그 포효가 뒤에 처져 있는 가권들의 귀에는 어쩐지 암담한 여운이 스며들어, 가득히 어둔 얼굴들을 면면상고,[179] 말할 바를 잊고, 몸 둘 곳을 둘러보게 합니다. 마치 장수의 죽음을 만난 군졸들처럼…….

—《태평천하》, 동지사, 1938.

178 본래의 성질을 잃어버리고 전혀 다른 사람처럼 됨.
179 아무 말 없이 서로 얼굴만 물끄러미 바라봄.

냉동어

……바다를 향수하고, 딸의 이름 징상을 얻다.

1

××빌딩 맨 위층 한편 구석으로 네 평 남짓한 장방형짜리 한 방을 조붓이 자리 잡고 들어앉은, 잡지 춘추사春秋社의 마침 신년호 교정에 골몰한 오후다.

사각, 사각…….

사그락, 삭삭…….

단속적으로 갱지更紙에 긁히는 펜 소리 사이사이, 장을 넘길 때마다 종이만 유난히 바스락거릴 뿐, 식구라야 사원 셋에 사동 하나 해서 단출하기도 하거니와, 잠착하여[1] 아무도 깜박 말을 잊는다.

1 한 가지 일에만 정신을 골똘하게 쓰다.

종로 한복판에 가 섰는 빌딩이라, 저 아래 바깥 거리를 사납게 우짖으며 끊이지 않고 달리는 무쇠의 포효와 확성기의 아우성과 사이렌과 기타 도시의 온갖 시끄런 소음이, 그러나 이 방 안에선 그리하여 잠깐 딴 세상의 음향인 듯 마치 스크린의 녹음처럼 바투 가까이서 아득하니 귀에 멀다.

스팀이 푸근히 더워, 사동은 구석 걸상에서 입을 벌리고 편안찮이 졸고 앉았고…….

정면 상좌의 대영大永은 다른 두 사원과 한가지로 수북이 쌓인 아카지[2]에 머리를 처박고 골치를 찡그리면서 한동안 교정을 하고 있다가, 이윽고 두통과 연달아 담배 생각에 정신이 번져 일손을 멈추고 고개를 든다.

맞은쪽으로, 방 드나드는 한편 머리에 놓인 응접 소용의 원탁 앞 소파에서는 스미코[澄子]가 이내 고즈넉이 아까 올 때 끼고 온 《성좌星座의 이야기》를 펴들고 앉아 잠심해[3] 읽고 있다.

빼뚜름한 베레 아래로 굵다랗게 웨이브 져 내려온 머리와 더불어, 윤이 치르르 새까만 모피 외투의 넓은 깃에, 정통은 거진 다 덮이고서 조금만 벌어진 귀 뒤의 하얀 목덜미, 거기에 무심코 대영은 주의가 끌려 조용히 시선이 가서 멎는다.

남자 같으면 훤히 잘 틘 이마라고나 할는지, 가닿는 눈의 촉감이 보드랍게 용해되는 희고 연한 목덜미의 살결, 그것은 적실히 여자가 지닌 하나의 여자다운 매력이었었다.

대영은 그리고 지금에야 그걸로 해서 비로소 이 스미코에게

2 '교정에서 붉은 글자'를 뜻하는 일본어.
3 어떤 일에 마음을 두어 깊이 생각하다.

대하여 한 여자를 느낄 수 있는, 그의 여성적인 매력을 발견했던 것이다.

어느덧, 펜을 쥔 채 양손을 받쳐 턱을 괴고 곰곰이 여자를, 고운 목덜미 한 곳만 앉아서 바라다보고 있던 대영은, 얼마 만인지야 두어 번 가볍게 고개를 끄덱끄덱, 내심으로,

'역시 그랬던가!'

하면서 왼팔을 뻗쳐 건성 담뱃갑을 더듬는다.

이 여자에게도 또한, 여자다운 매력이 있기는 있었더니라는 새삼스런 사실을, 그러나 그것이 전혀 새삼스럽지 않은 극히 당연한 노릇임을 마침내 깨달은, 즉 이중의 강화된 긍정이었었다.

비로소 또는 마침내라고 해도, 하기야 오늘로 두 번째요, 따라서 인제 겨우 두 번쯤 만나는 여자이거니 한다면 그역 별로 괴이쩍을 것은 없을는지도 모르는 일이다. 그러나 실상 한편으로는, 은연중 궐녀를 두고 수월치 않은 관심을 가지던 터이면서, 그러고서도 벌써 두 번이나 만나도록 여태, 여자를 갖다가 순전히 한 여자로서는 감각을 하지 못하고 있었던 것인데, 한 것은 막상 저편이 같은 한 인물은 한 인물이로되 이편의 관심하는바 초점이 오로지 애먼 데에 가서만 무심코 잦아져 있었기 때문이었고, 그러므로 가사 두 번이건 세 번이건 그 만난 차례수가 상관될 것은 없는 것이었었다.

2

그저께 석양 때, 평소엔 별반 상종도 없는 영화관계자 김종호

란 사람이 돌연 전화를 걸고는, 며칠 전 동경서 온 귀객인데 긴히 문 선생을 만나 뵙고자 한다고, 시방 시간은 어떠시냐고, 그 수다가 빤안히 보이게 선통을 하더니, 이내 데리고 와 초면 인사를 시켜주는 게 바로 이 스미코이었었다.

김종호는 대영을, 현재 조선문단의 혁혁한 '중견 대가'요, 방금 조선 안에서 십만 독자를 거느리고 가장 '인기'가 높은 이곳 문학잡지 〈춘추〉의 주간이요, 그밖에 무언 어떻고 무언 어떻다면서 마치 거리의 약장수가 만병수를 놓고 풍을 치듯이 갖은 최고급의 형용사를 종작없이 씨월데월, 소개랍시고 손에게 설명을 하는 것이었었다.

그리고 스미코는 가리켜 조선의 각반[4] 예술, 그중에도 특히 영화에 대해선 이해와 관심과 동정이 깊은 분으로, 거기 관한 연구와 조력을 하기 위하여 멀리 이렇게 조선엘 찾아왔는데, 그래 아마 어쩌면 영주를 할 듯하다고, 더욱 기쁘고 경사스럽기는 그 첫 선물로 이번에 제가 원작·각색·감독을 하는 〈청춘아, 왜 우느냐!〉에 찬조 출연을 하기로 이미 내락까지 했느니라고, 그러니 부디 잡지를 통해 많은 원조를 아끼지 말아 달라고, 대영에게 소개인지 선전인지를 한바탕 떠들어놓는 것이고…….

대영은 마지못해 코대답이나 응 응, 고개를 끄덕거려 줄 뿐, 하는 수작이 벌써 시쁘디시뻐, 하나도 흥미라곤 생기지를 않았었다.

별, 세상엔 일 좋아하는 여자도 다 있던가 보다고…….

심심하거든 차라리 가만히 앉아서 낮잠을 자든지 할 것이지

4 모든 범위에 걸쳐 빠짐이 없는 하나하나.

대체 무엇이 어쨌다고 이 어설픈 구석엘 찾아오는 것이며, 그나마 하필 얻어걸린다고 얻어걸린 양반이 어디서 저 알량한 김종호 서방님이니, 참 딱한 일도 많지야고…….

그러나저러나, 웬걸 제법 중추[5]가 있고 내로라는 여자라고 한다면야 아예 쓰잘데없이 그따위 허무맹랑한 거조[6]를 하려고 들 이치는 만무한 것, 소견머리 없는 품이 매양 김종호와 한 바리에 실을 꼭 같이 데데한 축일 테지야고…….

아마 모르면 몰라도 뉘네 집 하찮은 오피스걸이 아니면 다직 삼류 사류의 영화배우로, 실행失行을 했든지 실연을 했든지 하고서 홧김에 도피행을 해왔기가 십상일 것, 한 것을 멀쩡한 저 활량[7]이 얼씨구나 좋다구 실끔 들춰 업고는 바로 조선의 예술이네, 영화에 대한 이해와 관심이네, 게다가 동정은 무어며 연구란 어디 당한 것인지, 시방 저렇게 통나팔을 불고 돌아다니는 속이겠지야고…….

이렇듯, 대영제 류의 심술스런, 그래서 자못 무책임한 판단이었으나, 하여간 판단이 그러하고 보니, 자연 그 나그네가 대단할 것도 달가울 것도 없을밖에 없었다.

대영은 그 자신이 소위 세대의 룸펜으로 제 코가 석 자나 빠져 가지고는 '삐뚤어진 빈집(폐옥廢屋)에서 거주를 하고 있는' 터이매, 모든 사물에 대하여 좀처럼 흥미와 관심이 일지도 않는 형편이었지만, 우환 중 선입지감이 없지 못한 김종호가 웬 여자를 데리고 와서는 또 횡설수설한다는 게 여전히 부황한 소리요, 한 데에 그만 그

5 사물의 중심이 되는 중요한 부분.
6 큰일을 저지름.
7 '한량'의 변한 말.

는 (일종의 자기암시랄 것에 걸려) 우선 초면한 객의 행색이나 상모[8] 같은 것이라도 일단 차근차근 음미를 해볼 나위도 없이 덮어놓고 긴찮은 생각과 멸시부터가 앞을 서,

'부질없은 짓을!'

'오죽할 여잘라구!'

이쯤, 인물까지도 통틀어 치지도외置之度外[9]를 해버리고 만 것이었었다.

인사를 하고 난 즉시는 (어쨌건) 관념한 바가, 그리고 태도가 무릇 이러했었다.

그러나…….

이내 주저앉아서 김종호는 스미코의 편리를 위함인지, 와락 유창하지는 못하나마 종시 국어로다가 작금 내지 영화계의 현상에 대한 비판을, 요령이 없는 대신 심히 장황스럽게 설론을 늘어놓고 있었다.

당하는 대영으로서는 대단히 괴로운 응접이요 억울한 낭비가 아닐 수 없었다.

대영은 그러노라니, 응접 처소를 만들어둔 것이나 부질없이 후회를 하면서, 처음 얼마 동안은 그대로 저대로 말대꾸를 해주는 시늉을 하던 것도 엔간히 감당을 못해, 필경은 건성으로 우두커니 마주 앉았기나 해야 했었다.

하다가 우연히, 하 무료타 못해 부지할 바를 모르고 한만하게[10] 두

8 면상.
9 내버려두고 문제 삼지 않음.
10 되는대로 내버려두고 등한하다.

루 떠돌던 주의가 마침내 스미코한테로 향해질 기회를 드디어 만나게 되었었다.

휠씬 값진 모피 외투와, 윤 좋게 새까만 그 모피 자락으로 덮은 무릎 위에 놓였는 흰 손가락의 상당히 굵고도 잘 빛나는 다이아, 이 두 가지 물품의 썩 호사스러움에 문득 눈이 띄었던 것이다.

의외로워, 고개가 절로 깨웃,

'흐응!'

하면서 다시금 보아야 역연 녹록지 않은 사치요, 그러나,

'저만큼이나 호사를 할 수 있는 신분이라면은……?'

하고 되짚어 생각을 하노란즉, 방금 아까 뉘네 집 하찮은 오피스걸이니 삼류 사류의 영화배우붙이니 한 것은 아무려나 좀 동떨어진 짐작이던 성도 불렀다.

'그렇다면?'

하고, 그래도 심술로,

'……부잣집 영감쟁이의 소위 인텔리 이 호……? 싫증이 나 도망질을 빼 온…….'

이렇게 둘러 붙여보다가, 또 고개를 깨웃,

'……대관절 어떻게 생겼더라?'

하면서 눈을 드는데, 얼굴은 생각잖이 몹시도 (인상적으로) 침울하여, 퍼뜩 놀라웠다.

얼굴을, 어떻게 생긴 얼굴인지 본다고 심상이 올려다보았던 것인데, 뜻밖에 표정만 그렇듯 인상적이던 것이다.

어떻게 생긴 얼굴인지 본다고 보았다지만 물론 처음 비로소 정면으로 대했던 것은 아니었으나 무심했던 탓이겠는데, 하여튼

그다지 침울한 줄은 몰랐었다.

세 번째 고개를 깨웃,

'왜 그럴꼬?'

하면서, 그제야 이것저것 두루 여살펴 보았다.

무엇보다도 그의 지적으로 세련된 총명한 기상이 매우 노블했고, 뿐만 아니라 거진 제 살결에 가깝도록 가볍게 다스린 화장이랄지, 색채와 무늬가 야하지 않고 잘 조화된 의복이랄지, 통틀어 전체의 풍모가 다 기품이 있어 보였다.

이러한 걸로 미루어 (아직은 속단의 혐의가 없지야 않지만) 아무커나 우선 교양이 쌍스럽지 않음을 알겠었다.

고개가 필경 이번에는 앞뒤로 끄덱거려지면서,

'으응! 그래애!'

함은, 애초의 그와 같은 짐작과 판단에 대하여 시방의 새로운 발견이 저으이 신통스러웠던 때문이었었다.

그러나 결국 그것은 애먼 수확이요, 오히려 명랑할 조건일지언정, 그러므로 저렇듯 침울한 이유를 설명할 수 있는 재료는 아니었었다.

'말도 잘 않고!'

생각하니 참 그러했었다.

그는 맨 처음, 김종호가 대영더러 하라 스미코상이라고 성명을 일러 소개하는 뒤를 받아,

"도조 요로시쿠(잘 부탁합니다)……."

하고 단 한마디 항용 인사에 쓰는 말을 했을 뿐, 좀연히 입을 여는 법이 없었다.

그저 잠잠히 앉아 김종호가 저 혼자서 연신 지껄여쌓다가는 중간중간,

"……아, 그렇지 않아요? 그렇지요? 스미코상……."

하면서 고개를 들이대고 두 번 세 번 조르듯 다져야만 겨우,

"글쎄……."

라거나, 혹은,

"네에……."

라거나, 짧은 대답을 해주곤 할 따름이었었다.

그러고는 한 번도 제가 자진하여 말참견을 한다든가 이야기를 꺼낸다든가 한 적이라고는 이내 없었다.

그야 막상 초면 인사를 하고 난 낯선 타방他方 남자의 앞이라서, 자연 여자답게 삼가를 하는 조심도 없지는 못했을 것이었었다. 그러한데다가 또 줄곧 들이 생철동이 두어 뭏 혼자서만 떠들어대는 김종호의 수선에 치여, 가령 무어라고 말을 내고 어쩌고 하기는 새로에, 좌석이 도무지 정신을 차릴 수가 없겠는 모양인 것도 사실이었었다.

그러나 (그것도 그것이려니와) 문제인즉슨 도시에 기분이 차악 갈앉아 조금치도 남과 함께 섭쓸려서 담화를 나누고, 어우렁더우렁 놀고, 그리하잘 경황이란 것이 나지를 않는 때문인 것이었었다.

하되, 그렇다고 해서 또 가사 하찮은 오피스걸이나 삼류 사류 영화배우의 실연 도피행은 아니더라도, 좌우간 저렇듯 배젊은[11] 여

11 나이가 아주 젊다.

자겠다. 첩경 그럴 성싶은 걸로, 역시 연애 등속의 사단에서 오는 순전히 감정적인 번뇌 이것이냐 하면, 그러나 심각하되 훨씬 침착하여 맑은 이성의 빛을 지니고 있음을 보아, 일변 흔히 그 바지직 바지직 아픈 고민을 깨무는 표정적인 상심傷心의 자취가 전혀 없음을 보아, 아무래도 그와 같은 일종 근육적인 심장의 사건과는 판연 계통이 닮은 자라 안 할 수 없었다.

그렇다면 필경 갈 데 없이 그것은, 저 깊이 머릿속에 가 서려 있는 어떤 사색적인 세계로부터 우러나는 정히 절망된 한 개의 상심喪心…… 이 증상임에 틀림이 없을 것이었었다.

드디어 대영은 생각이 여기까지 미치자 그와 동시에 불현듯 여자에게서 저 자신의 많은 일부분이 느껴짐을 느끼면서 새삼스럽게 정신이 들어, 더럭 더 호기심이 끌리지 않질 못했다.

김종호는 여전히 귀먹은 토끼 같은 열변을 토하고 있고.

스미코 역시 그대로 절에 간 색시인 채로 앉았고.

대영은 절절히 감심[12]스러워 여자가 다시금 쳐다보이고, 그러면서 한편으로는 일이 하도 상상 밖이요 당돌했던 만큼 미심조로 한걸음 물러나,

'그렇기로서니……?'

'글쎄, 원…….'

하고 혹시 천착[13]이 지나쳤던 게 아닌가 하여 넌지시 의심을 일으켜도 보았다.

그러하잔 즉슨 과연 그 이상의 확증을 잡을만한 조건은 미상

12 마음속 깊이 느낌 또는 그렇게 감동되어 마음이 움직임.
13 어떤 원인이나 내용 따위를 따지고 파고들어 알려고 하거나 연구함.

불 찾아낼 수가 없는 것 같았다.

하나 반대로, 이미 도달한 결론을 갖다가 도로 번복을 시킴직한 조건도 마찬가지로 발견은 할 수가 또한 없었다.

그러므로 역시, 먼저의 결론은 어쨌거나 일단 승인을 하지 않을 수가 없던 것인데, 그러자니 문득,

'대관절 웬 여자길래?'

하고 그의 정체랄 것이 비로소 궁금했다.

아닌 게 아니라, 여자의 과거 일체가 드러난다면 시방 현재의 행위도 (간접으로써) 자연 판명이 될 것이었었다.

그래 아쉰 대로, 처음 김종호가 너절하니 주워섬기던 명색 소개의 말을 돌이켜 두루 생각을 해보았고, 해는 보았으나, 그러나 막상 그런 걸 가지고서는 바라는바 여자의 정체를 캐치할 수가 도저히 없었다.

해서, 정통은 종시 막연한 채 다만 그 대신 애초에 여자를 한낱 하잘것없는 잡동사니의 룸펜—천민인 걸로 보아버렸음은 역연[14] 온당치 못한 편견이었다는 것만은 재삼 자인을 해야 했었다.

따라서, 가령 이번 일로 하더라도 무어 조선의 각반 예술이라더냐 영화라더냐 관심이네 연구네 하던 소리는 정녕 김종호의 어지빠른[15] 고안일 테고, 당자는 (어찌 된 내력은 모르겠으나) 십상 마음이 울적한 나머지 구경삼아 놀기 겸 미지의 세계라서 그저 와보느라고 와본 것이겠는데 자연 사정이며 형편을 모르는 만큼, 또 지리에도 생소하고 하여 전자에 우연한 안면이 있었거나 혹은

14 또한 그러함.
15 정도가 넘고 처져서 어느 한쪽에도 맞지 아니하다.

누구의 (무책임한) 소개로 저 살뜰한 안내자를 찾았던 모양 같고, 한 것이 시방 아무 영문도 모르고서 저렇듯 덤덤히 꺼들려 다니며 애꿎이 꼭두각시 노릇을 하는 참이고…… 이렇게 인식을 시정할 수까지 있었다.

이쯤 호의롭게 생각이 기울자 연달아 그다음부터는, 만일 그렇다면 인제 보나 안 보나 톡톡히 망신이나 하고 나설 게 빠안한 야바윗속인걸, 그러니 저 일을 장차 어떡한단 말이냐고, 당초에 출발한 코스는 어디로 가고서, 어느덧 저도 모를 사이 걱정이 한참 고부라져[16] 딴전을 보고 있었다.

괜히 걱정이 되는 것, 이것이 그의 부질없는 다심多心이요 그걸로 하여 항상 자기혐오를 느끼는 것이나, 또한 어쩔 수 없는 일면의 천품이었었다.

과연 반동은 와, 이윽고 제정신이 들자 그제서는,

'흥! 별, 다아…….'

하면서 냉소로 더불어 한 다른 제 버릇을 내어, 예의 '삐뚤어진 빈 집' 속으로 저 자신을 거둬들이는 것이었었다.

마침 그러자 김종호가 그동안 한 삼사십분은 착실히 콩이야 팥이야 지껄이고 앉았던 그 소위 영화비판의 일석을 어름더름 끝을 막고서, 겨우 무거운 뒤를 일으켜 세웠다.

하마 네시가 다 되었고, 그런대로 대영은 불행 중 다행스러 냉큼 마주 일어서는데, 김종호는 그러나 이번엔 또 같이서 밖으로 나가자는 청을 하는 것이었었다.

16 무엇에 열중하다.

매양 찻집이나 가자는 뜻인 듯싶은데, 하기야 대영도 인제는 엔간히 일도 시간도 무방했고 겸하여 종일 아프던 골치겠다, 명과나 금강산의 진하게 끓인 한잔 커피가 따끈한 맛이 미상불 생각나지 않는 것은 아니었었다.

하나, 그렇더라도 가면 넌지시 혼자서 가는 것이지 어쨌으니 이 귀 아픈 동행과 함께 번다한 거리의 다방을 찾아가, 차나 아니나 구정물 같은 사탕국을 마시면서 또다시 그의 무지한 소음을 듣고 앉았잘 머리는 없는 것이었었다.

그래, 무어라고 핑계 댈 말이 얼른 생각이 안 나,

"글쎄……."

하고 시계를 올려다보면서 잠깐 망설이는데, 그런데 뜻밖에 스미코가 (웬일로) 입이 떨어져서는,

"바쁘시지 않거든, 저어 저녁 진지나 같이……."

하면서 더 의외의 제의를 하는 것이었었다.

대영은 섬뻑, 여자의 그만큼이나 소탈한 파격의 태도가 미소롭고 마음에 들었다.

물론 그렇다고 하여 사람 근천스럽고 체신 아니게 즉시 거기에 응을 할 의사는 조금도 없었고, 그저 고맙다고, 그러나 이편이 명색 주인인 데야 원래의 귀한 손님을 위로할 겸 먼저 경의를 표해야 도리가 옳지 않으냐고, 하니 종차 그러한 기회가 있은 다음에 혹시 나를 부르는 경우라면 그때는 기쁘게 나아가겠노라고, 흔연히 좋은 말로 (한다는 것이 부지중 외교관 본으로) 사퇴를 한 것쯤 되었었다.

여자는 한번 웃을 뿐 다시 더는 아무 소리도 없고 한 것을 김

종호가 부득부득, 아 우리네 '문화인' 서로들끼리 무얼 다 그런 체면과 절차를 차리고 어쩌고 한단 말이냐고, 자 어서 같이 나가자고 졸라쌓는 것이나 종내 불응을 했고, 하다못해 그러면 이왕 말을 낸 초면 나그네의 낯을 보아 잠깐 차라도 한 잔씩 마시자고 하여, 그것마저 물리치기는 차마 박절한 것 같아서 부득이 근처의 다방으로 자리를 옮아앉았었다.

다방으로 가서도 (미리서 다 각오야 했던 것이지만) 역시 김종호의, 이번에는 저만 빼놓고 죄다 아무것도 아닌 조선의 영화감독 '올 바보론'을 지지리 들으면서 무의미한 부역을 하는 것밖에는 아무것도 없었다.

스미코는 여전히 거기서도 침묵을 하고 있었고.

대영은 기위[17] 이편이 찾음을 받은 사람쯤 된 입장이요, 연거푸 이렇게 자리를 같이 한 터이겠다, 노상 소 닭 보듯이 멀거니 바라다보고만 있을 게 아니라, 저라도 들어서 이것저것 말을 붙여 담화가 얼리도록 이야기를 리드하고 하는 것이 한갓 대접이겠고, 따라서 그리하자면 물론 못할 것은 없었다.

그러나 저편이 결코 무슨 화제를 가지지 못했다거나 또는 파겁[18]이 되지를 못해서라느니보다도 근본적으로 제 기분이, 그리고 좌석의 분위기에 대하여 마음이 내키고 흥이 일고 하질 않아하는 기미가 번연한 것을, 구태여 눈치코치 없이 지분지분 성가시게 굴어주잘 내력이라곤 없는 것이었었다.

그럴 뿐만 아니라, 첫인상이 하여커나 '말 않는 여자'이었기

17 이미.
18 익숙하여 두려움이나 부끄러움이 없어짐.

때문인지는 몰라도 오히려 말을 않고 있는 태가 차라리 자연스런 것 같은, 일종 막연한 풍치감風致感도 또한 없지가 않았었다.

한데다가 또 이편따나 매한가지로 경황이 더얼하여, 이야기 같은 것을 힘써 하고 싶은 정성도 일변 나지를 않는 터이고 해서,

'쯧! 나그네 국 마다자, 주인네 장 없자, 실없이 잘 되었지…… 무어 발 벗고 나서서 억지엣 건사를 물러 들 까닭이 있을 게 있나…… 제 떡 저 먹고, 내 떡 나 먹고 했으면 다 고만이지…….'

야고, 내뻗어버리자니까는 그동안 무엇인지 모르게 걱정스럽던 어떤 의무감이 후련히 씻겨나가면서 마음이 거뜬해지는 것 같았다.

그 바람에 마지막 식어빠진 차를 주욱 들이마셨고, 그러나 언제까지고 앉았어야 언제까지고 별 내력이 없는 노릇, 그런데 김종호는 차례를 잡는 품이 좀처럼 자리를 뜰 채비가 아니고, 그래 무때리고 먼저 돌아가겠노란 말을 하면서 모자를 집어들고 일어섰다.

아니나 다를까, 김종호는 그대로 반만 엉거주춤 마주 일어서더니, 아 그러냐고 대영의 손을 잡아다가 흔들어싸면서 오늘은 참 실례가 많았노라고, 그리고 내일이고 모레고 긴히 좀 찾아가 상의를 할 일이 있노라고, 그러면서 일변 스미코더러는 우럴라컨 예서 시간까지 더 기다려 방이 났는지 아파트엘 가보기로 하자고, 자 문 선생 우리는 그러면 이대로 실례를 하겠노라고, 한참 들이 너스레를 떤 후에야 겨우 악수를 놓아주었다.

하는 동안 대영은, 그 살 많지 못한 손가락이 소당깨[19] 같은 손

19 '솥뚜껑'의 방언.

바닥 속에서 당분간 악형을 받되, 아프단 소리도 못 하고 참아야 했고.

여자는 작별차로 같이 따라 일어서서는, 그러나 제격에 맞게 간단히 한마디 '사요나라'란다든지, 폐를 끼쳤노란다든지 하는 게 아니고,

"저어, 오늘 낼 새 거접할 곳이나 얻어서 몸이 갈앉혀지는 대루 수이 한번 찾아뵙겠어요!"

하면서 여러 말로 된 인사를 하는 것이었었다.

이것이 초면의 두 시간 가까운 교제에, 또 자리를 두 번이나 바꾸어 앉았으면서 그의 입으로부터 나온 말 가운데 비로소 말다운 말이었었다.

대영은 실러블이 여럿인 것은 신통했으나 내용은 단지 인사엣 말이거니 하여, 저 역시 인사성으로,

"네에! 부디 놀러 오십시오!"

하는 것을, 여자는 실상 지날 말이 아니었던 듯 더,

"그렇지만, 바쁘실 텐데……! 놀러라구 해두 어디 정말 놀러야 가겠어요? 가면 다가 시간을 뺏어디려야 하구, 그러니깐 말씀이죠!"

하면서 어떡하다가 말문이 터져가지고는 겸하여 이야기가 자못 구체적인 바가 있었다.

대영은 속이 시원했고, 워너니 그렇겠지, 무슨 청승에 필요까지도 억누르고서 침묵을 고집하여 생으로 벙어리 짓을 하잘 까닭은 없겠지야고, 일변 흔연히 고개를 끄덱끄덱,

"머어 좋습니다! 무슨 그리 대단스런 노릇을 하구 있다구 손

님을…… 다 손님을 맞아서 응댈 하구 이야길 해디리구 하는 것두, 쯧! 사무요, 일은 일이니깐요!"
하는데, 김종호가 덜렁 내달아,
"아! 거 참, 옳은 말씀이여!"
하면서 왁자지껄,
"……그렇구말구……! 다가 참, 문화 동지를 맞아설랑 이야길 나누구 친절히 상황을 소개하구 하는 건 말하자면, 같은 우리 문화인의 생활 가운데 당연한 한 조목이요, 또 의무요, 허어허 허허…… 거 참, 지당한 말씀이여!"
하고 떠들어대는 것이었었다.

설레에, 여자는 무어라고 대영더러 짤막하게 대꾸를 했으나, 고만 소리가 먹혀 없어지고 말았고.

그날은 좌우간 그쯤 하고서 갈렸고, 그리고는 하루를 지나 뜻밖에 속히 오늘, 조금 아까 펴뜩 혼자서 이렇게 찾아왔었던 것이다.

오늘은 그리고 여전히 침울한 얼굴은 얼굴이었으나, 자청해 또 저 혼자서 오느라고 온 때문이기도 하겠지만, 입만은 앞서처럼 무겁지가 않아 대영이 마주 나서서 자리를 권하면서,
"……그런데, 사처는 어떻게……? 정하셨나요? 아파트를 구하신다더니……."
하고 인사 겸 묻는 말에,
"여관은 아무래두 번폐스럽구, 또오 출입하기두 편찮구 해서요…… 이왕이니 아파트를 하나……."
하면서 이내 종알종알 이야기 대꾸를 곧잘 하는 성 했었다.

"임의러워서 좋긴 하지요…… 그렇지만 요새 아파트가 도무지, 머어 부흥채권 빠지기 같아서……."

"일류라구 하는 덴 그래서 땅 뗌두 못 하겠어요……! 그리구서 겨우 ××아파트라구, 부청 앞으루 아따 저 거시키, 커어단 빨강 문이 있구 한, 아따 무슨 대궐?"

"덕수궁?"

"오오 참, 덕수궁…… 거기 그 옆댕이……."

"그거라두 용히 얻으셨지! 아파트래야 와락 출 수는 없어두…… 퍽 음침하잖아요?"

"네에, 좀…… 그렇지만 괜찮아요, 앞으루 어떻게 될는지두 모르구……."

대영은 그 말에 속으로,

'뭣이냐, 조선서 예술을 연구하네, 영화에 출연을 하네, 또 영주를 하네 한다던 건 어떡허구?'

이런 생각이 나던 것이다. 뒤미처, 역시 짐작한 대로 김종호의 조작이요 저 혼자 놀음이거니 싶어 짐짓 암말도 않고 말았다.

이야기는 그로써 무뚝 끊기고, 오래도록 서로 덤덤히 앉아 있었다.

대영은 대체 이 맹랑한 나그네를 어떻게 대접을 해야 좋을지 통히 가늠을 할 수가 없어 작히 걱정스러 못했다.

설마 김종호 본으로 이리저리 끌고 돌아다니면서 문단 사람들한테 지면이나 시키자니 차마 쑥스러운 짓이고, 역시 김종호처럼 (영화론 대신) 문단 고현학이나 작가론의 일석을 들려주고 앉았재도 마찬가지 싱거운 짓이고, 그렇대서 언제까지고 또는 만나는 족족 (자주 찾아올 눈친데, 하니) 아무렇지도 않은 잡담이나 지껄인다고야 더욱이 못 할 노릇이고.

그러나마 여자라도 제가 자진해, 무엇이 되었든 알고자 하는 것이라든지 혹은 듣고 싶은 이야기라든지를 가지고 줄곧 화제를 만들어 이것저것 묻곤 한다면 이편도 요령을 짐작하고서 두루 설명이라도 해주고 하겠는데, 보아야 이건 몇 마디 이야기를 하는 시늉 하다간 다시금 입 따악 봉하고서 가만히 앉았으려만 드는 것 같고 하여 일은 무던히 딱한 형편이었었다.

하되, 그런데 여자는 그와 같은 침묵과 무료함을 별반 부자연스러하지도 어색해하지도 않고 썩 아주 천연덕스럽게 하나도 불편한 기색 없이 의젓하니 앉아 있는 것이고, 앉았는 양이라니 어쩌면 시방 지독한 히스테리가 엉뚱한 얌전을 떠는 변덕이나 아닌가 싶어 속이 섬뜩하기도 했다.

대영은 그러자 문득 또 오스카 와일드의《비밀이 없는 스핑크스The Sphinx without a secret》가 생각이 나서, 미상불 임자한테도 이름만은 그렇게 제수를 함직하다고 혼자 빙긋이 웃는데, 그제야 스미코는 주의가 들었던지 천연이,

"참 저어, 절라컨 상관 마시구……."

하면서 권을 하는 것이었었다.

"……어서 일 보세요……! 보시구서 파하시거들랑 혹시 거리라두 같이 데리구 나가 주시든지……."

"아! 거리요……? 쯧! 것두 좋겠죠……."

대영은 역시 그렇게나 하는 도리밖에는 없으련 싶어, 아무려나 자 그러면 미안한 대로 거기 앉아서 신문이든지 그 책이든지

좀 들춰보면서 잠깐만 기다려달란 말을 이른 뒤에, 일단 제자리로 돌아와 얼마 동안 내처 하던 일을 하고 난 참이었었다.

그리고 종시 그때까지도 깜박 그는 여자에게 대하여 한 남자로서의 고유한 흥미가 끌린다거나 또는 얼굴이랄지 기타 가령 수족이며 몸맵시랄지의 어떤 부분에서 궐녀의 여성적인 독특한 매력이 눈에 띈다거나 하는 줄을 통히 몰랐었던 것이다.

일반으로 모든 남자란 것은 언제든지 아무 여자한테고 반드시 그 은근한 흥미를 가지는 법이니라고 한다면, 그야 데마[20]에 많이 가깝고 피상적인 공식이라 할 수도 있을 것이다.

그러나 한편, 저 유명하게 강심한 서화담으로도 단 한 꺼풀만 입은 엷은 여름 속옷이 물에 찰싹 젖은 몸뚱이를 해가지고 코앞에서 나풀나풀 춤을 추는 황진이만은 멀끔히 바라다보다 못해 필경 슬며시 돌아앉았다는 일사라든지, 또는 속계俗界엘 내려왔다가 마을 앞 개천에서 빨래를 빨고 있는 젊은 여인네의 부우연 너벅다리를 한번 보고는 그만 마음이 현혹하여 몇십 년 닦은 도가 하루아침 도로아미타불이 되어버렸다는 옛 스님의 이야기라든지를 미루어 두루 생각을 할진대, 그 데마가 다분히 요망스럽기는 하다지만, 역시 한 귀퉁이 반쪽의 진실성이 머금겨 있음을 또한 승인치 않을 수가 없을 것이다.

그 물 묻은 준나체로 춤을 추는 황진이의 앞에서는 화담의 근엄도 별수가 없듯이, 몇십 년 쌓은 수도가 촌녀의 빨래 빠는 너벅

20 데마고기demagogy. 대중을 선동하기 위한 정치적인 허위 선전이나 인신 공격.

다리로 하여 일시에 허사가 되는 수도 있듯이, 항차 범상한 시속 사람인 데야, 모든 남자란 것은 그가 어떤 종류의 불구자라거나 늙어 꼬부라진 영감이 아닌 이상 언제든지 아무 여자한테고, 여자가 흉악한 추물이라거나 합죽합죽 노파가 아닌 이상 반드시, 그 소위 은근한 흥미토록은 몰라도, 단지 여자의 순전히 여성적인 매력에 대해서까지 나무토막처럼 무감각하진 못한 것이 거진 생물학적인 운명이어서 말이다.

대영은 나이 삼십을 약간 넘었을 뿐 아직 젊고, 가정은 가졌다지만 수염 없는 불구자도 삼가로운 퓨리턴도 아니고 하여, 그 '모든 남자'의 규범에서 조금인들 벗을 게 없는 사나이이었었다.

또 스미코는, 그런데 보기 싫은 추물도 오바상[21]도 아니요, 알뜰한 묘령의 몸이면서 홋홋이 원방의 낯선 타지에 와 이편과 생활을 섞고자 한다는 활달스런 나그네요, 누구의 상사하는 여자인지는 알 수 없으나 버젓한 남의 아낙은 십상 아닐 것이고, 따라서 그 '모든 남자'네로 하여금 그의 여성적인 외양의 매력은커녕, 작히 예의 그 은근한 흥미라는 것을 가지게 하도록 컨디션에 미흡함이 없었다.

그리하여 과연 김종호 같은 사람은 그 첫소리를 치고 나선 인물이었을 것이고, 대영 또한 열에 열깐의 프로버빌리티를 그만큼이나 갖춘 터이면서, 다만 시간적으로 얼마쯤 활동기(감염 후의 활동기)가 우연히 천추되었을 따름이었었다.

이를테면 소조한 정원이라든지 혹은 산야의 숲 사이를 호올로

21 '할머니'를 뜻하는 일본어.

가을을 낙막해하면서[22] 초요하고[23] 있는 옷깃에 가 공교로이 한 잎의 단풍 든 낙엽이 날아와 앉은 형용이라고 할는지, 스미코의 출현이 대영에게 대해선 정히 그와 방사한[24] 바가 있었다.

그러했기 때문에, 감회가 감회이던 만큼 초요하던 객은 한 잎의 그 낙엽을 얻고서도 한시름 더 가을을 느끼는 정만 골똘하여 졸연히 그 단풍잎의 단풍으로서의 운치나 아름다움은 깨닫지를 못함과 일반으로, 그와 마찬가지로 대영도, 그는 여자의 안색이 그대도록 침울한 거기에만 온전히 정신이 쏠려 있느라고, 그래서 미처 여자에게서 한 '젊은 여자'를 발견하기까지는 채 이르지를 못했던 것이었었다.

하나 그것은 그러므로 언제까지고 그와 같은 무관심한 상태인 채 있을 수는 역시 없는 것이어서, 마침내는 그처럼 여자의 (우선 우연히) 고운 목덜미를 알아봄으로써, 궐녀의 또한 여자다운 매력에 필경 주의가 끌리고라야 만 것이었었다.

3

건성으로 궐련을 뽑아 올려 건성으로 입술에 물었을 뿐, 대영은 이내 박인 듯이 스미코를 바라다보고 앉아 여념이 없던 시선이 한참만에야 차차로, 머리털과 모피의 깃 속에 하얗게 묻힌 그

22 마음이 쓸쓸하다.
23 이리저리 헤매거나 어슬렁어슬렁 걷다.
24 매우 비슷하다.

목덜미로부터 이동을 하여, 소곳이 숙인 프로필을 어루만진다.

단명해 보이게 부리가 촉하고 작은 귀, 그 앞으로 하늘거리는 듯 연한 살쩍, 갸름하니 하관이 빨아 약간 나온 듯싶은 광대뼈, 그 위로 길게 팬 눈초리를 지나, 심은 듯이 가조롱하고 촉이 긴 속눈썹, 그리고 유난히 오똑 날이 선 콧대.

이렇듯 제각기 한 부분 한 부분은 말하자면 조각적으로 인상이 또렷또렷했고, 물론 의식하고서의 음미인만큼 처음 비로소 머릿속에 들어와 박히는 결정적인 인식이었었다.

한데, 그러나 이미 한 꺼풀 망막 위에 드리운 관념의 베일이란 매우 기묘한 것이어서, 한 부분 한 부분을 차례로 그렇게 한번 씻어보고 난 다음 일순간 후에는 그와 같이 인상적이던 부분 부분의 특징이 삽시간에 죄다 해소가 되면서 따로이 전체의 모습만 오래오래 사귀던 친구랄지 혹은 집안 권솔 아무고 누구처럼, 조금도 낯이 설거나 어색한 구석이 없는 얼굴로 어느덧 통일 전화가 되어가지고는 담쑥 와서 마음에 안기는 것이었었다.

그러하되 실상인즉 일찍이 친한 적도 없고, 따라서 기대도 상상도 하지를 못한 모습인 것이 사실인데, 그런데 그것이 전혀 의외로운 느낌이 없이, 응당 다 그러한 것인 줄로 여기고 기다리던 기정사실인 것처럼, 지극히 자연스럽게 수감이 되던 것이었었다.

술잔이나 얼큰히 먹고 밤길을 가는 사람에게는, 백 년 묵은 여우가 둔갑을 하여 이쁜 각시로 보인다는 이야기가 있다.

그것이 만일 허랑한 미신에만 그치지 않고, 한편으로 우화적인 의미를 가진 것이라고 한다면, 지금의 대영을 거기에다가 한번 견주어보는 것도 노상 실없은 편은 아닐 것이다. 일방의 인물

스미코한테는 물론 애먼 악담이기야 하겠지만…….

그리하여 아무튼 다년간 상종하던 친구라거나 오랫동안 동거를 해온 아내라거나 할 것 같으면, 그들의 모습이 웬만큼 잘생겼다든지 반대로 웬만큼 못생겼다든지 하더라도 항용 거기에 관해서는 좀처럼 주의가 가질 않고 대개 심상하듯이, 시방 대영의 스미코에게 대한 것도 바야흐로 그와 근리함이 있어, 가령 어디가 이쁘게를 생겼다거나 또는 어디가 밉게를 생겼다거나 하는 시각적인 미·추의 분별과 거기 따르는 감각은 (어느 겨를에 벌써 후방으로 물러가 침착이 되었는지) 통히 일지를 않고, 그리고는 한갓 마음이 가서 차악 안주를 할 수가 있도록 훨씬 임의롭고 반가움이 곰곰 솟는 모습일 따름이었었다.

너무도 급작스럽고 또한 부전스러움이 없지 않았으나, 이른바 동류감으로부터 오는 보통 이상의 강한 친화력이라고 할는지, 진작 요전날 만났을 때 벌써 여자에게서 저 자신을 느낀 것이, 수월히 오늘 지금의 이것이 있도록 씨앗을 뿌렸음일 것이다.

여지껏 앉은 자세도 그대로, 스미코한테 가 자지러졌던 상념이 이윽고 한 단 더 주관적인 가치의 판단을 얻어 대영은 아까처럼 속으로 혼자, 그러나 더 적절하게,

'역시 그랬던가!'

하면서 연해 수없이 고개를 끄덱끄덱, 딴사람인 양 얼굴은 흔연히 화기가 좋아진다.

굴져서,[25] 그를 갖다가 한 여자임을, 여자다운 매력으로서가 아

25 마음이 느긋하고 만족스럽다.

니라 이번에는 눈에 함빡 고이는 그 여자로서의 여자임을 짐짓 저 자신에게 새 채비로 관념시키는 것도 또한 흥그러웠을 터이고…….

그러느라고, 그 끝에 연달아 (아무리 골똘해 있었던 끝이기로서니) 별안간 걷잡을 사이도 없이 소리를 내어 불쑥 한단 소리가,

"스미코상이 여자드랬지이?"

해놓았으니, 가뜩이나 찍소리 없이 조용하던 방 안이겠다, 모두들 퍼뜩퍼뜩 놀라서는 제가끔 고개를 쳐들고 대영에게로 눈이 모인다.

주로 영업사무를 맡아보는 왼편의 박, 편집을 맡아보는 바른편의 김, 둘이는 다 그러면서야 대영이 하던 말을 되생각하고서, 혹시 졸다가 잠꼬대를 했나 하여 빙긋빙긋 한 번씩들 웃는다.

스미코는 무심결에,

"마아(어머)……."

하면서 하도 어이가 없는 듯 대영을, 말을 해놓고는 그만 겸연쩍어 싱그레 웃고 앉았는 그의 얼굴을 빠안히 바라다본다.

대영으로 하면, 당장 일 망신스런 품이 허허 한바탕 웃어젖히기라도 할 것 같았다.

스미코는 한참을 그렇게 꿈쩍도 않고 말끗이 바라다만 보고 있다가, 이윽고 남자의 그 미묘한 비밀을 어쩌면 알아채기나 한 듯, 입가로 가느다란 미소가 드러나는 입을 오믈트리면서 조용히 다시 책 위로 머리를 숙인다.

마침내 그제서야, 다 점직했던[26] 건새로, 비로소 저 자신을 완전히 객관하는 순간 대영은 얼굴은 더럭 비양스럽게,[27] 코웃음을 흥

한번, 그리고는 자포적으로 드윽 성냥을 그어 당겨, 여지껏 입술에 물고만 있던 담배에다가 커다랗게 불을 붙이면서, 걸상째 허리를 뒤로 버얼떡 풀씬풀씬 천장으로 대고 연기를 뿜어 올린다.

여자에게 대하여 그와 같이, 더구나 어느새 색다른 흥미가 기울고 있는 저 자신을 막상 발견을 하자니, 우선 자조가 앞을 서는 것도 그로서는 일변 그럼직하다 할 것이었었다.

이윽고 그는 혼자서 속으로 뇐다.

'……묵은 책력이……! 흥!'

묵은 책력이란 건 대영이 저를 두고서 스스로 비웃어 이르는 그의 새로운 어휘이었었다.

진실로 대영 저 자신이 묵은 책력일진댄, 그 묵은 책력이 뻐젓이 기상을 말하고 계절을 가리키고, 즉 연애를 하고 하는 등 적극적인 '생활'을 갖는다는 것은 가히 냉소와 민소[28]거리이기에 족한 것이었었다.

하지만 그렇다고 해서 또, 그는 아무려나 일단 생겨진 사실을 갖다가 구태여 들어서 애를 써 배척을 하네, 아등바등 거비를 하네 하며 청렴을 부리잘, 역시 적극적인 의사는 또한 없었다.

그것이 이를테면, 묵은 책력의 결국 묵은 책력다운 면목이겠고, 그러했기 때문에 그는 마지막,

'쯧! 어떨라구!'

'아무려나 묵은 책력인걸!'

26 부끄럽고 미안하다.
27 얄밉게 빈정거리며 놀리는 태도가 있다.
28 어리석음을 비웃음.

하는 것으로 손쉽게 처단을 할 수가 있었다.

대영은 몸을 다시 바로잡고 앉아 교정 아카지를 들여다보았으나, 연해 주의가 여자에게로 헛갈리고 일에 정신이 잘 쓰여지지 않았다.

그러자 바른편의 김이 별안간 커다란 소리로,

"뚫, 뚫…… 에잇 그놈의……!"

하면서 짜증스럽게 두런두런,

"……온, 이게 글자람……! 쌍디귿에 리을을 하구, 또 그 옆댕이다가 ㅎ을 붙이구, 이게 무슨 놈의 천하 괴벽들이람!"

하다가,

"……네? 문 선생……."

하고 부른다.

"응?"

"우리두, 요? 우리두 우리 춘추사식 한글을 좀 만들어가지구 이 흉악한 뚫자 따위, 끊자 따위 이런 괴물일라컨 보이코틀 합시다?"

"글쎄……."

대영은 덤덤한 대답을 하고 마는데, 마침 김과 마주 앉은 박이 내달아,

"하아! 그기야 어데 델 말잉가!"

하고 박의 의견에 반대를 한다.

김은 농삼아 히죽히죽,

"왜 안 될 말잉가아?"

하고 박의 영남 사투리를 전라도 악센트로 흉내를 낸다.

박은 그러나 상관 않고 벌써 결이 나,

"안 데지 않코……? 그랄세라 여보……."

하면서 대들고, 김도 그제는,

"안 될 건 어딨어? 제기……."

하고 같이서 성군다.

이 둘은 다 같이 열심한 문학청년이었고, 그러나 박은 체집도 깔끔하니 조그맣고 선비처럼 미목이 곱살한데, 한편 김은 덜퍽 큰 덕대에 얼굴도 우툴두툴 아무렇게나 생기고, 외양이 이렇듯 제각기 다르듯이, 하나는 얌전스럽디얌전스런 그래서 소극적이로되 정확하고 현실적이요, 또 하나는 덜렁덜렁 선머슴처럼 거칠고 그래서 일변 적극적인 기상이 있되 독단적이요 하여, 정반대의 성격이었었다.

그러한만큼 둘이는 사사이 의견이 서로 달라, 앉아서는 곧잘 싸우곤 했었다.

"아 여보, 그르세……."

박은 일손을 멈추고, 테이블 너머로 몸을 내실면서 대들던 것이다.

"……항글통일안만 하더래도 우리 선배네들이 오래오래 두고 애로 써가문서 정성으로 디리서 다아 그만침이나 통일 정리항기 아니오?"

"그래서?"

김도 고개를 쳐들고 마주 응한다.

"……누가 아니래……? 나두 그분들의 성의만은 높이 사구, 또 경의두 표해요. 그리구 통일안을 대부분은 지지를 하구…… 그렇지만 불편한 것두?"

"참아야 하제!"

"억지루?"

"질서로 위해서 참아야 하제!"

"질서까진 너무 엄살스런데!"

"와아 엄살고?"

"무어가 질서야?"

"질서 아니고……? 항글통일안이……."

"항글이 뭐야? 항글이…… 한글광두 그 따위루 발음을 하나?"

"하아! 가마안 있자…… 그런데 보소, 항글통일안이 그르키 제정이 데에각고, 시방 우리가 다아 그대로 쓰지 않소? 그라니……."

"어디가 다아 써? 첫째 왈 신문산데 세 신문 중에 하나나 제대루 써?"

"그 기사 또 다르제……! 신문들도 항글통일안으로 지지는 하문서도 미처 활자로 갖추지 몬해서 그룽 기 아니오? 그라니 종차 신문도 다 통일안으로 통일이 델 끼 아니오?"

"소용없는 소리야……! 통일안은 말구서, 제엔장 천하 없는 거래두 불합리한 걸 어쨌다구 그대루 쫓나……? 그러나마 불합린 해두 편리하기나 하다면 또 몰라! 그렇지만 불합리해서 불편한 데야 안 고칠 택이 뭐람!"

"가사 불합리하다고 하고…… 실상 불합리하지도 않지만 말이제, 가사 불합리하다고 하고…… 그기 질서 아니오? 잉……? 약간 불편 불합리해도, 벌써 일반이 다아 그대로 쓰고 있능 기니 당분간 참고 쫓다가, 차차로 정세로 따라서 개량도 하고 하야제, 아 고

만에 쪼고매 불편하다고 아침에 뜯어고치고, 또 쪼꼬매 불합리하다고 지냑에 뜯어고치고, 어느 천년에 완성으로 하노? 또오, 쓰는 백성들은 정신이 사나워여 하노?"

"미완성에 만족하는 건 천민근성이야!"

"이 세상에 완성은 어데 있노? 역사는 앞으로 나가고 제도는 임시임시 만등 긴데……."

"데데한 현상유지파……! 고만 해두구서, 일이나 해! 인전."

"하하하……! 히틀러의 어데서 나쁜 본만 뜨고…… 흉악한 파괴주의자!"

"허허 허허!"

"하하 하하!"

둘이는 일껏 싸우고 나서는, 보는 사람도 미소롭게 같이 어우러져 유쾌한 웃음으로 끝을 둥글리고, 벙글벙글 이내 다시 일에 잠심을 한다.

성질이나 주장이랄 것은 달라도 공리적인 충돌이 생길 세계가 아닌 이상, 또 둘이 다 학자 타입으로 착하고 하여 감정의 갈등이 없기 때문에 그들의 싸움은 언제든지 한갓 머리의 스포츠에 그칠 뿐 뒤가 없고 끝이 명랑했다.

스미코는 둘이서 주거니 받거니 떠드는 것을 눈에 호기심이 가득하여, 말은 전연 못 알아듣는다지만 눈치로나마 기분이라도 좀 이해를 하고 싶어 하는, 맛보아보고 싶어 하는 그런 열심한 얼굴로 연해 바라다보고 있었고, 그러다가 마지막 그들의 쾌활한 웃음에 섭쓸려 빙긋이 저도 웃는다.

대영은 또 대영대로 처음부터 그들의 하는 양을 곰곰이 미소를 드리우고 앉아 재미스럽게 구경을 하고 있었고, 그러나 맨 나중에 가서는 그는 남과 더불어 명랑하지가 못하고서 얼굴이 흐려들었다.

젊은 그들의 발랄한 기운에 대한 감심이라고 할까, 흠망이라고 할까, 그리고 저 자신과의 대조되는 괴치乖馳라고 할까…….

물론, 그들이 서로 우기며 고집을 하는바, 즉 박의 소위 질서를 위한 기성의 긍정이니, 또는 김의 소위 완성을 전제로 한 불합리의 비정이니 하는 주장이, 그야 결국은 다 같이 어떤 한 개의 상식적인 세계와의 타협이라는 점에서 일치가 될 수 있는 것으로, 결코 그대도록 상극이게 피차간 거리가 멀 것은 없는 것이고 해서, 그 내용이랄지 이론이 별반 그리 새삼스럽거나 추앙할만한 것은 아니었었다.

그러므로 만일 그가 박이며 김과는 진작부터 친험이 없는, 그래서 그들에게 대하여 우선 인간적인 우정을 가진 그들이 아니었다고 한다면, 그리고 어디 다른 좌석에서 낯모를 혹은 평소에 경멸을 하던 (가령 김종호처럼) 그런 어떤 젊은이들이 앉아서 그와 같이 하찮은 주장을 가지고 천하에 없는 노릇인 듯 우김질을 하는 양을 보았다고 한다면, 그는 영락없이,

'흥! 천민들이……! 저게 요샛날 고작 젊은 것들이 안고 늘어지는 세계람?'

하고 입이나 삐쭉했을 따름일 것이었었다.

따라서 그는 곧 죽어도 그렇듯 속스런 내용이며 이삼은 육(2×3=6)쯤의 범상한 이론이 구차히 부러운 것은 아니었었다.

그러나 그들 박이나 김은 제각기, 그런데 좋건 궂건 또 남이야

무어라고 하건 말건, 버젓이 저네들 스스로의 현실을(크게는 세계를) 파악하고 있고, 파악한바 그 현실 그 세계의 유지를 위하여 혹은 보다 나은 발전을 위하여 끊임없이 안으로는 탐색을 하고 밖으로는 대고 주장을 하고 해서 마지않는 기개가, 싱싱한 기개가 그들에게는 지녀져 있는 것이었었다.

그리고 그와 같은 현실과 일치되는, 신념과 생활의 병행…… 이것이야말로 가난하나마 젊음의 패기요, 산 정열인 것이었었다.

거기에 비하여 대영은 저 스스로를 돌아볼진대, 만약 그들이 근검하고 착실한 소상인이라고 치더라도 대영 저 자신은 '삐뚤어진 빈집에서 홀로 거주하는' 몰락된 귀족의 신세에 지나지 못했었다. 세대의 룸펜, 즉 거지…….

박처럼 긍정하는 현실과 세계를 가지지 못한 것은 물론, 모조리 죄다 비정은 하는 것이나 그렇다고 해서 김처럼 현실적인 이 지구를 위한 비정인 것이 아니라 화성을 욕망하는 비정이니, 인간 세상에선 용납지 못할 유령(부정否定)인 것이다.

신념이야 오죽 오만하며 찬란한고!

그러나 아무리 산을 뽑잘 신념인들 대지의 현실을 딛고 서지 못한 이상, 즉 생활이 따르지 못한 이상 그는 결국 남의 집 식객이요 걸인에 지나지 못하는 것…….

그리하여 좌우에서는 바람 소리가 휙휙 날만큼 사실이 세찬데, 제 앞은 보면 회색의 안개가 자욱하고 등 뒤에만 옛 양식의 고성이 구중중 섰을 따름…….

대영은 마음이 부지할 수 없이 울적하면서, 남 또들 놀라라고, 손에 쥐었던 펜을 교정 아카지 위에다 타앙 놓고는 벌떡 일어나 스미코의 앞으로 쿵쿵 걸어간다.

"나가시까? 거리루나……."

스미코는 책에서 고개를 쳐들고 바투 앞에 와 막아 섰는 대영을 빠끔 올려다보다가,

"벌써……? 괜찮으세요?"

하면서 소매를 헤쳐 팔목시계로 눈을 잠깐 떨어뜨린다.

"머어, 쯧!"

대영은 여자와 나란히 앉으면서, 저도 건너편 벽의 전기시계를 올려다본다.

네시 하고 마침 반.

스미코는 보던 장을 접어 책을 덮고 다시 고개를 돌린다.

지분 냄새가 고요히 스며 싫지 않았고, 대영은 아까 그 마음 울적한 대로 애먼 데다가,

'빌어먹을, 모르겠다!'

면서 그래 위정 그렇게 여자의 앞으로 바싹 다가섰던 것이며, 또 건너편 자리를 두어 두고도 이렇게 옆에 가 필요 이상으로 가까이 다붙어 앉았는 것이며를, 스스로 피쓱 웃어야 할 것인지,

'흥!'

하고 코웃음을 해야 할 것인지, 저로서도 섬뻑 분간을 할 수가 없었다.

"그런데……."

대영은 이윽고 혼자 말하듯 여자의 의향을 묻는다.

"……어디루 안낼 해디린다?"

여자는 그러나 잠깐 그대로 앞만 내려다보고 있다가,

"그런데 말씀예요……! 저어 전요오……."
하면서 약간 구체적이게 이야기를 낸다.
"……절, 무어 그렇게 손님으로 취급을 해주실라 마시구서 말씀예요. 저어 그냥 거저…… 아따 걸 무어랬으믄 졸지."
"동무? 친구?"
"물론 동무나 친구루 여겨주시는데, 그렇지만 동무나 친구두 손님으루 취급할 수두 있구, 또오 손님 아니루 취급할 수두 있구, 그렇잖아요?"
"그러니깐 한집안 식구처럼 말이죠?"
"거예요, 참!"
여자는 속이 시원해서 마주 바라다보고 좋아 웃는다.
"한집안 식구처럼…… 손님이란 생각은 두지 마시구……."
"한집안 식구처럼……! 손님이란 생각은 두지 말구!"
"무릴까요?"
"찬성입니다!"
대영은 단지 저 한 사람을 두고서 하는 소린 줄 알고 대답이었었다. 그러나…… 여자는 반가워라고 고개를 까땍,
"고맙습니다!"
하면서 다음을 다시,
"……그리구, 그래 주서예지…… 일테믄 여기 이 춘추사만 하더래두, 지가 찾아왔다구 위정 따루 시간을 내서 또박또박 응접을 해주시구, 어딜 안내해줘야 할 텐데…… 걱정을 하시구, 그게 벌써 손님이거니 하는 생각이 머릿속에서 떠나질 않은 거 아네요……? 더구나 여자요, 에트랑제라구 어려워하시구, 그러시믄 전 백날 가야

거저 그대루 손님이구, 정말 참 에트랑제인 채 비잉빙 따루 나가 돌게 아니겠어요? 그렇죠?"

"그런데?"

"그러니깐 마치 이 경성 안에 기신, 늘 상종하시는 동무 어떤 분이 이 앞으루 지나다가 거저 잠깐 들른 것처럼, 아주 소탈하구 그리구 심상하게, 네?"

"그리구?"

"그래 주셔야 첫째 지가 어려운 생각이 없구…… 그렇게 여러 분이 여러분의 일상적인 생활에다가 절 임의럽게 참옐 시켜주신다 치믄, 그러는 동안에 전 제 육체루다가 여기 이 조선이란 걸 배우구……."

"조선이란 걸 배우구……! 그리구 배워선?"

대영은 말결에 물어놓고 보니 부전스럽기도 하고 박절한 것도 같아 속으로 민망했다.

"다른 건 없어요! 거저 그렇게 해서 맘을 붙이구 생활이랄 것을 가질 수가 있을까 하는 것뿐이지……."

"자알 알았습니다! 힘껏 노력을 해디리죠…… 그렇지만……."

"그런데 저두……."

"그렇지만 과연 몇 사람이나 그 기모치[29]를 올바루 이해해서, 뜻에 맞두룩 해디릴 사람이 있을는지, 건 좀 의문일 것 같군요!"

"그야 단 한 분이나 두 분두 상관없구, 또오 문학이랄지 예술 방면에 간여하시는 분들이믄야 비교적……."

29 '기분'을 뜻하는 일본어.

"김종호 군을 통해서 여러 사람 소갠 받으셨지?"

"다아 잊어버렸어요!"

여자는 배시기 (딴 속 있이) 웃고 나서 다시,

"……영화에 관계하시는 분은 죄다 소갠 받은 것 같아요. 그리구 극단에 기신 분두 여러분…… 참, 문예봉! 영화에서 보더니보다 두 더 얌전하구 좋던데요?"

"그 밖엔? 영화 관계자나 극단 사람 말구?"

"신문기자 두 분…… 그리구 미술 하신다는 저어, 남 씨라구……."

"좋은 친구지……! 그런데 참, 김종호 군은 전부터 아셨던가요?"

"송죽에 아는 이가 있어서, 발이 설다구 걱정을 했더니…… 허긴 다른 이두 동경 기신 조선 양반을 아는 이가 있었지만……."

대영은, 김종호와의 반연[30]이란 역시 짐작했던 대로 그런 무엇이겠지 하고 고개를 끄덱거리는데, 여자는 조금 만에,

"그런데 참, 아까 말씀예요……."

하면서 음성을 낮춘다.

"……저기 마주 앉은 두 분이 무얼 가지구 아마 논전을 하셨죠?"

"응…… 그런데?"

"분명 그런 것 같은데 말을 알아들을 수가 있어예죠……! 그래두 눈치루나마 기모치만은 짐작할 수가 있어서 기뻤어요!"

마침 사동이 전화를 받아가지고 대영을 청한다.

대영은 무심히,

30 얽히어 맺어지는 인연.

"네에."

하는데, 저편에서는 장모가 전화통이 떠나가게,

"거, 대영이가아?"

하면서 그야말로 와아짝 고온다.

대영은, 집에서 해복을 했나 혹은 달리 사고라도 생겼나 하면서 또 한 번,

"네에!"

하는데, 저편에서도 또다시,

"거, 대영이가아?"

하고 재차 소리를 지른다.

"글쎄 대영이여요!"

"오오……! 데 거사니 데, 날래 돔 오라마, 얘!"

"왜요?"

"와안 머어가! 날래 와야디!"

"글쎄, 가더래두 내력이나 알구 가야죠!"

"오오, 참! 내 정신 돔 보라! 흐흐흐흐……! 아일 났이요! 아일……."

"네에!"

대영은 낳았다는 그 어린것과 더불어 산요에 누워 있을 아내의 모양이 상상될 뿐, 덤덤하지 이렇다거나 저렇다거나 특별한 감상은 일지를 않았다. 비로소 남의 아비가 되었느니라 하는 생각조차도…….

"날래 시방, 오라 잉?"

장모는 전화통 속에서 연해 재촉이다.

"가죠…… 산파 왔어요?"

"으응, 와기는 왔는데 머어 일없이요! 에미네 혼자서 쑤웅 낳아 놓았시요! 흐흐흐흐! 아, 그런데 에미나일 났이요, 에미나일. 흐흐흐흐……! 그르티만 에미나이문 메래나! 머. 이전 던화 고만하구, 니어 오라 잉? 던차 타구 뽀쓰 타구 올래문 한 시간이나 오야 하니, 자동차 타구 오라 잉?"

대영은, 외딸에 또 첫 외손이니 그야 기쁘기도 하겠지만, 아무튼 저렇게 덤비고 덜렁대는 마나님 속에서 어떻게 하다가 딸은 세상 의젓하고 차분한 걸 낳았으며, 겸하여 제대로 길렀는지 모를 노릇이라고 전화를 끊고 돌아서는데, 박과 김이 벙글벙글 기다리다가,

"해복하셨소?"

"해산하셨어요?"

하고 한꺼번에 묻는다.

"쯧! 낳았다는군요!"

"그름, 어서 가보시지?"

"어디루 갈라구……? 천천히 가지……."

"하아! 그래두!"

"그런데 참……."

김이 깜박 급해하면서,

"……무어? 아들? 딸?"

"여자라껀 본디 심술이 많아서, 이왕이면 저처럼 생긴 걸 만들어놓으러 드는 법이니깐!"

"딸이구나! 에잉, 쯧!"

박은 안됐어하고, 김은 주먹으로 손바닥을 탁 치면서,

"저어런……! 아, 문 선생이 득남을 하시믄 한탁 단단히 쓰시게 할려던 참인데……."

"그래도 일없소! 기르기는 딸이 더 귀엽다 않능기요? 또 인제……."

"귀엽다?"

대영은 혼잣말로 되뇌면서, 생각 삼아 비로소 남의 어버이라는 것의 마음이 되어보느라고 우두커니 유리창 밖으로 한눈을 판다.

박은 하던 말끝을 다시 이어,

"……그라고 인제, 퀴리 부인맹이로 위대한 따님이 될지, 뉘 아오?"

하고는 하하하 웃는다.

"퀴리 부인? 그렇지!"

김이 박의 말을 받아 일단 동의를 하다가, 그러나 고개를 깨웃,

"……그렇지만 퀴리 부인은 영광은 영광이래두 행복이랄 순 없지!"

"하아! 영광이니 그기 행복 아니오?"

"죽두룩 고생만 한 게 행복할 건 어딨어?"

"고생한 대상이 그렇게 영광이고, 영광이니 행복 아니오?"

"영광이라지만, 영광의 배후에서 알짜 이익을 보는 건 실상 세상이지 그 당잔 아냐……! 시방 라듐의 혜택을 누가 받길래?"

"그르세……! 그 혜택 대신으로 세상은 퀴리 부인한테 존경과 감사로 영구히 바치지 않소? 그러니 그 영광이 행복일 기 아니오?"

"저—런 벽창호가! 대체 행복이란 걸 행복하는 주체가 누군데 그래? 당자가 몰라두 행복야……? 생리가 파괴되두룩 고생을 했는데, 무덤 앞의 차디찬 기념비가 어쩌니 행복야?"

"그름, 아무것도 하능 기 없고 안일한 기가 천하 행복가?"

"행복과 영광은 달라요! 이 서방님아……."

"그거는 흉악한 물질주의자의 궤변이라꼬나 헤에!"

"남 지지리 고생한 덕을 보믄서, 영광이겠대서 행복꺼정두 했거니 하는 건 무모한 찬사야! 잔인한 맘씨야!"

대영이 마침 그제야 이편으로 돌아서면서 혼잣말같이,

"흐음! 행복이라……? 영광이라? 그리구 자식이라? 애정이라?"

하다가 제풀에 고개를 끄덱끄덱,

"아뭏던지 남의 어버이 된 사람이, 제각기 제 자식의 행복이라 껏을 바라는 게 상정이라고 한다면…… 그렇다면 난 차라리 딸자식이 안심이겠어! 아직은 실감이 없으니깐 모르겠구면서두……."

"와 그르쏘?"

"여자란 건 남자와 달라서, 일반으로……."

대영은 대답을 하다가, 그러자 스미코와 눈이 마주쳤다.

스미코는 여태 셋이서 담론이 요란한 것을, 무언가 싶어 혼자 궁금한 얼굴로 눈치를 살피고 있었다.

대영은 방금 여자라는 것은 남자보다도 더얼 불행할 수가 있다는, 그리고 무슨 이유로 그러하다는 설명을 하자던 말의 그 산 반증이 바로 궐녀인 것 같아 문득 입을 다물어버린다.

그리고는 커다랗게,

"스미코상?"

하고 부르면서 그의 앞으로 걸어간다.

여자는 얼굴을 바로 들고 눈으로 대답을 하고,

"……대체루, 세상에서 남자허구 여자허구 비끌 한다면 어느 편이 더 불행한가요?"

"불행, 요? 어느 편, 요?"

여자는 한참이나 그대로 깜작깜작 생각을 하다가,

"……글쎄…… 그런데, 양으루요? 질루요?"

하고 되묻는다.

"양이냐? 질이냐……? 그렇지만 질루야 여자가 어디 남자의 고통이나 불행만침 크구 심각한 걸 겪나!"

"어쩌나!"

"허허……! 여자가 걸핏하면 울긴 잘들 하니깐, 양으룬 더할는지 몰라?"

"행복이나 불행이라낀 결국 주관 나름 아닐까요?"

"그렇다구두 하겠지만……."

"그런데 여자들은 많이 주관적이니깐……."

"그 대신 남자보다는 바람은 더얼 타지 않나!"

"또 그 대신 약하구 만만하니깐 구박이 심하잖아요?"

"굳세지? 당당히……."

"굳세믄 시방 말씀 짝으루 남자네처럼 바람을 타죠!"

"허! 그런 불편이 또 있나!"

대영은 획 돌아서면서,

"……좌우간 오늘은 거리나 나갑시다!"

하고 옷걸개에서 모자와 외투를 떼어 걸친다.

스미코를 뒤에 세우고 엘리베이터를 내리다가 마침 뛰어드는 병수를 쭈적 만났다.

"아, 형님!"

지체로는 사의 주인이지만 그런 것은 상관이 없고, 같은 한고향이요 나이 네댓 살 삐어질뿐더러, 겸해서 존경을 하는 터라, 그는 대영을 형님이라고 부른다.

번민 같은 것은 없고, 임의로운 가정에 생활 또한 유족하겠다, 늘 명랑하지만 오늘따라 어디서 무슨 재미있는 일을 본 모양, 연해 싱글벙글,

"……지금 나가시우?"

하고는 이편이 미처 대답도 하기 전에(아니나다를까),

"……내 오늘, 쫓아다니면 광골, 전페이지짜리루다가, 이놈들 다섯 장이나 뺏었지!"

하면서 눈을 찌긋째긋 좋아해쌓는다.

"흐응! 거, 주우정한데! 새서방님 광고 외교원이……."

"하하하하……! 치들이 내가 마구 조르는 데야 안 듣구 배기나? 두루 후길 바야겠으니……."

"이사람, 그렇지만 춘추사는 사장이 광고 모집 다니더라구 창피한 호 나리!"

"하하하하! 뭣이냐 사장 겸 광고 외교원 겸, 또 고쓰카이[31] 겸? 하하 하하! 괜찮아, 일없어……! 그런데 참, 아직 머어 늦잖겠다요?"

"넉넉해……! 올라가서 박 군한테 넹겨주게 그려나!"

31 '소사小使'를 뜻하는 일본어.

"자아, 그럼……."

"자아……."

한마디씩 하면서 돌아서다가,

"아, 형님!"

하고 또 불러댄다.

대영은 마주 되돌아서고, 병수는 다른 속이 있어 대영의 얼굴을 빠안히 바라다보면서,

"오늘 저녁에 술 좀 먹을까?"

"술?"

"망년회 합시다?"

"망년횐 인제 신년호 내놓구서, 사에서 주최하지."

"그럼, 우리 둘이만 단출하게, 이따가……."

"고만둬!"

"왜……? 추태가 또 나올까 바서? 통곡 좋잖우?"

"사—람두!"

"여보, 형님!"

"일없어!"

"형님은 술 한잔 자시구, 통곡이라두 하는 게 차라리 나아 봬요! 저렇게 잔뜩 찡기리구 있느니보담은……."

"……."

"그러지 말구, 기운을 좀 내요!"

"……."

"왜, 바싹 요새루 더, 저렇게 으설픈 표정을 하구 다니시우? 저녁은 자셨을 테구, 신어머니두 아닌데……."

"어서 올라나 가게!"

대영은 돌아서서 층계를 내려가고, 병수는 끄은히,

"이따가 어디 기시우?"

"몰라!"

"댁으루나 가겠지, 머어…… 차 보내께 꼭 오시우?"

"나 집엔 늦어야 가……."

스미코는 길로 나가 한편으로 비켜서서 기다리고 있었다.

하마 다섯시, 가뜩이나 저물기 쉬운 겨울날의 오후가 금세 눈송이라도 희끗희끗 날릴 듯 납빛으로 자욱이 흐려, 한결 더 음산했다. 석양인 데 겸하여 대목이거니 하고 보아 그런지, 거리는 유난히 바빠들 하면서 정신 아득하게 복닥거린다.

"미안합니다!"

대영은 스미코와 나란히 네거리 쪽으로 걸어가면서,

"……지금 그가 우리 사 주인입니다."

"사 주인?"

"사 주인이라면 처음 듣기엔 생소하겠지만, 사장과는 좀 다르니깐……."

"배애 젊으시던데……? 그이두 문학……?"

"아—뇨."

"그러믄서……! 들으니깐 늘 결손만 본다구 그러든데요?"

"그러니깐 고마운 노릇이죠……! 조선서야 그렇게 이해 다아 몰시하는 파트론이래두 없이는 반반한 잡지 하나 제대루 해가들 못 하니깐요……! 흥! 한심하죠!"

"이왕이니, 장사를 한다기보담 차라리 그게 질겁지 않아요?

파는 게 아니구 주는 거…… 준단 말이 목사님 말씀 같아서 불쾌한 거라믄, 더불어 같이 질기는 거……."

"그야 그렇기두 하겠죠! 나두 그리구 한때는 그걸 질겁게 여기기두 했더랍니다마는……."

대영은 문득 그동안이야 한 번도 마음이 내켜 가까운 친구랄지 아무한테고 일찍이 술회를 한 적이라고는 없는, 문제의 심경을 시방 무슨 내력으로 이렇게 섬백 만나 잘 알지도 못하는, 그리고 어쩌면 노방의 사람에 지나지 못할 이 여자더러 두루 그것을 설파하는 것인지, 저 스스로도 알 수 없는 마음성이었었다.

그러나 한편으로는, 그러는 하면서도 웬일인지 별반 그것이 어색하거나 또 부질없은 짓이거니 싶지를 않고, 차차로 이야기는 곰곰 풀리어지는 것이었었다.

"문학이구 잡지구, 문학을 한다는 것이 지금은 하나두 흥이 없구, 그러느라니 통히 신명이라는 게 나질 않구, 쯧."

여자는 고개를 돌이켜, 길 위로 숙인 대영의 얼굴을 찬찬히 보고 또 보고 하면서 따라 걷는다.

"……문학이 질겁기두 했구, 내 문학을 알아주는 남과 더불어 질긴다는 것이 자랑스럽기두 했구, 물론 보람두 있는 성싶었구…… 그러는 동안엔 문학이 다아 엄숙하기두 하구, 내라는 인생이상으루 중난스럽기두 하구…… 하던 것이 인제 와서는!"

대영은 가볍게 한숨을 내쉬고, 뚜벅뚜벅 잠깐 말이 없다가 조금 만에 다시 그 뒤를 잇는다.

"……일언이폐지하면 생활을 잃어버렸다구 하겠지……! 하루아침 그렇게 생활을 잃어버린 다음부터는, 문학이란 것이 꼭 유령 같아요! 현실성이 없구, 도무지 무의미하기라니…… 그렇게 무의미하구 쓰잘디없는 노릇이, 문학이 말씀이죠, 가뜩이나 그게 짐스럽기까지 하군요……! 그런 걸 보면 인간의 습관처럼 어리석구 밑질긴 건 없나 바요……! 깨끗이 내다가 버렸어야 할 테니 만서두, 그것이 문학에의 미련이 아니라, 아직두 한 조각 인생에의 미련이 남은 탓인지……! 그러구 저러구 간에…….”

대영은 자포적으로 음성을 높이면서 씹어뱉듯,

“……당금 이, 지굿뎅이가 사뭇 터지기라두 할 만침, 사실이 핍절하게 긴장이 돼가지구, 융케르 시속 육백 킬로짜리 전투기 같이 웅웅 디리 전진을 하구 있는 이 판국에, 뭣이냐 쇠달구지만도 못한 문학 쳇것이, 어딜 괜히……! 어마어마한 그 현실을 제법 갖다가 한 귀탱이나마 감각을 하며, 정통을 캐치할 근력이 있어야 말이지!”

네거리를 남쪽으로 꺾여 마침 종각 앞을 지나고 있었다.

먼지조차 수부욱 저어 멀리 사멸된 시대를, 만국박람회의 아프리카 토인관土人館처럼, 썩 요령 있이 클로즈업해가지고 근처 일대로 가장 첨예하게 반영·생동하는 당세기와 더불어 어엿이 동거를 하는 게 이 종각 보신각普信閣이었었다.

그 대조의 야숙하게 절창인 품이, 그리하여 가령 유심한 타방 사람은 말고서, 응당 여기에 그것이 저 모양을 하고 있는 줄은 번연히 알면서도, 그리고 하루 한두 번씩은 이 앞을 오고 가고 하는 터이면서도, 그러면서도 깜박 속아서는(진실로 속아서는) 부지중 그리로 눈이 가지곤 하는 게 이 알량한 물건 짝이었었다.

“자아, 저건 어떻죠?”

대영은 고개를 돌려 짯짯이 종각을 가리킨다. 여자는 그러나 땅만 그대로 내려다보면서 걸을 뿐, 거기엔 주의를 하려고 않는다. 안 보아도 벌써 다 안다는, 그런 낯꽃이었고.

대영은 그다음을, 혼잣말로 두런거리듯,

"……낡은 시대가 새로운 현대와 동거를 하는, 저 궁상스럽구 초라한 꼬락서니……! 홍! 나두 진작엔 지금과는 다른 감정으루다가 저걸 지지리두 비웃었더라니!"

그러자 여자는 (종각 앞을 거진 다 지나쳐서야) 갑작스레 얼굴을 쳐들고는, 거듭 뒤를 돌려다보아쌓더니 필경 발길을 주춤 멈추고 서면서 고갯짓으로 대영을 청한다.

대영은 두어 걸음 건성으로 되돌아오면서, 여전히 방금 방백을 하던 무연한 그 기분인 채,

"……오직, 오직 그저, 신념만은 버리질 않구서 있으니 유일한 위안이랄는지……! 공기만 먹구 생명을 지탱하면서 봄을 기대리는 양서류의 동면처럼……."

하는 소리를 듣는지 마는지, 여자는 대영이 옆으로 와서 나란히 서기를 기다려,

"저어, 제가 말씀예요?"

하고 저는 저대로 딴청을 한다.

"……제가 만일 경성시장이란다믄 말씀이죠……."

"경성은 시장이 아니라 부윤이랍니다!"

대영이 이렇게 정정하는 것을, 여자는 고개도 끄덱거리지 않고 그 뒤를 잇대어,

"그렇던가요, 참…… 아무튼 그렇다믄 말씀예요! 그렇다믄 전,

절대루 이걸 예다가 이렇게 둬두질 않구서 담박 헐어버리겠어요!"

불쾌함을 어찌하지 못하겠는 듯 다뿍 찡그리고 돌아서는 얼굴이, 고적의 관광자다운 호기好奇의 눈과는 전혀 다른 것이었음은 물론, 그걸로써 대영은 여자의 그 비밀한 반감의 실체를 수월히 기수챌 수가 있었다.

대영은 그러나 천연덕스럽게,

"머어, 보장을 해두 좋은데……."

하면서 천천히 다시 가던 길을 걷는다.

"……절대루 무슨 폴리티컬한 위험성은 없구…… 일찍이 그러한 혐의가 다소간 있을 시절에두 매우 도량 넓은 처분을 받았거든, 하물며 지금이야……! 다아 선량한 관리 경성 시장, 시장이 더 좋군요…… 그 경성 시장으루 앉아서, 고적 보존의 본의를 어겨서까지, 그런 거조를 하려 들 이치는 없을 겝니다……."

여자는 제 생각에만 잠겨 들은 둥 만 둥 반응이 없다.

대영은 우선 그쯤 해두고는 덤덤히 한참이나 걸어가다가 이윽고 광교를 지나면서,

"스미코상?"

하고 불러놓는다.

여자는 대답 대신 고개를 쳐드는 시늉만 하다가 만다.

"아까 그 종각, 그거 말인데……."

대영은 저도 앞을 바라다보면서 생각 생각, 한마디씩 느릿느릿,

"……그, 다뿍 주접이 든 낡은 종각을 가령 거울이라구 하구 말이죠…… 그 거울에 가서…… 거울에 가서 스미코상의 얼굴이…… 일테면 뭣이냐, 눈곱이 다닥다닥 끼구…… 분 자죽이야 무엇이

야 얼룩얼룩 얼룩이 지구…… 이렇게 생긴 스미코상 자신의 얼굴이…… 고대루 그 거울에 가서 빠안히 비쳐져 보이는 게, 더럭 고만 마음이 불쾌합디까? 마구 무너트려 버리구 싶두룩?"

자신이 있는, 그래서 단정적인 속 떠보기이었었다.

말을 맺고는 얼굴을 돌리는데, 여자는 종시 앞만 보고 걷던 눈을, 볼에 남자의 시선을 느끼자 그 긴 속눈썹으로 더불어 조용히 내려뜨린다.

얼마를 묵묵히 걸어갔고, 가다가 여자는 문득 하늘을 올려다보면서,

"눈이 올려나 보죠?"

"좀 오는 것두 좋겠죠! 이런 땐……."

그리고는 또 서로 말이 없이 걷다가,

"분상?"

"네에!"

"저어 예전…… 그쪽 측에선들, ××를 갖다가 아편이라구 하잖었어요?"

"으음!"

"지금은 그런데 말씀이죠…… 남을 아편이라구 하던 그 자신이 고만 아편이 됐겠죠!"

"그 자신이!"

"적어두 저한텐……."

"……."

"……."

"스미코상?"

"네?"

"스미코상 올에 몇?"

"셋……."

"스물셋! 으음……! 아직두 젊은데……! 오히려 어리지!"

"……."

"……."

"분상은? 올에……."

"나두 셋……."

"남자 나이루 서른셋인다 치믄, 인제 한참……."

"아! 난 까마득해……! 생각하면 대체 그 삼십삼 년투룩 어떻게 살어왔던고오 싶우니……! 요새 같아서는 하루가 지리한데!"

"영화에서 보던지, 이야기나 또오 책에서 보기엔 퍽 로맨한 것 같더니, 저 흰옷들 말씀예요, 왜 저렇게 사뭇 못 견디게스리 걱정스러 뵌대요?"

느닷없이 딴소리를 하곤 하는 것은 마음이 줄곧 방심이 되고 헛갈리고 하는 표적이었을 것이다.

"분상두 흰옷이 그렇게 걱정스러 뵈세요?"

"난 스미코상의 노스탤지어는 없으니깐…… 그 대신 모주리 한 대씩 쥐어질러 주구는 싶어!"

"뭐라구 하시믄서?"

"졸면서 거릴 나와 다니는 건 도시의 미관상으루두 불가하거니와 교통 방해가 되지 않느냐구……."

"남더러만? 자긴 어떡허시구?"

"딴은!"

"……."

"……."

"버릴 양으루 왔더니……! 무어나 생활허구 바꾸구서 아편일랑 버려볼 양으루 왔더니……."

"신념의 탓이겠지!"

"그런 건 잃어버린 지 오래구……."

"그렇다면야…… 나이 바야흐로 제대의 적령기겠다……."

"……아무짝에두 쓰잘디없는 찌꺽지를……."

"……보나 안 보나, 환경이 호강스럴 테었다……."

"……독이 그대지두 밑이 질긴 물건인지!"

"……또오, 스미코상은 혈통이 더구나……."

이로써 둘이는 완전히 십 년의 지기인 듯 하나도 사이에 막힘이 없되, 또한 조금치도 부자연스러움을 느끼지 않았다.

4

명치정 어귀의 다방으로 들어가 목을 축이던 길에 내처 간단한 저녁을 마치고 이어서 영화를 구경했다.

대영은 언제나 마찬가지로, 싱싱한 전선의 뉴스 영화가 좋아, 봄직했고, 겸하여 크라우스의 〈뿔그극장〉이 근래에 드문 순수작품이어서 무던했었다.

교대 전 한 삼십분, 끝을 미리서 보았기 때문에 좀 얼추 아홉시 반쯤 되어 극장을 나왔다.

굵지는 않으나 눈발이 제법 날리고 길바닥으로 가냘프게 한꺼풀 덮이고 있었다.

눈도 오고 아직 밤도 여리어, 지향 없는 마음들이라 발길 또한 지향없이 거닐기 시작했다.

극장을 막 나와 문 앞에서 잠깐 충그리면서,

"어떡헐꼬?"

"거닐죠?"

"쯧! 아무리나……."

하는 걸로 그만이요 더 상량이 필요치 않았었다.

천주교 성당의 어둔 고개를 거진 다 올라와서다.

"인생은 풍부하다구요오?"

문득 생각이 나는 모양, 스미코가 비로소 입을 열어, 방금 보던 〈빨그극장〉의 다이얼로그를 한마디 되뇌던 것이다.

"남은 단조해 죽겠는데?"

대영이 주를 다는 것을, 여자가 다시,

"그러게 말씀예요……."

하고는 조금 있다가,

"……그런데 말씀이죠? 가만히 생각하믄 생활의 매력이랄 게 수월찮이 큰 건상불러요."

"생활의? 매력이?"

"좋거나 궂거나 제 자신의 생활…… 어떤 도저한 신념을 가지구 몸과 정신을 고스란히 다아 거기다가 쏟구서 달리 여념이 없두룩 진지한 생활, 그런 생활은 비극적이라두 아름다운 것 같아요…… 그러니깐 부럽구……."

"부럽구……."

"생활 그것이 부러운 건 아니죠. 그렇게시리 생활을 할 수가 있다는, 뭣이냐, 태도라구 할는지, 그게 부럽더란 말씀이지. 〈뿔그극장〉을 보믄서 퍼뜩 그런 생각이 났어요."

"일종의 관극심리觀劇心理가 아닐까요?"

"혹시 그런지두 모르겠지만…… 아무튼 그렇게 한평생을 흔한 연애두 아무 것두 일체 모르구서, 연극 한 가지만 가지구 정성껏 생활을 해왔구…… 그러믄서 어찌다가 좀 잘못된다 치믄 비관을 하구 걱정을 하구 다시 더 노력을 하구…… 그러다가 다아 늙게야 남 애인 있는 어린 색시한테 짝사랑이 걸려가지구는 우롱을 당하구 지지리 번민을 하구, 아이고 코앞에 문이 타앙 닫히는 바깥에서 후루루 한숨을 쉬는 형용허구…… 뺨 싸대길 때리던 건 위선이나 훈계가 아니라 정말 불타는 증오겠다요?"

"리얼하더군."

"그렇게 모두 심각하구, 그래서 어디 한구석 빈틈이 있거나 할만한 무엇이 없이, 생활과 주체가 꽉 달라붙어설랑은 싸움을 하구 있잖아요? 물론 비통한 거야 사실이지만……."

"스미코상 자신이 만일 그 사람이었다구 한다면?"

"아무 것두 없는 지금 이 상태보담은 월등이죠."

"실상 아까 우리 사에서두, 그 젊은 두 친구가, 그 비슷한 걸 가지구 또 한바탕 싸웠습니다마는…… 퀴리 부인이 연상 나오잖습디까?"

"오오……! 건데?"

"퀴리 부인의 영광이 행복이냐, 행복이 아니냐, 그거야……."

"딴은!"

"그래, 스미코상두 그러지 않으셨소? 행복이니 불행이니 하는 건 결국 주관 나름이라구…… 세상엔 스미코상이나 스미코상은 또 몰라! 날보담은 나으니깐…… 그렇지만 날 같은 사람의 생활을 가져가 미美라구 볼 사람이 더러 있을는지두 모르잖습니까? 마치 기집을 추하게 그려놓구서 소위 미술적인 미를 발견하구, 졸라류의 자연주의 작가가 인생의 치부와 암흑면을 묘사해놓구서 소위 문학적인 미를 발견하구 하듯이, 마치 그러하듯이 병적인 퇴폐의 미를 말이죠!"

이야기를 하면서 오는 줄 모르게 온 것이, 전차가 달리는 황금정 큰 거리였었다.

눈은 꽤 쑬쑬히 내려, 두 사람의 머리와 옷에도 앉고 거리를 허옇게 덮는다.

"고만 하구, 사처루 가십시오. 바래다 드리죠……."

대영은 네거리를 향해 길을 잡고, 여자는 미흡스레 잠깐 망설이는 듯했으나 이내 따라 선다.

"……눈두 오구 해서 좋은 밤이긴 합니다마는, 머어 밤을 새면서 걷구 다닐 정취라군 없는 바닥이니깐요."

그렇게 타이르기는 했어도, 대영 저 자신부터가 말없이 뚜벅거리는 발걸음 소리만 들으면서 벌써 인적 드문 포도 위를 여자와 더불어, 괜히 마음 우수스러운 이 여자와 더불어 눈을 맞으며 눈을 밟으며 걸어가는 정은, 결코 회포 연연한 바가 없는 게 아니었었다.

부청 앞을 바라고 거진 당도했을 무렵하여 여자가,

"분상 참, 약주 잡숫죠?"
하고 묻는다.

"좀 먹죠. 많인 못 하구……."

"잡수시까요?"

"자시려우?"

"술이 정말 맛이 어떤 건가요?"

"쓰구……."

"또오?"

"톡 쏘구……."

"또오?"

"위가 아프구, 심장이 늘어나구……."

"또오?"

"마취가 되구……."

"그뿐?"

"과대망상증이 생기구, 반대루 솔직해지기두 하구……."

"그뿐?"

"신경의 한 부분은 되려 흥분이 돼서 동물적으로 흉포해지기두 하구……."

"술하구 담배하구는 근심을 잊게 한다구 이르잖아요?"

"얼마쯤은…… 그렇지만 고통이나 근심을 잊자구, 더욱이 화가 난다구 곧잘 술들을 먹는데 흔히 핑계구, 실상은 일종의 분풀이 같더군요. 상전한테 닦이운[32] 남의 집 종이 발길루 개를 걷어지

32 '볶다'의 북한어.

르는, 그런 심리 비슷한…….”

“왜장녀[33]는 천하 왜장녀래두 술허구 담배허구는 여태 못 먹어 봤어요. 어머니 아버지가 하두 구짜에 엄하게 해놔서…….”

부청 건너편의 낡은 다방엘 찾아들어, 마침 구석진 자리를 자리 잡고 마주 앉았다.

이왕이니 압생트로 할까 했으나 독해도 너무 독할 것 같아, 위스키를 청했다.

사동이, 단골이어서 대영을 잘 아는 놈이라 싱글싱글, 조그마한 글라스에다가 마노 빛으로 노오란 액체를 남싯남싯, 한 잔씩 붓고는 병째 놓아두고 물러간다.

레테르만은 멀끔하니 백마를 그렸지만, 속 알맹이는 내일 아침 골치가 팰 산또리인 것쯤 각오를 한 터.

대영은 잔을 들어 쭉 마시고는,

“이렇게 먹는 법이랍니다.”

하면서 곁들인 냉수로 입을 가신다.

술을 먹는 게 아니라, 술 먹는 법을 가르치는 판이어서 우선 모범을 보여주어야 할 수밖에.

여자는 잔을 입술에 대고 쬐끔 혀끝으로 찍어 맛을 보다가 미간을 찡그리면서 도로 내려놓는다.

대영은 빙그레 건너다보다가 자작으로 또 한 잔을 부어 마신다.

여자는 부러운 듯, 이번에는 조금 한 모금 마시는 시늉을 하더니, 마구 오만상을 찡그리면서, 술잔 대신 손수건으로 얼른 입을

33 몸이 크고 부끄럼이 없는 여자.

가린다.

뱉은 모양으로, 냉수를 집어다가 양치를 하고 나서,

"어쩌믄 그래요, 맛이……."

"그게 술맛이래두."

대영은 필경 얼굴을 흩트리고 웃으면서 세 번째 잔을 마신다.

"어쩌믄 저렇게두 잘 잡술까! 아무렇지두 않아요?"

"보시구려?"

"쏘지두 않구?"

"아아니……."

"쓰지두 않구?"

"아아니……."

여자는 아직도 걱정으로 찡그린 채 바라다보던 얼굴을 배시시 웃으면서,

"아이, 먹구퍼…… 술은 다아 이렇게 맛이 야만인가요?"
하고 묻는다.

"야만이라? 됐어……! 그야 문명한 술두 있죠."

"그럼 그거 좀……."

"그렇지만 그따윈 어디 술 축에 가야지……."

대영은 페퍼민트가 생각이 났으나, 남이 보기에도 잡스럽겠어서 작파를 하고, 큐라소는 또 떨어지고 없다는 것이고, 할 수 없이 포도주를 가져오게 했다.

"어디?"

여자는 선혈 빛으로 고와진 글라스를 올려다 대고, 먼저에 혼이 난 가늠이 있대서 조심조심 맛을 보아보더니 방싯 웃으면서

한 모금, 그리고는 홀짝 죄다 들이마신다.

"……이렇게 좋은걸! 진작 안 멕여 주시구서!"

"술값에 안 간대두?"

"그래두 카아 쏘는데요? 죄끔……."

"쯧? 처음이니깐 오히려 그게 적당할는지두 모르지."

여자는 술을 따라서 또 마신다. 그리고는 연거푸 석 잔.

"저 이 술, 병째 사가지구 가요."

"아가씨가 왜 저럴꼬?"

"아무래두 안 맞는 시곈데, 머!"

"안 맞는 시계라? 것두 좋아…… 난 묵은 책력이라구 했더니……."

"묵은 책력……? 옳아……? 묵은 책력……? 안 맞는 시계보담두 꼬옥 아주 적절한데요?"

순하다지만 명색이 술은 술이요, 또 먹어보지 못하던 장부라, 거푸 석 잔이나 들이켜놔서 눈가가 제법 붉고 볼도 발그레, 완구히 숨이 찬 모양이다.

대영은 연달아 대여섯 잔이나 기울인 술이 그의 주량에 마침 맞아, 이를테면 마악 이야기하기에 좋은 정도이었었다.

"자, 가세요."

술의 풍도를 알 턱이 없는지라, 저 볼일은 다 보았대서 여자는 발딱 일어서더니 카운터로 조르르 간다.

셈을 못 하게 하고 말으려고 따라가 보니, 돈을 치르면서 포도주를 사자고 교섭이다.

저기 가게에 가서 사주마고 달래가지고 다방을 나서노라니까,

그새 눈은 훨씬 더 쏟아지고 거리가 모두 눈이다.

못 견디겠는지 여자는 팔에 매달릴 듯 다붙어 따르면서,

"길루 더 돌아다녀요? 네?"

하고 조른다.

"사처루 가시오."

"싫어요?"

"동경과두 좀 더 달라서, 밤거리를 늦게 남녀가 거닐구 다니면 우선 경찰부터가 질끔으루 알구 금을 합니다."

"어떤가요, 머어……."

"하찮은 일을 가지구 시비를 당할 까닭이 있나요?"

"퍽 선량하셔!"

"자아, 그 대신 내 포도주 사드리께시니……."

"이대루…… 이 부지할 수 없는 맘으루 오늘 밤을 지낼 일이 아득해요!"

"아까 그, 영화 가운데의 생활을 객관하듯이, 넌지시 스미코상 자신을 객관하구 지내요. 그런다 치면 좀은 마음이 편안할 테니…… 방관적이어서……."

"당돌한 체하더니 고작이냐구 웃으실 테지만, 역시 남자하구두 달라서 센치하기 쉬운 여자 아네요? 그런데 전 또, 노스탤지어가 있잖아요…… 누가 시킨 밴 아니지만서두, 이렇게 밤이 생소하구 사람두 설구 한 여길 와서……."

"사처루 가서, 내 그럼 스미코상 마음 갈앉히구 잠들두룩까지 이야기 벗 해드리지."

"것두 실상, 말하자믄 분상한테 책임이 노상 없진 않으셔요."

"내게? 책임이?"

대영은 어떤 짐작 밑에, 너무 헤프지 않은가 하는, 그래서 도리어 가벼운 환멸을 느끼지 않을 수가 없었다.

여자는 그러나,

"책임이라믄 엄살일는지 몰라두…… 여자란 것은 절 너무 잘 알아주는 남자한테는 일상 약하구, 그래서 여자답게 응석을 부리구 그러는 법예요, 믿는 맘에 수동적인 본능으루다가…… 그 고팰 잘못 넘기믄 고만 딴걸루 발전이 돼버리구……."

"그런데 알콜 기운이 들어서 가뜩이나 작희를 하죠?"

"아마 그런가 봐요."

"그러니깐 이다음엘랑 술 자시지 말아요!"

"분상하구만 먹구…… 이왕 다아 약점 들키구 났는 데야. 자아, 포도주 사주세요, 약속하셨으니깐……."

스미코가 든 방은 여러 채로 된 이 아파트 가운데, 바로 들어가는 첫 채의 맨 끝에 가 붙어 있었다.

스팀이 훈훈하고 조그마한 방인데 역시 조그마한 침대와 조그마한 양복장은 낡은 손탁자로 더불어 방에 딸린 세간인 듯했으나, 방이 그들먹하게 큰 소파와 비단 쿠션과 침대에 편 새털 깃이불과 저편으로 또 하나 작은 탁자 위에 놓인 차찬장과 두 개의 걸상과 이런 것들은 죄다 사치스런 신품인 것이, 여자가 제라서 장만한 게 분명했다.

"이걸 글쎄, 모두 들여오구 늘어놓구 하느라구, 어제 온종일 그리구 오늘 한나절……."

여자는 외투와 모자를 벗어 양복장 안으로 아무렇게나 들여뜨리고 돌아서다가,

"……분상 모자, 외투랑……."

하면서 방 가운데 우두커니 섰는 대영에게 손가락을 꼼질꼼질 팔을 내뻗친다.

초록 줄이 널찍널찍, 가로세로 번듯하게 진, 회색 천의 원피스가 몸에 차악 달라붙어 훨씬 더 후릿하고, 그 속에서 근육과 사지는 탄력이 있었다.

대영은 의관을 벗기도 혐의쩍었지만 그렇다고 청백을 부리는 것도 도리어 제 발이 저려하는 노릇 같아서, 아뭇소리 않고 저 하자는 대로 했다.

"거기, 소파에 편안히 좀 앉으세요……."

스미코는 남자가 벗은 것을 제 것처럼은 함부로 다루지 않고, 잘 가조롱이 걸어두고 넣어놓고 하느라 한참 수고를 한다.

"……아 글쎄, 앞으루 다만 얼마 동안이라두 맘을 잡구 배겨 있게 될는지 어떻게 될는지, 아직 작정두 변변히 없으믄서 웬 살림을 이렇게 모두 장만을 하구 해요……? 그런 걸 보믄, 여잔 괭이 성밀 닮았다구 하는 게 노상 애맨 욕두 아닌가 보죠? 거처에 먼점 정을 들이자구 한대서……."

여자는 미상불 대영이 이렇게 함께 와 있어주어서 작히 심란스럽지 않고 마음이 놓이는지, 연해 쌔와려싸면서 마지막 양복장 문을 찰그랑 닫고는 이리로 돌아온다.

"자아, 인전 잘 대접해예지?"

"거 무어, 그림을 하나구 둘이구 좀 걸었더라면……."

대영은, 손탁자 위에 수선이 한 접시 놓여 있을 뿐 민틋하니 아무것도 없는 사면의 벽을 다시금 둘러본다.

여자는 같이 시선을 따르면서,

"생각은 있었지만, 시방 형편에 틀집에서 사는 것밖에 별수가 없는데, 그 그림이야 차마 어디……."

"나한테 족자가 좋은 게 하나 있는데, 그렇지만 이런 양실엔 얼리잖아. 또오 고화가 돼서 스미코상의 취미에 맞지두 않을 테구……."

"고화두 집에두 많이 있어서 늘 구경은 했어요. 무언데요? 누구?"

"허소치許小痴라구 스미코상은 그래두 모를 거야…… 그이 진필 모란인데……."

"가져다주세요."

"쯧……! 거무테테한 묵화니 그리나 아시우."

"있을 동안 자알 걸어두구 보다가, 또 자알 돌려보내 드리께, 네?"

"기념으루다 영 드려두 좋구."

"나두 그럼, 인제 갈 때 기념될 거 무어 드리지?"

여자는 차관을 들고 나가다가 문의 손잡이를 잡고 돌려다 보면서,

"참! 시장하시믄 토스트 만들까요?"

하고 묻는다.

대영은 고개를 두르면서,

"좋습니다."

"그래두우…… 계란은? 반숙해서……."

"스미코상이나……."

"전 생각 없어요…… 아이, 그런데 참, 어쩌나아! 하하하!"

여자는 비로소 처음 보게 명랑히 웃던 것이나, 대영은 웬 영문을 몰라 두릿두릿하고.

"……두 양주서 글쎄, 세간살일 하는 것 같군요, 하하하하!"

그러다간 미처 무어라고 대꾸를 할 사이도 없이 급작스레 얼굴에서 웃음이 물 쓸리듯 쓸려 없어지면서 금세, 아미를 담뿍 찌푸리고는 천천히 고개를 돌려 문을 밀치고 나가버린다.

남자와의 세간살이란 말을 하던 끝에 별안간 좋잖은 내색이 드러남은, 필시 저 자신이 겪은 불쾌한 기억의 소생일 것이었었다.

아닌 게 아니라 아까 그와 같이, 남자의 의관을 달래다가는 얌전하게 다 건사를 하던 것이며, 시방은 또 요기할 것을 토스트야 계란이야 해싸면서 알뜰히 마음을 쓰곤 하는 양이 정녕, 잠시나마 남의 아낙 노릇을 해보던 솜씨지, 노상 생내기의 뉘네 집 얼뚱딸내미는 아닌 성싶었다.

대영은 그렇다고 한다면 여자를 가져다 머리에서 우러나는 상심이거니만 했던 것은 잘못이요, 역시 심장의 사건도 한 모가치 거기에 결련이 되기는 된 거로다고, 따라서 그가 이쯤 이른 전후 경위도 어느만큼 구체적으로 짐작이 들어서는 것 같아, 두루 그런 생각을 하며 앉아 있었다.

얼마 안 있어, 귀에서 김이 오르는 차관을 대롱대롱, 해망스럽게 방문을 열고 들어오는 스미코는 그새, 가스를 피우는 동안 다시 생각이 또 많았던 모양으로, 기색은 도로 변하여 여느 때의 침울한 그 얼굴로 돌아갔었다.

말이 없으련 했더니 무슨 생각에 입안에 소리로 혼자,

"눈두 잘두 오지!"
하면서 손탁자를 소파 앞까지 바투 다가다 놓고는, 그제부터야 눈을 내리깔고 잠잠히 차를 거르기 시작한다.

향긋한 홍차 냄새가 풍기고, 조르륵 조르륵 차 거르는 소리만 조용한 방 안에서 유난히 높다가 만다.

또한 제격이게, 대영의 담배 끝에서는 파르스레한 연기가 세 가드락 두어 가드락 소옴솜 피어오르고.

자릿한 애수가 곱게 곱게 어린 침정의 한동안이었었다.

마침내, 정갈한 사기 찻종에 노리볼깃하니 진하게 받쳐진 차를 두 잔, 또 뒤미처 생각이 나 찬장으로 가더니 초콜릿을 접시에 담아다 놓고, 그리고는,

"오래 기다리셨지요! 자, 어서……."
하면서 손에게 권을 한다.

"……설탕일랑 성미대루 넣으시구……."

"스미코상, 가뜩이나 잠 안 오면 어떡허자구?"

"일없어요!"

여자는 소파의 이편 끝으로, 팔고이개에 쿠션을 놓아 등을 기대고, 대영의 옆을 향해 넌지시 앉는다.

더운 차가 들어가서, 둘이는 다 같이 술기운이 한 번 더 올라, 새 채비로 얼굴이 단다.

"저어 어떤…… 어떤 천하에두 몹쓸 사람이 있었더랍니다!"

밑도 끝도 없이 여자의 입에서, 한동안 차를 마시고 있던 채, 퍼뜩 이야기가 한 토막 흘러나오던 것이다.

하다가 또 잠깐 말이 뜬 사이 대영은, 으레 그 (어떤) 이야기

가 조만간 나올 줄을 미리 다 알고 있던 것처럼 (마침 자리의 기분이 십상 그럼직하기도 했었고) 그래, 손에서 찻잔을 내려놓고 담배를 새로 한 개 피워 물고, 그러고서 몸을 뒤로 편안히 기대고는 마지막, 눈은 앞 벽을 올려 바라다보면서 귀로 신경을 모은다.

그럴 즈음 여자는 웬만큼 저도 차를 물린 후 잠깐, 남자의 그렇듯 주의스러운 포즈를 건너다보다가 인하여 그의 프로필에 시선이 멎는 대로 천천히,

"……마악 여학교를 마친…… 나이래야 갓에 겨우 열여덟 살배기……."

하면서 이야기를 다시 이어, 비로소 술회는 차분하니 풀려나오는 것이다.

"……무얼 알았으리……! 아아무 철두 없구, 세상 물정두 모르구, 단지 호기심허구 감성만이 남달리 예민한, 그러니 아직 입에서 젖비린내두 안 가신 계집아이던 걸…… 그런 계집아일 갖다가…… 생계가 유족한 집안이것다, 달리 사나이 손이라군 없구, 단 딸 형제, 그 중에서두 망냥딸…… 조옴 응석받이며 얼뚱애기던고. 선머슴 사나이와 다를 게 없었구, 그렇게 철두 안 들구 한 계집아일, 그런 계집아일 갖다가 말이죠. 야속두 하지…… 그 몹쓸 사람이 들어서 고만 아편을 멕여주었더랍니다. 소위 연애란 것두 과한데, 아직 일른데, 아편을 말이죠…… 연애라지만 실상 어디 연애랄 게 있었다구……? 연연한 애정은커녕, 하다못해 인간 그 자신에게 이렇다구 할 무슨 친험이라두 느낀 적이라군 없구, 한갓 그저 그 사람이 가진 아편, 순전히 그 아편의 색다른 매력에만 함빡 반했던 노릇이지…… 그래두 그걸 제법, 아아니 전혀, 연애거니 여겨 의심치 안 했구…… 체에!

태양을 집어삼킬 듯 기개 좋은 그 정열이더라니!"

차차로 이렇게, 지나간 회상에 폭신 잠겨 들면서, 실꾸리 풀리듯 잔지란히 풀어지는 설화의, 그 고요한 음성과 나직하니 한결같은 억양하며 일변 몽상적으로 방심된 얼굴에 꼼짝 않는 몸 자세하며, 모든 하는 양이 어쩌면 누구의 혼백에 씌어 사자의 넋두리를 푸념하고 앉아 있는, 강신술의 피술자랄까, 혹은 신 내린 젊은 무녀랄까, 자못 요기스러움이 없지 않았다.

"그것이 아무튼, 시방으로부터 여섯 해 전, 햇수루 여섯 해 전……."

여자는 여기서 잠시 말을 멈추고, 그럴 사이 이건 마치 또 그 강신술의 시술자인 양 대영이, 예의 포즈 그대로 앉아 한눈을 파는 채 한마디,

"여섯 해 전…… 여섯 해 전이면……."

하면서 조용히 퉁긴다.

"……그때쯤이면, 으음…… 그때쯤이면 그 아편이 별반 그리 드세게 유행할 시절두 아니겄다? 한물 지나구 나서, 조수가 쓰이느라구……."

"그건들 알 턱이 없구, 또오 알았은들 상관두 아녔을 것이구……."

여자는 가만히 고개를 흔들면서 다음을 다시 계속한다.

"……명색 연애라구 하는 것의 수단을 통해서 그걸, 그 마약을 멕여주는 대루 죽을 동 살 동 모르구서 받아먹었구, 하길 한 달? 아아니, 다직 보름…… 그리구 나니 아무 것두 눈에 뵈는 것이 없을 만침 미쳐버렸구…… 필경 하루아침 모든 것을 죄다 내던지구서 뛰쳐나가 그 사람과 더불어 소위 세간살이란 걸 시작했구, 빈민굴 나가야

의 삼 조짜리 방에서 부둥 개미 조각에 밀가루범벅을 해먹어가믄서 말이죠. 허나 그래두 즐거웠구…… 천하 깜찍스런 계집아이더라구야……! 하여튼 그 짓을 계속하기 반년, 반년을 대껴나니 그제는 한다 하는 아편쟁이가 됐구, 그러자 그 사람은 마침내, 대세요 정해진 코스라 글러루 수양을 떠났구…… 의지가지없은 전 요행 살뜰히 안아주는 부모의 품으루 일단 돌아왔구, 그 두호[34]두 입었구…… 돌아와서 기대리기 이 년 반, 그 이 년 반 동안을 어느 사립대학으루 청강을 다니믄서, 또는 안일한 환경이것다 침착한 가운데 규칙적인 많은 독서를 한 결루 해서, 병은 드디어 골수에까지 사무쳤구, 결국 한 독립한 아편쟁이랄 수가 있었을 테죠. 다만 서재적이어서, 말하자믄 아편을 안 먹는 아편쟁이라구 할는지, 무어라구 할는지…… 그렇게 아무튼 이 년 반을 지냈구, 지내구 나선 그 사람을 다시 만났구."

여자는 한숨을 호오 내쉬면서,

"……만났더니!"

하고는 잠깐 말이 그쳤다가 훨씬 만에 다시,

"……깜박 그때까지두, 애정으루다가 기대린 것이 아니구서 다만 아편을, 아편적인 것을 기대린 줄은 몰랐다가, 막상 만나구 봤더니……! 큰 환멸이라구 할까, 그 사람은 벌써 나허구는 아무 상관두, 또오 상관을 가질 결련[35]두 없는, 그래서 나한테는 언뜻 지나치는 노방의 사람처럼 전연 무의미한 존재. 이것이 아편의 독을 말끔 다아 씻어버리구서 이미 완인이 돼가지구 돌아온 그 사람을 처음 만났을 순간의 제 기모치더랍니다. 남…… 아무

34 남을 두둔하여 보호함.
35 미련.

것두 아닌 남, 이거죠. 일껀 날 가져다 아편에 중독을 시켜주구서, 오래두룩 기대리게 하구서, 자기는 실끔 손을 씻구 돌아서구. 돌아선 그 자태의 보기에 헤멀끔하구두 능청스럽더라구야. 당하기에 허망하더라구야. 그러다가 비로소 그제야, 본디 무슨 조곰인들 애정으루다가 맺혀진 사이두 아니요, 또한 애정으루다가 지탱을 해온 관계가 아닌 바엔, 애당초에 둘이를 비끄러맨 아편의 매력을 저편에게서 찾을 수 없는 이상, 오히려 지당한 결과임을 깨달았구…… 그러나마 인간만이라두 족히 취할 한 구석이 있었다믄, 변했거나 말았거나 예대루 그를 맞아들였으련만, 아편의 탈을 벗구 나선 정첸 세상 고약한 파락호……! 오카다라구 하는 짝패와 부동이 돼가지군, 날 지지리 볶아두 대구, 필경 꼬여내다가 감금을 시키구서 협박을, 협박을 안 듣는다구 린치를 하구. 우리 부모두 끕끕수[36] 많이 받았지. 모두가 방탕하느라구 돈을 뺏어내 가는 수단이죠. 통속소설이래두 되엄즉한 스토리 고대루……."

스미코는 스스로 말을 그치면서 소스라쳐 한숨을 내쉬더니 어느덧 오랫동안 놓았던 정신이 드는 모양으로, 표정도 자세도 일시에 다 흐트러지기 시작한다.

그러면서, 그 길에 팔을 뻗쳐 초콜릿을 한 개 집다가,

"네? 분상……."

하고 부르는 음성도 역시 항용 제 음성이다.

"응?"

대영은 그러나 그대로 멀거니 얼뜬 대답을 한다.

36 체면이 깎일 일을 당하여 갖는 부끄러움.

"분상은 단 거 안 좋아하시나 봐?"

"머어……."

"네? 분상……."

"응?"

"그 사람이 누군지 아세요?"

대영은 도리질만 하고, 여자는 초콜릿의 은지를 벗겨 입으로 올려가다가 말고는 한참이나 남자를 건너다보더니,

"분상허구 같은 혈통?"

하면서 날름 과자를 씹는다.

"뭣이?"

소리도 엉뚱 크게, 대영은 반사적으로 몸을 돌이키고 짯짯이 여자의 얼굴을 주목한다.

"깜짝이야……! 그렇게 싫으세요!"

대영은 듣고 보니 비로소, 내가 어째 그만 것을 가지고 사뭇 그렇게 놀랐더란 말인가 싶어, 담뿍 점직해 못 하겠고, 그래 방금 그 딱딱해진 낯꽃을 눅이느라 애가 쓰였다.

"분상?"

"응!"

"아까 그 말씀, 실례?"

"괜헌!"

"그럼 왜 그렇게, 더럭……."

"하두 뜻밖이어서……."

"그렇다믄 몰라두…… 정말 분상 아무렇지두 않지이?"

"정직하게 말하면……."

대영은 벌떡 일어나서, 뒷짐을 지고 방 안을, 그다지 길지도 못한 거리를 오락가락 거닌다.

"……섬뻑 치욕을 느낀 것만은 사실인데, 말이지……."

"그런데?"

"결국 혈통에서 오는 반사적인 편견이랄까…… 그렇지만, 왜? 그까짓 녀석이 어디 가서 무슨 짓을 했기루니, 내가 무슨?"

"그러게!"

"그러니 더구나, 피해자 스미코상한테야…… 스미코상이 결코 그걸루 해서 또는 그걸루 미루어가지구서, 일반을 적시를 한다거나 모욕을 하자는 의사는, 그런 편견은 아닐 테니깐…… 그렇잖우?"

"그랬다간 싸개 맞구서 경성서 쫓겨나게?"

대영은 싱그레 여자의 앞에 가 멈춰 서서, 빠끔 치뜨고 웃으며 기다리는 눈을 들여다본다.

"자아……."

여자는 제 옆자리를 손바닥으로 다독다독, 그리고는 대영이 가리키는 대로 바투 와 앉기를 기다려,

"차 더 디리까?"

"아니……."

"그럼, 이거?"

여자는 아까 사가지고 들어온 포도주가, 잊어버린 채 여태 손탁자 위에 놓여 있는 것을 냉큼 집어 든다.

"……깜박 잊었어……! 잡수시죠?"

"배만 부르구 승승해서!"

"한목 많이 잡숫죠! 그리구 나두 좀 먹구요, 네?"

찻종을 그대로 술잔 삼아, 각기 한 보시기씩 부어가지고, 대영은 오히려 맛보듯 하는데, 스미코는 홀짝홀짝 서너 번에 죄다 마셔버린다.

"여자가 술을 먹어 취해 버릇하면 흘게가 없구 헤픕니다!"

"그러니깐 분상 기신 데서만 먹는대두!"

대영은 여자의, '그러니깐 분상……' 이라고 하는 그 '분상'의 한계를 어디만큼 잡아야 할는지 몰라 궁금했다.

"자아, 그리구 이저언?"

"응!"

"아까 하던 이야기 마저 하께요오?"

대영은 고개를 끄덱거려 준다.

"죄끔 남았으니깐요, 네?"

술이 미처 몸에 돌기도 전인데 벌써 음성과 말씨가 약간 다름은, 먼저의 한 번 경험으로 하여 (처음 한 번 경험이던 만큼 도리어 효과적이어서) 술을 먹으면 기분이 으레 달뜨는 것인 줄, 제풀 암시에 걸려든 때문일 것이다.

"아, 그래서…… 한 일 년 장간이나 두구 그 단련을 받다가, 요행 참 면하질 안 했겠어요?"

"용히 면하느라구?"

"어디 가서 사람을 궂히군 진짜 수양살일 갔죠! 한 십 년……."

"흐응!"

"아, 그리구 나서 겨우 맘을 좀 놀만 하니깐, 그다음엔 집에서 절 졸라쌓는군요?"

"매양, 시집이나 가라구 하던 게지!"

"누가 아니래요……! 지참금이 자그만치 오만 원……! 본디 삼만 원이더랬는데, 계집아이 험값으루 이만 원 더 얹어서……!"

"쯧! 헐친 않군!"

"너두 나두죠, 머……! 아, 그런데 정작 당자 지가 들어먹얼 줘예죠……? 개중엔 오만 원 하나 바라구 나선 사람두 많기야 했지만, 또 더러는 무얼루 보던지 보통 신랑 재목으루 부족할 게 없는 사람두 없잖아 있었어요. 그렇지만 첫짼 근본적으루 지가 결혼 그것에 도무지 뜻이 없구, 그리구 막상 결혼을 한다구 하더래두, 색시 쳇것은 아편쟁이구 저편은 선량한 시민인 걸, 그러니 며칠이 못 가서 파탈이 나구래야 말건 빤안한 이치 아네요? 뭣이냐, 유도 삼단짜리 우락부락한 색시허구, 저어 체중 십이 관두 못 되는 빼빼 마른 새서방허구 콤비처럼…… 밤낮 유도루다가 새서방을 둘러 메끓기나 하믄 어떡해요! 하하하!"

대영은 섭쓸려 빙긋이 웃으면서, 여자의 빠알갛게 피어가지고는 까알깔 웃는 얼굴을 한참이나 들여다본다.

보는 동안에 덮어놓고 와락 그 입술을 뺏고 싶은 충동이 슬그머니 일어나, 그것을 가까스로 누르고서 어려운 고패에 고개를 돌려버렸다.

그러나, 그럴 즈음 낯꽃이 매우 수상했던 모양으로, 고개를 돌리던 순간 무심히 웃고 있던 여자의 얼굴에서 졸연 웃음이 지워지며, 퍼뜩 눈이 긴장하는 것 같더라니 정녕 속을 들킨 성불렀고, 그래 외면한 귀때기가 자꾸만 점직해 못 했다.

"피차간 못할 노릇이 아네요?"

여자가 앞서 이야기를 다시 계속하던 것인데, 제 발이 저리더

라고 대영은 저더러 나무라는 소린 줄 알고서 움칫 놀랄 뻔했고,

"……애먼 남의 젊은이한테두 차마 못 시킬 노릇…… 또오 저두 번연히 다아 실패할 것을 알믄서 잠자꾸 쫓는다는 것두 어리석은 짓이구…… 더구나 전 두 번째 그런 실팰 한다믄 영 아주 고만 아니겠다구요……? 아, 이런 깊은 속은 몰라주구서 글쎄들 졸라대는군요! 어머니가 조르구, 언니가 조르구, 아저씨가 조르구, 아버진 머어 꾸우중 꾸중 무섭구, 작년 가을인가는 동대 연구실에 있는 어떤 소장 의학자란 사람허구 미아일 다아 시키려 들겠죠……! 죽여라구 마구 뻗었죠. 아, 그랬더니 하다 하다 만자저서 올봄엔, 아버지가 정말 역정이 나서가지군, 나가라구 쫓아내겠죠! 이년, 넌 부모한텐 불효한 자식이구 나라엔 불충한 백성이니 용서할 수가 없다구…… 널 기르는 밥과 옷이 내 것인 동시에 나라의 것인데, 어찌 너 같은 불충 불효한 년을 둬두구서 멕이구 입혀 길를까 보냐구…… 쫓아내길래 쫓겨나왔죠 머…… 집에서 밤낮으루 졸리기보담두 차라리 다행했구…… 또 고생두 별반 안 했어요. 어머니허구 언니허구 둘이서……."

여자는 초콜릿을 집으러 가던 손을 대신 술병을 치켜들면서,

"저 이거, 더 먹어요?"

하고 묻는다.

"조선 속담에, 늦게 밴 도둑질이 밤새는 줄 모른단 말이 있습니다!"

"죄꼼만……? 목이 말라서 그래요!"

"나중에 부대낄 일이나 각오하구서……."

여자는 먼저대로 찻종에다가, 한 반이나 되게 그 새빨간 액체를 부어가지고는 빠알간 입술로 쪼옥쪽, 단 꿀 빨듯 마신다.

대영은 고놈 잔이 방해가 된다고 생각을(핑계를) 하고, 또 말았다.

"참, 그렇게 어머니허구 언니허구……."

여자는 잔을 물리고 바투 앉으면서 다시 이야기를 시작한다.

"……서루가람 둘이서 아파트엘 종종 찾아와선 드뿍드뿍 용돈을 주구 해서 하나두 옹색을 당하거나, 아따 그 어느 때처럼 밀가루범벅을 쑤어 먹구 지내던 안 했어요…… 아, 그리구 참, 분상을 그때 첨으루 알았구먼요!"

"분상이라니? 날?"

"네에……! 그런 게 아니라……."

"그저끼 첨 만나구서?"

"이웃 방에 마침 조선 학생이 내외 양주가 있었는데, 그이들을 알았죠…… 내외가 사람들이 어떻게 어질구 삭삭한지, 정이 들어서 퍽 가깝게 지냈구, 그리구 그제야 참, 조선 사람한테 대한 제 편견을 곤쳤군요……! 그래 그 두 내윈데, 내외가 같이서 일대日大엘 다녀요. 그리구 또 둘이 다아 아주 맹렬한 문학 지망자겠죠! 그래서 자연 조선 문학에 대한 이야기두 가끔 듣구 지가 또 문학이라믄 쑬쑬이 좋아하는 성미겠다, 호기심이 생겨가지굴랑 이것저것 물을라치믄 친절하게 설명을 해주구. 그리믄서 잡지며 단행본 같은 것두 장님 단청 구경이나따나 구경을 시켜주구. 그리구 시방 문단에서 누군 어떻구 누군 또 어떻구 하단 이야기 끝에 분상두 한몫 나왔구, 필경엔 작품을 내놓구서 따듬따듬 번역을 해가믄서 읽어까지 주구…… 그런데 말씀예요, 죄다 잊어버렸는데 두 유독 분상 한 분이 끝까지 인상이 남았겠죠!"

"하필……! 그 설명을 해줬다는 요새 젊은 문학 지망자네가 도저히 날 호평했을 이치는 업구, 아마 욕이 대단했던 모양이지?"

"알아맞히신 말씀예요……! 그런데 전 그거보담두, 하하하! 노여 마세요, 네……? 아, 작품이 여간만 껄렁했어예죠! 하하하!"

"영명이 사해에 떨치도다가 아니라, 추태가 멀리 동경까지 퍼지니라루군?"

"껄렁하다구 한 건 지가 악담이구, 이를테믄 소설이라느니보담두 논문이라구 하는 게 좀 뻰했어요!"

"무어던가? 허긴 죄다 그 모양이니깐 이거구 저거구 할 것두 없지만……."

"저두 이름은 잊었어요…… 그런데 논문처럼 그렇게 빡빡하구 맛은 없어두 어쩐지 맘에 차악 앵겼어요……! 그래서 분상이 우연히 인상에 남았었구, 인상이 그렇게 남은 덕에 이번 조선으루 올랴믄서두 실상 분상을 우선 연줄 삼아서 찾을까 했는데, 아 이웃 방의 그 학생 내외가 지가 떠나기 얼마 전에 딴 곳으루 옮아가군, 미처 어딘지 알 수가 있어예죠. 허긴 그이들두 분상허구 즉접 안면이야 없을 테지만서두…… 그래, 급하긴 하구, 그러자 마침 그이, 송죽에 있는 그일 길에서 무뜩 만나서 말말 끝에 걱정을 했더니, 그렇다믄 썩 좋은 사람이 있다믄서, 명함에다가 김종호 씨한테 소갤 해 주더구먼요. 그리구 따루 자상하게 편질 띄워 두겠노라믄서……."

"좌우간 조선이라구 하는 곳하구는 이상한 인연이 있으란 팔자루군? 스미코상이……."

"아마 그런가 봐요……! 정말 참 그런 무엇이래두 아니구서야, 좋건 궂건 이렇게 연해 인연줄이 맺혀져 나갈 까닭이 있어요?"

"그런 게 아니라, 스미코상?"

"네?"

"그런 게 아니라, 아마 스미코상네 선조 누가 말이지…… 저어 임진란, 일본 역사룬 문록역…… 문록역 알죠? 풍신수길의 조선정벌……."

"교과서에서두 배우구, 장혁주 씨 《가등청정》두 읽었어요."

"그래…… 그런데 그때 말이지…… 그때 스미코상네 선대 할아버지가 누구 한 분, 역시 조선으루 출정을 왔다가…… 와서 싸움을 하다가, 응? …… 잘못 고만, 어떤 원통한 비전투원을 혹시 살상을 한 일이 있나 보군그래? 전시엔 부득이 그런 수가 간혹 있는 법이니깐……."

"글쎄…… 그런 이야기 못 들은걸? 그런데 건 왜?"

"정녕 그랬나 봐……! 그래서 그 원한이 후손 스미코상한테 시방 액이 와 단 거야!"

"정말?"

여자는 눈이 동그래, 파고들듯 묻다가, 그제야 대영이 벌씸 웃는 것을 보고는,

"……가지뿌렁!"

그러나, 그러면서도 반신반의, 좀 마음이 섬뜩한지 말긋말긋 남자의 낯꽃을 여살핀다.

밉지 않게 구는 여자를 데리고 앉아, 생각잖은 일로 우연한 말끝에 딴청을 하여 짐짓 한번 놀려주는 것도, 요외[37]의 심심치 않은

37 요량이나 생각의 밖.

흥이었었다.

"역시 여자란 건, 웬만해서 미신엔 저항력이 약하기루 마련인가 봐!"

"누군 곧일 안 들어요? 깜빡 속은걸……! 시침을 뚜욱 따시군…… 재료가 또 번연한 역사 사실인데다가……."

"내 소설을 갖다가 껄렁하다구 욕한 복수여든!"

"오옳지! 난 또…… 걸루 그럼 쓱삭했나?"

"쯧……! 내가 좀 밑졌지만……."

"제엔장……! 자아, 그럼 서루 물시[38]하구우. 그리구 인전 그다음 이야길 해예죠……? 이야기나마나, 모두 딴 갈래루 나가구, 선후가 뒤바뀌구 해놔서…… 아, 그래 아무튼지 그렇게 집을 쫓겨나가지굴랑 아파트살일 하믄서, 봄 여름 가을을 그럭저럭 지냈구. 지내구 나서 다시 겨울루 접어들자, 차차루 그제부텀은 가만히 생각을 하니깐, 못쓰겠어요…… 뭣이냐, 당분간 고생은 않는대지만, 그렇다구 언제까지구 그 모양으루 지낼 수야 없잖아요? 그리구 한편으룬, 것두 꼽시랑꼽시랑 나이 차 가는 탓인지, 막연하나마 장래란 것이 걱정스런 생각두 더러 들구. 안 맞는 시계가…… 분상 말씀 짝으루 묵은 책력이, 어떡허다가 썩 그런 염량을 다아 채릴 줄은 알았는지……! 그래서 하여턴 그 다음부터선 아무래두 맘을 곤쳐 먹어예지만 싶구, 그러다가 한번은, 그럭허자믄 바닥을 어디 좀 떠보는 게 좋잖을까 하는 궁리가 들겠죠? 그러믄서 그 끝에 문득, 대체 그 조선이란 데가 어떻게 생긴 고장인구? 예라, 기왕이믄

38 해 온 일을 무효로 함.

한번……! 이런 담보가 생기겠죠……! 그리군 머어 다시 더 생각할 나위두 없이 당장 그 이튿날루 떠나자는 참인데, 아 어머니허구 언니허구서 그 말을 듣군, 고만 질색들을 하는군요! 어머닌 한단 말씀이, 얘야 글쎄 조선엔 시방두 호랭이가 시글시글하다는데, 무슨 수루 게를 가며, 조선이라믄 말만 들어두 머리가 내둘리질 않느냐구, 가뜩이나 울기 잘하시는 이가, 디리 눈물을 짜믄서 어쩔 줄을 몰라하구…… 언닌 또, 조선은 하두우 하두 추워서 겨울엔 귀가 마구 얼어 빠진다는데 어찌자구 그런 델 가려 드느냐구, 말려쌓구…… 들 그러다가 필경 지가 떠나던 날은, 동경역으루 배웅을 나와선, 그냥 울어싸시믄서 어머니가, 이 에미 얼굴 마주막 잘 보구 가라구, 그리구 참…… 반질, 이걸……."

여자는 차차로 음성이 차악 갈앉다가 왼손의 반지를 내밀어 보인다.

백금으로 대를 했고, 대가 가는 푼수하면 알이 너무 굵어 본새는 없어도, 약간 노릿한 돌은 불빛에 찬연히 광채가 서린다.

대영은 그러나, 진귀한 그 보석보다도 여자의 이쁘게 조그마한 손을 담쑥 쥐어다가 조물조물 만지고 싶어 못 한다.

여자는, 저도 한참이나 반지를 내려다보면서 고요히 회상에 잠겼더니, 훨씬 만에 가벼운 한숨을 한번 내쉬고는 다시,

"……그래, 이걸 그렇게 손에다가 끼워주시믄서, 돈을 나우 좀 마련하잿던 게 미처 못 됐다구, 이거라두 끼구 갔다가 여엉 아쉽거들랑 돈으루 바꿔 쓰라구…… 당신이 시집오실 제 삼천 원인가 딜여서 해 끼구 오신 건데, 막내딸 절 시집보낼 때 주실 양으루 했더니, 이렇게 슬픈 날에 소용이 될 줄은 몰랐다구…… 언닌 그러

자 또, 지가 외투를 얄따란 스코치루다가 입은 걸 보구서, 조선은 그렇게 귀가 빠지두룩 칩다는데 저걸루 어디 배기겠느냐구, 자기 핼 벗어서 입혀주구…… 그러믄서들 당부가, 부디 맘 잡아가지구 수히 돌아오라구…… 널 그 먼 델 보내놓구 어떻게 날을 지낼 거냐구, 또들 울어쌓구…… 그때 참, 첨으루 비로소 지가 눈물이 났어요……! 멀리 낯선 이향으루 떠난다는 회포두 있었을 테지만, 어떻게두 그이네들의 애정이 살이 아푸두룩 몸에 스미던지, 고만 감격해서 같이서 울었죠! 허긴 부모 동기간의 저한테 대한 살뜰한 애정이 그때 처음 비롯은 건 아니지만서두, 그걸 지가 옳게 느껴 보긴 첨이댔어요!"

여자는 또 말을 멈추고 한숨을 내쉬더니, 그리고는 음성과 말에 약간 힘을 주어 다시,

"……그리구 그때! 그때 지가 아주 핍절하게 한 가지 생각을 한 게 있는데 말씀예요…… 자아, 어머니가 저대지두 날 사랑하셔…… 언니가 그래…… 남이랄 값에 아저씨가 그래…… 또오 아버지두 내가 당신 뜻만 좀 받들어 디리믄 다시없이 귀여하구 위해 주실 터…… 아 그러니 제 주위엔 극진하구두 풍부한 애정이 골고루 다아 쌔서 있잖아요? 과장이 아니라…… 그런데 또, 집안은 넉넉해…… 문벌두 과히 만만하던 않어…… 좋잖아요……? 그리구 마주막, 저 자신을 보더래두, 빈약하나마 조고만치 학식이 들었어…… 나이 스물셋에 한참 젊은데 몸은 건강해…… 얼굴이 잘 생기던 못했어두 곰보딱지나 과한 추물은 면했어…… 무던하잖아요? 그렇죠……? 그러니 말씀예요…… 어디루 대구 보던지 하나두 부족하거나 꿀릴 것이 없는 환경이요 컨디션이니, 아 그러니 다만

한 가지 병증, 아편 그것만 선뜻 버리구 나믄…… 가뜩이나 시대와 세상허구 양립할 수두 없는, 그래서 진작 현실을 떠난 전설이요 아무짝에두 소용이 닿지 않는 한갓 우상…… 전 그걸 우상이라구 생각해요! 우상이지 별거예요……? 그러니깐 제발 그 우상만 그 아편만, 내다가 버리는 날인다치믄 말씀예요…… 전 이내 그 좋은 환경 가운데서 기를 펴구 맘대루 질겁게 자알 이 청춘을, 인생을 갖다가 누려갈 수가 있을 게 아니겠다구요? 얼마나 좋아요……! 그렇잖아요? 네? 분상…… 그게 지가 잘못 생각일까요? 무리예요? 괜헌 욕심……? 네? 분상! 그게 지가 잘못 생각예요? 억질까요?"

여자는 알콜 기운에 휘둘리거나, 그래서 좀 해롱거리거나 하는 거동이 하나도 없고, 마지막엔 마침내 열을 띠고서 안타까워하는 양이 정상 곡진한 바가 있었다.

대영은, 아까 석양 때 거리에서 일껏 제 입으로도 그러한 말을 했던 터요, 시방 이 자리에서는 더구나 그것이 당자 자신의 아주 절절한 부르짖음이라는 것을, 동시에 지당한 의욕이라는 것을 동감을 하기는 하면서도, 그러나 한편으론 그렇듯 파닥이는 이 여자에게 뉘엿이 서운한 거리감을 느끼지 않질 못하여, 그래 선뜻 무어라고 대답을 해줄 시름조차 없이 우두커니 등신처럼 앞만 바라다보며 앉았을 뿐이었었다.

밤은 몰래 깊어가고…….

여자는 그러자, 죄었던 기운이 일시에 타악 풀어져서는 소스라치게 한숨을,

"그런데 말씀예요!"

하는 음성도 다뿍 하염없더니, 이내 그대로 몸을 갖다가 (생각도

주저도 않고 아주 자연스럽게) 실리듯 남자의 팔에 머리를 기대고는, 깍지 낀 손을 어깨에다 걸면서 가붓이 논다.

"네? 분상……."

"웅!"

"그런데에 말씀예요!"

"……."

"왜 글쎄 사람은…… 사람은 왜, 생각허구 행하는 것허구가 제가끔 네……? 제가끔 두 갈래 세 갈래루 갈라져가지구는 네……? 괜시리 괴롭구, 고생을 하구 다아 그러게만 마련이래요……? 네? 분상!"

"……."

"나 그거 해득해줘예지 해요!"

"……."

대영은 벌써 마음이 도로 다 놓였고, 그리고 가득히 시방 솟아오르는 연민한 정으로 해서는, 얼른 다독다독 등을 다독거려주면서,

'기미와 스쿠와레루! 낭에카와시도데나이! 이마니 스쿠와레루 기미와(너는 구조되겠군! 걱정하지 마! 이제 곧 구조될 거야 너는)…….'

하고 위로를 시켜주면서, 하고픈 생각이 간절은 하나, 또 그렇게 하고 나면 어쩐지 여자를 다시금 저 멀리다가 느껴야 할 것만 같아, 차마 아까와 그리하지를 못한다.

"아하……."

여자는 한참만에야 탄식 소리를 지으면서 몸을 도로 가누고 앉는다.

"……생각하믄 쓸디 있나! 아무렇게나 돼가는 대루, 그럭저럭……."

혼자 이렇게 뇌사리다가 급작스레,

"……아이, 시장해……! 몇 시나 됐어? 대체……."

하면서 팔걸이 시계를 들여다보더니 깜짝 놀라,

"아이머니! 세시야아……! 네? 분상……."

하고 대영의 팔을 잡아 흔든다.

"……세시가 다아 됐어요!"

"그렇게 됐나? 벌써……."

대영은 기지개를 뻗치려다가 말면서 벌떡 일어선다.

"분상 어떡허세요? 댁이 예서 머세요?"

"머나 마나…… 스미코상이 인전 좀 자야 할 텐데 눈이 저렇게 초랑초랑해서 어떡허나!"

"전 일 없어요……! 이렇게 늦어선 택시두 없대죠?"

"없지만, 머어……."

"댁이 머세요?"

"한 이십 리 되죠."

"저를 어째애……! 그럼 걸어가셔야 하게?"

"아—니……."

대영은 이 밤에 청량리 저쪽 회기정까지 터벅터벅 걸어서 나가잘 (가정에의) 정성은 본디 없고, 늦으면 늘 하는 버릇대로 어디 여관이나 친구의 하숙을 찾아갈 생각이었었다.

하기야 오늘 같은 날은 아내가 해산을 한 터이고 하니 여느 때보다는 좀 다르다 하겠지만, 그러나 그것 역시 아침나절에 고뿔쯤 앓고 누웠는 것을 보고 나온 푼수밖엔 더 마음 걸리는 것이 없었다.

"아—니가 머예요!"

여자는 성화에 얼굴을 찡그리고 마주 일어서면서,

"……차라리 예서 그럼 지무세요……! 전 이 소파에서 자구……."

"걸 뭘, 옹색스럽게!"

"아이 참, 나 좀 봐……! 댁에서 또 기대리시지? 부인께서…… 댁에 부인 기시죠?"

"명색이……."

"거 보죠……! 그러니깐 가서예지……! 그렇지만 또 어떻게 가시구……? 댁엔 부인 혼자 기세요?"

"요새 장모두 와서 있구, 뭣이냐……."

대영은 그 끝에, 아내가 오늘 해산을 했단 말을 하려던 것이나, 또 한바탕 걱정이 대단할 것 같아 짐짓 그만두고서,

"……그리구 난, 첨부터 버릇을 그렇게 딜여놔서, 한 며칠씩 안 들어가구 해두 서루 이상이니깐…… 기대리지두 않는걸, 허허……! 그러니깐 글랑은 조곰두 염려할라 마슈!"

"정말이세요?"

"거지뿌렁할 택이 있나!"

"부부간에 그렇기두 한가!"

"우린 예외야…… 내 아내란 위인이 아주 신경이 유들유들해서…… 그런데다가, 난 또 가정이란 걸 세탁소까지 겸한 여관으루 여기니……! 객담이지만, 사실 일 년 가야 둘이서 다투는 법이라

군 별반 없군요! 허허!"

"것두우……! 난두 좀 부인처럼 그렇게 유유했으믄!"

"지나 사람의 만만디처럼!"

"그러게 말씀예요! 옆에서 벼락이 떨어져두 꿈쩍두 않구……."

"잘못하다가 대포 탄환 줏으러 가게?"

"하하하……! 참, 정말 그럴까?"

"상증이겠지!"

"그런데 참, 댁엔 정말 염려 없으시겠다요?"

"응!"

"그럼, 예서 지무세요?"

"그럴 건 또 없어!"

"왜? 예절?"

"글쎄…… 결국 그런 비슷한 거겠지!"

"걱정 마세요……! 그리구 아무래두 묵은 책력이시믄서, 하하하!"

"옳아! 묵은 책력두 쓰이는 데가 있는 거루군!"

여자는 침대 밑으로 밀쳐둔 큰 트렁크를 열고 털 푹신푹신한 담요를 꺼내서 소파에다가 안아다 놓는다.

"난, 예서 이거믄 되구우…… 또오 분상은 침대루 가시구…… 이불은 새루 사서 어제 하룻저녁 덮었어두 그대루 참구 견디세요, 네?"

"그럴 게 아니라, 이왕 그러면, 자아……."

대영은 여자를 침대로 데리고 가서 어깨를 눌러 따악 걸터앉혀 놓는다.

"……스미코상일랑 예서 제대루 편안히 자구……."

"쥔이?"

"날라컨 절러루 가서, 좀 비끼구 싶으면 비끼구……."

"손님이?"

"쥔이구 손님이란 예절루 보면 그렇다지만, 사내꼭지 된 도리루야 어디 그렇소? 여잘 고생시킨다는 것두 일이 아니구 또오 여자의 빈 침대엘 침노한다는 것두 멀쩡한 짓이구, 응?"

"선량두 하셔! 샌님매니네!"

"잠이 또 무슨 그대지 올 건 있나! 이야기나 조꼼 더 하다가, 쯧! 졸립거들랑 잠깐 눈을 붙이는 시늉 하는 거구, 오래잖아 인제 밝을 텐데……."

"참! 내일은? 내일은 어떡허구? 전 인전 영 혼자선, 혼자가 무서워서, 영 혼자선 못 견딜 것만 같은데!"

"푸욱신 자구, 오후에 절러루 오시구려?"

"오늘처럼 함끠 다니구, 함끠 있구, 그래 주실래요!"

"그야!"

"오라잇! 고맙습니다, 분상!"

여자는 고개를 까땍 좋아라고 연해 방싯방싯 웃다가,

"……또오, 모렌?"

"모레두……."

"글핀?"

"글피두?"

"또 그 댐은?"

"또 그렇구!"

"아— 인전 맘 놨다……! 정말이죠오?"

"물론!"

"오라잇……! 그럼 내, 분상 시키시는 대루 하께, 네……? 자아, 절러루 가서 잠깐 돌아서세요."

"이건 좀 벌역인데!"

대영은 시키는 대로 창 앞으로 걸어가서 그 길에 커튼을 젖히고 바깥을 내다본다.

희미해도, 눈은 아까 스미코가 하던 말마따나 잘도 오고.

서서 문득 생각을 하니, 이건 어디서 이십 그 또래의 어린애도 아니요 먹을 나이 다 먹은 터에 이게 대체 무슨 치기며 무슨 청승인지, 여태도 이대도록 철이 안 들었던고, 사람이 이대도록 의젓하지가 못하던고 싶으면서 자꾸만 가소롭고 저 자신이 물끄러미 치어다보여 못 하겠었다.

여자는, 들이비치는 침대의 휘장을 아물리고는 자리옷을 갈아입은 후 파자마를 가운 자락으로 여미면서 도로 나와 대롱대롱 변두리에 걸터앉는다.

"인전 다아 됐어요."

"응."

"일러루 오세요!"

"응."

"분상?"

"응?"

"아, 그렇게 샌님으루 선량하신 이가 말씀예요?"

"그래서?"

"어째 가정엔, 그러니깐 부인한테…… 부인한테 그대지 냉랭하세요?"

"냉랭하다기보담두 등한이지!"

"그럼, 등한이라구 하구……."

"만만하니깐…… 또오, 경황이 없구……."

"그건 선량이 아닌데?"

"스미코상?"

"네?"

"내가 언제까지구 스미코상한테 그렇게 소위 선량하겠거니 해선 파야!"

"아이, 어쩌나아……! 그럼, 앙— 하구 잡아 잡수시나?"

"그건 그때 가봐야 알지!"

"일러루 오세요! 돌아서서 그러지 마시구……."

대영은 비로소 몸을 돌이키고 천천히 걸어오면서, 옷맵시 달라진 여자가 새삼스럽게 더 여자다워 보여 눈이 훨씬 흥그러웠다.[39]

"또 이야기 들으세요, 네?"

"한꺼번에 죄다 해버리군 바닥이 나면 이 담은 어떡허나?"

"그땐 또 그때구……."

대영은 소파로 가서 비스듬히 앉고, 그걸 보더니 여자는 저도 쪼르르 내려와 나란히 같이 앉는다.

"멀구, 저만 높이 앉었으니깐 승거워!"

"좀 안 잘려우?"

39 흥이 나서 마음이 들뜬 상태에 있다.

"잠잘 시간을 안 자구서 살믄 생명의 확대가 아녜요……? 이, 모처럼 좋은 밤을!"

말은 이렇게 가끔가다가 도발적인 대목이 있는데, 그럴 때마다 얼굴을 보아야 지극히 심상하고…… 대영은 혹시 여자가 저보다도 한등 더 감정이 세련 · 침착된 때문이 아닌가도 싶었다.

5

새벽바람에 잔뜩 웅숭그리고 집 문앞으로 들어서다가 마침 빗자루를 들고 나오는 장모와 딱 마주쳤다.

"건 무슨 개짓이가 얘……!"

장모는, 반은 성이 나고 반은 웃으면서 단박 몰아세우던 것이다.

대영도 히죽 웃다 말고,

"첫국밥이나 잘 먹나요?"

"여니 때두 아니구…… 내가 던활 열 번두 더 했구나 얘!"

"순산했다면서 내가 없으면 좀 어떤가요?"

"데거? 하는 소리하구……! 에미네서껀 에미나이서껀 둘터업구서, 고만에 피양으루 갈래다 말았시요! 하—두 밸이 나서……."

"제발 좀 그럭허시덜랑 않구……!"

"데거! 내가 건 업어다간 멜 하누? 헌 에미네하구, 삐약삐약 우는 놈에 핏뎅이하구……."

대영은 속으로, 저 생억지와 천하 떡심에 만일 남자로만 태어났었다면 시방쯤, 요샛날 그 소위 '사회 브로커' 한몫 툭툭히 잘

해먹었으련 싶으면서, 다시금 장모 노파의 천생 뻔질한 얼굴이 물끄러미 치어다보였다.

병풍으로 머리맡을 가린 산요의 아랫목에서 아내는 위아래 분간도 못 할 만큼 잔뜩 뭉뚱그린 어린것을 한옆에다가 위해 뉘고는, 산모답게 흐트러지고 지친 자세로 일어나 앉아 마악 국밥상을 받고 있었다.

대영은 어쩐지 서먹서먹하여, 들여다보듯 다뿍 고개를 내밀고 들어서고, 그 하고 들어서는 양이 하도 딱하던지 발자국 소리에 미리서 앞문을 올려다보고 있던 아내는 그만 실소를 해버린다.

그리고는 남편의 시선을 따라 어린것한테로 눈이 가다가, 또 한 번 빙긋하면서 고개를 떨어뜨린다.

겸손한 본능이랄까, 계집아이를 난 여자의 마음은 부질없이 남편에게 민망함이 섬뻑 앞을 서지 않지 못하던 것이다.

"괜찮우?"

"산파한테 되려 미안해서……."

"쯧! 다행히 걱정될 건 없겠지…… 너무 일찍 바람이나 쐬지 말구려!"

"국허구 진지가 뜨듯해 존데…… 좀 지무세요? 한술 뜨시구 나가세요?"

아내는 남편의 까칠하니 창백한 얼굴을 걱정스럽게 양미간을 찡그린다.

"글쎄……."

대영은 망설이면서, 품에서 시계를 꺼내본다. 여덟시가 지났고…….

간밤에 네시가 다 되어서야 편안찮은 소파에서 두어 시간 눈을 붙였을 뿐, 그래 가뜩이나 골치가 무겁고 몸이 찌뿌둥한 깐으로 해서는 푹신 한잠 잤으면 하겠는데, 일변 사의 일이 마음이 놓이지를 않았다.

하나도 정성이 없을 것 같은데 그래도 늘 보다 더 잘하고 싶은, 보다 좋게 하고 싶은 욕심과 애착으로 부절히 거기에 주의가 끌리고 애가 쓰이고 함은 도대체 무슨 까닭인지 알 수가 없었다.

"……나가보아야겠어!"

대영은 거처인 건넌방으로 건너가려고 돌아서서 미닫이를 연다.

"좀 누셨다가 나가서예지, 어떡허시우?"

"괜찮아!"

"약주 잡섰수?"

"응…… 아—니……."

"어머니더러 무어 얼큰한 국물을 좀 만들어주시라구 한다는 게, 깜박 고만 잊어버려서!"

대영은 안방을 나와 마루를 건너가면서,

'선량한 아내!'

하고 생각했다.

그러나 그 끝에는,

'너무 선량한 아내!'

하고 고개를 흔든다.

그러다가 마지막,

'나한테는 차라리 짐스러운 아내의 선량……! 순산을 해서 산파에게 미안하듯이, 다행히 도리어 걱정이 되는 것처럼.'

하고 쓰디쓰게 혼자 웃는다.

지난밤 스미코에게 약속한 소치의 모란 족자를 잊지 않고서 신문지에 똘똘 말아 옆에 끼고 나온 것이, 사엘 당도하니 그럭저럭 열시가 훨씬 지났고, 교정은 기가 딱 질리게 쌓여 있었다.

흥분제를 한꺼번에 두어 봉 털어 넘기고는 부지런히 준을 한참 보고 있는데, 전화를 돌려주어서, 혹시 스미콘가 하고 받자니까, 전달부터 졸리던 ××사의 소설 재촉이었었다.

못 썼노라고, 그리고 앞으로도 쓸 가망이 없노라고 지지리 졸리며 승강을 하며 하다가, 피차간 끝장은 못 낸 채 전화를 끊는데, 김이 말긋말긋 돌려다 보고 하더니,

"문 선생, 인전 소설 영 안 쓰세요?"

하면서 졸연찮이 이야기를 하잔다.

"좀처럼!"

"왜 그러세요? 무슨 이유루다가……."

"아무 이유두 없는 이유……."

"내, 온……! 그럭허시믄 어떡허세요!"

"밥벌일 한다는 게 소설을 쓰는 이유의 구십 프로를 더 차지한 적이 많았는데…… 아 우선 당분간 월급 수입이 있으니 양식 걱정은 없겠다…… 소설 쓸 내력 도저히 없지!"

"큰일 아네요?"

"무엇이?"

"우선 문단이……."

"별……! 중 하나 없다구 재 못 지내나……? 항차, 염불두 염불답게 못 하는 중, 없어두 고만인 중……."

"하나씩 둘씩 자꾸만 그래가믄 나중엔 어떡허나요?"

"죄다가 그럴 이치두 절대루 없구…… 허긴 중 다아 없어져서 차라리 재 안 올리는 게 좋지……! 펄프가, 문학 아니래두 쓰일 곳이 긴한 이 판국에 말야……."

"정말 큰일 날 소리 하시네!"

"아—니, 문 선생 대체 무슨 이유요?"

듣고만 있던 박이, 답답하다고 저도 거들고 나서던 것이다.

"이유 없는 이유래두!"

"하아! 그리 말고오……! 좀, 그 심경 좀 들읍시다!"

"단 한마디루, 응……? 내가 어디루 가버리구 없는데, 누가 문학은 하나?"

"건 궤변이오! 어데 그기 이론이 성립이 되오?"

"박 군?"

"예?"

"짐은 즉 법이니라구 고함친 루이 14세의 말따나, 사실 즉 이론일 수는 없을까?"

"사실하고 이론하고는 다르지 않소?"

"거! 지당한 말야!"

대영은 왼손으로 턱을 괴고, 펜대를 거꾸로 테이블 복판을 또옥똑 치면서,

"……그러면 사실에서 이론을 발견할 수는 있겠다?"

"그기야 물론!"

하나가 하품을 내면 온 방 안이 죄다 하품을 한다는 푼수로, 박은 그리고 김도 어느덧 다 같이 대영의 자세처럼 청승맞게 얼굴을

되들어 턱을 치받치고는 오도카니들 이편을 바라다보고 앉았다.

사동은 그래서 혼자서 히죽히죽 웃으며 구경을 하고 있고.

"난 그래요……."

대영은 차근히 다시 이야기를 계속하여,

"……박 군 말짝으루, 그게 궤변이라구 해두 좋아요! 내가 어디루 가구 없단 소리가 말이지…… 또오, 아니라구 변명을 하구 싶지두 않구…… 그런데 말이지, 그 궤변을 갖다가 한 개의 사실루 볼 수는 있을 테었다? 그렇잖아?"

둘이는 못 알아듣고서 눈만 깜작깜작 생각을 해쌓는다.

"……그 뜻 몰라……? 문대영이라구 하는 사람의, 그와 같이 궤변적인 인식태도…… 태도 그것만은 한 실재가 아냐……? 물론 불건강이야 하지…… 그렇지만, 저 뭣이냐, 절름발이가 병신은 병신이래두 병신인 것 그것이 버젓이 독립한 한 개의 가치, 즉 사실이듯이……."

둘이는 그제야 알았노라고 연해 고개를 끄덕거리고, 대영은 다음을 다시,

"……그러니깐 말이지…… 그걸 갖다가 한 개의 사실루 일단 승인을 하구서, 응……? 승인을 한 이상, 거기서 이론을 발견을 해야 않소……? 구태라 내 설명을 요구하자구 들 것이 아니라, 또오 설명을 들었자 노형네들의 생리엔 맞덜 않는, 역시 궤변적인 결론일 테니깐…… 그러니깐 노형네들 스스로가 노형네들 독자의 결론을, 응……? 궤변적인 것, 불건강한 것 그것을 놓구서 말야…… 뭣이냐, 노형네들은 오늘날의 사실적인 현실의 담당자인 만치 벌써, 이 문대영이의 인식태도를 병적이요 궤변이라구 보질 않소?

그것까지는 좋아……! 그렇지만 사실을 갖다가 사실대루만 보구, 사실대루만 받아들여선 못쓰는 법이거든! 그건 학문적으루는 상식의 노예요, 생활적으루는 천박한 모리배의 짓이지 적어두 세대의 소위 담당자루 앉아서 감히 취할 길은 아니어든!"

대영은 퍼뜩, 말이 너무 박절하게 된 것 같아, 또 탈선도 되었고 해서 짐짓 중단을 하고는 담배를 천천히 피워 문다.

그리고는 훨씬 신경을 가라앉혀가지고 나서 다시,

"……이야기가 고만 탈선이 돼서…… 그런데 저 뭣이냐, 내지 사람들 중세기의 사무라이네가 셉부쿠[40] 하는 거 있잖소? 그 셉부쿠가 그런데, 약간 그저 배나 가르구 자살이나 하는, 단지 생리적 수단만인 줄 알아두 실상 그게 큰 정신의 힘이야! 큰…… 그리구 그 정신이 그대루 흘러 내려와서, 지금 오늘날 일본 민족의 장한 민족정신을 갖다가 형성한 게어든…… 아, 저 거시키 우리 일본 군인으루 전쟁에 나갔다가 포로루 잽히는 일이라군 별반 없잖소……? 이번 지나사변만 보더래두, 가령 적진으루 공폭을 가다가던지 혹은 돌아오는 길이던지, 만약 비행기에 고장 같은 것이 생겨서 불시착륙을 해야 할 경우다 치면 고만 자폭을 해버리구 만다! 응……? 그게 무어냐 하면, 중난한 무기와 더불어 적병한테 구차스럽게, 구차스럽게 말야, 포로가 되질 않겠다는 용기요, 즉 일본 군인의 정신이 아니겠소……? 그리구 그 배후를 더 캐구 보기루 하면, 비행기에 고장이 생겼다는 건 곧 전투력을 잃어버린 것인데, 군인으루 전쟁에 나왔다가 전투력을 잃어버린 이상 그는 전장에 임한 군인으루

40 '할복'을 뜻하는 일본어.

서의 생명과 의의를 따라서 잃어버린 게 아니겠소? 그리구는 남은 거라군 군인 된 생명두 의의두 없는 단지 육체와 포로의 치욕……! 그러니까 구차스럽게, 생명두 의의두 없는 고깃뎅일 위해 구차스럽게, 포로의 치욕을 받지 않으려구 자폭을 해버리구…… 그러나 그것은 단지 구차한 치욕을 면하는 데만 근치는 게 아니라, 그와 같이 자폭을 함으로써 전장에 임한 군인의 생명과 의의를, 그러니깐 절개랄 수두 있는데…… 그걸 일단 더 강조하는 게거든……."

대영은 불 꺼져가는 담배를 빼억빽 한참이나 맛있게 빨고 있다가 나직이 음성을 고쳐,

"……구차할 며린 없어! 구차할 며린 없어……! 규각規角이라구 않나? 각角에다가 원圓을 씌우자구 드는 건, 저 스스로는 어리석은 짓이요, 세상에 대해선 오히려 해를 끼치게 되는 거야…… 그 세댈랑 그 세대의 담당자한테 맽기구서 가만히 그대루 죽은 듯기 앉었으면 구차스럽지 않구, 세상에 사폐 끼치지 않구, 두루 좋잖아……? 그런 걸 왜? 무슨 망령으루……? 뭣이냐, 비유가 꼬옥 적절하던 않애두 마침 생각이 난 길에 이야긴데, 아따 저 ×××씨!"

대영은 빙그레 웃고, 김·박 둘이도 벌써 알아채고서 같이서 웃는다.

"그 양반이 한때, 신문에다가 명색 소설이랍시구 천하 괴상망칙한 물건을 몇 번 연재한 일이 있잖소?"

"××?"

"○○?"

김과 박은 ×××씨의 소설 이름을 하나씩, 제각기 외운다.

"그러니 글쎄, 그게 무슨 주접이요. 망신이냔 말야……! 허긴

그 뒤에 듣자니깐 생활이 궁해서 한 노릇이라는 가십이 있길래, 한 순갈의 동정을 애끼지 않었소마는…… 뿐만 아니라, 요새는 가만히 생각을 하자니깐, 그게 도저히 남의 일 같지가 않단 말야! 도저히……허허!"

대영은 마지막 서글픈 웃음을 한번 웃고 나더니,

"……자아, 인전 쉬……! 막설하구서, 교정! 교정!"
하면서 제가 먼저 일을 바싹 차고앉는다.

마침 그럴 즈음 문이 펄쩍 열리더니 김종호가 커다란 덕집을 쑥 들이민다.

옆에다가는 핸드백을 끼고, 대단히 바빴던 모양, 숨을 허얼헐, 얼굴엔 그득하니 웃음을 헤뜨리면서, 문을 뒤로 탕 닫으면서, 모자를 벗으면서 꾸뻑,

"문 선생, 굿모닝!"
하고 외치면서, 연달아 김과 박더러도 한 번씩 꾸뻑, 안녕헙쇼! 꾸뻑 안녕헙쇼!

대영은 뜨윽해서 내키잖게,

"안녕하슈?"
할 뿐 앉은 채 일이 바쁜 시늉을 하는데, 그런 건 다 거리껴할 머리도 없이,

"문 선생, 스미코 만나셨어요?"
하면서 쭈르르 옆으로 쫓아온다.

"네, 어제…… 찾아왔드군요……."

"거, 잘했군요!"

김종호는 거진 테이블 모서리에 걸터앉을 만큼 (키가 커놔서)

남 답답하라고 그들먹하니 옆을 가로막고 서서는 수작이 나오기 시작한다.

"……거 좀, 자알 지도두 하구 그래 주세요!"

"글쎄……."

"아, 우릴 바라구, 또 우릴 위해설랑 멀리 찾아온 사람인데…… 거 고마운 일 아녜요……? 그러니깐 우리가 다아 참, 진심으루 환영을 하구 대접에 유감이 없어야만…… 그리구 그러자면 문 선생 같은 분이 솔선해서 다아……."

솔직히, 이편을 믿거라고 하는 소리거니 하면 대영은 금세 어깨가 옴츠러들고, 수그린 뒤통수가 간지러워 못 하겠었다.

미상불 드러내놓고 말하기로 하면 김종호란 이 사람을, 항상 떠들고 인찌끼하고 쌍스럽고 하대서 경멸을 한다지만, 그가 (분명) 어떤 야심과 더불어 또는 영화 제작이며 그 선전에 여자를 이용까지 해먹고 하려고 들세나…….

일껏 믿는 마음에 지도를 해달라고 데리고 와 맡기다시피 한 노릇쯤 된 그 여자를 갖다가, 어느새 뒷줄로 정복을 하며 있는 대영 저 자신일세나…….

어쩐지 일이 좀 떳떳하지가, 점잖지가 못한 것 같아 은연중 한팔이 결리고 민망한 생각이 듦을 느끼지 않을 수가 없었다. 마치 제자와 배가 맞아 연애 도망을 빼는, 여학교의 남선생다운 몰염치한 짓인 것도 같아서…….

"그러니깐 말씀이지……."

김종호는 연해 (속없이) 흠선을 피우면서, 건사를 피우면서,

"……그러니깐 너무 범연히 구지 마시구, 네……? 잘 좀 지도

두 하시구…… 네? 문 선생……."

"지도를 날 같은 사람이 어떻게……."

"천만에 겸사의 말씀을……! 그리구 내가 통 바빠서 도무지 그럴 새가 없는데, 거 문 선생이래두 우선, 응? 박물관 같은 데랑, 또오 명승고적이랑, 틈나시는 대루 구경을 시켜주세요."

"글쎄…… 그 사람이 관광단이 아니구, 또 내가 투어리스트 뷰로가 아닌 바에야, 머어……."

"그건 그렇잖죠! 그 사람은 무엇보다두 우선 조선의 고적과 그리구 자연을 만끽할 필요가 있으니깐……."

"……."

"건, 그렇구우…… 그런데, 문 선생?"

"네에."

"저―어……."

"말씀하세요!"

"저어, 문 선생한테 꼬옥 한 가지 소청이 있어엉!"

"눈깔사탕 사 달래는 애기 소리 같구려?"

대영은 그제야 고개를 쳐들고, 방 안에는 재그르르 웃음이 터진다. 그중에서도 김종호의 너털웃음이, 맨 크고 맨 오래 간 것은 물론이고.

"다른 게 아니라, 문 선생?"

"말씀하시래두!"

"〈춘추〉 이번 신년호에다가, 응……? 요전날 말씀하던 시나리오를 좀 실려 주시라구……."

"시나리오?"

"네에…… 내가 이번에 만들 작품인데, 요전에두 말씀했지? 〈청춘아 왜 우느냐!〉라구…… 스미코두 찬조출연을 하구…… 아, 요새 그걸 쓰느라구, 꼬바기 매달려선 오늘야 겨우……."

"글쎄…… 우리 잡지엔 그 시나리오라구 하는 문명한 물건이, 좀……."

"불가해요?"

"불가하달까, 외람하달까……."

"그래두 각본은 가끔 실리잖어요?"

"희곡은, 극문학으루 이미 완성된 문학의 한 장르니깐 그야……."

"그럼? 시나리오 문학은 문학이 아닌가요?"

"당장 가치를 인정할만한 예외의 특출품이 있다면 임시루 가승인을 해두 좋지만…… 조선의 시나리오는 원고지에서 아직 좀 더 자라야지……! 그렇잖소? 이 김 주사……."

대영은 걸상 얼러 몸을 뒤로 버얼떡 젖히면서, 시무룩해 섰는 나그네를 빙긋이 올려다보다가,

"……시나리오가 문명은 했는지 몰라두, 문명만 가지군 좀…… 양반이 되자면 훨씬 문학적 세련과 훈도를 받아야……."

"난 그런 까다라운 이론보담두, 아 선전을 좀 해예죠? 선전을……."

"삐라를 박아 돌리지!"

"내, 온!"

"신문에 광고루 연재 하던지?"

"놀리려구만 드셔!"

"토키 하나에 일만 이천 원이니 일만 오천 원이니 딜이면서,

그 비용쯤……."

"어떡허실래요?"

"요새, 영화 전문잡지두 하나 생겼나 보던데? 또오, 취미잡지에서두 환영을 할 테구……."

"권위가 있어예죠!"

"하는 소리가……! 괜히, 그 사람네한테 몽둥이 맞일 양으루…… 독자가 그리구 얼마나 더 많다구!"

"수만 많으믄 무얼 해요? 너줄한 저급독자!"

"옳아……! 〈춘추〉 독자는 고급이구?"

"날더러 왜 물으슈?"

"그래, 〈춘추〉 독자는 고급이라구 하구…… 그래, 그 고급독자들이 조선의 시방, 시나리오니 또 영화 그 자체를 문제시라두 하는 줄 아시오?"

"그러니깐들 잘못이라는 거예요……! 아, 문 선생부터두 왜 영활 갖다가 적극적으루 지질 안 해주세요? 다 같은 예술운동에……."

"여보 김 주사?"

"주산!"

"저기, 《추월색》이니 《강상미인》이니, 그런 걸 만들어 파는 책장사가, 왜 이것두 예술인데 문단이나 사회에서 통히 지지를 안 해준다구 두덜거린다면, 거 어떻겠소?"

"아무려면 그래, 조선 영화가 《추월색》이나 《강상미인》 그따위밖엔 안 된단 말씀이슈?"

"저렇게 디리 아니라구 우기면서, 저급한 줄을 모르기 때문에, 백 년을 가야 그 이상엣 것은 못 만들어요…… 브레인이 그렇게 가난해놔서, 조선 영화의 향상 향상 하지만 결국은 기술이나 능란해질 뿐이지, 갈 곳이라군 아메리카의 쌍놈영화가 되는 것밖엔 없어요!"

"관중은 있거나 없거나……? 판판 밑져가믄서……? 그런 장사에 누가 돈을 대요?"

"나운규의 〈오몽녀〉가 〈강 건너 마을〉보다두 더 밑졌단 소릴 못 들은걸……? 간밤에 〈뿔그극장〉을 보러 갔더니 조선 사람이 삼분지이는 되나 봅디다? 초만원인데…… 영화 〈무정〉이 원작이 나뻐서 실패했나? 원작을 잘 살려가지구 연극은 하니까 만원이데?"

"고만두슈! 다아……."

"듣기 싫여두 가만 좀 있어! 이 김 주사…… 백성들에게 마음의 양식을 주는 데 영화만침 좋은 것이 다신 더 없어요! 문학이니 연극이니쯤 어림없지……! 그렇건만서두 시방까지의 조선 영화는 너무 불초했어……! 기술이 아직 유치했으니까 충분히 그게 노현[41]은 못 된다구 하더래두, 적어두 그러고자 하는, 즉 백성에게 마음의 양식을 주고자 하는 의욕…… 지향…… 그것이 전혀 없었거든……! 팔이 짧어서 주던 못할 값에 내밀긴 했어야 할 건데, 내밀 생각두 안 했다……! 그러니깐 조선 영화는 백성들한테 배임을 한 셈이구, 배임의 형벌 대신 이렇게 악담을 좀 들어야 해……! 알겠소?"

"몰라요……! 갑니다아, 안녕히 기슈우……."

풀이 죽어 돌아서서 흐느적흐느적 나가고 있는 양이 우습기도 하려니와 어쩐지 측은하기도 했다.

41 겉으로 나타내어 보여줌.

그 끝에 머리를 짚고 생각했다.

사람이란 사귈 나름 보기 나름이지, 저 김종호만 하더라도 천하 무도한 악당인바 아니요, 차라리 심약하고 호인다운 한구석이 없지 못한 것을, 부질없이 경멸을 하고 미워를 하고 함은 오로지 나의 비뚤어진 심성의 탓이 아니던가…….

이렇듯 곰곰이 자성을 하는, 일종 회오의 마음이 들기까지 했다.

오후가 되어 하마 세시.

스미코한테서는 꼭이 시간을 정했던 것은 아니지만, 여태 웬일인지 전화도 없고 아직 찾아오지도 않았고, 그래 적이 궁금했고…….

그러자 공팔시, 신년호거리로 인터뷰를 온 신문사의 학예부 친구에게 근처의 다방으로 붙잡혀 나가 그럭저럭 한 시간 가까이 한담서껀 이야기가 장황했다가 다시 돌아와 보니, 그동안 여자는 마침 다녀갔었다. 한 삼십분 혼자서 앉아 기다리더라고.

또 오든지 전화를 걸든지 하겠거니 했으나, 훨씬 다섯시가 지나서 퇴사를 하도록 종시 소식이 없었다.

소치의 모란 족자를 아침에 들어올 때처럼 해서 끼고 바람만 바람만 아파트까지 가본 것이, 십상 그러련 했었지만 역시 방문은 잠겼었다.

명함을 한 장 문 밑 틈사구니로 들이밀고는 족자는 손이 주체스럽겠어서 아파트의 관리인더러 ×호실에 전해달라고 맡겨둔 후, 일단 그곳을 나와 본정통으로 향했다.

헌책점을 주욱 더듬어 마루젠까지 갔다가, 그 길에 명과의 쌉싸름한 커피를 한잔 천천히 마신 다음, 재차 여자의 아파트엘 들러보았다.

방문은 그러나 여전히 잠겼고.

거진 여덟시가 되었고.

다시 다방이라도 가서 기다리다가 한 번 더 오든지, 메신저를 보내든지 했으면 하는 생각이 일변 없잖아 있었으나, 그래 잠깐 서서 망설여보았으나, 당장 몸이 많이 피곤했고, 만나면 자연 또 밤을 밝히다시피 하겠으니 무리가 과할 것 같기도 하고 하여, 마침내 두어 자 글발을 적은 명함만 새로이 아까처럼 밀어 넣고는 좀 섭섭한 대로 발길을 돌려놓았다.

이튿날은 일찌감치, 열시가 조금 지나선데…….

사동이, 내지인 하라상이란다면서 받아 넘겨주는 전화를, 그래 미리 국어로, 그러나 옆이 조심이 되어,

"스미코상이신가요? 나 문이올시다."

하고 정중히 대답을 하노라니까, 저편에서는 그만 급해,

"마아! 야토 스카마에타와, 분상오(어마! 겨우 통했군요, 분상)……."

하면서 좋아하는 양이 선연히 보이게 반기던 것이다.

그러고는 연달아 응석을,

"……데모 히도이와, 분상다라(그렇지만 너무해, 분상)!"

"미안했습니다, 어젠 참……."

"왜, 말씀이 쩨가 좀 별나!"

"으응, 머어…… 시방 전화 어디서 하시나요?"

"바루 그 앞 공중전화…… 오오, 참! 인제 알았어……! 그렇지만 전 이 공중전화니깐 좀 까불어두 괜찮죠?"

"찡기리구 있느니보담은……! 그런데, 어떻게? 지금 일러루 오시겠어요?"

"가두 괜찮아요?"

"그야……! 그렇지만 내가 틈이 나자면 아무래두 오후 네시 다섯시 이후래야겠는데, 그러니깐 제아무리 조선 기모치를 배우는 것두 좋지만, 어디 온종일 남의 입허구 눈치허구만 치어다보구 앉었는 수야 있다구요?"

"그러게!"

"그러니까 인제루부터 한 댓 시간 영화 구경이라두 하든지, 바루 그 옆이니 덕수궁에 들러서 그림을 보든지……."

"그럼, 지가 좋두룩 하구서, 이따가 오후에 갈까요……? 몇 시쯤?"

"네시나 다섯시……."

"그럼 그럭허기루 하구…… 그렇지만, 야단났어요!"

"왜?"

"시간 보내기가……! 어제 하룻낮 하룻밤에 벌써 고만 넌덜머리가 났어요! 지리하구 답답해 곧 죽을 것 같은걸……! 그러니 그게 어제뿐이며, 또 오늘뿐일세 말이죠!"

"거, 정말 야단 아닌가!"

대영은 일이 자못 딱하기는 했으나, 전들 당장(당장이나마나) 어떻게 하잘 도리는 없을 것 같았다. 그야말로 하루 이틀이 아니고…….

그런데 실상은 그것이, 즉 혼자서 시간 지우는 고통을 여자가 능히 감당하기 어렵다고 하는 그 사실이, 앞으로 장차에는 다른 어떤 중대한 사태를 갖다가 빚어낼 태반인 것이었었다.

하나, 당자 스미코도 그러했지만, 대영은 물론 일 그 자체가 딱한 것으로 곤란을 느끼는 데 그쳤을 따름이지, 이상 발전될 사태에까지는 생각이 미칠 겨를은 미처 없었다.

"아, 어제두 말씀예요!"

여자는 비로소 어저께의 소경사를 이야기하느라고,

"……아, 잠이 다시 깨보니깐 오정이길래, 이내 나가서 점심 조반 얼러 요길 좀 하구는……."

"전화라두 미리서 거시들랑 않구서!"

"곧 갈 양으루 그랬죠……! 그래, 나온 길에 애프터눈을 한 벌 맞출까 하구서 가네보오엘 들렀다가…… 아이 참! 어제 거기서 천을 몇 가지 봐놨으니깐, 이따가 함께 가시서 분상이 골라주세예지 해요?"

"쯧! 아무리나…… 그렇지만 내가 그 방면엔 눈이 도무지 무식해서……."

"좋아요, 그리서두…… 아, 그리군 세시가 다아 됐길래 부랴부랴 전찰 타구 쫓아갔더니 금방 나가셨다는군!"

그다음 이야기를 들으면, 여자는 어제 그 길로 거리엘 나갔다가 마침 김종호를 만나, 다방으로 같이 들어가서는 여섯시까지, 그 이번에 제작한다는 영화의 대본 내용을 이야기 들었더라는 것이다.

그리고는 가까스로 놓여나와 사에 전화를 걸었더니 나오지를 않고, 일곱시쯤 아파트에 돌아가 보았더니 명함이 있고, 그래 진득이 앉아 기다리지를 못하고서 도로 나와서는 행방도 없이 찾아다니다가, 또 가보았더니 또 명함만 있고 한데 그제는 잘 자란 말이 적혔고, 그만 안타까워서 가뜩이나 밤새껏 한잠도 못 잤다는 것이다.

족자는 그리고, 조금 아까 잘 받았노라고.

대영은 아무튼지 미안했으니 그 대신 이따가 오면 눈물이 나도록 맛있는 고지소오를 하마고 이르고서 전화를 끊었다.

약속한 시간대로 네시 반가량 해서 스미코는 찾아왔었고, 얼마 동안 기다리게 앉혀두었다가, 김과 박 두 사람까지 같이 데리고 사를 나섰다.

무얼 대접하려면서 여자만 따가지고 나오기도 민망했거니와, 또 서로 주축을 하도록 가까이할 기회를 주고도 싶었던 것이다.

데리고는 나섰으나, 막상 생각하니 발길을 두르고 갈 곳이 막연했다.

아까 전화로는 눈물이 나도록 맛있는 고지소오라고 했고, 시방은 와서 무어냐고 자꾸만 물어싸서, 입으로 조선 기모치를 배우게 해주마고 했고, 그러니 조선 음식을 대접해야 할 판인데 그게 도무지 어중떴다.

설렁탕이나 비빔밥이나 또 상밥집이며 목롯집은 그 조선 기모치가 너무 지독하니 (아직) 이르고.

요릿집은 너무 크고, 또 크기나 할 따름이지 특별 맞춤상은 혹시 몰라도, 진소위 논메강경論山江景이는 은진미륵恩津彌勒으로 꾸려가고 과붓집 종놈은 왕방울로 한몫 본다 듯이, 요즈막 조선 요릿집의 음식이란 게, 명색 신선로 하나가 (그것도 알고 보면 내용보다 외관—

그릇이 더) 조선 음식이랍시고 잔명을 지탱할 뿐, 그밖엔 흡사 만국 요리의 빈약한 성관을 발휘하는 괴물인 걸, 하니 본의도 아닌 터에 돈 낭비하면서 애꿎은 미각의 노스탤지어를 탐하잘 머리는 없고.

집에는 동치미가 마악 맛이 들고 배추김치 또한 으수했으나, 여자들을 그토록까지 노둔하게 모욕할 수는 없고.

그리고는 겨우 화신의 조선 정식이라고 하는 것이 남는데, 촌쟁퉁이[42]처럼 그 야단스런 걸 그들먹하니 차고앉아 먹어대기란 약한 비위론 못할 짓이지만, 그저 초학[43] 방예하는[44] 셈 잡고서 그놈 신세를 지는 게 유일한 방책일 것 같았다.

네거리를 향해 걸어가면서 곰곰 생각하자니, 무슨 그리 푸달진 재산이라고 구태여 자랑을 한다거나 생색을 낼 염량은 추호도 없는 것이지만, 막부득이한 경우에 타방의 손을 위하여 제맛을 지닌 음식 한 끼 변변히 대접할 주제도 못 되는가 하면, 한심하기는새레, 몰골들이 오히려 고소했다.

약속이, 눈물이 나도록 맛있는 고지소오이던 고로, 속는 줄을 모르고서 시키는 대로 우선 맨입에다가 그 지독한 깍두기를 냄새조차 참아가며 한 젓갈 덥석 물었고…….

뻐언한 노릇이지, 단박 눈물이 핑—

"히도이와! 히도이와(너무해! 너무해)!"

하고 원망을 해싸면서, 그렇다고 체모에 얼른 도로 뱉지도 못하고 그대로 먹잔즉은 입안이 시베리아 같고, 그래 꼼짝수 없이 한

42 잘난 체하고 거드름을 피우는 사람을 놀림조로 이르는 말.
43 처음으로 앓는 학질.
44 예방하다.

동안 고생을 하여 좌석은 덕분에 한 흥을 얻었고.

저녁을 마친 후 다시 일행은 훨씬 돌아다니며 혹은 음악 좋은 집의 차도 마시며 심심찮이 놀았고, 마지막 두 친구에게는 바래다준다는 명목으로 혼자서 여자와 더불어 아파트로 돌아왔다.

방 안에는 소치의 모란 족자가 자못 어색히 걸려 있고, 경대는 삐삐, 과실이 큰 접시에 소담했고, 그리고 포도주가 조금도 굵지 않고서 반병 그대로 있는 게 어쩐지 여자가 무던한 것 같아 마음 믿음직스러웠다.

전번처럼은 이야기가 많진 못했으나, 그래도 세시 그 무렵에야 제각기 제자리에서 조금씩 잠이라고 자는 시늉을 했고.

새벽에 헤어지면서는 미리서, 이따가 석양 때 만날 시간과 장소가 잘 서로 언약이 되었었다.

한 것을 대영이 그만 실없어버렸다.

집으로 나가 일껏 정신이 들라고 말끔히 소쇄를 마치고는 따뜻한 아랫목에 앉아 마악 조반을 한술 뜨노라니까, 아니나 다를까 차차로 사족이 맥이 풀려오더니 이내 걷잡을 수 없이 피로가 쏟아지면서 밥이고 무엇이고 필경 수저 하나 들었다 놓았다 하기조차 대견했다.

게다가 일변, 감기 기운인지 몸살이 나려는지 등골이 오싹오싹 아예 좋지가 않고…….

아내의 걱정과 권이 아니라도 영 또 배겨날 것 같지가 않아, 한 두어 시간 요량을 하고서 자리에 드러누웠다. 한 것이 온종일 날이 저물어 전깃불이 켜질 때까지 내처 그대로 일지를 못했다. 그러면서 자다가, 이뭉자뭉하다가, 열이 있어서 절로 앓는 소리가 제법 나와지곤 했고…….

어두워서야 조금 정신이 들기는 했지만, 한번 눕기가 망정이지, 몸은 눌어붙은 듯 무거운데 그 모양을 하고서 가뜩이나 이 밤중에 찬바람을 쏘여가며 기동을 할 강단은 도저히 날 수가 없었다.

전보가 되었거나 속달이 되었거나 무어라고 기별이라도 좀 해는 주어야 하겠는데, 그것 역시 장모 마나님밖엔 손대가 없는 걸, 우편소는 초원하겠다[45] 어둔 밤길에 그 심부름을 시키자니 막상 못할 노릇이었었다.

이튿날도 몸이 별양 가볍지가 않았으나, 그래 무리인 줄은 알면서도 두루 궁금하여 오정 후 한시쯤 해서 사에로 나와보았다.

전화가 여러 차례 왔다는 전갈이고, 우선 안심이나 하도록 메신저에게 몇 자 사연을 적어 보냈더니 방문이 잠겼더라면서 되가지고 왔고.

마침 병수가 부우옇게 달려들더니 거보라고, 혼자만 다니면서 술을 먹으니깐 그 벌로다가 주독이 나설랑 그렇게 욕을 보는 법이니라고, 그리고 어제저녁에 꼭 망년회를 하쟀던 것이 형님이 안 나와서 못 했는데, 오늘은 천하없어도 해야 한다고, 바싹 서둘러대고…….

대영이 쩔끔하여 제발 오늘만 살려달라고 사정을 하는 것을, 그러면 하루만 더 용서를 하지야고, 그러고는 다시 꼼짝달싹 못하게 해놔야 한다면서 당장 선 자리에서 저어 멀리 시외에 있는 요정에다가 전화를 걸어, 말끔 다 분별을 시키는 것이었었다. 밤

45 조금 멀다.

늦게 놀자면 시외라야 하고, 또 설경이 좋지 않으냐면서…….

대영은 제 말따나 많이는 못 해도 쏠쏠히 애주를 하는 터라, 언제고 술 그것이 싫은 것은 아니었었다.

겸하여 병수랄지, 김이나 박이랄지, 나이들은 어려도 술자리에 임하는 법도하며 술 뒤끝이 쌍스럽지가 않아 종종들 한집안 식구끼리서 얼려가지고는 조용한 처소를 골라 가무 좋은 기녀나 택해서 은근히 한밤씩을 놀곤 한다치면, 결코 유쾌하지 않은 것이 아니었었다.

하던 것이 여자 스미코가 머릿속에 들앉아 있어가지고 줄곧 그리로 정신이 쓰인다, 시간을 대부분 떼어 바쳐야 한다, 여승 바가지 몹시 긁는 마누라한테 늘 부대껴 지내는 남편처럼 압박을 느끼고 술이 조심이 되고 하는 것이었었다.

막상 나와 앉아서 기다리는 데는 또 까마득하니 소식이 없고, 기위 사엔 나온 길이라 한참 바쁘기도 하겠다, 열이 오르며 찌뿌드한 것을 참아가면서 그럭저럭 저물게까지 일을 거들고 하는 시늉을 했고.

그리고 나서 아파트로 찾아가 보았으나 방문은 종시 잠겨 있었다.

몸이 좋지 않은 깐으로 하면 이내 돌아가서 눕든지 조리를 하든지 했어야 할 것이었었다.

그러나 한번 드러누운 게 불찰이요, 용이히 나아지질 않던 것과 마찬가지로 늘 밖에 나돌아다니던 사람이겠다, 일단 나오기가 (잘못이라면) 잘못이지, 나온 이상에야 웬만한 감기나 몸살이 조심이 되어 냉큼 발길을 돌이키도록은 어려운 계제이었었다.

고의는 아니었을 값에, 그새 꼬박이 이틀 동안이나 모른 체 내던져두었으니, 단 한 시간도 부지를 못해하는 판인 걸 무던히 구박을 한 셈쯤 되었고, 또 그 소위 보고도 싶었고…….

명함에다가 다시 곧 올게시니 나가지 말고서 기다리고 있으란 글발을 적어 들이민 뒤에, 요전 날처럼 본정통으로 가서는 역시 요전 날처럼 책점을 뒤지고 차를 마시고 했다.

그러나 되돌아 나오다가는 무어나 강렬한 놈으로 서너 잔 했으면 몸과 기분이 다 같이 피어날 것만 같아, 혼자서 몰풍치한 대로 취인소 근처의 가끔 더러 다니던 한 집을 들른 것이 그만, 수야니 모야니 문단 방면의 평소 임의로운 일당을 만나고 말았다.

싫지 않은 친구들을, 겸하여 술자리에서 쭈뻑 만났으니, 계집이 기다리는 경황은 아무려나 한옆으로 젖혀놓아도 무방했고…….

다 같이 심술깨나 있는 패들인데 술이란 만만한 물건이겠다, 조옴들 했나, 상제 귀를 가리며 시끄럽구나! 할 지경이었고, 자연 자리는 짧지가 않아 자정이 가까워서야 파하고 헤어졌고…….

대영은 술이 (꾀를 했기 때문에) 취할 정도는 아니었으나, 약간 거나하여 혼자 비어져서 겨우 아파트로 여자를 찾아갔다.

노크는 미처, 몇 번 잠겼던 가늠만 여겨 무심코 먼저 손잡이를 쥐고 당겨본 것이 힘없이 절로 돌면서 여세엔 문까지 펄쩍 열어졌다.

그대로 밀치고 불쑥, 문턱 안으로 들어설밖에…….

여자는 그러자 외투야 모자야 구두야 모두 외출을 했던 채, 눈꺼풀이 또 완구히 보숙보숙해, 오도카니 (기다리고) 앉았던 소파

귀퉁이에서 반사적으로 벌떡 일어서다가 일순간 맥이 타악 죄다 풀리는지, 펄썬 도로 주저앉으면서 금세 눈물이 글썽글썽한다.

하고는, 그러면서도 눈은 남자의 조용히 앞으로 걸어와 바투 서 허리를 꾸부리고 (깨꾸우는 아니라도) 어르듯 들여다보아 주는 얼굴을 이내 빠끔 마주 올려다보며 놓치지 않다가, 이윽고 무령하디무령하게 한마디,

"시라나이와, 아다시(몰라요, 난)……."

암상이거나 푸념을 하던 것이 아니라, 시름없이 흘러져 나오는 탄식이었었다.

그러하되 그것은, 하도 그 농압더라니 안타깝더라니, 일변 그새 이틀 동안 혼자서 이미 향하는 남자에게의 정열은 괼 대로 잘 괴어 있겠다, 지금은 바야흐로 그 격정을 와락 터뜨려, 몸과 더불어 다 그의 품에다가 내맡기고서 마음 막힘 없이 편안히 원정을 하며 하소연을 하며, 그러면서 갖추 애무를 받으며 해야지만 들이 못 견디겠는 것을, 그러나 문득 어떤 뜻 안 한 장벽에 부딪뜨려, 또한 어찌하지 못하는 자저[46]이었었다.

이편에 대한 남자의 향의도 진작 눈치를 챘었고, 또 사람 그 자체에 대하여 마음 서먹거리는 무엇이 있던 것도 아니고, 단지 피의 낯가림에서 오는 한 여자다운 조심이요 부질없는 (일시의) 자벽自僻이었었다.

만일 그러므로, 이때에 남자가 조금만 더, 가령 손을 들어서 머리를 쓸어준다든지 가만히 등을 다독거려준다든지 하기만 했

46 주저.

어도, 여자는 바로 그 팔에 가 그대로 안겨버리고 말도록 그와 같은 장벽에 대하여는 족히 대담했을 것이었었다.

대영은 미상불, 여자의 (풀죽어 하기는 하면서도) 눈에서는 가득히 넘치는 정열을 능히 알아볼 수가 있었고, 입술에 어린 곡진한 원념을 또한 몰라보지 않았었다.

정당한 기회요, 어심에 흡족했었다.

밉지 않고, 마음에 안긴 여자요, 번번이 제라서 입술을 뺏고 싶어 하던 터인데, 지금에 이르러서는 여자마저 저렇듯 그러하고 하니 이상 다시 무엇을 생각하고 어쩌고 한다는 것조차 괜한, 한 절대의 경우이었었다.

그러므로 지극히 자연스럽게, 또 손쉽게 천하 공통의 어떤 형식 하나를 통하여 둘이의 그 정열과 욕망은, 애정이라고 하는 한 새로운 계단으로 전화가 되면 그만일 것이었었다.

대영은 그러나 정반대로, 느닷없이 허리를 불끈 펴고는 휘익 돌아서서 어정어정 방 안을 거닌다.

아닌 게 아니라, 마음을 턱 놓고 마악 그 어떤 형식을 가지려고까지 했었고, 하던 참인데 별안간 빙충맞은 생각이 불쑥 들어, 일시에 그만 흥이고 긴장이고 죄다 풀어져 버리고 말았던 것이다.

'……시방, 가슴이 약간 두근두근하고…… 여자를 끌어다가 서로 껴안고…… 입술을 조청 빨듯 마주 빨고……! 핏!'

그 멀쩡한 저 자신의 모양새가 차마 낯이 간지럽고, 저어 귀때기 새파란 어린애들의 장난을 흉내 내는 것만 같아, 도저히 쑥스러워서 못 하겠었다.

무슨 일이고, 일에 외곬으로 파고들지를 못하고서 으레 한옆으론 그것을 갖다가 객관하여 비양하려[47] 들고, 그만큼 그는 부질없음이랄까가 대단했었다.

스미코는 남자가 졸지에 그렇듯 기수가 심상치 않은 데 걱정이 되어, 제 경황은 어언간 어디로 가고 말긋말긋 앉아서 눈치만 보아쌓는다.

대영은 이내 방 안을 거닐면서 다시금 생각을 하잔즉, 이번에는 저라는 사람이 도무지 한심해 견딜 수가 없었다.

미흡한 정열…….

하기야 시방도 그대로 여자가 밉지 않고 마음에 안기고, 따라서 포옹과 접문을 즐기고 싶고, 그리함으로써 애정을 누리고 싶고 하지 않은 것은 아니다.

그리고 인제라도 또는 이따가라도 그렇게 하면 그만이고, 할 수가 있고, 할 생각이고 하다.

그러나, 그러는 하면서도 일변 거기에 대하여 자조와 치기를 종시 느끼지 않질 못하겠고, 하니 그것은 결국 정열이 어느 미지근한 정도에 가 멈추고서 이상 더 치열하게는 타지를 않는 탓일 것이다.

미지근한 정열, 그것은 차라리 없느니만도 못하고 오히려 주접인 것이다.

어디, 여든을 먹어 흰 터럭이 허얘가지고 입 삐뚤어진 곰보딱지와 가사 연애를 하기로서니, 불붙는 심장이 있기만 하다면야 이대도록이 힝기레밍기레할 법은 결단코 없는 것이다.

47 얄미운 태도로 빈정거리다.

모든 것에 열을 가지지 못하는 터이매, 그보다도 나라는 것이 어디로 가버렸으매, 즉 혼백을 잃은 인간인 셈이고 보매 그도 용혹무괴라 하겠지만, 그렇기론들 서른셋 이 나이에 연애조차 고지식하게 열중을 할 수가 없단다면 진정코 생명의 고갈이지 아무것도 아닐 것이다.

대영은, 생각을 하면서 오락가락 (여자와는 눈을 피하여 한데를 보면서) 몇 번이나 방 안을 거닐다가, 마지막엔 푸우 한숨을 몰아 내쉬며 한 번 더 저리로 돌아선다.

스미코는 마침내 더 참지 못하여 발딱 일어서더니 남자의 뒤를 따라가 옷소매를 잡고 앞을 막아서면서 말끗이 얼굴을 올려다본다.

눈이 애처롭고, 조금 만에야,

"분상?"

하면서 다빡 성화겹게 부른다.

대영은 괜한, 시방 중뻘난 짓을 했거니, 제야 속으로 점직해 강잉하여[48] 빙긋이나마 웃어주자고 해도 안면근육이 얼른 말을 듣지를 않고, 입도 곧은 떨어지질 않았다.

"네? 분상!"

"……."

"노여우셨어요……? 편찮으셨더라는 걸 미처 그런 인사도 안 이쭙구서…… 깜빡 고만, 제 암상만……."

그러자 대영은 그때 느닷없이 여자를 거진 볼품사나울 만큼 함

48 억지로 참다. 또는 마지못하여 그대로 하다.

부로, 여자를 와락 품 안으로 끌어당기면서 아스러지도록 안는다.

자포적인 발작이요 그 완력이지, 난데없는 정열의 더 높은 연소는 그러나 아니었었다.

다만 그 맹렬하고 빈틈이 없는 깐으로 하면 포옹하곤 자못 극치라 할 것이었고, 그러므로 여자는 누르고 누르던 격정을 필경 누르지 못해 그렇듯 우악스럽게 폭발이 된 줄 여기기에 족했다.

허깨비같이 끌려들어 차악 저도 바지직 바지직 마주 껴안으면서 잠깐 동안 숨소리만 가빴고.

그러다가 이윽고 고개를 조금 젖히면서 얼굴을 든다.

더 중요한 순서가 막상 하나가 빠졌던 것이고, 그래서 입술은 유난히 윤기 있이 발그레 붉었다.

대영은 그렇듯 발작적인 기회이었을망정 아무튼 그 포옹이며 등속을 일단 치르잔즉슨, 그리고 치르고 난즉슨, 생각더니보다는 훨씬 피가 우꾼거리고, 새 채비로 여자가 사랑스럽고 한 것 같고 하여 자못 만족을 느낄 수가 있었다.

대영은 여자를 소파로 데려다 앉혀주고, 웃옷도 손수 벗겨다가 제 해까지 옷장 안에 걸고, 그리고는 와서 같이 앉는다.

여자는 한편 팔로 등을 안으면서 이마를 짚어본다.

"열이 있어! 어떡허시나!"

"괜찮아……! 고만 거야, 머……."

"그래두우……! 좀 누우시까?"

"아니……."

"그러나저러나, 이렇게 무릴 하시구 해서 어떡허세요? 저 때문에…….”

“때문이라니, 이 노릇이 부역인가?”

스미코는 그 말이 재밌어라고, 배시기 웃으면서 남자의 젖가슴에다가 머리를 뉜다.

“그렇지만서두, 네에? 분상…….”

“응?”

“가만히 보믄, 별루 건강하지두 못하신데 어떡허세요?”

“돼가는 대루…… 쯧!”

“그래두우……! 앞으루두 줄곧 그새처럼 이렇게 밤을 샌다, 늘 무릴 하셔야겠으니, 몸은 차차루 더 축져 가시구…… 그러니 필경은 지탱을 못 하게 될 거 아녜요?”

“할 수 없지!”

“그렇잖구선 우리 둘이 생활이 전연 무의미해지구…… 무의미가 아니라, 아주 없어지구 말지……! 혹시 분상께서 그새까지의 일이나 생활을 죄다 버리시구서, 저허구만 기셔주신다믄, 그땐 우리 둘이 생활두 훨씬 아늑할 수가 있을 테지만, 그야 어디…….”

“낼을 걱정하기루 들면, 난 벌써 사약이라두 집어먹었게!”

“어이구 참……! 분상은 그러셔두, 전 오늘부텀은 안 그런걸……? 그리구 그게 어디 낼 일인가? 오늘 일이지!”

연애는 겨우 어떻게 얽어매졌어도, 그러고 나니 걱정이라, 둘이는 거기에 자지러져 한동안 생각만 두루 깊는다.

그러하던 끝에 스미코가 별안간 무릎이라도 탁 칠 듯이,

“아, 참!”

하면서 고개를 들고 눈이 빛난다.

"……우리, 함끠 저어 어디 가요!"

"저어 어디?"

대영은 섬빽 못 알아들었다가, 이내 그것이 아주 가자는 뜻임을 깨닫고는 쾌히,

"가지!"

"가? 정말?"

여자는 제가 도리어 놀라면서, 파고들듯 묻는 것을, 대영은 여전히 시원스럽게,

"정말 가!"

"꼭?"

"꼭!"

"언제?"

"아무 때구……."

"아무 때구? 꼭?"

"꼭!"

"어디루?"

"스미코상 가구 싶은 데면 아무 데라두……."

"정말?"

"정말!"

"마아 요카타(아이, 좋아)!"

숨이 차서 들이 캐다가 마지막 소담하게 한숨을 그 마아 요카타라면서 감격에 겨워 눈물이 핑, 남자의 목을 얼싸안고 볼비빔을 해쌓는다.

"……고마워라! 우리 착한 분상……! 네? 분상……."

"응!"

"같이 가줘요오, 응?"

"걱정 말래두!"

"전, 정말 하루두 이 조선엔 더 못 있겠어요! 인전…… 어떻게두 그 표정이 으설푸구 심란스런지, 없는 시름두 되려 자아내게 하는걸요……! 그런데다가 또 분상은 자꾸만 절 혼자 오도카니 둬주시구…… 네? 분상……."

"응!"

"동경으루 가요, 응?"

"동경……? 좋겠지…… 아편을 떠러 왔다가 되려 아편쟁일 하나 업구 간다?"

"괜찮아요! 머…… 아버진 영 더 노하시겠지만, 고만 각오야…… 건데, 언제 떠나꾸?"

"내일이라두……."

"정말?"

"정말!"

"정마알……!"

여자는 갑자기 풀기가 없으면서 물러나 앉는다.

"……그래두 인제 생각하니깐, 분상 못 가!"

"왜?"

"가정은 어떡허시구? 부인을……."

"난 또 무얼 그런다구…… 가정이나 아내를 생각해서 나 하구 싶은 노릇을 못 할 내면, 제법 되려 괜찮게?"

"그래두 당장, 분상이 떠나시믄 부인께선 어떡허세요? 분상이야 괜찮다시지만…….”

“저의 집으루 가든지, 우리 아버지한테루나 가든지!”

“그러니 그게 못할 노릇 시키는 게 아녜요? 저 때문에…….”

“쯧 그걸 거리껴서 스미코상이 고만두겠다면 할 수 없는 것이구…….”

“아니! 가요! 같이…….”

여자는 질끔을 하여 그 결에 와락 와서 안기면서,

“……같이 가요……! 그렇지만서두, 애맨 그이한테 죄스럽잖아요?”

“그 뜻 내가 대신 맡아뒀다가 후일에 만일 기회가 있다면 당자한테 전해주지!”

마침내 차 시간표를 꺼내놓고 앉아서 떠날 배비에 대한 상의를 했다.

차는 이틀날 정밤중, 세시 사십육분 부산행 히카리…….

대영은 실상 낮차도 좋다고 했으나, 여자가 들어서 아무리 뒷수습거리가 없다기로서니, 사와 집안이 있는데 어디 그렇게 촉박히야 떠나지느냐고 밤차를 주장했었다.

여자는 그리고, 내일 하루는 떠나는 그 시각까지 대영을 그의 아낙에게 돌려보내 주겠노라고, 그러니까 이따가 아침에 갈리고 나서는 아주 제시간에 정거장에서나 다시 만나기로 또한 약속이 되었다.

대영은, 집과 사에야 차 중에서 편지나 한 장씩 띄우면 고만일 생각이었지만, 마침 내일 밤에 망년회를 하기로 되었은즉 마지막 삼아 식구끼리 하룻밤 놀고 떠나는 것도 무방하려니 싶었다.

여자의 세간은 그대로 내버리기는 아깝고, 그렇다고 파네 어쩌네 하자니 치사하기도 하거니와 또한 번폐스런 노릇이고, 두루 궁리를 하던 끝에 차라리 대영의 집으로 떠실어 보내자는 데 의견이 일치했다.

종차에는 게서도 성가셔하게 될 날이 있겠거니 하면 가뜩이나 미안한 일이었지만, 역시 딴 도리가 없었다.

그리고서 내일 저녁에 여자가 운송부나 메신저를 불러 발송을 시키기로 하고, 대영은 아주 회기정의 저의 집 주소까지 적어놓았다.

길 떠날 준비에 대한 상의가 끝이 난 뒤에도 둘이는 훨씬 과실을 벗긴다, 차를 마신다, 또 여태 그대로 남아서 있는 포도주를 죄다 기울여 노나 먹는다 하면서, 늦도록 놀았고…….

마지막, 자려면서는 여자는 많이 망설이는 눈치더니, 우선 대영에게 (앓는대서) 침대를 사양하고 소파에다가 제 자리를 보았다.

제 의사보다는, 또 저로서는 판단을 할 길이 없어 남자의 뜻을 기다렸음일 것이다.

대영은 (천연스럽게) 아뭇소리 없이, 여자를 도로 침대로 데려다가 뉘어주었다.

여자는 순순히 좇으며, 그제야 좁아도 그러면 예서 같이 자자고 했다.

대영은, 인제 동경으로 가서 더블베드를 장만해놓고…… 라면서 물러났다.

여자는 간지러운지 바특바특,

"젠료네(선량하군)!"

하면서 침대전으로 나와 걸터앉아 옆을 가리킨다.

"……잠깐 여기 앉으세요!"

대영은 혼자 속으로, 결단코 선량이 아니라 소심이요 비겁이요 그리고 허영이라고 부인을 했다.

사실 그는, 아무것도 그 이상, 이 밤에 스미코와 더불어 한 베드에 들지 않을 이유와 조건이라곤 가지질 않았었다.

"그럼, 안녕히 주무세요, 네?"

여자는 와서 앉는 대영에게 자기 전의 인사로 입술을 주면서, 귀에다 대고 속삭인다.

"……그리구, 동경 가선 분상 착한 아낙 돼드리께, 응?"

"고마우이……! 그렇지만 머, 요술을 하나? 착한, 아낙이, 돼, 주구, 하게!"

"아니라우……! 그런 게 아니구, 분상이 하두 얌전하시니깐 스미코 고만 기뻐서어…… 그러니깐 인제 우리 둘이 더블베드 가질 때꺼정은 연애루다가 둬두구, 그리구 그다음부터서 분상은 새서방님…… 스미코는 색시, 응?"

"결국, 무어니무어니 해두, 허영이요 습관적인 위선이라……! 하, 그런데 그 위선을 뿌리치잔즉슨 그다음 것은 위악이니……! 인간이란 성가신 물건야!"

"그렇게두 선량하시믄서, 반면엔 또 아주 박절한 구석이 있으셔……! 차갑구!"

이런 지천을 (제법 인제는 다) 하면서 여자는 한 번 더 입술을 나누고 어깨의 팔을 풀어준다.

대영은 소파로 돌아와 담배를 붙여 물고 앉아서 곰곰 생각이다.

'내일은 저걸 데리고, 데리고가 아니라 따라서 동경으로 간다?'

'간다…… 동경으로…… 저걸 따라서…… 내일…….'

'쯧! 가는 거지!'

대단히 쉬웠다.

내일, 여자와 같이서, 동경으로, 가는 것, 이것이 있을 뿐, 말하자면 절대이었었다.

사면을 다 돌아보아야 저 여자와 더불어 내일 동경으로 떠나가지 말 아무런 구애도 주저도 할 일이 없었다.

'그러면, 막상 간다고 하고…… 대체 무엇하러 가노?'

'하기는 무얼 해? 계집 따라가는 거지…… 위지 왈, 바람맞아서…….'

'으음, 바람맞아서……! 싱거운데?'

'좀 싱겁지…….'

'고만둬?'

'쯧! 고만두지!'

또한 쉬웠다.

아무리 생각해야, 내일 저 여자를 데리고 구태여 동경으로 꼭 가잘 필요와 이유를 발견할 수가 없었다.

'그러면, 고만두나?'

'쯧! 고만둬도 좋지만, 또 고만두면 무얼 하나?'

'그러면 가는 거지!'

'고만둬도 고만이고…….'

'안 고만둬도 또 고만이고…….'

꼭 같았다.

가지 말 조건과 내력이 없으니 가는 것이었었다.

마찬가지로, 갈 필요와 이유가 없으니 안 가는 것이었었다.

그러므로 결국은, 가면 가는 것이 선善이요, 반대로, 안 가면 안 가는 것이 선이었었다.

따라서 결론은, 내일 여자와 더불어 동경으로 간다는 것이었었다. 그러나 또 한 가지, 내일 여자를 데리고 동경으로 가지 않는다는 것이었었다.

'잘못하다가 놓치느니라!'

'놓치면 대순가?'

'구태여 놓칠 며리야 있나? 저 묘한 걸…….'

'그렇다고 한평생 갈 텐가!'

'쯧! 놓쳐도 고만, 안 놓쳐도 고만…….'

'내일 가도 고만, 모레 가도 고만…….'

'글피 가도 고만, 내일 아주 가도 고만…….'

'가도 고만, 안 가도 고만…….'

'돼가는 대로…….'

'쯧! 돼가는 대로…….'

6

이튿날.

오전 두시가 거진 가까워 오는 정밤중, 예정했던 대로 춘추사의 망년회가 배설이 된 동소문 밖 저 우이동 근처의 한적한 요정에서…….

대영, 병수 그리고 김과 박까지 도통 네 사람 한집안 식구에 다만 이삼 명의 기녀가 시중을 들며 있어 물론 조출한 자리였으나, 배반은 엔간히 낭자했고 술들도 적이 취했다.

그러나 그중 대영만은 처음부터 양을 조심도 했거니와, 따로 끊이지 않고 촉량을 하는 데가 있는 터라 초랑초랑 정신이 맑았다.

그는 간밤 그때부터 이내, 조금도 달라진 것이 없이 같은 그 생각이었었다.

가면 가는 것이 좋고, 안 가면 안 가는 것이 좋고, 오늘 떠나도 좋고 내일 떠나도 좋고…… 이것이었었다.

그러므로 이것은 유예미결이나 주저가 아니라, 아무렇게 해도 상관이 없다는 하나의 버젓한 결정이었었다.

자리는 술이 몇 물 지나간 뒤라, 제각기 상으로부터 물러앉아 이야기가 어우러지고…….

대영은 한 기생의 무릎을 베고 버얼떡 누운 채 마침 또 시계를 꺼내서 본다.

한시 사십분.

인제 한 시간 후에는 자동차를 몰아 경성역으로 달려야 하고, 그리하여 다시 두 시간 후에는 스미코와 더불어 부산행 제5호 급행열차 히카리를 잡아타야 한다.

대영은 손뼉을 쳐 보이를 불러서 아까 시킨 대로, 두시 사십분까지에 어김없이 차 한 대를 대비해야 하느니라고 다시금 신칙[49]을 한다.

그러자 저만치서 병수가 커다랗게,

"아, 형님!"

하고 불러댄다.

"말씀하시게……! 방금 숨은 안 넘어가니……."

"허어허 허허…… 그래 그여코 가보셔야 하겠소?"

"가봐야 한다네!"

"아따아, 뭐얼 그러시우……? 고만 내던져 두구서, 눌러 술이나 먹읍시다!"

"안 돼!"

"거, 대체 누가 그대지 요란스런 사람이 떠나길래, 이 밤중에 부둥부둥 전송만 나가야 한다는 게요? 여보 형님!"

"애인이래두!"

"허어! 아냐…… 우리 형님이 이뭉해 놔서, 정말 애인이면 애인이라구 하덜 않지!"

"허허실실 모르나?"

"아냐 아냐……! 아뭏던지 꼭 도루 오시지? 두 시간 안에……."

"아무렴……! 내가 선량한 자넬 저바릴 택이 있나!"

제 입으로 말을 해놓고 보아도 어쩐지 마음이 좀 언짢았다.

'그러면 오늘 저녁은 작파하나?'

'쯧! 그래도 좋지…….'

'기왕이니 떠나도 좋고…….'

49 단단히 타일러서 경계함.

덤덤히 기다리기가 갑갑하여, 판은 헤식으나따나, 가야금 병창을 한 대문 듣고, 그리고 나서 이럭저럭 두시 반이 된 것을 보고는 병수와 김, 박 세 사람을 상 앞으로 모이게 한 후 (마지막 작별인 양) 쓰렁둥 술잔을 나누었다.

이윽고, 차가 대령이 되었다는 전갈을 한다.

몸을 일으키다가, 넉넉하니 오분만 지체하도록 일러두고서, 또 한 순 술을 돌렸다.

그리고는, 정말 인젠 동경으로 떠나느니라고 벌떡 일어서는 것을, 옆에서 병수가 팔을 붙잡아 앉히더니, 형님 눈치가 아무래도 좀 수상하다면서 꼭 도로 온다는 명세로 큰 잔에 한 잔을 먹인다.

그다음에는 또 제가 제풀에 주저앉으면서 (안 떠나도 그만이라고) 술잔을 들었다.

그러나 이내 일어섰다.

그러나 다시 또 앉았다.

또다시 일어섰다.

또다시 주저앉았다.

이렇게 연해 앉았다가는 일어서고, 일어섰다가는 주저앉고, 그러면서 줄곧 시계는 꺼내보았다, 집어넣었다 하면서 하는 동안에 어언간 세시가 되고, 이어서 오분, 연달아 십분, 마침내 십오분…… 십오분이자 드디어 최후의 시간은 완전히 지나버리고 말았다.

이 최후의 시간이 지나고 말면서, 그리하여 오늘은 필경 일이 파가 되었느니라는 것을 새삼스레 관념을 하는 순간, 웬일인지 이상스럽게 가슴이 울적한 것도 같고 일변 거뜬한 것도 같아, 예라 이왕지사 술이나 맘껏 먹어야지야고, 보이를 높이 불러 위스키를 청했다.

그러고 나니, 정거장에서 저 혼자 그만 허탕을 치고는 애를 태우다가 하릴없어 돌아설 여자의 추렷한[50] 양자가 자꾸자꾸 눈에 밟혀싸 못내 가엾어 못하겠었다.

그래, 이따가 회로엔 아파트로 가서 잘 위로도 시켜주려니와, 내처 같이 거기서 기다렸다가 내일 낮차엘랑 꼭 떠나도록 하려니, 이쯤 단단 유념을 해 마지않았다.

그러다가 뒤미처 또 생각을 하잔즉, 일단 아파트를 비워주고 나갔는데, 그러니 십상 그리로 되짚어 찾아들지는 못했으련 싶고, 해서 깊은 물에 고기를 놓친 것같이 자못 막막하기도 했다.

하나, 그렇더라도 막상 모를 노릇이니, 어쨌든 들러는 보아야 하고 그게 또한 도리겠지야고, 그랬다가 역시 돌아오지 않았으면 상필[51] 역 앞의 가까운 여관에서 하룻밤 묵는 시늉을 하는 게 분명하니, 내일 일찌감치 사에로 무슨 소식이 있을 테지야고…… 마지막엔 이만큼 안심을 해두었다.

제가 아무려면 그 그물 속에 들어 있지 어디로 가리요, 하는 일종 취중의 장담이었던 것이고…….

긴장은 풀렸는데 술은 더욱 독했겠다, 그제부터 한꺼번에 와락 취하기 시작하여, 미구엔 억병[52]이 돼가지고 정신을 놓았다.

50 '추레하다'의 방언.
51 아마도 반드시.
52 한량없이 많은 술 또는 그만한 술을 마신 상태나 그만한 주량.

그리고서 새벽녘 다섯시에는, 동행들의 지시를 받은 운전수가 동대문 밖을 향해 내달리는 자동차의 쿠션에 쓰러져, 세상 죄다 모르고 떠실려가며 있었다.

밝은 아침, 해가 높아서야 겨우 잠이 깨자 비로소 저네 집 건넌방에 누워 있는 저를 발견함과 동시에, 스미코의 일이 퍼뜩 생각이 났다.

늦어서는 안 되지야고 번쩍 고개를 쳐들곤 책상의 좌종을 올려다보는데 (열시가 지났으나, 그보다도) 배 불룩하니, 조간신문 위에 포개놓은 한 장 편지에 눈이 더 띄었다.

연필로 갈겨썼고, 문대영 양文大永樣이란 투가 벌써 아무것도 없는 뒷등이야 넘겨보나 마나 알 속이고.

간밤의 일로 소갈찌가 단단히 났을 건 빠안한 노릇, 마침 주소도 알겠다, 선길에 아마 새살[53]깨나 적어 넣었으려니쯤 생각하고 빙긋이 웃으면서 피봉을 뜯어 읽는데, 허두가 나오기를 느닷없이,

'용서해주세요! 분상. 분상을 떼어놓고 스미코 혼자서 고만 대륙을 향해 떠나고 있답니다!'

대영은 정신이 화닥닥 나 눈을 쥐어뜯듯 마음을 급히 내려 읽는다.

……많이많이 생각해보았어요. 그러고도 어떻게 할 바를 몰랐어요. 그렇지만, 스미코, 사랑이 하도 소중해서, 하도 아까워서,

53 다른 사람에게 잔소리를 하거나 어떤 사정을 길게 늘어놓는 일.

그야 차마 못 할 노릇이긴 해도, 필경 이 도리가 부득불 옳을 것 같아요.

스미코, 스물셋도 다 가는 이 나이에, 실은 처음이라고 해야 할 사랑이고, 겸해서 빈틈이 없는 진정이었어요. 어진 우리 분상 덕분에 말씀예요.

그리고, 그런 만큼 예정대로 분상 모시고 동경으로 가서, 둘이서 즐겁게 그 사랑을 누려야 마땅하고, 또한 그리하고픈 원념은 시방도 간절하여 종시 잊지를 못하겠어요?

그러나 아무리 해도 안 될 말이겠어요. 처음 얼마 동안이야 물론 별일 없이 다만 즐겁겠지요. 그렇지만 우리 둘이 같이서 그렇게 한 달이면 한 달, 두 달이면 두 달, 반년이나 혹은 요행히 일 년이라도 지내느라고 지내고 난 그다음엔?

처음의 즐거운 시기가 지나고 난 그다음엔, 반드시 우리에겐 무위의 권태에서 오는 파탈이 생기고라야 말 것 같아요.

번연한 노릇이지, 분상도 어둔 얼굴, 스미코도 어둔 얼굴, 이 두 어둔 얼굴이 밤이나 낮이나 우두커니 서로 바라다보고만 앉았어야 할 게 아니겠어요? 이야기도 없고 웃음도 없고, 그저 덤덤해설랑…….

그러니 글쎄, 생각만 해도 그 일을 어쩌랴 싶어, 고만 무섭고 기가 딱 질리지 않아요?

생활이 있어야죠!

분상이나 스미코나 생활을 가질 기운을 잃어버린, 다 같이 아편쟁이…… 아편쟁이요 혈액만 통하는 육괴인 것을, 그 두 개의 육괴가 어떻게……?

건강스런 생활과 병행해야만 사랑도 애정도 생명이 있는 법이라는데, 그렇게도 답답하고 애브노멀한 두 개의 육괴와 육괴가 주야장천 마주 붙어만 있으니, 그 사이에서 어떻게 사랑이 살아 있어지며 지탱이 될 수가 있겠어요?

잠깐 생각해보세요? 분상…….

우리 둘이서 앞으로 동경서 지내게 될 그것보다는 월등이라고 할 수가 있는 분상의 지금 현재의 생활…… 그래도 생활이랄 것이 있는 지금도, 분상은 분상의 가정 즉 '낡은 여자'한테 대해서 그처럼 흥이 없고 범연치 않으세요? 더욱이 부인께서만은 건전하신가 보던데…….

하물며 그러니, 둘이 다 폐인이면서 전혀 생활이라곤 없는 우리 둘이의 장차 그날은 어떻겠어요?

필경 그래서, 우리는 시방껏 이 즐거운 사랑일랑 죄다 까먹어버리곤, 그 대신 서로 불쾌한 기억만 안고서 손을 나누어야 하지 않겠어요? 그러잖으면 견디다 못해 스미코, 미치든지 자살을 하든지 할 것이고…….

그러니 말씀예요, 고까짓 것 한 달이나 두어 달, 혹은 반년 조금 더 기쁨을 탐내어, 시방은 스미코 이대도록 즐겁고 소중한 사랑을 갖다가, 불쾌한 오점을 칠해서 영 장사를 지내야 하겠어요?

스미코, 그거 싫어요! 그리곤 슬퍼도 이 사랑 이대로 좋이 간직을 하는 게 오히려 행복이고 자랑이겠어요.

〈뾜그극장〉의 미테라가 탄식을 하고 고민을 해도, 보기엔 행복이듯이요. 다카야마 조규가 그랬죠? 인간은 도야지로서 즐겁느니 인간으로서 괴로워야 한다고. 스미코, 지금에 분상 모시고 동경으로 가는 거, 마치 그 도야지예요!

그러니깐 못써요.

그런데, 그런 줄은 알면서도 자꾸만 그 도야지가 제발 되고가 싶으니요! 차마 애달퍼서 도야지라도 되고만 싶으니요!

아까 새벽에 분상 돌아가신 후 이내 그 생각으로 시간을 지우다가, 종시 결단이 없이 조금 일추 아무튼 역엘 나오지 않았겠어요! 했더니, 우리 둘이 동경으로 가기로 언약을 한 시간보다 삼십분 앞서, 세시 십오분, 대륙을 향해 떠나는 차가 마침 있겠죠! 그걸 보고서야 문득, 비로소 결심을 했어요. 오냐 기왕이니 대륙으로나 가 보리라고.

슬퍼도 미련겨워도, 자랑과 행복 속에 사랑을 보전하겠으니 좋고, 아울러 그곳에다가 아편을 버릴 수가 있을는지도 모르니 막상이겠어요.

요전날 밤, 분상도 이야기를 하신 대로, 일청日淸 · 일노日露 전역 때부터, 더는 풍신수길, 또 더 그 이전부터 전해 내려오던 일본 민족의 유구한 민족적 사명이요, 그래서 한 거대한 역사적 행동인 중원 대륙의 경륜…… 이는 누가 무어라고 하거나, 현세대를 전제로 한 인간 정열의 커다란 폭발인 것 같아요.

스미코, 이 길로 거기엘 가서, 보고 대하고 접하고 하겠어요.

새로운 건설을 앞둔 무서운 파괴가 중원의 천지에 요란히 전개되고 있는 그 어마어마한 무대와 행동을…….

스미코와 혈통을 더불어 했고 동시에 한 사람 한 사람의 인간인 그네 씩씩한 장정들이, 그렇듯 세기적인 사실의 행동자로서 늠름히 등장을 했다가 끊임없이 시뻘건 피를 흘리고 넘어지는 그

핍절하고도 엄숙한 사실을…… 스미코 직접 목도를 하고 접하고 할 때에, 진정으로 한 조각의 붕대를 동여주고 싶은 마음이 우러날 것 같아요. 반드시 어떤 흥분과 감격을 느끼고라야 말 것 같고, 아편의 독을 잊어버릴 것 같아요.

방금 라우드 스피커가 대륙행의 개찰을 고하는군요!

봉해서 포스트에 들여뜨리고 인젠 가겠어요.

그렇지만, 어떻게 가요! 자꾸만 뒤가 돌려다 보이고, 눈물이 어려쌓는걸. 어떡하면 좋아요?

시방쯤 분상께서, 우연히 만일 일찍 당도를 하셔서 저 육중한 문을 밀치고 쑥 들어서신다면, 제발 그러시기만 한다면 스미코 얼른 이 편질라컨 숨겨버리고, 곱다시 분상 따라서 동경으로 가겠구먼서두요! 어떻게 글쎄, 안 그러겠어요. 스미코가……! 생각하면, 우연이란 것이 쉽지 못한 것을 원망하고파요?

분상 부디 튼튼이 그 소파에 앉으셔서, 또 그 찻잔에 차 잡수시면서, 스미코 항상 생각해주세요, 네?

그래 주시려니 생각만 해도 스미코 죄꼼은 눈물이 걷히면서 이렇게 기쁜걸!

스미코, 그 칙칙한 모란 족자 평생토록 고이 신변에 두고 바라보면서, 분상 사모하겠어요.

매점에서 아쉰 대로 산 간찰지 한 축이 거진 다했건만, 할 말씀은 여태 끝이 없는 것 같아요. 그렇지만 시간도 촉하고, 자아 인젠 고만…….

부디부디 안녕히.

남다른 분상이시겠다, 스미코의 이런 마음과 근경 잘 이해하실

뿐더러 또한 동감하시고, 괘씸타 노여워는 안 하실 줄 꼭 믿어요!

자 그러면 한 번 더, 안녕히.

착한 우리 분상께

나쁜 스미코

몰아치듯 주욱 다 끝까지 읽고 난 대영은, 마지막 한꺼번에 후— 막혔던 한숨을 내쉬면서 맥은 풀려, 편지째 방바닥으로 힘없이 팔을 내려뜨린다. 그러면서, 눈을 스르르…….

가슴은 다직 그저 주먹만한 무엇이 그 새깐은 들어와 묻혀 있었던 성싶은데 막상, 몸이 한 귀퉁이나 통째로 뭉떵 패 달아난 것 같은, 그리고 이대로 영영 채워질 길이 없을 것 같은 허전함을 느끼겠으면서도, 머릿속은 한갓 벙벙만 하여 섬뻑 어떻다고 할 수가 없었다.

죽은 듯 그대로 한동안 누워 있었고.

마음은 부지할 수 없이 고달픈 어떤 고독감이, 이윽고 어디선지 모르게 조이듯 사면으로부터 몸에 스며들었다.

그것은 애정을 놓친 그, 가슴의 다만 허전함과도 일변 다른 것이어서…….

어렸을 적, 밤에 늦도록 동무들과 더불어 밖에서 잠착하여 놀다가, 그러는 동안 아이들은 하나씩 둘씩 스실사실 헤어져 가고, 마지막…….

마지막 단둘이만 남았던 맨 친한 동무 하나마저 어느덧 온다 간다 소리도 없이 사라져 불러도 대답이 없고 찾아도 나오지 않고…….

필경 그리하여, 혼자서 으슥한 고살[54]에 가 호출하니 남아 섰던 그때의 그 외롭고 고만 울고 싶게 그지없던 마음…….

대영의 시방의 고독감은 마치, 그렇듯 동무들을 깜박 어느결에 죄다 잃고서 홀로 처진, 버림을 받은, 그러한 소년 적의 이슥한 밤처럼 안타까이, 지향할 바를 모를 막막함이었었다.

참으로 울 수라도 있다면, 그래서 실컷 울기라도 했으면 조금은 마음 후련할 것도 같았다.

아무도 없이 외로운데, 또한 가버린 사람에게는 혼자서 어떻게 가눌 바가 없는 정의 미련이 간절하니 더욱이나 말이던 것이다.

하기야 한편 생각을 하면, 둘이는 역시 길이 합쳐지기 어려운 형편에 피차간 처해 있는 만큼, 오히려 지당한 괴치乖馳요 그 귀정임도 알기는 하겠었다.

또, 제 편지에 쓰인 말따나, 아무래도 둘이는 즐거움은 짧고 이내 서로 남이어야 할 운명일 터이면, 미련을 탐하여 환멸과 불쾌한 날을 장만하느니 차라리 애련한 한 폭의 그 하찮은 그림이나마 추한 덧칠을 할라 말고서, 미흡한 대신 곱다시 오래도록 간직을 함도 또한 낙이 아님은 아니었었다.

그러나 그것은 부득이한 단념이요, 인제 오랜 후 많이 애를 삭인 날에 비로소 효험이 있을 낙이지, 지금 당장껏은 도리어 대륙에로 부르르 그 뒤를 쫓아서 가고 싶은 마음이 더럭더럭 솟으며 있는 데야…….

여자의 환영을 밟아 줄기차게 대륙에로 쏠리는 마음, 그를 연

54 시골 마을의 좁은 골목길.

해 몽스려가며 자제를 하자매, 아픈 노력이 쓰이지 않지 못했다.

여자와 더불어 동경으로 가기가 그만큼 수월하던 대로, 대륙인들 가지 못할 아무런 이유나 불가함이 있음은 아니었었다.

그러나 어젯날 여자와 함께 동경으로 떠나는 것과, 오늘에 여자의 뒤를 쫓아 대륙으로 가는 것과는 그 사이에 인간 구차스러움이 천양지차가 없지 못하던 것이다.

아파도 참지, 구차스럽고 싶지는 않았었다.

방문이 바시시 열리면서, 푸석하니 아직도 산태産態 가시지 않은, 아내가 조용히 들어선다. 대영은 문소리에 눈을 돌리다가 말고, 벌써 바람을 쏘이나 싶어, 부질없거니 했으나 무어라고건 참견해 말을 하잘 신명은 날 경황이 없었다.

그 길에 마침 담뱃갑만 더듬어 한 개 붙여 물고는 도로 반듯이 누웠는데, 아내는 대견스레 머리맡으로 와 앉으면서,

"어쩌믄 약줄 그리 몹시두……."

하고 요 밑에 손을 넣어본다.

"……무어, 속 좀 안 푸실려우?"

물어도 대영은 못 들은 성, 우수 서린 담배 연기만 소옴솜 천장으로 피워 올리며 꼼짝 않고 누워 있다.

늘 그러한 남편이라, 아내는 아무 내색도 않고 한참이나 잠잠히 그대로 앉았다가 생각결에,

"그리구 참…… 뭣이냐, 신고를 해야 할 텐데…… 어린년 이름이나 하나 지어 주시우?"

가뜩이 신산한 중에 대영은 마음조차 없는 성가신 소리여서,

계집아이 이름쯤 아무렇게나 할 것이지 그예 나까지 조를 건 어딨단 말이냐고 버럭 지청구를 하자는데, 그러자 문득(진실로 문득) 도저히 그렇지 않을 생각 솔깃한 일이 한 가지 있음을 깨달았다.

"계집애자식이래두 아버니가 계신데, 에미 혼자서 어떻게……."

처음 언뜻, 남편이 상을 찌푸리며 마땅찮아 하던 것을 보고서, 아내가 달래듯 변명을 하던 것이고.

대영은 그동안 안색을 다스리느라 잠깐 있다가 밑도 끝도 없이,

"맑을 징……."

하고 불러준다.

"맑은 징?"

아내는 뜻밖이라서 반가운 듯,

"……맑을 징……! 삼수변에 오를등한 그 자지요?"

하면서 책상의 지필을 내려다가 징澄 자를 또박이 써놓는다. 대영은 여자 스미코한테서 의식하고 그 징 자를 따오는 것이 일변 자식에게 죄스러울 것도 같았으나, 또 한편 생각하면 노상 그렇지도 않았었다. 기념을 하자는 게 아닌 이상…….

아내는 써논 징 자를 연해 들여다보고 고개도 깨웃거리고 하다가,

"쯧! 수수해 좋수! 쓰긴 좀 까다라워두…… 그리구 그다음, 아랫자는?"

"거, 뭣이냐…… 절개란 글자루, 무어 마땅한 자가 없나!"

"송松…… 죽竹…… 또오 설雪……."

"정조만을 의미하는 절개가 아니라…… 으음 문징…… 문징…… 상! 문징상!"

"상?"

"상서상…… 옷의변에 염소양……."

"오오, 상서상……! 문 징 상……."

아내는 다시 새로 문징상文澄祥이라고 석 자를 써가지고는 들여다보면서,

"……문징상…… 징상…… 쯧! 좋군요……! 문 징 상, 문징상…… 어디서 듣던 이름 같다……! 그러나저러나 상서상 자가 어디, 절개란 뜻이야 되우?"

"여고쯤 마치구서, 그걸 알면 제법이게……? 아무튼 임잘랑은, 효도를 보구 싶을 테니, 따루이, 왕상王祥이라는 그 상 자루 해석을 하구려……."

"듣느니 고마운 말씀이오……."

아내는 농엣말을 하자다가 도리어 마디지게 한숨을 내쉬면서,

"……인전 자식이나 기루구, 잘 길러주구서 즈이한테 효도나 조끔 바라구 해야지, 달리야 내가 무슨 여망이 있수?"

아내는 말을 맺고 우두커니 생각에 잠겨 앉았다가 문득 남편더러,

"난 그래, 효도나 바란다구…… 당신은 무얼 바라구서 뜻있는 이름을 다아 지어주구 그러시우……? 설마, 저……."

"냉동어冷凍魚의 향수鄕愁는 바다에 있을 테지!"

대영은 이번에는 제가 한숨을 후르르 길게 내쉬면서 혼자 하는 말로,

"……잘들 한다……! 푸달진 계집애 자식 하나를 낳아놓구서…… 그나마 첫이레두 미처 안 간 핏뎅일 놓구서…… 에미는 에

미대루, 애비는 애비대루, 제마다 제 원념을 그것한테다가 살려보자구 들구……! 에잇, 구차스러!"

혀를 끌끌 차면서 돌아눕는데, 그러자 마침 안방으로부터 빼액하고 어린애 우는 소리가 들려온다. 부부는 다 같이 소리가 새삼스럽게 반가우면서도, 그러는 한편으로는 또 어쩐지 더럭 더 한심스러워 못했다. 그들은 그 끝에 제각기 제 몫의 고달픈 수심에 잠겨드느라, 산모조차도 깜박 어린애의 자지러진 울음소리를 잠시 잊어버린다.

—〈인문평론〉, 1940. 4~5.

허생전

1

허생許生은 오늘도 아침부터 그 초라한 의관을 단정히 갖추고 단정히 서안 앞에 앉아 일심으로 글을 읽고 있다.

어제 아침을 멀건 죽 한 보시기로 때우고, 점심은 늘 없어왔거니와 저녁과 오늘 아침을 끓이지 못하였으니, 하룻낮 하룻밤이요 꼬바기 세 끼를 굶은 참이었다. 그러니, 시장하긴들 조옴 시장하련마는, 굶기에 단련이 되어 그런지 글에 정신이 쏠리어 그런지, 혹은 참으며 내색을 아니 하여 그러는지, 아무튼 허생은 별로 시장하여하는 빛이 없고, 글 읽는 소리도 한결같이 낭랑하다.

서울 남산 밑 묵적골이라고 하면, 가난하고 명색 없는 양반 나부랭이와 궁하고 불우한 선비와 이런 사람들만 모여 살기로 예로부터 이름난 동네였다.

집이라는 것은 열이면 열 다 쓰러져가는 오막살이 초가집이 몇 해씩을 이엉을 덮지 못하여 지붕은 움푹움푹 골이 패이고, 비가 오면 철철 들이 새고 하였다. 서까래는 볼썽 없이 드러나고, 벽은 무너지고 중방은 헐어지고 하였다.

사는 집이 그렇게 볼썽없는 것처럼, 사람들의 의표도 또한 궁기가 꾀죄죄 흘렀다. 갓은 파립이요, 옷은 웃옷 속옷 할 것 없이 조각보를 새기듯 기움질을 하였다. 여름에 가을살이를 입고, 겨울에 베옷을 입기가 예사였다. 신발은 진날이나 마른날이나 나막신이었다. 남산골 샌님에 나막신은 붙은 문자였다.

어느 집 할 것 없이 굶기를 먹듯 하였다. 하루 세 때는 고사하고, 하루 한 때씩이라도 거르지 아니하고 굴뚝에서 연기가 오르는 집은, 일부러 찾고자 하여도 없었다.

그렇게 궁하게들 살면서 하는 일이 무엇이냐 하면, 명색 없는 양반 나부랭이는 헤엠 긴 기침이나 하고, 세도재상 찾아다니면서 벼슬날이나 시켜달라고 조르기가 일이요, 선비들은 밤이나 낮이나 글을 읽으면서 과거나 보아 장원을 하여서 발신할 세월을 기다리는 것이 일이요 하였다.

허생도 이 묵적골의 쓰러져가는 오막살이 초가집에서 끼니가 간데없고 주린 배를 허리띠 졸라매어 가며, 밤이나 낮이나 글을 읽기로 일을 삼고 사는 궁한 선비의 한 사람이었다. 궁한 것으로는 오히려 다른 사람보다 더할지언정 나을 것은 없는 처지였다.

부엌 한 칸, 방 한 칸의 오막살이하고도 지지리 근천스런 오막살이고 보매, 방은 안방이자 겸하여 허생이 글도 읽고, 십년일득으로 찾아오는 손님을 맞아들이는 사랑방이기도 하여야 하였다.

허생이 글을 읽고 있는 옆으로 넌지시 비켜앉아, 부인 고 씨는 헌 누더기 옷을 깁고 있다.

남편 허생과 달라, 부인 고 씨는 얼굴에 시장함을 못 견디어 하는 빛이 완구히 드러나고, 자주 바느질 손을 멈추고는 한숨을 내어 쉬곤 한다. 그럴 적마다 남편 허생의 옆얼굴을, 심정 편안치 못한 눈으로 건너다보고 건너다보고 한다.

얼마를 그러다가 고 씨 부인은 마침내

"여보?"

하고 남편을 부른다.

허생은 부르는 소리를 들었는지 못 들었는지 그대로 글만 읽는다. 글을 읽고 있는데, 옆에서 부인이든 누구든 불러서, 첫마디에 대답을 하는 법이 허생은 없었다.

"여보?"

두 번째 부르는 부인의 음성은 약간 높기도 하였거니와 적이 성화스럽기까지 하였다.

그래도 허생은 못 들은 성

"글쎄, 여보?"

더 높고 더 성화스런 음성으로 세 번째 부르면서, 그럴 뿐만 아니라 바느질 꾸리를 거칠게 밀어젖히면서, 한 무릎 남편에게로 다가앉아서야 허생은 비로소 글 읽기를 그치고 천천히 부인에게로 얼굴을 돌린다.

"어째 별안간 그러시요?"

태연한 얼굴과 부드러운 음성으로 허생이 그렇게 묻는 말에,

고 씨 부인은 씨근씨근하면서

"당신은 시장하지두 않으시우."

"세 끼를 굶은 창자가 아니니 시장할 리야 있겠소."

"당신은 글 읽기에 세상 재미가 쏟아져 시장해두 시장한 줄 모르구 그러시나 보우마는, 나는 곧 현기증이 나구, 쓰러질 것 같아요."

"거 안됐소이다그려. 그렇지만 당장 무슨 도리가 없지 않소."

"그럼 우두커니 앉아 굶어 죽기를 바라야 옳아요."

"설마한들 사람이 굶어 죽기야 할랍디까."

"굶어 죽으면 죽는 것이지 설마가 무슨 설마예요."

"참는 게 제일입넨다. 참으시요."

허생은 조금도 언성과 내색을 변하지 않고 조용히 부인을 타이른다.

얼굴은 가무잡잡하고, 이목구비가 다 선뜻하지 못하고, 그런 상모에 노랑 수염이 시늉만 나서 있고, 앉은키는 한 뼘만 하고, 일어선다 하여도 오 척이 차지 못할 듯싶은 작은 체구요, 어디로 보나 잔망스럽고 궁졸한 풍채였다. 그런 상모와 풍채를 하고도, 어디서 그런 침작하고 대범스러움이 우러나는지가 이상하였다. 아마도 그의 눈에 가 모든 것이 들어 있는 성 부르다. 맑고도 정채가 뻗치는 그의 두 눈에 온갖 것이 다 있음일시 분명하였다.

허생의 참으란 소리에, 고 씨 부인은 도리어 더 보풀증이 나서, 포악을 하고 대든다.

"십 년…… 십 년을 하루같이 바누질품, 빨래품 팔아서 그 뒷시중해드렸으면 무던하지, 게서 더 참아요. 그것도 바누질품 빨래

품이나마 전처럼 여일히 일거리가 있어, 하루 한 끼 입에 풀칠이라두 하게 마련이라면 몰라두, 당신 보시는 배, 나날이 일거리가 귀해오다, 오늘두 벌써 나흘째 보선 한 짝 꼬매달라는 이 없잖아요. 무얼 바라구 참아요, 참기를. 굶어 죽기 기대리면서 참아요."

"글쎄, 아니 참으니 어떡하겠소."

"어째 과거는 아니 보러 드세요, 드시기를. 남은 다 당신만 못한 글 가지구두 과거 보아 장원급제해서, 벼슬 허구, 이름 내구, 호강으루 잘들 삽디다."

"그런 사람들이야 시운을 잘 만났든지, 타고난 천품이 좋아 일찌감치 그렇게 발산이 된 게지요. 나 같은 시운도 타고나지 못하고, 재조도 없는 사람이야 졸연히 어데……."

"핑계를 마세요. 누가 당신 속 모르는 줄 아시우?"

허생은 일찍이, 철이 들던 스무 살 적부터 이래 십 년 독실히 글을 읽었다. 글만 독실히 읽었지, 한 번도 과거를 볼 생각을 아니 하였다.

철들기 전, 부모의 슬하에서 글공부를 하기 십오 년, 철이 들고 나서 십 년, 도합 이십오 년을 글을 읽었다. 노상 적은 글이 아니었다. 남 같았으면 그동안 벌써 여러 차례를 과거를 보았을 것이었었다. 그렇것만 허생은 이십오 년 글을 읽고, 나이 삼십이요, 찌부러진 일간 두옥에서 젊은 아낙의 그 체모 아닌 바느질 품팔이 빨래 품팔이로, 하루 한 끼가 어려운 연명을 겨우 하여가는 군색한 살림이요, 하면서도 도시에 과거라는 것을 보아볼 염의를 하지 아니하였다.

자고로 선비가 세태에 어둡고, 집안 살림에 등한하기는 일반이었다. 또, 선비가 점잖으면 점잖을수록 벼슬이니 일신의 영달이니 하는 것에는 좀처럼 뜻을 두지 아니하고, 오직 때를 기다리면 글 읽기로 유유히 세월을 보내기를 떳떳한 도리를 삼았다.

그럴 뿐만 아니라, 과거 하는 것이 속에 글과 포부가 많이 들고, 사람이 영특하고 한 것보다는 소위 가문이 좋고 뒷줄이 든든하고 하여야 손쉽게 장원급제를 하기로 마련인 것이었다.

허생은 그런데, 가문이며 포부며 사람은 어떠한지 모르되, 가장 요긴한 뒷줄이라는 것이 없었다. 허생은 당대의 세도 있다는 재상들이 어느 동네에 살고 있는 것조차도 통히 모르는 사람이었다. 그런 고로 허생 같은 사람이 막상 과거를 보았다고 하였더라도 꼭이 장원급제를 하였으리라고는 장담키 어려운 노릇이었다.

그러나 일변, 과거가 백이면 백이 다 반드시 사와 인정으로만 장원급제가 되고 말고 하기로 정해져 있는 것은 또한 아니었다. 가문이 좀 섭섭하더라도, 뒷줄이 없더라도, 글이 좋고 사람이 잘나고 하였더라면 버젓이 장원급제를 하는 수가 노상 없는 것은 아니었다. 그러므로 가령 허생으로 말을 하더라도, 되고 아니 되고는 우선 차치하고서, 마음만 있을 양이면, 과거를 보아보기는 하였어야 할 일이었다. 그렇것만 허생은 도무지 그 과거 이자와는 담을 쌓고, 말도 내려고 아니하는 사람이었다.

이십오 년 독실히 글 한 보람도 없이, 남보다 동이 떨어지게 글 든 것이 없는 천하 미련동이가 아니면, 남이 따르지 못할 큰 뜻과 포부를 지닌 한 특출한 사람일시가 분명하였다.

고 씨 부인은 오늘이야말로 기어코 무슨 요정을 내고라야 말려는지, 바싹바싹 남편의 서안마리로 다가앉으면서, 일면 푸념을 쏟아놓는다.

"당신네 가문으루 출가를 해온 지가 열여섯 해 아니요. 그 열여섯 해동안 날 그만침 고생시켰으면 무던하지, 어떡허자구 이러시는 거예요, 이러시기를. 나두 서른 고생하다, 한때라두 즐거운 세상 보고 죽어예지요. 원통히 이대루 굶어 죽구 말란 말씀예요."

"……."

허생은 묵묵히 앞 벽만 바라다보고 앉았고, 고 씨 부인은 가슴을 쥐어뜯으면서

"과거를 보아 벼슬을 허구, 하시기가 싫거든 다 작파허구 집안 살림이라두 하실 염량을 차리세예지요. 하다못해 장사라두."

"장사는 하자니 밑천은 있으며, 해보지 못하든 노릇을 어떻게 하오."

"아니 해본 노릇이라두 남들은 잘만들 해먹읍디다. 맨주먹 쥐구 나서서두, 남들은 잘만들 해먹읍디다."

"그런 사람이야 다 재주가 좋아 그런 게지요."

"그럼 어떡허잔 말씀이에요. 과거두 아니 본다, 장사두 못 한다, 어떡허잔 말씀예요."

"……."

"하루 한 끼가 어렵구, 그거나마 이틀 사흘 빳빳이 굶구, 그러면서두 과거는 아니 보신다, 장사는 못 하신다, 그러면서 태평세월루 글만 읽구 앉아 기시려 드니 어떡허잔 말씀예요, 말씀이."

"인전 그만해두시오. 여러 끼 굶은 사람이 소리를 지르구 그래 싸면, 또 허기만 지지 아니허우."

허생은 여전히 조용하고 부드러운 음성으로 타이르고는, 도로 다시 글을 읽으려고 한다.

그러는 것을 고 씨 부인은 와락 달려들어, 서안의 책을 집어 방바닥에다 태질을 치면서

"글은 읽어 무얼 하시자구 읽으세요. 삼십 년 글을 읽구두, 과거 한 장 하실 생각 아니하는 글, 무엇하자구 읽으세요, 읽기를."

"허어, 이 책 소중한 줄을 모르고."

허생은 그제서야 한마디 점잖이 나무라면서, 일변 책을 집어다 서안 위에 도로 잘 놓는다. 그러고는 입만을 거듭 다시면서, 잠깐 동안 무엇을 생각하더니

"오 년만 글을 더 읽었어야 할 텐데…… 쯧, 딱한 노릇이로곤."

하고 푸스스 일어나 나막신을 딸깍거리고 싸리문 밖으로 나가버린다.

시방으로부터 대범 삼백 년 전, 효종대왕孝宗大王이 위에 계실 시절의 일이었다.

2

서울 다방골 변 진사라고 하면, 서울 장안은 말할 것도 없거니와, 조선 팔도에서 모르는 사람이 없을 만큼 이름이 난 큰 부자였다.

변 진사는 나라에서도 알아주는 부자였다. 나라에서는 효종대왕이, 병자호란의 원수 갚음으로, 북벌—북쪽으로 청나라를 칠 계획을 차리고 있었다.

청나라 같은 큰 나라를 쳐들어가 전쟁을 하자면 동병動兵을 많이 해야 하고, 동병을 하자면 돈이 많이 들고, 돈이 많이 드는 데는 부자들이 조력을 해야 하였다. 이 부자들의 조력을 받기 위하여 나라에서는 서울 장안은 물론이요, 조선 팔도의 큰 부자들을 일일이 조서허여가지고, 혹은 조정으로 불러다가, 혹은 관원을 보내어 벼슬도 주고 하면서 달래고 하였다. 그러고 다방골 변 진사는 부자 중에도 으뜸가는 큰 부자라고 하여, 효종대왕이 친히 궐내로 불러 장차에 청나라 칠 계획을 이르고, 집사 벼슬을 재수하면서 후일을 당부 신칙하였었다.

돈이 있고, 겸하고 나라에서 알아주는 변 진사는 권세와 위의가 대단한 것이 있어 주축[1]을 하여도 조정의 내로라하는 재상이며 양반들과 늘 주축을 하고, 집이랄지 차리고 사는 범절이며 법도는 당대의 이름난 세도재상 부럽지 않게 혼란스러웠다.

그러한 변 진사인 만큼, 가령 누가 찾아가더라도 웬만한 사람은 대문간이나 하인청에서 퇴짜를 맞고 쫓겨나오고, 변 진사의 앞에는 졸연히 얼찐거리지도 못하였다.

이런 변 진사를 묵적골 샌님 허생이 불쑥 찾아왔다. 부인 고씨한테 구박을 맞고서 푸스스 집을 나온 허생은 그 길로 변 진사를 찾아온 것이었었다. 그렇다고 허생이 변 진사와 서로 알고 지내는 사이더냐 하면 그도 아니요, 누구의 천거가 있더냐 하면 역시 아니요, 단지 다방골에 변 진사라는 장안 갑부가 있다는 말만 증왕[2]에 들은 것이 있을 따름이었다.

1 전체 가운데서 중심이 되어 영향을 미치는 존재나 세력.
2 이미 지나가 버린 그때.

다섯 자가 찰락말락한 키에, 앙상한 얼굴은 성깃성깃한 노랑 수염으로 더욱 근천스럽고, 헐어빠진 갓에 노닥노닥 기운 웃옷을 걸친데다 우환 중에 나막신을 신고, 이 지지리 궁한 꼴을 하고서, 장안의 갑부요 나라에서도 괄시를 못 하는 변 진사를 처억 찾아왔으니, 대문간을 들어서기가 무섭게 하인들에게 창피를 당하고 쫓기어나기가 십상이었다.

허생은 그러나, 몸집이며 의표의 초라함을 넉넉히 가리고도 남을 위엄이라는 것이 있었다. 허생의 눈에는 정채가 있었다. 그 정채는 사람으로 하여금 압기壓氣에 불리게 하는, 그래서 감히 침노키 어려운 위엄을 느끼게 하는 것이었었다.

과연 허생이 대문을 지나 중정으로 들어서는 것을 보고, 한 하인이, 이게 웬 화상이냐는 듯이, 허생의 그 나막신 떨걱거리면서 들어오고 있는 초라한 행색을 위아래로 쓱 훑어보았다. 그러면서 하인은 곧

"웬 사람야?"

하고 을러메는 소리가 나올 듯하다가 허생과 눈이 마주치자 그만 압기에 눌려 허리를 굽신하고 옆으로 비켜서고 말았다.

허생은 서슴지 않고 사랑으로 올라갔다.

변 진사는 사랑에 나와 있었다. 사오 인의 문객과 함께 한담을 하고 있었다. 누가 보아도 주인 변 진사가 누구인 줄은 얼른 알 수가 있었다.

허생은 변 진사의 앞으로 가 선뜻 마주 일어서는 변 진사와 마주 읍을 하고는 자리에 앉은 후에

"당신이 변 진사시요?"

하고 물었다.

"네, 내가 변 아모요."

변 진사가 대답을 하고, 허생이 다시

"내가 쓸 곳이 있으니 돈 만 냥만 돌려주시오."

하는 말에 변 진사는 서슴지도 않고

"그럭허시오."

하고 대답을 하였다.

"만 냥에서 백 냥은 묵적골 허생의 집으로 보내주고, 구천구백 냥은 안성 읍내 강 선달집 허생의 앞으로 환을 놓아주시오."

"그럭허지요."

"평안히 계시오."

"평안히 가시오."

그러고는 허생은, 나막신을 떨걱거리면서 중문 밖으로 나가버렸다.

좌중은 문객들은 마치 도깨비에게 홀린 형국이었다.

돈이 만 냥이면 부자가 몇이 왔다 갔다 하는 큰돈이었다. 그런 큰돈을 생면부지 모르는 사람, 모르는 사람일 뿐 아니라 노랑전 한푼껏 없어 보이는 궁한 선비에게, 선뜻 한마디에 그런 큰돈을 주다니. 황차 평일에는 뒤가 든든한 자리에도 백 냥 하나를 취해 주기에도 조심을 하던 변 진사가 아니었던가.

허생의 나막신 떨걱거리고 나가는 소리가 중문 밖으로 사라지자, 벌린 입을 다물지도 못하고 뻐언히 앉았던 문객들은 그제서야 정신이 들어, 그중 하나가 변 진사더러

"아니, 초면이신가 본데, 만 냥 돈을 그렇게 함부로 주십니까?"

하고 걱정하여 묻는다.

변 진사는 곰곰 무엇을 생각하고 앉았다가 그도 비로소 정신이 들어

"초면에 와서 만 냥 돈을 달라는 사람이면, 미친 사람이 아니면, 만 냥 값이 더 나가는 큰사람이 아니겠소. 그런데 보아허니 미친 사람은 아니고."

"그렇지만, 외양이 너무……."

"외양을 잘 차리고 다니는 사람이면 돈이 있는 사람인데, 돈이 있는 사람이면, 돈 있는 사람이 무엇하러 남더러 돈을 취해 달래며, 취해 줄며리는 있소. 도대체 사람이란 외양만 보고는 모르는 법입넨다."

대답을 하고 변 진사는 서사를 불러, 돈 만 냥을 백 냥은 묵적골 허생의 집으로 태전 지워 보내고, 구천구백 냥은 안성 읍네 강선달집 허생에게로 환을 놓아 보내고 하라고 분별을 시킨다.

허생은 부인 고 씨가 여자의 좁은 소견에 작은 발신과 평안을 바라고 아등바등 바가지를 긁으며 성화를 먹이는 데 성가신 생각이 들어, 에라 잠시 동안 바람도 쏘일 겸 지닌바 포재[3]의 한끝도 시험을 하여 볼 겸, 그렇게 집을 나선 것이었었다.

우선 생면부지 모르는 사람 변 진사에게서 한마디로 만 냥 돈을 취하는 데에 성공을 하였다. 그러고는 시방 안성 읍을 향하여 나막신을 떨걱거리면서 한강 건너 논들을 지나는 참이었다.

추석을 십여 일로 앞둔 팔월 초생, 들의 벼는 목이 숙고 누릇

3 가지고 있는 재주.

누릇 익어가고 있다. 고추가 붉고 김장이 파릇파릇 이쁘게 자랐다. 콩은 여물고, 수수목은 무거웠고 감과 대추는 다투어 볼이 붉었다.

허생은 이런 보이는껏 살지고 여물어가는 가을을 뜻있어 두루 살피며 나막신을 떨걱거리고 길을 걷는데, 그러자 웬 시꺼먼 총각 하나가 길옆에 나뭇지게를 받쳐놓고 앉아 쉬다가 허생을 보더니 반겨 달려들면서

"생원님 어데 행차허세요?"

하고 너풋 절을 한다.

허생도 반기는 기색을 하면서

"오, 네가 먹쇠 아니냐?"

사오 년 전까지 허생의 집에서 종으로 있던 먹쇠였다. 먹이고 입히고 뒤치다꺼리를 할 도리가 없어, 부인 고 씨가 양반의 체모에 하인 하나 없이 살까보냐고 미련겨워하기는 하면서도 하릴없이 속량을 시켜주자고 말을 내어, 허생은 선뜻 응낙을 하였다. 허생은 본시 양반의 후예는 양반의 후예이면서, 자기가 양반이라고 생각하는 일도 없고, 양반 행세나 양반 자세를 하는 일도 없는 사람이었다. 그는 양반이라는 것을 인정치 아니하는 동시에, 따라서 종이라는 것도 인정치 아니하였다. 다 같은 사람인데 어째서 양반과 상놈이 있으며, 어째서 상전과 종이 있어가지고 상전은 종을 부려먹고 천대하며, 종은 양반을 공경하고 일을 해다 바치고 할까보냐는 것이었다.

먹쇠도 그래서 진작에 속량을 시켜주었을 것이로되, 부인 고 씨가 무가내히로 듣지를 아니하여 마음에도 없고 사세도 닿지 않

는 상전 노릇을 하던 참이었었다. 그러다가 부인 고 씨가 영영 할 수 할 수가 없어, 마침내 속량을 시켜주자는 말을 내자, 허생은 기다리고 바라던 일이라 당장에 응낙을 한 것이었었다.

그 먹쇠가 한번 간 뒤에 사오 년이나 소식이 없더니, 이날 여기에서 나뭇지게를 지고 있었다.

"그래, 아직도 장가도 들지 못하고 남의 집 머슴살이를 하나 보구나."

허생은 가엾이 여기는 눈으로 먹쇠를 위아래도 씻어보면서 묻는다. 먹쇠는 나이 이십이 훨씬 넘었었다.

먹쇠는 계면쩍은 듯이, 손으로 뒤통수를 만지면서

"네, 쥔을 고만 잘못 얻어 만나서와요."

"으음……."

그러면서 허생은 잠깐 무엇을 생각하더니

"너 그럼, 날 따라오려느냐?"

"데리구 가 주신다면 뫼시구 가구 말굽쇼."

먹쇠는 그의 생김새대로 우적한 성질이라 허생의 그 어질고, 상전이면서 상전 태를 아니 하고, 하인을 하인으로 천대하지 않는 데에 퍽 심복을 하였었다. 허생의 집에 있으면서 늘 굶고 헐벗고 하였으면서도, 속량을 시켜주어 마침내 나가게 된 마당에서는 차마 떠나지 못해한 것도, 오로지 허생을 상전으로서가 아니라, 부모같이 형같이 존경하고 따르고 한 정 그것 때문이었었다.

허생은 여전히 종 부리기를 반대하는 사람이요, 종의 필요도 없는 사람이었다. 그러나 먹쇠가 아직도 장가도 들지 못한 채 고생을 하는 것이 가긍하고, 일변 책임도 느꼈다. 어떻게든 살 도리를 마련하여주는 것이 떳떳하였다. 앞으로 일을 하자면 종은 아니라도, 손대는 하나쯤 데리고 다녀 무방하였다. 먹쇠는 마음 맞는 손대 노릇을 할 수가 있었다. 데리고 다니면서 일도 시키고, 그러다가 계제[4]를 타서 살 끈을 잡아주도록 할 것이고.

다섯 자가 착락말락한 키에, 앙상한 얼굴에는 근천스런 노랑수염이 성깃성깃하고, 헐어빠진 갓에 노닥노닥 기운 웃옷을 떨쳐입은 데다 나막신을 떨걱거리면서 앞을 선 허생과, 굴뚝 구멍에서 나온 듯 시꺼먼 놈이, 키는 구척장신인데 잠방이 적삼을 시늉만 걸치고는 성성큼 뒤를 따르는 먹쇠와, 참으로 우스꽝스런 주종의 행색이 아닐 수 없었다.

먹쇠는 다른 것은 몰라도 허생의 떨걱거리는 나막신이 마음에 걸렸다. 뒤를 따라가면서 내려다보고, 내려다보고 하다가 마침내

"생원님?"

하고 부른다.

"오냐."

"시방 어디루 가시죠?"

"안성으로 간다."

"몇 리나 되죠?"

"한 이백 리 되리라."

"이백 리를 저 나막신을 신구 가세요."

"그럼, 맨발로 가느냐."

"담배 한 대 전만 저 그늘루 앉어 쉬시죠. 그동안 제가……."

4 어떤 일을 할 수 있게 된 형편이나 기회.

그러고는 먹쇠는 길옆 논두덕으로 내려간다. 논두덕에는 올벼를 타작한 햇짚이 널려 있었다.

먹쇠는 짚을 한 줌 걷어가지고 오더니, 허생이 쉬는 옆으로 와 앉아, 날을 꼬고 총을 비비고 하면서 부지런히 짚신을 삼는다.

먹쇠를 만난 덕에 허생은 우선 서울서 안성까지 이백 리 길을 떨걱거리는 나막신 대신 세총박이 털메신이나마 짚신을 신고 발 편안히 갈 수가 있었다.

그뿐 아니라, 허생은 어인 돈이 되었든 만 냥의 돈이 생겼고, 백 냥은 집으로 보낸 것이 있고 하니, 잠깐 들러서 부인 고 씨와 작별도 하고, 돈도 돈냥이나 노수로 허리에 차고 나섰어야 하였을 것을, 그는 다방골 변 진사의 집을 나와, 그 길로 바로 길을 떠났었다. 노수 한푼 몸에 지닌 것이 없고, 그렇다고 남의 사랑이나 글방을 찾아들어 과객질을 할 체모나 비위는 없는 터. 만일 먹쇠가 조석으로 마을에 들어가서 호박잎에다 밥 한 덩이씩을 얻어 오는 것이 아니었으면, 이백 리 이틀 길을 빳빳이 굶어 갔지 별수가 없을 판이었다.

3

안성 장에는 과일이 많이 났다. 감·대추·밤 같은 것은 물론이요, 배·호도·잣·은행 이런 것들이 섬으로 짐으로 그 넓은 장판이 미어지도록 들이 나 쌓였다. 그 과일들을 서울서 내려온 도가들이 흥정을 하느라고 지껄이고, 소리 지르고, 다투고, 싸움하고,

세고 하기에 장판은 벌집을 쑤신 것처럼 요란하였다.

그런 장판에 웬 굴뚝 구멍에서 나온 것 같은 시꺼먼 구척장신의 총각 녀석 하나가 장판 위아래로 휘젓고 돌아다니면서

"자아, 과일 삽시다, 과일. 값은 달라는 대로 주고, 과일은 있는 대로 다 사고. 자아, 누구든지 값 잘 받고, 과일 쉽게 팔려거든, 물산 도가 하는 강 선달네 집 앞으로 지고 오시오. 한 접도 사고 열 접도 사고, 한 섬도 사고 열 섬도 사오. 부르는 게 값이요, 있는 대로 몰아 사오. 자아, 강 선달네 집 앞으로 오시오 오시오."
하고 인경소리 같은 큰 소리로 외치는 것이었었다.

장사들은 처음에는 웬 미친놈인고 하였다. 그래도 그중 한 사람이, 바지게에 지고 온 감 한 접을 지고, 허실 삼아 물산 도가 하는 강 선달네 집 앞으로 가보았다. 과연 강 선달네 집 서두리꾼이 수십 명이, 둘씩 한패가 되어가지고 띄엄띄엄 벌려 앉아 과일 장사가 오기를 기다리고 있었다.

"감 팔러 왔소?"

"네."

"몇 접이요?"

"한 접이오."

"값은 얼마요?"

"한 돈이오."

"세여서 들여놓고, 돈 받아가시요."

이날 안성장에서는 감 한 접에, 상이 칠 푼이요, 보통 오 푼이었다. 그런 것을 감 장사는, 값은 달라는 대로 준다고, 그 거먹동이가 외우는 소리를 들은 것이 있기 때문에, 한 돈이라고 불러본 것이었

다. 했더니 아닌 게 아니라 부르는 대로 한 돈에 사들이는 것이었다.

소문은 삽시간에 장판으로 퍼졌다.

소문을 들은 과일 장사들은 너도나도 하고 앞을 다투어 과일 짐을 지고 강 선달네 집 앞으로 꾸역꾸역 모여들었다. 바지게에 감을 지고 오는 사람, 호도 섬을 말에 싣고 오는 사람, 밤섬을 소 등에 싣고 오는 사람, 대추를 멱서리에 넣어 지고 오는 사람, 광우리에 배를 이고 오는 여인네, 자루에 은행을 넣어 걸메고 오는 꼬마동이…….

거먹동이가 외우던 대로, 그리고 소문을 들은 대로 가지고 와서, 부르는 게 값이요, 물건 호불호 가릴 것 없이 있는 게 한이었다.

마침내 과일 장은 강 선달네 집 앞으로 쏠려버리고 말았다. 그리고 석양 무렵까지에는 이날 장에 났던 과일이, 한 톨 남지 않고 죄다 강 선달네 곡간으로 들어가 쌓이고 말았다. 서울서 내려온 과일 도가들도, 약간 초장에 산 것을 도로 다 팔아버렸다. 이문이 남기는 일반인데, 구태여 서울까지 떠싣고 갈 며리가 없기 때문이었다.

장판에 난 과일을 값은 부르는 대로 내고 싹싹 쓸어 사들이다니, 이건 큰 변괴였다. 안성장이 생긴 이후로 처음 일이었다.

구석구석이, 둘만 모여도 수군거리고, 셋만 모여도 그 이야기로 판을 짰다. 그러나 아무도 과일을 그렇게 사들이는 사람이 누구며, 무슨 목적으로 그러는지 아는 사람이 없었다.

혹이 강 선달과 아는 사람이 있어

"거, 과일은 웬걸 그렇게 사들이오?"

하고 물으면, 강 선달은

"나도 모르오. 나는 손님의 심부름을 할 따름이오."
하고 대답하였다.

이날 밤, 허생은 조촐한 술상을 앞에 놓고, 주인 강 선달과 마주 앉아 향기 있는 약주술로 잔을 기울이며 이야기를 하였다. 허생은 좋은 술이면 십여 배 기울이기를 즐겨하던 터이었다.

"오늘 도합 얼마치나 샀나요?"

허생이 묻는 말에, 강 선달은 공순히

"한 팔백 냥어치나 샀나 봅니다."
하고 대답을 한다.

"겨우 팔백 냥이요."

"팔백 냥 돈이 적습니까?"

"돈 팔백 냥만 생각하면 크달 수도 있지만, 이 큰 안성장 과일을 죄다 사기에 팔백 냥이라면 너무 허망치 않소."

"앞으로 서리가 올 때까지 더 나기는 날 것입니다."

"그럼. 구월 그믐께까지는 과일이 있겠소이다그려."

"그렇지요."

"장날 아닌 무시날에도 과일이 들어오나요?"

"많이 들어옵니다."

"그러면, 과일 들어오는 것이 떨어지는 때까지, 감 한 개, 대추 한 개라도 다른 손에 넘어가지 않도록 다 사주시오."

"오신 손님 물건 사드리는 것이 영업이니깐, 그야 사드리기가 어렵겠습니까마는 과일 따라 상할 것이 있겠으니 걱정이올시다. 감이 제일 상하고, 배 대추 같은 것도……."

"상하는 것이야 어떡허겠오. 아무튼 사서 들여 재이기만 하시요."

이리하여 구월 그믐까지, 강 선달은 허생이 시킨 대로 안성으로 들어오는 과일이라는 과일은 깡그리 사서 곡간에 들여 쌓았다. 그러고 나니, 과일도 끊겼거니와 돈도 만 냥 돈이 거진 다 나가고, 강 선달네 곡간은 있는 대로 다 차고 하였다.

시월이 가고 동짓달로 접어들었다. 그동안 허생은 과일을 그렇게 사놓고는, 어떻게 처분을 한다는 말이 없이 밤이나 낮이나 강 선달네 안사랑 조용한 방에 들어앉아 글만 읽고 있었다.

먹쇠는 가끔 곡간에 들어가, 상한 과일을 추어내다가는 버리는 것이 일이었고.

강 선달이 하도 민망하여 허생더러

"아, 저 많은 과일을 날이 차서 얼고 하기 전에 방을 하시든지 하셔야 아니합니까?"

한다 치면, 허생은 태연히

"다 썩혀도 돈 만 냥 아니오."

할 뿐이었다.

한편, 서울서는 해마다 서울서 먹히는 과일이 태반은 안성장을 거쳐서 서울로 올라오게 마련이었다.

강원도·황해도 그리고 경기도에서 나는 과일이 서울로 약간 들어오지 아니하는 것은 아니나, 초가을에 조금 들어오고 나면 그만이었다. 그러고서 늦은 가을로부터 겨울과 이듬해 봄까지 대는 과일은 역시 안성장을 거쳐 남쪽으로부터 오는 과일이었다.

이렇게 서울의 과일을 대는 안성으로부터의 과일이 올해는 칼로 자른 듯이 뚝 끊겨버렸다.

추석 무렵부터 벌써 과일이 귀하기 시작하더니, 구월로 들어서면서는 과일 전이 열에 대여섯은 파리를 날렸고, 그러다가 시월 동짓달에는 서울 장안에서 감 한 개, 밤 한 톨 구경을 할 수가 없었다.

호강하는 양반들이 잣죽 구경을 못 하였다.

어느 대갓집에는 과일 없는 제사를 지냈다.

대궐에서는 밤·대추·곶감이 없어 약식을 만들지 못하고, 식혜에 실백자를 띄우지 못하였다.

탕약에 대추 두 알을 넣지 못하고, 생 세 쪽만 넣어 달여먹기는 예사였다.

서울 장안에 과일이 귀하단 소문을 듣고, 양주 사람 누구는 제 부모 제사에 쓰려고 묻어두었던 밤 한 말을 파가지고 와서 한 냥을 받았다. 여느 때라면 밤 한 말에 오 푼이 벗지 아니하였다.

누구는 곶감 한 접을 가지고 와서 큰 수를 보고, 누구는 부잣집 환갑잔치에 대추 서 되를 구해다 주고서 삼동 땔 나무를 장만하고 하였다.

이렇게 서울 장안에 과일이 씨가 마르자, 과일 도가들은 제마다 안성 읍의 강 선달에게로 내려달았다.

처음에는 시세의 갑절을 불렀다.

강 선달은 시세가 갑절로 올랐으니 방을 하라고 허생에게 권하였다.

허생은 고개를 가로저었다.

그다음엔 삼 곱으로 올랐다. 허생은 그래도 고개를 가로저었다.

시월로 들어서서는 시세의 다섯 곱절로 불렀다. 허생은 종시 고개를 가로저었다.

동짓달이 되자, 마침내 열 곱절을 불렀다. 밤 한 말에 너 돈 닷 돈이요, 곶감 한 접에 엿 돈이 넘는 시세였다.

시세가 열 곱이 되는 것을 보고, 허생은 비로소 곡간 문을 열었다.

허생이 과일을 방하자, 지나간 초가을 그가 과일을 긁어 사들일 때보다 더 큰 난리가 났다.

날마다 수백 명씩 서울서 온 과일 장사들이, 돈을 짊어지고 와서는 돈을 풀고 그 대신 과일을 져가기에 눈이 뒤집혀가지고 납뛰었다.

열흘이 못하여 과일 곡간은 텅텅 다 비었다. 그러고는 과일 대신 십만 냥의 돈이 들어와 쌓였다. 허생은 석 달 동안에 십 곱절의 이문을 남긴 것이었었다.

과일이 다 나가던 날 밤, 허생은 술상을 앞에 놓고, 주인 강 선달과 마주앉아 이야기를 하였다.

"과연 몰라뵈었습니다."

강 선달이 새삼스럽게 이런 감탄과 추앙을 하는 것을, 허생은 도리어 폐로운 듯이

"그런 말을 하면, 내가 이 좋은 술이 술맛이 없소이다."

"선비라면 글이나 읽을 줄 알았지, 세태에 통히 범연하고 어둔 줄 알았더니, 허 생원 같으신 선비도 기셨습니다그려."

"……."

"선비더러 물꼬를 막으라고 시키니까, 아래께를 막으면 터지고, 막으면 터지고 하드라고요. 그래, 물꼬는 어떻게 막아야 한다

는 것을 글로 쓰라고 하니깐, 물은 그 근원을 막아야 하는 법이니라고 써놓았드라지요, 허허."

"나라가 상하 없이 이학理學만 숭상하고 실학實學을 업수이 여긴 탓이지요."

"그래도 선비네는 세태에 어둡고 등한한 것을 오히려 자랑으로 여기지 않습니까?"

"선비 그 사람의 자랑일는지는 몰라도, 그런 사람네가 정치政治를 하니, 나랏일이 말이 아니지요."

"지당하신 말씀입니다. 그런데, 저 돈 십만 냥으로 이번에는 무얼 사실 생각이신지요?"

"글쎄, 아직 별로 작정이 없소이다."

"그러시거들랑, 쌀을 사놓으시는 게 어떠신가요?"

"쌀을 사놓으라고요?"

"쌀도 서울로 올라가는 쌀이 이 안성을 거쳐 갑니다. 십만 냥에치 몽땅 사노시면 한 달이 못 가 서울 장안은 쌀이 없어 난리가 나고, 금세는 열 곱절이 더 오를 것입니다."

"허어, 딱한 말씀을……."

선뜻 응할 줄 알았던 허생은 뜻밖에 고개를 가로저으면서

"여보시오, 강 선달!"

"네"

"과일은 양반이나 부자들이, 주장 입치레로 먹는 게 아니오."

"그렇지요."

"그러니깐 그런 사람들야 한때 과일을 좀 비싼 값으로 사 먹기로서니 별반 관계가 없을 게 아니겠오. 서울 양반들이나 부자

들이 밤 한 말에 너 푼 하든 것을 너 돈이나 닷 돈에 사 먹기로서니 거덜이 날 이치야 없지 않소?"

"그렇지요."

"서민이나 가난한 사람들은 과일을 먹지 못해 죽지는 아니하니깐, 비싸면 아니 사 먹으니 그만이고."

"그렇지요."

"그렇지만 서민이나 가난한 사람들도 과일은 아니 먹어도 살지만 쌀이 없어서는 당장 죽을 게 아니오."

"네, 네. 지당하신 말씀입니다."

"양반이나 부자들은 몇 달씩 먹을 양식을 진작에 다 장만해두었으리다. 그러나 쌀이 아모리 귀하고 값이 아모리 비싸드래도 그 사람네가 밥을 굶거나 답답할 일은 없을 게 아니겠소. 쌀이 귀하고 비싸면 당장 죽어나는 건 서민과 가난한 사람들이지요."

"지당하신 말씀입니다."

"서민과 가난한 사람들을 못살게 하고서 장사 이문을 보려 들다니, 큰 죄가 아니오?"

"지당하신 말씀입니다."

"여보, 강 선달?"

"네에."

"당신도 보아허니, 돈을 좀 모았나 봅디다마는, 돈도 모을 돈이 있고, 모아서 아니 될 돈이 있고 합넨다."

"네."

"악한 돈일랑 모으지 마시오. 인자는 불부라는 말이, 세상 사람이 돈을 악하게밖에는 모을 줄을 모르기 때문에 그래 난 말이지요. 악하지 않게 모아 악하지 않게 쓰면야 부자가 나쁠 며리야 없는 것이니깐요."

마악 이렇게 이야기를 하고 있는데, 그때 별안간 마당에서 여러 사람의 어지러운 발짝 소리와 웅성거리는 소리가 일었다.

종종 겪어본 가늠이 있어, 강 선달은 단박에 얼굴이 흙빛으로 변하고 사지를 떨면서,

"화적이 들었습니다. 얼른 피신을 하십시요."

하고 당황히 납뛰었다.

허생은 그러나 조금도 동요함이 없이 태연히 앉은 채

"화적이 그대지 두려울 게 무어란 말이지요."

"못 당해 보셨으니 그렇게 말씀을 하시지만……."

"화적이면, 저이가 달래는 돈을 주면 그만이 아니요."

"그야 그렇지요만."

"내가 다 요량이 있으니, 아모 염려 마시오."

그러자, 방문을 와락 열어젖히면서 번쩍거리는 장검을 든 자가 앞을 서고, 식칼과 몽둥이와 창을 든 여럿이 앞선 자를 옹위하듯 방으로 척척 들어섰다. 모두들 눈이 붉었고, 살기가 뎅겅뎅겅 듣는 것 같았다.

두목일시 분명한 그 앞선 자가, 허생과 강 선달을 번갈어 보면서

"둘 중에 누가 허생이냐?"

하고 을러메듯 묻는다.

허생은 눈썹 하나 까딱 않고, 거기 어데 지나가는 사람과 수작이라도 하는 것처럼 천연덕스럽게

"허생은 낸데, 너이는 누구며, 무슨 일들이냐?"

하고 묻는다.

"보면 몰라. 너 돈 십만 냥 가졌지?"

"그렇다. 십만 냥 있다."

"저놈, 꼼짝 못 하게 묶어라."

두목이 졸개를 돌아보고 허생을 칼로 가리키면서 그러는 것을 허생은 껄껄 웃으면서

"못생긴 놈들이로곤. 그래, 장기까지 지닌 너이 수십 명이 이 약질 하나를 못 당해낼까 바서 묶는단 말이냐, 십만 냥 돈을 몸에 지녔기에 내뺄까 바서 묶는단 말이냐."

도적 두목은, 들이단짝 이마빡을 딱 부딪뜨린 맛이었으니, 그래도 기는 앗기지 아니하려고 컬컬히

"얘, 이놈 봐라. 응. 뚝배기보다 장맛이 낫다드니, 그 생김새허구는 제법이로구나. 그래 돈은 다 내놀 테냐, 순순히."

"아니 주면 사람을 궂히고 뺏어갈 테니, 내놓았지 별수가 있느냐."

"그럼 내놓아라."

허생은 방구석에 처박혀 앉아 벌벌 떨고 있는 강 선달더러, 돈 둔 곡간의 열쇠와 그리고 등불을 밝혀오라고 이른다.

이윽고 열쇠와 등불이 왔다.

"날 따라오느라."

허생은 도적 두목더러 이르고, 손수 열쇠와 등불을 들고 앞을 선다. 도적 두목과 졸개들이 옹기종기 그 뒤를 따랐다.

허생은 강아지만한 자물쇠를 열고, 곡간문을 좌우로 활짝 열면서

"자아, 이게 십만 냥이니, 너이들 힘껏 마음껏 져가거라."

하고 등불을 들여 비춰준다.

곡간 안에는 구렁이가 서리고 있는 것 같은 십만 냥의 돈더미가 희미한 불빛에 거무스름히 드러났다. 그것은 세상 사람의 다 좋아하고 부러워하고 귀히 여기고 하는 돈—보배라기보다는 하도 더미가 크고, 하도 수효가 많아 차라리 무슨 괴물같이 무섭기도 하고 지겹기도 하였다.

도적 두목은 돈에 압기를 받아 잠깐 멍하니 섰다가, 인하여 뒤를 돌아보면서

"들어가, 질 수 있는껏 지고 나오느라."

하고 영을 내린다.

영이 떨어지기가 무섭게 졸개들은 손에 들었던 식칼이며 몽둥이며 창 등속의 장기를 내동댕이치고, 우우 한꺼번에 곡간 안으로 몰려 들어간다. 한 이십 명 됨직하였다.

도적들은 제마다 허리에 찬 큼직큼직한 전대를 뽑아가지고, 한 냥씩 한 냥씩 꿴 돈을 집어넣는다. 그러느라고 서로 밀치고 비비대고, 지껄이고 탓하고 나무라고 야단법석이 난다. 그러면서 그들은 그 호벅지게 많은 돈과 돈을 마음껏 가져가는 데만 정신이 팔려, 옆에서 벼락이 떨어진대도 모를 지경이었다.

이럴 때에 만일 허생이 곡간문을 닫아버리고 밖에서 자물쇠를 딸깍 잠가놓는다면, 도적들은 독 안에 든 쥐요, 관원을 불러 쉽사리 다 붙잡을 수가 있었을 것이었다.

허생은 그러나, 조용히 등불을 비춰주고 서서, 도적들이 돈을 지고 나오기를 기다릴 따름이었다.

도적들은 이윽고 하나씩 둘씩, 돈 전대를 멜빵 걸어 짊어지고,

끙끙하면서 곡간 밖으로 기어 나오기 시작한다.

전대에 돈을 넣어 진 외에, 저마다 허리띠에 돈꿰미를 여러 냥씩 찼다. 그 돈꿰미가 중동이 잘라지든지 끝이 풀리든지 하여, 돈이 좌르르 무딘 쇳소리를 내며 쏟아지기도 한다.

어떤 자는 무거운 돈 짐에 눌려, 비척비척하다가 그대로 퍽 쓰러지기도 한다.

어떤 자는 너무 무거워 지고 일어서지를 못해, 멜빵만 어깨에 걸고는 주저앉아 낑낑거리기도 한다.

어떤 자는 발을 떼어놓기에조차 대견하도록 돈 짐을 지고 나오면서도, 그래도 더 많이 못 가져가는 것이 안타까워 연신 뒤를 돌아보다가는 곡간 턱 문에 걸려 에쿠 하고 앞으로 넘어 박히는 자도 있다.

그럭저럭 도적들은 다 한 짐씩 해 지고 곡간 밖으로 나왔다.

곡간의 돈은 별로 축나 보이지 않았다.

허생은 곡간 문을 닫고, 자물쇠를 잠그고 한 후에, 마당으로 늘비하니 주저앉은 도적들을 바라다본다. 마당에는 달빛이 비치고 있었다.

곡간에서 마당까지는 이삼십 보에 불과하였다. 도적들은 욕심에 돈을 너무 많이씩 지고는, 겨우 이삼십 보의 마당까지 나와서는 돈 무게에 눌려, 서서 있지도 못하고 제마다 펄썬펄썬 주저앉아 있었다.

도적들은 돈 무게에 몸을 지탱하지만 못할 뿐 아니라, 돈에 정신 또한 빠져 저희들이 도적이라는 것까지도 잊어버린 모양이었다. 마당에 내동댕이친 식칼이며 몽동이며 창 등속의 장기—돈보다도 실상 더 소중히 할 것이며, 목숨과 같이 조심하여 건사하고 챙겨야 할, 이 장기들을 그들은 돌아보려고 아니하였다.

“저 꼬락서니들을 하고서야 어떻게 무사히 돈을 져다 먹을까.”

딱한 생각이 저도 들었던지, 우두커니 졸개들을 바라다보고 섰는 도적 두목더러 허생이 하는 말이었다.

도적 두목은 입맛을 다실 뿐 말이 없고.

허생은 다시

“모두 해 몇 명인고?”

“한 이십 명…….”

“그렇다면, 한 명 앞에 많이 졌어야 오십 냥에서 더는 못 졌을 테니, 도합 천 냥이로구나.”

“…….”

“돈 겨우 천 냥을 져갈 데면서, 십만 냥을 다 내놓라고 큰소리를 쳐.”

“…….”

“이왕, 마소라도 몇 마리 끌고 왔으면 그래도 만 냥 하나는 가져갔지. 요량이 그렇게 없고, 담보가 그렇게 적고서, 두목이 무슨 두목이란 말이냐.”

고개를 깊이 떨어뜨리고 묵묵히 섰던 도적 두목은, 별안간 손의 장검을 버리고, 접질리듯 꿇어 앉으면서

“크신 어른을 몰라뵈었습니다. 살려주옵시오, 대왕마님.”

하고 비는 것이었다.

허생은 피식이 웃으면서

“실없는 사람이로곤, 내가 도적의 괴수드란 말인가, 대왕마님

이란 어데 당한 소린고."

"그럼 무어라고 불러 이쭈오."

"나는 한낱 선비로세. 남들도 나를 허 생원이라 부르니, 그렇게 부르면 그만이 아닌가."

"그럼 그대로 불러올리겠습니다."

도적 두목은, 그러고는 일변 마당의 졸개들을 돌아보면서

"다들 이 허 생원님 앞으로 와 꿇어앉어라."

하고 명령을 한다.

도적들은 처음부터 이 허생의, 저희들에게 대하는 점잖고도 침착한, 그러면서도 위엄 있는 태도와, 겸해서 돈이 그렇듯 많은 데에 부지중 경복하는 마음이 나고 있던 터라, 두목의 영이 한 번 있자, 그들은 아무 주저도 없이 일제히 허생의 앞으로 와 주욱 꿇어앉아 머리를 조읍는다.

허생은 한참이나 도적의 무리를 내려다보고 섰다가

"어째서 도적이 되었는고?"

하고 묻는다.

아무도 얼른 대답이 없더니, 이윽고 그중 늙수그레한 도적 하나가 고개를 들면서 대답을 한다.

"본시야 다 양민이올시다마는, 양민으로는 먹고살 길이 없어 부득이 도적이 되었습니다."

허생이 만일, 때의 나라 형편과 민정을 짐작지 못하는 위인이었다면, 이 도적의 말도 흔히 도적들이 핑계 삼아 입에 붙은 말로 하는 말이거니 하여 신용치 아니하였을는지도 몰랐다.

그러나 허생은 역시 허생답게 넓고 깊이 아는 바가 있었다.

이때의 조선의 나라 형편과 민정은 대강 어떠하였던가.

본조本朝(이조李朝) 오백 년의 역사를 상고할 때에, 그 어느 시절이고 외적의 침노가 없은 적이 드물고 내란이 일지 아니한 적이 드물었다. 조정에는 외척의 전황과 동서남북 파가 갈려 사색당쟁이 끊일 사이가 없고, 지방에서는 토호와 수령 방백의 토색질이 백성을 편안히 살도록 한 세월이 드물었다. 큰 도적이 생기어 여러 해씩 양민을 괴롭히는가 하면, 흉년이 들고, 흉년이 지나면 모진 병이 퍼져 사람을 무수히 죽게 하고.

이렇듯 안팎으로 국난과 재앙이 연달다시피 한 그중에서도, 가장 어렵던 시절이 어느 시절이더냐 하면, 임진왜란을 치른 선조대왕 중연으로부터 효종대왕에 이르는 범 칠십 년 동안일 것이었다.

선조 이십오 년, 임진 사월에 왜병의 선봉 오만 명이 남쪽 부산포를 침노를 하였고, 이것이 곧 임진왜란의 시초였다.

임진왜란은 전후 칠 년 동안을 끌었고, 우리 조선이 외적의 침노를 받은 큰 난리 가운데 나중의 병자호란과 더불어 다시없는 국난이었었다.

임진왜란 일곱 해 동안에 조선 팔도 방방곡곡이 왜병이 이르지 아니한 곳이 없고, 왜병이 지나는 곳에 성곽과 백성의 살림이 짓밟혀 황폐되지 아니한 곳이 없었다. 성을 무너트리고 인가에 불을 지르고, 양식과 가축을 약탈하여가고, 재물과 보화를 도적하여 가고, 부녀를 겁탈하고, 백성을 인질로 붙잡아가고.

이 왜병이 짓밟고 지나간 뒤를 다시금 짓밟으면서 약탈과 행패를 함부로 한 것이 명나라 군사였다. 우리나라 조정에서는 우리의 힘으로 왜병을 물리칠 힘이 없으매, 명나라에다 청병을 하였었다.

명나라에서는 우리나라를 위하여준다기보다는 우리나라가 일본에게 영영 망하고 보면, 순망치한—입술이 상하면 이빨이 해를 보겠으므로, 겉으로는 우리나라를 돕는 체하고, 군사를 보내어 왜병과 대전을 하였다.

명나라 군사는 온 바램이 노상 없었던 바는 아니나 크게 신통한 것은 없었고, 차라리 그들의 약탈과 행패로 우리나라가 은근히 해를 입은 것이 더 컸었다.

왜병으로 하여금 이상 더 조선에 머물러 있어 약탈과 행패를 더 계속치 못하고 칠 년 만이나마도 물러가게 한 것은 명나라 군사의 힘보다도 우리 이순신 장군이 수전水戰에서 일본의 수군을 번번이 이겨 마침내는 적멸을 시킨 그 공이 더 컸었다.

이순신 장군은 거북선을 만들어 수전에 쓰면서, 싸우는마다 일본의 수군을 무찔렀고, 필경은 전멸을 시켰으며, 일본은 수군이 전멸이 되니 본국으로부터 군사와 그 밖에 여러 가지를 조선에 와서 있는 군사에게 뒤댈 길이 없어 그만 스스로 물러가지 아니치 못한 것이었었다.

임진왜란을 칠 년 동안 치르고 난 조선은 마치 죽을병을 앓다가 겨우 살아난 사람 같았다.

장정들은 태반이 전장에 나가 죽었다. 왜병에게 사로잡혀 일본으로 간 사람도 많았다.

성은 무너지고 집들은 불에 탔다.

논밭은 황폐하고, 황폐한 땅을 갈자 하나 말과 소가 없었다. 먹을 곡식도 없고 입을 옷도 없었다.

이렇게 중병을 앓고 나서 비척거리는 사람같이 피골이 상접한 조선이, 그다음에는 조정이 시끄란하였다. 광해주의 난정亂政과 인조반정이 그것이었다.

임진왜란을 치른 지 십 년 만에 선조대왕이 승하하고, 광해주가 위에 오르자, 전대부터 싹이 튼 궁내宮內 골육간의 갈등이 마침내 겉으로 퉁겨져가지고 광해주는 필경 동생 영창대군을 죽인다, 어머니(모후母后)를 폐하여 내친다 하는 해거[5]를 저질렀다. 이 틈을 타 조정에서는 사색 붕당의 당파 싸움이 뒤엄부러져 걷고트는 사품에, 나라의 정사는 더욱 어지러워졌다. 궁중과 조정이 어지러우며 방백수령과 토호들의 행악은 날로 심하였고, 그 폐를 입는 것은 애꿎은 백성들뿐이었다. 가뜩이 임진왜란이라는 중병을 치른 지 겨우 십여 년이요, 미처 기운도 추기 전에.

광해주 십오 년에 그동안 다른 당파의 득세로 힘을 쓰지 못하던 이서李曙·이괄李适·최명길崔鳴吉·김자점金自點 등의 서인西人이, 광해주가 골육의 형제를 죽이고 모후를 폐하여 내쳤다는 허물을 탈잡아가지고 왕 광해주를 폐하고서, 선조대왕의 손자요 광해주의 조카 되는 능양군을 받들어 왕위에 오르게 하였다. 이것이 소위 인조반정이었다.

능양군으로 위에 오른 인조대왕은 총명한 임군이었다. 위에 오르면서 재주와 덕이 있는 선비를 널리 뽑아 들여 나라의 정사를 맡게 하고, 또 팔도에 어사를 보내어 민정을 살피며 악정하는 수령 방백을 징계하고, 그 밖에도 여러 가지로 피폐한 국정을 바로 잡으려고 애쓴 자취가 있었다.

5 괴상하고 얄궂은 짓.

그러나 나라가 제대로 다스려지고 백성이 편안하고 하자면, 한 임군의 총명만으로 되어지는 것은 아니었다. 총명한 임군도 어진 신하와 좋은 시절을 만나야 하는 법인데, 인조대왕은 임금만 홀로 총명하였지, 좋은 시절도 어진 신하도 다 얻어 만나지 못한 불우한 임군이었다.

인조대왕은 큰 당파 가운데 하나인 서인들이 힘으로 왕위에 오른 임군이었다. 그러한 만큼 조정에는 그 서인들이 판을 짜고 들어앉아서 권세를 부리었다. 이러는 서인의 세력을 꺾으려고 다른 당파에서는 갖은 책모를 부리고 죄 없는 사람을 참소하고 하였다.

무릇 당파들이 싸움을 하는 것은 나라와 백성을 위하기 위하여 싸우면 나라와 백성은 그르쳐지고 괴로움을 당하고 할 따름이지 조금도 이로울 것은 없었다.

인조대왕이 즉위한 이 년 만에 유명한 이괄李适의 난리가 났다.

이괄은 인조반정에 큰 공이 있는 장수 가운데 한 사람이었다. 그런데 반정에 성공을 하여 공을 주는 마당에서는 이괄은 조그마한 벼슬밖에는 받지 못하였다.

이괄은 그것을 매우 불평히 여기던 중에, 다시 자리가 떨어져 평안 병사로 내려가게 되자, 마침내 그는 반심을 품게까지 되었다.

평안 병사로 밀려 내려간 이괄은, 겨울 동안 은밀히 군사를 조련하였다가 이듬해 정월에 군사 일만 이천 명을 거느리고 서울로 짓쳐 올라왔다. 임군의 옆에 간신들이 있어 나라의 정사를 그르치므로 그를 벤다는 것이었었다.

이괄은 미구에 도원수 장만張滿의 관군과 싸우다 패하여 그의 수하에게 죽고, 그것으로 이괄의 난은 무사히 평정이 되었다.

이괄은 이군의 옆에 간신이 있어 나라와 정사를 어지럽히니 그를 벤다는 것이 군사를 일으킨 구호라고 하였으나, 실상은 찬역[6]의 뜻이 없지 아니하였던 모양이었다. 이괄이 용상龍床 바라듯 한다는 속담은 이때에 생긴 말이었다.

이괄의 난이 있은 지 열두 해를 지나, 인조대왕 십사 년 병자 십이월에 병자호란이 났다.

이보다 앞서 인조대왕 오 년 정묘 정월에 벌써 청나라 태종 홍타시洪多時가 그의 종제 아민阿敏을 시켜 삼만의 군사를 거느리고 조선을 쳐 황해도 평산까지 들어온 일이 있었다. 이때의 난리는 겨우 두어 달 남짓하였으나, 호병의 약탈과 행패가 어떻게도 혹심하였던지, 청천강 이북은 하마 쑥밭이 되다시피 하였다. 고을들이 황폐하고 백성의 자취가 끊이고 하였다. 그러고서 십 년 만에 다시 병자호란이 난 것이었었다.

병자호란은 호병이 병자년 십이월 구일 압록강을 건너던 발로부터 이듬해 정축년 정월 그믐날, 인조대왕이 광주 남한산성 아래 삼전도에서 청 태종에게 항복을 하던 날까지 오십 일 만에 끝이 났었다. 그러나 그 오십 일 동안에 조선이 받은 손해는, 실로 저 칠 년이나 끈 임진왜란 못지 아니하게 큰 것이었었다. 청병은 이른 곳마다 무고한 백성을 죽이고, 부녀를 능욕하고, 집을 불 지르고, 양식과 의복과 육축을 빼앗고 하되, 그들이 지나고 난 자리에는 텃검불 하나도 남기지 아니할 지경으로 약탈과 행악은 극심하

6 임금의 자리를 빼앗으려고 반역함.

였다.

이와 같이 자주 이는 난리에 백성들은 마치 위태한 가지에 깃든 새와 같이 불안한 마음으로, 그래도 불탄 자리에 집을 엮고, 병마에 짓밟힌 땅을 파 씨앗을 뿌리고 하였다.

울며불며 그래 논 보람도 없이 또다시 병란이 일기 아니면, 이태 삼 년씩 흉년이 들고.

요행 풍년이 들어 넉넉히 먹을 것을 거두어놓으면, 양반이라는 '관 쓴 도적들' 들이 노략질을 하여가고.

때를 정하고 찾아오는 손님처럼, 모진 병은 몇 해만큼씩 돌아, 송장을 쓸어내듯 하고.

백성들은 이렇게 오랜 도탄에 빠져 마음과 몸을 의탁할 곳이 없건만, 조정에서는 당파 싸움으로 세월만 보내고, 가다가는 피비린내 나는 살육을 함부로 하고.

마음이 불안하고 먹을 것이 없고 보면, 백성들로서 취하기에 가장 쉬운 두 길이 있으니, 도적과 걸인이 그것이었다.

이때의 조선 천지는 걸인과 도적으로 차다시피 한 시절이었다. 그리고 오늘 밤의 이 무리들도 따지고 보면 그렇듯 깊은 곡절이 있는 도적임에 틀림이 없었다.

그 늙은 도적으로부터

"본시야 다 양민이올시다마는, 양민으로는 먹고살 길이 없어 도적이 되었습니다."

하는 대답을 듣는 허생은, 무연히 도적의 무리를 내려다보고 서서 오랫동안 말이 없었다. 그러다가 얼마 만에야

"그러면 지금부터라도 살 집이 있고, 부칠 땅이 있고, 농사해

서 거둔 것을 빼앗기지 않고 배불리 먹을 수가 있고 하다면, 그렇다면 도로 양민이 될 터란 말인가?"
하고 묻는다.

여러 입이 한꺼번에

"그야 일러 무얼 하겠습니까."

"그럴 수만 있다면 작히 좋겠습니까."

"우리 같은 놈이 언제 그런 세상을 볼 날이 있을까."

"나는 제발 한 번만 그렇게 살아보다 죽었으면 소원이 없겠구면."
하면서 좋아들을 한다.

허생은 너의 생각은 어떠냐고 묻듯이, 도적의 두목을 돌려다본다.

도적의 두목은 그 뜻을 알아차리고

"전들 별다른 인간이겠습니까. 저도 본시 농군으로 살길이 없어 도적이 된 놈이올시다. 처음에는 혼자 다니다가 패가 하나씩 둘씩 늘어가는 동안에, 제가 힘꼴이나 쓴대서 제풀에 두목 노릇을 한 것이지, 달리 무슨 포재[7]나 궁량[8]이 있어서 취당을 한다, 두목질을 한다 한 것은 아니올습니다. 저도 도로 농군이 되기가 소원이올시다. 밝은 날을 피하여 밤으로 다니면서 남의 재물을 빼앗고, 가다 오다 인명을 살상하고, 목숨은 언제 희광이(〇首人)의 칼끝에 사라질지 모르고, 그런 이 화적질이 무엇이 즐겨 끝끝내 하자고 들겠습니까. 허 생원님 말씀대로 살 집이 있고, 부칠 땅이 있고, 농군으로 그보

7 가지고 있는 재주.
8 궁리.

다 더 호강이 어데 있으며, 그보다 더한 것을 바랄 것이 무엇이겠습니까."

두목의 말이 끝나기를 기다려 허생은 여럿을 향하고 묻는다.

"다들 이 두목과 한뜻이겠는가?"

"네에."

여럿이 일제히 대답을 한다.

"그렇다면! 아까 말을 한 대로 살 집이 있고, 부칠 땅이 있고, 농사해서 거둔 것을 빼앗기지 않고 배불리 먹을 수가 있고, 그럴 뿐만 아니라 양반 상놈의 구별이 없고, 저 혼자만 편안히 앉어서 남을 부려먹으려 드는 사람도 없고, 난리도 없고 이런 곳으로 여러 사람을 내가 데려다 줄 테니 따라오겠는가?"

"네에."

여럿이 일제히 대답을 하고, 누구는

"그런 별유천지가 있다면야 열 번도 더 갑지요."

한다.

"그러면 여러 사람은 이 길로 각기 고향으로 돌아가서 가족들을 거느리고 새달 보름날까지 충청도 강경 장터로 모이시오. 홀애비는 마누라를 얻어가지고 오고, 총각은 장가를 들어 색시를 데리고 오시오."

네 대답도 하고, 킥킥 웃는 소리도 나고 한다. 예서 강경 장터가 몇 리나 되느냐고 옆엣 사람더러 묻는 사람도 있다. 그러느라고 좌중은 잠깐 웅성거린다.

조용하여지기를 기다려, 허생은 다시

"돈은 각기들 소용될 만치 가지고 가시요. 열 냥이 소용될 사람은 열 냥을, 백 냥이 소용될 사람은 백 냥을 가지고 가시요. 등으로 지고 가기에 무거운 사람은 말을 사서 싣고 가시요."

허생의 말끝은 어느덧 하시요, 가시요 하고 공대로 변하였다.

"또, 여기 왔던 여러 사람뿐만 아니라, 누구든지 오고 싶어하는 사람이 있거든 많이들 데리고 오시요."

"도적놈도 상관없습니까?"

하나가 불쑥 그렇게 묻는 것을 허생이 미처 대답을 하기 전에 다른 하나가

"그 녀석, 저는 무척 양민인감."

하여서 여럿을 한꺼번에 웃었다.

"물론 도적도 상관이 없고, 다 상관이 없소. 그러나 저는 편안하고 남이나 부려먹으려 드는 게으름뱅이나 찌부러진 양반 나부랭이는 데려오지 말도록 하시요."

허생의 신칙[9]이었다.

허생은 강 선달을 시켜 술과 음식을 나오게 하여 여러 사람을 먹인 후에, 그들이 가지고 온 장기를 거두고, 각기 소용되는 돈을 주어 돌려보냈다. 돈은 태반이 열 냥씩 가지고 물러섰다.

바깥사랑에서 자고 있던 먹쇠가 그제서야 눈을 비비면서, 천둥에 개 뛰어들 듯 뛰어들어, 돈을 지고 나가는 사람들을 붙잡고 승강을 하려다가 허생에게 핀잔을 먹고 물러섰다.

9 단단히 타일러서 경계함.

4

이튿날.

허생은 십만 냥 돈에서 이만 냥을 서울 다방골 변 진사에게로 환을 놓아 보냈다. 만 냥 빚을 반드시 본전의 곱절을 하여 이만 냥으로 갚는다는 약조도, 그러라는 법도 없던 것이나 허생은 당장 십만 냥토록 많은 돈이 필요치가 아니하므로, 아무려나 우선 그렇게 처치를 한 것이었었다.

나머지 팔만 냥에서 만 냥을 떼어 강 선달을 행하로 주었다. 그리고 그 나머지 칠만 냥은 강 선달을 시켜 그와 거래를 하는 강경 장터의 큰 물산 객주 윤 서방 집으로, 허생이 가서 찾도록 환을 놓아 보내게 하였다.

만 냥으로 장사를 하여 십만 냥의 이문을 남겨 그렇게 후하게 처분을 하면서도 허생은 자기 자신을 위하여서는 미영 몇 필을 끊어 들여 먹쇠와 함께 겨울옷 한 벌씩을 해 입은 것밖에는 단돈 한푼을 쓰는 일이 없었다.

먹쇠가 본댁에도 돈을 좀 보내드려야 하지 않느냐고, 무얼 잡수고 지내시라고 모른척하시느냐고 게두덜거리는 것을, 허생은 서울서 떠날 제 돈 백 냥을 보낸 것이 있으니, 졸략히 한동안 지낼 테지 하고 하였다.

가난하여서 혹은 양반의 등쌀에 살 수가 없게 된 사람을 살기 좋은 고장으로 데려다 준다는 소문이 안성읍에도 널리 퍼졌고, 그래서 많은 사람들이 허생을 찾아왔다.

허생은 일일이 사정을 묻고 사람도 보고 한 후에 노수를 주어

새달 보름날까지 가족을 거느리고 충청도 강경 장터로 오라고 일러서 돌려보내고 하였다. 사흘 동안에 이백여 명이나 왔었다.

허생은 이 뒤로도 오는 사람이 있거든, 자기가 하던 대로 이리 이리 하여달라고 강 선달에게 부탁을 하고 마침내 안성을 떠났다.

아침 일찌감치 허생은 먹쇠를 데리고 나섰다.

허생은 행색이 지나간 팔월, 처음으로 이곳을 올 때와 별로 다를 것이 없어 꾀죄죄하고 초라하였다. 미영으로 안팎 옷 한 벌을 새로 해 입은 것이었으나, 입은 지가 오래서 벌써 때가 묻었다. 갓은 올 때에 쓰고 왔고, 이내 쓰고 있던 헌 갓이었다. 노상에서 먹쇠가 삼아 신긴 세총박이 털메짚신 대신 나막신이었다.

처음 와서 얼마 아니 되어 강 선달이 그 나막신이 하도 민망하여 가죽신을 주면서 신으라고 하였다.

허생은 그런 것은 신을 줄도 모르고 신어본 적도 없다고 하였다.

"그럼, 허다못해 짚신이나 미투리도 신으서야지, 저 조금 불편하십니까."

강 선달이 그러는 말에 허생은

"짚신이나 미투리는 마른날밖에 못 신지만, 나막신은 진날 마른날 두루 신으니 그보다 더 편리한 신발이 있소."

하였다.

강 선달은 비단 신발뿐이 아니라, 그동안 옷도 몇 차례 값진 비단 등속으로 일습씩을 짓게 하여가지고 나와서 허생에게 권을 하였다. 그러나 허생은 번번이 거절을 하고 입지 아니하였다.

고기나 생선도 먹지 아니하였다. 밥상에 고기와 생선이 올라도 젓갈도 대지 않고, 채소와 장만으로 밥을 먹었다.

허생으로 오직 한 가지 과분한 것이 있었다면, 술을 조금씩 먹은 것이었었다. 며칠 걸러큼씩 밤으로 강 선달이 향기 있고 맛좋은 술을 내온다 치면, 여남은 잔씩 기울이기를 매우 즐겨하였다. 그것도 매일 밤은 아니고 며칠 걸러큼씩이요, 또 낮에는 절대로 술을 입게 대지 아니하였다.

허생이 안사랑 중문 밖으로 나서는데 네 패 교군 하나가 마침 등대를 하고 있었다.

강 선달이 허생의 소매를 잡듯 하면서 간곡히

"마지막 청이올시다. 이걸 타고 가시지요."

한다.

허생은 웃으면서

"성한 두 다리를 두고 어째 그런 걸 타고 다니오."

"저한테는 그대지도 후히 해주셨는데, 저는 그것을 만분 일도 보답치 못해 차마 도리가 되었습니까."

"괜헌 말씀을. 아 내가 만 냥을 들여, 십만 냥 번 것이, 따지고 보면 그게 다아 강 선달이 잘 서두리[10]를 해준 덕택이 아니오. 그런 일을 생각하면, 돈 만 냥 드린 것이 오히려 나는 미흡한 생각이 드는데, 후하달 것이 무엇 있겠소."

"겸사 말씀이시지. 자아, 날도 차고 또 강경 장터 이백 리를 걸어가시자면 아모래도 이틀은 가서야 하시니 조옴 고생이십니까. 어서 오르십시요."

"여보 강 선달?"

10 일을 거들어주는 사람.

"네."

"하느님이 인간에게 두 다리를 점지하신 것은 제가끔 제 발로 걸어 다니도록 마련을 하시느라고 그러신 노릇이 아니겠오. 그러니 성한 두 다리를 가지고도 교군이니 무어니를 타고 다니는 것은 첫째 왈 하늘의 뜻에 거슬리는 것."

"……."

"또오, 사람은 매일반인데, 누구는 교군 위에 편안히 앉어 가고, 누구는 사람 무게, 교군 무게 해서 그 무건 것을 메고 가고, 그런 공편되지 못할 데가 있소. 그것도 나이 많은 노인이라든가 병자라든가, 먼 길을 걷기 어려운 여인이나 어린 사람이라든가 그렇다면 혹시 모르지오만, 두 다리와 육신이 멀쩡하여가지고, 끄덱끄덱 사람을 타고 다녀서야 그 될 말이오."

"그럼, 말을 타시도록 하실까요?"

"말은 급한 길을 갈 때나 타라는 것이지, 편안하자고 타서는 안 되지요. 한가한 사람이 편안히 가자고 타는 그 말이, 그동안 짐을 실거드면, 그만침 일한 것이 떨어지고, 일한 것이 떨어지니 나라에 그만침 이利가 생기고 하지 않소. 그뿐더러, 말을 타자면 불가불 마부가 있어야 하니, 말을 탄다는 것은 매양 마부를—사람을 타는 것과 진배 없읍넨다."

강 선달은 하릴없이 하인을 시켜 미투리를 가져오게 한다.

"이백 리 길을 나막신을 신고야 가십니까. 이걸 신으시지요."

강 선달이 미투리를 돌기 매어, 발부리에 놓아주는 것을 허생은 웃으면서

"가다가 우리 먹쇠가, 보기에 딱하면 세총박이 털메짚신을 삼

아 줄 테지만, 쯧, 이왕 그럼 신고 가지요."
하고 미투리를 신은 후에, 나막신은 먹쇠더러 어깨에 멘 구럭에다 건사하도록 이른다.

그럴 즈음에 머리와 매무시를 흩트린 배젊은 여자 하나가 허둥거리면서 달려들었다.

여자는 허생을 알아보고, 그 앞에 가 펄썩 주저앉으면서

"허 생원님, 사람 살리세요. 그런 존 세상이 있거든 나두 좀 데려다 주세요."
한다.

"무슨 일로 그러시오."

허생이 묻는 말에 여자는 손을 들어 가리키면서

"저 아래 술집에 있는 술에민(주모主母 : 주부主婦)데, 수영어미 등쌀에 살 수가 없어요."

"수영어미가 무얼 어떻길래?"

"허구헌 날을 날마다 서방을 아니 한다고 때리고 꼬집고 밥을 굶기고 한답니다."

그러면서 여자는 부끄럼도 없이 가랑이를 훌쩍 걷어춘다. 부우연 너벅다리가 성한 곳이 없는 피멍이 졌다.

허생은 무심결에 배려다 보다가 문득 외면을 하면서

"팔려왔소."

"먹고살 수가 없어서 팔려왔어요."

"얼마에?"

"오 년 있어주기로 하고 일흔 냥에 팔려왔어요."

"몇 해나 되었소?"

"열입곱에 팔려와, 홀해 수물둘인데, 한은 벌써 지났어도 그동안 또 빚을 졌답니다."

"얼마나?"

"수영집 말이, 백 냥이 넘는다고 하나 봐요."

"그 돈만 갚아주면 몸이 빠져나올 수가 있겠구려."

"네."

허생은 강 선달더러, 여자의 빚을 물어주라고 부탁하고 돌아서려고 한다. 여자가 다시금 앞을 막으면서 투정하듯이

"이왕이니, 그 존 세상, 나두 제발 좀 데려다 주세요."

"부모한테로 가구려."

"다 죽고 없답니다. 수영집 빚도, 절반은 부모 치상한 빚인걸요."

"형제나 일가도 없소?"

"가차운 일가는 없고, 손윗오래비 하나가 있다는 것이, 노름꾼에 백피난봉으로 밤낮 나한테 와서 돈 뜯어가기가 일이랍니다. 수영집 빚이 부모 치상빚 말고 절반은 그 밑구멍으로 들어간 빚인걸요."

"그래도 젊은 여자 하나는 데리고 갈 수가 없어."

"이 천지에 머리 두르고 갈 데라고는 오래비 집뿐이데, 가서 사흘이 못해 다시 또 팔아먹고 말걸요."

"마땅한 홀애비라도 만나, 살림 차리고 살든지."

"싫어요. 사내라면 말만 들어도 몸서리가 치이는걸요."

"허어. 이런 딱한 노릇이라고야."

"데려다 주세요. 이 은공 저 은공 해서 평생 두고 허 생원님 종살이해 드리께요."

"나는 종이 소용도 없는 사람일 뿐만 아니라, 종이라면 담을 쌓는 사람이오."

"저 시커먼 사람은 누구예요?"

"우리 먹쇠, 내 일 거달아주는 사람."

"사람을 살려놓고 도루 죽이는 법이 어딨어요. 데려다 주세요. 종 두기가 싫으면, 나두 일 거달아드리는 사람이라구 하면 그만 아녜요."

"온 이런 질색할 일이 또 있나."

"아니 데려다 주신다면, 뒤따라서라두 그여코 가고 말걸요."

이건 사뭇 떼를 쓰는 판이었다.

"그럼 데리고 가기는 가는데, 가서 술집에서 지나든 버릇을 내거나 해서는 도로 쫓을 테니, 그리 알렸다."

"그건 허 생원님이 내게 하실 나름이지요."

"젊은 여자가 어데 한평생 혼자야 지냈겠오. 마땅한 자리가 있으면 남편을 얻어 살렸다."

"그건 그때 가보아야 하지요."

"다짐을 두어야지, 그래서야 되오."

"혹시, 허 생원님 같은 자리나 있다면, 가 살는지."

기집이, 하는 소리가, 가만히 보면 여간내기가 아니었다.

"인물이 와락 보잘것없어도 열일곱 살까지 얌전한 어머니 밑에서 배우고 치어나고 해서 침선은 제법이랍니다. 허 생원님 옷도 잘 꼬매드리고 찬수도 입에 맞으시게 해드리고 그러께요."

설렁설렁하고, 침선은 제가 자랑하는 대로 얌전한지 어떤지 모르겠으되, 인물은 보잘것없다는 제 말과 달라, 썩 밉지 않게 생겼고, 태도 그럴듯하였다.

일찍이 노는 계집을 겪어보지 못한 허생은 이 여자 하나를 다루기가 오히려 만 냥 돈을 들여 석 달 만에 십만 냥을 만들어내기보다도 더 맹랑하였다. 그래서 받자던 다짐도 받지를 못하고, 계집이 능쳐 넘기는 데로 넘어가, 그대로 데리고 길을 떠나버렸다.

5

흰 눈발이 희끗희끗 날리는 섣달 스무날.

강경 선창에서, 허생과 및 그를 따라 낙천지樂天地—살 집이 있고, 부칠 땅이 있고, 농사해서 거둔 것을 빼앗기지 아니하고 배불리 먹을 수가 있고, 그리고 양반 상놈의 구별이 없고, 저 혼자만 편안히 앉아서 남을 부려먹으려 드는 사람도 없고, 이런 살기 좋은 고장을 찾아가는 천여 호총戶總의 사천여 명이 뱃길로 길을 떠나는 날이었다.

허생은 강경 장터에 당도하던 길로, 먹쇠와 객주 주인 윤 서방네 서두리꾼을 데리고, 여러 가지 준비에 골몰하였다.

배를, 넓은 바다를 건널 수 있는 큰 배 오십 척을 샀다.

배는, 한편으로 사들이면서, 한편으로 상하고 불비한 것을 배목수를 대어 말끔히 수리를 하였다.

곡식을 사오천 명이 일 년을 먹을 수 있을 만큼 사들였다. 주장 쌀을 많이 사고, 보리, 콩, 팥, 서속, 수수 모두 골고루 샀다.

미영과 삼베를 각각 수천 필씩 끊어 들였다.

소를 삼백 마리와 도야지 새끼를 천여 마리와 닭은 수천 마리를 샀다.

보습, 쇠스랑, 괭이, 호미, 낫, 가래 등속의 농사 연장과 톱, 자귀, 대패 등속의 목수 연장과 솥, 식칼, 기명, 소반, 도마 등속의 밥 지어먹을 제구와 가위, 바늘 등속의 바느질 제구와 길쌈하는 베틀과 아무튼 천여 가족에 사오천 명 식구가 집을 짓고, 농사를 하고, 살림을 차리고 하기에 부족이 없을 만큼 넉넉히 그리고 골고루 장만을 하였다.

허생의 흥정이라 값을 시세보다 비싸게 내는 고로, 그 숱한 것을 사들이기에 별로 힘이 들지 아니하였다. 찾으면 물건은 척척 나오고, 값은 부르는 대로 치르고 하였다.

매화梅花(안성서 따라온 여자)는 허생에게 생각잖아 좋은 소대노릇을 하였다.

오천 명 식구의 새살림을 마련하는 일이라 허생의 계획이랄지 일 서두는 법이 비록 도저하다고는 하여도, 역시 남자인 관계로 세세한 구석에는 간혹 소홀한 데가 없지 못하였다. 매화는 그런 것을 연해 촉념하여 일쑤 재치 있는 훈수를 하고 하였다.

허생의 신변 시중에는 더욱 세밀하고 알뜰하였다. 끼니때면 반드시 행주치마 두르고 객줏집 부엌에 들어서서 허생의 밥상 분별을 제 손으로 하였다. 그는 가르쳐준 일도 없건만, 허생이 밥은 조금 무름한 것을 즐겨하고, 고기와 생선은 입에 대지도 않고, 주장 김치 깍두기와 장으로 밥을 먹되, 진건한 것보다 담談한 것을 즐겨하고 한다는 것을 허생의 시중을 하던 이틀 만에 벌써 알아차렸고, 꼭 그 입에 맞도록 찬수 분별을 하였다.

밤저녁으로 향기 있고 맛좋은 술을 몇 잔씩 기울이기를 즐겨하는 것도 그는 진작에 알았고, 이삼일만큼씩 그 분별을 하기를 또한 잊지 아니하였다.

방을 허생이 거처하는 바로 옆엣 방에다 정하고서, 아침 허생이 잠이 깰 때로부터 밤에 자리에 들기까지 그 앞에서 어른거릴 때 어른거리고, 물러나 있을 때 물러나 있고 하면서, 입안에 혀처럼 성미를 맞추며 시중을 들었다.

객주 주인 윤 서방 집에서는 처음 매화를 허생의 소첩이거니 하였었다. 그래서 아씨 혹은 마마로 그를 불렀다.

먹쇠의 발명으로 매화가 허생의 소첩이 아닌 것을 윤 서방네 집안에서는 알았으나, 한번 밖으로 소문은 되돌아오지를 못하였다.

선달 초생이 되자 사람들이 벌써 모이기 시작하였다.

네댓 식구의 한 가족도 있었다. 단 두 내외의 호젓한 한 가족이 있는가 하면, 조부모, 부모, 형제, 자질 모두 해서 열댓 명이 넘는 가족도 있었다.

허생은 그들을 한 가족씩 한 가족씩 맞아 고향과 성명과 나이를 적은 후에 임시로 방을 빌려 한 가족씩이 들게 하였다. 그러다가 열 가족이 되면 그중 한 사람을 뽑아 그 열 가족을 거느리고 모든 범절을 보살펴주게 하였다. 이 거느리는 사람을 십사장十司掌이라 하였다. 열 가족을 맡아 거느리고 보살펴주고 하는 사람이라는 뜻이었다.

그다음 또 열 가족을 한데 모아 그중 한 사람을 뽑아 십사장을 내고, 또 그다음 열 가족을 모아 그중 한 사람을 뽑아 십사장을 내고.

이렇게 하여 보름날까지에 모인바 일천의 가족을 열 가족씩 열 가족씩 백으로 나눠 제일호로부터 제백호까지의 일백 명의 십사장으로 하여금 각기 그 열 가족씩을 맡아 거느리게 하여놓았다.

십사장 위에다는 다시 백사장白司掌을 두었다. 백 명의 십사장을 열씩, 열씩 열로 나눠 제일호로부터 제십호까지 있는 열 명의 백사장으로 하여금 한 명의 백 사장이 열 명의 십사장씩을 맡아 거느리게 하였다.

이렇게 해서 허생의 밑에는 열 명의 백사장이 있고, 백사장의 밑에는 각기 열 명씩의 십사장이 있고, 십사장의 밑에는 각기 열 명씩의 가족이 있고 하였다.

이와 같이 패를 짜놓았기 때문에, 허생이 만일 전원에게 무슨 알려야 할 일이 있으면, 천의 가족을 일일이 부르거나 찾아다니지 않고도 열 명의 백사장만 모이게 하여 필요한 전갈을 한다. 그런다 치면 백사장들은 제각기 제가 맡아 거느린 열 명씩의 십사장을 불러 허생의 전갈을 전하고, 십사장들은 각기 제가 맡아 거느린 열 가족에게 비로소 전갈을 전한다.

또 이와 반대로, 제육십오호 십사장이 맡아 거느린 가족들이 누구는 등에 종기가 나서 고약이 있어야 하고, 누구는 해산이 임박하였으니 산미와 미역이 있어야 한다고 하고, 누구는 부여가 바로 처가인데 마지막 작별 삼아 내외가 함께 작별을 다녀오겠다고 하고 할 경우면, 그들을 세 사람이면 세 사람이 제마다 그리고 직접 허생에게를 갈 것이 없이, 자기네의 십사장이 대신하여 제육호 백사장에게 사연을 보고하고, 백사장은 그것을 허생에게 보고하고, 그런다 치면 허생은 백사장에게다 적당히 그 처리를 지시하고, 백사장은 제육십오호 십사장으로 하여금 각기 그 당자들에게 허생의 지시를 전달하도록 하고 하는 것이었었다.

이를테면, 군대의 조직과 같은 조직으로 규모가 있고 여러 가지로 순편하였다.

허생이 그와 같이, 돈을 물 쓰듯 하면서 갖은 물건을 사들이는 판에 강경 장터는 큰 난리가 난 형국이었다.

난데없는 큰 부자가 들어와 그 큰 배를 자그마치 오십 척이나 산다, 곡식을 수천 석을 사들인다, 육축을 수백 마리씩 사들인다, 그 밖에 미영이며 농사 연장이며 살림살이 제구하며를 산더미같이 사들인다, 그러나마 값은 부르는 대로 내고.

웬만한 장사꾼들은 그 바람에 큰 수를 잡았다.

강아지가 낭돈을 물고 다닌다는 소리가 날 지경으로 돈이 흔하여졌다.

강경 장터가 크다고는 하지만, 생긴 이후로 이렇게 세월이 좋고 풍성풍성하기는 처음이었다.

아무도 그러나 영문을 아는 사람은 없었다.

서울 어떤 큰 부자가 돈은 많고 할 일은 없어 심심풀이로 장난을 하느라고 그런다더라고 하는 사람도 있었다.

오래지 않아 정도령이 계룡산 신도 안에 도읍을 하게 되었는데 시방 그 준비로 그런다더라고 하는 사람도 있었다.

남해바다에 있는 신조선新朝鮮으로 실어갈 물건들이라고, 그래서 배까지 그렇게 많이 샀다 하고 하는 사람도 있었다.

명년에 또 호란이 난다는데, 아마도 서울 양반들이 지리산 속으로 피난 갈 채비를 차리느라고 그러나보다고 하는 사람도 있었다.

이렇게 구구히 소문이 자자한 판에, 그러자 조금 있더니, 웬 험수룩한 사람들이 이불 보퉁이야 옷 보따리를 해서 지고이고 꾸역꾸역 모여들었다.

다섯, 열, 백, 이백, 천, 이천…… 꼬리를 물고 자꾸만 모여들었다. 하되, 혼자 혼자의 단신이 아니요, 저마다 부처를 중심으로 노인이며 어린아이를 데란 한 가족씩들이었다.

마침내 수수천 명이 모였다.

강경 장터가 터질 것 같았다.

방이 동이 나고, 사방에다 움을 팠다.

바닥 사람들은 정녕 무슨 변괴가 나는 것이라 하여 불안에 휩싸여 구석구석이 수군덕거렸다.

그러다가 그 모여든 사람들의 입으로부터, 살기 좋은 고장—살 집이 있고, 부칠 땅이 있고, 농사해서 거둔 것을 빼앗기지 않고 배불리 먹을 수가 있고, 그리고 양반 상놈이 없고, 편안히 앉아서 남을 부려먹는 사람도 없고, 이런 낙천지를 찾아가는 사람들이요, 그러느라고 여러 가지 필요한 물건을 사는 것이라는 말을 듣고서야 비로소 의혹들이 풀리었다. 그러나 일부에서는 반신반의하는 편도 없지 아니하였다.

배 오십 척 가운데 스무 척에다는 곡식을 실었다.

열 척에다는 소와 도야지와 닭 등속의 육축과 그 밖에 사들인 여러 가지 물건을 실었다. 그리고 나머지 스무 척에다는 사람을 태울 참이었다.

섣달 열아흐렛날까지에 만단의 준비는 다 되었다. 허생은 열 사람의 백사장을 불러 예정한 대로 밝는 날 아침에 길을 뜰 터이니 전원이 다 선창으로 모이도록 전달을 하게 하였다.

사천여 명의 희망을 싣고, 배 떠날 아침은 밝았다.

흐릿하던 날이 굵은 흰 눈발이 하나둘 빠지기 시작하였다. 금년 들어 첫눈이었다. 첫눈은 반가운 것, 사천여 명 여러 사람의 가는 앞길을 축복하는 듯 상서로운 눈이었다.

떠나는 사람 사천여 명에 구경하러 모인 바닥 사람 수천 명이 그 넓은 강경 선창을 덮었다.

떠나는 사람들은 열 가족씩 열 가족씩이 각기 십사장의 지휘하는 대로 한 무더기씩 따로따로 모여서서 배에 오를 차례가 오기를 기다린다.

사람들은 서로 이야기하고 지껄이고, 아기가 울고 하느라고 대단히 요란하였다. 그러나 함부로 자리를 떠나거나, 혹은 먼저 배에 오르려고 다투거나 하는 일은 없었다.

그들은 팔도 각처에서 모인 형형색색의 사람들이었다. 그러나 모두가 일찍이 농민들이었다는 것과, 남의 압제를 받으며 굶주리고 살던 사람이라는 점에서 꼭같은 운명의 길을 걸어온 사람들이었다.

허생은 여전히 그 낡아빠진 갓에 꾀죄죄한 옷 주제에 나막신을 떨걱거리고 이리저리 돌아다니면서 지휘하고 명령하고 한다.

허생을 오늘야 처음 보는 구경꾼들은 모두들 허생이 그렇듯 외양이 보잘것없는 사람인 데에 놀란다.

저 사람은 허 생원이 아니고, 그 밑에서 서두리를 하는 사람이라고 하는 사람까지 있었다.

새때까지에 전원이 다 배에 오르기를 마쳤다.

맨 앞 배에 탄 허생이 기를 두른 데 좇아, 배들은 일제히 닻을 감고 돛을 올렸다. 바람은 쾌히 불었다. 사천여 명 인간의 새로운 희망을 실은 오십 척의 선단은 둥둥 울리는 북소리와, 어야디야 뱃소리도 높게 조용히 선창으로부터 떨어져 나갔다.

6

제주 목사 김 아무는, 도임하여 온 지 삼 년 동안에 한 일이라고는 돈냥 있는 백성을 무실한 죄로 얽어 붙잡아다 가두고는 두들겨 패어 재물을 빼앗기…… 이 짓을 하여 그동안 벌써 만금을 몽똥그려두었고, 인물 반주그레한 남의 집 처녀와 남의 부인을 한 삼백 명가량 농락을 한 것이 있고.

이 두 가지 것밖에는 삼 년 제주 목사에 아무것도 한 것이 없었다.

명색이 송사라는 것이 간혹 없는 바는 아니었다. 그러나 송사는 으레껏 뒷줄로 돈을 많이 먹이는 놈이 이기고, 아무리 잘했더라도 뒷줄로 돈을 쓰지 아니하면

"이놈, 죄는 네게 있느니라."

하는 호령과 더불어 늘씬 곤장을 맞고 나와야 하였다.

이런 다스림을 하는 목사건만, 군데군데 그의 선정비가 섰으니, 재미스런 노릇이었다.

송삼복이라는 이방이 있었다.

몸집은 조막만 하고 얼굴은 족제비 상으로 생긴 요놈이, 목사

의 심복으로 목사가 핥고 난 찌꺼기를 천신하고 다니면서, 온갖 자갑을 다 부리는 놈이었다.

정월 초사흗날이었다.

목사의 심부름으로 조천朝天에 나갔던 이방 송삼복이가 저뭇하여 돌아오더니, 까맣게 기다리고 앉았는 목사더러

"사또안전, 큰일 났습니다."

하고 밑도 끝도 없는 소리를 하였다. 목사는 일이 마가 든 줄 알고

"어째, 계집아이가 도망질이라도 쳤드란 말이냐."

하고 초조히 묻는다.

조천 사는 이 좌수가 열일곱 살 먹은 딸이 있는데, 인물이 제법 쓸 만하였다.

목사는 그것을 알고, 이방 송삼복을 시켜, 이 좌수더러 딸을 들여보내라고 하였다.

이 좌수는 못 한다고 잡아끊었다. 작년 세안 대목이 압박하여서였었다.

목사는 오늘 아침에 다시 송삼복을 시켜, 순리로 듣지 아니하면 내일은 새벽같이 포리가 물러나 가느니라고 엄포를 하게 하였었다. 소위 '관 쓴 불한당'의 행티[11]하고도 자못 노골한 행티였다.

"계집아이는 둘째올시다. 시방 조천은 생난리가 났습니다."

송삼복의 대답에, 목사는 갈피를 잡지 못하여

"난리라니, 건 무슨 소리냐?"

"서울 사는 큰 부자로, 허 씨라는 양반이, 큰 배 오십 척에다

11 행짜를 부리는 버릇.

곡식을 수천 석을 싣고 사람을 수천 명이나 데리고, 돈도 수만 냥을 가지고 조천으로 들어와서 시방 짐을 푼다, 사람을 내린다 하느라고 야단법석이 났어와요."

"허 씨에, 큰 부자에, 양반이라…… 못 듣든 사람인데…… 그래 무슨 목적으로 그렇게 많은 곡식에, 돈에, 사람들을 싣고 왔다드냐?"

"소인도 자상히는 모로겠사와도, 우리 제주도로 살러 왔다고 하나보와요."

"그럼, 실없이 잘 되었구나. 응, 삼복아. 불감청不敢請이언정 고소원固所願하든 노릇이지, 그렇지 않으냐."

"그야 여부가 없읍지요."

"그런데, 큰일이 무슨 큰일이란 말이냐."

"헤헤헤."

송삼복은 근천스럽게 웃고 나서

"하도 큰 봉이 걸려들었길래, 사또안전 좋아하시기 전에 놀래드릴 양으로 그랬읍니지요, 헤헤."

"허, 그놈 참. 저 기름에 튀할 놈한테 가끔 내가 속아 넘어간단 말야, 허허. 그래 얘 삼복아?"

"네."

"기집두 쓸 만하게 더러 있다드냐?"

"그 많은 인총에 기집이 절반일 텐데, 그중에서 쓸 만한 기집이 없겠사와요."

"그렇기는 하다마는."

"그거보담두, 그 허 씨가 소첩 하나를 데리구 왔는데, 인물이 아주 똑 떨어졌사와요."

"똑 떨어졌어. 정말이냐?"

목사는 사뭇 회가 동하는 듯, 그의 우람스런 체집이 무색할 만큼 경망스럽게, 그러면서 이방 송삼복에게 얼굴을 들이댄다. 목사는 외양 생김새 하나만은 얻다 내놓아도 한 사람의 방백으로 손색이 없을 만큼 좋은 풍신이었다.

"소인이 눈으로 보지는 못했습니다마는, 조천 백성이 이르느니, 그 말이니, 아마 잘생기기는 잘생겼나 보와요."

"으응……."

목사는 눈을 갠소롬히 하고 호색한 웃음을 지으면서, 고개를 연방 끄덕이더니

"허가는 그럼, 그물에 든 고기니, 수히 곧 주물러 짤 도리를 마련하려니와, 얘야 그렇다고 생일날 잘 먹자고 이레 굶겠느냐. 이 좌수 딸년은 어떻게 되었느냐?"

"아무래도 포교가 나가야 할까 보와요."

"영영 내뻗드냐?"

"나를 죽이고 데레가라고 허와요."

"내일 포교를 풀어 내보내라. 고현 놈이지, 제가 어딜. 내가 제주 목사 삼 년에 하고 싶은 노릇을 못해본 일이 없다. 이 좌수 따위가 다 무엇이냐. 애비와 딸년을 다 잡아 대령해라. 잡아다, 애비는 옥으로, 딸년은 별당으로…… 알지."

"네에."

"에잉. 오늘 저녁에 꼬옥 재미를 보기로 요량을 했드니, 에잉. 삼복이, 네 에미라도 오늘 저녁에 대신 대령시켜라."

"네에. 그렇지만 소인의 에미는 쪼굴쪼굴합니다."

같은 날, 이보다 조금 앞서서 조천에서는 오십 척 배에 실은 물건을 풀고, 사람이 내리고 하느라고 이방 송삼복이 목사더러 허겁을 떤 대로 완연 난리가 났었다.

내린 사람들은 일변 움을 파기 시작하였다. 강경 장터와도 달라, 사천여 명을 임시나마 거접케 할 방이 이곳 조천에는 없었다.

요행 제주는 기후가 온화하여 정월인데 밭의 무 배추가 푸르고 무성한 채 그대로 있는 곳이라, 간단한 움으로도 추워서 못 견딜 염려는 없었다.

짐 푸는 데로, 사람들 내리는 데로, 움을 파는 데로 오락가락하면서 지시도 하고, 보살펴주기도 하던 허생은, 문득 마을을 향하여 천천히 걸어 들어갔다. 뒷짐을 지고, 여전히 그 굽 닳아빠진 나막신을 떨걱거리면서.

허생은 무엇보다도 바닥 사람을 사귀어야 하였고, 민정을 살피어야 하였다.

행방이 없는 마을로 들어간 허생은, 이 고샅[12] 저 고샅 돌아다니다가 한 고샅에서 곡성이 나는 소리를 들었다.

처음에는 초상집인가 하였으나, 초상집 울음과는 좀 다른 것이 있었다.

허생은 걸음을 멈추고 서서 귀를 기울였다.

울음은 늙은 울음, 젊은 울음, 서넛이나가 어우러져 우는 울음이었다.

"어이구 분하고 원통한지고. 그놈이, 그 몹쓸 놈이, 필경은 내

12 시골 마을의 좁은 골목길 또는 골목 사이.

딸자식을, 내 딸자식을…… 어이구 원통한지고."

이런 넋두리를 하면서, 그중에도 늙은이 하나가 설리설리 울었다.

허생은 주저하지 아니하고, 그 집 앞으로 가 사립문 밖에서

"일 오느라."

하고 커다란 음성으로 불렀다.

몇 번을 불러서야, 울음이 하나씩 둘씩 다 그치더니, 그러고도 다시 몇 번을 불러서야 겨우 뉘시오 하고 허연 노인이 나왔다.

한 칠십 되었을까, 의표도, 허술한 집과 한가지로 곤궁은 하여 보였으나, 사람은 매우 깨끗하고 점잖스런 풍모였다.

노인은 숨겨지지 않는 울음 끝을 강잉하여 숨기면서, 퉁명스럽게

"누구요?"

하고 책망하듯 묻는다. 그러면서 손의 그 근천스런 노랑 수염이 성깃성깃한 얼굴에, 다섯 자가 찰락말락한 키에, 낡아빠진 갓에, 굵다란 무명옷에, 가뜩이나 나막신을 끈 몰골을 시장스럽게[13] 위아래도 씻어본다.

허생은 공순히

"주인인가요?"

"그렇소. 무슨 일로 그러오?"

"내 성명은 허생이라고 부릅니다."

"허 씨요?"

13 시들하다.

노인은 의외라는 듯이, 허생을 고쳐 한번 위아래도 씻어보면서

"일전에, 사람을 많이 데리고 이 조천으로 왔다는 허 씨요?"

하고 묻는다. 성가시어하는 눈치와, 퉁명스런 말씨가 저으기 가시면서.

허생은 그러노라고 대답한 후에

"우연히 이 앞을 지나노라니까, 댁에서 심상치 아니한 곡성이 들리기에 정녕 무슨 원통한 일을 당하신 모양 같고 해서, 남의 댁 일에 이런 참섭[14]이 부질없기야 합니다마는, 그래 좀 보입자고 한 것입니다. 어떤 곡절이신가요?"

노인은, 손의 생김새와는 달라, 정중하고도 위품 있는 언사하며, 겸하여 그의 어디서라 없이 풍기는 어떤 거역키 어려운 엄기에, 일변 서울의 큰 부자요 양반이요, 오십 척의 큰 배에다 많은 물화와 수천 명의 사람을 싣고, 시방 조천으로 들어와 법석을 낸다는, 그 호기 좋은 나그네라는 데에, 마침내 기운이 눌리지 아니할 수가 없었다. 따라서 응대하는 태도가 훨씬 더 부드러워지기는 하였으나, 그래도

"쯧, 불필히 아시려고 하실 것까지 없소이다."

"그렇지 않을 일이 있습니다. 노인한테 이하면 이했지 해는 끼쳐 드릴 리가 없으니, 좌우간 곡절 이야기를 해보십시오."

"……."

노인은 잠깐 무엇을 생각하면서 덤덤히 섰더니

"누추한 대로 좀 들어앉입시다."

14 어떤 일에 끼어들어 간섭함.

하고 허생을 사랑으로 인도한다.

주객이 자리를 정하고 앉아, 새로이 나는 이 좌수요, 나는 허생이요 하고 통성명을 한 후에, 주인 이 좌수가 이야기를 시작하였다.

"내가 젊어서 슬하에 혈육이 없다가 오십이 넘어 딸자식 하나를 낳아서 올에 나이 열일곱이요. 남의 부모 된 사람으로 자식 귀여 아니 할 사람이 있을꼬마는, 나는 남의 열 자식보다 더 소중한 자식인데, 제주 목사가 그걸 제게다 바치라는 것이오. 그것도 뺏어다가 소첩을 삼아, 길이 데리고 산다고 해도 나로서는 차마 못할 노릇인데, 그놈의 행투로 보아, 며칠 두고 농락이나 하고 나서 헌신짝 버리듯 버려버릴 것이니, 강약이 부동으로 아니 뺏기는 수는 없고, 그러니 이런 원통하고 분할 도리가 있오. 내가 칠십 평생에 제주 목사를 수십 명을 치렀고, 그중의 악한 목사 놈도 많이 보기는 보았소마는, 이번 김가 놈 같은 놈은 보기를 처음 보았소."

그러고는 이 좌수는 이어서, 제주 목사의 토색질하는 것, 처녀와 남의 아내 빼앗아다 버려주는 것, 그 밖에 여러 가지 악정과 행악을 들어 세세히 이야기를 하였다.

허생은 일찍이 서울서와 또 이번에 해남에서 제주 목사의 선성을 들은 것이 없지 아니하였으나, 이 좌수의 말을 종한다면 듣더니보다도 훨씬 더 악랄한 것이 있음을 알겠었다.

"힘은 없으나마 내가 나서서 무사하도록 해드리지요."

"그럴 수만 있다면 백골이라도 은공을 못 잊겠소이다."

"우선, 지금부터라도 노인이 좀 서둘러주셔야 할 일이 있습니다."

"불 가운덴들 사양하겠소이까."

"제주 성내에서 목사의 행악에 불평심을 먹은 사람이 허다히 있을 게 아니겠습니까?"

"제주 백성이 다 그렇다고 해도 빈말이 아니지요. 이방 송삼복이 한 놈만 빼놓고는."

"그렇게 불평심을 품은 사람으로, 그중에서 사람 똑똑하고 남들이 미더워하고 하는 사람을 몇십 명이고 내일 밤까지에 조천으로 모여서 나와 조용히 만나도록 해주십시요."

"그렇다면 오늘 밤 안으로 서둘러야 할걸. 내일이면 오때가 못되어서, 나는 붙잡혀가고 말 테니."

"그러면 시방 이 길로 성내로 들어가서서, 우선 몇몇 사람만 청해가지고 나오십시오. 그리고 노인일랑 오늘 밤 이슥해서 가권 데리고 내 배로 피신을 하십시오."

7

사흘이 지나 초엿샛날이었다.

바로 어저께까지도, 육방 관속에 송사하러 들어온 백성들에 사령들의 긴 대답 소리에 사람으로 가득 차서 오락가락하고 시끄럽고 할 동헌이, 목사 하나 이방 송삼복이 하나가 달랑하니 상방에 앉았을 뿐, 어리친 개새끼 한 마리 볼 수 없고, 죽은 듯이 조용하였다.

목사나 이방 송삼복이나 참으로 도깨비에 홀린 형국이었다.

아침에 내아에서 잠이 깬 목사는 내아에서 부리는 하인들이 밤사이로 죄다 없어져 버렸다는 실내 마마의 말에 우선 놀라고 화가 났다.

남이 해다 바치는 밥을 먹을 줄밖에 모르는 목사 내외는 아침밥을 굶어야 하였다.

동헌으로 나와 이방 송삼복이 외에는 각방 아전은 물론이요, 통인 한 놈, 방자 한 놈 없이 텅 빈 것을 본 목사는, 화증이 나기보다도 무서운 생각에 등골이 우선 서늘하였다.

대체 무슨 내력인지 알 수가 없었다.

밤사이에 육방 관속이 죄다 병이 나고, 죽고, 연고가 생기고 한 것이라고는 도저히 생각할 수가 없는 일이었다.

그러나 일변 또 밤사이에 육방 관속이 죄다 병이 나고, 죽고, 변고가 생기지 하지 아니한 다음에야 이다지도 싹싹 무엇이 쓸어간 것처럼 한 놈도 없이 없어지고 말 이치는 없는 것이었었다.

목사는 당장 배가 고팠다. 마마가 하는 수 없이 정주로 내려가기는 하였으나 팔짱을 끼고 우두커니 섰는 도리밖에는 없었다. 할 줄 모르나따나, 밥을 짓고자 하여도 물을 길어올 재주가 없기 때문이었다.

목사는 변소에를 가야 할 터인데, 뒤지를 가지고 대령하는 똥방자가 없으니 큰일이었다.

화가 나니 담배라도 먹어야 하겠는데, 담뱃대에 담배를 넣어 올리고, 부시를 쳐서 불을 붙이게 하여주는 통인이 없었다.

오늘은 옥에 가둔 죄인 가운데 끌어내다 닦달을 할 놈도 많았다. 또 사흗날 이후로 종적을 숨긴 이 좌수와 그 딸년도 기어코 찾아서 붙잡아 들여야 하였다.

그런 것도 그런 것이려니와 이놈들이 죄다 밤사이에 죽었거나 무엇이 물어가지는 아니하였을 터인즉, 놈들을 붙잡아다 혀가 나오도록 깡그리 매질을 해야만 할 터인데, 대체 누구를 시켜, 우선 놈들을 붙잡아 오기라도 하느냔 말이었다.

제주 목사가 저으기 우둔치 아니한 인간이었다고 하면, 남의 시중과 남의 손발이 아니면 기거 범절의 신 변사를 비롯하여 모든 공사에 이르기까지 도무지 꼼짝을 할 수가 없는 것이 양반이라는 것, 따라서 세상에 양반처럼 무력하고 양반처럼 불편하고 한 것은 없다는 것을 저으기 깨달았을 것이었으나, 그는 타고나기를 우둔하게만 타고난 사람이어서 도저히 생각이 그런 데까지 미치는 수가 없었다.

"이놈아, 너라도 나가서 우선 수형방首刑房놈 먼저 묶어 들이게 해라."

목사는 이방 송삼복을 이렇게 구박을 하는 것이었다.

송삼복은 하는 수 없이 일어서면서

"소인이 오랏줄이 있어야 수형방을 묶어 들입지요."

"밧줄로는 못 묶느냐?"

"밧줄이야 있읍지요마는, 몸집이 소인 갑절이나 큰 수형방이 소인에게 묶이겠습니까?"

"이놈아, 어명을 받들고 내려온 제주 목사의 영이란 말도 못하느냐?"

"법은 멀고 주먹은 가깝답니다. 아무튼 우선 나가서 동정이나 살피고 옵지요?"

동헌을 나와 수형방의 집을 찾아가던 길초에서 송삼복은 사령 하나를 만났다.

"아아니, 너 웬일이냐?"

송삼복이 질책하듯 묻는 말에 사령은 천연덕스럽게

"네, 인전 사령 구실 그만 다니고 달리 장사라두 할까 해서요."

"그렇드래두, 온다간다 말이 없이 그러는 법이 있단 말이냐."

"하기 싫은 사령 구실 억지로 다니라는 법은 있나요."

"너 이놈, 그렇게 방자히 굴고서도 제주 바닥에서 온전히 살까."

"아따 못 살면 대수요."

송삼복은 분한 깐으로 하면 사령 놈을 당장 물고를 낼 것이지만, 누가 있어 송삼복을 위하여 방자스런 사령을 덜미 짚어다 형틀에 올려 매고 넙죽넙죽 곤장질을 해줄 사람이 있어야 말이지.

수형방은 집에 있었다.

수형방은 나이 많아 형방 구실을 그만 다니겠다는 것이 먼저의 사령과 핑계가 다를 뿐이지, 그 나머지 문답은 결국 그 말이 그 말이었다.

호장, 공방, 형장, 비장 죄다 찾아보았으나 죄다 같은 대답이요, 같은 태도였다.

사실 보고를 들은 목사는 화증을 내어 펄펄 뛰고 할 기운조차 없었다.

목사는 어깨가 축 처져가지고 앉아 한숨만 거듭 쉬었다.

"정녕 그놈들이 나를 끕끕수를 주자고 저희끼리 짜고서 이 거조[15]를 낸 것이 아니냐?"

얼마를 있다가 목사가 그러는 말에 송삼복은

"소인 소견에도 십분 그런 상싶습니다."

"그러니, 놈들이 길래[16] 이런다면 큰일이 아니겠느냐."

"길래 그런다면 큰일이다 뿐이겠습니까마는……."

"마는……."

"하여튼 좀 두고 동정을 봅지요."

마마가 몸소 동헌으로 나와 조반이 되었다고 하였다.

속은 상하여도 시장한 판에 밥은 반가운 것이었다. 목상의 밥상은 있던 김치에 장조림에 젓갈 등속으로 아무려나 시늉만은 내었으나, 밥은 밥인지 죽인지 분간키 어려운 이상한 물건이었다. 그러나마 냇내가 코를 찌르는.

그럭저럭 보름이 지났다.

목사는 할 수 없이 제주를 떠나기로 하였다.

그동안 목사는 이방 송삼복을 시켜 육방 관속들을 달래도 보고, 위협도 하여 보았으나 아무 소용이 없었다.

송삼복이 나서서 새로이 관속을 뽑아보았다. 다리가 뻣뻣하도록 온종일 돌아다니면서 권을 하여도 통인 하나 구하지를 못하였다.

마지막으로 요를 그전의 삼 곱을 주기로 하고 사방에 방을 붙이는 한편, 다시 송삼복이 나서서 권면을 하고 다녔다.

역시 아무 보람이 없었다.

이방 하나를 데리고는 목사질이 되어지지 않는 것이었다.

목사질을 못 하게 된 바에야, 우두커니 언제까지고 텅 빈 동헌

15 큰일을 저지름.
16 오래도록 길게.

만 지키고 앉았을 터무니가 없는 것이었다. 제일에 밤이면 귀신 우는 소리에 사뭇 한 축이 날 지경이었다.

마침내 목사는 마마와 함께 평복으로 차리고 보따리에다 값나가는 것으로만 보화를 꾸려 짊어지고 제주 성내를 떠났다. 이방 송삼복이도 제가 한 가늠이 있어 부지를 못할 줄 알고 마침 식구가 단 내외인 것이 다행이어서 목사를 따라 서울로 가기로 하였다.

욕심 같아서는 모아 둔 돈과 그 밖에 모은 것을 죄다 가지고 가고 싶었다. 그러나 그들을 위하여 성내에서 조천까지 짐을 져다 줄 사람은 눈먼 병신 하나가 없었다.

평복에 짚신을 신고, 꽤 큰 보따리를 어깨에 진 목사가 앞을 서고, 마마가 그 뒤를 힘에 겹도록 무거운 보따리를 머리에 이고서 뒤를 따르고, 그 뒤를 이방 송삼복이 내외가 커다란 한 보따리씩을 지고이고 하고서 따르고, 이런 창피한 행색으로 목사는 제주를 떠나지 아니치 못하였다.

목사가 제주를 떠난다 하니, 거리거리 나서서 구경들을 하였다.

어떤 장난꾸러기는, 고개 푹 수그리고 지나가는 목사의 앞으로 뛰어나가 너풋 절을 하면서

"사또안전, 어데 행차신가요?"

하는 사람도 있었다.

누구는 따라가 보따리를 만지면서

"져다 드립지요."

하는 사람도 있었다.

제주 백성은 거개가 목사에게 원한이 깊었다. 그중에도 목사의 손에 부형이 억울히 매를 맞고 죽은 사람, 아내나 딸자식을 농

락당한 사람, 이런 사람들의 원한은 도저히 목사를 제 발로 성하게 걸어서 돌아가도록 가벼운 것은 아니었다. 그러나, 그들은 허생의 단속으로 패하여 추렷이 물러가는 자에게 손을 대지는 아니하였다.

목사 일행은 조천에서 두 달을 묵었다. 배는 없었다.

그들은 주막에 들어 한 상에 열 냥 스무 냥 하는 밥을 혹은 금싸라기로, 혹은 은덩이로, 혹은 패물로 주고 사 먹어야 하였다. 값을 그렇게 받지 않고는 그들에게 밥을 팔고자 하는 사람이 없으니 무가내한 노릇이었다.

일행이 목숨같이 여기며, 어깨가 휘고, 목이 옴츠러드는 것도 헤아리지 아니하고 성내에서 조천까지 지고 온 보따리의 금은보화와 비단이 하나도 없이 밥값으로 동이 나던 두 달 만에야 겨우 배가 있어 아무려나 그들은 조천을 떠날 수가 있었다. 물론 맨주먹에 빈 보따리였다.

미구에 새로이 제주 목사가 나고, 도임을 하고 하였다.

신연 하인이 이제나저제나 기다리다 못하여 신관은 자기 집 하인 둘을 데리고 호젓한 도임을 하였다.

배에서 조천에 내린 신관은 우선 말을 구하지 못하여 걸어서 성내까지 들어가야 하였다.

동헌은 텅 비고, 구관 때 그대로 육방 관속이라고는 구럼자도 구경을 할 수가 없었다.

신관이 데리고 온 자기 집 하인을 시켜 전임 관속을 찾아다니며 다시 구실을 다니도록 일렀으나 아무도 응하는 사람이 없었다.

이방 하나를 데리고는 목사질을 못 하듯이, 하인 둘을 데리고도 목사질은 못 하는 법이었다.

도임한 지 스무날 만에 신임 목사는 도임하던 때 모양으로 하인 둘을 데리고 걸어서 제주를 떠났다.

둘째번의 신관 제주 목사도 별수가 없었다.

세째번, 네째번도 매양 일반으로, 보름 아니면 스무날 만에 돌아가고 말았다.

서울서는 아무도 제주 목사를 원하는 사람이 없게끔 되었다. 조정에서는 성가신 참이라, 제주 하나쯤 한동안 공관空官이면 어떠랴 하고서 내버려두고 말았다.

8

어느덧 삼 년의 세월이 흘렀다.

그동안 제주는 허생이 일찍이 여러 사람들에게 언약을 한 대로, 그리고 조천에 내리어 제주의 유력한 사람들에게 역시 언약한 대로, 낙천지—살기 좋은 고장이 되었다.

살 집이 있었고 부칠 땅이 있었다. 농사해서 거둔 것을 빼앗기지 않고 배불리 먹을 수가 있었다. 양반 상놈의 구별이 없고, 저 혼자만 편안히 앉아서 남을 부려먹으려 드는 사람도 없고, 이런 살기 좋은 고장이 되었다.

게으르면 당장 배가 고프고, 또 남들이 게으른 놈으로 돌려놓고 하기 때문에 다들 부지런히 일을 하였다.

남의 것을 부러워할 일도 없고, 남에게 의지해서 살 필요도 없었다.

저마다 성실히 일하며 살되, 남을 해롭게 하기를 절대로 삼가하였다. 사람들은 남에게 사폐가 되는 일이면 아무리 이가 되는 일이라도 사양하였다. 자연 싸움이 없고 화목하였다.

말을 많이 쳐서, 말과 말총을 육지로 내어 돈과 제주에 없는 물건을 사들였다. 생선과 미역을 많이 따서 역시 육지로 보내었다.

일본 장기長崎에도 배로 교역을 하였다. 더러는 청국과도 교역을 하였다.

제주는 아무 부족할 것도 기릴 것도 없는 낙천지—살기 좋은 고장이 되고서도 오히려 남을 것이 있었다.

모든 것이 허생의 힘이었다.

삼 년 동안 허생은 오로지 제주를 살기 좋은 고장으로 만들기에만 정성을 다하였으며, 사람들을 편안히 잘 살 수 있도록 하는 데에만 힘을 썼다. 그리고 모든 것이 허생의 뜻한 대로 다 되었다.

언약한 바를 언약한 대로 성취한 허생은 제주에 더 머물러 있어 할 일이 없었다.

부인 고 씨가 가난을 참지 못하여 바가지를 긁고 하는데, 예라 잠시 동안 세상 바람도 쏘이고 세태와 물정도 두루 살펴 후일의 도움을 삼으리라 하고 집을 나선 것이었었다.

막연히 과객질이나 하고 돌아다니기보다는, 자기의 경세經世하는 재능과 솜씨를 한번 시험하여 봄도 무방한 일이었다.

우선 초면부지의 변 진사에게서 단 두 마디로 만 냥의 큰돈을 구하여내는 데 성공하였다.

만 냥의 밑천으로 십만 냥의 돈을 용이히 만들기도 하였다.

제주 목사를 털끝 하나 건드리지 않고 제풀에 물러가게 하기도 하였다.

사천여 명의 불우한 사람들과 제주 일판의 사람들로 하여금 편안히 잘 살 수 있도록 하여주기도 하였다.

모든 것이 성공이었다. 그러니 인제는 돌아가 글을 더 읽는 것이었었다.

허생쯤으로는 장사를 하여 돈을 많이 남기고, 사람이나 몇천 명, 조그마한 섬으로 데리고 가서 편안히 살게 하는 것으로 만족할 사람이 아니었다. 다만 재주를 시험한 것에 지나지 못하였다.

허생에게는 보다 더 큰 포부와 경륜이 있었다. 그보다 더 큰 포부와 경륜을 펴기 위하여는 언제까지고 조그마한 섬 속에 꿇어 엎드려 있을 수가 없었다. 또 몇 해 동안 글도 더 읽어야 하고.

허생을 부모같이 여기고 따르던 제주의 뭇 사람들은, 허생 보내기를 차마 못 하였다. 울면서들 만류하였다.

막상 떼치기 어려운 인정이었으나, 그래도 허생은 떠나지 아니치 못하였다.

떠나기 전에 허생은 앞으로도 시방처럼 잘 살아가는 도리를 가르쳐주었다.

부지런할 것.

남의 것을 탐내지 말 것.

남의 허물을 용서할 것.

여러 사람의 이 되는 일이면 나 한 사람의 해를 상관치 말 것.

함부로 제주를 떠나지 말 것.

이 다섯 가지를 지키면 제주는 길이길이 살기 좋은 고장으로 남을 것이라 하였다.

그리고, 앞으로 조정에서 목사를 보내어 다스리는 마당에 만약 목사가 악정을 하거든, 일찍이 하던 법식대로 하여 그로 하여금 있지 못하고 물러가게 하라고 하였다.

봄 삼월, 일기 화창한 하룻날, 허생은 만 명도 넘는 남녀노소의 전별을 받으면서 먹쇠를 데리고 배에 올랐다.

헌 갓에, 해어진 무명옷에, 굽 닳아빠진 나막신에…… 허생의 행색은 여전히 이렇게 초라하였다.

허생은 그동안 삼 년만 하여도, 육지로부터 여러 만금을 벌어들였었다. 그러나 그는 떠나는 마당에서는 먹쇠의 전대에 돈 석 냥을 넣게 한 것밖에는 없었다. 해남서 서울까지 갈 두 사람 모가치의 노수돈 석 냥이었다.

허생의 탄 배가 드디어 닻을 감고 돛을 올렸다. 배는 선창으로부터 조용히 물러났다.

"잘 가세요."

"안녕히 기세요."

이 마지막 작별의 인사 소리가 만 명의 입으로부터 수없이 외쳐졌다.

노인들은 눈물을 씻었다. 여자들은 허 생원님, 허 생원님 부르면서 울었다.

허생은 정든 자식을 떼치고 떠나기처럼 마음이 창연하였다. 뱃전에 지여서서 연방 손을 젓는 동안 무심코 눈물이 어리었다.

허생의 뒤에 서서 먹쇠도 주먹으로 눈물을 닦았다.

이 융숭한 배웅과 간곡한 작별에 누구보다도 빠져서는 아니

될 사람이 하나가 눈에 뜨이지 아니하였다. 매화가 없어진 것이었다.

매화는 그도 만 명의 다른 사람들과 함께 조천으로 허생을 배웅하러 나오기는 나왔었다. 그러나 정작 허생의 배가 떠나는 자리에는 보이지를 아니하였다.

허생은 제주를 떠나기로 작정을 하고 나서 어느 날 매화를 앞에 앉히고 조용히 물었다.

"자네는 어떻게 할 텐가?"

"저는 여기 있겠어요."

머리를 숙이고 이윽고 생각하던 매화는 얼굴을 들어 똑바로 허생을 보면서 대답하였다. 눈에는 눈물이 글썽글썽하였고.

그대로 머물러 있겠다는 매화의 대답이 허생은 자못 의외였다. 한마디에 따라가겠노라고 하려니만 하였었다.

허생은 오입쟁이도 한량도 아니었다. 일만 사람의 민정은 살필 줄 알아도 한 계집의 은근한 사모의 정은 알 줄을 아는 사람이 아니었다. 결국 그는 계집에 들어서는 골샌님이요, 근경 속 없는 벽창호였다.

허생의 배가 선창에 빡빡히 들어선 여러 배 사이를 빠져 맨 갓배 옆을 지날 때에 그 맨 갓배의 뱃전에 가 매화는 서서 있었다.

허생도 뱃전에 서서 있다가 매화를 보았다.

"부디 몸조심하세요."

"몸 편히 잘 있게."

한마디씩 작별을 나누는 말이 떨어지기 전에 사정없는 배는 벌써 지나쳐버렸다.

매화는 허생의 탄 배가 멀리멀리 물 너머로 가물가물 잠길 때까지 울면서 뱃전에 가 서서 있었다. 그러다가 허생의 배가 마침내 아니 보이고 말자, 그대로 치마를 뒤 쓰고 바닷물로 몸을 던졌다.

9

서울 다방골 변 진사는 허생이 돈 만 냥을 취해간 지 석 달 만에 본전의 갑절 이만 냥을 보낸 것을 받고, 차라리 놀라지 아니하였다.

변 진사는 생면부지 초면에, 와서 돈 만 냥을 취하라고 하는 데에 벌써 그가 비범한 사람임을 알았었다. 따라서, 그 취하여 간 만 냥 돈에 대하여, 일후에 필연코 어떤 비범한 하회가 있을 것으로 믿고 있었다. 했던 것이 과연 석 달 만에 만 냥의 갑절 이만 냥을 올려보냈던 것이었었다. 취해간 만 냥을 반드시 갚을 것으로, 갚되 이만 냥으로 갚을 것으로 믿고 기다린 바는 아니었다. 돈이야 설혹 갚지 않는다고 하더라도, 하여커나 범상한 사람에게서는 만금으로 구할 수 없는 비범한 재주를 부리고야 말 것을 그는 믿었던 것이었었다.

달리 큰 횡재라도 하였다면 모르거니와, 돈 만 냥을 가지고 석 달 동안에 그 갑절 이만 냥으로 늘린다는 것은 졸연한 일이 아니었다. 가사 또 몇만 냥의 이문을 보았다손 치더라도, 본전 만 냥에다 석 달 만에 이자 만 냥을 얹어서 이만 냥으로 갚는다는 것은 여간한 담보로는 생의치 못하는 짓이었다.

변 진사는 조선에 모처럼 큰 사람이 난 것이라고 하였다.

변 진사는 인물을 돕기 위하여 돈과 수고를 아끼고 싶지 않는 사람이었다. 그는 묵적골 허생의 본집에 다달이 양식과 그리고 옷감이며 찬거리를 대었다. 물론 간소하게였다.

허생의 부인 고 씨는, 이다음 사랑에서 돌아오시면 걱정을 하신다고, 처음에는 받지 아니하려고 하였다. 이런 것을 보면 고 씨 부인도 노상 어리석기만 한 지어미는 아니던 모양이었다.

변 진사는 허생의 부탁이라고 하인으로 하여금 꾸며대게 하였다. 그 말을 듣고서야 고 씨 부인은 잠자코 받아들었다.

변 진사는 하인을 시켜 다달이 그렇게 살림 뒤를 대는 한편, 열흘 만에 한 번, 혹은 보름 만에 한 번 동자를 앞세우고 스스로 허생의 집을 찾아가 허생이 돌아온 여부를 묻고 하였다.

삼 년을 변 진사는 꾸준히 그것을 계속하였다. 한 달 두 달도 아니요, 삼 년을 꾸준히 그런다는 것은 여간 정성으로는 어려운 일이었다.

삼 년 만에 허생은 마침내 돌아왔다. 집을 나갈 때처럼 헌 갓을 쓰고, 낡은 무명옷을 걸치고, 굽 닳아빠진 나막신을 끌고, 이삼일 동안 가까운 시골이라도 다녀오는 사람처럼 심상한 얼굴로 그는 돌아왔다.

허생이 돌아오던 닷새 만에 변 진사가 올라왔다. 둘이는 만났다.

허생과 변 진사는 두 번째 대면이었다. 그러나 둘이는 오랜 교분이 있었던 것처럼 지기가 상합하였다.

변 진사가 허생이 버범한 인물임을 안 것과 한가지로, 허생도 변 진사가 녹록한 사람이 아닌 것을 알았었다.

첫째 변 진사는 사람을 알아보는 눈이 있었다.

또, 만 냥의 큰돈을 성명도 거주도 모르는 사람에게, 그러나마 궁한 선비에게 말 한마디로 선뜻 내어주는 것은 여느 사람과 다른 딴 보짱[17]이 있는 사람이 아니고는 어려운 일이었다. 이런 사람이면 더불어 천하의 경륜을 논하여도 족하리라고 허생은 생각하였었다.

허생이 돌아온 뒤로, 변 진사는 사흘만큼씩 닷새만큼씩 밤저녁으로, 더러는 일기 화창한 날이면 낮으로, 조촐한 술상을 들려 가지고 허생을 찾아와 밤이 깊도록, 혹은 날이 저물도록 권커니 잣거니 술을 마시면서, 이야기에 세월 가는 것을 잊고 하였다.

어떻게 하면, 조선의 정치와 나아가서는 조선 전체의 운명을 그르쳐가고 있는 사색당파의 싸움을 없이할 수가 있을까.

어떻게 하면, 조선이 부하고 강성한 나라가 되어 백성이 주리지 않고 편안하며 밖으로 임진왜란이나 병자호란 같은 우리의 약함을 엿보고 침노한 외난을 미리서 막을 수가 있을까.

이런 이야기로 긴 밤을 짧게 새우며, 해를 지우며 하기 무릇 몇 번일는지 몰랐다.

그러던 어느 날 밤, 변 진사는 낯모를 손님 하나를 데리고 왔다.

허생이 수인사를 하고 보니, 당시에 크게 이름을 떨치고 있던 이완李浣 대장이었다.

이때에 조정에서는 북벌—북쪽으로 청국을 칠 계획을 세우고, 여러 가지로 준비를 하면서 아울러 널리 인재를 구하고 있었다.

17 마음속에 품은 꿋꿋한 생각이나 요량.

병자호란 때에 때의 임군 인조대왕이 남한산성에 농성하여 호병을 저항하다 못해 삼전도에서 청태종 홍타시의 발 앞에 무릎을 꿇고 항복을 한 것은, 그리고 그것으로써 청국을 상국으로 받들게 된 것은, 낡은 상전 명나라 대신 새로이 청나라의 종이 된 것일 따름이라고 하면 그만일 수도 있었다. 약하고 어리석어 빼젓이 제 나라 제 강토를 가지고 남의 종노릇을 한 그것이 욕이요 부끄럼이지, 우리를 정복한 자가 한족인 명나라거나 몽고족인 청나라거나, 거기에 무슨 차이가 있을 턱이 없는 것이었다. 한족 명나라를 상국이라 부르며 상전으로 받들고, 그 속국—종노릇을 하였다고 욕이 덜하고 부끄럼이 적을 리가 없으며, 명나라를 멸하고 대륙의 주인이 된 몽고족 청나라에게 새로이 정복을 당하였음으로 하여, 그를 새로이 상국이라 부르며 새로운 상전으로 받들고, 그의 속국—종노릇을 하게 되었다고, 욕이 더하고 부끄럼이 더하랄 법은 없는 것이었었다.

그러하건만, 때의 지도자—유생이라는 사람들은 조선이 명나라의 속국으로부터 청나라의 속국이 된 것을, 죽도록 욕되고 부끄럼으로 여겼었다. 타고난 종놈의 기질이었다. 선비의 집 종이 장사꾼의 집 종보다는 제가 지체가 나은 줄로 자긍을 하고, 서울 재상의 집 종이 시골 아전의 집 종이 되기를 욕되고 부끄럽게 여김과 다를 것이 없는 그 종놈의 기질인 것이었다.

조선의 유생이라는 사람들은 명나라의 문화에 미치다시피 중독이 되었었다. 그들은 명나라의 문물, 제도, 사람, 풍토 이런 것들을 하늘처럼 크게 여기고 숭배하고 하였다. 심하게 말하면, 명나라의 것이면 방귀도 구리지 아니할 지경이었다. 이리하여 조선의 유생들과 일부 사람들은 진심(정신적精神的)으로 명나라의 종이 되어 있었다. 그들은 명나라가 조선의 상국이요 우리의 상전인 것을 지극히 당연한 일로 여겼다. 따라서 조선이 명나라의 속국이요, 우리가 그 종노릇을 하는 것이 지극히 당연한 일인 동시에 영광이요 자랑으로 여겼다.

이른바 사대사상이라고 하는 것이었다.

사대사상은 약한 민족이 무력—전쟁으로 정복을 당한 후에, 이어서 문화적으로 정복을 당하였을 때에 생기는 무서운 아편인 것이었다.

문화적으로 정복은, 피정복자를 동화시키고 마취시켜 피정복자인 약한 민족으로 하여금 저를 잊어버리고 정복자를 숭배코 따르고 함으로써, 정복자에의 반항력을 영원히 마비되게 하는 요물이었다. 사대사상은 그러므로 민족을 멸망시키는 대적이라고 할 수가 있는 것이었다.

조선의 사대사상은 물론 이조시대에 와서 비로소 생겨난 것은 아니었다.

멀리 삼국 때 당나라의 무력을 빌어 삼국통일을 이룸으로써 어느덧 당나라에게 문화적인 정복을 받은 바 되어, 그 결과 정신적으로 당나라의 노예—종이 되었을 뿐만 아니라, 정치적으로도 그 속국 노릇을 하지 아니치 못한 신라에서 그것을 발견할 수가 있었다.

또 까까이는 원元에게 정복을 당한 후 이윽고 조선 천지가 원나라의 행랑이 되다시피 한 고려의 중엽 이후에서 그것을 발견할 수가 있었다.

효종대왕은 병자호란에 삼전도에서 청태종의 발부리 앞에 무릎 꿇고 항복을 한 이조대왕의 바로 아드님이었다. 그는 당시의 욕을 몸소 겪었음이나 다름이 없는 터라, 청나라에 대한 복수심이 자못 깊을 수가 있었다. 그런데다, 그는 또 한 가지 병자호란의 뒤치다꺼리로서, 청병에게 인질—볼모로 끌려가 팔 년 동안이나 요양遼陽(봉천奉天)에 붙잡혀 있으면서 갖은 고통을 당한 것이 있었다.

그리하여 그는 미리미리 청나라에다 한번 복수를 시험할 뜻이 있었고, 위에 오르자 미구에 북벌—청나라를 칠 계획을 세워 부지런히 준비를 시작하였다.

이 효종대왕의 뜻을 받들어 북벌을 맡아보는 문신에 우암尤庵 송시열宋時烈이 있었다.

송시열은 혼백을 명나라에다 팔아먹은 사대사상의 당대 두목이었다.

송시열과 및 그와 종파를 같이하는 지도자—유생들이 보기에는, 몽고와 만주의 호지[18]에서 일어난 청나라는 한낱 보잘것없는 변방 족속이요, 공맹의 도와 학문이 없는 오랑캐였다. 그런 오랑캐의 무리가 그래도 신하는 신하이겠는데, 신하로 임군을 쳐 물리치고 그 자리에 올랐으니, 천하에 용서치 못할 찬역이었다. 마땅히 군사를 일으켜 죄를 물어야 하는 것이라고 하였다.

청나라는 명나라를 멸하였으니 명나라의 원수였다. 조선은 명나라의 신하뻘이요, 명나라는 조선의 상국인즉 명나라를 멸한 명

18 오랑캐가 사는 땅.

나라의 원수 청나라는 곧 조선의 원수였다. 그뿐 아니라 조선과는 병자호란의 원수가 있었다. 조선은 마땅히 군사를 일으켜 청나라를 쳐 멸함으로써 두 가지 원수를 갚아야 하는 것이라고 하였다.

명나라는 일찍이 임진왜란 때에 오십만의 대병을 조선으로 보내어, 망하게 된 조선을 살려내어 주었다.

조선이 왜병에게 아주 망하는 날이면 그다음에 망하는 것은 명나라였다. 그러므로 명나라가 조선에 동병을 한 것은 단지 조선을 구하자는 것이 아니요, 조선을 구함으로써 명나라 자신의 보전을 도모하자는 노릇이었다. 조선이 열 번 망하더라도 명나라의 안전에 별반 영향이 없는 것이라고 하면, 명나라는 단 한 명의 군사도 동병을 하려고 아니하였을 것이었었다.

조선의 사대사상자—명나라에 혼백을 팔아먹은 유생들은 그러나 명나라의 동병이 전혀 조선의 멸망을 구원하기 위한 상국의 의리라고 하였다. 그리고 그 덕택에 조선은 왜병의 손에 망하고 말 것이 빼젓이 구원이 된 것이라고 하였다. 이 임진왜란의 동병의 대의를 위하여, 조선은 군사를 일으켜 청나라를 칠 의리가 있는 것이라고 하였다.

송시열을 두목으로 한 유생들의 북벌—청국을 치는 이유와 목적은 그러하였다.

임군 효종대왕 및 무신으로 북벌의 중심인물인 이완 대장의 뜻하는바 북벌의 목적은 그러나 지극히 단순하였다. 변방의 오랑캐 족속에게 무릎을 꿇어 항복을 하고, 그를 상국으로 받들고 한 분을 푼다는 것이었다.

그 이완 대장이 변 진사에게서 누누이 이야기를 들은 것이 있어 인물을 시험할 겸 함께 허생을 찾아온 것이었다.

당당한 훈련대장의 지체로, 명색 없는 궁한 선비를 몸소 찾아본다는 것은 적지않이 파격이었다. 그러나 이완 대장도 그런 것쯤에 구애되어 방금 큰 인물이 얼마든지 소용되는 이 판에, 사람 찾아보기를 주저할 옹색한 사람은 아니었다.

한 번 다녀간 이완 대장은 그 뒤에도 종종 변 진사와 함께 혹은 혼자서 허생을 찾아오고 하였다. 그러는 동안에 허생이라는 사람이 당절에는 드문 포부와 경륜과 담략을 갖춘 큰 인물인 것을 차차로 깨닫게 되었다.

하루 저녁, 마침내 이완 대장은 마음에 먹은 바를 토설을 하였다. 변 진사를 하필 따돌린 것은 아니나 마침 이완 대장만 혼자 온 길이었다.

변 진사가 보내는 맛좋고 향기 있는 술과 조촐한 안주는 떨어지지를 않는 터라, 허생은 이완 대장과 마주 앉아 여러 잔을 기울였고, 이미 술이 거나하였을 무렵이었다.

"허 생원, 오늘 저녁에는 내가 긴히 할 이야기가 있습니다."

이완 대장은 이렇게 허두를 내고 나서 잔을 들어 주욱 마신 후에

"다른 게 아니라, 조정에 한번 나와보실 의향이 없으십니까?"

하고 묻는다.

허생은 빙긋이 입가에 미소를 띠고

"날더러 벼슬을 하라고요?"

"조정에서는 시방 은밀히 큰 계획을 꾸미고 있는 것이 있습니다. 북벌할 준비를 하는 중이지요. 그래서, 두루 큰 인물을 구하

던 차인데, 마침 허 생원 같은 분을 만나 나로서는 여간 마음 든든한 바가 아니올시다."

"네에, 북벌을 하신다고요. 네에. 거 매우 장하신 노릇입니다."

정중한 말과는 달라, 허생은 신통치 못해하는 얼굴로 연해 그러더니

"무슨 필요로 북벌은 하시나요?"

"문신으로는 우암이, 무신으로는 불초한 내가 각기 상감의 명을 받들어 북벌 일자를 계획하고 있기는 있으나, 그 우암이라는 사람과 사사이 의견이 맞지를 아니해서 여간 각다분한[19] 게 아닙니다. 도시에, 같은 북벌이라고 해도 우암의 북벌에 대한 뜻과 상감이나 나의 북벌에 대한 뜻이 서로 어긋나는 것이 있어서."

"우암은 물으나 마나 변방의 오랑캐 족속 청나라가 이신벌군以臣伐君을 하였으니 쳐야 하고, 대명을 멸망시킨 원수와 삼전도의 원수를 갚기 위해서 청나라를 쳐야 하고, 임진란 적에 구원병을 보내준 의리로 청나라를 쳐야 하고, 그런다는 것일 테지요."

"꼭 허 생원 말씀대로랍니다."

"그러면, 상감께서와 이 대장의 북벌에 대한 뜻은?"

"삼전도의 원수를 갚자는 것이지요."

"단지 그것인가요?"

"그렇지요."

"그렇다면, 북벌은 아예 파의하시기만 못할 듯합니다."

"북벌을 파의하라고요?"

19 일을 해나가기가 힘들고 고되다.

이완 대장은 펄쩍 뛰면서 따지듯 묻는다. 허생은 한결같이 침착히

"여보시요, 이 대장?"

"네."

"자고 이대로 이 동방 천지에서 제로라는 족속은 제마다 한 번씩 연경에다 도읍을 하고, 중원을 호령해보지 아니했습니까. 중원 바닥의 한족은 물론 말할 것도 없으려니와 원나라가 청나라가 다 한 번씩은 중원의 주인 노릇을 해보지 아니했습니까. 심지어 저 왜국의 풍신수길이 같은 놈이 다 그런 앙큼스런 배포로, 임진년에 우선 조선을 범했든 게 아닙니까. 조선을 수중에 넣는 날이면 연경 도읍은 절반도 더 성공이니까요. 그런데 우리 조선족속은 사천 년을 내려오면서 언제 한번 그런 생의라도 해보았나요. 육장 그놈들한테 침노를 당하고 눌려만 살았지. 그러니, 예라 우리도 어디 연경에다 도읍을 하고 한바탕 중원을 호령해보자 이런 뜻으로, 이런 목적으로 북벌을 한다면 모르거니와 그래 고작 삼전도의 분풀이 그거란 말씀이요. 우암 같은 명나라 놈의 서족庶族이 지껄이는 잠꼬대는 족히 더불어 논할 것도 없지만 말이지요."

"……."

이완 대장은 고개를 숙이고 말이 없었다. 약간 괴참한 얼굴이었다.

허생은 자작으로 한 잔을 부어 마시고 나서 다시

"가사 경륜이 그렇게까지는 크지 못하다고 하드래도, 요동遼東이나마 도로 찾겠다는 것으로 북벌하는 목적을 삼아야지요. 아시다시피 요동은 고구려 적까지도 우리 땅이 아니었습니까. 앞으로

삼사백 년이 못 가서, 우리 조선은 땅이 모자랄 날이 옵니다. 그러니, 시방부터라도 서둘러서 도로 찾아야 할 게 아닙니까. 찾아만 놓으면 삼사백 년 후뿐이 아니라, 지금 당장도 요긴한 땅이니깐요. 그럴 것이지, 그래 국력을 기울여 성패를 걸고 북벌을 한다면서, 겨우 삼전도의 분풀이나 하겠다고요. 설마 이 대장으로 앉아 전쟁을 장기 한판 두기처럼 대수론 일로 여기시지야 아니하시겠지."

"……."

"이 대장?"

"네."

"준비를 하셨다니, 무엇이 얼마나 준비가 되셨나요?"

"서울서 오천 명, 팔도에서 만 명, 도합 일만 오천 명 군사를 조련한 것이 있고, 그 일만 오천 명 군사를 일 년 동안은 동병할 만한 각종 병장기, 군량, 마초, 화약, 돈이 준비가 되었습니다."

"수군水軍(해군海軍)은?"

"없습니다. 주장 육전만 할 요량이니까요."

"이 대장?"

"네."

"원나라가 중원을 평정하기에 군사를 얼마나 동원했으며, 몇 해나 걸려서 평정을 했는지 아십니까?"

"……."

"또오, 청나라가 중원을 평정하기에 얼마나 군사를 동병을 했으며, 몇 해나 걸려서 평정을 했는지 아십니까?"

"……."

"설마 군사 일만 오천 명을 동병해가지고 일 년 만에 중원을 평정하리라고는 생각지 아니하시겠지."

"……."

"우리도 중원을 평정하고 연경에다 도읍을 하든지, 요동만 도로 찾고 말든지, 그것은 하여간 삼십만 보병과 오만 수병으로, 연방 축나는 군사를 보충해가면서 졸잡아 십 년 하나는 끌어야 목적을 이룰 것입니다. 대장 요량에 지금 조선 형편으로 삼십오만을 십 년 동안 동병을 할 수가 있으리라고 생각하십니까?"

"……."

"정녕 북벌을 하시려거든 우선 북벌을 파의하십시오. 조련하든 군사를 헐으십시오. 병장기는 녹혀서 괭이를 만들게 하십시오. 화약은 물에 넣고, 돈과 군량은 가난한 백성을 노나주십시요. 그러고서 이십 년 동안 전쟁 이자는 입 밖에 내지를 말고, 오직 조정에서는 사색 붕당의 싸움을 물리치고, 수령 방백으로는 백성의 재물을 범치 못하게 하십시오. 그래서 우선 우리 조선이 부강하고, 일변 백성은 나라를 신뢰하는 나라가 되게 해놓십시오."

"이십 년은 너무 요원치 않습니까?"

"가만히 계십시오. 그렇게 이십 년을 해서 뜻대로 조선이 부강하고 백성이 조정을 신뢰하고 하거든, 그때부터 십 년 위한하고, 전쟁할 준비를 시작하십시오. 삼사십만 군사를 십 년 이상 동병할 수 있는 준비를 하십시오. 그러나 전쟁할 준비라고 해서 군사를 조련하고, 병장기를 만들고, 군량 마초를 장만하고 그러는 것만이 전쟁할 준비가 아닙니다. 염탐을 몇백 명이고 청나라를 들여보내서 사백여 주의 지리를 세밀히 조사하고, 군비의 어떠한가를 조사하고, 또 한편으로는 청나라 조정과 중원 백성의 사이를 떼어놓고, 그 밖에도 할 일이 많습니다마는 우선 대강은 그렇습니다."

"그렇다면 삼십 년이 지난 뒤겠는데, 그때 가서는 이 이완은 벌써 지하의 객이 되었을 게 아니겠습니까?"

"이 대장은 돌아가셨어도 나라와 백성은 있습니다. 한 개인의 수명은 불과 칠십이지만, 나라와 백성의 앞날은 영원무궁한 것입니다. 우리가 우리 대에 못하면 우리 아들들이 있지 않습니까. 우리 아들들이 못다 하면 우리 아들들의 아들들이 또 있지 않습니까."

"허 생원. 아니, 선생님!"

그러면서 이완 대장은 허생의 손목을 덤쑥 쥐고

"크신 줄은 알았지만, 이대지 크신 줄은 몰랐습니다. 내 상감께 품하지요. 매우 반가워하실 것입니다. 부대 조정에 나와주십시오."

"허허, 실없은 말씀을. 자, 약주나 드십시오."

"진정이올시다. 저바라지 마십시오."

"나는 미흡한 공부를 좀 해야 하겠습니다, 허허허. 내가 오늘 저녁은 과음을 했어, 허허."

그러더니 허생은 술상 앞에 쓰러지면서 드르렁드르렁 코를 고는 것이었었다.

이완 대장은 하릴없이 자리를 일어서고.

사흘 후에 이완 대장은 변 진사와 같이 허생을 찾아왔다. 그러나 허생의 집은 이미 비고 없었다.

—《허생전》, 협동문고, 1946.

채만식 연보

1902년 전라북도 옥구군 임피면에서 아버지 채규섭蔡奎燮과 어머니 조우섭趙又燮 사이에서 6남 3녀 중 다섯 번째 아들로 태어남.

1910년 보통학교 입학.

1914년 보통학교를 졸업하고 이후 향리에서 서당 등을 다니며 한문을 배움.

1918년 사립 중앙고등보통학교 입학.

1920년 은선흥殷善興과 혼인.

1922년 중앙고등보통학교 졸업. 4월, 일본 와세다 대학 부속 고등학원 문과에 입학.

1923년 여름방학에 귀향한 뒤 복교하지 않음. 최초 중편 〈과도기〉를 탈고하나 검열로 인해 발표되지 못함.

1924년 강화의 사립학교 교원으로 취직. 〈조선문단〉에 이광수의 추천으로 〈세길로〉 발표.

1925년 동아일보에서 정치부 기자로 근무.

1926년 동아일보 사직. 무정부주의와 사회주의 이론에 심취하며, 문학에의 길을 닦음.

1929년 개벽사에 입사.

1932년 1년여에 걸쳐 동반자 작가 논쟁을 벌임.

1933년 〈조선일보〉에 장편 《인형의 집을 나와서》 발표.

1934년 단편 〈레디메이드 인생〉을 〈신동아〉에 발표하는 등 활발한 문예 활동을 펼침. 이후 카프 2차 사건의 발생과 함께 일시적으로 작품 활동 중지.

1936년 개성으로 옮겨가 본격적인 전업작가 생활에 돌입. 《탁류》, 《태평천하》 등을 써내면서 문단에서의 입지를 굳힘.

1941년 《탁류》 재판 간행. 조선총독부의 3판 금지처분을 받음.

1945년 일제 말기에 서울 근교를 떠나 고향으로 낙향하였다가 해방이 된 후 서울로 다시 거처를 옮김.

1950년 6·25 전쟁을 눈앞에 둔 6월 11일 지병 악화로 타계. 전북 옥구의 선영에 안장됨.

06

태평천하

채만식 대표작품집

초판 1쇄 인쇄 2014년 6월 5일
초판 1쇄 발행 2014년 6월 16일

지은이 채만식
펴낸이 이범상
펴낸곳 (주)비전비엔피 · 애플북스

기획 편집 이경원 박월 윤자영 강찬양
디자인 김혜림 김경년 손은이
마케팅 한상철 이재필 김희정
전자책 김성화 김소연
관리 박석형 이다정

주소 121-894 서울특별시 마포구 잔다리로7길 12 (서교동)
전화 02) 338-2411 | **팩스** 02) 338-2413
홈페이지 www.visionbp.co.kr
이메일 visioncorea@naver.com
원고투고 editor@visionbp.co.kr

등록번호 제313-2007-000012호

ISBN 978-89-94353-43-2 04810

· 값은 뒤표지에 있습니다.
· 잘못된 책은 구입하신 서점에서 바꿔드립니다.

「이 도서의 국립중앙도서관 출판시도서목록(CIP)은 서지정보유통지원시스템 홈페이지(http://seoji.nl.go.kr)와 국가자료공동목록시스템(http://www.nl.go.kr/kolisnet)에서 이용하실 수 있습니다.(CIP제어번호: CIP2014010430)」